U0710541

游学集录

孙昌武文集

27

中华书局

图书在版编目(CIP)数据

游学集录/孙昌武著. —北京:中华书局,2020.11
(孙昌武文集)
ISBN 978-7-101-14852-7

Ⅰ.游… Ⅱ.孙… Ⅲ.中国文学-文学研究-文集
Ⅳ.I206-53

中国版本图书馆 CIP 数据核字(2020)第 203447 号

书　　名　游学集录
著　　者　孙昌武
丛 书 名　孙昌武文集
责任编辑　王贵彬
出版发行　中华书局
(北京市丰台区太平桥西里 38 号　100073)
http://www.zhbc.com.cn
E-mail:zhbc@zhbc.com.cn
印　　刷　北京市白帆印务有限公司
版　　次　2020 年 11 月北京第 1 版
2020 年 11 月北京第 1 次印刷
规　　格　开本/920×1250 毫米　1/32
印张 17　插页 2　字数 500 千字
印　　数　1-1500 册
国际书号　ISBN 978-7-101-14852-7
定　　价　88.00 元

孙昌武文集

出版说明

孙昌武先生，一九三七年生，辽宁省营口市人。南开大学教授，曾在亚欧和中国港台地区多所大学担任教职和从事研究工作。

孙先生治学集中在两个领域：中国古典文学和中国宗教文化。孙先生学术视野广阔，熟谙传统典籍和佛、道二藏，勤于著述，多有建树，形成鲜明的学术特色。所著《柳宗元传论》（人民文学出版社，1982）、《佛教与中国文学》（上海人民出版社，1988）、《道教与唐代文学》（人民文学出版社，2001）、《中国佛教文化史》（中华书局，2010）、《禅宗十五讲》（中华书局，2017）等推进了相关学术领域研究，在国内外广有影响；作为近几十年来中国传统文化研究成果，世所公认，垂范学林。

孙先生已年逾八秩。为总结并集中呈现孙先生学术成就，兹编辑出版《孙昌武文集》。文集收录孙先生已出版专著、论文集；另增加未曾出版的专著《文苑杂谈》、《解说观音》、《僧诗与诗僧》三种；孙先生在国内外学术刊物发表的论文未曾辑入论文集的，另编为若干集收入。孙先生整理的古籍、翻译的外国学者著作，不包括在本文集内。中华书局编辑部对文字重新进行了审核、校订，庶作为孙先生著作定本呈献给读者。

北京横山书院热心襄助文化公益事业，文集出版得其资助，谨致谢忱。

中华书局编辑部

二〇一九年五月

目　录

佛教与唐代文学

今天，能有机会在这里讲话，心情上又高兴，又惶恐。能够访问贵校，并向各位先生请益，对我自然是很高兴的事；但以我浅薄的学术水平，特别对于禅学只是初学，在一个佛教学府和诸位专家面前讲话，又是让我十分惶恐的。中国有一句古话叫“班门弄斧”。鲁班是中国古代传说中的能工巧匠，在他的门庭显示技艺，是不自量力的。我今天也是在“班门弄斧”。但我希望，各位先生能把我这个拙劣学徒的不足、无知、错误指出来。

我讲的题目是《佛教与唐代文学》。这是一个大题目，展开来讲，我的学识不足，时间也不允许。我只能就自己的研习心得，讲几点体会，提出几个问题，希望得到大家的指教。

长期以来，佛教对文学的影响是被低估，甚至被忽略了。在中国学术界，这与儒学长期的思想统治的历史传统有关，更与近几十年的“左”的理论和认识有关。人们往往简单地把宗教视为迷信、消极的东西，从而也否定它们在历史上的作用与价值。但我们研究中国思想史、文化史、文学史，会发现一个值得深思的现象，就是自佛法输入中国以后，中国许多卓越的文化人都与佛教有某种因缘。在文学家中，我们可以举出谢灵运、王维、白居易、柳宗元、苏轼、李贽、曹雪芹、黄宗羲、王夫之、龚自珍、谭嗣同、章太炎等许多代表一代文坛成就，开创一代文学风气的优秀人物。学术界论述这些人，有一个公式，就是认为他们在现实中受打击，政治上消极了，所以皈依佛法。有些人确实有这种情形。但有些人却是在他们的思想达到成熟时期倾心佛说的。又如柳宗元、白居易等，都是在他们少年得志，政治上积极进取时已经信佛参禅了。佛教给予人的世界观的影响显然是个复杂的历史现象，是不能下简单的断语的。

佛法一入中国，就迅速传播到社会上下。据《隋书·经籍志》记载，当时社会上流传的佛经"多于（儒家）六经数十百倍"。《开元释教录》著录当时入藏佛典五千余卷，这个数字远远超过《唐书·艺文志》所著录任何一家典籍的数量。至于对文坛及整个思想界的影响，清人刘熙载《艺概·文概》说：

> 文章蹊径好尚，自《庄》、《列》出而一变，佛书入中国又一变。

这个说法中有一个毛病，屈原与庄子是代表与中原文化不同的思想与文风的；而《列子》成书于晋代，并受佛典影响，我国季羡林教授早有详细的论证。王国维《论近年之学术界》（《静安文集》）一文说：

> 自汉以后……儒家唯以抱残守缺为事……佛教之东，适值吾国思想凋敝之后。当此之时，学者见之，如饥者之得食，渴者之得饮。

谈到禅学的影响，宋人周必大在《寒岩什禅师塔铭》（《文忠集》）中指出：

> 自唐以来，禅学日盛，才智之士，往往出乎其间。

学术界有"中国佛教特质在禅"之说，唐、宋以后的中国文学，以至整个文化、思想，在在都表现出禅的影响。

多年来，学术界往往讳言佛教（包括禅）对文学的积极影响，主要出于两种偏见。一是认为承认这一点，就是宣扬"文化西来"说，就是民族虚无主义;二是以为这就等于宣扬宗教迷信,为唯心主义张目。依我的浅见,古代中国人接受佛教文化,是人类史上的一次伟大的文化交流。中国这样一个有悠久、丰富的文化传统的民族接受印度和中亚、南亚人民的精神创造,从而丰富、发展了自己的文化,这恰恰证明历史上的中国人善于博采众长,包容广大。至于第二点,则涉及对佛教以至宗教这个意识形态的认识问题。

我以世俗人的立场谈佛教,可能有冒渎之处,这是要请诸位原谅的。我以为,是信仰宗教也好,还是反对宗教也好,把流传两千多年,在这么长时期受到亿万民众,其中有众多的才智之士信奉的宗教说成是一片谬误和迷信,显然在道理上讲不通。我很欣赏贵校的"禅文化研究所"的名称。顾名思义,禅,在这里是被当作文化现象来研究的。贵国学者柳田圣山先生有一本名著叫《禅思想》,他把禅当作人类历史上的思想成果来探讨。历史事实是,佛教到隋、唐时代大兴,从诸宗并立到禅宗大发展,这正是中国思想、文化的高峰时期。佛教思想、禅思想,是当时思想文化的一个部分。清人王世禛《香祖笔记》说"诗禅一致,等无差别"。我们可以这样来理解:如唐代,诗与禅在各自领域都处于极盛期,它们是在共同的背景和思想基础上发展并创造出自己的成果的。明释达观为洪觉范《石门文字禅》作序,说:

> 盖禅如春也,文字则花也。春在于花,全花是春;花在于春,全春是花。而曰禅与文字有二乎哉!故德山、临济,棒喝交驰,未尝非文字也。

这也暗示出唐代的诗与禅的内在关联。

事实上,佛教之发展并影响于文学,不决定于帝王的提倡与利用,也不完全决定于个人的信仰。以禅而论,其影响于文人与文学,原因与基础实在深刻得多。中国有一位优秀的学者、翻译家傅雷,在"文化大革命"中含冤去世了。他的儿子钢琴家傅聪,曾出走

国外,傅雷在给儿子的家书中说:

> 佛教影响虽然很大,但天堂地狱之说只是佛教中的小乘的说法,专为知识较低的大众而设的。真正的佛教并不相信真有地狱天堂,而是从理智上求觉悟,求超度:觉悟是悟人世的虚幻,超度是超脱痛苦和烦恼。尽管是出世思想,却不予人以热烈追求幸福的鼓动,或急于逃避地狱的恐怖,主要是劝导人求智慧。

这个说法单从"求智慧"认识佛教,可能是片面的;但他指出了佛教是一种智慧,一种认识,一种思想成果。清代的一个儒生程廷祚(《寄家鱼门书》,《青溪文集》卷一〇)则说:

> 夫王道废而管、商作,圣学微而释、老兴。释、老之不废于天下者,以其稍知性命之端倪而吾儒不能胜也。

这里说"稍知",是贬语;而承认"吾儒不能胜",则指出佛家在思想上有传统儒家所缺乏的内涵。中国现代佛学家熊十力(《十力论学语辑略》)说:

> 至印度佛学大乘,而高矣、美矣、至矣、尽矣。此难为不解者言也。佛家虽主灭度,要从其大体言之耳。若如《华严》、《涅槃》等经,其思想亦接近此土儒家矣。

这又指出了佛学与儒学的一致处。这个"一致"不同于统治者的"三教调和",而是认识真理过程上取得的一致。过去有人曾分"檀施供养之佛"与"明心见性之佛",指出历来辟佛的人所辟多在前者,而无力批驳后者。这是因为,后者特别是禅宗的心性学说,包含着丰富的认识成果。禅宗的宇宙观、认识论、人生观、方法论,在当时都是思想上的创造。许多禅家大德是站在时代思想前列的思想家,他们的精微语是难以简单批驳的。大家知道,宋明理学就是禅学改造、丰富传统儒学的成果。这不能用现代的认识来片面评判。

按个人的浅见，以上的认识应当是研究唐代佛教与文学的关系问题的立足点。就是说，要认识到唐代佛教包含禅宗的发展，除了看到其作为宗教的愚妄迷信与消极社会作用之外，还应看到其中包含着思想文化上的创造。这种创造与文学相互影响。佛教各宗派和禅宗的某些创造是当时思想潮流的一部分，有些方面在历史上看甚至是有相当进步的意义的（当然有些方面又是受到历史限制的），所以它影响于文学深刻得多。德国哲学家黑格尔在《美学》一书中谈到，宗教与艺术在意识形态中是最为接近的。这完全适用于中国佛教与文学的关系。

以上是一点原则认识，下面，分几个侧面谈谈佛教影响唐代文学的情况，只能提出一些问题。

第一个方面，佛教特别是禅宗影响了、改变了中国文人的生活与思想。

明末清初李邺嗣《慰弘禅师集天竺语诗序》（《杲堂文钞》卷二）说：

> 唐人妙诗若《游明禅师西山兰若》诗，此亦孟襄阳之禅也，而不得专谓之诗；《白龙窟泛舟寄天台学道者》诗，此亦常征君之禅也，而不得专谓之诗；《听嘉陵江水声寄深上人》诗，此亦韦苏州之禅也，而不得专谓之诗。使招诸公而与默契禅宗，岂不能得此中奇妙？

王士禛《昼溪西堂诗序》（《蚕尾续文集》卷二）说过相类似的话：

> 严沧浪以禅喻诗，余深契其说，而五言尤为近之。如王、裴《辋川绝句》，字字入禅。他如“雨中山果落，灯下草虫鸣”、“明月松间照，清泉石上流”，以及太白“却下水精帘，玲珑望秋月”，常建“松际露微月，清光犹为君”，浩然“樵子暗相失，草虫寒不闻”，刘昚虚“时有落花至，远随流水香”，妙谛微言，与世

尊拈花，迦叶微笑，等无差别。通其解者，可语上乘。

事实是，唐诗人笔下多“禅语”“禅趣”，他们的思想与生活深受佛教以及禅的熏陶。

佛教信仰在唐文人精神生活中的作用是一个值得专门探讨的题目，通常恐怕是低估了。唐文人中不少人自幼受到佛家的家教，诵读佛典是一般的教育基本功；这些知识分子读书求仕，多结交僧侣，寺院是他们习业、静修、寄居的地方。如颜真卿好居佛寺；李端居庐山，依皎然读书；柳宗元贬永州，居龙兴寺；杜牧曾住在扬州禅智寺；段文昌少寓江陵，每遇寺庙斋钟动则前往求食，如此等等。我们在敦煌文书中还发现了一种称“学仕郎”的人，其中就有依附寺院习业的青年知识分子。他们写了那么多卷子，可知人数之众多。黄宗羲《平阳铁夫诗题辞》(《黄梨州文集·序类》)说：

> 唐人之诗，大略多为僧咏，如岑参之“相识唯山僧”，卢纶之“几年亲酒令，此日有僧寻”，郑巢之“寻僧踏雪行”“留僧古木中”，皇甫曾之“吏散重门掩，僧来阁复闲”，项斯之“劝酒客初醉，留茶僧未来”，李山甫之“槛前题竹有僧名”……

以下还举了不少例子。不特此也，当时许多作家是佛教信徒。如陈子昂在《感遇》诗中说“吾闻西方化，清净道弥敦”。这不是信仰，但表示了向往之情。张说曾向神秀问法执弟子礼；李华则受业于天台九祖湛然门下；独孤及好禅，曾为僧粲制塔铭，并与灵一结交；梁肃是天台学人，著有《止观统例》等书；权德舆游于马祖道一门下。由于禅宗门庭广大，宗风自由，更吸引了广大的知识阶层。著名的有王维，他是与李白、杜甫鼎足而三的盛唐诗坛的代表人物。他一生好佛，对禅有深切的理解与实践。柳宗元与韩愈一起创造了中国古典散文的高峰，他信奉天台，对禅也有相当的认识。中晚唐禅宗大盛，李商隐、司空图等都与之有密切关联。这里可以举两个故事。《灯录》上说李翱曾向药山禅师问道，药山答说：“云在青天水在瓶。"李翱作偈说:"炼得身形与鹤形,千株松下两函经。我来问道无余说,云在青天水在瓶。"李翱是古文家,曾著论反佛。有人以为这个故事为僧侣附会。实际上李翱《复性论》与禅宗"明心见性"之说契合,也可以说是以儒家语言谈禅的。再一个例子出于《本事诗》,说杜牧少年,名振京邑,一日游文殊寺,同朋友夸耀其氏族艺业,僧曰"皆不知也"。杜牧顿然醒悟,作诗说:"家在城南杜曲旁,两枝仙桂一时芳。禅师都未知名姓,始觉空门意味长。"这些例子都说明禅的影响的普遍、深远。

禅宗提出一种新的宇宙观、人生观。这些观念与中国传统的经世致用、救国济民的观念不同。传统儒学以"仁"为根本,提倡仁义道德,要求人们以民胞物与的心怀去修身、齐家、治国、平天下。它着重解决的是人与人之间的关系问题。这种观念同时又肯定利禄等级,把人们用名缰利索束缚起来,造成一大批利欲熏心、欺世盗名的伪君子。禅宗主张"明心见性",认为一念净心就是佛心,要求自性自度。这是从肯定主观,从心性上解决个人的矛盾着眼。马祖的"平常心是道",临济的"立处皆真",高度肯定了个性的力量,宣扬个性的自由,寻找一条通过个性的完善来拯济世界的道路。中国儒家思孟学派讲"正心诚意",但没有发挥,禅思想给以发挥了。这种思想成为对传统等级观念与道德的有力批判。谢叠山指出(见郭正域评选《韩文杜律》),以辟佛著名的韩愈"轻富贵,齐死生,危言危行,不惑不惧,不作人天小果,佛氏所谓谤佛者,乃赞佛者也"。柳宗元好佛,就指出佛家的"不爱官,不争名"比世俗利禄之徒高明得多。盛唐人的精神的特征,是在封建经济高度发达的条件下对个性自由的肯定,对精神解放的追求。唐诗表现了这一点,禅也表现了这一点。唐代文学受禅的影响体现在这里。

第二个方面,佛教,特别是禅影响了唐代文人的文艺思想。

文艺理论、文学观点,是从创作实践中总结出来的,又指导创作实践。佛教影响文艺思想,一方面是佛教的世界观、认识论,丰富了中国的文艺思想，许多人利用佛学理论总结文学规律，得出了有价值的成果；另一方面就是在实践中，佛教义学影响了创作。唐代佛教宗派林立，影响于文艺思想也是广泛而多方面的。这里仅就诗论而言，就是唐以后广泛影响诗坛的“境界”说与“以禅喻诗”说都源于唐代，并直接与佛教相关。

中国传统文论，符合儒家整个思想体系，着重探讨的是文学与现实、文学与政治和伦理、文学与人生的关系。讲“感物而动”，“饥者歌食，劳者歌事”；讲“诗言志”，听诗以观民风；讲“兴、观、群、怨”。这是中国古代文学强有力的方面。但也带来了缺点，就是很少研究文学创作的主观方面。而文学创作本来是主观活动，特别是诗创作。在唐代，佛家学说影响文艺理论，恰恰补了后者的不足。

佛家讲心性，讲境界，对认识的主、客观关系有独特的理解。按照俄国佛学家什切尔巴茨科依的看法，大乘佛学发展到无著、世亲的唯识学，其特征是不仅肯定我、法两空，更论证了外境空。唯识学是唐初玄奘全面完整传译的。按唯识理论，想、思、受等心所能取种种境相，这是因为意识中有见分、相分，外境是相分的变现。而这种变现的外境又成为新的意识的依据，即“所缘缘”。所以，人的认识是托根依境而生的。这种理论肯定了主观在认识中的作用。按唯物论者看来，这是“境由心生”的唯心论。但它承认主观在认识中的能动作用，这是有辩证色彩的。传统诗学讲“感物而动”“情随物迁”（《文心雕龙》）。但同样的“物”在不同诗人的笔下却变成了不同的境相，诗创作中的主观作用是非常明显的。唐人借用唯识“境界”说创造了诗境理论，说明了创作中的主观的决定作用，是对诗论的一个发展。唯识讲“心”可以“取境”“造境”，禅宗更进了一步，认为万法皆由心生。正是在这种观念指引下，出现了皎然《诗式》的“取境”理论。中唐时这种理论很为流行，如吕温说“研情比象，造境皆会”（《联句诗序》，《吕衡州集》卷三）；刘禹锡说

“境生象外”，“片言可以明百意，坐驰可以役万景”（《董氏武陵集序》，《刘宾客集》卷一九）；权德舆说“凡所赋诗，皆意与境会，疏导情性，含写飞动，得之于静，故所趣皆远”（《左武卫胄曹许君集序》，《文苑英华》卷七一三）；托名王昌龄的《诗格》（应产生于中唐）说“诗有三境”，物境、情境、心境，要“视境于心”；白居易说“境兴周万象”（《洛中偶作》，《白氏长庆集》卷八）。“境界”说后来影响深远，直到王国维《人间词话》，而其肇源是受到佛家理论影响的。

“以禅喻诗”“诗禅一致”，是宋人直到清代王渔洋主张的。这种理论，以禅悟来寻求诗的灵感，来感受诗的意味，来追求诗中那种心境如一、轻安愉悦、高妙超然的意趣，来达到“言外之意”“味外味”的效果。因而宋人严羽说“以禅喻诗，莫此亲切”。而唐人已有诗禅一致的观念，如戴叔伦《送道虔上人游方》诗（《全唐诗》卷二七三）：

> 律仪通外学，诗思入禅关。

元稹《见人咏韩舍人新律诗因有戏赠》（《元氏长庆集》卷一二）：

> 清新便妓唱，凝妙入僧禅。

白居易《自咏》（《白氏长庆集》卷六四）：

> 白衣居士紫芝仙，半醉行歌半坐禅。

诗人周繇被称为“诗禅”（《唐才子传》卷八）；五代徐寅《雅道机要》（《诗学指南》卷四）说“诗者，儒中之禅也”。唐代诗僧拾得诗说（《全唐诗》卷八〇七）：

> 我诗也是诗，有人唤作偈。诗偈总一般，读时须仔细。

皎然《酬张明府》（《全唐诗》卷八一九）：

> 爱君诗思动禅心。

如此等等。又当时禅师间广泛以诗明禅，这也是诗禅一致的另一

方面。李邺嗣(《慰弘禅师集天竺语诗序》,《杲堂文钞》卷二)说:

> 余读诸释老语录,每引唐人诗,单章只句,杂诸杖拂间,俱得参第一义。是则诗之于禅,诚有可投水乳于一盂,奏金石于一室者也。

在这种情况下,出现了晚唐司空图的《诗品》。司空图与香岩禅师交好,与禅宗有深厚因缘。其论诗标举“不著一字,尽得风流”,深得禅家“不立文字,不离文字”之妙。其影响及于宋人严羽《沧浪诗话》和王士禛神韵一派,成为中国古典诗论中的创获。

第三方面,佛教影响于唐代文学创作。

这个方面,我只举几个例子。

例如诗歌,佛典翻译对中国古典诗歌的影响是尽人皆知的:六朝人发明“四声”就借助于印度声明;马鸣菩萨造《佛所行赞》,译成汉文是一首近万行的长篇叙事诗,这在中国是空前的,影响了后世的叙事文学。这里我想举出诗僧的通俗诗。见于史料的诗僧的诗集不下三四十种。现存比较完整的有寒山、拾得、皎然、贯休、齐己等人的集子。特别是偈颂体诗,语言通俗,韵律自由,句法较灵活,表达上相当亲切、生动。从内容上看,有迷信、庸腐的说教,但也有很多新鲜思想,富于理趣,对人生与宇宙有不少睿智的见解。这对诗的通俗化,对宋人以诗明理,都有一定促进作用。白居易、王安石都曾有意识地效法寒山诗。另外应当指出,这些写通俗诗的人都有相当高的文学素养,王应麟(《困学纪闻》卷一八)说:

> 寒山子诗,如施家两儿事,出《列子》;羊公鹤事,出《世说》;如子张、卜商,如侏儒、方朔,涉猎广博,非但释子语也。对偶之工者,青蝇白鹤,黄籍白丁,青蚨黄绢,黄口白头,七札五行,绿熊席青凤裘,而楚辞尤超出笔墨畦径……

可见通俗诗是作者有意识的创造。

又例如散文。大家知道,唐代“古文运动”是中国古典散文的一个艺术高峰。人们历来认为“古文”的成功，原因之一在反佛，其内容核心是儒学复古，但实则许多古文家如李华、萧颖士、梁肃、柳宗元等皆好佛。佛教对“古文”表现艺术也有重大影响。翻译佛典的表现方法和写作技巧被古文家所借鉴。如柳宗元等人的寓言文与佛典譬喻有承袭关系。早年季羡林先生曾考证《永州三戒》中的《黔之驴》与佛典有关系(见《柳宗元〈黔之驴〉取材来源考》,《文艺复兴》1948年《中国文学研究专号(上)》);《蝜蝂传》的构思与《旧杂譬喻经》第二十一经“见蛾缘壁相逢诤斗共坠地”立意相近;《李赤传》用的是《大般涅槃经》卷二二“譬如有人坠入圊厕既得出已而还复入”的情节。六朝以来僧俗的论辩，如收在《弘明集》《广弘明集》中的文章，丰富了论辩艺术，影响了唐代的议论文字。佛典翻译中总结出来的文体理论，如道安论述的“推经言旨，唯惧失实”的重质论,“传事不尽，乃译人之咎”的译人修养论等，也给“古文”创作以启发。另外，佛典中还有不少关于写作技巧的论述，如《大般涅槃经》卷二七举出“喻有八种，一者顺喻，二者逆喻，三者现喻，四者非喻，五者先喻，六者后喻，七者先后喻，八者遍喻”;卷二八讲到佛说法有四种答:定答、分别答、随问答、置答，这讲的都是论说修辞技术。佛说十二分教，是佛经内容与体例的分类，如修多罗即契经，长行直说;祇夜即重颂，与散文记叙结合;伽陀即讽颂，偈是诗体等，实际上也是一种文体论。可以认为,“古文”的艺术成就与借鉴翻译佛典和佛家文字有关。

再例如小说和讲唱文学。中国小说发展受到佛教影响，鲁迅先生早经指出。唐人小说在主题思想上多借鉴佛教。例如沈既济《枕中记》,其人生如梦的主题是有佛教色彩的，故事情节与《杂宝藏经》二《波罗那比丘为恶生王所苦恼缘》相似;李朝威《柳毅传》则借鉴了《贤愚经》八《大施抒海品》。中国小说中的天堂地狱、六道四生、轮回报应之说，都本自佛教。这里还应提到流行于晚唐五代的变文，这是从六朝佛经“唱导”衍化出来的说唱文艺。内容有讲佛典和佛教故事的，有讲世俗故事的；形式则是韵散结合的、通俗化的。从敦煌发现的近二百个卷子（包括残卷），我们可以考察其演化痕迹，大体上内容逐渐转向世俗，形式上则更为自由多样。例如据几个《维摩诘经变文》残卷，我们可以推测原来完整的变文应有六十卷左右、几十万字，其想象恢宏、表现超拔、规模巨大，超出了中国固有的叙事文字。变文的说的部分，衍变为宋话本中的说经、说参请，影响于小说；说唱的形式又是俗文学宝卷、弹词的源头。

以上从几个侧面简述佛教对文学创作的影响。

第四个方面，佛教影响了文学语言的创造。

就以禅宗来说，禅师们传心法、斗机锋，丰富了语言表现技巧，禅师的语录是记录中古口语的宝贵资料。佛典翻译对汉语的丰富充实更是人所共知。个人在这方面没有什么研究，又有时间限制，只把问题提出来。

以上，按自己的认识，简述了唐代佛教影响于文学的概况。可以这样认为，中国佛教，特别是反映中国佛教特质与独特成就的禅宗，作为思想文化上的创造，给高度发达的唐代文学以多方面的、巨大的影响。（当然，这个影响也有消极的侧面。）目前这方面的研究还处在草创阶段，研究天地是非常广阔的。这种研究，无论对于宗教史还是对于文学史，无论在理论上还是实践上，都是有意义的。

原载于（日本）《禅文化》1986年第1期

佛教对唐代文学的影响

关于佛教对唐代文学的影响，本人还谈不到做过深入研究，这里只是略述几点看法。本人曾就这个题目在中国和日本的刊物上发表过几篇文章①，主要是讨论佛教影响唐代文学的种种表现，并就对于相关问题进行研究所应当采取的观点、方法发表些浅见。今天拟从另外的角度提出几个问题。题目很大，涉及面很广，时间又受到限制，只能简述要点，提供给诸位参考，并请提出批评。

一　概况

作为外来宗教的佛教，到隋唐时期，经过与中国传统文化的长期的冲突、交流，已经形成为独具特色的中国佛教。文学界的情况则与之相适应。对于唐代的许多文人来说，佛教的思想、观念、信仰以及处世态度、人生哲学等诸多方面，经过消化、理解，已经渗透到他们的灵魂深处。唐代文学结成丰硕果实，有唐一代文坛形成百花齐放、气象万千的局面，这成为一个重要的决定因素。

① 这里是指 1985 年陕西人民出版社出版的论文集《唐代文学与佛教》里收录的文章和同年在日本京都花园大学的讲演记录《佛教与唐代文学》。《佛教与唐代文学》刊载于日本《禅文化》1986 年第 1 期，禅文化研究所出版。

王国维曾说过：

> 佛教之东，适值吾国思想凋敝之后。当此之时，学者见之，如饥者之得食，渴者之得饮。（《论近年之学术界》）

佛教在汉魏之际广泛传播中土，以其精致的义理、玄妙的教义、奇特的想象力和大胆的构思，给久困于汉儒章句之学和迂远虚妄的谶纬之学的中国知识阶层以强大冲击，极大地震撼了思想和学术界。特别是佛教的许多经典具有浓厚的文学色彩，有些本身就是杰出的文学作品，更直接对文学创作造成了影响。佛教探究诸多重要的人生课题，佛教教理的许多方面又恰恰可补中国传统思想的不足，而宗教作为意识形态，其内容和形式又都和文学有着密切关联。正是基于如此等等理由，佛教很快就被中国文人接受了。

在六朝时期，孙绰、许询、谢灵运、颜延之等众多文人都倾心佛教。本来是依靠儒学安身立命的中国文人的创作，从而带上了浓厚的佛教色彩。研究中国文学史的人常常强调儒学对文学创作的影响，大体对于这一方面了解、说明不够。

在六朝文学中，佛教的影响主要体现在两个方面。一是在文人所创作的传统诗文里，大量融入了佛教信仰、佛教观念的内容；再一方面是在志怪小说里，加入了不少有关佛教的故事。

但是这些新的佛教方面的内容，在当时人的创作里还不能说已经达到浑融无间的程度。例如在诗文作品中，在很多场合，只是利用固有的形式来传述佛教观念。即使是著名的谢灵运的山水诗，往往也在描绘美丽风光的清词丽句之后加上一个述说佛理的尾巴；又如在《宣验记》《冥祥记》以及日本逸存的《观世音应验记》等志怪小说里，则是使用中国固有的杂记体裁来演述神异和报应故事。这表明，佛教还没有和文学创作有机地结合起来。这即是说，佛教还没有造成足以产生全新的文学成果的影响。

到了唐代，情况有了根本转变。经过数百年对于佛教经论的翻译、研究，又经过儒、佛、道以及佛教各学派之间的长期冲突与交流的过程，中国佛教趋于成熟了，终于形成隋唐时期宗派林立、教理丰富充实的极其繁荣的局面，从而佛教的思想、观念更深地浸入文人的思想意识深处。对于他们，佛教不再是单纯的信仰、理论，更是一种感情、一种思维方式，是独特的生活信念和人生态度，即成为广义上的世界观。这里所说的思维方法和感情、生活信念或人生态度等等，不仅对于那些信仰佛教的人有影响，就是在某些排佛的人身上也往往体现出来。发展到这个地步，佛教才有可能真正融入到文学之中，从而在其影响之下，开创出文学创作的新生面。

二　接受佛教的特征

那么中国文人接受佛教有哪些特征？他们又是如何使佛教与中国传统文化相调和的？佛教对于文学到底有哪些积极的影响呢？

值得注意的主要有以下三个方面：

第一，唐代文人所接受、理解、应用的佛教教义，不再单纯是追求高蹈出世，解脱寂灭的理论、观念，而更注重其独特的入世方式和积极干预现实的精神。这乃是大乘佛教济世度人教理的独特的发挥，是佛教思想在中国固有思想土壤上的发展成果。

在六朝时期，佛教界有两个重要“人物”特别受到敬仰：一个是观世音，另一个是维摩诘。观世音救苦救难，普度众生，也可以看作是儒家仁爱精神的独特体现。维摩诘辩才无碍，游戏神通，对佛教教义有深刻理解而又不放弃世俗生活，可以说是文人的一种典型。中国人特别推崇这两个“人物”，正表明他们所理解的佛教精神的根本特征。

到东晋，龙树的中观思想被系统地介绍到中土。对于中国佛教教理作出重要贡献的僧肇着重发展了中观学派调和真、俗二谛的中道观念，提出“立处即真”“触事而真”（《肇论·不真空论》）的观点，主张大乘佛教理解的“真实”（真际、真如、法身等）就体现在世俗之中。这种理论给予中国佛教各学派、各宗派以强大影响，唐代佛教的各宗派无不表现出一定的关注现世的思想倾向。

例如华严宗立“一真法界”之说，并认为这所谓“法界”是“理事无碍”“事事无碍”的。这种“事理圆融”的“法界观”，成为后来宋代“新儒学”的理论渊源之一。

天台宗有“三谛圆融”之说，对“真”“俗”二谛的统一作出新的说明。天台九祖荆溪湛然说：“三谛者，天然之性德也：中谛者统一切法，真谛者泯一切法，俗谛者立一切法。”他在《金刚錍》里更提出“砖甓瓦砾皆有佛性”的普遍的佛性论。

至于禅宗，则更进一步发挥了“立处皆真”观念。特别是发展到中唐时期的马祖道一，提出“平常心是道”的主张，从而进一步调和、沟通了世间与出世间、方内与方外、绝对本体与现实世界的关系。这样，虔诚的佛教信徒也就可以积极地关注世事，许多高僧大德也得以热衷俗务，甚至更积极地参与社会生活了。

在这样的背景之下，众多文人一方面接受佛教，研读佛典，热心结交僧侣，同时又坚持儒家经世之志，努力去实现“修身、齐家、治国、平天下”的理想。众所周知，被尊为“诗圣”的杜甫是最为充分地体现儒家民胞物与、忠君爱民精神的典型人物，同时他又是佛教信徒。他在晚年写的《秋日夔府咏怀》诗里回忆家世说：

身许双峰寺，门求七祖禅。

“双峰寺”指禅宗四祖道信在黄梅双峰山所住寺，当年神秀门下普寂在此被立为“七祖”。杜甫在《夜听许十一诵诗爱而有作》诗里更说到：

余亦师粲可，心犹缚禅寂。

“粲可”指禅宗二祖慧可和三祖僧粲。杜甫一生中与佛教交涉不少，佛教教养和熏陶相当深刻地影响到他的思想和创作。如古人所指出，其像“江山如有待，花柳自无私”这样的诗句即充满了禅趣。

又如柳宗元终生信仰佛教。他作为积极的革新政治家，曾为实现儒家经世之志坚持不渝地奋斗终身。而在这一过程中，他同样热心研习和利用佛教经典。天台的中道思想成为他推进政治变革的理论根据之一。他在与韩愈的辩论中，明确承认佛教徒不事生产等弊害，但又高度评价他们“不爱官，不争能”，注重个人“性情”修养的精神，并对封建体制下士大夫“唯印组为务”，追求名位利禄的风气进行批判。

诗人李商隐一生热衷仕途，又追求爱情，同时又参禅求道，这也是颇具典型意义的现象。

对于唐代文人来说，佛教带给他们的思想和创作一些消极的、颓废的东西是不可否认的，但更有意义的是另一方面，即给他们提供出一种不同于儒家经典教条的对于现实的新的认识方式和应对现实矛盾的另一种思想力量，从而大为开阔了他们的精神境界，因此也大大丰富了他们的文学创作。

第二，在认识和理论层面上，佛教正可补充中国传统学术，主要是儒学的不足。

众所周知，唐代以降，中国知识阶层援用佛教心性学说，开创出学术思想领域的新生面；在文学上，反映这种变化，也不断开拓出新的天地。清代有一位儒学家这样说：

夫王道废而管、商作，圣学微而释、老兴。释、老之不废

于天下者，以其稍知性命之端倪而吾儒不能胜也。（程廷祚《寄家鱼门书》，《青溪文集》卷一〇）

这是从维护儒家立场所作的发言，却道出了佛教心性学说的贡献和作用。

佛教追求解脱，认为解脱的根据在个人，因而对人的心性问题十分重视。特别是大乘中期世亲、无著一系的瑜伽行学派（输入中国后发展为唯识宗），对于人的心理现象进行了更为细密的分析，禅宗各派对心性问题也更密切地加以关注。

早在六朝时期，支遁、孙绰、慧远、谢灵运等信仰佛教的人们就十分重视探讨心性问题。谢灵运曾称赞一位佛教法师说：

夫协理置论，百家未见其是；因心自了，一己不患其踬。（《昙隆法师诔》，《广弘明集》卷二三）

而他本人的山水诗注重表现所谓"感兴""赏心"，则正与佛教的这种意识密切关联。

到唐代，许多人把佛教的心性理论与儒家思孟学派的"正心诚意"之说统一起来。如中唐的权德舆，曾参马祖道一门下，这样说：

尝试言之，以《中庸》之自诚而明，以尽万物之性，以《大易》之寂然不动，感而遂通，则方袍、褒衣其极致一也。向使师（百岩禅师）与孔圣同时，其颜生、闵损之列欤？释尊在代，其大惠、纲明之伦欤？（《唐故章敬寺百岩大师碑铭并序》，《权载之文集》卷一八）

在唐代，即使是反佛的人也往往或隐或显地接受佛教心性学说。例如韩愈《原性》、李翱《复性书》等文章里所讲的人性论，区分"性"与"情"，追求灭"惑情"而复"真性"，都大体同于禅宗的宗义。关于韩愈本人受到佛家心性论的影响，有人评论说：

> 昌黎轻富贵，齐死生，危言危行，不惑不惧，不作人天小果。佛氏所谓谤佛者，乃赞佛者也……由先生观者，即绝口不言佛，固深于佛者也。（郭正域评选《韩文杜律》卷首）

又如柳宗元和白居易，则更直接标榜自己对佛教心性论的体认。

唐诗重“兴象”，重“感兴”，从一定意义上说，也是重心性的表现，也与佛教的影响有关。由于唐代文人们积极地接受了佛教的心性学说，大为丰富、发展了他们的思想观念和创作内容。

第三，佛教发展到唐代，已经不只是单纯的教义和信仰，更滋生出一种人生理想和人生态度。这一点体现在具体人身上，有时和是否信仰佛教没有关系。例如六朝时期慧远曾说：

> 抗礼万乘，高尚其事，不爵王侯而沾其惠。（《沙门不敬王者论》，《弘明集》卷五）

这本来讲的是沙门不须致敬王者，而这段话对于许多文人来说，不只意味着沙门与世俗权威的关系，也是作为个人所应采取的人生姿态。又如柳宗元称赞佛教徒“不爱官，不争能”，指出这与《礼记》里所谓“人生而静，天之性也”的观念相一致，而他本人正从佛教汲取了对抗现实打击的力量。

更值得注意的是白居易。他年轻的时候写《策林》和《新乐府》，批判佛教，反对迷信，充分发扬了理性精神。可是他又结交僧侣，研习佛说，持戒坐禅，晚年更居住在香山，过着居士生活。他又曾学道教，炼丹药，更热衷于诗酒逸乐。对于白居易来说，佛教的人生观乃是他求得灵魂自由的依据，使他能够保持一种超凡脱俗、宠辱不惊，不为名缰利索所束缚的人生姿态。佛教影响下的人生态度，往往使人们得以保持澄明清净的心境，超越自我的苦乐悲欢，这也成为唐代许多杰出诗作的主题。

律书《五分律》里有一个故事，说须菩提比丘出家的时候，亲属们告诉他求道的关键在内心，而不在形迹，当时他不同意，认为出家人在修养上高出俗人一等。可是到唐代，那种不被须菩提认可的看法却得到肯定了。开元年间的著名宰相姚崇在《谏造寺度僧奏》里明确说：

佛不在外，求之在心。（《全唐文》卷二〇六）

在他的《遗令》里也有“正法在心”（《旧唐书》卷九六本传）的遗教。对于他来说，反对无限制地度僧造寺，并不意味着排斥佛教，他要求在内心里把握佛教的精神。实际上在佛教方面，禅宗的“呵佛骂祖”也可以说是“求之在心”的一种表现。

总之在唐代，佛教的影响已超越信仰层面而融入到文人的生活、思想、感情等等之中。如张若虚《春江花月夜》诗里描写的那种如梦如幻的境界，韦应物《滁州西涧》诗里所表达的闲静的情趣，还有韩愈的《山石》诗描写所谓“当流赤足踏涧石，水声激激风生衣。人生如此自可乐，岂必局束为人鞿”等等，表面看来与佛教没有关系，可是在其意象和思想、观念里却可以隐然发现佛教影响的影子。

清人恽敬说过：

世之儒者知中国之变而为佛，而不知佛之变而为中国；知士大夫之遁于佛，而不知为佛者之托于士大夫。（《潮州韩文公庙碑文》，《大云山房文稿》二集卷四）

实际上，佛教在中国传播并臻于兴盛的过程，也是外来的佛教思想与中国传统思想相互影响，相互交流，并产生出新的思想成果的过程。当然如上所说，佛教固然给中国思想和中国文学带来不少消极的东西，然而更重要的是，由于两大思想传统的结合，佛教及其思想自身也在发生变化并形成新的特征，进而作用于文学，不断创造出新的积极的成果。这里所谓的新特征主要就是上面述说的三点。

三 影响唐代文学的成果

佛教影响唐代文学到底产生了怎样的成果，即唐代佛教对文学创作的影响表现在哪些方面呢？

第一，唐代的文学观念发生了巨大变化，这种变化与佛教有关系。

中国传统文学观念主“诗教”。所谓“诗言志”，所言为儒家经典体现的圣人之志；又主张所谓“兴、观、群、怨”，则强调文学的社会效用。这是重伦理、重现实、重道德的文学理论；但谢灵运等人早已说过：

> 六经典文，本在济俗为治耳。必求性灵真奥，岂得不以佛经为指南耶？（何尚之《答宋文帝赞扬佛教事》，《弘明集》卷六）

他们已经在强调佛教“性灵”理论的重要意义。又张融说：

> 夫性灵之为性，能知者也；道德之为道，可知者也。（《答周颙书》，《弘明集》卷六）

这里区分人的认识为“能知”和“可知”，主张能动地起“能知”作用的则是“性灵”。

到唐代，强调主观“心性”作用的文学观念出现了。例如殷璠的《河岳英灵集》主张“兴象”，诗僧贯休等人提倡“性灵”等。特别应当指出的是“境界”说和“以禅喻诗”论。

按照中国传统的朴素的唯物观念，外境是客观存在，文学则是反映外境的产物。这就是所谓“感物而动”，“饥者歌食，劳者歌事”的文学观。

但依据佛教教理看来，外境是无自性的，即是“性空”的。唯识学派认为：

> 是诸识转变，分别、所分别，
> 由此彼皆无，故一切唯识。（世亲《唯识三十颂》）

《成唯识论》里则说：

> 外境随情而施设，故非有如识；内识必依因缘生，故非无如境。
>
> 境依内识而假立，故唯世俗有；识是假境所依事，故亦胜义有。

这是说，“万法唯识”，外境不过是内识在一定因缘条件下的变现。这样，人们的“所缘”即所感知的世界（所分别）均依“能缘”即内识（分别）而存在，客观现象不能离开主观心识。这样的理论显然是唯心的，但在说明文学创作实践方面却有意义。因为在文学创作中，主观意识显然起着巨大的能动作用。就这一点说，佛教的观念是与中国传统的文学理论大不相同的。

正是在唯识“境界”理论的影响下，出现了诗僧皎然论诗的“境界”说。概括地说，皎然“境界”说有两个要点。一是所谓“取境”。他在《诗式》的“辨体有一十九字”条里指出，“取境”的高下乃是决定诗歌创作成败的关键。这里所谓“取境”正是唯识学的观念。世亲的《大乘五蕴论》和安慧的《大乘广五蕴论》都说到“想蕴”，说“谓于自境界取种种相”；《成唯识论》则说“想”是“唯于境取像为性”。“取境”意味着通过主观来形成境像。再一点是“缘境”，即所谓“诗情缘境发”（皎然《秋日遥和卢使君游何山寺宿敭上人房论涅槃经义》，《全唐诗》卷八一五）。窥基的《百法明门论解》说色法是“缘境”而生。依据这样的理论，心造的境界即可产生诗情。这是和中国传统的“诗教”全然不同的看法。

在中唐时期，这种“境界”说造成相当大的影响。如梁肃说：

心迁境迁，心旷境旷。

物无定心，心无定象。（《心印铭》，《全唐文》卷五二〇）

吕温则说到“造境”：

研情比象，造境皆会。（《联句诗序》，《吕衡州集》卷三）

刘禹锡则说“境生象外”：

片言可以明百意，坐驰可以役万景。（《董氏武陵集纪》，《刘宾客文集》卷一五）

权德舆说：

凡所赋诗，皆意与境会，疏导情性，含写飞动，得之于静，故所趣皆远。（《左武卫胄曹许君集序》，《文苑英华》卷七一三）

而白居易则说：

境兴周万象，土风备四方。（《洛中偶作》，《白氏长庆集》卷八）

托名王昌龄，但可以肯定是贞元年间以前所作的《诗格》提出诗有三境：物境，情境，意境，强调“思之在心”；到晚唐司空图的《诗品》，描述诗歌体现的二十四种境界，实际都是诗人心造的境界。

关于以禅喻诗，已经有许多人论述过。从“以诗说禅”到“以禅喻诗”“诗禅交融”“诗禅一致”，也都标志着文学观念的深刻变化。

总之，受到佛教教理的启发，文学观念发生了深刻转变（当然还有别的因素起作用）；特别是在创作主体的探究方面，增添了不少新的内容。而理论方面的演变，必然对文学创作实践起到推动作用。

第二，就开拓文学创作内容看，佛教影响也十分显著。

明末“四高僧”之一的憨山德清说过这样的话：

> 昔人论诗，皆以禅比之。殊不知诗乃真禅也。陶靖节云："采菊东篱下……"此等语句，把作诗看，犹乎蒙童读"上大人丘乙已"也。唐人独李太白语，自造玄妙，在不知禅而能道耳。若王维多佛语，后人争夸善禅。要之，岂非禅耶？特文字禅耳，非若陶、李造乎文字之外。(《杂说》，《梦游集》卷三九)

他这里所论诗、禅关系是有一定道理的。唐代文学创作受佛教影响，诸如作品里表现参禅悟道内容，描绘僧侣和寺院生活，描写与僧人交游情形等等，当然是重要的表现。而另外的情形同样值得重视，即虽然不是直接写佛教题材，也没有明显的佛教观念，但佛教的影响流露在或隐或显之间。这种影响往往是更深刻的。

例如对待自然景物的态度。在中国古代文学传统中，相对来说对自然本身并不够重视。景物描写在作品里主要是作为环境、背景，或作为一种比喻或象征而被表现的。即自然本身并不具有宇宙观的意义，在文学作品里也没有从这个角度来加以探究和描绘。但佛教主张"万法平等"，认为自然现象能够体现出"道意"。六朝时期创作杰出山水诗的作者多是佛教徒，是有一定缘由的。而作为佛教信徒的宗炳说：

> 山水以形媚道，而仁者乐。(《画山水序》，《全宋文》卷二〇)

这就是对山水的一种全新的看法。到唐代，六祖慧能的《坛经》里说：

> 性含万法是大，万法尽是自性。

进而又说：

> 虚空能含日月星辰、大地山河、一切草木、恶人善人、恶法善法、天堂地狱……

由此就可以推导出自然界的万物均体现佛性的观念。受到这种认识的启示，唐代诗人们积极地到自然现象中探寻"真意"，在自然描写里表现出一种超乎形迹的绝对精神。如孟浩然、王维、李白、韦应物、柳宗元等人描写山水风景的诗作，别有深刻意趣，道理正在这里。这也可以说是古代艺术境界的一大开拓。

对人生的理解和表现也同样。中国古代传统上认为个人是社会存在，理想的人生则要立德、立功、立言，修身是为了治国、平天下。个人脱离社会有什么价值，几乎不在考虑之列。但是"大乘十喻"说"一切有为法，如梦幻泡影"。受其影响，人生如梦成为文学的新主题。不只是诗人加以吟咏，在唐人传奇小说如《南柯太守传》这样的作品里也在积极地表现这一主题。慨叹人生苦短、人生是苦，表现生老病死的悲哀，抒写超脱世间的幻想以及永生的追求等等，当然，这些在今天看来具有消极意味，但在艺术上确实有所开拓，更有着某些积极的思想意义。

第三，文学形式的创新。

唐代文学形式的创新，在继承前人传统的基础上为后人开拓出更广阔的创造道路，与佛教也有密切关联。

众所周知，唐代古文运动的一个重要主张是所谓"文以明道"。但在此以前的六朝时期，文坛上流行的是"事出于沉思，义归乎翰藻"的雕绣藻绘之文。当时真正的"明道"之作多出于佛教徒之手。比较《文选》和《弘明集》的文字，可以看出全然不同的两种文风，两种写作潮流。例如僧肇的《肇论》，就是作为议论文字看也是十分杰出的。当时佛教信徒之间和佛教与世俗之间的论辩文章，发展了论辩技巧，在概念的辨析、推理的严密、论证的精确等方面都达到了相当高的水平。正是借鉴了这方面的成就，唐人的议论文字才创造出空前的成绩。唐代散文中的寓言文更直接受到佛教譬喻类经典的影响。值得注意的是，唐代古文运动开拓期的重要人物如李华、独孤及、梁肃、权德舆等人，都和佛教有密切关系；即使是韩愈的排佛文章，许多地方也借鉴了佛典或佛教护法文章的表现技巧。

在诗歌方面，翻译佛典促成汉语音韵学的进步，受其启发，中国人发展和规范了诗歌格律，促进了近体诗的形成和发展，这是众所周知的。而从盛唐到晚唐，诗歌史上有两种倾向值得注意。一是说理成分逐渐增多，再一点是表达方面逐渐趋向平易浅俗。这显然和翻译佛典偈颂，佛教通俗诗人的创作以及禅僧以诗谈禅，大量创作诗偈等现象有很大关系。目前把这些佛教的或与佛禅相关的作品当作文学创作来研究的，还不是很多。讨论宋代“以文为诗”的潮流，人们多指出理学的影响，而很少触及佛教的影响。实际上从慧能南宗禅“不立文字”的偈颂，到晚唐五代的以诗说禅，都已显示出表达上的哲理化倾向。诗歌领域的发展，明显受到这种趋势的影响。就诗歌体制论，晚唐时期律诗、绝句占更大比例，篇幅狭小，也正与当时流行的禅偈在一机一境中表开悟的做法相一致。

又，唐代的民间文学样式如说话、变文、戏弄等，其形成都与佛教有关联。特别是变文，真正是在佛教土壤上发展起来的说唱艺术，给予后世弹词、宝卷以直接影响，更间接影响到话本小说的创作。唐代的舞蹈、戏曲主要在寺院的“戏场”演出，佛教内容的节目当然很多。

总之，唐代是中国古典文学发展中的兴盛和转折时期（正是在这一时期，文学主体由社会上层的文人士大夫开始向一般民众转移），佛教对于推动这一过程起着很大作用。

以上，仅就佛教对于唐代文学影响的总的形势，这种影响的特征及其在创作中的表现等，分三个方面作以简单的概述。

佛教对文学的影响是十分复杂的问题。在一段时间里，中国学术界就这一方面基本取单纯否定态度，即使是对历史事实的分析和检讨也很不充分。应当认识到，宗教在当代社会里的作用和在历史上的作用是有相当大的不同的；其在政治、经济领域的作用与其在文学艺术领域的作用也不可同日而语；进而，以革命时代革命家的宗教批判代替学术研究，更是不适当的。当然，承认佛教对于文学的积极影响，并不是否定其消极侧面，更不是提倡把宗教导入当代文学创作之中。我们只是就历史事实加以说明和解释，把历史的东西还原给历史。

原载于（日本）《东方学》第73辑，1987年

唐代文人的习禅风气

禅宗在唐代兴起以后，文人们普遍地习禅。这是思想史与文学史上值得重视的现象。禅宗作为佛教中的一个革新宗派，不只确立了一套全新的信仰①与修持方法，而且发展出具有新内容的宇宙观和认识论。把它的观念与理论应用于人生实际，又形成了独特的人生观与生活方式。禅的理论与实践，广泛影响到社会生活的各个方面，并特别受到领导时代思想潮流的文人们的欢迎，更作用于当时和以后的思想文化发展。本文拟就文人习禅及其对唐诗创作的影响作一简略描述。

一　唐文人多结交、礼敬禅僧

宋人指出："自唐以来，禅学日盛，方智之士，往往出乎其间。"②

后来有人从批评角度说："唐世士大夫重浮屠，见之碑铭，多自称弟子，此已可笑。"③这也包括对于禅宗的态度。

---

①作为教外别传的禅宗，反对对于偶像、经卷的迷信，是从传统"信仰"下的解放。但它作为宗教，又树立起新的教义，并形成对这些教义的"信仰"。

②周必大：《寒岩升禅师塔铭》，《文忠集》卷四〇。

③周密：《癸辛杂识》前集。

新兴的禅宗本来孕育、发展于今湖北、广东僻远地区，到则天朝进入中原，很快就倾动朝野。这后起的小小宗派在社会普遍的礼重中，不久就蔚为大观，逐渐造成了凌驾于其他宗派之上的形势。造成这一局面的原因很多，重要的一点就是它的精神与当时一般文人的思想意识相契合，在客观上适应了时代的思想潮流。

则天朝，五祖弘忍弟子神秀被召入都①，武则天设内道场亲自问道，"王公以下，京邑士庶，竞至礼谒"，"中书令张说尝问法，执弟子礼"。其死后，"岐王范、燕国公张说、征士卢鸿各为碑诔，服师丧者，名士达官不可胜记"②，被称为"两京法主、三帝国师"③。后来其弟子普寂代统其众，也是"王公大臣竞来礼谒"④，死后著名文人和书法家李邕为制塔铭⑤。其弟子法云，受到齐浣、崔令钦等人推重，散文家李华为他著有《润州天乡寺故大德云禅师碑》⑥。神秀的另一个弟子义福于都城传教二十余载，人皆仰之，"兵部侍郎张均、太尉房琯、礼部侍郎韦陟常所信重"⑦。他死后出丧时，"缙绅缟素者数百人，士庶丧服者有万计，自鼎门至于塔所，云绝雷恸，信宿不绝"⑧。在佛教历史上，一个教派的僧侣们一时间造成如此轰动是少见的。

如果我们仔细分析就会发现，在朝廷中支持新兴的禅宗活动的，主要是出身庶族地主的新进官僚。张说就是这一阶层的代表人物。支持武则天王朝的也有这些人。新兴的禅宗把成佛的正因

---

①参阅宋之问：《为洛下诸僧请法事迎秀禅师表》，《全唐文》卷二四〇。

②赞宁：《宋高僧传》卷八。

③张说：《唐玉泉寺大通禅师碑铭》，《全唐文》卷二三一；张说又有《谢赐御书大通禅师碑额状》，《全唐文》卷二二四。

④《宋高僧传》卷九。

⑤李邕：《大照禅师塔铭》，《全唐文》卷二六二。

⑥《全唐文》卷三二〇。

⑦《宋高僧传》卷九。

⑧严挺之：《大智禅师碑铭》，《全唐文》卷二八〇；又参阅阳伯成：《大智禅师碑阴记》，《全唐文》卷三三一。

归之于每个人的内心，把经教信仰和繁难修持变成了心性修养功夫，以简洁明快的哲理打破了堆积如山的经论议疏。因此，禅宗的一系列观念在客观上就成了反对门阀贵族所依恃的人性品级的武器。它受到一般文人的欢迎，原因主要在这里。

这样，从则天朝起，禅宗大为流行，“帝王之地，禅伯甚多”①。文人结交禅侣，参禅悟道，渐成风习。这里只举代表盛唐文学（诗歌）的三个伟大人物为例。

受禅宗影响最深的是王维。他生前就受到“当代诗匠，又精禅理”②的赞誉。其母崔氏师事大照禅师普寂三十余年，他本人写有《为舜阁黎谢御题大通大照和尚塔额表》③。关于他广泛结交禅僧的情形，笔者曾有论述④。他的弟弟王缙也好佛，曾为大照普寂一系的昙真著碑志⑤。王维在南阳遇到慧能弟子神会⑥，应是在开元二十八九年为殿中侍御史，知南选，赴襄阳的时候⑦。其时已是神会在滑台无遮大会上楷定南宗宗旨之后。与神会的结交对王维影响甚大。后来王维写著名的《能禅师碑》，这是一个机缘。他的后期思想与创作，习染南宗思想观念极其深刻。

李白求仙访道，与道教有更密切的关系；但他又有倾心佛教的表现。这也符合当时儒、道、佛三教调和的思想潮流。他的《赠僧崖公》诗中的崖公，就是“学禅”的，其中写道：“授余金仙道，旷劫未始闻”⑧。他

①《祖堂集》卷三。

②苑咸：《酬王维序》，《全唐诗》卷一二九。

③《请施庄为寺表》，赵殿成：《王右丞集笺注》卷一七。

④参阅孙昌武：《王维的佛教信仰与诗歌创作》，《文学遗产》1981年第2期；又《唐代文学与佛教》，陕西人民出版社，1985年。

⑤王缙：《东京大敬爱寺大证禅师碑》，《全唐文》卷三七〇。

⑥参阅胡适校：《神会和尚遗集》，台北胡适纪念馆，1982年。

⑦参阅陈贻焮：《王维诗选》后记，人民文学出版社，1959年。

⑧王琦注：《李太白全集》卷一〇。

的《赠宣州灵源寺仲濬公》诗说"观心同水月,解领得明珠"①,用的是永嘉玄觉《证道歌》的观点和语言②。其《同族侄评事黯游昌禅师山池二首》之一说:"远公爱康乐,为我开禅关。肃然松石下,何异清凉山。花将色不杂,水与心俱闲。一坐度小劫,观空天地间。"这里的感受与机趣都表现了他对禅的修养。

杜甫与佛教的关系比李白远为密切。他从青年时期起,就多结交僧侣,南游江宁时曾结识旻上人。其文集中第一篇作品《游龙门奉先寺》,仇兆鳌以为是杜甫二十四岁后游东都时所作,诗中就写道:"天阙象纬逼,云卧衣裳冷。欲觉闻晨钟,会人发深省。"③文句中流露出深刻的禅意。天宝十四年杜甫所作《夜听许十一诵诗爱而有作》中说:"余亦师粲可,心犹缚禅寂。"④"粲可"指禅宗二祖慧可和三祖僧粲。晚年在夔州所作《秋日夔府咏怀寄郑监李宾客一百韵》中又说:"身许双峰寺,门求七祖禅。"双峰寺指四祖道信与五祖弘忍传法的蕲州双峰山东山寺,"七祖禅"则指神秀弟子普寂⑤。他所

---

①王琦注:《李太白全集》卷一二。

②王琦注:《李太白全集》卷二〇。

③仇兆鳌注:《杜少陵集详注》卷一。

④仇兆鳌注:《杜少陵集详注》卷三。

⑤仇兆鳌注:《杜少陵集详注》卷一九。关于双峰,或据《宝林传》指慧能传法处,那么七祖即指神会。按,在安史之乱前后,神会的传法体系似未被普遍承认,因此在李邕(《大照禅师塔铭》,《全唐文》卷二六二)、李华(《润州天乡寺故大德云禅师碑》,《全唐文》卷三二〇)、王缙(《东京大敬爱寺大证禅师碑》,《全唐文》卷三七〇)等人作品中,都称普寂为七祖。正如蔡梦弼《草堂诗笺》所说:"六祖之道,至肃宗上元初方盛。故肃宗自曹溪请其衣钵,归内供养。"由于法系不明,才需要德宗贞元十二年确认神会为七祖,见宗密《中华传心地禅门师资承袭图》《圆觉经大疏抄》三等。此后的文献,如徐岱《唐故昭圣寺大德慧坚禅师碑铭并序》(原刻存西安碑林)、贾竦《扬州华林寺大悲禅师碑铭并序》(《全唐文》卷七三一)等,才明确南宗传法统绪。钱谦益注杜以为七祖指神会,潘耒批评说:"少陵于禅学未究南北顿渐宗旨,何尝有意轩轾?而钱氏便以此二语,为六祖南宗之证,穿凿支离,子美所不受也。"(《书杜诗钱笺后》,《遂初堂集》卷一一)这不失为通达公允的看法。

结交的友人房琯，与南北二宗交契均深。其入蜀后的许多作品，表现出心境一如、任运随缘的情趣，他还写过《谒真谛寺禅师》那样的表现其直接与禅师交往的作品。

早在中宗时，慧能的名字已传入都城①，但其独特禅风并未大显。后来神会入中原活动，连受排斥。直到安史之乱中，神会募香火钱以助军用，大大密切了与朝廷的关系。也许主要是因此而有肃宗朝奉迎慧能衣钵入内供养之举。同时上元年间，六祖法嗣慧忠被"诏赴上都千(荐)福寺西禅院安置，后归光宅寺。肃宗、代宗前后两朝，并亲受菩萨戒，礼号国师焉"②。慧能的顿悟自性清净心的新说，把弘忍所提倡的观心看净的自心修养功夫发展为对主观的体认，把须渐修而得的净心与本性合而为一，这更适合了力图打破等级名分以及传统章句限制的知识分子的要求，再加上政治力量的推动，南宗禅很快扩展了它的势力。终唐之世，历世文人多有歌颂祖师的诗文。如对三祖僧粲，有独孤及《舒州山谷寺觉寂塔隋故镜智禅师碑铭》③、《舒州山谷寺上方禅门第三祖璨大师塔铭》④，张彦远《三祖大师碑阴记》⑤。对四祖道信，赵嘏有《四祖寺》诗："千株松下双峰寺，一盏灯前万里身。自为心猿不调伏，祖师元是世间人。"⑥贾岛《夜坐》诗说："三晚两鬓几支雪，一念双峰四祖禅"⑦。对牛头系法融，刘禹锡有《牛头山第一祖融大师新塔记》⑧。对六祖慧能，除柳宗元、刘禹

①唐中宗李显《召曹溪慧能入京御札》："万机之暇，每究一乘，曾拟召慧能入京。"(《全唐文》卷一七)。

②《祖堂集》卷三。

③《全唐文》卷三九〇。

④《全唐文》卷三九二。

⑤《全唐文》卷七九〇。

⑥《全唐诗》卷五五〇。

⑦《全唐诗》卷五七四。

⑧《全唐文》卷六〇六。

锡有碑文外，刘还作有《佛衣铭并序》[①]，辩六祖置衣不传之旨；唐人诗文中对他表示礼敬（包括对曹溪）的诗文不胜枚举。

神会以后，其荷泽一系并未大显，但受到称颂者仍有几位。例如其弟子灵坦于大历年间化行梁国，田神功曾供养；元和年间，李鄘署理广陵，对之钦重[②]。刘禹锡《袁州萍乡县杨岐山故广禅师碑》[③]里的乘广，贾餗《扬州华林寺大悲禅师碑铭》[④]里的云坦，都是神会弟子。

禅宗在中晚唐得到大发展的是南岳一系的马祖道一和青原一系的石头希迁。中唐时湖南主石头，江西主大寂：石头重偈颂，大寂重言句。这两系的禅风都很富文学色彩，禅僧们与文人交往亦甚密切。以下仅举出一些著名的例子。

石头门下药山惟俨，李翱出任朗州刺史时，曾向他问道，记述见于僧史、灯录，其开悟诗亦见于作品集，是唐文人习禅的著名例子[⑤]。其弟子柏严明哲，广泛结交朝士贾岛、周贺、殷尧藩等人[⑥]。潮州大颠与因为论佛骨而贬官潮州的韩愈结交，也是思想史和文学史上的公案。裴均为荆南节度使，对天皇道悟"问法勤至"，其弟子崇信"因李翱尚书激扬，时乃出世"[⑦]。符载有天王（皇）道悟碑[⑧]。丹霞

---

①《全唐文》卷六〇八。

②《宋高僧传》卷一〇。

③《全唐文》卷六一〇。

④《全唐文》卷七三一。

⑤如李翱与惟俨谈禅的记述，僧史、灯录或多夸饰附会，不可尽信，但其间交往的情事，应是可以肯定的。其他人的情况，如韩愈与大颠的关系等等，亦可如是观。

⑥周贺、殷尧藩有赠柏岩诗，贾岛、李益有哭柏岩诗。

⑦《宋高僧传》卷一〇。

⑧符载：《荆州城东天王寺道悟禅师碑》，《全唐文》卷六九一；丘玄素：《天王道悟禅师碑》，《全唐文》卷七一三。自宋代张安道以后，有些人据上列二碑证明有两道悟，生缘出处绝异，并进而推论云门、法眼二宗统系；此后就此问题进行了长期辩论。此不俱论。现学界一般认为丘碑为伪撰，二天皇为伪说。

天然、京兆尸利在洛阳或长安等地活动，在社会上亦广有影响。

马祖活动在江西。贞元初，李兼为江西都团练观察使、洪州刺史，对之礼重。李兼门下有杨凭、柳镇、权德舆等，都是一时文坛名流。柳镇是柳宗元之父，后来宗元写有《大鉴禅师碑》，实际上他早年随父居洪州任所，即受禅宗熏染。权德舆著有《洪州开元寺石门道一禅师塔碑铭》等不少与佛教和禅宗有关的文字。他周流三教，自认受教于马祖，加之又是文坛领袖，影响文坛风气不小。“大寂之徒，多诸龙象，或名闻万乘，入依京辇；或化治一方，各安郡国”①。其门徒号称八百，现知名者有百二十余人。著名的如京都兴善寺惟宽，白居易曾四诣法堂问道，作《传法堂碑》②。雍陶后来有《宿大彻禅师故院》诗③。另一位佛光如满，与白居易、刘禹锡结交，曾与晚年的白居易在龙门香山结社。崔群也喜禅，他做湖南观察使时，曾与东寺如会结“师友之契”，出镇宣城，对芙蓉太毓也“深乐礼谒，致命诚请”④。南泉普愿有宣州刺史陆亘拜为门弟子。归宗智常曾与江州刺史李渤论道。紫王道通有于頔最所归心，李渤亦对之礼重。而百丈怀海法嗣黄檗希运受到裴休供养，为建大禅宛，请说法，留下了《传心法要》等一系列著作，更是禅宗史上有名的。

此外，如牛头系的径山道钦，崔涣、裴度、第五琦、陈少游等均曾执弟子礼⑤；李吉甫作有《杭州径山寺大觉禅师碑铭》⑥；张祜有《题径山大觉禅师影堂》⑦诗；后来杜牧有《送太昱禅师》诗：“禅心深竹里，心与径山期。”又有《宣州开元寺赠惟真上人》：“曾与径山为

①陈诩：《唐洪州百丈山故怀海禅师塔铭》，《全唐文》卷四四六。

②《白氏长庆集》卷四一。

③《全唐诗》卷五一八。

④《宋高僧传》卷一一。

⑤《宋高僧传》卷九。

⑥《全唐文》卷五一二。

⑦《全唐诗》卷五一〇。

小师。”①牛头系的鸟窠道林禅师也与白居易有交往。被称为华严五祖，同时又是六祖下五世的圭峰宗密，是政治上很活跃的人物，韩愈、白居易、刘禹锡等都有赠诗给他。刘诗说：“自从七祖传心印，不要三乘入便门。”②这里的七祖指的是神会。贾岛有《哭宗密禅师》诗③，裴休则有《圭峰禅师碑铭》④，温庭筠有《重游圭峰宗密禅师精庐》⑤。

在晚唐，五家中首先兴起的是沩仰宗和临济宗。临济宗活动在河北割据之地，沩仰宗在今湖南、江西，在与文人关系上它们发扬了石头、大寂的传统。沩山灵祐受到李景让、裴休礼重。周朴有《赠大沩和尚》诗，并留有断句：“禅是大沩诗是朴，大唐天子只三人。”⑥其死后，卢简求为碑，李商隐题额⑦。张乔则有诗《闻仰山禅师往曹溪因赠》《赠仰大师》，后一诗中说：“仰山因久住，天下仰山名。井邑身虽到，林泉性本清。”⑧

以上所举的，都是见于各家灯录的著名禅师的例子。一些难以确考法系的有名、无名禅师见于文献，并与文人有交往的，更不胜枚举。另外还有大量诗僧，艺（书、画、棋等）僧等活动于文人圈子，也多与禅宗有关。当然，文人结交、礼敬禅僧，情况很不相同。有的如王维等人，是禅宗信徒；有的虽非信徒，但在思想上有契合处，如贾岛、姚合一派中晚唐诗人；有的并不接受佛教信仰，甚至如韩愈等是标榜反佛的，也与禅僧结交。但综观禅宗僧侣的活动，以及其与官僚、文人的关系，可以看出禅宗思想浸润之深广，以及广

①《全唐诗》卷五二六。

②《送宗密上人归南山草堂寺因诣河南尹白侍郎》，《刘宾客文集》卷二九。

③《全唐诗》卷五七三。

④《全唐文》卷七四三。

⑤《全唐诗》卷五七八。

⑥《全唐诗》卷六七三。

⑦《宋高僧传》卷一一。

⑧《全唐诗》卷六三八。

大文人习禅风气的兴旺。

二　文人习禅活动的普及

慧能和神会的南宗禅主张“自性清净心”，已经大大简化了修持方法，高度肯定了主观个性。而到了马祖、石头以后，主张“平常心是道”“触事而真”，这样，肯定了禅就在人生日用、穿衣吃饭之中。扬眉瞬目，举手投足，无非是道。禅所依靠的只是个人内心的体验，而这种体验又解脱了一切经典、偶像以至传统佛教教学的束缚。这种开阔弘通的学风，有助于禅在文人中的普及。其标举的口号是道不要修，结果习禅就融合到日常生活之中，成为文人活动的一个组成部分。

文人们习禅主要在寺院、禅房。中唐以前，还没有专门的禅院，禅师们寄住在一般寺庙中。后来才建起了禅院，或在寺庙里立禅堂。唐代的寺庙不只是宗教场所，而且也是人们寓居、游览、读书以至娱乐的地方，可以说是社会上的某种文化中心。而文人们在寺院寄居，必然受到宗教上的熏染①。

例如杜甫在京时与大云寺主赞公交，有《宿赞公房》等诗；后来到天水，也曾住在移居那里的赞公土室。颜真卿本“不信佛法，而好居佛寺，喜与学佛者语”②。韦应物喜居精舍，屡见于诗，如建中二年除比部员外郎以前曾住善福精舍，有诗云：“简略非世器，委身

①参阅严耕望：《唐史研究丛稿》第八篇《唐人习业山林寺院之风尚》，九龙新亚研究所，1969年。

②颜真卿：《泛爱寺重修记》，《全唐文》卷三三七。

同草木。逍遥精舍居，饮酒自为足。”①李泌“尝读书衡岳寺”②，与明瓒禅师即懒残和尚游。柳宗元贬永州，曾居龙兴寺。李绅年轻时与僧鉴玄“同在惠山十年”③，《云溪友议》卷一《李相公绅》记其被主藏僧苛待事。白居易晚年居于香山寺，这是大家都知道的。贾岛亦多居佛寺，他那一派诗人与诗僧无可结交，经常在无可院中共宿，屡见各家诗作。许浑下第后曾寓居崇圣寺，有“静依禅客院，幽学野人家”④之句；又曾住杭州龙华寺，与契盈上人交。薛能“晚节尚浮屠，奉法唯谨”，也在佛寺寓居⑤。“王播少孤贫，尝客扬州惠昭寺木兰院，随僧斋餐。”⑥郑谷“乱离之后在西蜀半纪之余，多寓止精舍”，“多结契山僧，曰蜀茶似僧，未必皆美，不能舍之”⑦。张祜性爱山水，多游佛寺。杜牧曾寓居扬州禅智寺，有“禅智山光好墓田”之句。温庭筠有《宿辉公精舍》《宿一公精舍》等诗⑧。司空图《乱后三首》之三说：“世事尝艰险，僧居惯寂寥。”⑨周朴避地福州，寄食乌石山僧寺。郑嵎“常得群书，下帷于石瓮僧院”⑩。陈琡挈家居茅山，焚香习禅。李骘“肆业于惠山寺，居三岁”⑪，如此等等。

正如《新唐书》上所说：“天宝后诗人多为忧苦流寓之思，及寄兴于江湖僧寺。”⑫当然这些诗人不全是为了习禅，但可以设想有相

---

①《始除尚书郎别善福精舍》，《全唐诗》卷一八九。

②《太平广记》卷三八引《邺侯外传》。

③李绅：《重到惠山》，《全唐诗》卷四八二。

④许浑：《下第寓居崇圣寺感事》，《全唐诗》卷五三〇。

⑤辛文房：《唐才子传》卷七；薛能：《夏日蒲津寺居二首》，《全唐诗》卷五六〇；《云花寺寓居赠海岸上人》，《全唐诗》卷五六一。

⑥王保定：《唐摭言》卷七。

⑦《唐才子传》卷九。

⑧《全唐诗》卷五八二、五八三。

⑨《全唐诗》卷六三二。

⑩郑嵎：《津阳诗序》，《全唐诗》卷五六七。

⑪李骘：《题惠山寺诗序》，《全唐文》卷七二四。

⑫《新唐书》卷三五《五行志》。

当一部分人是度过一定的禅居生活的。还有些人则曾自觉不自觉地受到寺院习禅风气的影响,可以举一些诗文为例来说明。早期如李适之曾习禅于弘忍法嗣法现:"弟子左相兼兵部尚书李适之,往以先君佐蕲,瞻言归省,因得礼尊仪于密座,委弱质于专门。"①独孤及有《诣开悟禅师问心法次第寄韩郎中》诗②。这都表明他们曾亲去寺院(禅院)习禅。施肩吾诗中说:"窗牖月色多,坐卧禅心静。"③孟郊《夏日谒智远禅师》诗:"抖擞尘埃衣,谒师见真宗。何必千万劫,瞬息去樊笼。"④这都是谒师习禅的体验。郑谷《忍公小轩二首》之一:"松溪水色绿于松,每到松溪到(听)暮钟。闲得心源只如此,问禅何必向双峰。"⑤杜荀鹤《舟行晚泊江上寺》:"久劳风水上,禅客喜相依……月上潮平后,谈空渐入微。"⑥周朴《赠无了禅师》:"禅情岂堪问,问答更无穷。"⑦这写的是谈禅时的具体情景。陆龟蒙《奉和袭美初冬章上人院》中说:"每伴来方丈,还如到四禅。"⑧章上人院是他和皮日休经常去谈禅的地方。

南宗禅的一个重要特点就是它具有重实践的品格。这实践可以有两方面的含义:一是禅本身是一种实践活动,它不只是理论、概念,而是人生实际的体验;二是禅与广泛的生活实际相结合。因此,禅是"立处皆真""即事而真"的,人生日用之中它无所不在。因此习禅不一定在寺院里,在哪里都可以。王维晚年在辋川建别业,召僧元崇等人,"松生石上,水流松下。王公焚香静室,与崇相遇,

①李适之:《大唐蕲州龙兴寺故法现大禅师碑铭》,《全唐文》卷三〇四。
②《全唐诗》卷二四七。
③《宿南一上人山房》,《全唐诗》卷四九四。
④《全唐诗》卷三八〇。
⑤《全唐诗》卷六七五。
⑥《全唐诗》卷六九一。
⑦《全唐诗》卷六七三。
⑧《全唐诗》卷六二二。

神交中断”①。这里的“静室”实际是一个禅室。李郢有诗《秋晚寄题陆勋校书义兴禅居时淮南从事》②,这是说陆勋本人建有“禅居”。郑谷《赠泗口苗居士》诗说:“岁晏乐园林,维摩契道心。”③这个“园林”也是居士习禅之所。贾岛《投元郎中》诗说:“省宿有时闻急雨,朝回尽日伴禅师。”④这是说他朝回后平居习禅。姚合《和元八郎中秋居》诗说:“晚眠随客醉,夜坐学僧禅。”⑤这是饮宴之后习禅。韩偓《江岸闲步》诗:“立谈禅客传心印,坐睡渔师著背篷。”⑥则是说在闲行散步中亦习禅。白居易说“语默不妨禅”⑦。文人们常将“禅伴”“禅侣”招请到家中。韦应物《夜偶诗客操公作》诗:“尘襟一潇洒,清夜得禅公。远自鹤林寺,了知人世空。”⑧这位操公自鹤林寺来访问他。刘禹锡谪朗州,有“禅客”鸿举等相访。柳宗元在永州,则与文约等联栋而居。

特别值得注意的是,禅也堂堂正正地进了朝堂。一些禅师出入宫禁,帝王与之参禅问道,这前面已经说过。中晚唐著名的宫廷供奉僧如安国寺广宣、荐福寺栖白等,除了作诗之外,谈禅也是他们的分内事。朝官们在朝堂内公余、夜直,竟也以谈禅为乐。如白居易致崔群的《答户部崔侍郎书》中说:“顷与阁下在禁中日,每视事之暇,匡床接枕,言不及它,常以南宗心要互相诱导。”⑨这是回忆他们元和初年同在翰林院时的情事。郑谷诗中有《省中偶作》,也是写直夜情况:“捧制题名黄纸尾,约僧心在白云边。乳毛

①《宋高僧传》卷一七。
②《全唐诗》卷五九〇。
③《全唐诗》卷六七四。
④《全唐诗》卷五七四。
⑤《全唐诗》卷五〇一。
⑥《全唐诗》卷六八一。
⑦《新昌新居书事四十韵因寄元郎中张博士》,《白氏长庆集》卷一九。
⑧《全唐诗》卷一八六。
⑨《白氏长庆集》卷四五。

松雪春来好，夜直清闲且学禅。”①从这首诗看似乎当时还可以约僧共宿。

当然，如此普遍的习禅，并不意味着所有习禅的人都是虔诚的信仰者，把禅当作人生的一切。有些人只是灵机一动，偶一为之，还有些人是以游戏态度虚应故事。司空图就说：“不似香山白居士，晚将心地著禅魔。”②而白居易晚年也并不是以全部精力习禅，他仍热衷世务，贪恋诗酒等人生享乐。但是，习禅风气的大普及，确乎是当时文人精神生活的一大特征，这是以后其他时代都不可及的。

三　习禅风气影响于唐诗

唐代文人习禅影响于当时思想、学术、文学各个方面，这里只就它对唐诗的影响略作说明。这是因为体物缘情之诗与禅本有密切契合之点，而唐诗又代表了唐代文化的伟大成就。

如前已经涉及，盛唐诗人已广泛接触到禅宗；而中晚唐诗人受禅的熏习更为普遍与深刻。

自宋代以后，中晚唐诗即受到各种各样的批评。中晚唐诗失去了盛唐诗那种高远的意境、开阔的气魄，特别是在矛盾丛生、动乱频仍的时代，有些诗人取消极、退避态度，自有其不容讳言的弱点和局限。但按龚自珍所谓“我论文章恕中晚，略工感慨是名家”③的意见，中晚唐诗亦有不可磨灭的成绩。这些成绩，特别是在艺术

①《全唐诗》卷六七六；此诗又见卷六三九张乔名下。

②《修史亭三首》之二，《全唐诗》卷六三四。

③《歌筵有乞书扇者》，《龚自珍全集》第9辑，上海人民出版社，1975年标点本。

上的某些开拓，与禅宗的影响有关联。当然，佛教包括禅宗对其的消极影响，也是不能否认的。

后人批评中晚唐诗，主要指责它们轻薄纤巧，格韵凡猥。不少诗人在现实压迫下，失去了积极求进、奋斗不息的精神，而用心于咀嚼自己内心的苦闷，把眼光局限于个人的狭小境界里。他们不再求（或在斗争失败后不得不然）人生在经世济民的伟业中发挥光热，而是追求精神的解脱。他们倾心于宗教，特别是热衷习禅，也是这种心境的表现。而由于精神的低沉狭隘，艺术上也就流于琐碎纤巧。有些人的笔下，石窗山霭，竹影鹤迹，以至枯蓬绿藓，蟋蟀猕猴，也成了经常的表现对象。但是，如果考察这种诗风的另一面，当时诗人的内心抒写确实又有新的进境，艺术上也有一定的创获。这里只从与习禅相关的角度，提出当时诗歌上的一些成绩。

明末清初的李邺嗣说："唐人妙诗若《游明禅师西山兰若》诗，此亦孟襄阳之禅也，而不得专谓之诗；《白龙窟泛舟寄天台学道者》诗，此亦常征君之禅也，而不得专谓之诗；《听嘉陵江水声寄深上人》诗，此亦韦苏州之禅也，而不得专谓之诗，使召诸公而与默契禅宗，岂不能得此中奇妙？"①这里只是举出了唐诗中许多与禅"默契"的作品中的几例。禅宗用发自自性清净心的万物一体观念来认识宇宙，主张"性含万法是大，万法尽是自性"②，从而追求"物我冥一"③的境界，这就决定了其对待外境（即客观现实，在艺术上是表现对象）的特殊态度。心外无物，客观是心中的影像，又反映着自身。因而对待外界无所追求，同时又是契合无间的。这样，人生物理都有一种特别的情趣。明胡应麟评王维诗："右丞却入禅宗，如'人闲桂花落，夜静深山空'，'月出惊山鸟，时鸣春涧中'，'木末芙

①《慰弘禅师集天竺语诗序》，《杲堂文钞》卷二。

②敦煌本《坛经》，郭朋：《〈坛经〉对勘》，齐鲁书社，1981年。

③玄觉：《禅宗永嘉集·劝友人书第九》。

蓉花，山中发红萼’，‘涧户寂无人，纷纷开且落’，读之身世两忘，万念俱寂。不谓声律之中，有此妙诠。”①这是对以禅入诗的具体说明。王士禛说：“严沧浪以禅喻诗，余深契其说，而五言尤为近之。如王、裴《辋川绝句》，字字入禅。他如‘雨中山果落，灯下草虫鸣’，‘明月松间照，清泉石上流’，以及太白‘却下水精帘，玲珑望秋月’，常建‘松际露微月，清光犹为君’，浩然‘樵子暗相失，草虫寒不闻’，刘昚虚‘时有落花至，远随流水香’，妙谛微言，与世尊拈花、迦叶微笑，等无差别。通其解者，可语上乘。”②这是神韵派的说法。甚至讲格调的沈德潜也有类似见解：“杜诗‘江山如有待，花柳自无私’，‘水深鱼极乐，林茂鸟知归’，‘水流心不竞，云在意俱迟’，俱入理趣。邵子则云：‘一阳初动处，万物未生时’，以理语成诗矣。王右丞诗，不用禅语，时得禅理。”③“理趣”“禅趣”等等，都是指那种通于禅悦的轻安逸悦、物我一如的情趣。这特别体现在描摹自然景物上，能够亲切透彻地把握生机物理，抒写出在欣赏自然美时内心融入客观世界的心境。唐诗超出模山范水而能表现出丰厚意蕴，这是主要表现之一。就每一首诗而言，并不一定与禅相关，但就思想观念的潮流看，却与禅有着相通之处。

禅影响到人们对现实的态度。如古人评论王维“蝉蜕尘埃之外，浮游万化之表”④，这显然与禅的修养有关。刘禹锡说：“自近古而降，释子以诗闻于世者相踵焉。因定而得境，故翛然以清；由慧而遣辞，故粹然以丽。信禅林之花萼，而戒河之珠玑耳。”⑤这因禅定而得的“翛然以清”的境，多表现超逸闲远的兴致，在人生态度上

①《诗薮·内篇》卷六《近体下》。
②《书溪西堂诗序》，《蚕尾续文集》卷二。
③沈德潜：《说诗晬语》卷下。
④佚名：《南溪诗话》后集。
⑤《秋日过鸿举法师寺院便送归江陵并引》，《刘宾客文集》卷二九。

是消极退避的。王维在《能禅师碑》里,特别强调慧能"教人以忍"的主张,说"忍者,无生方得,无我始成",对一切苦难不平以平等心待之;"举足下足,长在道场;是心是情,同归性海"①,他反对"人我攻中",而追求"身心相离,理事俱如"②。他的诗多表现物我交融、和谐安逸的境界,一切人生苦难都消融于其中了。白居易的情况则与他稍有不同。白居易晚年也努力于泯是非、齐物我,极力消解现实苦难,但他内心中却有更多矛盾。他在诗中说:"谏诤知无补,迁移分所当。不堪匡圣主,只合事空王。"③信佛习禅不过是他现实碰壁后的不得已的退避之路。对他来说,禅同于儒家的知足保和与道家的心斋坐忘。这种态度当然也是消极的,但如果从更开阔的角度看起来,在王维、白居易这样的态度背后,也反映了对当时黑暗现实与苦难人生的反省,以及由这个反省中得到的对世事的灰心失意。苏辙说:"乐天少年知读佛书,习禅定。既涉世,履忧患,胸中了然,照诸幻之空也。故其还朝为从官,小不合,既舍去,分司东洛,优游终老。盖唐世士大夫达者如乐天寡矣。"④楼钥评论他的诗说:"其间安时处顺,造理齐物,履忧患,婴疾苦,而其词意愈益平淡旷远,有古人所不易到,后人不可及者。"⑤这些意见都有一定道理。反映在白居易诗中的对现实的冷静反省以及由这种反省形成的安详平淡态度,还是有可取的地方的。白居易思想创作中的这个方面,在中晚唐诗人中颇有代表性。当时许多人都从习禅中得到对现实、人生的某种批判的理解。如韦应物《听嘉陵江水声寄深上人》:"凿崖泄奔湍,称古神禹迹。夜喧山门店,独宿不安席。

①《王右丞集笺注》卷二五。

②《与魏居士书》,《王右丞集笺注》卷一八。

③《郡斋暇日忆庐山草堂兼寄二林僧社三十韵多叙贬官已来出处之意》,《白氏长庆集》卷一八。

④《书白乐天集后二首》,《栾城后集》卷二一。

⑤《跋白乐天集目录》,《攻媿集》卷七六。

水性自云静，石中本无声。如何两相激，雷转空山惊。贻之道门旧，了此物我性。"①这位"深上人"大概就是他诗中的"西山深师"，是"曹溪旧弟子"②。诗人从水石相激想到社会的矛盾冲突，领悟到应恢复自性的清净。刘禹锡诗说："吾师得真如，自在人寰内。哀我堕名网，有如翾飞辈。曈曈揭智炬，照使出昏昧。静见玄关启，歆然初心会。"③他从禅里体悟到名缰利索的无价值。元稹诗说："百年都几日，何事苦嚣然。晚岁倦为学，闲心易到禅。病宜多宴坐，贫似少攀缘。自笑无名字，因名自在天。"④姚合诗说："自然年已长，渐觉事难亲。不向禅门去，他门无了因。"⑤姚合婿李频诗说："感时叹物寻僧话，惟向禅心得寂寥。"⑥薛能诗说："儒道苦不胜，迩来惟慕禅。触途非巧者，于世分沉然。"⑦韩偓诗说："除却祖师心法外，浮生何处不堪愁。"⑧禅是苦难人生的安慰，诗人们从中求得了解脱之路。这从人生态度看是消极的，但这又是对现实的一种消极的批判。而在有些诗人的作品中，这种消极的批判却又转化为较积极的揭露和抨击。柳宗元习天台，亦习禅，他肯定佛教的价值，是那"与《易》《论语》合，诚乐之，其于性情奭然不与孔子异道"的部分。他称赞为佛之道者"不爱官，不争能，乐山水而嗜闲安者为多。吾病世之逐逐然唯印组为务以相轧也，则舍是其焉从？"⑨韩

①《全唐诗》卷一八七。

②《诣西山深师》，《全唐诗》卷一九二。

③《谒枉山会禅师》，《刘宾客文集》卷二三。

④《悟禅三首寄胡果》，《全唐诗》卷四〇九。

⑤《寄郁上人》，《全唐诗》卷四九七。

⑥《鄂州头陀寺上方》，《全唐诗》卷五八七。

⑦《酬曹侍御见寄》，《全唐诗》卷五五八。

⑧《游江南水陆院》，《全唐诗》卷六八二。

⑨《送僧浩初序》，《柳河东集》卷二五。

愈与潮州大颠结交，也是这个道理①。在他们那里，佛教是对名位利禄及社会上的贪浊机巧加以抵制和批判的力量。禅宗高度肯定主观，否认一切外在权威偶像，本身带有强烈的否定色彩，所以有些诗人借助于它来抨击现实统治。例如姚合所器重的方干，终生为处士，"由来箕踞任天真"②，对现实取高傲的不合作态度。他在给僧人诗中就说："谁能厌轩冕，来此便忘机。"③"苦用贞心传弟子，即应低眼看公卿。"④被杜牧称赞"千首诗轻万户侯"的张祜，性爱山水，多游名寺，其著名的《题润州金山寺》说："一宿金山寺，超然离世群。僧归夜船月，龙出晓堂云。树色中流见，钟声两岸闻。翻思在朝市，终日醉醺醺。"⑤他把"朝市"看成是昏沉泥醉之场。薛能诗说："笑向权门客，应难见道流。"⑥罗邺诗说："侯门聚散真如梦，花界登临转悟空。"⑦"九衢终日见南山，名利何人肯掩关。唯有吾师达真理，坐看霜树老云间。"⑧这都是用禅的空观透视出统治阶级名利征逐的没有意义。不过他们得出的人生结论是消极的。另外如杜牧《题开元寺水阁》，许浑《金陵怀古》那样对历史兴亡深刻反省的诗，也表露出深刻的禅的影子。刘克庄说过："牧之门户贵盛，文章独步一时，其机锋凑泊，如德山棒、临济喝。"⑨杜牧诗直接表现佛

---

①参阅韩愈《与孟简尚书书》："潮州时，有一老僧号大颠，颇聪明，识道理。远地无可与语者，故自山召至州郭，留十数日。实能外形骸，以理自胜，不为事物侵乱。"(《韩昌黎全集》卷一八)关于韩愈受禅宗影响，又参阅孙昌武《唐代文学与佛教》中《韩愈与佛教》。

②翁洮：《赠方干先生》，《全唐诗》卷六六七。

③《登雪窦僧家》，《全唐诗》卷六四九。

④《赠乾素上人》，《全唐诗》卷六五二。

⑤《全唐诗》卷五一〇。

⑥《夏日青龙寺寻僧二首》之二，《全唐诗》卷五六〇。

⑦《钟陵崔大夫罢镇攀随再经匡庐寺宿》，《全唐诗》卷六五四。

⑧《题终南山僧堂》，《全唐诗》卷六五四。

⑨《后村诗话·新集》卷六。

教或禅思想的不多,但往往有浸润深刻的流露,这正是禅的思想潮流大普及的表现。

习禅影响于唐代文人思想与创作的方面很多,众所周知的如禅的心性学说是促成中唐以后思想学术转变的重要因素之一,禅的思想观念丰富了文学理论与批评,禅的表现广泛影响文学艺术各部门的表现艺术等等。这都是一些专门课题,应另予论述。

原载于(日本)《禅文化研究所辑刊》第16辑,1988年

禅的"句法"与诗的"活法"

宋人"以禅喻诗",立意很有不同。影响较大的有"江西诗派"的"活法"说。"江西诗派"所主张的"活法",受到晚唐五代以后禅风,特别是丛林问答商量中用"活句"的影响。他们开拓了"以禅喻诗"的一个新的方面。

吕本中在《江西诗社宗派图》中提出"一祖三宗"之说,以杜甫为祖,黄庭坚、陈师道、陈与义为宗。实际上,这一诗派的开创者是黄庭坚。黄本是苏轼门人,为"苏门四弟子"之一。他与苏轼都习禅,同受到禅的熏染。但吕本中述江西派系,却抛开苏轼而远绍杜甫,这是因为苏、黄二人在诗创作的思想、艺术企向上确有很大的不同;而这种不同,又与他们所接受禅的熏习,对禅的理解的不同有很大关系。简单说来,苏轼及其一派(如吴可①)论诗,主"悟入",重在心性上的体验,他们不重"言句",强调内心发露和灵感激发;而黄庭坚以及后来的"江西诗派"虽然也讲"悟入",但更重"言句"特别是"句法"的表现。苏、黄行年大体不相先后,又有师友之谊,但由于他们接受的禅观与禅风不同,在"以禅喻诗"上则各取截然不同的路数。

明人袁修坡说:

> 黄、苏皆好禅,谈者谓子瞻是士大夫禅,鲁直是祖师禅,盖

---

①参阅《藏海诗话》和《诗人玉屑》卷一。

优黄而劣苏也。①

这种“谈者”间的看法是有缘由的。禅宗初创所依据的四卷《楞伽》，把禅区分为四种：愚夫所行禅、观察义禅、攀缘禅、如来禅②，从而把禅宗的禅与以前的大、小乘各种禅法区别开来。南宗禅更强调自宗为不立文字，以心传心的教外别传。中唐时宗密又区分外道禅、凡夫禅、小乘禅、大乘禅和如来清净禅③。袁修坡的说法，认黄庭坚的禅为祖师禅正宗，苏轼所习不外是士大夫的凡夫禅而已。这就指出了二人禅风的不同与高下。禅风的差异表现于诗，如吴炯说：

后之学者因生分别，师坡者萃于浙右，师谷者萃于江右。以余观之，大是云门盛于吴，临济盛于楚。云门老婆心切，接人易与，人人自得，以为得法，而于众中求脚跟点地者百无二三焉；临济棒喝分明，勘辨极峻，虽得法者少，往往崭然见头角。④

这是用云门、临济宗风不同来比喻苏、黄诗法的差异。后来江西诗派推尊黄庭坚而无视成就远为巨大的苏轼，正与意识到这种差异有关。而差异的形成与禅宗的发展及熏习相关联。

自唐末五代到苏、黄时期，禅宗的“五家七宗”相继形成。这一时期的禅宗向保守的贵族官僚靠拢⑤，作风上则越发趋向形式化。五家七宗的区别主要在接引学人方式的不同。禅师们问答商量，斗机锋，谈公案，更加注重“言句”。这样，就失去了以前禅宗发达

①《庭帏杂录》卷下。

②参阅求那跋陀罗译：《楞伽经》卷二。

③参阅宗密：《禅源诸诠集都序》卷一。

④《五总志》。

⑤参阅阿部肇一：《禅の世界》，筑摩书房，1973年；《北宋末、南宋初の曹洞宗と官僚檀越》，《傳教の歷史と文化》，同朋舍，1980年。

时期强调“自性”体认，肯定“平常心”的自由开阔的精神。苏轼的思想比较驳杂，他作为一个关心世事，热爱人生的文人和政治家，接受儒、道、佛以及纵横家、法家各种思想影响。他结交僧侣很多，与之关系亲厚者有佛印了元、东林常总等著名禅师。但他对当时流于形式化的文字禅兴趣不深，所重在禅思想的纯任主观，任运随缘的精神。而黄庭坚则与当时正处在兴盛期的黄龙派有密切交谊。他是黄龙祖心门人，又与祖心门下惟清等交往甚密。他本人有参“言句”的经验。如灯录等资料记载，黄龙晦堂曾以“吾无隐乎尔”提问他，他再三诠释，不得其意，时暑退凉生，秋香满院，晦堂因问：“闻木犀香乎？”山谷曰：“闻。”晦堂曰：“吾无隐乎尔。”山谷乃悟①。这即是一例。黎表民评论说：“平生正得参禅力，万里危途百不忧。黄龙老宿尔何子，槁目会识东家丘。”②山谷所参主要是当时流行的形式化、文字化的禅，影响于其诗创作的也是这种禅。

五家七宗的禅由心性的探求转向注重接引学人的手段和方式，思想观念上逐渐走向僵化和浅薄，丛林中盛行看话头，斗机锋，流行用奇特的语言和动作来截断常识情解，让人们顿悟禅意。师弟子间问话驳难，如临大敌，努力在禅语的机巧上压倒对方。言句上特别要做到不落窠臼，不循旧辙，思路机敏，表达灵活，所谓“活泼泼的”“死蛇弄活”。又有所谓“透法身句”“临机一句”“该天括地句”“绝渗漏底句”“提宗一句”“直示一句”“当锋一句”“为人一句”等等提法。朱自清说：“禅家却最能够活用语言。正像道家以及后来的清谈家一样，他们都否定语言，可是都能识得语言的弹性，达成他们的活泼无碍的说教。”③他正指出了禅家文字的这种特点。

云门文偃法嗣德山宣鉴提出“参活句”：

①参阅《五灯会元》卷一五。

②《题黄山谷书黄龙禅师开堂疏》，《瑶石山人诗稿》卷四。

③《禅家的语言》，《朱自清古典文学论文集》上卷，上海古籍出版社，1987年，第141页。

> 但参活句，莫参死句。活句下荐得，永劫无滞。一尘一佛国，一叶一释迦，是死句。扬眉瞬目，举指竖拂，是死句。山河大地，更无誵讹，是死句。①

他还总结出著名的“云门三种句”，即涵盖乾坤句、截断众流句、随波逐浪句②。对他的这些看法，篇幅所限不能详释。概括地说，他不但反对泥于言句的钝根，也反对谈禅的一定程式（包括举指竖拂的动作），而要求根据内容、对象的不同，采用灵活多变的方式，来启发人体悟禅机。这样，禅师中把“参活句”当作一种修养，如护国钦禅师说：

> 有句无句，明来暗去；生擒活捉，捷书露布。③

禅师们消极地避免承言者丧，滞句者迷，积极追求的则是一种特殊的言句——活句。黄龙慧南禅师有著名的“生缘在何处”等三句公案，丛林间称为“黄龙三关”。但如此参“活句”，却又是禅思想走向僵化的结果。

禅人追求言句灵活，本与诗家相通。钱锺书说：“唯禅宗公案偈语，句不停意，用不停机，口角灵活，远迈道士之金丹诗诀。词章家隽句，每本禅人话头。如《五灯会元》卷三忠国师云：‘一点如流水，曲似刈禾镰’；卷五大同禅师云：‘依稀似半月，仿佛若三星’；皆状模心字也。秦少游《南歌子》云：‘天外一钩斜月带三星’，《高斋诗话》谓是为妓陶心儿作；《泊宅编》卷上极称东坡赠陶心儿词：‘缺月向人舒窈窕，三星当户照绸缪’，以为善状物；盖不知有所本也。”④这在一定意义上说是禅语丰富了诗语。但另一方面，如把这些方法凝固为程式，特别是这些方法如果与内容表达的要求相脱

①《五灯会元》卷一五。

②参阅智昭：《天人眼目》卷二。

③《五灯会元》卷一四。

④钱锺书：《谈艺录》（补订本），中华书局，1984年，第226页。

离，则要沦于形式主义了。

黄庭坚在诗歌创作上的多方面成绩，这里不拟细说。他论诗也很重创造性，如说：“妙在和光同尘，事须钩深入神。听他下虎口著，我不为牛后人。”①但他追求创新却主要在“法”的方面，特别是在用语造句上。他的“点铁成金”“夺胎换骨”②之说集中地反映了他在这方面的艺术追求；而这种理论正是借鉴了禅宗“参活句”的经验的。“点铁成金”见于雪峰义存法嗣灵照所说“金丹一粒，点铁成金；至理一言，点凡成圣”。后来雪峰悦对黄龙慧南评泐潭澄：“云门如九转丹砂，点铁成金；澄公药汞银徒可玩，入煅则流去。”他又说：“云门气宇如王，甘死语下乎？澄公有法授人，死语也。死语，其能活人乎？”③“夺胎换骨”虽出于道书，亦是暗用达摩付法，道育得骨，慧可得髓云云故事④。前人评论这类作法是“剽窃”，是“形式主义”，实则它们也算是推陈出新的手段。只是离开内容而专从“法”上着眼，而又把“法”当成程式，则是问题了。山谷有些诗甚至是仅改动古人旧作几个字成篇的。这里举与禅宗有关的一例。华亭船子和尚有偈曰：

> 千尺丝纶直下垂，一波才动万波随。夜静水寒鱼不食，满船空载月明归。

山谷演为小词：

> 一波才动万波随，蓑笠一钩丝。金鳞正在深深处，千尺也

---

①《赠黄子勉三首》，《豫章黄先生文集》卷一二。

② 黄庭坚《答洪驹父书》：“取古人之陈言，入于翰墨，如灵丹一粒，点铁成金也。”《豫章黄先生文集》卷一二；释惠洪《冷斋夜话》：“诗意无穷而人之才有限，以有限之才追无穷之意，虽渊明、少陵不得工也。然不易其意而造其语，谓之换骨法；窥入其意而形容之，谓之夺胎法。”

③《景德传灯录》卷一八；《五灯会元》卷一七。

④《祖堂集》卷二。

须垂。

吞又吐，信还疑，上钩迟。水寒夜静，满目青山载月归。①

朱弁说山谷深悟禅家“死蛇弄活”之理，“乃独用昆体工夫，而造老杜浑成之地，今之诗人少有及者。此禅家所谓更高一著也”②。西昆体宗李商隐，但主要是模拟形迹，挦扯事典。朱弁的评论，在称扬中也透露出山谷诗追求“言句”形式的倾向。后人评论其创作往往联系到禅的“言句”。如张戒说：“往在桐庐，见吕舍人居仁，余问：‘鲁直得子美之髓乎？’居仁曰：‘然。’‘其佳处焉在？’居仁曰：‘禅家所谓死蛇弄得活。’”③李屏山说：“黄鲁直……以俗为雅，以故为新，不犯正位，如参禅着末后句为具眼。江西诸君子翕然推重，别为一派。”④这都表明黄庭坚的创作重言句功夫，这种功夫又是与禅家重“活句”相通的。

继承、发挥黄庭坚观点的有范温。他论诗也讲“识”与“悟”，但所“悟”主要在“法”。他所著名为《潜溪诗眼》，即诗的“正法眼”之意，其中主要阐发山谷的看法。他强调“句法”，说“句法之学，自是一家工夫”，要人“作诗识句法”。他说：

识文章者，当如禅家有悟门。夫法门千差万别，当须先悟得一处，乃可通其他妙处。⑤

这表明他已不讲通体透彻之悟，而强调悟得一处。他以杜甫《赠韦左丞文》和韩愈《原道》为例，说“文章必谨布置”；又区分诗的“形似之语”和“激昂之语”。尽管这些看法都有一定新意，却也清楚表明其所主之“悟”处偏在“言句”。这是与苏轼、吴可的论诗在方向上

①参阅彭乘：《墨客挥犀》卷七。

②《风月堂诗话》卷下。

③《岁寒堂诗话》卷上。

④参阅《中州集》卷二《刘西岩小传》。

⑤《潜溪诗眼》，郭绍虞：《宋诗话辑佚》卷上，中华书局，1980年。

大相径庭的。

江西诗派把黄庭坚的这派主张发挥得更充分，他们借鉴禅宗也更为自觉。刘迎说："诗到江西别是禅。"①周紫芝评论突出强调"活法"的吕本中的地位："吕舍人作江西宗派图，自是云门、临济始分矣。"②参照前引吴炯的话，可知这是指明到吕本中才凸显出山谷独创宗派的历史作用。

宋代以禅喻诗者未必信仰禅宗，但江西诸子却多是习禅的。如被立为"三宗"之一的陈师道即精于内典，他表示要"暂息三支论，重参二祖禅"③。江西诗派中又有"三僧"（善权、饶德操、祖可）那样的人物。这一诗派的重要人物韩驹是"病欲深耕归谷口，禅须末句问岩头"④，后人评论他"磨淬功深费剪裁，颖滨门下数清才。诸方参遍通禅悦，法眼拈成信手来"⑤。吕本中与汪信民都"尚禅学"⑥，饶德操称赞汪信民"参道甚力"⑦，谢逸形容他"念彼泮宫老，官居寄禅寂"⑧。曾几亦与吕居仁一样以"禅学之妙"⑨而著名，友人王洋赠诗说："病根未解依谁住，试向毗耶问主人……不堪儿女来看病，生病庞公不度人。"⑩这是把他比拟为唐诗僧、马祖道一法嗣庞蕴。汪信民又有赠谢逸诗句："但得丹霞访庞老，何须狗监荐相如。新年更励于陵节，妻子同锄五亩蔬。"⑪这也是把谢逸比作庞

---

①《题吴彦高诗集后》，《中州集》卷三。

②《竹坡诗话》。

③《别宝讲主》，《后山集》卷四。

④《次韵曾吉父见简》，《宋诗钞·陵阳诗钞》。

⑤谢启昆：《读全宋诗仿元遗山论诗绝句二百首》，《树经堂诗集》初集卷一一。

⑥刘克庄：《江西诗派》，《后村先生大全集》卷九五。

⑦参阅《吾友汪信民博士近闻参道甚力昨日得书云丧其偶其言耿耿有不释然者因寄此颂开之且挽其进》，《倚松老人诗集》卷二。

⑧《怀汪信民》，《溪堂集》卷二。

⑨韩元吉：《两贤堂集》，《南涧甲乙稿》卷一五。

⑩《问讯吉甫》，《东牟集》卷六。

⑪吕本中：《紫微诗话》。

蕴。谢迈有怀饶节诗:“每忆诗人贾阆仙,投冠去学祖师禅。尘埃不染心如镜,妙句何妨与世传。”①可见饶节对禅的热衷。夏均父是饶节好友,所谓“平生老伴唯均父,马病途穷不著鞭”②。又“三洪”(朋、刍、炎)是山谷外甥,在习禅上受到乃舅影响。如洪朋有诗说:“诗家今独步,舅氏大名稀。屈宋堪奴仆,曹刘在指挥。禅心元诣绝,世事更忘机。”③这样,江西诸子多有禅的素养。他们在创作中不仅表现出禅的思想熏染,更能自觉地利用禅的表达方式。正是在此基础上,由禅的“活句”的启发总结出诗的“活法”。

“活法”是江西诗派的一个主要理论主张,对其说得最清楚具体的是吕本中《夏均父集序》:

> 学诗当识活法。所谓活法者,规矩备具,而能出于规矩之外,变化不测,而亦不背于规矩也。是道也,盖有定法而无定法,无定法而有定法。知是者,则可以与语活法矣。④

他在诗中还说:

> 文章有活法,得与前古并。默念智与成,犹能愈吾病。⑤
> 唯昔交朋聚,相期文字盟。笔头有活法,胸次即圆成。⑥
> 前时少年累,如烛今见跋。胸中尘埃去,渐喜诗语活。⑦

如此等等。他也讲胸襟,但主要把心悟落实在语句的灵活圆成上。他还强调用字:

①《有怀如璧道人二首》,《竹友集》卷六。
②《闲居感旧偶成十绝乘兴有作不复诠次》,《东莱先生诗集》卷一五。
③《怀黄太史》,《洪龟父集》卷下。
④转引刘克庄:《江西诗派》,《后村先生大全集》卷九五。
⑤《大雪不出寄阳翟宁陵》,《东莱先生诗集》卷七。
⑥《别后寄舍弟三十韵》,《东莱先生诗集》卷六。
⑦《外弟赵才仲数以书来论诗因作此答之》,《东莱先生诗集》卷三。

余窃以为字字当活,活则字字自响。①

这就更局限为狭隘的用字技巧了。

这种活法被江西诸子的某些人推崇为独得之秘。曾几有诗说:

学诗如参禅,慎勿参死句。纵横无不可,乃在欢喜处。又如学仙子,辛苦终不遇。忽然毛骨换,政用口诀故。居仁说活法,大意欲人悟。常言古作者,一一从此路。岂惟如是说,实亦造佳处。其圆如金弹,所向如脱兔。②

谢迈《读吕居仁诗》有曰:

学道期日损,哦诗亦能事。自言得活法,尚恐宣城未。③

宋人推重吕居仁"活法"的还有方北山:

舍人早定江西派,句法须将活处参。参取陵阳正法眼,寒花承露落毵毵。④

潘曾沂:

寿春诗客紫薇郎,月印禅心易坐忘。活法真能换凡骨,至今人忆九经堂。⑤

史弥宁则从江西追溯到山谷句法:

诗禅在在谈风月,未抵江西龙象窟。尔来结习莲社丛,谁

---

①《童蒙诗训》,《宋诗话辑佚》卷下。

②《读吕居仁旧诗有怀其人作诗寄之》,转引陈起:《前贤小集拾遗》;此诗今本《茶山集》未收。

③《谢幼槃文集》卷一。

④转引魏庆之:《诗人玉屑》卷一九。

⑤《书吕舍人江西诗派图后》,《功甫小集》卷一。

> 欻超出行辈中。我知桂隐传衣处，玄机参透涪仙句。①

南宋中兴四诗人之一的杨万里曾学江西诗，“活法”对他的创作影响很深。后人评论“诚哉万事悟活法，诲人有功如利涉”②，“活句能参近自然，青莲以后此诗仙”③。他在《江西宗派诗序》中说该派结成是“以味不以形”④；又说“问侬佳句如何法，无法无盂也没衣”⑤。这都更强调有法而无定法的一面。他又说“学诗须透脱，信手自孤高”⑥，把“活法”更向圆转自如的方向发展。他所创“诚斋体”的特点主要是构思新巧圆成，造语生动活泼。罗大经举一例说：“杨诚斋丞零陵日，有《春日绝句》云：‘梅子留酸软齿牙，芭蕉分绿与窗纱。日长睡起无情思，闲看儿童捉柳花。’张紫岩见之曰：‘廷秀胸襟透脱矣。’”⑦比较起来，“诚斋体”能“活”在句法之外，也注意到构思。

宋代江西诗派之外讲“活法”的还有许多人。如张元干说：

> 韩杜门庭，风行水上，自然成文，俱名活法。⑧

这种说法比较宽泛通达。他评山谷诗：

> 山谷老人此四篇之稿，初意虽大同，观所改定，要是点化金丹手段。⑨

---

①《赋桂隐用王从周镐韵》，《友林乙稿》。
②周必大：《次韵杨廷秀待制寄题朱氏涣然书院》，《文忠集》卷四一。
③沈西雍：《题杨诚斋集后》，《柴辟亭诗集》卷一。
④转引胡仔：《苕溪渔隐丛话》前集卷四八。
⑤《酬阁皂山碧崖道士甘叔怀赠美名人不及佳句法如何十古风》，《诚斋集》卷三八。
⑥《和李天麟二首》，《诚斋集》卷四。
⑦《鹤林玉露》甲集卷四。
⑧《亦乐居士文集序》，《芦川归来集》卷九。
⑨《跋山谷诗稿》，《芦川归来集》卷九。

这又是称赞山谷的“点铁成金”法。张孝祥说：

> 为文有活法，拘泥者窒之，则能今而不能古。梦锡之文，从昔不胶于俗，纵横运转如盘中丸，未始以一律拘，要其终亦不出于盘。①

这里比喻无法而有法的道理很为生动亲切。张镃被认为“得活法于诚斋”②，他称赞诚斋诗：

> 目前言句知多少，罕有先生活法诗。③

赵章泉则慨叹“活法”之难得：

> 活法端须自结融，可知琢刻见玲珑。涪翁不作东莱死，安得诗文日再中。④

后来直接阐发“活法”的，如俞有成《萤雪诗说》讲到“活法”有胸中、纸上二种，周孚论“活法当自悟中入”等等，都有新意。而用“活法”一语来论“言句”的议论更多，也反映了“活法”理论在诗坛上的广泛影响。

正如前已指出的，禅宗发展到重言句的文字禅，已走上了僵化的道路。追求禅语的“活泼泼”，却正扼抑了精神的活泼生机。但受到禅的表现的影响，诗的语言和表达方式却取得了一定成就。受到禅的“活句”的启发而发展出的诗的“活法”，就是这种成就之一。讲究“字眼”“句法”等等的“活法”，形成为宋诗的艺术特征之一。其积极方面是丰富了语言表现手段；当然也有消极方面，就是促进了宋诗“以文字为诗”的单纯追求形式的倾向。而从总的方面看，到宋代，禅宗的自由开阔的精神逐渐衰落，对诗的思想境界的影响已大受

①《题杨梦锡客亭类稿后》，《于湖居士文集》卷二八。

②方虚谷：《南湖集题词》，转引郭功甫：《嘉定庚午自序》。

③《携杨秘监诗一篇登舟因成二绝》，《南湖集》卷七。

④《与琛卿论诗》，《淳熙稿》卷一七。

限制；加之“活法”之类的理论陷于文字障，结果又有严沧浪出来从新的角度“以禅喻诗”。他虽然也讲“须参活句”①，但却意在“悟”的境界，努力于恢复唐人的兴象风神，克服江西诗派的弊端。不过时代不同了，这种理论尽管高超，实践中的作用却是有限的。

原载于（日本）《未名》第7辑，1988年

①《沧浪诗话·诗评》。

读韩愈《原道》

“定名”与“虚位”

前人谓韩文多特起，善于发端见奇。特起的方法之一，就是在文章开端简括直截地确立全篇主旨。如《原道》，这本是一篇求端讯末的纲领性著作，韩愈又自视极高，信道甚笃，一开头就连下四个定义：

> 博爱之谓仁，行而宜之之谓义，由是而之焉之谓道，足乎己无待于外之谓德。

这四个排比句，一节节加长，语气斩截而又浩大，立即将文气振起，又明确地破了一个“原”字。从文章技巧看，确实是善于发端的好例子。

但在这四句之后，还有两句概括：

> 仁与义为定名，道与德为虚位。

这却受到后来不少人（特别是宋儒）的诟病。当然，有人说韩愈开口即误，对前几句非议也不少①。可这“定名”“虚位”之说，却受到相当普遍的讥评。如程颐承认《原道》是好文章，但却说：“只云‘仁与义为定名，道与德为虚位’，便乱说。”②张耒认为如果按韩愈的看法，则“道与德特未定，而仁与义皆道也。是愈于道，本不知其何物，故其言纷纷异同而无所归”，所以他认为韩愈“以为文人则有余，以为知道则不足”③。而朱熹则说《原道》“首句极不是，‘定名’、‘虚位’都不好。有仁之道，义之道，仁之德，义之德，故曰‘虚位’。大要未说到顶上头”④。如此等等，综观这些批评，大体是两种意见，一种是“虚位”之说使道的内涵不确定了，会造成对道的认识的混乱；另一种是认为韩愈的说法还不彻底，仍然“未说到顶上头”。

对于第一种批评，杨万里有一个解释。他说，提出虚位“乃韩子之所以合于圣人者也。圣人之道，非以虚为德。非虚而曰‘虚位’者，道德之实非虚也，道德之位则虚也”⑤。这个看法大致符合韩愈所论的一层意思。因为佛、老以及百家杂说各道其所道，这“道”的概念已不确定了。所以韩愈说道有君子小人，德有吉有凶。立道为“虚位”，就是要破小人之道，确立以仁义为出发点的儒家圣人之道。他认为这才是君子之道，是真正的道。韩愈卫道的立场是坚定明确的。后代人往往从这个角度肯定韩愈攘斥佛、老，张扬道统之功，是有一定道理的。

但这种解释只说明了问题的一个侧面。值得注意的还有另一个更重要的侧面，即韩愈这一“定名”“虚位”的划分，隐含着肯定儒

---

①如程颐说：“孟子曰：‘恻隐之心，仁也。’后人遂以爱为仁。恻隐固是爱也。爱自是情，仁自是性，岂可专以爱为仁？……退之言‘博爱之谓仁’也非。”（《二程语录》卷一一）朱熹说：“《原道》中说得仁义道德煞好，但是他不去践履玩味。”（《朱子语类》，《朱文公全集》卷一三七）

②《二程语录》卷一二。

③《韩愈论》，《张右史文集》卷五六。

④《朱子语类》，《朱文公全集》卷一三七。

⑤《韩子论上》，《诚斋集》卷八六。

道为宇宙本体的意义，在儒学由汉学向宋学的转变期中，他在组织新的思想体系上有着独特建树。下面对这一点略作分析。

《原道》开头的四个定义，如果作注解，都可以找出典据。如"博爱之谓仁"，意本《孟子·离娄下》"仁者爱人"；"行而宜之之谓义"，语本《礼记·中庸》"义者，宜也"；"由是而之焉之谓道"，勉强可说是根据《礼记·中庸》"率性之谓道"；"足乎己无待于外之谓德'，《礼记·乐记》有"德者，得也"等等。这可以说是"无一字无来处"①。但把这四句组织到一起，再分出"定名""虚位"两组，却完全有了另外的含义，是"词必己出"的矜创。这实际是把仁、义与道、德划分为两个层次。仁取爱人义，义取合宜义，这都有一定的伦理社会内容。它们是有固定内容的概念，所以是"定名"。"名"以责实，是概念的意思。而道与德则在另一个更高的层次上，它们是需要一定伦理社会内容来充实的空泛的范畴。对于圣人之道来说，它要由仁义来体现，通过仁义来达到，从而它具有了本体论的意义。韩愈的"虚位"之说，就是把儒道提高到宇宙的本体的位置上。

本来，早期儒家（汉代以前）对宇宙的探讨，集中在"天人之际"问题上，而不讲本体之道。他们讲"天道""人道""王道""霸道"等等。所谓"天道"所涉及的即天是"自然"还是有意志的主宰。而儒家更关心的则是道的伦理政治内容，如"王道""霸道"等。中国古代探讨哲学本体的是道家和后来的玄学。道家与玄学都注重讨论世界本源问题。就是说，它们主要是从宇宙发生论的角度来认识本体之道的。例如《老子》中说"道生一，一生二，二生三，三生万物，万物负阴而抱阳，冲气以为和"，所以道"先天地生"，"为万物母"。魏晋玄学更主要讨论本末有无问题。"本无"派主张有生于无："万物万形，其归一也。何由致一？由于无也。由无乃一，一可

① 黄庭坚《答洪驹父书》："自作语最难，老杜作诗，退之作文，无一字无来处。"（《豫章黄先生文集》卷一九）

谓无。"[1]这"无"是"唯一",即产生万物万形的本体。而"贵有"一派则立"有"为本体:"夫有之未生,以何为生乎?固必自有耳。"[2]"有"是"自生""自有"的。这个"有"不是具体的有,实际是指"有"的本体。但是,道家与玄学侧重论证宇宙本源的"道",肯定存在着宇宙发生的本体,却没有深入探讨宇宙构成的本体,即这林林总总的宇宙现象如何成为一个统一本体的体现。佛家在探讨这个问题上用了很大力量,作出了巨大贡献。

考察中国佛教思想的发展,不应仅把它看作是外来的宗教信仰的传播。清人恽敬有一个看法极有启发性:"世之儒者,知中国之变而为佛,不知佛之变而为中国;知士大夫之遁于佛,而不知为佛者自托于士大夫。人理所同,岂能外哉!"[3]随着佛教融入中国社会生活,中国佛教思想已成为中国思想潮流的一部分。它在宗教形态下探讨中国思想界面临的问题,并在许多方面取得了成就。对"本体论"思想的发展,正是其影响深远的成就之一。

佛教也讲"道"。后周释道安《二教论》说:"菩提者……义翻为道,道名虽同,道义尤异。"[4]菩提又译为"觉""智",是对绝对"真实"的领悟,是通向理想的"涅槃"之境的道路。这没有本体的意思。早期佛教讲"性空",即诸法本无自性,不承认存在绝对的本体。但佛教思想在中国的发展中,却形成了丰富的本体思想。僧肇明确运用了体用观念。他解释"空"观说:"欲言其有,有非真生;欲言其无,事象既形。象形不即无,非真非实有。然则不真空义,显于兹矣。"[5]他说"立处即真","触事而真"。只有"空"是"真"的,万物"不真"所以也是"空"的,因而非有非无。"空"是本体,"万物"是现象,

---

①王弼:《老子注》。

②郭象注:《庄子·庚桑楚》。

③《潮州韩文公庙碑文》,《大云山房文稿》卷四。

④《广弘明集》卷八。

⑤《不真空论》,《肇论中吴集解》。

它们一而二，二而一。这就较辩证地说明了本体与现象的关系。后来，中国佛教从缘起的角度提出了各种各样的本体观念，如性空、真如、法性、实相等，而以唐代华严宗的“法界观”论述得最为详悉周密。华严宗认为一真法界是世界一切现象的本源，宇宙万物都依恃诸缘相即相如，圆融无碍。它具体提出所谓四法界：“一事法界，二理法界，三理事无碍法界，四事事无碍法界”，而“事本相碍，大小等殊，理本包遍，如空无碍”①，从而在总别、同异、成坏等各方面说明了本体界与现象界的关系。这就从宇宙构成方面把本体论发展得更严密完整。后来宋儒讲“理一分殊”，直接继承了佛家的这些观点。

中唐华严四祖澄观有名于时，贞元十二年他应诏入长安，助般若译四十《华严》，著述宏富，德宗朝赐号清凉国师，又有“华严疏主”之称。而贞元十六年韩愈在洛阳有《送澄观诗》②，对其“公才吏用”以及诗歌甚为称赏。韩愈了解他的著作，自觉或不自觉地受其影响，是在情理之中的。

韩愈的《原道》，正是从本体的意义上来阐释圣人之道的。他先论“相生养之道”，认为这个道就体现在人生日用之中。后面又作总结说：

> 夫所谓先王之教者何也？博爱之谓仁，行而宜之之谓义，由是而之焉之谓道，足乎己无待于外之谓德。其文《诗》《书》《易》《春秋》，其法礼、乐、刑、政，其民士、农、工、贾，其位君臣、父子、师友、宾主、昆弟、夫妇，其服麻丝，其居宫室，其食粟米、

---

①澄观：《华严法界玄镜》卷一。

②此据方崧卿《韩集举正》。关于韩愈赠诗者为华严四祖澄观，契嵩《辅教篇》、晁公武《郡斋读书志》皆无疑问。阮阅《诗话总龟》后集引葛胜仲《丹阳集》，提出唐有四澄观，别撰一“架支提以舍僧伽”的“洛中之澄观”，遂引起韩诗中澄观所指的怀疑。但王鸣盛《蛾术篇》已考订韩诗中澄观与华严四祖澄观生年行事相合，不必置疑。

> 果蔬、鱼肉，其为道易明，而其为教易行也……曰：斯道也，何道也？曰：斯吾所谓道也，非向所谓老与佛之道也。

这里，圣人之道就成了具体事物的抽象本体，它体现在自儒家经典到社会纲常直到人生事象之中。不是在现实世界之外另有一个“道”，道易明易行，就在现实世界之中。韩愈从佛家那里汲取了富于辩证精神的本体论思想，却排斥了它的清净寂灭的教义；坚持了儒家以仁义为核心的伦理政治观点，又把它提高到绝对精神的高度。这样，他把儒道的地位与意义大大提高了。这是一种对于儒道的新观念，它在表达上还不够明晰，却为宋儒建立道学的理论体系作了准备。

韩愈这种对儒道的理解，决定了他的思想、政治、文学方面的一系列看法。他一生以坚定的意志为宣传与实践这个“道”而奋斗；在文学上，则提出了文以明道的新观念。在《答李翊书》中他说道：

> 生之书辞甚高，而其问何下而恭也？能如是，谁不欲告生以其道？道德之归也有日矣，况其外之文乎？

这与《原道》中“其文《诗》《书》《易》《春秋》”的提法一致，把文看作是道的外在表现。这就一方面强调文必须以儒道为依归，又避免流入“文道合一”，否定文的独立性的弊端，从而建立起文道兼重的文学观。

在物质之外寻求一个作为世界本源的本体，这是唯心主义观念。但在中国思想史上，由探讨“天人之际”到探讨“道”“理”“心”等本体论问题，却是一个进步。韩愈《原道》中的道为“虚位”的思想，在促成这个进步中是有贡献的。

“圣人”与“先王之教”

首先还是分析《原道》中的一段文字：

> 有圣人者立，然后教之以相生养之道，为之君，为之师。

这段话与《孟子·梁惠王下》所引《书》曰“天降下民，作之君，作之师”有关系，注家以为后者为前文语义之所本。但如果把两段话比较一下，就会发现二者文意有根本的不同。前者只强调圣人的作用，说他们教民以相生养之道，为他们做君主、做师长。据《周礼》，师氏为教国子之官。后者却是说上天降临于下民，为他们立了君主与师长，是在强调天命的作用。韩愈运用古典，断章取义，表现出一种新的观念。

从孟子到董仲舒，唯心主义天命观在儒学中得到了很大发展。孟子讲“天命”“天爵”，赋予“天”以道德属性，让人“知天”，“事天”。董仲舒说：“天者，百神之君子，王者之所最尊也。”“受命之君，天意之所予也。故号为天子者，宜视天如父，事天以孝道也。”①他系统地发挥了“天人感应论”，把天、圣与人间的君主合而为一。后来的谶纬神学更制造了大量宣传“天命”的神话。这样，在人世的统治者之上，就有一个“天”的神学主宰；是冥冥之天给人世确立了伦常、秩序。

韩愈曾与柳宗元就“天”的问题进行辩论，他反对“自然”之天，认为天能“赏功罚祸”。柳宗元批判韩愈时就提出他“有激而为是”②，但他确实经常讲到“天公”“天神”“天旨”“天意”“天命”“天

---

①《春秋繁露·郊义》，《春秋繁露·深察名号》。

②《天说》，《柳河东集》卷一三。

作”等等，说明天命观在他的思想中仍有相当地位。然而他在论述人类历史时，却十分强调“圣人”与“先王之教”的作用。按董仲舒等人看，天行有常，天不变道亦不变；天以天下予尧、舜，治乱皆由乎天。而韩愈却说“如古之无圣人，人之类灭久矣”。这是“圣人创世”说。正因此，他强调“圣人之道”相续传继的意义。他提出一个统绪：“尧以是传之舜，舜以是传之禹，禹以是传之汤，汤以是传之文、武、周公，文、武、周公传之孔子，孔子传之孟轲。轲之死，不得其传也。”他在《与孟尚书书》等文中又说到“圣人之道”不传是世风衰败的原因。这样，他肯定了是圣人的道德教化决定社会的发展。这是不重“天命”而重“人治”的。

谁是“圣人”？韩愈说：“帝之与王，其号名殊，其所以为圣一也。”这里帝即“五帝”，一般指黄帝、颛顼、帝喾、唐尧、虞舜；王即“三王”，一般指夏禹、商汤、周文王。下面他接着批判道家所赞扬的“太古之无事”。这里值得注意的是，儒家本有“法先王”的观念，有“法先王”与“法后王”之争。《孟子·万章》中就有不少尧、舜、禹、汤的传说。《白虎通·号》篇中说：“帝、王者何？号也。号者，功之表也。所以表功明德，号令臣下者也。德合天地者称帝，仁义合者称王。”这样，帝与王就不在一个层次上。但《荀子·非相》篇中说：“圣王有百，吾孰法焉？故曰：文久而息，节族久而绝，守法数之有司，极礼而褫。故曰：欲观圣王之迹，则于其粲然者矣，后王是也。彼后王者，天下之君也。舍后王而道上古，譬之是犹舍己之君而事人之君也。故曰：欲观千岁，则数今日；欲知亿万，则审一二；欲知上世，则审周道；欲知周道，则审其人所贵君子。”这就是“法后王”的观点。韩愈研习《荀子》有心得①，评《荀子》“大醇而小疵”。他所谓“帝之与王……其所以为圣一也”的见解，显然受到荀子的启发。其中的“王”不必拘泥解释为“三王”，实际泛指后代那些行

①据考杨倞注《荀子》卷二〇引“韩侍郎”，即韩愈的意见。

“圣人之道”的帝王。这是肯定专制帝王的作用的。

讲到“圣人”，值得注意的是韩愈把孔、孟放到与尧、舜、禹、汤、文、武、周公同等重要的地位。汉儒认为孔子修《春秋》代王者立法，有王者之道，而无王者之位，故称“素王”，逐渐把他神化起来。韩愈抬高孔子是有所依据的。但他把孟子也提到了与古圣先王并列的地位。他在《与孟尚书书》中曾说“愈尝推尊孟氏，以为功不在禹下”。关于韩愈之推尊孟子，李翱《祭吏部韩侍郎文》早已指出：“孔氏去远，杨、朱恣行。孟轲拒之，乃坏于成。戎风混华，异学魁横。兄尝辩之，孔道益明。”①宋邵博说“及退之‘醇乎醇’之说行，而后之学子遂尊信之，至于今，兹其道乃高出于经”②。事实上正由于韩愈的鼓吹，孟子才被提高到与孔子并称的地位。

韩愈本人以圣人的后继者自居。他在《答吕毉山人书》中说，“如仆者，自度若世无孔子，不当在弟子之列”；在《重答张籍书》中则说，“己之道乃夫子、孟轲、扬雄所传之道也”。所以他推崇圣人很有高自标置的意味；但其意义却绝不仅止于此，或主要不在于此。

他推崇“圣人”，更是为了强调“圣人之教”的力量，就是要用他理解的儒道来改造现实。在这方面，他不是消极地等待“天命”的安排，而是相信“人治”的作用。柳宗元在《封建论》里，立“生人之意”以反对“圣人之意”，那指的是天命的圣人之意，他并不反对圣贤治世。韩愈强调圣人的作用，又指出“圣人之道”是“相生养之道”。二者主张的侧重点不同，却又有相通之处。强调“圣人”与“圣人之教”的作用是典型的专制思想，但它终究把社会治乱的原因归之于“人”，这是思想史上的一个重大进步。

而且，韩愈认为继承与弘扬圣人之道的不一定是帝王将相，还

①《李文公集》卷一六。

②《邵氏闻见后录》卷一三。

有像他本人那样的出身低微的文人。他有两篇文章的观点是值得玩味的。在《送孟东野序》里他讲“不平之鸣”,是把从咎陶、禹、伊尹、周公直到当时还是落魄文人的孟郊、李翱、张籍一例列入“善鸣者”之中的。在《柳子厚墓志铭》里,他评述柳宗元的落拓生涯说:“然子厚斥不久,穷不极,虽有出于人,其文学辞章,必不能自力,以致必传于后如今无疑也。虽使子厚得所愿,为将相于一时,以彼易此,孰得孰失,必有能辨之者。”他在这里又把“文学辞章”与“为将相”二者的得失加以比较,显然没有贬抑前者。他的作品中还写过不少困顿无聊的文人,对他们表现出明显的赞赏。在中国长期的封建社会里,士大夫阶层,所谓“文章之士”的地位总在官宦之下,“立言”总在“立德”“立功”之后,等而下之,甚至被“俳优畜之”。而韩愈对自己,对和自己一样的往往是无权无势的文人,却视之极重,认为这些人是“圣人之道”的承担者,而“圣人之教”的施行又正决定着国家的命运。这代表了中唐时期以政能文才进身的庶族地主阶层知识分子的要求,反映了他们改造世界的抱负与自信。

正是在这种总的思想倾向下,也就可以了解韩愈等人在文学上提出“文以明道”主张的意义。他们绝不是要人们利用文学去宣传古先圣人的教条,而是主张他们这些圣人的后继者要用文学去辅助“圣人之教”,以达到改造和完善现存社会秩序的目的。

“足乎己无待于外”

关于“足乎己无待于外之谓德”,在先儒典籍里有更多的根据。《礼记·乐记》:“德者,得也。”《礼记·乡饮酒义》:“德者,得于身也。”《诗经·大雅·皇矣》孔疏引服虔曰:“在己为德。”《周礼·师氏》郑玄注:“在心为德。”《论语·里仁》言“德不孤”。皇侃疏:“推诚相与，以善接物。”《礼记》是孔子后学的著作，编成于汉代。以上对“德”的诠释，都受到思孟学派的主观唯心主义思想的影响①。

传为子思所作的《中庸》中说：“天命之谓性，率性之谓道，修道之谓教。”“诚者，天之道也；诚之者，人之道也。”《孟子·尽心上》中说：“存其心，养其性，所以事天也。”孟子主张仁、义、礼、智四端人皆有之，人性本善，万物皆备于我，因此知心、养性，反身为诚。这是强调人性的自我发现与完善，是“足乎己”的。但思孟学派只是把内心主观的培养视为一个手段，其目标是合于天。人性本是天定的，所以他们的致诚反本之说建立在“天人合一”的理论基础上。

而韩愈却没有这一层限制。《原道》中又引《大学》中的一个断章：

> 古之欲明明德于天下者，先治其国；欲治其国者，先齐其家；欲齐其家者，先修其身；欲修其身者，先正其心；欲正其心者，先诚其意。

但下面却略去了本是完整意思的结论的“欲诚其意者，先致其知。致知在格物”一节。朱熹曾批评“《原道》中举《大学》，却不说‘致知在格物’一句……都是个无头学问”②。应当指出，不重章句，一家独断，专以己意解释经典，是唐人解经的普遍作风。韩愈这样对经文随意“断章取义”，是表述自己主张的需要，也是当时学风的表现。韩愈只讲到“修、齐、正、诚”，不引“致知格物”，正反映了他的理论主张。

格物，或解为推究事物的原理，或解为纠正事物之不正，宋、明

---

①关于“无待于外”，又与《庄子》有关。《庄子·齐物论》：“罔两问景曰：‘曩子行，今子止，曩子坐，今子起，何为无特操与？’景曰：‘吾有待而然者邪？吾所待又有待而然者邪？’”

②《朱子语类》，《朱文公全集》卷一三七。

道学家朱熹、王阳明等作过各种解说①,这是儒学中有关认识来源的一个重要理论环节。不论所"格"是真的竹子还是竹子的"理",是心里的竹子还是外在的竹子,"致"竹子之"知"都是"有待"的。但韩愈却说"无待于外",从而隔断了认识的这个来源,他讲认识过程到"正心诚意"而止。"德足乎己",本性圆满具足,不假外铄。这是他在儒家心性学说上的一个新看法。

在这个问题上,韩愈显然也受到时代思想潮流的影响,特别是佛教禅宗心性学说的影响。禅宗的心性学说可上溯于刘宋以后以竺道生为代表的一批涅槃师。竺道生提出了"一阐提人皆有佛性"和"顿悟成佛"的新说。"一阐提人"指断善根的人,竺道生所谓"顿悟"是指修证到一定阶段对终极的"真理"顿然之间一体开悟。这种新说本身是儒释调和的产物。谢灵运曾著文,比较传统上儒、释二家人性论的不同而肯定新说的价值。他指出释氏之论是"圣道虽远,积学能至,累尽鉴生,不应渐悟",传统上佛家是主张佛果要积年修行而渐悟的;而儒家认为"圣道既妙,虽颜殆庶,体无鉴周,理归一极",即是说,传统儒家观念主张人有先天品级,颜渊怎样努力也赶不上孔子。而竺道生等"新论道士"却"去释氏之渐悟,而取其能至;去孔氏之殆庶,而取其一极。一极异渐悟,能至非殆庶"②,从而提出"顿悟成佛"说。汤用彤先生评论:

> 康乐承生公之说作《辨宗论》,提示当时学说二大传统之不同,而指明新论乃二说之调和。其作用不啻在宣告圣人之可至,而为伊川谓"学"乃以至圣人学说之先河。则此论在历史上有甚重要之意义盖可知矣。③

---

①参阅杨慎:《升庵经说》卷一〇《格物致知》。

②《与诸道人辨宗论》,《全上古三代秦汉三国六朝文·全宋文》卷三二。

③汤用彤:《魏晋玄学论稿》,《汤用彤学术论文集》,中华书局,1983年,第294页。

而禅宗主“自性清净心”，正是竺道生涅槃佛性学说的发展，是佛家心性理论与儒家“反本归诚”的“性善论”的进一步融合。

禅宗心性理论有一个发展过程。弘忍、神秀的北宗禅求净心，主渐修，要人们“凝心入定，住心着净，起心外照，摄心内证”①。到了慧能、神会的南宗禅，立“无相”与“见性”为两大理论支柱，认为每个人的自性本自具足，不须在自心之外另求净心，自心就是佛心。“不悟即是佛是众生，一念若悟即众生是佛”②。发展到南岳怀让一系的马祖道一等人，更倡言“平常心是道”③。当时许多禅僧不读经，不礼佛，基本上没有什么戒律可守，以致呵佛骂祖，只求做个“了事人”，“不受人惑”的“顶天立地”的“大丈夫儿”。这样，禅成了对主观心性的体认，成了任运随缘的生活。这是在宗教形式下对自我个性的肯定，是儒、佛在心性理论上进一步融合的产物。因此禅宗被称为“适合中国士大夫口味的佛教”④。

中唐时期，禅宗在士大夫间有很大影响，文人习佛成风。这是一种社会思潮的表现。特别是石头希迁和马祖道一，徒众甚多。当时江西主大寂（即道一），湖南主石头。石头重偈颂，大寂重言句。“大寂之徒，多诸龙象，或名闻万乘，入依京辇，或化洽一方，各安郡国”⑤。例如贞元、元和年间在文坛上有名声的权德舆即从道一及门受教⑥；白居易曾四诣道一法嗣兴善惟宽问道⑦；道一另一法嗣归宗智常曾与李渤论道，韩愈与李渤有私交；石头门下药山惟

---

①神会：《答崇远法师问》。

②《南宗顿教最上大乘摩诃般若波罗蜜经六祖慧能大师于韶州大梵寺施法坛经》。

③《景德传灯录》卷二八。

④范文澜：《中国通史简编》第3编第2册，人民出版社，1965年，第601页。

⑤陈诩：《唐洪州百丈山故怀海禅师塔铭》，《全唐文》卷四四六。

⑥权德舆：《唐故洪州开元寺石门道一禅师塔碑铭》，《权载之文集》卷二八。

⑦白居易：《传法堂碑》，《白氏长庆集》卷四一。

俨，李翱曾与他有交往①；石头另一弟子柏岩明哲，广泛结交贾岛、周贺、殷尧藩等人；而韩愈在潮州结交的大颠也是石头弟子。胡应麟曾指出："韩、柳二公，亦当与大寂、石头同时。大颠即石头高足也。世但知文章盛于元和，而不知尔时江西、湖南二教，周遍寰宇。唐世人才之众乃尔。"②他没有具体指出这两部分人在人事上，特别是思想上的交流。

这种交流的一个突出事例，就是李翱作《复性书》。李翱生于大历七年(772)，写《复性书》时二十九岁，当贞元十六年(800)。而他于贞元十二年在汴州与韩愈结识。李翱在《复性书》中讲道，"人之所以为圣人者，性也"，而"情既昏，性斯匿"，因此要"复性"③。这不论在思想上还是语言上，都接近于禅宗。李翱写《复性书》在其结识药山惟俨以前，我们还不能找到在这之前他与禅宗的关系，恐怕他的写作主要受到当时社会思潮的影响。李翱习"古文"，后世一般把他列为"韩门弟子"，在学道上韩愈大概是从他那里受过启发的。

韩愈所谓"足乎己无待于外"的"德"，也是这种思想潮流之下的产物。他为结交大颠致书孟简为其辩护，称赞大颠"不为事物侵乱"，也是这种观点的表现。司马光曾指出："文公于书无所不观。盖尝遍观佛书，取其精粹而排其糟粕耳。不然，何以知'不为事物侵乱'为学佛者所先耶？"④韩愈在《原性》中离情而言性，也与禅宗教义有关。

唐代庶族地主阶级地位上升，正处于封建统治阶级重新组合的时期。"安史之乱"冲击了中央集权专制制度，加速了统治集团的分化。这时候一些出身"微贱"的士大夫就要努力争取自己的地

① 僧史、灯录记载李翱向惟俨习禅，或多附会，但二人有交往是很可能的。

②《少室山房笔丛》卷四八。

③《李文公文集》卷三。

④《书心经后赠绍鉴》，《温国文正司马公文集》卷六九。

位。他们肯定自我,强调主观,蔑视权威,批评儒学教条。禅宗是这种精神的表现,中唐儒学中也有这种表现。韩愈在一定意义上也是这种表现在思想上、文学上的代表。

后来宋儒论心、论性,韩愈也是前驱。在文学上,他肯定“不平之鸣”“愁苦之辞”;他本人的创作敢怒敢言,横放雄杰,以至在文风中表现出一种“霸”气,这都与他的心性观念有联系。

“求端”“讯末”的逻辑

由前面的分析可以知道,韩愈名为倡言“古道”,但其主张在许多重要方面已完全不同于他一再表示要忠实承继的孔孟之道,而是加入了许多个人的新理解。其中,不少又是或明或暗地袭取了他所反对的佛家的。反映在他头脑中儒家思想的这种变化,正是时代发展促使观念改变的表现,这自不待言;他本人关心现实,热衷经世之学,欲以儒学挽救时代衰弱的主观努力,在促进他的思想形成上起了巨大作用,这也不待言。这里要强调指出的是,尽管时代变化了,他本人又发挥了巨大的能动性,但他的观念却被牢牢束缚在恢复“古道”的框子里,这对他来说是不可克服的局限。这种局限,在一定意义上正来自他所提倡的“求端”以“讯末”的逻辑。他批判佛、老,方法论的依据是:

> 甚矣,人之好怪也。不求其端,不讯其末,惟怪之欲闻。

就是说,他反对“好怪”,要求“求端”以“讯末”。

从训诂上看“怪”的含义,如“子不语怪、力、乱、神”①,一般释为

①《论语·述而》。

奇异;“出怪异以警之”[1],则意为灾变。这都是指具体的特异荒诞的事物。韩愈所谓“好怪”,显然具有抽象的、逻辑上的意义,即不只是不合“情”,也更不合“理”的“私言”,也就是孔子所谓“异端”。这联系《原道》上下文自然就清楚了。他批判“老者”“佛者”,显然不是言语表面之“怪”,而是“情理”上的“怪”。这也就明确了,他所“求”的“端”不是“异端”,而是“正统”。

我们姑且抛开他与佛、老辩论中的各方是非,也不论他辟佛的意义,他的这种逻辑的非科学性是很突出的。就是说,他批驳的基本依据是“怪”与“不怪”,而决定“怪”与“不怪”则在是否合于正统,这种方法必然是主观、专断的。

在“端”与“末”的关系上,他“求端”在前,“讯末”在后。端末即本末,在逻辑上指抽象与具体、原则与事实等等。韩愈本来很关心现实,但他把具体的事实放在从属的位置,而首先以抽象的原则作为评判事物的基准。这样,他就把自身束缚在先验的观念之中了。归纳是科学的逻辑的出发点。在科学面前,事实,也就是“末”,是最重要的。科学的规律是通过实践从客观现实中总结出来的,但韩愈的方法却是首先树立“圣人之道”的绝对信仰,由这种先验的教条来进行演绎,用它的标准来判定是否为“异端”,从而得出自己的结论。这种结论可能有价值,甚或可能有一定正确性,但这种方法却是唯心主义的。

由此就可以看出韩愈《原道》命题的问题了。“原”为穷本溯源之意。如果从客观角度对儒家之道穷本溯源,这本是科学研究的好课题,但问题在于他把自己摆了进去,首先以高度主观热忱肯定这“道”的绝对性,并且自己要承担所“原”之道的统绪。这样,“原道”就有了肯定“圣人之道”的主观论辩色彩。韩愈的这种主观热忱虽然促使他写出了好文章,但在立意方法上却绝不是科学的。

---

[1] 董仲舒:《贤良对策》,《汉书》卷五六。

这样，不管如何评价《原道》的意义，韩愈的这篇文章并没能摆脱（或者说主观上是在努力运用）“经学统治”逻辑。那就是尽管他有个人的看法，有来自实践的新鲜认识，但他却要遵循古先“圣人之道”，到圣人那里找根据。因此，他始终被限制在古代与圣人的框子里。

“求端”以“讯末”，实际是“经学”的一般方法。方法论从属于认识论；但方法一经形成，对认识却又有巨大的反作用。中国古代经学教条的、凝固的方法，确实是思想前进的重大阻力。

从这个意义上说，韩愈的悲剧并不是他个人的。

原载于《南开学报》1989 年第 1 期

作为文学的禅

一

中国禅宗僧团具有浓厚的文学气息，中国禅宗文献包含相当多的文学成分，禅宗的发展与文学有着紧密联系并对文学产生了巨大影响。因此，有必要从文学的角度对禅宗和禅文献进行研究，既可以研究作为佛教宗派的禅宗的文学，也可以研究文学中的禅。这种研究对于全面认识禅宗是不可缺的，对于探讨中国文化史、中国文学史也有很大的意义。

在世界各主要宗教的典籍中，佛教三藏以丰富多彩和富于文学性而著称。佛陀本人以及他所创立的教团开创了重视并善于利用文学的传统。历代积累起来的数量庞大的佛典中包含不少文学创作或极富文学情趣的作品；历代佛教大师中有不少优秀的文学家，如古印度的马鸣和龙树，中国的支遁和慧远等等。这种文学传统在中国佛教宗派——禅宗中得到了充分的发扬。从这一角度看，自诩为释迦“教外别传”的禅宗倒是真正发扬了佛教的创造精神的。

禅宗的基本思想为这一革新教派在文学上取得成就打下了

基础。

禅宗理论的核心是"见性"说，即众生自性清净，圆满具足；见自本性，直了成佛；只需"自身自性自度"①，不要向外驰求。这是自部派佛教"心性本净"说经大乘佛教"悉有佛性"及"如来藏"②思想的进一步发展，也是佛家心性学说与儒家人性论相调和的产物。佛家讲佛性，实际上讲的是人性问题，即人的本质是否与佛性相统一，人有没有成佛的可能性与现实性。禅宗的"见性成佛"说比起历来佛家、儒家的心性理论有一个大的飞跃，就是它绝对地肯定每个平凡人本性的圆满。不是让平凡的众生改造自己去向一个绝对的精神本体看齐，他只需要自己发现自己；众生不是由于有清净自性为依据才可能成佛，这清净自性决定他们本来就是佛。有的学人请教禅师什么是佛，什么是佛法大意，什么是祖师西来意（即达摩祖师为什么从印度来到中国）之类问题，被问到的人往往拳打棒喝，试图让问者截断常识情解；有时则直呼发问人的名字，让他回头猛省，体会到当下即是，"真佛内里坐"，佛法是"一切见成"，真佛即是学人自己。这样，作为宗教的修持与信仰的禅已演变为一种认识方法和精神体验了。禅不再是传统的"四禅""八定"③，也不必通过心注一境，审正思虑，来导以正观或获得神通，而是对"自己"

① 引文出自敦煌本《坛经》，即《南宗顿教最上大乘摩诃般若波罗蜜经六祖慧能大师于韶州大梵寺施法坛经》。中国禅宗的心性学说，自道信、弘忍的"东山法门"经慧能、神会的曹溪一系，以后发展分化，直至形成晚唐至北宋的"五家七宗"，理论思想有很大变化。本文限于论述范围，涉及这方面问题时只举出其基本点或主要表现。关系到禅宗中不同发展阶段与派系观点的差异及其对文学的影响的问题，容另文再述。

② "如来藏"思想是大乘佛教发展到四世纪前后形成的一种理论，主要观点是认为一切众生含藏本来清净的如来法身即佛性。

③ "四禅"即"四静虑""四定静虑"，是禅定心理活动次第发展的四种精神境界；四禅加上无色界的"四空定"（空无边处定、识无边处定、无所有处定、非想非非想处定）合称"八定"。

的发现与认识。日本哲学家西谷启治说这是“了解自我本来面目”的“禅的立场”①。到这里，宗教的禅已走向了它的反面：禅而至于非禅，即已不是本来意义上的禅。禅成了心理现象，成了人生体验，形诸文字，则通于文学，通于诗了。

当然在实践中，情况并不那么绝对，禅并没有失去其宗教属性，禅也不完全是诗。

禅宗的基本性质又决定了它附带的两个重要特征。这两者进一步强化了它的文学性质，密切了它与文学的联系。

一点是，禅是实践的。这里所谓“实践”，不是特定含义的社会实践，是指人生的实际践履。禅宗标榜“不立文字”。这“不立文字”并非不“用”文字，它实际上非常重视以文字记录言教语句，这有大量禅籍为证，容后另叙。“不立文字”的一个意义是否定历来的经论及其义解，打破文字障，为创立新宗义开辟道路。“不立文字”的另一个意义就是强调每个人自己生活践履中的体验。禅师们常说“如人饮水，冷暖自知”②。对禅的领悟是一种“默契”，是任何其他人所不能代替的。《坛经》中关于弘忍向神秀与慧能传法的故事是有象征意义的。神秀已经是“上座”“教授师”，《续高僧传》说他“少览经史，博综多闻”；而慧能不过是南方僻远地区的“獦獠”，靠打柴为生，“不识字”，在黄梅东山门下做个“踏碓行者”。但通过题偈呈各自禅解，慧能在“见性”上远远高过了神秀。发展到中唐马祖道一的时代，主张“平常心是道”，所谓“神通并妙用，运水与搬柴”③，禅被落实到人生日用之中。禅宗僧团建立起独立的禅院，确定了禅僧参加劳动制度。这也是观念上的一个大的转变：僧侣由受众人供养的“僧宝”变成了自力谋生的普通人。百丈怀海“一日不作，一日不食”就是一个典型代表。我们看当时的记录，禅

---

①西谷启治：《宗教論集Ⅱ・禅の立場》，创文社，1986年，第7页。

②希运：《筠州黄檗山断际禅师传心法要》。

③庞蕴：《庞居士语录》。

僧师弟子一起除草、摘菜、拾柴，过着劳动生活，而这些场合正是他们谈禅悟道的场所，往往是劳动实践提供了悟道的机缘。百丈怀海法嗣大慈寰中上堂示法说："说取一丈，不如行取一尺；说取一尺，不如行取一寸。"①这表明他是更重视"行"的。雪峰义存门下保福从展说："举一百个话，不如拣得一个话；拣得一百个话，不如道取一个话；道得一百个话，不如行取一个话。"②"话"指"话头"，当时禅门中把古德的行迹言句拣选出来成为话头，加以探究商量，即通过参"公案"来悟解禅意。从展是说不论如何熟悉这些公案，都不如能身体力行之。因此，禅宗中人对读经看教、墨守言句大肆抨击，有"承言者丧，滞句者迷"，"一句合头语，万古系驴橛"之类说法。禅宗提倡的践履往往归结为任运随缘，无所作为，最终导向个人狭隘心灵体验的"默契"，使社会的人变成了"无为无事"的闲人。但禅宗比起佛教其他学派、宗派与小、大乘各种禅法有个原则上的不同点：禅宗外的其他佛教派别从精神本质上看是超世的、出世的，人要成佛就得到彼岸世界；而禅宗却是肯定现实的，有入世精神的，它认为清净自性的实现不在彼岸，而是"立处即真""触事而真"③的。这样禅接近了生活，也就更接近艺术与文学。

另一点，禅是独创的。自佛法传入中土，佛教在中国思想土壤上扎根、发展的过程，就是其适应中国特殊的环境与要求，改变其面貌而实现中国化的过程。在禅宗出现之前，这种"中国化"采用过各种各样的办法，包括在翻译佛典时使用"格义"④的办法，制造

---

①《祖堂集》卷一七。

②《祖堂集》卷一一。

③这是僧肇《不真空论》中的一个观念，后来被禅宗引用与发挥。僧肇的思想是禅宗理论的渊源之一。

④"格义"指"以经中事数，拟配外书，为生解之例"（《高僧传》卷四《竺法雅传》），即用儒家、道家等中国传统的概念、思想去比附、理解、翻译佛教的名词、义理。

伪经的办法①，对佛教教典进行科判义疏的办法，以至通过“教判”②重新组织教义体系以创组学派的办法。但不论用什么样的办法，禅宗以前的佛教都还是以印度所传翻译佛典为依据。到了禅宗，却用中国人创造的“论”和“语录”代替了佛所说经和外国菩萨所造的论，从而从根本上打破了外来偶像的权威与教条的羁绊。早期禅宗借鉴四卷《楞伽》的提法讲“如来禅”，把自己的禅法直接上承释迦心法；后来进一步讲“祖师禅”，放弃了印度的宗主关系，自立达摩至六祖慧能的传法统绪，进一步摆脱了与传统教法的联系。而且在禅宗内部，较研习文句更重师资传授，更鼓励学人超越师说，勇创新解。雪峰法嗣岩头全奯引用古德的话说：“智慧过师，方传师教；智慧若与师齐，他后恐灭师德。”③《祖堂集》卷六《洞山和尚良价》记载了一段对答：

> 又设斋次，问：“和尚设先师斋，还肯先师也无？”师曰：“半肯半不肯。”僧曰：“为什么不全肯？”师曰：“若全肯则辜负先师。”

下面接着记载了禅门间用这个故事作话头提问的答案：

> 僧拈问安国：“全肯为什么却成辜负？”安国曰：“金屑虽贵。”白莲云：“不可认儿作爷。”有人拈问凤池：“如何是半肯？”凤池云：“从今日去向入，且留亲见。”“如何是半不肯？”凤池

---

① 参阅牧田谛亮：《疑经研究》，京都大学人文科学研究所，1976年。在敦煌文献中发现了《提谓波利经》等一批伪经；晚近的研究已倾向于肯定唐以后在中国广为流行的《圆觉经》《楞严经》也是伪经。

② “教判”即“教相判释”或称“判教”，是对佛陀一代教法重新加以组织、解释，形成一教义体系。中国佛教各宗派都有自己的“教判”方法以作为立宗依据。

③ 《祖堂集》卷七。《景德传灯录》卷一六作：“智过于师，方堪传授；智与师齐，减师半德。”《五灯会元》卷三引百丈怀海语：“见过于师，方堪传授；见与师齐，减师半德。”

云："还是汝肯底事么？"僧曰："全肯为什么辜负先师？"凤池云："守着合头，则出身无路。"

安国、白莲、凤池三个人的答话，都反对谨守师说。安国所说"金屑虽贵"是歇后语，下半句是"著眼成病"（或"落眼成翳"）。白莲所谓"认儿作爷"，意谓先师的言教也是承自前人的个人体会。凤池说的"合头"即"合头语"——即相契无间的言句，他认为墨守合头语则永远没有出路。正确的态度是"半肯半不肯"，依据先师指点的门径去"亲见"。这样，禅宗作为一个教派，就有着突出的开放性与创新性的特点。从唐初道信弘传达摩禅法直到北宋黄龙派、杨歧派兴起这四五百年间，禅宗发展变化，新态百出，从观念到方法不断花样翻新，呈现出自由开阔的面貌。一代代禅师中的卓越人物，各有独特的解会，各有独特的机缘，千姿百态，极富个性。这种独创性是禅宗自身发展的一个强大推动力。其表现的丰富多样，成了"禅文学"创造性的又一个决定因素。

禅宗重实际践履与重独创这两个特点，恰恰也是文学创作的特性。禅可以表现为文学，这也是重要的依据。但是，如再从根本上审视禅的立场，就会发现，它所探求的目标终究限制在主观心性的狭隘范围，又受到宗教观念的限制，这就局限了禅宗在文学上的成绩。然而这却又形成了"禅文学"的一些独具的特点，从而使它成为文学发展中的一个奇特果实。

这里，拟概括说明禅的文学价值的几个侧面。

二

禅宗的文学价值，首先表现在禅宗文献具有浓厚的艺术创作意味，其中一部分应被看作是很有水平的文学作品。

20世纪中,大量禅宗新资料陆续被发现。这不只改变了禅宗史研究的面貌,而且使人们得以对禅宗这个历史文化现象更全面地加以认识,包括对它的文学价值的认识。

在20世纪以前,中国人熟悉的禅宗资料主要是元宗宝本《六祖大师法宝坛经》和宋道元于景德元年(1004)编成的《景德传灯录》,以及南宋普济编的《五灯会元》等。中国人有重视历史的传统,这些材料主要被当作历史记录(当然也不一定尽信为史实)来对待。现在经过研究人们清楚了,这类材料主要是宋初以后人所整理的南宗禅马祖道一一系的传说。20世纪以来,从敦煌文书中发现了一大批早期禅籍,包括早期的《坛经》①,慧能弟子神会的语录以及各种禅宗著述、偈颂等,还包括北宗一系的禅史如净觉《楞伽师资记》、杜朏《传法宝记》以及弘忍门下保唐宗的《历代法宝记》。在敦煌禅籍被发现、整理、研究而形成为国际间显学的同时,1933年、1934年分别在日本和中国赵城藏中发现了早期灯史——唐智炬所著《宝林传》残卷,另外在日本发现了唐惠昕改编本《坛经》(兴善寺本)等,特别是在朝鲜发现了成书于南唐保大十年(952),静、筠二禅师在泉州招庆寺所编的《祖堂集》②。如此等等新材料的发现,给禅宗研究提供了广泛的新课题。其中的一个问题就是让人们明确了:以前从《景德录》《五灯会元》等书中了解的禅史是片面的,是后代人根据南宗曹溪一系传说等资料改编、整理的;禅宗史料特别富于流动性,伴随着禅宗的发展形成了代表不同时代观点的灯史等文献;禅史的改编与创新正是禅宗发展各阶段不同观点的表达形式。在这种认识的基础上,自然也就可以推断出:各禅史及禅宗其他资料所写的人物、故事、传法机缘、语句等

① 即敦煌本《坛经》。据晚近研究,这个本子应形成于德宗建中年间前后。它也不是"原本",而是由更古老的本子发展而来。

② 日本穴山孝道在1933年于《東洋學苑》第2辑著文《高麗版祖堂集と禅宗古典籍》,首次向学界介绍了《祖堂集》。

等，并非信史，而是经过一代代禅门间传说形成的，带有相当大的创作成分，其中有些可以看作是文学作品即“禅文学”。这样一来，就给禅宗史的研究增添了不少麻烦，爬梳有关一个人物记述的真伪，分析传说形成的先后层次等等，要下很大功夫。但这对于从文学角度来研究禅宗，却大大开拓了视野，丰富了内容。

本来，宗教建筑在信仰与幻想的基础上，因而宗教人物必然被罩以神圣的灵光，附会以神通与灵异。禅宗文献中记载的古德行迹，也必然有夸饰、想象、创造的成分。值得注意的是，禅宗历史中记载的历代祖师，并不是居于遥远的彼岸世界的宗教偶像，也不是与现实对立的超凡入圣的圣人，而是生活在普通人世间的活生生的人物。《祖堂集》形成于五代末，其中记述了众多的唐末五代的人物，对编者居住的福建一带人物记载尤多。这就是说，禅史对人物的增饰、想象，是紧密联系现实生活的创造。这已是艺术加工的过程。如果就宗教文学范围进行比较，在六朝隋唐时期曾广为流行鲁迅所谓“释氏辅教之书”①，如齐王琰《冥祥记》、北齐颜之推《冤魂志》、唐唐临《冥报记》等，还有大量记载观音、舍利等灵验的故事传说。那种根据真实人物经不同加工、增饰而形成的禅宗人物、故事与上述情形不同，可以说是中国宗教文学中的新形式，其优秀篇章有着相当魅人的艺术力量。

当马祖以后的祖师禅的传承者们编述祖师们的行迹时，本来有后者说法的“语本”（或称“语”“广语”等）或记载其事迹的“行录”（或称“别录”等）为依据②；但这些记载已有一定传说成分。特别是早期祖师的事迹，更多地出于传说。突出的例子，如三祖僧粲，连他的存在都是极可怀疑的。但正是由于存在传说的因素，才得以创造出一大批禅匠的鲜明生动的形象和无数曲折动人的故事。它

---

①参阅鲁迅：《中国小说史略》第9卷，人民文学出版社，1981年，第54页。

②这些提法，可见于《祖堂集》。参阅柳田圣山：《語録の歴史——禅文獻の成立史的研究》，《东方学报（京都）》第57册，1985年。

们传诵于丛林间，成为后学仿效的师范，同时又以其艺术感染力而成为欣赏的对象，给禅家谈禅提供了话头；给文人写作提供了典故，还算是次要的事。这样创造出的人物形象完全有资格列入中国文学人物创造的画廊。

这里首先看一下二祖慧可的例子。《五灯会元》卷一有他嗣法的完整故事：

> 时有僧神光者，旷达之士也。久居伊、洛，博览群书，善谈玄理。每叹曰："孔、老之教，礼术风规，《庄》、《易》之书，未尽妙理。近闻达磨大士住止少林，至人不遥，当造玄境。"乃往彼，晨夕参承。祖常端坐面壁，莫闻诲励。光自惟曰："昔人求道，敲骨取髓，刺血济饥，布发掩泥，投崖饲虎，古尚若此，我又何人？"其年十二月九日夜，天大雨雪。光坚立不动，迟明积雪过膝。祖悯而问曰："汝久立雪中，当求何事？"光悲泪曰："惟愿和尚慈悲，开甘露门，广度群品。"祖曰："诸佛无上妙道，旷劫精勤，难行能行，非忍而忍。岂以小德小智，轻心慢心，欲冀真乘，徒劳勤苦。"光闻祖诲励，潜取利刀，自断左臂，置于祖前。祖知是法器，乃曰："诸佛最初求道，为法忘形，汝今断臂吾前，求亦可在。"祖遂因与易名曰"慧可"。可曰："诸佛法印，可得闻乎？"祖曰："诸佛法印，匪从人得。"可曰："我心未宁，乞师与安。"祖曰："将心来，与汝安。"可良久曰："觅心了不可得。"祖曰："我与汝安心竟。"

这是插在达摩传里的慧可传法因缘。通过立雪、断臂、易名、示法四个情节，塑了一个坚韧不拔、舍身求法的人物典型，情节虽然夸张，却很新颖，富于表现力。达摩的深沉、睿智与慧可的热情、勇决互相映衬。

但这全篇不过是创造、捏合的故事。现存著述中最早全面记述达摩生平思想的，是赞宁的《续高僧传》。在该书卷八《菩提达摩传》里写慧可事迹，只说到“年登四十，遇天竺沙门菩提达摩游化嵩、洛。可怀宝知道，一见悦之，奉以为师”等。其中也没有“立雪”情事，只在记述那禅师弟子慧满居洛阳南会善寺时，写到“四边五尺许雪自积聚，不可测也”；“断臂”情节是有的，但说是“遭贼斫臂，以法御心”，而非自断其臂。赞宁又写到慧可后来“埋形河涘”“纵容顺俗”，似乎批评他不是坚定的弘法者。在开元初年编成的杜朏《传法宝记》[①]里有简单的断臂故事，特别提到断左臂，而未记立雪事。《楞伽师资记》则以慧可自述形式简略提及完整的两个情节：“吾未发心时，截一臂，从初夜雪中立，直至三更，不觉雪过于膝，以求无上道。”[②]但为什么截臂并不清楚。到大历末年的《历代法宝记》，故事的逻辑线索才明确了：“初事大师前立，其夜大雪，至腰不移。大师曰：‘夫求法不贪躯命。’遂截一臂，乃流白乳……”[③]由以上材料，我们可以看到慧可传形成的过程：简单的传说经过不断地增添情节、艺术加工而成为生动的人物描写了。

有关达摩的材料，同样展示了这个创造过程。中国现存典籍中最早记述达摩的是杨衒之的《洛阳伽蓝记》，其卷一《城内·永宁寺》条中写道：

> 沙门菩提达摩者，波斯国胡人也。起自荒裔，来游中土。见金盘炫日，光照云表，宝铎含风，响出天外，歌咏赞叹，实是神功。自云年一百五十岁，历涉诸国，靡不周遍，而此寺精丽，阎浮所无也。极佛境界，亦未有此。口唱南无，合掌连日。[④]

① 以下几部早期禅史形成年代的考证，参阅柳田圣山：《初期禅宗史書の研究》，法藏馆，1967年。

② 《楞伽师资记》，石峻等编：《中国佛教思想资料选编》第2卷第4册，中华书局，1983年。

③ 柳田圣山编：《初期の禅史Ⅱ歴代法寶記》（《禅の語録》丛书之三），筑摩书房，1984年。

④ 范祥雍：《洛阳伽蓝记校注》卷一，上海古籍出版社，1978年。

赞宁的《续高僧传》成书于传说中的达摩卒后百年多一些，其著述态度比较注重史实详密。卷一六有较完整的达摩传，但主要收录其所著述《二入四行》及弘法情况，对本人行迹只是说“南天竺婆罗门种……悲此边隅，以法相导。初达宋境南越，末又北度至魏，随其所止，诲以禅教……有道育、慧可……寻亲事之，经四五载，给供启接……自言年一百五十余岁，游化为务，不测于终”。这里除了自言百五十岁之外，与《洛阳伽蓝记》的记载没什么相同处。特别是郦道元说达摩是波斯人，从西方来；赞宁说是印度人，从南海来，表明在早期传说中达摩就是神秘朦胧的人物，后经过了唐五代一代代人的创造，新出的灯史中其形象也逐渐丰满。到了《景德录》，才形成了我们今天知道的包括其普通年间来梁、梁武问法、一苇渡江、少林面壁、付法说偈、只履西归等情节的完整故事。我们由此看到了如何从一个简单的传说铺衍、生发新情节，创造出一个风神飘逸而又坚定执着、聪慧颖悟而又神奇灵异的求道者与传法者的人物典型。禅门丛林从他的智慧汲取新的教义，把他的行迹视为效法的楷模，而我们从文学角度却看到了一个多姿多彩、风格奇异的形象，它在中国文学艺术发展史上留下了深远影响。

弘忍、神秀、慧能以后，禅宗作为新的思想潮流，广泛地流布朝野，特别是受到士人的欢迎。许多才华横溢的优秀人物进入了禅院丛林。这又正是禅宗思想自由活泼、新见纷出的时期。禅宗中许多有才智、有个性的人物发挥他们的创造精神，思想观念不断有所创新，行动上更多有惊世绝俗之举。特别是其中不少人本身有浓厚的艺术气质，言动中表现出强烈的艺术创造的光彩。后人根据他们的言行与传说，写出了一批很有特色的人物形象，例如聪慧机敏、活泼大胆的马祖道一，机智深沉、绵密亲切的石头希迁，佯狂傲物、不拘世俗的丹霞天然，蔑视传统、呵佛骂祖的德山宣鉴，机锋峻峭、拳打棒喝的临济义玄等等，每个人都有生动的故事，都有鲜明的个性，都具有特殊的魅力。宋以后的理学家写《道学传》，写

《学案》,显然受到禅家灯录的影响。如果我们把他们写的儒家人物与禅史记载的那些人物对比一下,就会发现后者从构思、立意到情节、语言是多么富于艺术光彩。这里举《五灯会元》卷五《丹霞天然章》的一段为例:

> 邓州丹霞天然禅师,本习儒业,将入长安应举,方宿于逆旅,忽梦白光满室,占者曰:"解空之祥也。"偶禅者问曰:"仁者何往?"曰:"选官去。"禅者曰:"选官何如选佛?"曰:"选佛当往何所?"禅者曰:"今江西马大师出世,是选佛之场。仁者可往。"遂直造江西,才见祖,师以手拓幞头额。祖顾视良久,曰:"南岳石头是汝师也。"遽抵石头,还以前意投之。头曰:"著槽厂去!"师礼谢,入行者房,随次执爨役,凡三年。忽一日,石头告众曰:"来日铲佛殿前草。"至来日,大众诸童行各备锹镬铲草,独师以盆盛水,沐头于石头前,胡跪。头见而笑之,便与剃发,又为说戒。师乃掩耳而出,再往江西谒马祖。未参礼,便入僧堂内,骑圣僧颈而坐。时大众惊愕,遽报马祖。祖躬入堂,视之曰:"我子天然。"师即下地礼拜曰:"谢师赐法号。"因名天然。祖问:"从甚处来?"师曰:"石头。"祖曰:"石头路滑,还跶倒汝么?"师曰:"若跶倒即不来也。"乃杖锡观方,居天台华顶峰三年,往余杭径山礼国一禅师。
>
> 唐元和中至洛京龙门香山,与伏牛和尚为友。后于慧林寺遇天大寒,取木佛烧火向。院主诃曰:"何得烧我木佛?"师以杖子拨灰曰:"吾烧取舍利。"主曰:"木佛何有舍利?"师曰:"既无舍利,更取两尊烧。"主自后眉须堕落。①

丹霞天然故事的含义是极丰富的。他由"选官"而"选佛"的转变有相当的典型性。烧木佛求舍利的对话不但充满机趣,而且包含破

① 苏渊雷校点:《五灯会元》卷五,中华书局,1984年。

除偶像的深刻意识。这一形象狂放不羁而又思想深邃，机敏善辩而又风趣幽默，是唐代禅门特殊环境培养出的个性独特的人物。实际上，我们在当时有些文人身上也可以看到这种人的影子。而描写中对话的精悍、细节的突出，都显示相当高的艺术水平。

我们还可以看一下《祖堂集》卷五《大颠和尚》章的一段。引文稍长，因为涉及大颠与韩愈的著名公案，读者应有兴趣：

> 大颠和尚嗣石头，在潮州。元和十三年戊戌岁迎真身，元和皇帝于安远门躬自焚香，迎候顶礼。皇帝及百寮具见五色光现，皆云是佛光，百寮拜贺圣感。唯有侍郎韩愈（原作“庾”）一人独言不是佛光，不肯拜贺圣德。帝问：“既不是佛光，当此何光？”侍郎当时失对，被贬潮州。
>
> 侍郎便到潮州，问左右：“此间有何道德高行禅流？”左右对曰：“有大颠和尚。”侍郎令使往彼三请，皆不赴。后和尚方闻佛光，故乃自来。侍郎不许相见，令人问：“三请不赴，如今为什摩不屈自来？”师云：“三请不赴，不为侍郎；不屈自来，只为佛光。”侍郎闻已喜悦，则申前旨：“弟子其时云不是佛光，当道理不？”师答曰：“然。”侍郎云：“既不是佛光，当时何光？”师曰：“当是天龙八部、释梵助化之光。”侍郎云：“其时京城若有一人似于师者，弟子今日终不来此。”侍郎又问曰：“未审佛还有光也无？”师曰：“有。”进曰：“如何是佛光？”师唤云：“侍郎！”侍郎应诺。师曰：“看！还见摩？”侍郎曰：“弟子到这里却不会。”师云：“这里若会得，是真佛光。故佛光一道，非青黄赤白色，透过须弥、庐围，遍照山河大地，非眼见，非耳闻，故五目不睹其容，二听不闻其响。若识得这个佛光，一切圣、凡虚幻无能惑也。”师欲归山，留一偈曰：
>
> 辞君莫怪归山早，为忆松萝对月宫。
>
> 台殿不将金锁闭，来时自有白云封。
>
> 自后侍郎特到山复礼，乃问：“弟子军州事多，佛法中省要

> 处，乞师指示。"师良久。侍郎罔措。登时三平造侍者，在背后敲禅床。师乃回视云："作摩？"对曰："'先以定动，然后智拔'。"侍郎向三平云："和尚格调高峻，弟子罔措，今于侍者边却有入处。"礼谢三平，却归州。
>
> 后一日，上山礼师。师睡次，见来不起，便问："游山来，为老僧礼拜来？"对曰："礼拜和尚来。"师曰："不礼更待何时？"侍郎便礼拜。后一日，又上山。师问："游山来，为老僧礼拜来？"侍郎曰："游山来。"师曰："还将得游山杖来不？"对曰："不将得来。"师曰："若不将来，空来何益？"

与大颠交谊的实情，韩愈在《与孟尚书书》中曾有所表述。自宋嘉祐年间刊杭本《韩集》始载韩《与大颠书》三首后，关于书的真伪与二人关系问题有过长期的辩论，成为历史上的一大公案。与大颠的关系，确实涉及对韩愈思想及其所倡言"道统"的评价问题。《祖堂集》对于所记录人物，有些很简略，往往注以"未睹行录"之类字样。如大颠事迹这样详细的记载，可信是出于禅门所传行录的。当然这并不意味着这些记述没有传说、想象成分，但总应当承认文章是有史料价值的。起码可以承认，韩愈与大颠确有过密切交谊，二人的思想是有过共鸣的。反佛旗手韩愈与著名禅匠在思想上有相通处，这对于研究禅宗对韩愈的影响是值得注意的。大颠同情遭贬的韩愈，也可看出他的思想的反体制的特征。而这段文字所写的故事也很富寓意，通过人物间机智、含蓄的对话表现了人物的风貌。韩愈在这里只是大颠的陪衬，这是文章主题的要求；韩愈虚心谦诚的探索精神表现得很鲜明，可能这确实是历史上的韩愈性格的一面。

总之，今天流传的大量禅宗史料，我们完全可以从文学创作的角度来加以研究与接受，其中的一些篇章可看作是散文作品。它们以独特的风格与表现方法形成为古典散文中的一体，在散文发展史上应占有一席地位。

三

禅宗的文学价值，特别表现在历代禅师，尤其是禅宗兴盛期的唐五代禅师创作了许多文学作品。这些作品作为宗教文学自有其特点，但完全应列入古代文学遗产中而予以重视。

主要的创作成果是偈颂——这是一种特殊内容的诗歌。

印度佛典本来有运用韵文偈颂的传统，翻译到汉语，就采用了诗的形式。自六朝以来，中国僧人已多有利用诗歌来宣扬佛理的。直到禅宗出现，偈颂得到了大发展，并达到了很高的水平。偈颂和语录是禅宗文学的两个主要形式。

敦煌卷子中的《行路难》《五更转》《十二时》等民间俗曲，就有宣扬南宗禅的观念的。慧能弟子永嘉玄觉的《证道歌》是长篇偈颂，语言精粹，结构严谨，应是经过后人补充加工过的。这类作品还都是阐扬一宗一派观念的宣传品。从诗的角度看，它们的情趣韵味还是贫乏的。到了马祖道一的时代即祖师禅兴盛起来的时期，才出现了个人创作的、具有抒情特色的偈颂。其中好的作品，禅意诗情极为浓郁，置之当时诗坛上亦为上乘之作。

自大历末到贞元、元和年间即八九世纪之际这几十年间，是禅宗文学大发展的时期。敦煌本《坛经》和南宗灯史《宝林传》就编成于这一时期。禅门中所重视的王梵志、寒山、傅大士、宝志的作品也出现于这一时代。王梵志、寒山诗内容很驳杂，应是众多无名作者作品的结集，被编者归属到一人名下了。生活在齐、梁时期的宝志、傅大士到唐代已是传说人物，现存的二人作品显系后人附会的。在禅籍中最早提到王梵志的是大历末年的《历代法宝记》，其中无住说法引到王梵志诗："惠眼近空心，非开髑髅孔。对面说不识，饶你母姓董。”大约出于同一时期的皎然《诗式》在《跌宕格·骇俗》条中又引王梵志《道情诗》一首：“我昔未生时，冥冥无所知。天公强生我，生我复何为？无衣使我寒，无食使我饥。还你天公我，还我未生时。”①这首诗的主题与南宗禅“父母未生时本来面目”的观念相通。宗密元和年间所著《禅源诸诠集都序》卷四，讲到禅师“或降其迹而适性，一时间警策群迷”，注中举出“志公、傅大士、王梵志之类”。他的《圆觉经大疏抄》九之下说到“王梵志从王家庭前林檎树中生”的传说。寒山诗应是在德宗建中前后即公元780年左右出现的，笔者另有论述②，此不赘。禅籍中《楞伽师资记》首先提到“傅大师（士）”，但只举出他“守一不移，先当修心审观，以身为本”的主张，还没有引及他的诗。荆溪湛然《止观义例》卷上、《止观辅行传弘决》二之三引到他的《独自诗》；湛然卒于建中三年（782），其弘扬止观是晚年住吴郡开元寺时。宗密《圆觉经大疏抄》卷一一下说到“志公、傅生作歌偈等”，该书和《圆觉经大疏》屡引傅大士诗歌③。宝志的作品亦多次被宗密引用，还见于百丈怀海语录《百丈广录》，百丈语录的编成是有“语本”为依据的④。

大量的诗僧也出现于这一时期。刘禹锡说：

> 世之言诗僧，多出江左。灵一导其源，护国袭之；清江扬其波，法振沿之。⑤

诗僧中如皎然、灵澈知名于文坛，都是有相当成就的。他们不一定全部是禅僧，但他们的存在是与禅宗发展有关联的。而晚唐五代

---

①《历代诗话》，中华书局，1980年。

②孙昌武：《寒山传说与寒山诗》，《南开文学研究·1987》，天津古籍出版社，1988年。

③如《圆觉经大疏抄》卷一之上、卷七之上，《圆觉经大疏》卷中之二等。

④陈诩《唐洪州百丈山故怀海禅师塔铭》：“门人神行、梵云，结集微言，纂成《语本》。”《全唐文》卷四四六。

⑤《澈上人文集纪》，《刘宾客文集》卷一九。

最著名的两位诗僧正是南宗中人。齐己"幼捐俗于大沩,依祐公(沩山灵祐),盖与寂公(仰山慧寂)为同门友"①,又曾参石霜庆诸。贯休,据方回《瀛奎律髓》卷一二《齐己》条下:"齐己,潭州人,与贯休并有声,同师石霜。"日本宽元二年(宋淳祐四年,1244)信瑞撰《泉涌寺不可弃法师传》"唐代禅月大师"语下有注,谓"后素得名,曾在石霜和尚会下,掌知客职"②。贯休有《闻无相道人顺世》诗,中有"石霜既顺世,吾师亦不住"③之语,将石霜与其师无相并列④。但如齐己、贯休等诗僧的创作,与一般诗人作品相较并无大的特色,虽然多有佛家出世之词,但禅门的特点并不显著。

禅宗,特别是曹溪一系在中唐之后重视诗歌,这是值得研究的现象。除了唐代诗歌的大发展亦普及到佛家以至禅门这一客观形势的促成之外,禅宗观念的变化是个决定因素。由于主张"平常心是道",注重人生日用,表达心性体验的禅思就易于用如歌如吟的诗偈抒写出来。从这个意义上说,真是"诗禅一致,等无差别"⑤的。而当时的社会现实又驱使许多士人弃"选官"而趋"选佛",有才华、有诗歌素养的人大量进入丛林,更推动了禅门利用偈颂的风习,也提高了它们的水平。

如上所述,贯休出石霜门下,齐己亦与石霜有交谊。石霜属南宗青原法系,为石头希迁三世孙(石头—药山惟俨—道吾宗智—石霜庆诸)。石头一系中偈颂特受重视,出现了贯休、齐己那样的人是有缘由的。从《祖堂集》的记载看,南岳一系善偈颂的只有伏牛自在、居士庞蕴、芙蓉灵训、香岩智闲等数人,而青原一系自希迁即

①晓莹:《感山云卧纪谈》卷上。

②转引小林市太郎:《禅月大師の生涯と芸術》,《小林市太郎著作集》第3卷,淡交社,1974年,第50页。

③《全唐诗》卷八三〇。

④无相应即罗汉桂琛之师,见《宋高僧传》卷一三。

⑤王士禛:《香祖笔记》卷八。

善作偈颂，出现了丹霞天然、华亭德诚、雪峰义存、龙牙居遁、南岳玄泰、镜清道怤等一系列著名的作者。特别是药山惟俨下有船子德诚，善诗歌；船子门下有夹山善会；夹山下有洛浦元安等，一门师徒之间均善诗颂，以之表禅解，作问答，形成了浓厚的诗歌气氛。著名的事例如夹山善会对答“如何是夹山境”，说“猿抱子归青嶂里，鸟衔花落碧岩前”，意境清新，对仗工稳，以诗情画意表禅解，传诵丛林，流传后世。

青原一系禅法有两个特点：一是富于哲学思辨色彩，禅风绵密亲切；二是作风上多山居乐道。这两个方面是相互关联、相互促进的。这也成为这一派人写作偈颂思想的和生活的基础。与此相对应，他们所写偈颂的内容亦大致可分为两大类：一类是说理的，并且多用比喻或象征的方法，通过哲理的思辨来表述禅解；另一类是抒情的，多写逍遥乐道的生活情趣，特别是表达山居生活的乐趣。这两类诗互相关联，常常又是相互渗透的。实际上，自永嘉《证道歌》以来，早期禅宗中的懒瓒和尚、腾腾和尚的偈颂以至寒山诗等，都是这样的内容。这是禅门的思想与生活所形成的诗歌传统。

这里举出两个例子，分别说明一下两类诗艺术表现上的特征。丹霞天然《玩珠吟》：

> 丹霞有一宝，藏之岁月久。从来人不识，余自独防守。山河无隔碍，光明处处透。体寂常湛然，莹彻无尘垢。世间采取人，颠狂逐路走。余则为渠说，抚掌笑破口。忽遇解空人，放旷在林薮。相逢不擎出，举意便知有。①

佛典中常用摩尼珠、如意珠、骊龙颔下珠等比喻，以说明佛性的圆净光明。禅宗则进一步用以说明自性光明莹彻、无染无垢如宝珠一样，因此《玩珠吟》《弄珠吟》之类作品不少。这首诗即是用比喻

①《祖堂集》卷四。

来说明自性湛然，为众生所本有，迷者向外驰求不过是狂惑颠倒而已。这样用明珠之喻是形象生动而发人深思的。

船子德诚在华亭县泛舟，逍遥度日，有《华亭颂》：

> 一泛轻舟数十年，随风逐浪任因缘。只道子期能允律，谁知座主将参禅。目前无寺成椿橛，句下相投事不然。遥指碧潭垂钓叟，被师呵退顿忘筌。①

船子和尚的生活本身是富于诗意的，他这里歌唱一种任运随缘的生活，既不读律，又不参禅，人生如小船一样自由放旷，令人神往。船子和尚的传说也是流动的，到宋代，创造出了更富艺术性的船子和尚诗流传下来②。《五灯会元》著录了五首，如“千尺丝纶直下垂，一波才动万波随。夜静水寒鱼不食，满船空载月明归”③等等。

到了晚唐时代，禅门中拈话头、说公案广泛使用诗偈。有时用现成的诗，有的则是创作的。其中好的作品形象生动，意境深远，置之唐宋人佳作中亦不逊色。例如长沙景岑的偈：“百尺竿头不动人，虽然得入未为真。百尺竿头须进步，十方世界是全身。”④所表现的境界奇崛大胆，让人情意振奋。又《古梅》诗：“雪虐风饕水浸根，石边尚有古苔痕。天公未肯随寒暑，又孽清香与返魂。”作为咏物之作读，意蕴极为深长，苏轼曾用为典故，可知作品是早出的⑤。北宋时五祖法演与弟子昭觉克勤斗机锋的一段故事，更可以显示

---

①《祖堂集》卷五。

②宋吴聿《观林诗话》：“华亭船子和尚诗，少见于世。吕益柔刻三十九首于枫泾寺，云得其父遗编中。一诗云：‘欧冶铦锋价最高，海中收得用吹毛。龙凤绕，鬼神号，不见全牛可下刀。’涪翁屡用其语。”由此可见今传船子诗来源不明，但亦可见北宋时流传已广。

③《五灯会元》卷五。

④《五灯会元》卷四。

⑤杨慎《升庵诗话》卷六：“禅宗颂古唐僧《古梅》诗云云……东坡《梅花》诗‘蕙死兰枯菊已摧，返魂香入陇头梅’正用此事，而注者亦不之知也。”

禅门用诗风气及诗作的面貌：

> 方半月（指克勤归五祖后），会部使者解印还蜀，诣祖问道。祖曰："提刑少年，曾读小艳诗否？有两句颇相近：频呼小玉元无事，只要檀郎认得声。"提刑应"喏喏"。祖曰："且子细。"师适归侍立次，问曰："闻和尚举小艳诗，提刑会否？"祖曰："他只认得声。"师曰："'只要檀郎认得声'，他既认得声，为什么却不是？"祖曰："如何是祖师西来意？庭前柏树子。聻！"师忽有省，遽出，见鸡飞上栏干，鼓翅而鸣，复自谓曰："此岂不是声？"遂袖香入室，通所得，呈偈曰："金鸭香销锦绣帏，笙歌从里醉扶归。少年一段风流事，只许佳人独自知。"祖曰："佛祖大事，非小根劣器所能造诣，吾助汝喜。"祖遍谓山中耆旧曰："我侍者参得禅也。"由此，所至推为上首。①

这里是用"艳诗"的形式谈禅，讲对禅的悟解要心中默契，如像情人间心心相印、闻声知意一样，而提刑所解在文字表面。克勤按原诗句再翻了新意，写了一首小巧精致的情诗，把禅意表现得很透彻深刻。用情诗来呈禅解，是很有趣的。五代的法眼文益曾总结说：

> 宗门歌颂，格式多般，或短或长，或今或古。假声色而显用，或托事以伸机，或顺理以谈真，或逆事而矫俗。虽则趣向有异，其奈发兴有（不）殊，总扬一大事之因缘，共赞诸佛之三昧，激昂后学，讽刺先贤②

由此可以看到诗颂广为利用的情形。

在晚唐五代的禅偈中，已有一种颂古德公案的作品。北宋初年，郐阳善昭开始有意识地利用举公案为韵语的方法作"颂古"诗，

---

①《五灯会元》卷一九。

②《宗门十规论》。

在《郃阳无得禅师语录》里,偈颂占了一大半篇幅。稍后的雪窦重显以工翰墨著称,主持雪窦寺时有上堂示法诗:"春山叠乱青,春水漾碧虚。寥寥天地间,独立望何极。"①可见其创作水平。他曾选百条公案,作成《颂古百则》。后来圆悟克勤应张商英之请,于澧州夹山灵泉院讲唱此书,在每一则前加垂示,列出本则后又以颂语评唱,成《碧岩录》一书。这是以诗境表禅观的新形式。雪窦《颂古》和《碧岩录》对禅风影响甚大。心闻昙贲说:"天禧间,雪窦以辩博之才,美意变弄,求新琢巧,继汾阳为《颂古》,笼络当世学者,宗风由此一变矣。逮宣、政间,圆悟又出己意,离之为《碧岩集》。"②《碧岩录》曾被称为"宗门第一书"。但历史上中国人读禅籍,主要作为历史、掌故看待,重视的是灯录类作品,《碧岩录》渐被冷落。这部更富艺术情趣的书为日本禅门中人所喜读,这是很有意思的现象。

颂古一类作品还有几部:宋曹洞宗宏智正觉有《颂古百则》,元万松行秀加以评唱为《从容录》,是可与《碧岩录》并提的书。又有宋法应集、元普会续集的《颂古联珠通集》四十卷,集四百九十三则公案、宗师四百二十六人颂古之作三千余首,是一部集大成的集子。这些都是禅文学的重要组成部分。

除偈颂外,语录也有一定文学性,对文学的影响也相当深刻。

相对于石头一系重偈颂,马祖一系更重言句。马祖道一死后,已有不少门徒记录其"语本"③。这在马祖一系中似乎成为传统。马祖道一主张"心地随时说"④,非常重视将禅解用语言表达出来。本来自东山法门开创,禅门中就有据说是传自达摩的"指事问义"

---

①《五灯会元》卷一五。

②《禅林宝训》卷四。

③《祖堂集》卷一五《东寺和尚如会》章:"自大寂禅师去世,常病好事者录其语本,不能遗筌领意。"

④入矢义高编:《馬祖の語録》,禅文化研究所,1984年。

的办法，即随时依境设问，引导启发后学①。随着禅堂制度的建立，丛林中形成了上堂示众教学制度，禅师宣说的法语，成为学徒研习的教材；学人们又广泛游学，禅师与之对答、勘辨，以机锋峻语互相问难；而古德开悟、示法等行迹、言论，又被总结为公案，学徒间加以参详讨论而得到启发。如此等等，禅门中留下了大量言句，后人将之记录为“语本”“广语”等，即是后来的“语录”。今传唐代禅僧语录大都是宋以后人改编整理的，由于编成情况不同，历史可靠性的程度各异，这是研究禅宗史要解决的专门课题。现在从禅文学的角度来看，只概括地肯定它们有文学价值，是值得重视和探讨的。

禅宗语录和中国传统的语录体著述都以记录先师教训为主，但有很大不同。这首先表现在禅宗祖师在语录中并不处在绝对地教训人的位置上，师弟子间往往处在平等的地位互相论难。这是反权威、反传统精神的一种体现。对于欧洲文学史的研究表明，由于资本主义制度的出现肯定了普通人独立的人格，才出现了人物间独立行动与对话的现代戏剧和长篇小说。禅宗语录通过对谈论辩表现的人的关系也是众生自性得到肯定的反映。由于语录中生动描绘了人们之间的思想搏斗，充满了生活气息，比古圣贤人高高在上的训谕有生气得多，泼辣有趣得多。

禅宗语录大量使用了俗语。这不只是追求新异的表现，更反映了一种态度，就是以一般人的平凡语言代替神圣典雅的经典语言。这就打破古典而另创新典，并且从又一侧面反映了它重生活践履，重人生日用的立场。这是一种古典的人文主义立场。

禅宗语录的表现技巧也有很多特长。禅宗讲“不涉理路，不落言筌”，因此是“说而不说，不说而说”的，语言表达特别含蓄曲折，

①《楞伽师资记》：“大师又指事问义。但指一物，唤作何物，众物皆问之，回换物名，变易问之。”

包蕴特别深广；因此也就特别善用暗示、联想、比喻等手法；而为了打破人们的常识情解，语言的关联、用语等也常常逸出规范之外，等等。这样也就形成一种舒卷无方、杀活自如、大胆泼辣、趋奇走险的文风。这在文学上也造成了相当的影响。

清人钱大昕从否定的角度论语录，但我们从中可以看出这种著述形式的价值与地位：

> 佛书初入中国，曰经、曰律、曰论，无所谓语录也。达磨西来，自称教外别传，直指心印。数传以后，其徒日众，而语录兴焉。支离鄙俚之言，奉为鸿宝；并佛所说之经典，亦束之高阁矣。甚者诃佛骂祖，略无忌惮，而世之言佛者，反尊尚之，以为胜于教律僧。甚矣，人之好怪也。释子之语录，始于唐；儒家之语录，始于宋。儒其行而释其言，非所以垂教也。君子之"出辞气，必远鄙倍"。语录行，而儒家有鄙倍之词矣。有德者，必有言；语录行，则有有德而不必有言者矣。①

近人刘师培也是从批判角度说的，按他的"文笔论"观点，语录称不上"文"：

> 若六朝之时，禅学输入，名贤辩难，间逞机锋，超以象外，不落言筌，善得言外之旨，然此亦属于语言。而语录之文，盖出于此。且所言不外日用事物，与辞旨深远者不同。其始也，讲学家口述其词，弟子欲肖其口吻之真，乃以俗语笔之书，以示征实。至于明代，凡自著书者，亦以语录之体行之。而书牍序记之文，杂以俚语，观其体制，与近世演说之稿同科，岂得列之为文哉！②

①《十驾斋养新录》卷一八《语录》。

②《论近世文学之变迁》，舒芜等编选：《中国近代文论选》下册，人民文学出版社，1981年，第579页。

从这些批评的反面，我们可以看出语录的地位与影响。就文学史发展实际看，无论是创作体制还是语言、表现技巧，禅家语录对后代的影响都是相当大的。它直接开启了宋以后语录体文字，特别是明、清小品对它多有借鉴；间接影响于散文的表现方法也很巨大；也影响到诗。潘德舆就指出“南宋人诗似语录”①。语录给整个文学发展注入了新因素，其价值是应肯定的。

四

禅宗兴起以后，新的禅思想也广泛而深入地表现在文人的创作中，主要是诗作里。这是禅宗的文学价值的又一方面。

这不仅仅是指禅宗的思想观念影响于诗人，或诗人作品中寓有禅理禅趣；还应更进一步看到诗情禅意的融合已是唐代诗歌发展的新因素，形成为唐以后诗歌艺术的成就之一。如上所述，禅宗的禅已经是一种对主体的认知，一种自心对宇宙万物存在的特殊体验。白居易说“荣枯事过都成梦，忧喜心忘便是禅”②。这种禅已经大大冲淡了宗教信仰的色彩（当然，这不意味着禅宗失去了宗教的性质，尽管某些禅师表现出“泛神论”或“无神论”观念；而且禅宗到五代已逐渐向“教门”靠拢，“禅教一致”思想明显抬头），它从而就容易转化为诗的形式。而当诗人接受了这种对主体的认知与对客体的态度，表现为诗也就是禅了。诗与禅在这里相渗透甚至相统一了。因此苏轼说：“台阁山林本无异，故应文字不离禅。”③文人创作的诗所表现的内容，至此与禅没什么不同了。刘将孙说：

---

①《养一斋诗话》卷二。

②《寄李相公崔侍郎钱舍人》，《白氏长庆集》卷一六。

③《次韵参寥寄少游》，《东坡诗集注》卷一四。

> 诗固有不得不如禅者也。今夫山川草木,风烟云月,皆有耳目所共知识。其入于吾语也,使人爽然而得其味于意外焉,悠然而悟其境于言外焉,矫然而其趣其感他有所发者焉。夫岂独如禅而已。禅之捷解,殆不能及也。然禅者借滉瀁以使人不可测;诗者,则眼前景,望中兴,古今之情性,使觉者咏歌之,嗟叹之,至于手舞足蹈而不能已。登高望远,兴怀触目,百世之上,千载之下,不啻如自其口出。诗之禅至此极矣……抑诗但患不能禅耳,傥其彻悟,真所谓投之所向,无不如意。①

这是把"诗禅一致"论发挥到极致了。刘将孙从认识论的角度讲诗必须同时是禅,看法是深刻的;但他没有注意到禅是历史现象,诗、禅的融合只是在一定历史时期的现象,又只是诗创作中的一种表现。还有更多不如禅、反禅的诗,也是好诗。

李邺嗣进一步发展了刘的观点,结合创作实践来说明禅与诗的统一,他把禅宗的言句行迹都看成是诗:

> 宋人严仪卿论诗当从妙悟入,盛唐诸公为得上乘,诗家斥其说,谓不当以禅说诗。若后世宗门诸老俚言俗偈冲口而出,而于诗别置一册,谓不得以诗说禅。余谓两家持论俱非通议也……至释氏自一祖而后,正法递传,凡一默一言一呼一笑,俱可合宗门微旨,契教外之真机,舞笏吹毛,亦堪演唱,而奚独不可以诗说禅。余故谓迦叶见华破颜,此即尊者妙解之文也,而不得专谓之禅;天竺菩提谓诸门人曰:"汝得吾肉,汝得吾髓。"此即西来传宗之文也,而不得专谓之禅;卢行者非树非台,此即曹溪转句之文也,而不得专谓之禅。试屈从上诸祖作有韵之文,定当为世外绝唱。即如唐人妙诗若《游明禅师西山蓝若》诗,此亦孟襄阳之禅也,而不得专谓之诗;《白龙窟泛舟

①《如禅集序》,《养吾斋集》。

> 寄天台学道者》诗，此亦常征君之禅也，而不得专谓之诗；《听嘉陵江水声寄深上人》诗，此亦韦苏州之禅也，而不得专谓之诗。使召诸公而与默契禅宗，岂不能得此中奇妙？且余读诸释老语录每引唐人诗，单章只句，杂诸杖拂间，俱得参第一义。是则诗之于禅，诚有可投水乳于一盂，奏金石于一室者也。①

这种看法，在论述中把诗的界限扩及于禅家一切言行，与本文所论述的范畴有异，但其中所谈诗通于禅的道理还是有价值的。“诗禅一致”论比“以禅喻诗”更进一境，它从认识发展的角度揭示了二者共同的基础，从而解明了诗歌史中一种特殊类型的诗的内容与表现方法的根源、特征与价值。当然，这种说法也不无为禅张大门庭的意味。

宗教现象的根源，应当从社会的变动中去寻求。唐代的诗与禅在统一的社会思潮中发展，是这统一思潮的不同形态的表现，二者互有影响、相互包摄是必然的现象。由于宋以后的儒家正统观念强化，导致人们对历史上非儒家思想、学派的研究、认识不足。例如在对唐代的研究中，对禅宗的价值与地位就未给予充分估价。前人也有人看到了这方面情况。例如胡应麟说：

> 世知诗律盛于开元，不知禅教之盛，实自南岳、青原兆基。考之二大士，正与李、杜二公并世。嗣是列为五宗，千支万委，莫不由之。韩、柳二公，亦当与大寂、石头同时。大颠即石头高足也。世但知文章盛于元和，而不知尔时江西、湖南二教，周遍寰宇……独唐儒者不竞，乃释门炽盛至是，焉能两大哉！②

恽敬在评论反佛的韩愈时，也指出过同样的现象：

> 公以谏迎佛骨贬潮州，去菩提达摩入中国二百八十余年

---

①《慰弘禅师集天竺语诗序》，《杲堂文钞》卷二。

②《少室山房笔丛》卷四八癸部《双树幻钞》。

> 矣。其时关东、西则有丹霞然、圭峰密，河北则有赵州谂、临济玄，江表则有百丈海、沩山祐、药山俨，岭外则有灵山颠，其师友几半天下。皆以超世之才智，绝人之功力，津梁后起，以合菩提达摩之传。①

禅宗这种风起云卷的局面，自道信、弘忍传扬“东山法门”逐渐形成。文人们习禅成风，唐、宋两代，“李、杜、韩、柳、欧、王、苏、黄，排佛好佛不同，而所与交游，多名僧，尤多诗僧则同”②。实际上，当时反佛的人居少数。如上述八个大家，反佛的只韩、欧二人，而这二人也很难说不受禅宗影响。这样的时代风气之下，文人们接受禅的熏习是很自然的，何况禅本身又有着那么浓厚的文学气息呢？

禅宗的思想观念，也确有能够吸引文人的内容。周必大说：

> 自唐以来，禅学日盛，方智之士，往往出乎其间。迹夫舍父母之养，割妻子之爱，无名利爵禄之念，日夜求所谓苦空寂灭之乐于山巅水涯人迹罕至之处，斯亦难矣。宜夫聪明识道理，胸中无滞碍，而士大夫乐从之游也。③

这是从主观生活情志着眼的。古代文人热衷于习禅，有不少人的确是由于厌倦当时的现实，或对禅的超逸情趣欣赏、同情。如柳宗元，是个反天命、反迷信的有唯物主义思想倾向的人，却倾心佛教，也习禅，写过慧能的碑文，他的看法就是“凡为其道者，不爱官，不争能，乐山水而嗜闲安者为多。吾病世之逐逐然唯印组为务以相轧也，则舍是其焉从”④。从根本上看，那么多的人热衷习禅，还是由于禅宗的思想理论提供了认识的新内容，解决了（虽是从当时的、宗教的水平上）思想界面临的新课题。朱熹有一段话说得很

①《潮州韩文公庙碑文》，《大云山房文稿》卷四。

②方回：《名僧诗话序》，《桐江集》卷一。

③《寒岩升禅师塔铭》，《文忠集》卷四〇。

④《送僧浩初序》，《柳河东集》卷二五。

深刻：

> 佛学自前，也只是外面粗说。到梁达摩来，方说那心性。然士大夫未甚理会做工夫。及唐中宗时有六祖禅学，专就身上做工夫，直要求心见性。士大夫才有向里者，无不归他去。①

这就指出了南宗禅的心性学说实现了佛学的一大转变，适应了当时士大夫的思想要求。事实上，中国哲学正是在中唐时期由以探讨天人之际问题为中心开始转向以探讨人的心性为中心，禅宗是走在这一转变的前面的。当时思想敏锐、有见识的士大夫是不会不被它所吸引的。

历史学家评价唐王朝的思想文化政策，常指出其"统合三教"的特点。但统治阶级的一项成功的政策不会是其主观愿望的产物，而只能是直接地或曲折地反映社会发展的要求。唐王朝一般地说是保护和礼重禅宗这个新教派的。这并不是文人们接受禅宗的原因，反而可以看作它的结果。

当禅宗的新思想普及社会，浸渍文人的心灵，成为他们的血肉的时候，他们的诗必然会表现禅。不仅像王维、白居易这样长期接受禅的滋养的人写出许多"入禅"的诗，就是一生以"致君尧舜"为职志，致力于辅时济物、经世爱民的杜甫，也说"余亦师粲可，心犹缚禅寂"②，写了不少富于禅意的作品。如诗集开篇第一首《游龙门奉先寺》，结句说"欲觉闻晨钟，令人发深省"，其境界就让我们想起香岩智闲掷瓦砾击竹而悟道的故事③。韩元吉说杜甫此诗"示禅宗一观"，"人能内省其身，如识其遗忘而审视其微，则所以存其心

①《朱文公文集》卷一三七。

②《夜听许十一诵诗爱而有作》，《杜少陵集评注》卷三。

③香岩有偈曰："一击忘所知，更不假修持。处处无踪迹，声色外威仪。十方达道者，咸言上上机。"见《祖堂集》卷一九。

者”①。杜甫写这首诗主观上不一定是明禅的，但心境却是禅的。

在诗与禅相互影响、交融之中，唐、宋诗取得了独特的艺术成就。这从意境、观念的表现到语言的运用、结构的安排都有反映。王维所写的禅境，白居易描写的任运随缘的生活，陈无己、杨万里活泼通俗的用语，都关联着禅。在理论上，从殷璠讲“兴象”开始，皎然要求“文外重旨”，司空图提倡“韵外之致”，苏轼重视“意态横生”等等，都突出内心主观体验，都出现在禅的思想潮流影响之下。宋人的“以禅喻诗”，包括黄山谷重句法，吕本中讲“活法”，都对禅有所借鉴。

禅不只影响到诗，也影响到词曲，影响到整个文学②。从禅与文学关系的角度来研究文学史，天地是十分广阔的。

以上，简要提出了禅的文学价值的三个层面。作为历史现象，作为一种宗教意识，禅对文学的作用应该具体深入分析，也不可忽略其消极方面。本文只是提出一些课题，为“禅文学”争一席地位，对禅宗与文学的关系问题提出点粗浅看法。具体的研究还要更多的人来努力。

原载于(台湾)《中国文化月刊》1990 年第 129—130 期

---

①《深省斋记》,《润南甲乙稿》卷一六。

②例如饶宗颐先生有专文《词与禅悟》,见《佛教文学短论》,大乘文化出版社，1980 年。

明镜与泉流

——论南宗禅影响于诗的一个侧面

金诗人元好问的一联诗，形象地说明了佛教的禅和禅宗与中国古典诗之间相互影响、渗透的关系。他说："诗为禅客添花锦，禅是诗家切玉刀。"①这就指出：由于"以诗明禅"，诗成为禅的一个明快、生动的表达形式；而禅也为诗创作开拓了新领域，提供了新手段。特别是到了南宗禅形成并广为发展以后，诗、禅更进一步密切地结合。禅师们开悟、示法、颂古等，常用诗来表现，所谓"禅诗"成了禅文学的重要内容，以至出现了不少以写诗为专业的"诗僧"；另一方面，诗人们广泛结交禅僧，在思想观念与创作实践上都受到了禅的启发、熏习。笔者在本文中只讨论南宗禅影响于诗歌创作的一个侧面，即南宗禅所发挥的"顿悟""见性"观念，作为对人的"自性"以至整个宇宙的一种新认识，也启发诗歌创作形成了抒写与表现的新的态度与观念。概括起来大致为两个方向：一个是基于顿悟"自住清净"，追求清静"无念"，在诗中表现清净自性的发现与复归，这可以说是"静"的方向；再一个是基于对众生自性的肯定，追求任运自然，在诗中则表现为主观情志的表露与发扬，这可以相对地概括为"动"的方向。这二者相联系，又有发展脉络可寻，其发展恰与南宗禅本身的发展相一致。为了说明问题具体、清晰，本文选

①《嵩和尚颂序》，《遗山先生文集》卷三七，《四部丛刊》本。

取“心如明镜”与“心如泉流”两个譬喻来论述，试分析其在禅与诗中的表现。

一

中国禅宗，主要是南宗禅，在心性学说上的重大贡献，在于它基于中国固有的思想土壤，发展了自印度佛教传来的“心性本净”学说，提出了“无念”“见性”的理论，从而在中国思想史包括文学思想史上掀起一个肯定每个平常人的“自性”，倡导精神自主的潮流。这个潮流当然是表现在宗教观念的歪曲的形式之下，但它提出问题的全新的角度，解决问题过程中提供的思想内容，却是有重大价值的。历史上，南宗禅之所以在广泛的领域造成持久而相当巨大的影响，是与其所具有的内在价值直接相关的。

关于中、印（这里指中国儒家和印度佛教）在心性理论方面的根本区别，早在刘宋时期的谢灵运在论述当时佛教界新思潮的代表、著名的“涅槃师”竺道生的贡献时，就有过简括、精彩的说明，他说：

> 释氏之论，圣道虽远，积学能至，累尽鉴生，不应渐悟。孔氏之论，圣道既妙，虽颜殆庶，体无鉴周，理归一极。①

这就指出，按当时的涅槃佛性学说，特别是谢灵运本人参与修订“改治”的大乘《涅槃经》“一阐提人悉有佛性”的观点，每个人都是具有成佛的可能性的，只要“积学”，即通过长期、繁难的修证过程，都可以证得涅槃佛果。儒家则肯定先天地而生的尧、舜、周、孔一

---

①《与诸道人辨宗论》，《广弘明集》卷一八，《四部丛刊》本。

脉相传的圣人之道,但根据其先验的人性论,特别是按照倡自孔子而由董仲舒大加发挥的"性三品说",圣人的境界却不是每个人都可以达到的,虽是颜渊那样的孔氏及门弟子也没有成为圣人。接着,谢灵运指出了以竺道生为代表的"新论道士"的创见:

> 有新论道士,以为寂鉴微妙,不容阶级;积学无限,何为自绝?今去释氏之渐悟而取其能至,去孔氏之殆庶而取其一极。一极异渐悟,能至非殆庶。故理之所去,虽合各取,然其离孔、释远矣。余谓二谈救物之言,道家之唱,得意之说,敢以折中自许,窃谓新论为然。①

这就是说,以"新论道士"竺道生为代表所倡的顿悟新说,一方面取儒家所肯定的"宗极"之道而扬弃其限定"阶级"的人性论,另一方面取佛家所主张的普遍的佛性说而否定其"积学"的"渐悟",从而提出了融合儒、释的新的佛性论,开创出中国思想史上心性理论的新方向。对这一思想的巨大历史意义,汤用彤先生又有精彩的说明:

> 康乐承生公之说作《辨宗论》,提示当时学说二大传统之不同,而指明新论乃二说之调和。其作用不啻在宣告圣人之可至,而为伊川谓"学"乃以至圣人学说之先河。则此论在历史上有甚重要之意义盖可知矣。②

这就明确了竺道生实远开宋明理学的先河。而从思想史的发展看,禅宗则正担负着自竺道生的佛性"新论"向宋明理学"圣人可至"的人性论过渡的任务。按胡适先生1934年讲演中的说法,"生公这种思想,是反抗印度禅的第一声,后来遂开南方'顿宗'的

---

①《与诸道人辨宗论》,《广弘明集》卷一八,《四部丛刊》本。

②汤用彤:《谢灵运〈辨宗论〉书后》,《汤用彤学术论文集》,中华书局,1983年,第294页。

革命宗派”;而以后“宋明理学的昌明,正是禅学的改进,也可说是中国中古时代宗教的余波”①。由这种历史发展角度,可以了解禅宗心性学说的价值与意义。这也为本文的论述提供了总的背景。

从竺道生主张的“顿悟”到禅宗讲“顿悟”,内容上虽有重大区别,但却是思想逻辑上的必然发展②。且“顿悟虽出自生公,后代弘宣,微言不绝”③,在日渐成熟的中国佛学中,“顿悟”观念成了佛性论的主流,也是整个中国佛学思想的主要内容之一。中国佛教中第一个建立起独立的理论体系的宗派天台宗,在佛性问题上就是以圆顿为究竟,以渐次为方便的。智𫖮《摩诃止观》讲三种止观,以渐次、不定、圆顿为等级,提出“圆顿者,初缘实相,造境即中,无不真实。系缘法界,一念法界,一色一香,无非中道”④。与北宗禅大体同兴盛于初唐,对后来的中国思想史影响深远的华严宗以法分五教,即小乘教、大乘教、终教、顿教、圆教,认为顿悟顿成,才能万德具备。法藏讲“分教开宗”,谓“顿者,言说顿绝,理性顿显,解行顿成,一念不生,即是佛等”⑤。许多学者亦已经指出,被南宗斥之为“渐”的北宗禅,实际上也并不否定“顿悟”,只不过更强调“方便通经”的“渐修”的意义而已。而南宗竟以“渐”为攻击北宗的口实,恰恰证明了“顿悟”是产生于中国思想土壤并已被人们广泛接受的佛性论的主要主张。法国著名学者戴密微也曾就西藏佛教史上的一次论战,指出主张顿悟的中国佛教与主张渐悟的印度佛教的对

①《中国禅学的发展》,转引柳田圣山:《胡適禅學案》,京都中文出版社,1981年,第491、521页。

②关于这个问题,镰田茂雄先生有详细分析,参阅《東京大學東洋文化研究所報告:中國華嚴思想史の研究》第二部《澄觀の室教の思想史的考察》,东京大学出版会,1965年。

③《吊僧正京法师亡书》,《广弘明集》卷二四。

④《摩诃止观》卷一上,《大正新修大藏经》卷四六,第1页下。

⑤《华严一乘教义分齐章》卷一,《大正新修大藏经》卷四五,第481页中。

峙,是佛教思想史上的重要课题①。而南宗禅正把中国独特的"顿悟"佛性思想发展到一个新的高度。如果简要地说明南宗"顿悟"的特征,笔者以为它不同于佛教传统习禅对治妄念、导以正观、内心专注一境的静默宴坐,也不同于竺道生以来基于理不可分、冥契真智的顿然悟解,而是体认"自性清净"的所谓"见性"的实践,即西谷启治先生所说的"了解自我本来面目"的全新的"禅的立场"②。南宗禅的这种实践的品格,也是它的生命力的源泉之一。它能与作为艺术创作的诗相契合,这也是根据之一。

前边已提及,"心性本净"的佛性说是印度佛教思想自部派佛教以来佛教教义的重要观念之一。因为肯定了心性是本来清净的,也就给人们修习成佛提供了强有力的依据。从原始的"心性本净"说发展出大乘中期的如来藏佛性思想,把成佛正因归结到现实的个人心性之中。在中国的儒家重现实、重伦理的思想土壤上(例如致诚返本的"性善论"在中国人性思想中占主导地位),心性本净的思想更容易被接受和改造,并创造出南宗禅那样的"见性"思想。

世友《异部宗轮论》记述印度部派佛教思想说:

> 大众部、一说部、说出世部、鸡胤部本宗同义者……心性本净,客尘烦恼之所杂染,说为不净。③

早期大乘经如《华严经》上说到"心、佛与众生,是三,无差别"④;《大般涅槃经》则主要阐扬佛性恒常、无有变易的观念,认为"一切众生

①P. Demièville: *Le Concile de Lhasa. Une controverse sur le quiétisme entre Bouddhistes de I'Inde et de la Chine au* Ⅷ *ème siècle de I'ère chrélienne*, BIHEC, Ⅶ, Paris,参阅关口真大:《天台止觀の研究》第三章《天台止觀の展開と影響》第五节《禅宗にめたぇた影響》,东京岩波书店,1969年。

②参阅西谷启治:《宗教論集Ⅱ·禅の立場》,创文社,1986年,第7页。

③《大正新修大藏经》卷四九,第15页中、下。

④佛陀跋陀罗译:《大方广佛华严经》卷一〇《夜摩天宫菩萨说偈品第十六》,《大正新修大藏经》卷九,第463页下。

悉有佛性,烦恼覆故不知不见”①。中国南北朝时期的涅槃师(如竺道生)、楞伽师(如达摩)、地论师(如净影慧远)、摄论师(如真谛)都有心性本净思想②。署为马鸣造、真谛译的《大乘起信论》立心有真如、生灭二门,主张真如心有不变、随缘二义,不变的真如心就是清净佛心。而南宗禅在对这清净自性的体认上,又有两个重大的突破。

一是虽然以前佛家多有主“自性清净”的,但这只是提出一种条件和可能。它的存在是一回事,实现它又是另一回事。宣扬如来藏思想的重要经典《胜鬘经》明确指出“自性清净心而有染”,“有二法难可了知:谓自性清净心难可了知,彼心为烦恼所染亦难了知”③。天台宗主张证得实相要三因互具,中道是正因,假为缘因,空为了因,无量相入于诸法实相,但现实的人是性具善恶的。华严宗法藏肯定“从本已来,性自满足,处染不垢,修治不净,故云自性清净”④,但主张修证要一地一地地前进,有个繁难的过程。《起信》思想讲心真如门,但灵妙真心又随缘而起生灭变化。如此等等,自性清净是究竟,是理想,要转染成净,而实现它则要经过修证。这表明在南宗禅以前,在心性问题上佛教各学派、宗派还没能彻底割断印度佛教“渐修”的传统。而到了慧能、神会所倡导的南宗禅则

---

①慧严等修订:《大般涅槃经》卷七《邪正品第九》,《大正新修大藏经》卷一二,第646页上。

②竺道生已如上述。达摩《二入四行论》中提出“深信含生凡圣同一真性,但为客尘妄覆,不能显了”(转引净觉:《楞伽师资记》,柳田圣山编:《初期の禅史Ⅰ》,筑摩书房,1971年,第132页)。慧远《大乘义章》卷三:“废末谈本,心性本净,缘起集成,无尽法界,是其真识。”(《大正新修大藏经》卷四四,第526页上)真谛释有《无上依经》《佛性论》等宣扬如来藏佛性思想的经论;又详下述《大乘起信论》。关于《大乘起信论》的著译问题虽遽难定论,但其作为一定时期中国佛教的产物则是肯定无疑的。

③《大正新修大藏经》卷一二,第222页中、下。

④《修华严奥旨妄尽还源观》,《大正新修大藏经》卷四五,第637页中。

更简洁、完全地解决了这一矛盾。按《坛经》①的说法,“不识本心,学法无益,识心见性,即悟大意”,而此“见性”即指“佛是自性作,莫向身外求,自性迷佛即众生,自性悟众生即是佛”。其中讲禅,是“见本性不乱为禅”;讲般若,是“一念愚即般若绝,一念智即般若生”;讲一行三昧,是“于一切时中,行住坐卧,常行直心是”。神会讲顿悟,思想观念也是一样的,他说:

> 自心从本以来空寂者,是顿悟;即心无所得者,为顿悟;即心是道,为顿悟;即心无所住,为顿悟;存法悟心,心无所得,是顿悟;知一切法是一切法,为顿悟;闻说空不著空,即不取不空,是顿悟;闻说我不著,即不取无我,是顿悟;不舍生死而入涅槃,是顿悟。②

他着力攻击所谓的北宗看心看静的“渐修之道”,提出“无念即是一念,一念即是一切智,一切智即是甚深般若波罗蜜”。这样,超越的、终极的“自性清净心”就是具体的众生心,众生心与佛心在实践中统一了。

二是从唯心哲学的角度看佛教义学一般所谓佛性,不外乎两大范畴。一是把佛性、清净心视为一种“宇宙精神”,如称为般若正智、诸法实相、法性、真如等,意义都是一样的。就是相传曾使慧能一闻心便明悟的《金刚经》讲的荡相遣执的般若空观,主张“诸心皆为非心,是名为心”,因为“过去心不可得,现在心不可得,未来心不

---

①下引《坛经》,据敦煌本《南宗顿教最上大乘摩诃般若波罗蜜经六祖慧能大师于韶州大梵寺施法坛经》(石峻等编:《中国佛教思想资料选编》第2卷第4册,中华书局,1983年)。关于《坛经》的形成,自胡适提出为神会所作(《荷泽大师神会传》,《胡适文存》第4集)以来,已明确今各本绝非出于慧能之手。关于这方面的研究,参阅柳田圣山:《初期禅宗史の研究》,京都法藏馆,1967年。

②《荷泽神会禅师语录》,石峻等编:《中国佛教思想资料选编》第2卷第4册,中华书局,1983年。

可得”①，这种般若空也是一种宇宙精神。在这种宇宙精神的笼罩之下，具体的个人只是这个宇宙“大心”的一部分，人们应努力去契合它。再一种是把这种清净心归之于现实的个人，在哲学上则是主观唯心主义。从大乘空宗发展出如来藏思想，是这两种观念的调和，是从前者向后者的转移。《究竟一乘宝性论》说：

> 佛法身遍满，真如无差别，
> 皆实有佛性，是故说常有。
>
> 此偈明何义？有三种义，是故如来说一切时、一切众生有如来藏。何等为三？一者如来法身遍在一切诸众生身，偈言“佛法身遍满”故；二者如来真如无差别，偈言“真如无差别”故；三者一切众生皆悉实有真如佛性，偈言“皆实有佛性”故。②

《佛性论》则说到如来藏义有三种，即一所摄义，二隐覆义，三能摄义③。实际上是两个方面，一是如来所藏，即如来佛性藏于一切众生；另一方面是含藏如来，即众生心藏有如来及如来一切功德。前一方面是宇宙“大心”与具体众生的关系；后一方面则转而侧重具体众生心的功能、作用。而到了南宗禅，则更进一步扬弃了两者并更彻底地肯定具体的“自性清净心”。自性之所以清净，并不因为它与佛性或什么“如来藏”有关系，它本来就是独立自在的、清净的。它并不创造宇宙万物，如主观唯心主义者所主张的那样；宇宙万物只“返照”出它的清净自性。这种对自我的认识从哲学上看当然也远离了唯物主义，但却是对宇宙与人生的创造性的认识，也是一种艺术的认识。这里不去讨论这种心性说的哲学的以至整个思想的价值与意义，如仅就诗的发展看，它为诗提供了表现内容与形式的新天地。

---

①《大正新修大藏经》卷八，第 751 页中。
②《大正新修大藏经》卷三一，第 828 页中。
③《大正新修大藏经》卷三一，第 795 页下。

诗是通过抒写主观情志来反映客观世界的，它又是富于理想的。南宗禅这种富于实践性的对自性清净的体认，本身就是非常具有诗情的。它所展现的心灵的境界，正是一种诗的境界。在这里，诗、禅之间自然会交流、融合。至于这种新的诗的境界的思想与艺术价值如何，那是要另加讨论的问题。

还可以从诗歌发展史上了解南宗禅充实和改变了诗歌面貌的意义。中国古代传统诗论也常论及主观情志在创作中的作用，如《诗大序》中所谓“诗者，志之所之也，在心为志，发言为诗”①。但这所言之“志”是客观现实的反映，即“感于物而动”②；同时又与圣人之道相合，即要“无邪”③，从而起到“经夫妇，成孝敬，厚人伦，美教化，移风俗”④的作用。这是一种富于现实性与伦理色彩的诗论，当然自有其积极的意义，但却大大限制了“心性”的作用。后来陆机的《文赋》、刘勰的《文心雕龙·神思》篇等阐发创作中主观思维的作用，讲的是具体的构思、艺术想象等形式问题，在心性的创造功能方面并没有突破。刘勰是佛教徒，著《灭惑论》，对佛教教义有相当理解，其《文心雕龙》中也反映了佛教思想观念的影响，但从基本倾向上，讲宗经、征圣，强调“道沿圣以垂文，圣因文而明道”⑤，“文变染乎世情，兴废系乎时序”⑥，这仍不出传统看法的框子。

禅数之学是最早传入中土的佛教学术之一，晋、宋以后，随着佛教在文人中的影响不断扩大，文人们对禅观亦多有了解，在诗中亦有所表现。僧侣方面，如支遁，就是最早以禅理入诗的作者之一。文人方面，如大诗人谢灵运，不但热心习佛，结交僧人，在创作

①《毛诗正义》卷一，阮元：《十三经注疏》。

②《礼记·乐记十九》，《礼记注疏》卷三七，《十三经注疏》本。

③《论语·为政第二》，《论语注疏》卷二，《十三经注疏》本。

④《毛诗正义》卷一，阮元：《十三经注疏》。

⑤《文心雕龙》卷一《原道第一》，《四部丛刊》本。

⑥《文心雕龙》卷九《时序第四十五》，《四部丛刊》本。

中也明显地表现出佛教的观念。沈曾植曾说过："'老庄告退，山水方滋'，此亦目一时承流接响之士耳。支公模山范水，固已华妙绝伦；谢公卒章，多托玄思。"①这是纠正《文心雕龙·明诗》当中的一个说法，即指出支遁生活在玄风正盛的时代，已写出了表现山水的华美诗句；而谢灵运虽已在玄学衰落之后，诗中却也多有"玄思"。事实上，支、谢诗的说理部分，都是禅玄交融的。慧远写过一篇《念佛三昧诗集序》，所谓"三昧"即"专思寂想"、禅定之意；念佛三昧诗是表现"念佛禅"的境界的诗。慧远《序》中说：

> 是以奉法诸贤，咸思一揆之契，感寸阴之颓影，惧来储之未积。于是洗心法堂，整襟清向，夜分忘寝，夙宵惟勤。庶夫贞诣之功，以通三乘之志；临津济物，与九流而同往。仰援超步拔茅之兴，俯引弱进垂策其后，以此览众篇之挥翰，岂徒文咏而已哉！②

这里表明：那些"念佛三昧诗"，是抒写对于佛教教义如"无常"（"感寸阴之颓影"）、"轮回"（"惧来储之未积"）的体验，表现"三乘之志"的。现在这一类作品仍有存留。考察慧远的看法，再核之以当时的创作，就会清楚地看到，当时诗、禅结合的形态，是禅以诗为形式，诗作为抒写禅意的手段。这固然在诗中加入了不同于传统意识的新内容，但它们仍然是"明道""言志"之作，即在思维方式上并没有大的改变。后来中国诗史上这类作品仍然不少，等而下之者流为以诗的形式谈禅理，在诗的艺术上缺乏创造，自然也就没有生命力了。

回顾历史发展的状况加以对比，可以发现南宗禅为诗歌提供的不只是观念的转变，还有思维方式的转变。南宗禅顿悟自性清净心，是对自我的肯定，也是透过自我认识一个清净的宇宙，从而它与抒写心灵的诗也就沟通了。从这个意义上，南宗禅实现了"说

①《八代诗选跋》，《海日楼题跋》卷一。

②《广弘明集》卷三〇上。

禅作诗本无差别”①。这样，诗歌黄金时代的唐代，又正当是禅宗大发展的时候，机缘也提供了二者交融的条件。特别是南宗禅，不但在当时给百花齐放的诗坛提供了新内容、新格调，而且对整个诗创作的思维方式有所改变与充实，从而成为唐诗繁荣的一个助因。而诗的发展对于禅也有相当的影响，这是应当另加探讨的问题。

二

南宗禅顿悟见性的途径，是“无念”。这是它所提出的独特概念。不是“无心”或“心无”②，而是有“（自性清净）心”但“无念”。“无念”是心的一种境界。

南宗禅宣称其立宗宗旨是以“无念为宗，无相为体，无住为本”③。《坛经》解释“无念”：

> 于一切境上不染，名为无念。于自念上离境，不于法上生念。

说到坐禅：

> 此法门中，一切无碍处。于一切境界上念不起为坐，见本性不乱为禅。

唐诗人王维与神会有亲交，受后者之托为作《能禅师碑》，这是较确切可靠的对于慧能的早期记载之一，其中转述慧能的思想是“教人以忍”：

---

①李之仪：《与李去言》，《姑溪居士文集》卷二九，《粤雅堂丛书》本。

②就前者，它区别于牛头禅；就后者，它区别于六朝般若学中“心无”一家。而“无心”与“心无”都没有摆脱中国玄学的框子。

③敦煌本《坛经》。

> 忍者，无生方得，无我始成，于初发心，以为教首。至于定无所入，慧无所依，大身过于十方，本觉超于三世。根、尘不灭，非色灭空；行、愿无成，即凡成圣。举足下足，长在道场；是心是情，同归性海。①

这里所说的“忍”，并不只是道德上的“忍耐”，主要是“无念”的境界。“忍”即不生心动念，那就得到了超越一般“定”“慧”的“本觉”，也就“即凡成圣”，归于“性海”了。神会解释“无念”：

> 云何所谓如如？无念。云何无念？所谓不念有无，不念善恶，不念有边际无边际，不念有限量，不念菩提，不以菩提为念，不念涅槃，不以涅槃为念，是为无念……是无念者，无一切境界。②

这样，“能见无念者，六根不染；见无念者，得向佛智；见无念者，名为实相；见无念者，中道第一义谛”。总之，见无念则证得了绝对真实，无念则成佛。无念而见性，是南宗禅区别于以前一切禅观以至北宗禅也讲的“顿悟”的主要点。一念之间达到无念清净，从而直截地回归到自我。但也应当指出，有“无念”就有“有念”，所以“无念”本身就暗示了染、净区别，必须截断杂染心而“无念”，才能顿现清净本性。这是早期南宗禅与传统禅观相通之处。

佛教经论中常常把心识活动比喻为活动不息的“流”与“波”，如《密严经》说：

> 心为境风动，识浪生亦然。③

达摩以为传法典据的四卷《楞伽》认为诸识有二种生、住、灭，即“流

---

①赵殿成：《王右丞集笺注》卷二五，《国学基本丛书》本。

②《荷泽神会禅师语录》，石峻等编：《中国佛教思想资料选编》第2卷第4册，中华书局，1983年。

③《大正新修大藏经》卷一六，第731页下。

注”与“相”的生、住、灭，“外境界风飘荡心海，识浪不断”①，因此主张断诸识现流。菩提留支译《入楞伽经》又有偈说：

> 譬如巨海浪，斯由猛风起，
> 洪波鼓冥壑，无有断绝时。
> 梨耶识亦尔，境界风吹动，
> 种种诸识浪，腾跃而转生。②

《大乘起信论》上说：

> 以一切心识之相皆是无明，无明之相不离觉性，非可坏非不可坏，如大海水因风波动。③

《成唯识论》有偈说：

> 如海过风缘，起种种波浪，
> 现前作用转，无有间断时。
> 藏识海亦然，境等风所击，
> 恒起诸识浪，现前作用转。④

这都以波流为喻否定常识的意识活动；而要舍妄归真，转识成智，则应平息那如波浪的意识。禅宗发祥期的弘忍也有相似的看法，如说：

> 了见此心识流动，犹如水流、阳焰，晔晔不住。即见此识时，惟是不内不外，缓缓如如，稳看看熟，则返覆销融，虚凝湛住。其此流动之识，飒然自灭。灭此识者，乃是灭十地菩萨众中障惑。此识灭已，其心即虚，凝寂淡泊，皎洁泰然。⑤

---

①《大正新修大藏经》卷一六，第484页上。
②《大正新修大藏经》卷一六，第523页中。
③《大正新修大藏经》卷三二，第576页下。
④《大正新修大藏经》卷三一，第14页下。
⑤《最上乘论》，《卍续藏经》第一一〇册，新文丰出版公司印本，第833页上。

这里描写了守心看净、截断意识流动的过程。

初期南宗禅讲“无念”，也继承了否定诸识流动的这种看法。如神会《语录》中说：

> 如实不起，诸识安寂，流注不生，得法眼净，是谓大乘。

他又说到心不为外境所动的情形：

> 决心证者，临于三际，白刃相向下，逢刀解身日，见无念，坚如金刚，毫微不动。纵使恒沙佛来，亦无一念喜心；纵见恒沙众生一时俱灭，亦不起一念悲心者，此是大丈夫，得空平等心。

但是，南宗禅的“无念”却不止于求得截断诸识现流而已。它不同于道家的堕肢体，黜聪明，离形去智，守静坐忘；也不同于禅宗中主张“绝观”“无心”的一派；更不是佛家本身也批判的无知无觉的“灭尽定”。清净无念的灵妙真心却又照见整个宇宙，用现代术语说，就是有“返照”的能力。因此本性自净自定，不为见境所惑，但却又尽见宇宙的真实。如大珠慧海所说：

> 然见不可得者，体寂湛然，无有去来。不离世流，世流不能流，坦然自在，即是了了见也。①

“体寂湛然”则无念，心识不再流动；但这不动的灵妙真心又“了了见”宇宙的一切。这样，南宗禅就袭用并发展了佛教以至一般宗教常用的明镜比喻②，来说明心的这种作用。

---

①《顿悟入道要门论》，《卍续藏经》第一一〇册，新文丰出版公司印本，第841页下。

②论及禅宗以及一般宗教的明镜之喻，参阅 P. Demièville：*Le miroir spirituel*，Sinlogica Vol. I. 1948（柴田增实日译文《靈鏡》，《禅学研究》第五十号，一九六〇・二）；关于道教中的镜，参阅福永光司《道教における鏡と劍——その思想の源流——》，《東方學報・京都》第四十五册，京都大学人文科学研究所，1973年。

早在《阿含》部类佛典中，已可发现镜的比喻①。汉译佛典中最初出现此喻应是东汉末支娄迦谶所译《佛说般舟三昧经》②。与道教用镜喻主要是说明道的神秘威力与灵性不同，佛典使用它更富于哲学思辨的特色。例如早期大乘经以镜净喻诸法性空，到《中品般若》集出"大乘十喻"③，"如镜中像"是其中之一，后来其广泛运用于大乘经论之中。后起的唯识学讲"转识成智"，以镜喻内识的清净本质④，或

①《中阿含经》卷五四《大品阿梨吒经》："云何比丘圣智慧镜？我慢已尽，已知拔绝，根本打破，不复当生，如是比丘圣智慧镜。"(《大正新修大藏经》卷一，第766页上)

②《佛说般舟三昧经》："佛告飏陀和……菩萨如是持佛威神力，于三昧中立自在，欲见何方佛即得见。何以故？持佛力、三昧力、本功德力，用是三事故得见。譬如人年少端正，著好衣服，欲自见其形，若以持镜，若麻油，若净水、水精，于中照自见之。云何宁有影从外入镜、麻油、水、水精中不也？飏陀和言：不也，天中天，以镜、麻油、水、水精净故。"(《大正新修大藏经》卷一三，第899页中)

③鸠摩罗什译《摩诃般若波罗蜜经》卷一《序品第一》："解了诸法如幻、如焰、如水中月、如虚空、如响、如揵闼婆城、如梦、如影、如镜中像、如化。"(《大正新修大藏经》卷八，第217页上)

④如《楞伽阿跋多罗宝经》卷一："譬如明镜顿现一切无相、色相，如来净除一切众生自身现流亦复如是。"(《大正新修大藏经》卷一六，第486页上)

《密严经》卷中：

审量一切法，如称如明镜，
又如大明灯，亦如试金石，
远离于断灭，正道之标相。
修行妙定者，至解脱之因，
永离诸杂染，转依而显现。
(《大正新修大藏经》卷一六，第738页下)

《大乘庄严经论》卷三："一切诸佛有四种智：一者镜智，二者平等智，三者观智，四者作事智。彼镜智以不动为相，恒为余三智之所依止。何以故？三智动故……

镜智诸智因，说是大智藏。
余身及余智，像现从此起。"
(《大正新修大藏经》卷三一，第606页下、第607页上)

《大乘起信论》："觉体相者，有四种大义，与虚空等，犹如净镜。云何为四？一者如实空镜……二者因熏习镜……三者法出离镜……四者缘熏习镜。"(《大正新修大藏经》卷三二，第576页下)

以证成万法唯心①。中国的天台宗以镜喻说“中道”，如智颉的《摩诃止观》②。唯识宗说明圆成实性，也立“大圆镜智”。华严宗则讲“玄镜”，法藏曾以镜像互映的重重无尽来说明法界缘起观念③。

中国佛家选用磨镜来解说勤于修证的道理。这虽是印度佛典中早已有的观念④，但也表明了中国佛教重视在实践中完善个人的特点。晋谢敷说：

> 若欲尘翳心慧不常立者，乃假以安般，息其驰想，犹农夫之净地，明镜之莹划矣。然即芸耨不以为地，地净而种滋；莹划非以为镜，镜净而照明。故开士行禅，非为守寂，在游心于玄冥矣。⑤

王齐之的《念佛三昧诗》之三也说：

> 神资天凝，圆映朝云，
> 与化而感，与物斯群。
> 应不以方，受者自分，
> 寂尔渊镜，金水尘纷。⑥

---

①如《解深密经》卷三以净镜等能见影像，来比喻“三摩地所行影像显现”（《大正新修大藏经》卷一六，第698页中）。

②如卷一下：“譬如明镜，明喻即空，像喻即色，镜喻即中。不合不散，合散宛然。”（《大正新修大藏经》卷四六，第9页上）卷六上：“若明一切法如镜中像，见不可见，见是亦有，不可见是亦无，虽无而有，虽有而无。”（《大正新修大藏经》卷六，第74页中）卷七下：“中道明镜本无诸相，无相而相者妍丑由彼，多少任缘，普现色身，即真相也。”（《大正新修大藏经》卷七，第97页中）

③《宋高僧传》卷五《法藏传》：“又为学不了者设巧便，取鉴十面，八方安排，上下各一，相去一丈余，面面相对，中安一佛像，燃一炬以照之，互影交光，学者因晓刹海涉入无尽之义。”（《大正新修大藏经》卷五〇，第732页上、中）

④如南传《增支部三集》说到实现自性清净，就有洗头、洗身、洗衣、拂去镜面灰尘、炼金五喻（见日译《南传大藏经》第十七册，第336—341页）。

⑤《安般守意经序》，《出三藏记集》卷六，《大正新修大藏经》卷五五，第44页上。

⑥逯钦立辑校：《先秦汉魏晋南北朝诗·晋诗》卷一四，中华书局，1983年。

禅宗开创时期提倡看心守净，正是发挥了这一思想：

> 或可谛看，心即得明净。心如明镜，或可一年，心更明净；或可三五年，心更明净。①

这里说经过一年、两年……的看心，心更明净，暗示了有一个磨治过程。弘忍说：

> 我既体知众生佛性本来清净，如云底日，但了然守本真心，妄念云尽，慧日即现，何须更多学知见所生死苦、一切义理及三世之事。譬如磨镜，尘尽明自然现，则今于无明心中学得者，终是不堪。②

后来南宗的《坛经》创造出同用镜喻的相对照的两个偈，归于北宗神秀名下的是：

> 身是菩提树，心如明镜台。
> 时时勤拂拭，莫使有尘埃。

这是在肯定“自性清净而有染”的前提下，提倡“方便通经”的渐修，与传统佛家的看法相承，因此为南宗所不取。而归于慧能名下的则是：

> 菩提本无树，明镜亦无台。
> 佛性常清净，何处有尘埃。③

这强调了自性清净是绝对的，为外尘不得染污，从而提出了“顿悟”新说。

但南宗禅不只用镜喻说明染净之理，其更具创意之处，还在以镜的功能为譬在境、智不二的看法上加以发挥。即是说，清净自性并非安住不动，与外物绝缘，而是领纳万物，反映万物；而这种领纳

---

①《楞伽师资记》，柳田圣山：《初期の禅史Ⅰ》，第205页。
②《最上乘论》，《卍续藏经》第一一〇册，新文丰出版公司印本，第830页下。
③敦煌本《坛经》。

和反映正反照出自心的清净本质。这样,心性不是死寂的,被动的,而是大用现前,不用轨则,是活泼泼的。神会与庐山简法师有一对答:

> 庐山简法师问:明镜高台,即能照万像,万像即悉现其中,此若为?答:明镜高台,能照万像,万像即悉现其中。古得相传,共称为妙。然此门中,未许为妙。何以故?且如明镜,则能监万像,万像不现其中,此将为妙。何以故?如来以无分别智,能分别一切;岂有分别之心,而能分别一切?①

这里所谓"古得(应为"德"之通借)"相传的"明镜高台,能照万像",如上述《般舟三昧经》中就有相似的比喻,但那里是以明镜喻整个佛性的,神会在此则是更具体地指道信的说法:

> 正以如来法性之身清净圆满,一切像类悉于中现,而法性身无心起作,如颇梨镜悬在高堂,一切像悉于中现,镜亦无心能现种种。②

神会认为这种看法"未许为妙",因为它只讲到心反映万物,而没有进一步说明这反映并"不现"于心上并进而证明心的清净,即领纳外境的是"无分别智"。他与张说的对问中仍以镜喻说明这一问题:

> 答曰:……譬如明镜,若不对像,镜中终不现像。尔今言现像者,为对物故,所以现像。问曰:若不对像,照不照?答曰:今言照者,不言对与不对,俱常照。问:既言无形像,复无言说,一切有无,皆不可立,今言照者,复是何照?答曰:今言照者,以镜明故有此性。以众生心净故,自然有大智慧光,照无余世界。③

---

①《荷泽神会禅师语录》。

②《楞伽师资记》,柳田圣山:《初期の禅史Ⅰ》,第199页。

③《荷泽神会禅师语录》。

这仍然是强调自性清净是绝对的，与是否对镜无关，外境映现于心只反照出其清净的本质。从另一个角度说，万法都是自性的反射物，如《坛经》所说“性含万法是大，万法尽是自性，见一切人及非人，恶之与善，恶法善法，尽皆不舍，不可染著，由如虚空，名之为大，此是摩诃”。这个“大心”，已不再是众生所追求的佛心，是每个人的自性清净心。

相似的说法，在南宗人语录中经常出现，如大珠慧海：

> 喻如明鉴，中虽无像，能见一切像。何以故？为明镜无心故。学人若心无所染，妄心不生，我所心灭，自然清净。①

黄檗希运：

> 什么心教汝向境上见？设汝见得，只是个照境底心，如人以镜照面，纵然得见眉目分明，元来只是影像，何关汝事！②

南泉普愿：

> 明暗自去来，虚空不动摇；
> 万像自去来，明镜何曾鉴？③

后来法眼系的永明延寿“举一心为宗，照万法如镜”，著《宗镜录》，也是依据这一观念。

这样，南宗禅这种独特的镜喻，就表现了如前所述的处理心与境二者关系的新态度，即肯定了绝对的自性清净心，把外境统一到这净心上来。这样的境（无分别）、智不二，又是一种对现实的艺术态度，一种创造性的诗的思维。例如永嘉玄觉说：“见道忘山者，人

---

①《顿悟入道要门论》，《卍续藏经》第一一〇册，新文丰出版公司印本，第 841 页上、下。

②《黄檗山断际禅师传心法要》，《大正新修大藏经》卷四八，新文丰出版公司印本，第 383 页中。

③《祖堂集》卷一六，柳田圣山：《祖堂集索引》附影古钞本，京都大学人文科学研究所，1980 年。

间亦寂也；见山忘道者，山中乃喧也。”①清净的自心创造出一个清净的宇宙。

这种观念与态度在诗歌创作上的突出影响表现在王维身上。王维与禅宗关系密切，特别是在开元后期与神会结交，对后者的新的禅观领悟颇深②。道光禅师是传南宗顿教的，他为作《荐福寺光师房花药诗序》，其中说：

> 心舍于有、无，眼界于色、空，皆幻也。离，亦幻也。至人者，不舍幻而过于色空、有无之际。故目可尘也，而心未始同；心不世也，而身未尝物。③

这种“至人”之心也如明镜一样，是照映万物而不乱光辉的。《维摩经》强调“不舍道法而现凡夫事……不断烦恼而入涅槃”④，提倡弘通入世的态度。王维则更突出自性的体认，所以他虽然暗用《维摩》说“讵舍贫病域，不疲生死流”⑤，但却更要求不“生心”妄想，内心是清净的。他在《与魏居士书》中，不满于许由洗耳，说“此尚不能至于旷士，岂入道者之门欤”；也不满于嵇康“思长林而忆丰草”，说“异见起而正性隐，色事碍而慧用微”；同样不满于陶潜“不肯把板屈腰见督邮”，说那是“人我攻中，忘大守小”。他认为这些著名的追求清静超俗的古人，内心仍不清净，对外界亦不能清净处之。他的理想是：

> 身、心相离，理、事俱如，则何往而不适？此近于不易……以

---

①《禅宗永嘉集·大师答朗禅师书第十》，《大正新修大藏经》卷四八，第394页中。

②参见孙昌武：《王维的佛教信仰与诗歌创作》，《文学遗产》1981年第2期；又收入《唐代文学与佛教》，陕西人民出版社，1985年。

③《王右丞集笺注》卷一九。

④鸠摩罗什译：《维摩诘所说经》卷上，《大正新修大藏经》卷一四，第539页下。

⑤《与胡居士皆病寄此诗兼示学人二首》之二，《王右丞集笺注》卷三。

种类俱生、无行作以为大依。无守默以绝尘，以不动为出世也。[1]

这实际就是心如明镜的状态。他的诗创造了“趣味澄夐”[2]，“浑厚闲雅”[3]的独特风格，在李、杜并立的盛唐诗坛上与之同称巨擘，除了艺术创造的方面外，主要由于他“离象得神，披情著性”[4]，“心融物外，道契玄微，则其用笔清润秀整，岂他人之可并哉”[5]。他的代表其独特诗风的作品如《渭川田家》《淇上田园即事》《终南山别业》《过香积寺》《山居秋暝》《辋川绝句》等，都创造出鲜明的境界，而那种明净境界正反映出他的内心世界。物我交融正是境智不二的结果。

唐诗中创作高简闲淡诗风的人大体接受禅宗的这种影响，如孟浩然、常建、韦应物、柳宗元、司空图诸人。常建《题破山寺后禅院》是富于禅趣的典型例子：

清晨入古寺，初日照高林。
竹径通幽处，禅房花木深。
山光悦鸟性，潭影空人心。
万籁此都寂，但余钟磬音。[6]

欧阳修评此诗时说“造意者难为工”[7]，就指出了这是心造的境界。柳宗元《晨诣超师院读禅经》：

汲井漱寒齿，清心拂尘服。
闲持贝叶书，步出东斋读。

---

①《王右丞集笺注》卷一八。
②司空图：《与王驾评诗》，《司空表圣文集》卷一，《四部丛刊》本。
③蔡絛：《西清诗话》，郭绍虞：《宋诗话辑佚》，燕京学社排印本，1937年。
④陆时雍：《诗镜总论》，《历代诗话续编》本，中华书局，1983年。
⑤葛立方：《韵语阳秋》卷一四，上海古籍出版社影宋本，1984年。
⑥《全唐诗》卷一四四，中华书局，1960年。
⑦尤袤：《全唐诗话》卷二，《历代诗话》本，中华书局，1981年。

真源了无取，妄迹世所逐。
遗言冀可冥，缮性何由熟。
道人庭宁静，苔色连深竹。
日出雾露余，青松如膏沐。
澹然离言说，悟悦心自足。①

范温评这首诗说，“一段至诚洁清之意，参然在前”②。诗人在篇末自明心迹，也表明是由于体悟自性圆满才创造出这样的诗境。宋严羽说唐人诗特点“惟在兴趣”③。唐诗中的所谓“兴”(这里讲作为诗的艺术特征的历史发展的方面，而不是讲继承传统的方面)，除了受动于现实的“感兴”，作用于现实的“讽兴”之外，在艺术上更体现为对内心世界的省察、玩味，用客观世界来映衬这内心世界。这是与诗人们对自性的关注与体认直接相关联的。

唐诗人论诗境，常有直接用镜喻或与镜喻相通的比喻的。如钱起：

庶将镜中象，尽作无生观。④

此诗是“安史之乱”中他为避叛军而与王维等逃亡南山时所作，他把现实中发生的一切都当作“镜中象”。他的《偶成》《题秘书王迪城北池亭》等作品富于禅趣，风格很似王维。

诗僧皎然是唐代系统地提出诗歌创作理论的少数人之一，他强调内心的“作用”“精思”，说“诗人立意变化，无有倚傍，得之者悬解之间”“诗人造极之旨，必在神诣”⑤，都强调“心性”的作用，这与比他稍后的白居易的重现实、重经世的诗论成为对照。他有诗云：

①《柳河东集》卷四二，《国学基本丛书》本。
②《潜溪诗眼》，郭绍虞：《宋诗话辑佚》上册，中华书局，1980年，第328页。
③郭绍虞：《沧浪诗话校释》，人民文学出版社，1983年，第26页。
④《东城初陷与薛员外王补阙投南山佛寺》，《全唐诗》卷二三六。
⑤《诗式》，《十万卷楼丛书》本。

> 如何万象自心出，而心淡然无所营。①

又说：

> 积疑一念破，澄息万缘静。
> 世事花上尘，惠心空中境。②

这里所写的心与物的关系，正是南宗禅清净心而现万象的看法。皎然与南宗禅有密切关系③。

吕温有写给著名的诗僧灵澈的诗《戏赠灵澈上人》：

> 僧家亦有芳春兴，自是禅心无滞境。
> 君看池水湛然时，何曾不受花枝影？④

这是把心比喻为不动的池水。池水湛然，映照万物，却不滞着于物象。心灵就这样保持着活泼而又虚静的状态。

刘禹锡在《秋日过鸿举法师寺院便送归江陵》诗引中说：

> 能离欲则方寸地虚，虚而万景入；入必有所泄，乃形乎词……因定而得境，故翛然以清；由慧而遣词，故粹然以丽。⑤

由于方寸地虚，外境的映像自然是清寂的，再以诗的妙丽文词加以表现，就是艺术创作了。

应出现于中唐而托名王昌龄的《诗格》，显然表现出受当时流行的禅宗心性说的影响。一方面，其中强调主观心性的决定作用，提出诗有三境，在物境之外又有情境、意境；另一方面又提出“照境”：

---

①《奉应颜尚书真卿观玄真子置酒张乐舞破陈画洞庭三山歌》，《全唐诗》卷八二一。

②《白云上人精舍寻杼山禅师兼示崔子向何山道上人》，《全唐诗》卷八一六。

③参阅关口真大：《天台止觀の研究》第三章《天台止觀の展開と影響》，岩波书店，1969年。

④《吕和叔文集》卷一，《四部丛刊》本。

⑤《刘梦得集》卷七，《四部丛刊》本。

> 文用精思，未契意象，力疲智竭。安放神思，心偶照境，率然而生。

又说：

> 神之于心，处身于境，视境于心，莹然掌中。①

所谓“照境”即暗指心如明镜。他主张“照境”会取得“精思”收不到的效果。

著名诗僧寒山诗中说到“吾心似秋月，碧潭清皎洁”②，把心比为映月的碧潭，与镜喻相通。孟郊则直接用镜喻：“惟予心中镜，不语光历历。”③“零落雪文字，分明镜精神……始惊儒教误，渐与佛乘亲。”④

应当指出，像这样从“功能”着眼比喻心如明镜，在唐以前的文人大概是没有过的。勉强近似的如陆机“我静如镜，民动如烟”⑤，那只是描写心的虚静的“状态”。这也表明这是唐人的新观念。

到了宋代，理学家们常用镜喻，这也表现了禅宗对他们的影响。朱熹曾用磨镜之喻来说明“克己”的道理⑥，那还是用传统的比喻方式。但程颐说：

> 有欲屏去思虑，患其纷乱，则是须坐禅入定。如明鉴在此，万物毕照，是鉴之常，难为使之不照。人心不能不交感万

---

①《诗格》，《诗学指南》本。

②《全唐诗》卷八〇六。

③《乙酉岁舍弟扶侍归兴义庄居后独止舍待替人》，华忱之校：《孟东野诗集》卷三，人民文学出版社，1984年。

④《自惜》，华忱之校：《孟东野诗集》卷三，人民文学出版社，1984年。

⑤《陇西行》，《先秦汉魏晋南北朝诗·晋诗》卷五。

⑥黎靖德编《朱子语类》卷四一：“（夒渊）又问：如磨昏镜相似，磨得一分尘埃去，复得一分明。先生曰：便是如此，然世间却有能克己而不能复礼者，佛老是也……”（中华书局，1986年）

物，亦难为使之不思虑。①

杨时说：

学者当于喜怒哀乐未发之际，以心体之，则中之义自见……鉴之照物，因物而异形，而鉴之明未尝异也。②

这显然与南宗禅的用语、立意相似。

在宋代文人中，这方面突出的代表是苏轼。苏轼作为艺术大家，风格多种多样，以虚静之心观照万物只是他的艺术追求之一。但在这方面他的创作体会却是生动亲切而又富于创意的，如《送参寥师》说：

欲令诗语妙，无厌空且静。
静故了群动，空故纳万境。③

《书王定国所藏王晋卿画着色山二首》之一：

我心空无物，斯文何足观。
君看古井水，万象自往还。④

《大悲阁记》：

及吾燕坐寂然，心念凝默，湛然如大明镜。人鬼鸟兽，杂陈乎吾前，色声香味，交遘乎吾体。心虽不起，而物无不接，接必有道。⑤

苏轼晚年贬南海，往还经曹溪，对六祖慧能十分神往，他的《追和沈辽项赠南华诗》直接用《坛经》"明镜台"典故：

善哉彼上人，了知明镜台。

---

①《河南程氏遗书》卷一五，《国学基本丛书》本。
②黄宗羲：《宋元学案》卷二五《龟山学案》，《国学基本丛书》本。
③《苏东坡集》卷一〇，《国学基本丛书》本。
④《苏东坡集》卷一七，《国学基本丛书》本。
⑤《苏东坡集》卷四〇，《国学基本丛书》本。

欢然不我厌，肯致远公材。
莞尔无心云，胡为出岫来。
一堂安寂灭，卒岁扃苍苔。①

他的作品中的那种"一念清净，染污自落，表里翛然，无所附丽"②的境界是与其接受禅宗的思维方式有关的。

黄山谷与禅宗黄龙派有密切关系，他论诗也主张以辉光照见本心。其《次韵杨明叔见饯十首》之八说：

虚心观万物，险易极变态。
皮毛剥落尽，惟有真实在。③

这里"虚心观万物"亦即求心如明镜。他认为如此才能达到最高的真实。后来宗主他的江西诗派喜以禅喻诗，亦多受这种观念影响。谢逸在《林间录序》中说：

心如明镜，遇物便了，故纵口而笔，肆谈而书，无遇而不贞也。④

这更是直接以镜喻心的。

总之，南宗禅为了说明自性清净心的本质与作用，发展了佛典中习用的镜喻，提出了对于心物、境智关系的新见解。这种见解实际也是一种新的审美观念，一种创造性地（艺术地）对待外境的新方式。这成为唐代诗人开拓新意境的思想借鉴之一，特别对于王、孟、韦、柳一派创作的理论与实践，产生了重大的作用。

---

①《东坡续集》卷一，《国学基本丛书》本。
②《黄州安国寺记》，《苏东坡集》卷三三。
③《豫章黄先生文集》卷六，《四部丛刊》本。
④《林间录序》，《溪堂集》卷七，《豫章丛书》本。

三

“心如明镜”的观念，在诗的创作上是导向虚静的。到了南宗禅兴盛的中唐时期，从一个新的意义上又发展起被传统佛教直到早期南宗禅所否定的“心如泉流”的观念。这与“心如明镜”的观念在表现上是对立的，但前者却正是后者必然的发展。这种新观念对后代学术以及文学（特别是诗）创作的影响也是巨大的。

如前所述，以慧能、神会为代表的早期南宗禅，在心性问题上仍然没有截断与佛教传统理解的联系，即虽然承认自性清净心为平常众生所具有，转染成净只在一念之间，从而在肯定染净统一上大大前进了一步，但与染净仍有区别。就是说，还是肯定现实的一切为妄，现实的人心在本质上虽清净，在表现上仍是杂染的。因此，实现净心要“离念”“无念”。这种观念进一步向前发展，则肯定染净为一，染心就是净心。现实中一切皆真，现实的众生心就是佛心。这样，染、净不需要再统一。僧肇曾讲“不真故空”，认为现实中的一切都是“不真”的，即“空”的，那么从本质上看“立处即真”，“触事而真”①。后来南宗禅也取这个说法，但它不只是肯定从本质上看“立处皆真”，而是“平常心是道”。每个人的“本来面目”就是佛，自己就是“主人公”，所谓“真佛内里坐”，“赤肉团上有一无位真人”。这样，为开悟众生这一大事因缘而示现的佛陀，其经典教法都是多余的；达摩西来也多此一举。这种高度肯定自我的思想观念，当然也是唐代自由开放的精神生活的表现。禅因此就由趋静的“无念”，发展为趋动的“有念”。

标榜“不立文字，教外别传”的禅宗，创造出数量巨大的禅文

---

①《不真空论》，《肇论》，《大正新修大藏经》卷四五，第153页上。

献，其中包括成就杰出的禅文学，上述观念上的转变也是个关键。肯定了“平常心”，由重内心体悟的禅才转向重生活实践的禅，在表现上则由不重言说到重问答商量①，包括用诗偈的形式。

这个时期的代表人物是马祖道一，他概括的“平常心是道”的观点，典型地表明了南宗禅发展到这一时期的新看法。他说：

> 道不用修，但莫污染。何为污染？但有生死心，造作趣向，皆是污染。若欲直会其道，平常心是道。何谓平常心？无造作，无是非，无取舍，无断常，无凡无圣。经云：“非凡夫行，非圣贤行，是菩萨行。”只如今行住坐卧，应机接物，尽是道。②

这样，禅在哪里？就在平凡人的平常生活之中。不思善，不思恶，任运随缘，无事无为就是禅。当年慧能肯定自性清净，所以主张“即心即佛”；而由于如此打破了凡圣界限，所以马祖则倡言“非心非佛”了。当时禅宗提倡“作务”即日常劳动，百丈怀海创《清规》，规定“行普请法，上下均力”③，至有“一日不作，一日不食”之说，道理也在这里。

马祖本人主要活动在江西，却直接或间接地在整个文坛上造成很大影响。当时的江西观察使李兼对之颇礼重。李兼幕中的权德舆为制塔铭④，并曾执弟子礼，其人后来在贞元、元和年间，为文坛耆宿，接引后进，名重一时。在李兼幕下的杨凭、柳镇等都应与马祖有往还，柳镇即柳宗元之父。马祖的新禅观反映了思想界的潮流，因此很快大为普及。“大寂（马祖谥号）之徒，多诸龙象，或名

---

① 如神会为树南宗宗旨而大肆论辩，也是用文字的。但为宣教、论辩而用文字和以文字直接表现开悟、向门徒示法等，文字的性质与作用显然不同。“不立文字”与“不用文字”含义不同。早期南宗禅主“无念”，当然应“不立文字”，到以后则逐渐转向“立文字”以示心性了。

② 入矢义高主编：《馬祖の語録》，京都禅文化研究所，1984年，第33页。

③《景德传灯录》卷七，《大正新修大藏经》卷五一，第251页上。

④《唐故洪州开元寺石门道一禅师塔碑铭》，《权载之文集》卷二八，《四部丛刊》本。

闻万乘，入依京辇；或化恰一方，各安郡国。”①如兴善惟宽、百丈怀海、南泉普愿、佛光如满等都各树门庭，大阐宗风，其中不少人与当时文坛有密切关系。

前面已经讲过，佛教教义认为要转妄归真，就要截断意识现流。南宗禅讲“无念”，讲“心如明镜”，意识不能正常流动。但既承认“平常心是道”，那么发扬平常心就是发扬佛法。在南宗禅影响下成立的《圆觉经》则提出了“圆觉流出一切清净真如、菩提、涅槃及波罗蜜”的看法。这个“圆觉”就是“清净自性”的代称，而这圆觉真心又是与众生幻心等同的。宗密说：

> 众生幻心，还依幻灭。诸幻尽灭，觉心不动。依幻说觉，亦名为幻，乃至诸幻虽尽，不入断灭。性相源者，流出一切真如、菩提、涅槃，则性源也；种种幻化，皆生于觉心，即相源也。②

这样，幻心即染心与觉心即净心本是统一的。种种幻化即平常心的认识皆为觉心所生，是觉心的表现。

应当是在《宝林传》时代形成的传法偈中③，二十二代摩拿罗尊者传法偈说：

> 心随万境转，转处实能幽。
> 随流认得性，无喜复无忧。④

这是主张随外境流转的心就是自性清净心。

大珠慧海《顿悟入道要门论》中说：

---

①陈诩：《唐洪州百丈山故怀海禅师塔铭》，《全唐文》卷四四六。

②《圆觉经大疏抄》卷四之上，《卍续藏经》第一四册，新文丰出版公司印本，第582页上。

③《宝林传》一般推定产生于公元801年。关于该书与传法偈的形成，参阅柳田圣山：《初期禅宗史の研究》第五章《〈寳林传〉の成立と祖師禅の形成》，京都法藏馆，1967年；又筱原寿雄、田中良昭编：《講座敦煌8：敦煌佛典と禅》Ⅱ》之三田中良昭：《禅宗燈史の發展》，东京大东出版社，1980年。

④《祖堂集》卷二。

> 经云："随流而性常也。"只如学道者，自为大事因缘解脱之事，俱勿轻未学。敬学如佛，不高己德，不疾彼能，自察于行，不举他过，于一切处，悉无妨碍，自然快乐也。

重说偈曰：

> 忍辱第一道，先须除我人。
> 事来无所受，即真菩萨身。①

这里"经云"所据为《楞伽经》，见求那跋陀罗译本卷四。

临济义玄说：

> 佛者心清净是，法者心光明是，道者处处无碍净光是。三即一，皆是空名而无实有。如真正学道人，念念心不间断。自达摩大师从西土来，只是觅个不受人惑底人。②

这里把佛、法、道都看作是方便施设，而念念不间断的平常心即是真正的佛心。所谓"不受人惑"，当然也包括不受人说禅说净所惑。

德山宣鉴法嗣岩头全奯最为鲜明地概括出这种看法：

> 若欲得播扬大教去，一一个个从自己胸襟间流将出来，与他盖天盖地去摩③。

据说雪峰于言下悟，曾"上堂示众曰：一一盖天盖地，更不说玄说妙，亦不说心说性。突然独露如大火聚，近之则燎却面门；似太阿剑，拟之则丧身失命"④。这样就大大肯定了"平常心"的作用。

起初禅宗追求"清净""无念"，是对"意识现流"的彻底否定；而如此肯定平常心的流动，却又是对"无念"的否定。这双重否定并

---

①《顿悟入道要门论》，《卍续藏经》第一一〇册，第850页下。

②《镇州临济慧照禅师语录》，《大正新修大藏经》卷四七，第501页下—502页上。

③《祖堂集》卷七。

④《碧岩录》卷三，《卍续藏经》第一一七册，新文丰出版公司印本，第305页上。

不是简单回复到原来的起点，而是基于新认识提出的新主张。原来要截断意识现流，因为它是虚妄杂染的；现在肯定平常心的流动，因为它本来就是真实清净的。就禅宗本身说，这就由以“无言”“无相”为最高境界的禅发展到以文字抒见解、斗机锋的禅，也包括用诗来表禅的领悟。而这种肯定主观抒发的观念，广泛影响于学术、文学。“平常心是道”的肯定现实、肯定生活的色彩本身就是中国思想土壤的产物，它比起追求清净无念的禅来自然更易于被接受。在士大夫阶层中，“从胸襟流出”这一说法后来真的近于“口头禅”了。

在对诗歌创作的影响上，白居易的情形与王维形成了鲜明的对照。二人的创作面貌都很丰富，形成其创作特色的主、客观因素也很多，此不具论。仅从其接受禅宗影响说，二人都与当时禅宗中的新人物、新思想有密切联系。但处在禅宗发展的不同时期，王维接近的是早期慧能、神会的南宗禅，白居易习得的是马祖道一的洪州禅。白居易早年在长安四次问道于马祖道一的弟子兴善惟宽，并为作《传法堂碑》；和他晚年在香山一起结社的佛光如满也是马祖道一的弟子。他所理解的禅主要是任运随缘、无所拘碍的生活。他早年和元稹的诗就这样说：

因君知非问，诠校天下事。
第一莫若禅，第二无如醉。
禅能泯人我，醉可忘荣悴。
……
劝君虽老大，逢酒莫回避。
不然即学禅，两途同一致。①

他后来在作品中还经常表白，对于他来说，禅与诗、酒生活是一致的。他对达摩心法这样理解：

①《和微之诗二十三首·和知非》，《白氏长庆集》卷五二，《四部丛刊》本。

达摩传心令息念，玄元留语遣同尘。
八关净戒斋销日，一曲狂歌醉送春。
酒肆法堂方丈室，其间岂是两般身①。

后来人们评论"唐世士大夫达者如乐天寡矣"②，他的通达放任，可以说是禅宗新的心性观念的一种反映。他的诗的表达艺术之求平易，也有着同样的观念为基础。

宋人讲道学，提倡正心诚意，修、齐、治、平，在修养上多求"克己"的主静功夫；但同时作为道学的实践，又要求道心的发扬，因而也就坚持从"胸襟流出"的主张。

李纲《书陈莹中书简集卷》说陈莹中的文章：

信笔辄千余言，理致条畅，文不加点，信乎道学渊源自其胸襟流出。③

又《道卿邹公文集序》：

士之养气刚大，塞乎天壤，忘利害而外生死，胸中超然，则发为文章，自其胸襟流出。④

朱熹说：

三代圣贤文章皆从此心写出。
欧公……谢表中自叙一段，只是自胸中流出⑤。

这些意见都是讲道学的。心须体道，文从心中流出，强调了心识的作用。

宋人以禅喻诗，常讲二者都须有个人内心的独特领会。如戴复古的看法，则说到诗须从胸中流出：

---

①《拜表回闲游》，《白氏长庆集》卷六四，《四部丛刊》本。
②苏辙：《书白乐天集后二首》，《栾城后集》卷二一，《四部备要》本。
③《梁溪先生集》卷一六三，《宋名家集丛刊》本，汉华文化事业公司，1970年。
④《梁溪先生集》卷一三八。
⑤黎靖德编：《朱子语类》卷一三九。

意匠如神变化生，笔端有力任纵横。
须教自我胸中出，切忌随人脚后行。①

而包恢评戴复古本人的创作：

果无古书，则有真诗。故其为诗自胸中流出，多与真会。三者备矣，其源流不其深远矣乎！②

刘克庄评论方寔孙的乐府诗：

方君端仲年事富，笔力健，取古人难题轶事斫成数十百首，激昂蹈厉，流出胸臆，亦可谓之快士矣。③

宋人诗话、笔记中亦常出现这样的看法，如张戒《岁寒堂诗话》：

诗、文、字、画，大抵从胸臆中出。

世徒见子美诗多粗俗，不知粗俗语在诗句中最难。非粗俗，乃高古之极也。自曹、刘死，至今一千年，惟子美一人能之……近世苏、黄亦喜用俗语，然时用之，亦颇安排勉强，不能如子美胸襟流出也。④

陈善《扪虱新话》：

天下无定境，亦无定见，喜怒哀乐，爱恶取舍，山河大地，皆从此心生……故释氏之论曰"心净则佛土皆净"，信矣。⑤

这虽然没有直接谈及诗文，但情动于中而形于言，喜怒哀乐从心生与"感物而动"二者在观念上是绝不相同的。罗大经《鹤林玉露》：

李太白云："刬却君山好，平铺湘水流。"杜子美云："斫却

①《昭武太守王子文日与李贾严羽共观前辈一两家诗及晚唐诗》十首之四，《石屏诗集》卷七，《台州丛书》本。
②《石屏诗集后序》，《石屏诗集》卷首。
③《跋方寔孙乐府》，《后村先生大全集》卷一〇〇，《四部丛刊》本。
④《岁寒堂诗话》卷上，《历代诗话续编》本。
⑤《扪虱新话》卷四，《宝颜堂秘笈》本。

月中桂，清光应更多。”二公所以为诗人冠冕者，胸襟阔大故也。此皆自然流出，不假安排。①

元范椁《木天禁语》：

诗之气象，犹字画然，长短肥瘦，清浊雅俗，皆在人性中流出，得八法便成妙染，而洗吾旧态也。此赵雪松翁与中峰和尚述者，道良之语也②。

这里谈的是诗的整个气象即今天所谓风格与“人性”的关系。

在明代，理学中的“心学”一派得到了突出发展，而“心学”与禅宗具有深刻的渊源关系。这种思想环境，促成文学中注重心性的思潮更加发展，诗文自“胸襟流出”的观点有更多的人提倡，在文坛上也占有更重要的位置。

这里首先应提及明代僧人憨山德清，他是重振佛教的所谓“明末四高僧”之一。南宋以降，中国的宗派佛教已经衰微，后又经元代崇信喇嘛教的冲击，佛教的理论水平大大降低了，“禅、净合一”的以民间信仰为主的“檀施供养之佛”成了佛教的主要形态。云栖袾宏、紫柏真可等“四高僧”是后期中国佛教中有所建树者。其中以德清文学水平最高，其所作诗文颇有可观，理论上亦有很好的见解。他主张“吾人根本实际，要从真性流出”③，并把岩头全奯的观点原原本本用以论诗：

文者，心之章也。学者不达心体，强以陈言逗凑，是可为文乎？须向自己胸中流出，方始盖天盖地。④

向上一路，亲近者稀，不是真正奇男子，决不能单刀直入。

---

①王瑞来校点：《鹤林玉露》乙编卷三，中华书局，1983年。

②《木天禁语》，《历代诗话》本。

③《示梁腾霄》，《憨山老人梦游集》卷四，《卍续藏经》第一二七册，新文丰出版公司印本，第261页下。

④《示陈生资甫》，《憨山老人梦游集》卷三，《卍续藏经》第一二七册，新文丰出版公司印本，第284页下。

此事决不是世间聪明伶俐，可能凑泊；亦不是俗习知见，之乎者也，当作妙悟；亦不是记诵古人玄言妙语，当作己解。只须真参实究，向自己胸中流出，方始盖天盖地。①

明代后期著名的异端学者李贽思想上受到禅宗的深刻影响。他提出“谈诗即是谈佛”②，因为二者皆求“一念之本心”。他作《童心说》，其中说：

夫童心者，绝假纯真、最初一念之本心也。若失却童心，便失却真心；失却真心，便失却真人。人而非真，全不复有初矣……童心既障，于是发而为言语，则言语不由衷；见而为政事，则政事无根底；著而为文辞，则文辞不能达。非内含于章美也，非笃实生辉光也，欲求一句有德之言，卒不可得。所以者何？以童心既障，而以从外入者闻见道理为之心也。③

这里的“童心”实际上就是本然的“自性清净心”，李贽强调好文章只是“童心”的发露而已。

明代“公安三袁”（宗道、宏道、中道）倡“性灵”也有佛教禅宗的影响。袁宏道为其弟中道诗作序，说：

大都独抒性灵，不拘格套，非从自己胸臆流出，不肯下笔。④

他又在答李元善信中说：

文章新奇，无定格式，只要发人所不能发，句法字法调法，一一从自己胸中流出，此真新奇也。⑤

①《答谈复之》，《憨山老人梦游集》卷一七，《卍续藏经》第一二七册，新文丰出版公司印本，第454页下。

②《观音问·答澹然师》，《焚书》卷四，中华书局排印本，1975年。

③《焚书》卷三，中华书局排印本，1975年。

④《叙小修诗》，钱伯诚：《袁宏道集笺校》卷四，上海古籍出版社，1981年。

⑤《答李元善》，钱伯诚：《袁宏道集笺校》卷二二，上海古籍出版社，1981年。

中道写宏道《行状》，说到他结交李贽时，则袭用岩头全奯的说法：

> 先生既见龙湖，始知一向掇拾陈言，株守俗见，死于古人语下，一段精光不得披露。至是浩浩焉如鸿毛之遇顺风，巨鱼之纵大壑。能为心师，不师于心，能转古人，不为古转。发为语言，一一从胸襟流出，盖天盖地，如象截急流，雷开蛰户，浸浸乎其未有涯也。①

关于这种重“性灵”的观念所造成的影响，钱谦益曾有所评论：

> 中郎之论出，王、李之云雾一扫，天下之文人才士始知疏瀹心灵，搜剔慧性，以荡涤摹拟涂泽之病，其功伟矣。②

这是指出其转变王世贞、李攀龙以来“后七子”复古文风所起的作用。

明代“唐宋派”的归有光也有相似的说法：

> 为文必在养气，气充乎中而文溢乎外，盖有不自知者。如诸葛孔明《前出师表》、胡澹庵《上高宗封事》，皆沛然肺腑中流出，不期文而自文，谓非正气之所发乎？③

明人见解，又有如郑瑗：

> 董、贾之言，却是从胸中流出；韩子力追古作，虽费力而不甚觉。④

刘成德评张籍诗：

> 余并其诗而观之：其乐府诗，景真情真，有风人之意；而五言近体，尤皆劲健清雅，脱落尘想，俱从胸臆中出。⑤

---

①《吏部验封司郎中中郎先生行状》，《珂雪斋文集》卷九，转引。

②《列朝诗集》丁集卷一二，崇祯原刻本。

③《文章指南·论文章体则》，台北广文书局，1972年。

④《井观琐言》卷一，《宝颜堂秘笈续函》本。

⑤《唐司业张籍诗集序》，《张司业集》卷首，《四部丛刊》本。

明末清初的大思想家黄宗羲批评竟陵派和公安派，用的却是公安派所使用的重性情的说法：

竟陵，学王、孟而失之者也；公安，学元、白而失之者也。根孤伎薄，不过流注之害耳。诗之为道，从性情而出。性情之中，海涵地负，古人不能尽其变化，学者无从窥其隅辙。①

清人诗话中亦多有自“胸襟流出”一类的说法，如贺贻孙：

然其必不可朽者，神气生动，字字从肺肠中流出也。②

徐增：

诗到极则，不过是抒写自己胸襟，若晋之陶元亮，唐之王右丞，其人也。

无事在身，并无事在心，水边林下，悠然忘我，诗从此境中流出，那得不佳？③

李重华：

作诗从形迹处求工，便是巧匠镌雕，美人梳掠，决非一块生气浩然从肺肝流出。④

方东树：

汉、魏、阮公、陶公、杜、韩，皆全是自道己意，而笔力强，文法妙，言皆有本。寻其意绪，皆一线明白，有归宿，令人了然。其余名家，多不免客气假象，并非从自家胸臆性真流出。⑤

如此等等，以上主张各不相同的不同时代的人们，却都提出了强调心性“流出”的主张，有些人甚至完全袭用南宗禅的语言，从中

①《寒邨诗稿序》，《南雷文定后集》卷一，《国学基本丛书》本。
②《诗筏》，《清诗话续编》，上海古籍出版社，1983年。
③《而庵诗话》，《清诗话》，上海古籍出版社，1978年。
④《贞一斋诗说》，《清诗话》，上海古籍出版社，1978年。
⑤汪绍楹校点：《昭昧詹言》卷一，人民文学出版社，1961年。

可以看出马祖道一以后南宗禅新的心性观念，直接或间接地发挥着多么深远的影响。唐宋以后直到明清，诗文中形成了一个时强时弱的反复古、反模拟、重个性、重主观的潮流，是与禅宗思想有密切关系的，一些文人是直接从南宗禅汲取思想养料的。

四

这样，南宗禅把自魏、晋以来重义解、重信仰的佛教变成了“心的宗教”，从而也启发、诱导文人们从对佛教教学的探索与教理的论辩转向个人“见性”的实践。禅宗所主张的新佛教，重点不在义解，而在心性的探求。它要求人们解决的不是对佛与佛典三藏十二部经的理解的问题，而是对“自性”及其所处在的宇宙的体认问题。这种“心的宗教”因而与作为人的精神创造的文艺，特别是与以人的主观情志抒写为主要内容的诗歌相通，对于促进文学特别是诗歌的发展起了巨大作用。本文集中在“心如明镜”与“心如泉流”两个譬喻，以说明南宗禅的发展影响于诗与诗论的关系，有如上述。

由以上介绍可以了解，南宗禅在重个性的探求与抒发上是为中国诗歌的发展指示了新方向，开拓了新内容的。重视自性的表现，重视主观对客观世界的“观照”，对于儒家的“闻见道理”与典重古雅的文风是个有力的冲击，从而推动了自传统束缚下的解放，同时也促进文学发挥出应有的重个性的特色。唐宋以后中国文学的许多新发展，直接、间接地与南宗禅所推动的这种思想变革有关联。

南宗禅自早期求“无念”“见性”，到兴盛期主张“平常心是道”，这是基于肯定现实，由一切皆妄转而认为现实一切皆真所产生的巨大思想转变。这个转变完成了，佛教就从“成佛之教”彻底变成了"求心之教"了。这个"心"就是众生的"平常心"。从而禅宗也从否定意识现流而要求从"胸襟流出""盖天盖地"。早期南宗禅主张"心如明镜",把前一种看法发展到了顶点;再进一步,就讲"心如泉流"了。两个譬喻是两种心灵的境界,也是两种艺术创造的境界。两相对照,它们在中国诗中都发挥了相当大的影响。

但禅宗是宗教,其合理的思想终究被限制在宗教的框子里。它不能科学地解决"自性"与客观世界的关系。飘浮在绝对中的"自性心"或"平常心"终于闭锁在主观幻想之中。它的新的思想萌芽也终于没能形成独立的新体系;在文学上虽有巨大影响,却不可能造成中国的"文艺复兴"。多受禅宗影响的文人在思想上亦多表现主观、虚无的方面,真正的变革社会的伟大人格并没有从他们之中形成起来。

原载于(日本)《东方学报(京都)》第63册,1991年

汉文佛教文学研究概况及其展望

一

近四十年来，汉文佛教文学（就广义而言，包括受佛教影响、宣扬佛教思想的文人文学和民间文学）的研究取得了长足的进步。特别是近十余年间，在中国大陆，佛教学术研究得到了普遍的重视，佛教文学和佛教与文学的关系的研究成绩显著。这些成绩可归纳为以下几个方面：

首先在认识方面，学术界对佛教文学的成就、价值、历史地位以及有关研究的学术意义有了更明晰也更切合历史实际的认识。例如在 1987 年由《文学遗产》《文学评论》杂志社等单位于杭州召开的“中国古典文学宏观研究讨论会”上就有人明确指出：文学与其他文化艺术形态有着极为密切的关联，文学本身就是大文化中的一个组成部分，研究宗教与文学的关系，对古典文学研究中从五十年代遗留下来的“社会经济—文学”这一单一的模式走出，起了突破性的作用①。近年来有两种重要的学术观念对佛教文学研究

①参阅沈松勤：《推动古典文学研究向前跃进——首届“中国古典文学宏观研究讨论会”纪盛》，《语文导报》1987 年第 67 期，第 2--5 页。

产生了巨大的推动作用：一是强调利用历史、哲学以及遗存文物等表现民族历史活动与生活特色的多方面的材料（包括宗教方面的材料），对古典文学“尽可能作立体交叉的研究”①；二是把文学与宗教作为文化研究的相关联的部分，从文化史的角度来探讨二者的相互影响与交流。观念的转变使学术界有更多的人注意到佛教文学和佛教对文学的影响问题。目前大陆的出版物、学术会议以及大学课堂上，有关研究已成为重要的课题。

其次在研究范围上大为扩展了。近年的佛教文学研究，已不限于传统研究中作为重点的佛典翻译文学（如梁启超为代表的）、佛教故事传承（如陈寅恪为代表的）、佛教俗文学（包括敦煌俗文学）三个范围，更广泛扩展到佛教影响于作家的思想、生活、创作，佛教影响到文学观念、创作方法的变迁等许多方面。例如，有的学者利用佛教资料对古典诗歌作语义学的研究（如葛兆光《禅意的“云”》，见《文学遗产》1990 年第 3 期）；有的学者注意到佛典翻译对于文学思想的影响（如蒋述卓《佛经翻译与中国文学、美学思想》，见《文艺研究》1988 年第 5 期）等等，都反映了拓展与加深研究的努力。

第三方面是就具体研究的指导思想看，更为客观也更为公允了。避免了盲目推崇与反历史主义的一概否定两个方面的偏颇，注意以批判的、历史的眼光看待佛教和佛教文学的有关现象，肯定其历史价值，给予它们合乎实际的历史地位。在这方面，大陆学者的努力取得了显著成果。

二

下面，按几个方面略述近年主要研究成果②。

---

①傅璇琮：《唐代科举与文学·序》，陕西人民出版社，1986 年，第 2 页。

②主要介绍中国大陆的研究，兼及台湾地区、香港地区、日本及欧美各国的情况。

第一，佛教对中国古典文学影响的研究。

在中国大陆，这一领域的研究近十余年取得了较大收获，某些进展是具有开创意义的。但此前的有些成绩也是不可忽视的，如陈寅恪发表于1954年的著名论文《论韩愈》，提出韩愈的明道反佛是“睹诸儒之积弊，效禅侣之先河，直指华夏之特性，扫除贾、孔之繁文”①，揭示了禅宗影响于韩愈的事实，在韩愈以及中唐学术、文学研究上影响巨大②。钱锺书积多年研究成果的《管锥编》（第一至四册，北京：中华书局，1979年；《管锥编增订》，北京：中华书局，1982年）和补订本《谈艺录》（北京：中华书局，1984年）先后出版，前书第三册读《太平广记》、第四册读先秦至隋各朝文札记，多论及佛教文学，高见卓识随处可见，为研究提出不少新课题；后书本以援庄、玄、佛、禅以论诗为重要特点，补订本增加了不少新材料。陈、钱等老一辈学者做了许多开拓性、奠基性的工作。近年出版了几本有关佛教文学的著作或论文集：陈允吉《唐音佛教辨思录》（上海：上海古籍出版社，1988年）、孙昌武《唐代文学与佛教》（西安：陕西人民出版社，1985年）和《佛教与中国文学》（上海：上海人民出版社，1988年；台北：东华书局，1989年）等。陈著辑录了论佛教与唐代文学关系的论文，其中如《王维雪中芭蕉寓意蠡测》《论唐代寺庙壁画对韩愈诗歌的影响》等篇探讨佛教对诗歌艺术方面的影响，很富创意。孙著《佛教与中国文学》是一部全面描述佛教对中国古代作家的生活、思想、创作与文学思想的影响的书。近年学术刊物，包括《文学遗产》这样的有影响的重要刊物发表了不少具有相当水平的论文，有论述佛家创作的，如蒋述卓《支遁与山水文学的兴起》（见《学术月刊》1988年第6期），周先民《自然、空灵、简淡、幽静——唐代诗僧的艺术风格管窥》（见《文学遗产》1990年第2期）；

①原刊《历史研究》1954年第2期；引据陈寅恪：《金明馆丛稿初编》，上海古籍出版社，1980年，第287页。

②例如美国学者Charles Hartman：*Han Yü and the T'ang Search for Unity*，Princeton University Press，New Jersey，1986一书就受到陈文的启发。

也有论述佛教对作家影响的，如袁行霈《王维诗歌的禅意与画意》（见《社会科学战线》1980 年第 2 期），杨崇仁《禅宗思维方式与王安石晚年的诗歌》（见《思想战线》1988 年第 6 期）；有概括论述文学现象的，如陆草《佛学与中国近代诗坛》（见《文学遗产》1989 年第 2 期）；也有探讨佛教与文学关系的具体问题的，如白化文《佛教对中国神魔小说之影响二题》（见《文史知识》1986 年第 10 期），陈咏明《佛教哲理与〈红楼梦〉》（见《文学遗产》1989 年第 3 期）。目前这种研究正呈日趋繁盛之势，可以期望不久的将来会有更好的成果出现。

近年来港台与海外华人学者在中国古典文学与佛教关系的研究方面也多有重要建树。饶宗颐六十年代在日本发表《韩愈〈南山诗〉与昙无谶译马鸣〈佛所行赞〉》（见京都大学《中国文学报》第 19 册，1963 年）。此后他对佛教文学多有论作，且多有开拓性的创见，如《词与禅悟》（见论文集《佛教文学短论》，台北：大乘文化出版社，1980 年），《从释彦琮〈辩正论〉谈译经问题》（见香港《法言》1991 年 2 月号）等。罗香林的《大颠、惟俨与韩愈、李翱关系考》（见《唐代文化史》，台北：台湾商务印书馆，1955 年），柳存仁的《杜甫题玄武禅师屋壁诗》（见《明报月刊》1981 年第 16 卷第 8、9 号），罗联添的《白居易与佛道关系重探》（见《唐代文学论集》下册，台北：学生书局，1989 年）等，在有关问题的研究中都取得了重要成绩。

日本在佛教学术研究与中国文学研究两个方面都有着深厚的基础与优良的传统，因而在中国佛教文学与佛教对文学影响的研究上成果也很丰富。通论性质的著作有两种，一是加地哲定《中國佛教文學研究》（增订版，东京：同朋舍，1979 年）；再一种是泽田瑞穗《仏教と中國文學》（东京：国书刊行会，1975 年）。这两部书论述内容都很宽泛。日本学者的工作有两点十分突出：一是非常重视对六朝时期文学的研究，对于佛教给予六朝文人的影响探讨得相当细致、深入，这一方面出版的专书有村上嘉实《六朝思想史研究》（京都：平乐寺书店，1974 年）、吉川忠夫《六朝精神史研究》（东京：

同朋舍，1984 年)、中嶋隆藏《六朝思想の研究——士大夫と仏教思想》(京都:平乐寺书店，1985 年)等。吉川的书对沈约、颜之推等人所受佛教影响以及六朝文人精神世界进行了深入探讨;中嶋的书则以六朝士大夫接受、消化佛教思想为论述的中心。另一点是基础资料的考证工作相当的深入和细致，例如小南一郎在对古小说的研究中考察了佛教观念(而不局限于佛教故实)对中国小说发展的影响，他的专著《中國の神話と物語——古小説史の展開》(东京:岩波书店，1984 年)主要讨论道教的影响，涉及佛教也多有卓见;他的论文《六朝隋唐小説史の展開と仏教信仰》(见福永光司编《中國中世の宗教と文化》，京都大学人文科学研究所，1982 年)系统揭示了佛教对六朝小说发展的作用。兴膳宏的《〈文心雕龍〉と〈出三藏記集〉——その秘められた交涉をめぐつて》(见福永光司编《中國中世の宗教と文化》，京都大学人文科学研究所，1982 年)一文，是说明刘勰的文学思想与佛教交涉的很有说服力的文章。黑川洋一的杜甫研究专门分析了杜甫与佛教的关系(如专著《杜甫の研究》第三章《杜甫と仏教》，东京:创文社，1984 年);竺沙雅章的《蘇軾と仏教》[见《东方学报(京都)》第 36 册《创立 35 周年纪念论集》，京都大学人文科学研究所，1964 年]则对苏轼所受佛教影响作了剖析。平野显照对于佛教与唐代文学的关系多有论述，涉及李白、白居易、李商隐以及唐代小说等诸多方面，集录为《唐代文學と仏教の研究》(京都:朋友书店，1978 年)一书。

特别值得提出的是，自六十年代以来，寒山诗[①]被西方“发现”，

---

①寒山诗是经过中晚唐经五代至北宋长时期形成的，其内容并不全是佛教的，但佛教思想构成了它的思想内容的主体，且最后形成与禅宗有关。参阅入矢义高:《寒山诗管窥》:《东方学报(京都)》第 28 册，京都大学人文科学研究所，1958 年;孙昌武:《寒山传说与寒山诗》，《南开文学研究·1987》，天津古籍出版社，1988 年。

美、英、法、荷兰等国出版了许多寒山诗的译本和有关论著①。但西方学者主要是从思想和艺术欣赏的角度来接受寒山的，中国学者则更注重历史与文献学方面的考订。余嘉锡在《四库提要辨证》(北京：科学出版社，1958 年)卷二〇“寒山子诗集”条中对寒山与寒山诗的年代有详尽辨析；王运熙《寒山子诗歌的创作年代》(见《汉魏六朝唐代文学论丛》，上海：上海古籍出版社，1981 年)则注意从诗的体制来论定寒山诗的年代；钱学烈《寒山子与寒山诗版本》(见《文学遗产增刊》第 16 辑，北京：中华书局，1983 年)则梳理了寒山诗的流传情形。台湾近年对寒山诗的研究也很兴盛，论著颇多，以陈慧剑的《寒山子研究》(台北：大东图书公司，1984 年)为最全面与系统。日本也出版了几种寒山诗的校注本和译本②。日本学者更注意寒山诗的宗教特色，如入谷仙介、松村昂的校注本就收入《禪の語録》丛书中。

这里附带说明，对几部有关佛教并且富有文学价值的重要著作，大陆学者在整理、校勘方面取得了突出成果。最重要的是季羡林等人校注的《大唐西域记》(北京：中华书局，1985 年)，这部书广泛吸收了国内外研究成果，提出了不少新见解，可视为该书相当完善的定本。另外还有范祥雍《洛阳伽蓝记校注》(上海：古典文学出版社，1958 年)、章巽《法显传校注》(上海：上海古籍出版社，1985 年)等。

第二，禅文学与禅宗对文学影响的研究。

本世纪初以敦煌写本各种禅籍的发现为契机，禅宗史研究取

---

①关于西方学者翻译和论述寒山诗的作品目录，参阅 *Bibliography of Selected Western Works on T'ang Dynasty Literature*. Ed. William H. Nienhauser, Jr. Center for Chinese Studies, Taipei, 1988(倪豪士主编：《唐代文学西方论著选目》，台北汉学研究中心编印，1988 年)。

②寒山诗的日文译本或注本，见柳田圣山：《禅籍解題》，《禅家語録Ⅱ》附录，东京筑摩书房，1974 年。

得了革命性的进展。胡适在他前后延续三十余年的禅宗史研究中①,已注意到禅籍的文学价值。钱锺书在1948年出版的《谈艺录》里已对诗、禅关系做了相当深入的考察。

近年来,大陆学者就诗、禅关系的课题做了许多工作。葛兆光的《禅宗与中国文化》(上海:上海人民出版社,1986年)一书已涉及这一问题;程亚林的《诗与禅》(南昌:江西人民出版社,1989年)则主要是探讨佛、禅、庄、玄与诗歌创作在意识、思维模式上的契合之点。近年来有关这方面的论文也不少,除了前面提到的袁行霈《王维诗歌的禅意与画意》等,还有孙昌武《略论禅与诗》(见《社会科学战线》1988年第4期),葛兆光《禅意的"云"》,张晶《宋诗的"活法"与禅宗的思维方式》(见《文学遗产》1989年第6期)等。

台湾学者对禅文学的研究做了许多基础性的工作。如巴壶天对禅语录艺术特征的研究(见《艺海微澜》,台北:广文书局,1971年),陈龙祚对禅宗偈颂的校订(见《中华佛教文化史散策初集》,台北:新文丰出版公司,1978年)等。而杜松柏的《禅学与唐宋诗学》(台北:黎明文化事业公司,1976年)一书则是对诗、禅交涉的历史实态做全面系统的描述,论及以诗说禅、以禅喻诗以及禅学与诗学交流等课题。

在日本,继早年宇井伯寿等人的著作②之后,铃木大拙、柳田圣山等在早期禅籍的整理与研究上做了许多基础性的工作③。日本学者对宗门文学的研究贡献很大。西谷启治、柳田圣山编有《禅家語録》二册,附有解说,收入筑摩版《世界古典文学全集》(第36卷,

---

①参阅胡适校:《神会和尚遗集》,台北胡适纪念馆,1982年。胡适研究禅宗的主要成果,由日本学者柳田圣山集印为《胡適禅學案》(京都中文出版社,1975年)。

②宇井有《禅宗史研究(北宗殘簡)》(东京:岩波书店,1939年)等著作。

③如铃木大拙:《禅思想史研究第二》,岩波书店,1951年;《禅思想史研究第三》,岩波书店,1968年,以及柳田圣山:《初期禅宗史書の研究》,法藏馆,1967年,等等。

1974年)。这是首次确定禅文学在文学史上的经典地位。筑摩书房还出版了由著名学者校勘、注释、解说的《禅の語録》丛书(东京:筑摩书房,1969—1981年)二十册,包括《六祖坛經》《寒山詩》《龐居士語録》《證道歌》等。铃木哲雄(《唐五代禅宗史》后编《禅思想の展開》第三章《機と偈頌》,东京:山喜房佛书林,1985年)、田中良昭(《講座敦煌8·敦煌仏典と禅》中《禅僧の偈頌》部分,东京:大东出版社,1980年)等人对禅语录中的偈颂做了较深入的研究。在禅对中国诗歌的影响研究上,入矢义高取得了突出的成就,收入论文集《求道の悦樂——中國の禅と詩》(东京:岩波书店,1983年)的《禅と文學》《中國の·禅と詩》等文,揭示禅的独特思维方式与表现方法对中国诗的影响,开拓了研究的新方向。多年来,入矢义高主持了京都花园大学的一个研究班,从事禅录的校读,目前已出版了《馬祖の語録》(京都:禅文化研究所,1984年)和《玄沙広録》上、中册(京都:禅文化研究所,1987年、1988年)。

在欧洲,Paul Demiéville在禅文学的研究方面取得了突出的成绩。他的论文*Le miroir spirituel*(《灵镜》,Sinologica,1.2.Basel,1947),*Le Teh'an et la poésie chinoise*(《禅与中国诗》,Hermès, vol.7, Paris,1970)等①均从西方人的角度,运用比较方法,对诗禅关系做出了新鲜的、有趣的阐释。

第三,佛教民间文学研究。

大陆学术界近年对佛教民间文学用力不多,仅有少数学者如关德栋等人有所论作(如关德栋《宝卷漫录》等,见《曲艺论集》,北京:中华书局,1958年)。

在日本则有几部相当有分量的著作。如泽田瑞穗《寶卷の研究》(增补本)(东京:国书刊行会,1975年)对宝卷的发展和思想、艺术作了详尽的总结;岩本裕的《目蓮伝説の盂蘭盆經》(京都:法藏馆,1960年)则对出自佛经并在民间广为流传的目莲传说进行了系

---

①这两篇论文的新的日译文与解说,收入林信明编译:《研究報告(第一册)·ポール·ドミエヴイル禅學論集》,京都花园大学国际禅学研究所,1988年。

统清理。

第四,敦煌佛教文学的研究。

在敦煌写卷所传古代俗文学中,佛教文学占有突出位置。近年来,随着敦煌学研究基础工作的进步,如文献的影印①、新资料的刊布②、目录的编订③、专门工具书的编写④等,这方面的研究也取得了较大进展。以下略去有关一般敦煌文化和文学研究情况的介绍,仅提出直接关系佛教文学的研究成果。

敦煌曲辞的研究近年取得了巨大成绩。这些曲辞有相当部分是佛教徒所作或宣扬佛教思想的。1956 年出版了王重民编修订本《敦煌曲子词集》(北京:商务印书馆,1956 年),1971 年出版了戴密微与饶宗颐合著法译《敦煌曲》[*Airs de Touen-houang* (*Touen-houang k'in*). *Textes à chanter des* Ⅷ^{e}-*X*^{e} *siècles*. Manuscrits reproduitsçen fac-similé, avec une introduction en chinois par Jao, Tsong-yi, adaptée enfrançais, avec la traduction de quelques Textes d'Airs, par Paul Demiéville. Paris, Ed. du Centre national de la Recherche scientifique, 1971],这是首次较完整地以西方语文翻译敦煌曲辞。任半塘多年从事敦煌歌辞的研究,论著颇夥,1984 年总结出版为《敦煌歌辞总编》三册七卷附补遗(上海:上海古籍出版社,1984 年),这是敦煌曲辞的较为完备的结集。在具体作品的研究方面,胡适在 1959 年发表的《新校定的敦煌写本神会和尚遗著两种》中,附录了经校勘的《南宗定邪正五更转》和一首五律,指出这些都是"有趣味的讽刺文学"⑤;1960 年在《神会和尚语录的第三个敦煌写本

---

①如黄永武主编:《敦煌宝藏》,台北新文丰出版公司,1982—1986 年。

②特别重要的是苏联列宁格勒东方研究所所藏写卷的陆续刊布,目录见 A. H. Меньшиков, *Описание китайских рукописи Дуньхуанскдо фонда*, Институт Народов Аэии, том Ⅰ Ⅱ Москва, 1963, 1966。

③对于文学研究具有实用价值的是日本金冈照光编:《敦煌出土文學文獻分類目録附解説》,东洋文库敦煌文献研究委员会,1971 年。

④如蒋鸿礼:《敦煌变文字义通释》,中华书局上海编辑所,1960 年。

⑤胡适校:《神会和尚遗集》,台北胡适纪念馆,1982 年,第 254 页。

〈南阳和尚问答杂征义:刘澄集〉》里又校订了"神会和尚的五更转曲子",认为这是"填词作曲"①的滥觞。1957年陈祚龙在日本校订多种联章曲辞。1961年,入矢义高发表《徵心行路難——定格聯章の歌曲について——》(见《塚本博士颂壽紀念佛教史學論集》,1961年),讨论了《征心行路难》《五更转》《十二时》等曲子的定格联章体制。

敦煌变文的研究,进展也很迅速。五十年代出版了王重民、周绍良等编校的《敦煌变文集》二册(北京:人民文学出版社,1957年),这是根据国内外收藏的187部敦煌写本,精选78种加以校勘,按体裁、内容分类编成的。这部书反映了当时变文的研究水平。但该书所录作品已超出"变文"的范围。在几十年对变文的历史发展、体制、特点等方面的研究的基础上,到六十年代初期学术界对以前泛指为"变文"的俗文学作品进行分类,划分出变文、俗讲文、词文、诗话、话本、俗赋六类,这就把变文研究向前推进了一步。代表意见见周绍良《谈唐代民间文学——读〈中国文学史〉中"变文"节书后》(见《文学遗产》副刊第515期,《光明日报》1965年7月4日)。近年大陆多次召开敦煌学学术讨论会,出版了一批专刊与论集,变文研究亦很活跃。八十年代以前的研究文章集录为《敦煌变文论文录》二册(上海:上海古籍出版社,1982年),该书附录苏联所藏押座文及说唱佛经故事五种。近年大陆学术界对变文研究的一般意见则见于周绍良等人的《"敦煌文学"丛说》(见《文史知识》1988年第8期)一组文章中。港台学术界敦煌学研究非常活跃,也有突出的成果。潘重规在多年从事变文研究的基础上,近出《敦煌变文集新书》二册(台北:中国文化大学,1984年),这是继五十年代王、周等的《敦煌变文集》后又一个对变文研究的总结,多补前人的不足。罗宗涛论述颇夥,代表著作则有博士论文《敦煌讲经变文研究》(台北:文史哲出版社,1972年)。日本学者在变文研究方面用力很多,那波利贞(如《俗講の變文》,见《佛教史学》第2、3、4号,1950年第1、6、10期;《變文探源》,见《立命馆文学》第180期《橋本

① 胡适校:《神会和尚遗集》,台北胡适纪念馆,1982年,第488—490页。

博士古稀紀念東洋史論叢》,1960 年第 6 期)、藤枝晃[如《維摩變の系譜》,见《東方學報(京都)》第 36 册,京都大学人文科学研究所,1964 年]、金岡照光(如《敦煌の文學》,东京:大藏选书,1971 年;《敦煌の仏教文學》,见《三康文化研究所所報》第 9 号,1976 年)等人都取得了突出成绩;又有川口久雄则致力于敦煌俗文学与日本民间文学关系的研究[如《敦煌變文の性格と日本文學——繪解きの世界》,见《日本文学》1963 年 12 卷第 10 期;《敦煌變文の素材と日本文學——孟姜女説話と記紀神話——》,见《金澤大學法文學部論集(文學篇)》1966 年第 13 号],可以说开拓了研究的新方向。

在敦煌俗文学研究中,王梵志诗是一个重要课题。唐代佛教徒就已经认为王梵志是"降其迹而适性,一时间警策群迷"①的。近几十年国内外学者就这一课题做了许多工作。五十年代入矢义高发表了《王梵志について》(见京都大学《中国文学报》第三、四册,1955 年,1956 年)。Panl Demiéville 故去后发表的 *L'oeuvre de Wang le Zèlateur(Wang Fan-tche),suivies des Instructions de l'aïeul(T'ai-kong-kia-kiao)*(《王梵志作品附〈太公家教〉》,BIHEC,26,1980 年)首次向西方系统介绍了王梵志诗。张锡厚的《王梵志诗校释》(北京:中华书局,1983 年)是第一部较完整的辑本。由于校辑者在资料搜集上受到限制,或有校改处欠审慎,出版后多有商榷文章发表②。这种讨论又把研究工作向前推进了一步。这其间成绩显著的有项楚,他先后发表了《苏藏法忍抄本王梵志诗校注》(见《南开文学研究・1987》,天津:天津古籍出版社,1988 年)、《王梵志诗论》(见《文史》1988 年第 31 辑)等,并对张著作了详密补正(《〈王梵志诗校辑〉匡补》,见项楚《敦煌文学丛考》,上海:上海古籍出版社,1991 年)。近刊张锡厚《王梵志诗研究汇录》(上海:上海古籍出版社,1990 年),集录了中国学者直到近期的研究成果。

---

①宗密:《禅源诸诠集都序》卷四,金陵刻经处本。

②如潘重规:《简论〈王梵志诗校辑〉》,《明报月刊》1984 年第 19 卷第 9 期。

三

综观近半个世纪的汉文佛教文学研究，取得的进展是巨大的，但薄弱方面仍然不少。最主要的薄弱点表现在：

对有关基本理论探讨不够，认识也不尽一致。如佛教文学的含义，对翻译佛典中哪些应视为“文学”，世俗创作中哪些应划归“佛教文学”等等问题还不清楚。研究对象不明确，就很难构筑一门科学的基本理论框架。

对涉及的研究领域，用力很不均衡。从前面的介绍也可以看出，大陆学者近几十年对佛教民间文学的研究不够重视，对文人文学的佛教影响的研究也局限在个别作家及作品。

在研究队伍的培养上，尚有许多基本工作要做。近年大陆学者热心于佛教文学研究的较多，但不少文章还是一般化的。特别是一些中青年学者，佛教学术的基本知识准备不足，限制了研究水平的提高。

为了深入进行佛教文学的研究，还有两方面的基础工作是亟须的：一是基础材料的整理和基本工具书的编写，如各种佛教文学作品集、佛教文学辞典等等；二是应提倡多侧面的基本资料的搜集，如民间观音信仰、净土信仰、文人居士文学、僧侣文学活动的情况等等。这样才能给进一步研究打下扎实的基础。

佛教文学研究需要文学史家、佛教学家以及民俗学家等多方面通力合作，还要各国学术界的合作与交流。可以预期，在学术界共同努力下，系统科学的佛教文学研究会取得更大成绩。

原载于《汉学研究之回顾与前瞻·文学语言卷》，中华书局，1995年

关于《论语笔解》

——韩愈研究中值得重视的一份材料

旧题韩愈、李翱撰《论语笔解》是韩愈研究中值得重视的一份材料。近年来外国学者已注意到这一事实,并发表了一些研究文章①,但在国内尚未见有较深入的论述。现将个人初步的研究所得陈述如下,请批评、指正。

一

笔者所见《论语笔解》刊本计九种,可分为两类:题韩愈、李翱合撰的两卷本(其中有一种是一卷本)五种和题韩愈撰的一卷本四种②。其

---

①如日本田中利明:《韓愈、李翺の〈論語筆解〉について考察》,《日本中國學會報》第三十集,1978年;美国 Charles Hartman(蔡涵墨):*Han Yu as Philosopher:The Evidence from the Lun Yu Pi-Chieh*,台湾《清华学报》1984年新16卷1—2期合刊。

②按年代顺序传本情况如下:明《范氏奇书》两卷本,明《百川学海》(重辑本)一卷本、明《百陵学山》一卷本(此本同两卷本)、明陶宗仪《说郛》(陶珽重校本)一卷本、清《唐宋丛书》一卷本、清《四库全书》两卷本、清《墨海金壶》两卷本、清《艺海珠尘》两卷本(此本附明郑鄤评)、清《古经解汇函》两卷本、清《清芬堂丛书》一卷本。

中最早出现的两卷本是明嘉靖年间范氏天一阁刊《范氏奇书》本，一卷本则是从卷中择录韩愈一人的论述而成。后出诸本来自这明中叶晚出的一个系统。

但自宋代此书即已流传，其真伪亦在学术界长期存在争论。今所知最早提出质疑的是北宋仁宗年间的宋咸，其《增注论语》（已逸）序中说："韩愈《注论语》与《笔解》，大概多窃先儒义而迁易其辞，因择二书是否并旧注未安，辨正焉。刘正叟谓《笔解》皆后人之学，托韩愈名以求行，徒玷前贤，悉无所取，为重注十卷，以祛学者之惑。"①此后如宋朱熹，清李光地、阮元、李慈铭等人都断定或怀疑《笔解》为伪书②。但从此书的体例与传承情形看，其固然多有可疑之处，然而却也难以遽定全系伪作。而且如下文将要分析的，此书的内容正有许多与韩愈的思想观点相合之处。《四库提要》中说：

> 以意推之，疑愈注《论语》时，或先于简端有所记录，翱亦间相讨论，附书其间。迨书成之后，后人得其稿本，采注中所未载者，别录为二卷行之……③

这个结论以推测语气出之，表示四库馆臣态度的谨慎。以现有资料看，这个看法应该说是客观、稳妥的。

以下归纳现有资料，可以帮助论证《四库提要》的看法。

首先，韩愈确实研究、注解过《论语》，这有他本人在《答侯生问论语书》中的自述和友人张籍、亲属李汉的诗文为证；李汉还明确

---

①王应麟：《玉海》卷四一"唐《论语笔解》"条引宋咸《增注论语十卷序》。

②吴翌风《经籍举要》："朱子尝云：'《笔解》失逸，无复真本。'则今所传乃伪书也。"（《庚辰丛编》）李光地："……惜乎其《论语注》未就而不传也。今所传者，盖伪作耳。"（见马其昶校注《韩昌黎文集、遗文·答侯生问论语书》解题）阮元在《论语注疏校勘记》中认为《笔解》为伪。李慈铭："此书疑出依托。"（由云龙辑《越缦堂读书记》）

③《四库全书总目提要》卷三五《经部·四书类》。

说到“又有《注论语》十卷，传学者”①。

其次，自唐代李匡乂《资暇录》以来，宋邵博（《邵氏闻见后录》卷四）、王楙（《野客丛书》卷二八），明周亮工（《因树屋书影》卷三），清王棠（《知新录》卷三）等许多学者引述过出于《笔解》的材料。特别是《资暇录》作者是唐大中年间人，距韩愈去世仅三十年左右，其所引用“乡党·问马”条韩愈解不见今本《笔解》。

再次，历代一些具有相当权威性的书目对此书取肯定态度。如《新唐书·艺文志》著录《注论语》十卷；成书于南宋初绍兴年间的郑樵《通志》卷三六《艺文》著录《论语笔解》两卷，其后的晁公武《郡斋读书志》卷四著录《论语笔解》十卷说：

> 右韩愈退之、李习之撰，前有秘书丞许勃序云：韩、李相与讲论，共成此书。按：唐人通经者寡，独两公名冠一代，盖以此。然《四库》、《邯郸书目》皆无之。独《田氏书目》有《韩愈论语》十卷、《笔解》两卷。此书题曰《笔解》，而十卷，亦不同。

这里的许勃《序》，今误收入《全唐文》卷六二二。许勃为宋仁宗时人，见《宋史》卷四五七《隐逸传·高怿传》。《田氏书目》为宋元祐中田镐据家藏书所撰，可知北宋时期《笔解》即已流传。据王应麟《玉海》卷四一录南宋初《中兴馆阁书目》，有《笔解》二十卷，题韩愈撰，皇朝许勃为序。此同为许勃序本，大概据《论语》二十篇分为二十卷了。南宋中期陈振孙《直斋书录解题》卷三著录作两卷，亦据《馆阁书目》，许勃序本。此后如《文献通考》卷一八四《经籍考》著录为十卷，《宋史》卷二〇二《艺文志》著录为两卷，直到清代钱遵王《读书敏求记》（及其《述古堂书目》《也是园藏书》）仍著录有十卷本；而莫友芝《郘亭知见传本书目》卷三、陆心源《皕宋楼藏书志》则都是两卷本了。《中国古籍善本书目》也著录有两卷本。

---

①张籍：《寄退之》，《张司业集》卷七；李汉：《唐吏部侍郎昌黎先生讳愈文集序》，《全唐文》卷七四四。

最后还应提及,清《天禄琳琅书目》是据当时清宫所藏编辑的,其卷三《宋版》部分著录《五百家注音辩昌黎先生文集》,附有《论语笔解》十卷,许勃序。

这样,从历代著录、传承情况看,确有些问题有待解决,如《论语注》与《笔解》是否为同一书;《笔解》两卷本与十卷本是什么关系,特别是现存本是否是许勃序本,许本成书情形如何等。今人或有疑《笔解》与《论语注》为同一书的①,也有的认为今传两卷本为节本②,但都提不出什么充分的证据。所以在新材料发现之前,最妥当的办法是维持《四库提要》提出的看法:《笔解》可能不出于韩愈之手,但传承有据,确实反映了韩愈的见解。

二

认定或怀疑《笔解》本是伪书的一个重要依据是以为其内容浅陋;而这一点只表明持这种观点的人对《笔解》内容缺乏理解。同是怀疑《笔解》出于依托的李慈铭却认为它"解义简严,具有古训"③,前引晁公武的话也说到由于此书使韩、李在经学上名冠一代。这类看法是有见地的。但在今天看来,《笔解》内容的价值主要不在于它是否合乎"古训",而在于它代表着时代潮流,推动经学上新观点、新方法的形成。而韩愈作为中国封建社会转折期的文化伟人,在诗文中表现的开创新思潮、新思想方法的努力,在《笔解》中通过经解的形式更直截、更清晰地显现出来了。

今传《笔解》的主要内容是对于唐时流传的何晏《论语集解》所

①孙猛:《郡斋读书记校证》卷三。

②章钰:《读书敏求记校正》补注。

③由云龙辑:《越缦堂读书记·经部·四书类》。

引录孔安国、郑玄、包咸、马融等古经师旧注的批评，所涉及《论语》条目约为全书的六分之一。考虑到前人引述的韩愈解释《论语》文字未与今本全部相合，今本在流传中或确已改变了原貌，但从全书内容看，思想脉络却是清晰可寻的。其中有些条目是关于文字校勘的，如以为“宰予昼寝”的“昼”应为“画”，“浴乎沂”的“浴”应为“沿”之类，显系出于臆说，在今天看也是毫无根据的。但这种臆说所体现的大胆怀疑精神贯穿全书，却正表现出一种思想倾向，有重要价值。全书以韩、李相互讨论笔录的形式构成。以下仅集中于韩愈名下的意见来加以分析。附带指出：古人往往以解经的方式来阐发自己的学说，而唐人也习用集录多人意见来解经的著述形式，如陆质的《春秋辨疑》等。

《笔解》中“雍也・子见南子”条李翱曰：

> 古文阔略，多为俗儒穿凿，遂失圣人经旨，今退之发明深义，决无疑焉。①

《笔解》中随处是“郑失其旨”“孔失其旨”“孔穿凿非本旨”“包失其旨”“孔、马得其皮肤，未见其心也”，以及概括的“先儒……失其旨矣”“说者……此义失也”“别有奥旨，先儒莫之释也”之类的批评。这都明确表示了对先儒解经的不满，而这不满则集中在对他们失于微言大义的探求上。

何晏《集解》所引孔、郑诸人古注仍谨守注重训诂名物的传统方法，这不只体现治学、解经的方法，也是接受经学的方式。韩愈显然想打破先儒章句的束缚，对《论语》的内容作出独自的新理解。这种在文字训诂之外努力“究极圣人之奥”以发现“深微”义理的做法，是他的思想、学术观念的重要特点。

《论语・学而》章有子说到“信而近义，言可复也”。马注谓“其

---

①本文引用《笔解》，据《古经解汇函》本，以下不另注出。

言可反复,故曰近义”。这个解释有《大戴礼记·曾子立事》章“行必思言之,言之必思复之;思复之,必思无悔言,亦可谓慎矣”一段话可相印证。但韩曰:

> 反本要终谓之复。言行合宜,终复乎信。否则小信未孚。非反复不定之谓。

这样,他解释“复”非“反复”,而是合于“道”。这正与韩愈《原道》“行而宜之之谓道”的观点相合①。这个看法显然是在文字训诂之外去探求大义的。《子路》章有孔子“善人教民七年,亦可以即戎矣”的话,包咸注谓“即,就;戎,兵也”,那么“即戎”就是去打仗。但韩愈却解释“戎”为“衣裳之会”“兵车之会”,“即戎”就是“诸侯朝会于王,各修戎事之职”(又据《礼记·王制》五年一朝的规定推断“七年”为“五年”之讹)。李翱称赞韩此解:“言尊周,得其旨矣。”韩又说:

> 噫,习之可谓究极圣人之奥矣。先儒但以攻战为即戎,殊不思仲尼教民尊周、谨朝聘,所以警当世诸侯。

从这段解说可以看到,韩愈所谓“圣人之奥”又是有现实针对性的,在“尊周、谨朝聘”的背后表现出对现实中藩镇割据形势的关心。

《论语·为政》章记录了孔子“温故而知新,可以为师矣”的话,孔注谓:“温,寻也;寻绎故者又知新者可以为师也。”这与“举一反三”的要求是一致的,在解释上没有疑问。但韩愈批评说:“先儒皆谓寻绎文翰,由故及新。此是记问之学,不足为人师也。吾谓‘故’者,古之道也,‘新’谓己之新意,可为新法。”“记问之学,不足以为人师”(《礼记,学记》),讲的是治学不只要博习强识,还要善于会通。但韩愈却要求人研习“古之道”而出“新意”,立“新法”,这就更明确地提出了发挥个人对圣人微言大义的独特理解的主张。

---

①本文引用韩愈诗文,据东雅堂本《昌黎先生集》,以下不另注出。

韩愈的这种观点正反映了时代思想潮流。早在隋、唐之际，经学学风的新变已现端倪。当时刘焯、刘炫、王通等一代大儒已对“贾、马、王、郑所传章句，多所是非”①。初唐时期，有刘知几、吴兢、徐坚、朱敬则、元行冲等人掀起了疑经思潮，对先儒旧说大胆批评。刘知几提倡“一家独断”②之学，对先儒掊击不遗余力，就是著名的代表。唐人注经成果较以前的六朝和以后的宋、明、清都少得多，这种思潮起了很大作用。唐前期有几部注释《三礼》的书，清人赵翼指出：“唐人之究心《三礼》，考古义以断时政，务为有用之说，非徒以炫博也。”③而到“安史之乱”以后，随着中央集权统治的动摇，学术思想进一步变化。禅宗的兴盛也影响到儒学。当时兴起的以啖助、赵匡、陆质为代表的新《春秋》学派标举“以生人为主，以尧舜为的”④，致力于通经致用，其方法则是空言说经，以经驳传，专以己意推断圣人之意。柳宗元推崇陆质，说“《春秋》之道久隐”，赖他才发明“孔氏大趣”⑤。这些都反映了经学由重训诂章句的汉学向重义理的宋学的转变。

韩愈一生以“明道”为职志，倡言要济儒道于已坏之后。他致力于研习经学，但又旁采博通，不拘守一家之说。他在《读皇甫湜〈公安园池〉诗书其后》中说：“《春秋》书王法，不诛其人身。《尔雅》注虫鱼，定非磊落人。”他是反对泥守章句训诂的；他在《寄卢仝》诗中称赞卢仝“《春秋》三传束高阁，独抱遗经究终始”，也是在赞扬以经驳传的学风。《笔解》中韩愈全凭己意探寻圣人之旨，与他诗文中这种表现相一致。在经学转变的过程中，他显然是开风气之先的人。

---

①《隋书》卷七四《儒林传·刘焯》。

②《史通》卷一〇《辨识》。

③《廿二史札记》卷二〇《唐初三〈礼〉、〈汉书〉、〈文选〉之学》。

④柳宗元：《唐故给事中皇太子侍读陆文通先生墓表》，《柳河东集》卷九。

⑤柳宗元：《答元饶州论〈春秋〉书》，《柳河东集》卷三一。

三

韩愈不仅在对待先儒古训的态度与方法上富于矜创，成为经学转变期中的代表人物；在经学的内容上他也提出不少新命题，为后来的发展开辟了道路。宋儒学术的核心由前人的探讨天人之际转为探求性理。韩愈和李翱正是开其先路的人。韩愈的《原性》《原人》等著作在理论系统上尚欠严整与深入，但把人的心性作为中心来研究，寻求心性的完善与实现，则是有重大意义的创见。而《笔解》中他也把心性问题作为重大课题来讨论，可与诗文中的其他说法相印证。

《论语·为政》章里有孔子“五十而知天命”的话，孔安国解为“知天命之终始”。韩曰：

> 天命深微至赜，非原始要终一端而已。仲尼五十学《易》，“穷理尽性以至于命”，故曰“知天命”。

《尧曰》章有孔子的话“不知命无以为君子”。孔曰“命谓穷达之分”。韩曰：

> “命”谓“穷理尽性以至于命”也，非止穷达。

“穷理尽性以至于命”出自《易·说卦》。晋韩康伯注“命者生之极，穷理则尽极也”，孔颖达正“能穷极万物深妙之理，穷尽生灵所禀之性”①，都没有明确说何谓“理”。但《礼记·中庸》说“天命之谓性，率性之谓道”，表明儒家的性、理都是从属于其“天人之际”的理论体系。孔子说“知天命”；孟子说“尽其心者，知其性也。知其性则

①《周易正义》卷九，《十三经注疏》本。

知天矣。存其心，养其性，所以事天也”①。到董仲舒时，发展了更彻底的唯心主义天命观，建立起“性三品”说，并据此来论证其专制政治哲学。东汉时期佛教传入中国。佛教解决的根本问题是“解脱”，即个人的成佛。这首先就必须解决成佛的根据问题：谁能成佛？如何成佛？本质上这是对心性的认识问题。佛家从新的角度来探讨“穷理尽性”。但其所穷者为“神道精微，可以理得”②的佛“理”，所尽者为“至极以不变为性”③的佛“性”。这就把“穷理尽性”的探讨提到一个更高的层次。所以谢灵运等人说“必求性灵真奥，岂得不以佛经为指南邪”④。

东晋罗含著《更生论》，虽未征引佛义，但宣扬神不灭论，在心性问题上显然受佛家影响，已说到“穷神知化，穷理尽性”⑤。到僧肇则直截说“佛者何也？盖穷理尽性大觉之称也”⑥。以此在六朝时期，“穷理尽性”就成了佛教徒的口头禅⑦。韩愈对心性问题的观点欠严整，前面讲的“穷理尽性”亦未作发挥。但《笔解》还有几段话，使人们可以了解他所谓“穷理尽性”的内容。

---

①《孟子·尽心上》。

②慧远：《沙门不敬王者论，体极不兼应第四》，《弘明集》卷五。

③慧远：《法性论》佚文，《高僧传》卷六《慧远传》。

④何尚之：《答宋文章赞扬佛教事》，《弘明集》卷一一。

⑤《弘明集》卷五。

⑥僧肇等注：《维摩诘所说经·见阿閦佛品》。同书中竺道生注《弟子品》有“观理得性”之语，大义略同，竺道生是“悉有佛性”新说的倡导者。

⑦刘少府（未详名字，《全宋文》注谓刘兴祖、刘胜之，未知孰是）《答何衡阳（承天）书》：“如来穷理尽性，因感成教。”（《广弘明集》卷一八）僧睿《小品经序》：“般若波罗蜜经者，穷理尽性之格言，菩萨成佛之弘轨也。”（《出三藏记集》卷八）慧皎《高僧传》卷一《安世高传》：“穷理尽性，自识业缘。”《高僧传序》说到佛教“穷神尽性之旨”。（北周）道安《二教论》：“佛教者，穷理尽性之格言，出世入真之轨辙。”（《广弘明集》卷八）王僧孺《忏悔礼佛文》：“自非鉴穷机觉，照极冥虚，穷理尽性，体元含一，安能济世仁寿，拯物阽危？”（《广弘明集》卷一五）道宣《续高僧传二集》卷三《慧净传》：“莫不穷理尽性，寻根讨源。”

《论语·子罕》中说“子罕言利与命与仁”。包注谓“寡能及之，故希言”。结合《论语·颜渊》子夏所传“死生有命，富贵在天”的话，孔子罕言命的道理是可以体会的。因为天命终不可违，人力是有限度的。但韩曰：

> 仲尼罕言此三者之人焉，非谓言此三者之道也。

他按这个臆断，把“人”与“道”相区分，认为孔子是并非罕言性命问题的。具体发挥则见于对《阳货》章“子曰：性相近也，习相远也。”“子曰：惟上智与下愚不移”的解说。孔注谓“慎所习；上智不可使恶，下愚不可使贤”。联系孔子“生知”“学知”等见解，可知孔子的心性论是从属于天命观的。但韩、李的解释却异于先儒。韩曰：

> 上文云“性相近”，是人可以习而上下也；此文云上下“不移”，是人不可习而远也。二义相反，先儒莫穷其义。吾谓上篇云“生而知之上也，学而知之次也，因而学之又其次也，困而不学，民斯为下矣”，与此篇二义兼明焉。

李曰：

> “穷理尽性以至于命”，此性命之说极矣，学者罕明其归。今二义相戾，当以《易》理明之：“乾道变化，各正性命”（《易·乾》——作者注，下同），又利贞者，情性也；又“一阴一阳之谓道，继之者善也，成之者性也”（《易·系辞上》），谓人性本相近于静，及其动，感外物，有正有邪。动而正则为上智，动而邪则为下愚，寂然不动则情、性两忘矣，虽圣人所难知。故仲尼称颜回不言如愚，退省其私，亦足以发回也不愚，盖坐忘遗照，不习如愚，在卦为“复”，天地之心邃矣。亚圣而下，性习近远，智愚万殊。仲尼所以云困而不学、下愚不移者，盖激劝学者之辞也。若穷理尽性，则非《易》莫能穷者。

韩曰：

> 如子之说，文虽相反，义不相戾，诚知“乾道变化，各正性命”，坤道顺乎承天，不习无不利。至哉，果天地之心其遂矣乎。

这三段话比较长，可看作是一篇小论文。其基本观点仍未超越天命观的限制，论证还是以《易》理为依据。但值得注意的是，这里明确区别了情与性；认为性近于静，感于物而动，才分出了智与愚，而理想的境界则是寂然不动。这就把人性独立出来并探讨了人性的复归问题。其思想路线已与先儒全然不同。

如前所述，古代儒家讲“天命之谓性”，又讲“性与情相与为一”①，从而建立起先验品级的“性三品”说。而佛家自从涅槃佛性说得以弘扬后，多强调“悉有佛性”，认为惑情所染才掩覆清净自性，堕入轮回②。韩、李的见解显然与佛教这种思想相合。如果联系考察韩愈《原性》中对性与情的区分和李翱“性既昏，性斯慝”的“复性”说③，这一点就看得更清楚。也是根据这种心性新说，韩愈在《原人》中才提出人为万物之主，与天、地并立为三的主张，并提出了“一视而同仁，笃近而举远”的要求。

宋儒的性命之学，把儒学的重心由讲天人关系转移到探讨人性自身。在这个转变中，佛教特别是强调“明心见性”的禅宗起了重要作用。韩愈、李翱是推动这一转变的先驱。他们的心性理论尽管有矛盾，不彻底，但作为过渡期的产物，其开拓性的价值不可低估。在这方面也可看到佛教对他们的深刻影响。应当指出，佛

①《春秋繁露·深察名号》。

②大乘佛教的《大般涅槃经》的完整译本为昙无谶在北凉玄始十年(421)于姑臧译出；后南朝宋元嘉七年(430)传到建康，经慧严、慧观和谢灵运等人改治。其中提出“一阐提人(即断善根的极恶之人)悉有佛性”说，促进了中国佛性论的新发展，影响十分深远。

③李翱：《复性书上》，《李文公集》卷二。

教研究心性，实际上是提出了整个中国思想界面临的新课题。在韩愈的同时，佛教界著名思想家宗密也写了《原人论》，与韩愈探讨的课题相同，甚至题目也相同。韩愈等站在卫道的立场上，高举圣人之道的旗帜，把主要是由佛家探讨的“穷理尽性”问题及其成果纳入到自己的思想体系中来，这在思想文化史上是有重大意义的事。

四

上一节引用的李翱关于“寂然不动则情、性两忘”的见解，正是他在《复性书》中所讲的“复性”的理想境界。这一观点中包含着这样一个认识：人性的极致（或曰圣，或曰佛）即在其自身之中，而人性的复归是靠自我修养、反省来实现的。

韩愈在《笔解》中提倡“默识”“坐忘”，也是同样的思路。《论语·先进》章里孔子以四科区分弟子，在四科间并未见有高下等差。后来孟子讲到子夏、子游、子张皆有圣人之一体，冉牛、闵损、颜渊则比较具体①，似乎更轻视“文学”一科。但是韩愈解释说：

> 德行科最高者，《易》所谓“默而识之”（出《论语·述而》，《易·系辞上》有“默而存之”语，疑“识”为“存”之讹），故存乎德行，盖不假乎言也；言语科次之者，《易》所谓“拟之而后言，议之而后动，拟议以成其变化”（《易·系辞上》），不可为典要，此则非政法所拘焉；政事科次之者，所谓“虽无老成人，尚有典型”（《诗·大雅·荡》），非事文辞而已；文学科为下者，《记》所谓离经辨志、论学取友，小成大成，自下而上升者也。

①《孟子·公孙丑上》。

韩愈把四科视为四个层次，大体依立德、立功、立言的次序，这还是先儒的观念。重要的是他强调德的修养是“默而识之”“不假乎言”的境界。《论语·述而》中论述孔子对弟子说“默而识之，学而不厌……”只是勤勉之语，而这里却是讲通过“默识”来“存乎德行”。后面他在解说《阳货》的一条时也说到“默识”。这使我们联想到玄学的“得意忘言”和《维摩诘经》的“无言无说”①。通过“默识”来达到“寂然不动”的自性圆满，这又是与韩愈在《原道》中所说的“足乎己无待于外之谓德”相一致。

《论语·先进》章有孔子评“回也其庶几乎，屡空；赐不受命而货殖焉，亿则屡中”一节。旧注以“空”为“空匮”，这与另一处说到颜回“一箪食，一瓢饮，不改其乐”的话相一致。子贡善货殖积财，“结驷连骑，束帛之币，聘享诸侯”②，孔子拿他与颜回相对比。但韩愈解释说：

> 吾谓回则坐忘遗照，是其空也。赐未若回每空而能中其空也。

他把“空”解释为“坐忘遗照”，即非物质的“空”而是精神的“空”。庄子说“堕肢体、黜聪明，离形去知，同于大通，此谓坐忘”③。“遗照”的观念则出自南宗禅，神会批评北宗“起心外照”而主张达到“无心”“不作意”的照、用双绝的境界。韩愈的看法显然接受了庄子与禅宗的观念。

这样，韩愈把“穷理尽性”作为目标，而“默识”“坐忘”则是实现这一目标的途径。这也就强调了通过心性修养以实现自性圆满的功夫。实际上这已与“禅悟”相通了。在这一点上，表现出更为浓

①鸠摩罗什译：《维摩诘所说经》卷下《入不二法门品》。

②《汉书》卷九一《货殖》。

③神会：《菩提达摩南宋定是非论》，胡适校：《神会和尚遗集》，台北胡适纪念馆，1982年，第285页。

重的佛禅气息。

韩愈的这一系列观点的总精神，是强调人的自性圆满，表现出对人性的肯定。这也是他能顺应时代潮流的表现。因为对心性问题的探讨，正是时代思想发展的要求。韩愈在这个方面显然是走在时代前列的。

《笔解》还有其他一些值得重视的内容，例如对“道”与“事”的关系的看法，与《原道》的论点相关联，此不赘述。

本文自开始就留下一个大的疑问，即《笔解》是否确为韩愈所作，到现在仍不能得到绝对肯定的解答。因此本文中“韩愈曰”云云，难免假设之嫌。但通过以上简单分析又能发现，《笔解》的观点是与韩、李其他文字的观点大体相合的。这可以作为有力的内证，证明《笔解》确系传述了二人的意见。当然也不能排斥后人依二人观点伪造《笔解》的可能。然而参考各方面情况，现在还是以维持《四库提要》的肯定看法为稳妥。对这部书的进一步研究则当待来日。

原载于（香港）《国际潮讯》1992年第16期

白居易与佛教·禅与净土

一

宋人苏辙评价白居易，这样说：

> 乐天少年知读佛书，习禅定，既涉世，履忧患，胸中了然，照诸幻之空也。故其还朝为从官，小不合，即舍去；分司东洛，优游终老。盖唐世士大夫，达者如乐天寡矣。①

苏辙好佛习禅，对白诗更有特嗜。他的这段评论，颇能说出白居易佛教思想的根本特征。就是说，对于白居易来说，佛教不是单纯的某一种思想理论，也不仅仅是内在的信仰，而是人生的指针，安身立命的根基。因此他对于佛教，虽然不能像王维那样热诚和虔敬，也不像柳宗元那样对教理进行深入的探讨，但却能够在生活践履中贯彻当时作为佛教主流的禅宗的精神，确立起应对世事纷争，平抚内心矛盾的独特态度。特别是他对当时正在兴盛的洪州禅表现出相当深入的理解，从而又显示出他的佛教思想的相当深刻的一

①曾枣庄等校点：《书白乐天集二首》，《栾城后集》卷二一，上海古籍出版社，1987年。

面。就这一点来说,他相当典型地映现了中唐时期士大夫阶层的思想潮流。

白居易早年曾对佛教蠹国害民的一面进行过批判①,但那大体是出于古代士大夫儒家经世致治观念的常谈。实际上他在精神上很早就是倾向佛教的。他早期最重要的关系佛教教理的作品是《八渐偈》(《白氏长庆集》卷三九②),其中已经表现出他对禅宗,主要是南宗禅的相当深刻的认识。在贞元十九年(803)所作的这篇作品的序文里,他回忆自己曾在东都圣善寺从已故凝公"求心要",公教以八言,记录下来作成八首偈。他从凝公求法应是在贞元十五年,那一年他从兄长白幼文的浮梁住所回到洛阳省母(即二十八岁的时候)。他的《如信大师功德幢记》说到如信"既具戒,学《四分律》于释晤,后传六祖心要于本院先师","本院先师"即指凝公,可知这个人本是南宗弟子。白居易后来长期住在洛阳,与圣善寺凝公以下的如信、智如、振公等结下了密切因缘③。这所寺院在中唐时期显然是南宗禅的道场。

又白居易晚年回忆与友人元稹的交谊,说到"予早与故元相国微之订交于生死之间,冥心于因果之际"(《修香山寺记》,卷六八);他的《和梦游春诗一百韵》结尾说:

> 《法句》与《心王》,期君日三复。

有注曰:"微之常以《法句》及《心王头陀经》相示,故申言以足其志也。"(卷一四)这里举出的两部经典是禅门伪经④。可见元、白早年

---

①如《策林》第六七《议释教》和《新乐府·两朱阁》等。

②本文引用白居易诗文均据宋绍兴本《白氏长庆集》(文学古籍刊行社影印本,1955年),并参照顾学颉点校《白居易集》(中华书局《中国古典文学基本丛书》本,1979年)。随文括注,仅出卷数,不另注版本。

③参阅《东都十律大德长圣善寺钵塔院主智如和尚茶毗幢记》,卷六九;《香山寺新修经藏堂记》,卷七一。

④参阅陈寅恪:《元白诗笺证稿》,上海古籍出版社,1978年,第98—99页。

结交写作《策林》等批判佛教的时候，已经在热心习禅了。

白居易经历宦途崎岖和人生磨难，更进一步接近了佛教与禅。他踏足官场不久，即赶上“永贞革新”。本来他与革新派关系相当密切①，思想上也多有相投之处②。后来“八司马”被贬黜，使他更认识到仕途的艰危，官场的风险。因此在元和初年，即他在朝廷上直言谏诤、“志在兼济”的时期，更热衷于习禅。这也是他对于禅境体会日深的时期。

元和十一年(816)他写《答户部崔侍郎书》，回忆“顷与阁下在禁中日，每视草之暇，匡床接枕，言不及它，常以南宗心要互相诱导”(卷四五)。这说的是元和二年他和崔群同在翰林院时一起学禅的情景。他又有《钱虢州以三堂绝句见寄因以本韵和之》诗，这样说：

同事空王岁月深，相思远寄定中吟。
遥知清净中和化，只用金刚三昧心。

有注云：“余早岁与钱君同习读《金刚三昧经》，故云。”(卷一八)钱虢州，名钱徽，元和三年入翰林院为学士；《金刚三昧经》全名是《金刚三昧本性清净不坏不灭经》，也是当时禅门习读的经典。这表明钱、白两人也是禅侣。白居易《祭中书韦相公文》是祭韦处厚的，其中说“公佩服世教，栖心空门，外为君子儒，内修菩萨行。常接余论，许追高踪。元和中，出守开、忠二郡日，公先以《喻金矿偈》相问，往复再三。由是法要心期，始相会合”(卷六九)。韦处厚元和十一年出守开州，他们共同习禅的时间应当更早③。以下将详细讨论到，白居易向兴善惟宽问法是在元和九年。由上述情形可知，在

①参阅顾学颉：《白居易与永贞革新》，《文史》1981年第11辑。

②陈寅恪指出，《新乐府·太行路》和《寓意》《寄隐者》等诗都是对革新派表同情的作品。参阅《元白诗笺证稿》相关各节。

③参阅朱金城：《白居易研究》，陕西人民出版社，1987年，第150—152页。

元和年间即白居易热衷"兼济"的时期,已经十分热衷于南宗禅,所以他元和十年赠友人诗《赠杓直》中说:

> 近岁将心地,回向南宗禅。
> 外顺世间法,内脱区中缘。(卷六)

元和十年白居易贬江州,这使他身受重大打击。他有《题元十八溪亭》诗说:"余方炉峰下,结室为居士。"(卷七)这是说他已经自视为"居士"了。他和庐山东、西二林寺的僧人结交,习禅更加精进。几年之后,他迁转到忠州,此后历经中外。那些年他在官场上虽然没有更大的波折,但当时党争正剧,宦官与朝官激烈冲突的"甘露之变"又起,都更助长了他的消极避祸心理。例如他的《昔与微之在朝日同蓄休退之心迨今十年沦落老大追寻前约且结后期》诗中说:

> 朝见宠者辱,暮见安者危。
> 纷纷无退者,相顾令人悲。
> 宦情君早厌,世事我深知。
> 常于荣显日,已约林泉期。(卷七)

在晚年直到去世的二十年间,他在朝廷上实际处于受排斥状态,所度过的基本是消极无为的生活。叶梦得分析他的经历指出:

> 白乐天与杨虞卿为姻家,而不累于虞卿;与元稹、牛僧孺相厚善,而不党于元稹、僧孺;为裴晋公所爱重,而不因晋公以进;李文饶素不乐,而不为文饶所深害者,处世如是,人亦足矣。推其所由得,惟不汲汲于进,而志在于退,是以能安于去就爱憎之际,每裕然有余也。自刑部侍郎以病求分司,时年才五十八,自是盖不复出。中间一为河南尹,期年辄去;再除同州刺史,不拜,雍容无事、顺适其意而满足其欲者,十有六年。方太和、开成、会昌之间,天下变故,所更不一。元稹以废黜死,李文饶以谗嫉死,虽裴晋公犹怀疑畏,而牛僧孺、李宗闵皆

> 不免万里之行。所谓李逢吉、令狐楚、李珏之徒,泛泛非素与游者,其冰炭低昂未尝有虚日。顾乐天所得,岂不多哉!①

在十分险恶的政治局面下,白居易谦退以保身,有其不得已的苦衷,其内心矛盾必定是十分激烈的。正是禅思想给了他心灵的安慰和精神的支持。他终于避居龙门香山,度过居士习禅生活,正有他力求平抚内心矛盾的苦衷。

二

贞元年间洪州禅兴起,是慧能、神会提倡南宗禅以后禅思想的重大转变。首先提出"洪州禅"概念的是中唐时期的佛教学者宗密②。据后出的灯录记载,六祖以下菏泽神会一系声势不张,发展曹溪禅法的是南岳怀让与青原行思二系。南岳传马祖道一,青原传石头希迁。中唐时期二系发展极盛,至晚唐,形成沩仰、曹洞、临济、云门、法眼"五家"。而实际上在思想理论上真正作出重要贡献,确立起中、晚唐禅思想主要潮流的是马祖道一及其弟子③。他们把早期南宗"无念""见性"的禅发展为"平常心是道"④的禅,从而由追求超越的清净心的立场转变到肯定平凡的平常心的立场。这样,就把禅宗肯定主观心性的思想发挥到了极致。如果说禅宗是

---

①《避暑录话》卷上。

②见《中华传心地禅门师资承袭图》,《续藏经》本。

③参阅《講座禅》第三卷《禅の歴史・中國》,柳田圣山:《中國禅宗史》,筑摩书房,1967年;铃木哲雄:《唐五代禅宗史》,山喜房佛书林,1985年;印顺:《中国禅宗史》,正闻出版社,1987年。

④入矢义高:《馬祖の語録》,禅文化研究所,1984年,第32页。

“适合中国士大夫口味的佛教”①,那么洪州禅的这一发展正适应了当时士大夫阶层的思想要求。在唐王朝由极盛走向衰败,国事日非、矛盾百出的情势下,逐渐丧失理想追求的士大夫们转而探求实现自我价值、安顿身心的道路,洪州禅正提供了这样的途径。这样的现实背景促成了洪州禅的大发展,而白居易倾心洪州禅,正体现了文人士大夫间的思想潮流。

马祖道一于贞元四年(788)圆寂,其众多弟子传播师说于四方。贞元中,鹅湖大义应召进入内道场②,这是见于记载的马祖弟子入都的第一人。他的碑铭作者韦处厚,也曾与白居易一起学禅。白居易或许是从他那里了解到大义的禅法。白居易晚年结交的佛光如满,传说唐顺宗李诵为太子时曾向他问道并因而“益信禅宗”③。如果这一记载属实,他也应在贞元末年入都。至元和初年,章敬怀晖(元和三年)、兴善惟宽(元和四年)先后来到长安④。马祖和石头禅法的传播本来以江西、湖南为中心,马祖众多弟子入都,极大地扩展了这一派的影响。正是在这样的形势下,白居易于元和九年(814)授左赞善大夫之后,才有主动四度向兴善惟宽问道之举,并写下《传法堂碑》。胡适说这篇文章“是九世纪的一种禅宗史料”,“不是潦草应酬之作”⑤。特别值得注意的是文章里讲“心要”的部分,胡适说是“正合道一的学说”。这篇文字显示了白居易对洪州禅的深入了解。

元和十年,白居易贬江州。马祖道一法嗣归宗智常正在其地

①范文澜:《中国通史简编》(修订本)第3编第2册,人民出版社,1965年,第601页。

②见韦处厚:《兴福寺内道场供奉大德大义禅师碑铭》,《全唐文》卷七一五。

③苏渊雷点校:《五灯会元》卷三,中华书局,1984年。

④见《宋高僧传》卷一〇《唐雍京章敬寺怀晖传》《唐京兆兴善寺惟宽传》,金陵刻经处本。

⑤《白居易时代的禅宗世系》,《胡适文存》第3集,亚东图书馆,1930年,第310、313页;又收录柳田圣山:《胡适禅学案》,中文出版社,1981年。

弘法。白居易赠给他《晚春登大云寺南楼赠常禅师》诗，其中说：

求师治此病，唯劝读《楞伽》。（卷一六）

这明确记录了他向智常问法的因缘。《祖堂集》卷一五记载白居易曾引领一个绰号李万卷的人向智常问道的故事，后出的《宋高僧传》《景德传灯录》里记载这位李万卷作李渤。李渤其人曾隐居庐山，长庆二年（822）为江州刺史。其时白居易已赴杭州刺史任。或许二人确曾有一起访问智常之事。

庐山本是南方佛教圣地，又当交通要冲，历代多有佛教的新思想在这里产生。白居易在江州的时候，其地南宗弟子正多，其中不少属于洪州宗。例如兴果神凑，"具戒于南岳希操大师，参禅于钟陵大寂大师"（《唐江州兴果寺律大德凑公塔碣铭》，卷四一），就是说他作为律师，又是马祖弟子。又如不属于洪州系的神照当时也住在庐山（见《游大林寺序》，卷四三），后来白居易和他有长期交往，直到神照于开成三年（838）示灭。神照"学心法于惟忠禅师。忠一名南印，即第六祖之法曾孙也。大师祖达摩，宗神会，而父事印"（《唐东都奉国寺禅德大师照公塔铭》，卷七一）。就是说这位惟忠是磁州法如弟子神会的再传，属于菏泽宗。神照的弟子有清闲等，后来在洛阳曾与白居易结交。庐山东林寺僧道深，白居易曾为撰《唐抚州景云寺故律大德上弘和尚石塔碑铭》。这位上弘曾住东林寺，刘轲《塔铭》说他"心同曹溪，事同南山"①。这即是说他遵行南山《四分律》，又学南宗禅。他卒于元和十年十月，当时白居易正在赴江州途中。虽然两个人不一定见过面，但其弟子道深等和白居易有密切交往。又白居易本家叔侄寂然这一时期也到过庐山。他后来移住长安太白峰，白居易有《寄白头陀》诗写道：

仍闻移住处，太白最高峰。（卷一九）

---

①《庐山东林寺故临坛大德塔铭》，《全唐文》卷七四二。

后来到太和年间,寂然住浙东沃州山,白居易有文记载时为浙东观察使的元稹曾帮助他建禅院,"日与寂然讨论心要,振起禅风"(《沃州山禅院记》,卷六八)。

白居易晚年住在洛阳,更多和僧侣交往,其中值得注意的有宗密。他习禅于菏泽系的道圆,又从澄观学华严,一身而兼祧二宗。他著作宏富,有《禅源诸诠集都序》《中华传心地禅门师资承袭图》等,表明他对于禅宗史及其派系分化的深入了解。宗密与朝官有密切关系,政治上十分活跃。白居易有《赠草堂宗密上人》(卷三一)、《喜照密闲实四上人见过》(卷三一)等诗,朱金城判定为大和七年(833)所作①。后一首诗说:

紫袍朝士白髯翁,与俗乖疏与道通。
官秩三回分洛下,交游一半在僧中。
臭帑世界终须出,香火因缘久愿同。
斋后将何充供养,西轩泉石北窗风。

这清楚反映了白居易和这些僧人交往的情景和心情。

还有一人如满,如上已指出他是马祖的又一位高足,是白居易晚年友人和禅侣。会昌元年(841)白居易所作《山下留别佛光和尚》诗这样写道:

劳师送我下山行,此别何人识此情。
我已七旬师九十,当知后会在他生。

从中可以看出他们二人间的亲密关系。翌年,白居易又作《佛光和尚真赞》,其中说"师身是假,师心是真,但学师心,勿观师身"(卷七一),以示禅解。

白居易一生中交往的僧人,诗文中见到名字的达百人以上。从上面的介绍可以清楚看出他与洪州禅的密切关系。这反映出他

---

①朱金城:《白居易年谱》,上海古籍出版社,1982年,第233页。

对于禅宗思想新的发展形势的深刻认识,而这种新发展又是和当时士大夫的思想倾向相契合的。

三

然而从表面看,白居易的佛教思想相当驳杂。例如他说:

> 人间此病治无药,唯有《楞伽》四卷经。

众所周知,《楞伽经》是禅宗北宗的立宗典据,到慧能的南宗,已经主要宗法《金刚经》了①。他又说到牛头禅②,有诗曰:

> 龙尾趁朝无气力,牛头参道有心期。(《戊申岁暮咏怀》三首之一,卷二七)

他同样也研习传统的禅法,如说:

> 赖学禅门非想定,千愁万念一时空。(《晏坐闲吟》,卷一五)

这里的"非想定"即"非想非非想处定",是传统禅法中"四无色定"之一。这类静坐枯禅的做法本来是禅宗所反对的。

更为明显的矛盾是白居易又倾心净土。本来禅宗的"见性"思想是与净土观念根本对立的。所谓"随其心净则佛土净"③,从禅宗的立场看"实相净土"是根本不存在的。但是白居易早在庐山时期,就和东、西二林寺僧结社,祈求往生净土。当时他有《与果上人

---

①参阅胡适:《楞伽宗考》,《胡适文存》第4集,远东图书公司,1956年。

②参阅关口真大:《禅宗思想史》附编《牛頭禅の歴史と達摩禅》,山喜房佛书林,1964年。

③《南宗顿教最上大乘摩诃般若波罗蜜经六祖惠能大师于韶州大梵寺施法坛经》,敦煌本。

殁时题此诀别兼简二林僧社》诗说：

本结菩提香火社，为嫌烦恼电泡身。
不须惆怅从师去，先请西方作主人。（卷一七）

又《临水坐》诗中说：

昔为东掖垣中客，今作西方社内人。（卷一六）

《春游西林寺》诗中又说：

身闲易澹泊，官散无牵迫。
缅彼十八人，古今同此适。（卷七）

这里所谓“十八人”，指传说中慧远和刘遗民等在庐山结白莲社，誓愿往生西方的“十八高贤”。他对这个故事企羡异常，把它当作历史事实加以颂扬①。

到晚年，白居易内心里对生死报应更加关注，对西方净土也更增高了热情。他在《重修香山寺毕题二十二韵以纪之》诗中说：

南祖心应学，西方社可投。（卷三一）

这里他是把南宗禅与净土并列的。又《晚起》诗：

北阙停朝簿，西方入社名。（卷二八）

《开龙门八节石滩诗二首》之二：

他时相逐西方去，莫虑尘沙路不开。（卷三七）

等等。他更多次表明“愿以今生世俗文笔之因，翻为来世赞佛乘转法轮之缘”（《六赞偈序》，卷七一）。他又受戒、吃斋、礼佛、读经等等，曾度过虔诚的宗教生活。而这些形式上的“佛事”都是禅宗所

---

①关于“十八高贤”传说的形成，参阅汤用彤：《汉魏两晋南北朝佛教史》，中华书局，1983年，第259—264页。汤用彤认为这个传说是在中唐时期形成的，而白居易则是促进这一传说流行的重要人物。

反对的;特别是发展到洪州禅阶段,更以否定经教为重要特征。

如果把视野再扩展一步会发现,白居易对道教也曾表现出热情。他的《同微之赠别郭虚舟炼师五十韵》(卷二一)诗里记载了他在庐山亲自合炼丹药的情形。直到开成二年(837),他还有《烧药不成命酒独醉》诗,表明他曾继续烧丹药以求长生。所以,陈寅恪有"此前(会昌年间以前)乐天实与道教之关系尤密"①的论断。

但是如果统观白居易的全部作品,追寻他的思想发展轨迹就会发现,他对于生死、命运的见解基本又是相当理智、客观的。在早年,他已经对求神仙、求长生进行过尖锐批评(例如《新乐府·海漫漫》)。他曾明确说:

> 尧舜与周孔,古来称圣贤。
> 借问今何在,一去亦不还。
> 我无不死药,万万随化迁。
> 所未定知者,修短迟速间。(《效陶潜体诗十六首》之一)

他一再表示不相信"福善祸淫"之说,痛感"祸福茫茫不可期"(《九年十一月二十一日感事而作其日独游香山寺》,卷三二)。中唐时代正值统治秩序受到冲击,走向败坏的时期,儒家传统意识因受到怀疑、批判而动摇,如白居易这样聪慧、敏感而又有抱负、有理想的文人,内心里充满了剧烈的矛盾与痛苦,也就会力求得到解脱和安慰。实际上,他求净土、求长生之类的愚妄行动正是他内心矛盾的表露,实际他并不会认真地对待。由于对现实的悲观、失望滋生出追求解脱的愿望,实现的道路却只能求之内心。所以他说:

> 彭生徒自异,生死终无别。
> 不如学无生,无生即无灭。(《赠王山人》,卷五)

> 由来生老死,三病长相随。

①陈寅恪:《元白诗笺证稿》,第322页。

除却念无生，人间无药治。（《白发》，卷九）

瘦觉腰金重，衰怜鬓雪繁。
将何理老病，应付与空门。（《六十六》，卷三三）

显然，他并不相信彼岸和来生，只是在探求安顿身心、应对现实苦难的门径。

这样，洪州禅对于他还是最为适宜的。

洪州禅主张“平常心是道”。这“平常心”是“无造作，无是非，无取舍”的，因此即是“无心”，“无心是道”①。洪州弟子认为“法性空者，即一切处无心是”②。这种消泯一切是非、计较、追求的“无心”境地，也即是白居易所歌颂的委顺安详的“闲适”心态。他的诗里这样说：

湛湛玉泉色，悠悠浮云身。
闲心对定水，清净两无尘。（《题玉泉寺》，卷六）

自从苦学空门法，销尽平生种种心。（《闲吟》，卷一六）

身觉浮云无所著，心同止水有何情。（《答元八郎中杨十二博士》，卷一七）

置心思虑外，灭迹是非间。（《松斋偶兴》，卷二五）

性海澄渟平少浪，心田洒扫净无尘。（《狂吟七言十四韵》，卷三七）

如此等等，他追求忧喜兼忘、泯灭是非的境地，力求对于物我都做到“无心”。这正是洪州禅所主张的境界。大珠慧海和源律师斗机锋有过这样一段对话。源律师问：“如何用功？”大珠回答说：“饥来吃饭，困来即眠。”源律师又问：“一切人总如是，同师用功否？”大珠

①入矢义高：《馬祖の語録》，第32、183页。
②平野宗净编：《頓悟要門》，筑摩书房，1970年，第30—31页。

回答:“他吃饭时不肯吃饭,百种须索;睡时不肯睡,千般计较,所以不同也。”①白居易有《答崔侍郎钱舍人书问因继以诗》,则这样说:

心不择时适,足不拣地安。
穷通与远近,一贯无两端。
常见今之人,其心或不然。
在劳则念息,处静已思喧。
如是用身心,无乃自伤残。(卷七)

这首诗作为“禅解”读,看法与上述大珠大体相同。如上面所指出,崔(群)、钱(徽)都是他的禅侣。

思想意识上的“无心”导向实践上的“无事”。洪州禅宣扬“不修不坐”“随分过生”,把无为无事当作真解脱。白居易的“志在独善”在实际践履上也是要无所作为。例如,早在元和五年(810)除京兆户曹时所作的《秋居书怀》一诗里他就曾说:

有琴慵不弄,有书闲不读。
尽日方寸中,澹然无所欲。(卷五)

到了晚年,白居易的消极思想更为强烈,许多诗里更加充分地表现“无事”境界。例如《自在》一诗中说:

心了事未了,饥寒迫于外。
事了心未了,念虑煎于内。
我今实多幸,事与心和会。
内外及中间,了然无一碍。
所以日阳中,向君言自在。(卷三〇)

又《闲居》诗里:

心静无妨喧处寂,机忘兼觉梦中闲。

①平野宗净编:《頓悟要門》,筑摩书房,1970年,第137页。

是非爱恶销停尽,唯寄空身在世间。(卷三七)

这些都是和洪州禅宣扬的处世态度相一致的。

无事无心带来放旷达观、乐天主义,这也是对自身价值的一种消极的满足。因此,白居易在诗里多抒写漠视现实苦难的乐观顺适心境。他往往不管仕途上的逆顺升黜,感情上常常显得自足自乐,力求从诗、酒得到安慰。就这一点,葛立方拿他和同时代的诗人相比说:

孟郊诗云:"食荠肠亦苦,强歌声无欢。出门即有碍,谁谓天地宽。"许浑诗云:"万里碧波鱼恋钓,九重青汉鹤愁笼。"皆是穷蹙之语。白乐天诗云:"无事日月长,不羁天地阔。"与二子殆霄壤矣。①

在同时代的诗人之中,白居易所表现的放舍身心、随缘应物的沉稳安定的心态确实是相当独特和充分的。就这一点刘禹锡也赞叹说:

散诞人间乐,逍遥地上仙。
诗家登逸品,释氏悟真筌。
……
吏隐情兼遂,儒玄道两全。②

而楼钥则评论说,如此"安时处顺,造理齐物,履忧患,婴疾苦,而其词意愈益平淡旷达,有古人所不易到,后来不可及者"③。

洪州禅把对于心性的探求和肯定归之于运水搬柴的人生践履,主张一举手、一投足,扬眉瞬目皆是禅。这样,禅与人生相统一,又表现出肯定现实人生的精神。白居易也这样来理解禅。他

---

①《韵语阳秋》卷二,《历代诗话》本,中华书局,1980年。
②《酬乐天醉后狂吟十韵》,《刘宾客外集》卷四,《四部备要》本。
③《跋白乐天集目录》,《攻媿集》卷七六,《四部丛刊》本。

的《寄李相公崔侍郎钱舍人》诗说：

> 荣枯事过都成梦，忧喜心忘便是禅。（卷一六）

他的《和微之诗二十三首·和知非》诗则说：

> 因君知非问，诠较天下事。
> 第一莫若禅，第二无如醉。
> 禅能泯人我，醉可忘荣悴。
> ……
> 劝君虽老大，逢酒莫回避。
> 不然即学禅，两途同一致。（卷二二）

这样，禅与诗酒逸乐相一致，所以白居易晚年热心习禅，同时又度过放旷乐天的生活。苏辙《读乐天集戏作五绝》三首之二说：

> 乐天得法老凝师，后院犹存杨柳枝。
> 春尽絮飞馀一念，我今无累日无思。①

这里“杨柳枝”指白居易晚年所蓄歌伎，即陈结之、小蛮、樊素等。苏辙这样的嘲戏正指出了白居易习禅生活的一个特征。

所以可以说，白居易乃是士大夫中实践洪州禅的典型，是接受洪州禅影响的文人的代表人物。

四

白居易又往往把禅与老、庄道家思想等同起来。他在早年曾认真研习过《周易》《老子》《庄子》等书，颇有心得。他在《病中诗十

①《栾城三集》卷三。

五首》序中说“余早栖心释梵，浪迹《老》、《庄》，因疾观身，果有所得”（卷三五）。他在这里把“释梵”与“老庄”并举，都归结到“因疾观身”。就是说，对于他，“释梵”和“老庄”都起到体认生命和人生价值的作用。他有不少诗也正是描写这种把老、庄和禅等同的境界。例如《和答诗十首·和思归乐》中说：

身委《逍遥篇》，心付《头陀经》。
尚达生死观，宁为宠辱惊。
中怀苟有主，外物安能萦。（卷二）

《游晤真寺诗一百三十韵》中说：

身著居士衣，手把《南华篇》。
终来此山住，永谢区中缘。（卷六）

《睡起晏坐》诗中说：

淡寂归一性，虚闲遗万虑。
了然此时心，无物可譬喻。
本是无有乡，亦名不用处。
行禅与坐忘，同归无异路。（卷七）

下有作者自注云：“道书云‘无何有之乡’，禅经云‘不用处’，二者殊名而同归。”庄子“离形去智”的精神境界和齐物逍遥的人生态度特别受到白居易的尊重。他在思想上把道与禅相统合，正与洪州禅的发展方向相一致。这是值得另行研究的课题，此不赘述。

洪州禅把每个平凡人的“平常心”看作是绝对的、终极的存在，从而把主观心性无限地扩张了。但是，丧失了相对性，个人的“平常心”也就失去了意义，绝对的“无心”“无事”也就失去了自我的存在价值。在白居易身上也正体现这样的矛盾。个人解脱的追求落实为“闲适”和“独善”，因此而乐天安命，知足保和，则成为完全消极无为的人生了。

当然，就肯定个人心性一面说，这种观念和态度在当时的条件下还是具有一定积极意义的。尽管白居易后半生政治上落寞消沉，丧失了批判和斗争的锐气，但他不追求荣利，不同流合污，直到最后仍保持个性的超然与独立。他的不少作品也表现了他的这种精神姿态。如皮日休称赞说：

> 忘形任诗酒，寄傲遍林泉。
>
> ……
>
> 处世似孤鹤，遗荣同脱蝉。①

如此不趋利禄，不忮不求，保持一种超然高洁的品格，正体现了禅的影响的积极方面。

白居易诗里经常吟咏省分知足、心安理得的心境。苏轼贬岭南，作《定风波》词，其中说：

> 试问岭南应不好？却道此心安处是吾乡。②

这里抒写的正是与白居易同样的心态。关于这两句词，吴开指出：

> 余尝以此语本出于白乐天，东坡偶忘之耳。白《吾土》诗云："身心安处为吾土，岂限长安与洛阳。"又《出城留别》诗云："我生本无乡，心安是归处。"又《重题》诗云："心泰身宁是归处，故乡可独在长安。"又《种桃杏》诗云："无论海角与天涯，大抵心安即是家。"③

这里所引述白居易诗所表现的那种物我一如、主客皆泯、处患难而澹泊平静的心境，作为人生修养确有值得称赞的地方，作为诗境更是很有韵味的。

就艺术表达方面而言，白居易诗追求自然畅达，反对雕琢藻

---

①萧涤非标点：《七爱诗·白太傅》，《皮子文薮》卷一〇，中华书局，1959 年。

②《东坡词》，《四库全书》本。

③《优古堂诗话》。

绘,那种"顺适自然"的艺术追求很富于创造性,同样也渗透了洪州禅的精神。

白居易的习禅经历也给后世以相当大的影响。这方面最直接的表现,就是他成为宋代官僚居士和文人居士的榜样。在宋代,居士阶层在政治和文化(包括文学)两个领域从事积极活动,起到重要作用。当然,这也是值得另行研究的课题。

原载于(日本)《白居易讲座》第一卷《白居易的文学与人生(一)》,日本勉诚社,1993年

中国所藏韩国佛教古文书

由于中、韩两国佛教历史发展的特殊背景和两国间悠久、密切的交流关系，韩国佛教古文书在中国的留存和传播也有着极其特殊的状况。韩国“古文书”的本来意义是韩国人所著、刊印于韩国的古代典籍。但是，特别的情况是韩国古代佛教使用的是汉文佛典，当时韩国僧侣用汉文写作，更有许多人活动在中国，大量著作在中国刊印。这一部分典籍往往被等同于中土著述，但理所当然地也应该视为韩国古文书。本文讨论的范围也包括这一部分典籍在中土留存和传播的情况。现在总的情况是韩国本土刊印的这一类典籍在中国留存较少。这主要是因为在韩国大量刻印图籍的李朝时期，佛教已经衰落；特别是这一时期中、韩佛教交流已渐成绝响，韩国佛书流入中国的机会不多。另一方面，新罗、高丽时代的韩国人的佛教著述已编入汉文藏经，甚至被视同中土人的著作，单本传刻也就没有多少现实必要了。

据个人所知，韩国的佛教史学者对古代韩国汉文佛教典籍进行过详细的调查研究，总结性的成果如东国大学校佛教文化研究所编撰的《韩国佛书解题辞典》①。这是一部全面地对韩国佛教典籍的存逸、内容、现存情况加以考定、著录的工具书。还有安春根

①笔者所用为日文本，日本国书刊行会，1982 年，第 444 页。

《韩国佛教书志考》，是韩国佛教书志学的专著[1]。在赵明基、金映遂等人的韩国佛教史著作中，也有对相关方面的精密的考察。

但是对于韩国古文书在华收藏情况的调查，尚无人系统地进行过。特别是佛教文献，大量与中土撰述混然存在，辨析清理更为困难。这方面的工作非一时一人所能进行。笔者只调查了北京图书馆（中国规模最大的国立图书馆）、北京大学图书馆（大学图书馆中藏书最多的图书馆）、天津图书馆、南开大学图书馆的收藏情况，报告如下，或可为已取得的成果做些补充。

一

首先简要地说明韩国佛教在汉传佛教发展史中的地位和意义。

韩国佛教本来是北传汉语系佛教的一个分支，原来使用的是汉语佛典。但公元四世纪佛教自中国传入三韩后，即在本民族的思想文化土壤上得到发展，形成了独具特色的面貌。到新罗、高丽时代，韩国佛教发展到很高的水平，出现了一批佛学大师。他们其中不少人到中国求法、弘教，以其杰出的才华和贡献，在当时中国佛教发展中居于前列地位，在中国佛教史上造成了广泛、深刻的影响。韩国人从中国接受了佛教，这本来是一种外来的文化；经过消化、融摄、再创造，又反过来丰富、发展了中国佛教，从而对汉传佛教作出了巨大贡献。这在整个人类宗教史和文化交流史上都算是

①笔者所用为日文本，同朋舍，1978年，第187页。

极其特殊的、引人注意的现象①。

隋唐时期是中国佛教发展的极盛期，其主要表现是中土独创的佛教宗派的形成和发展。其时，正有大批韩国学僧来到中国求法。他们一方面传习中国的宗派，加以改造、发展而成为韩国的佛教宗派；另一方面，他们中的不少人致力于中国本土佛教的发展，并作出了杰出的贡献。天台宗是中土形成的第一个佛教宗派，其创始人为智𫖮，高丽籍的波若和新罗籍的缘光均为他门下高足。到新罗元晓出现，他三学淹通，洞达佛乘，号称海东佛教"八宗之祖"。其天台著述独具新见，《法华宗要》一书以会通方法开显三乘方便门，示一乘真实相，达到了高度的理论水平。宋时义天来华，遍参历问中土大德，广求天台教典，在其《新编诸宗教藏总录》里，属于天台的典籍即达百种。他所传主要是"山家"派的著述，对发扬这一派教理作出了巨大贡献。唐代玄奘所传唯识学是当时印度佛教的最新成果，是大乘佛教思想发展的最高峰。在发展唯识学说上，新罗僧侣的成就尤其突出。著名的新罗圆测，玄奘对于他是谊兼师友，他的唯识学既有法常、僧辩的早期唯识学（真谛所传）的内容，又融入了玄奘新翻典籍的成果，在此基础上创造了西明寺派，和继承玄奘的窥基的慈恩寺派一时并立而为唯识思想的两大派系。他的著作为窥基弟子慧沼《成唯识论了义灯》、青丘大贤《成唯识论学记》所引用；直到最近我国仍从藏文传翻了他的《解深密经疏》（部分），可见其影响之巨大。玄奘门下的高足中以新罗神昉随从最久，长期担任缀文和笔受的工作，并自撰章疏数种，是奘门"四上足"之一。又唐代唯识学里有"六大家"，其中圆测、玄范、义寂三人为新罗人（另外三人是窥基、普光、慧观）。传习华严学的最

① 例如，众多韩国僧侣的活动被记载在中国的僧史、僧传里；韩国人的佛教著述被编刻在中国的大藏经里。此外，世俗的诗文集如《全唐文》里也收录了古代韩国的佛教文献，如此等等，一方面表明了中、韩文化发展的密不可分的关系，也表明韩国佛教徒对汉传佛教发展的巨大贡献。

重要的新罗学人则有义湘，他从师于智俨，和中土华严宗创始人法藏是同门。他参询《华严》妙理，“知微知章，有伦有要，德瓶云满，藏海嬉游”(《宋高僧传》卷四)，撰成《华严一乘法界图》(今存)等。后新罗胜诠学于法藏门下，在他回国时，法藏寄书并所撰书疏多种，其中称赞义湘“归乡之后，来阐《华严》，宣扬法界无碍缘起，重重帝网，新新佛国，利益弘广”(《圆宗文类》)。元晓亦传华严，他创立了独特的判教方法，为中土华严大师法藏(《华严经探玄记》)、慧苑(《续华严经疏刊定记》)、澄观(《大方广佛华严经疏》)等广泛引用，可见其影响之巨大。此后新罗梵修、高丽义天等在传习和发展华严教学上都有所贡献。在禅宗的传习方面，早期即有法朗从学于四祖道信(见崔致远《大唐新罗国故凤岩山寺教谥智证大师寂照之塔碑铭》，《唐文拾遗》卷四四)，智德从学于五祖弘忍(见净觉《楞伽师资记》《历代法宝记》)。特别是后来南宗禅发展起来，禅门中新罗、高丽人龙象丛集，无庸赘述。而值得提出的是净众无相，本新罗王族，至成都礼处寂，而处寂之师乃慧能“十大弟子”之一的智诜。这一系开创了禅宗的“净众”派(后又称“保唐派”)。无相提出的“无忆、无念、莫忘”三句乃是这一派的纲领。实际上后来发展为中国禅宗主流的马祖道一一系的洪州宗和这一派禅观有密切的承袭关系，马祖道一即出于智诜门下，早期活动在四川①。晚唐以后主要是洪州门下所传灯史对此略于记述。自从敦煌文书中发现了《历代法宝记》，才揭示了四川这一派禅观的势力，包括新罗人无相对中土禅宗发展的深远影响。此外密宗、律宗等宗派，新罗、高丽亦曾弘传，各有高僧大德，著述亦多，此不具述。在民众信仰层面，特别值得重视的是九华山地藏菩萨信仰的形成。据传新罗王子金乔觉为地藏菩萨显化，于永徽四

①参阅柳田圣山:《初期禅宗史書の研究》第四章《祖師禅に於ける燈史の發展》，京都法藏馆，1967年。

年(653)渡唐,开元十六年(728)化去,此山化城寺为其成道处,所以九华山成了地藏道场,中国佛教“四大名山”之一。新罗佛教重视现世利益和深入民众生活的特征反过来影响到中国,在这个事例中表现得非常显著。

正由于古代韩国佛教有着如此巨大的成就和突出的特点,韩国的佛教著述受到历代中国僧俗的重视就是很自然的事。

二

首先简单说明一下韩国古代佛教典籍在中国流传的一般情况。

先来看一个数字:在中国佛教鼎盛期的唐代,亦即大体相当的韩国新罗时期,新罗来华僧侣可考知者即达117人①,可考的佛教作者47人,共撰著377种,1323卷之多;而高丽时期则有作者45人,123种,撰著1000余卷(篇、册)。众所周知,唐代开元年间编辑的《大藏经》总计是5048卷。比较一下就会了解韩国人佛教著述的繁盛及其在汉语系佛教中的地位。正是在这样的背景下,韩国古代佛教著作被中国佛教徒所普遍重视,并视同中土撰述,编入中国佛教典籍。

南朝时的高句丽摄山僧朗即和宝亮等奉梁武帝敕命撰《大般涅槃经集解》71卷,是涅槃学说的总结性著作,一向受到中土僧俗的重视。他在三论宗的创立上也有重大贡献。这是早期从事佛教著述而有成绩的海东人士。后来的中国宗派佛教使佛教教学臻于

①参阅黄心川:《隋唐时期中国与朝鲜佛教的交流——新罗来华佛教僧侣考》,《世界宗教研究》1989年第1期。

极盛,但宗派的分立也限制了它的发展,预示了它的衰落。可是韩国佛教却归纳诸宗,加以统合,提倡“和诤”精神,建立会通的佛教。在这种宗教观念里,反映了人类社会统一与和合的理想,一方面避免了宗派佛教的过分学理化而使信仰失去依据;另一方面则更体现了大乘佛教弘通开阔、“普渡众生”的精神。因此韩国僧人的著作就有着特别的、富于理论价值的内容。典型地代表了这一倾向的是元晓,他是在新罗本国研习有得而成为海东“八宗之祖”的。他的著作可考者 99 部,240 余卷,现存 22 种,30 余卷(篇)。如他的《起信论疏》,在当时就传入中土,被尊称为“海东疏”,法藏及其弟子慧苑、清凉澄观都受到它的影响。大贤的著作可考者有 43 部,现存 5 部。其《菩萨戒本宗要》和《梵网经古迹记》是发挥大乘戒思想的重要著作(《梵网经》据近代学者考定为中土撰述,反映了中土大乘戒思想),唐时传入中国后,长安大荐福寺道峰法师为制序称赞曰:“应五百而杰起其谁欤? 即东国大师其人也。”(《大正藏》第 45 册第 915 页)其他如景兴、道伦、道证等人的唯识著作均为中土学人所推重。另外如高丽谛观,入宋时不但奉送大批中土逸失典籍,而且制《天台四教仪》二卷,特别是其上卷阐明一家判教立义,言约义赅,简明易懂,一向为中土学人所重,宋从义、元粹等皆留有注释书。此书直到近代仍在翻刻。中国近代著名佛学家杨仁山居士在为杭州慧空山房所刻元蒙润《天台四教仪集注》所作的题词中说:“学天台教观者以此为圭臬。”(《等不等观杂录》卷二,《杨仁山先生遗著二十二种》)。高丽知讷的《普照禅师修心诀》对中土禅门亦广有影响。

仅据《大正藏》统计,在《经疏》《律疏》《论疏》《诸宗》四部所收 333 部著作中,韩国学人的著作即有 28 部(应当考虑到这是用外国语所写、被编入外国藏经的著作,还应考虑到新罗国土比起唐朝来小得多),即近总数的十分之一。其中以元晓最多,即 12 部。这在中国大师中也是鲜有其比的。其次大贤 4 部,圆测 2 部,知讷 2 部,僧朗、憬兴、义寂、遁伦、义湘、明皛、见登之、谛观各 1 部。

在《续藏经》里又收入新罗著述27种60余卷，高丽著述4种。

当年日本入唐求法僧携归新罗僧侣著作颇多，这也从一个侧面证明这些著作的弘传及其地位。许多作品在中土早已逸失，但却在日本保存完好；日僧的“将来录”也为研究有关问题提供了线索。在这方面，中外学者已做了不少工作。正因此，日本《大正藏》和《续藏》搜罗较齐备，包含了大量新罗、高丽著述。关于各种藏经收录这些著述的情况，可参阅蔡运辰《二十五种藏经目录对照考释》（台北新文丰出版公司，1983年），此不具述。

三

由于古代韩国佛教使用汉文佛典这一特殊情况，不仅汉文佛典输入了韩国，而且反过来又有大量典籍自韩国输入中国。其中有的是中土撰述，也有许多韩国撰述。最著名的是《高丽大藏经》（简称《丽藏》），刻印以后即传入中国，并以其精好而受到重视。例如宗密的《圆觉经大疏抄》，今本前有宋绍兴戊午（1138）平江府昆山能仁院沙门义和的序，其中说：“兹抄自唐至今，固有年矣。异域虽模方板，中国未尝印行。副本争传，三写乌马，因获高丽印本与写本参校。”（《续藏经》卷一四，第204页上）就是说，这部书只在高丽刻印过，中国是照《高丽藏》校印的。从年代看，当时中土所传应是《高丽藏》的初刻本。《高丽藏》一直以其高质量而受到历代推重，近代仍一再翻印。目前中国正在编辑出版《中华大藏经》，《高丽藏》是《金藏》①之外所依据的主要底本。

---

①该藏经为金皇统八年（1148）至大定十三年（1173）在解州（今山西运城西南）天宁寺雕印，元初补刻，现存本1933年于山西赵城广圣寺发现，因称《金藏》或《赵城藏》。

自韩国回传佛典在中国佛教发展史上起过极其重大的作用。举其影响重大的事件：唐末毁佛，佛教典籍被大量残毁，五代后唐清泰二年(935)，四明僧子麟往高丽、日本等国请求天台教籍；宋建隆元年(960)，吴越国钱弘俶又致书高丽国求天台教籍，次年，谛观来华，带来《智论疏》《仁王疏》等，并亲制《天台四教仪》，至此这些天台教典在中土失而复得。宋元丰八年(1085)，高丽僧义天来华，携来《华严》抄疏，因此《华严》一宗之义逸后得以复传。义天回国后，曾以青纸金书《华严经》三译一百八十卷赠给杭州慧因寺，寺建大阁藏之，故寺称“高丽寺”，为中韩佛教交流史上的佳话。

此后，高丽僧俗有在中土施印藏经的，也有从本国携来经卷的。近代对中国佛教学术发生重大影响的事件是中土逸失的典籍从日本重新输入。这是古代日本僧侣带回本国的。其中新罗、高丽人的著作是重要部分。

这样，韩国刊印的佛教古文书除收入藏经者之外，中国公私仍留存一些。仅举现藏北京图书馆的善本有：

《丽藏》的初印本，存唐释圆照撰《贞元新定释教目录》三十卷，南唐释恒安撰《大唐保大乙巳岁续贞元释教录》一卷，隋释阇那崛多共笈多等译《大乘三聚忏悔经》一卷等；

宋释净善辑《禅林宝训》二卷，高丽辛禑四年(1378)忠州青龙寺刻本；

元释果满《庐山复教记》二卷，高丽刻本(年代不详)；

元释善度《庐山莲宗宝鉴》十卷，高丽(1311)刻本；

宋释怀深《寒山诗》一卷、《丰干拾得诗》一卷、《天台国清禅寺三隐集记》一卷、《慈受深和尚拟寒山诗》一卷，朝鲜刻本；

《佛说大报父母恩重经》，朝鲜刻本(年代不详)。

北京大学图书馆藏韩文古钞本《妙法莲华经》，时代不详。

天津图书馆藏有日本根据高丽刻本影印的慧琳《一切经音义》。

除此之外还有个别的韩国和日本新印的古代韩国佛典,没有版本上的价值。

四

韩国佛教发展了独特的思想内容。对于这方面,各国的佛教学者已进行了相当深入的研究。大体说来,韩国佛教具有更加浓厚的现实精神,这是因为韩国佛教兴盛期的新罗、高丽王朝崇信佛教,有意识地把佛教纳入“护国信仰”的轨道;韩国佛教思想具有综合、会通的性格,虽然也创立了宗派,但没有中国佛教那样严格的宗派意识;韩国佛教注重民众的人生实际和现世利益(例如净土信仰得到突出发展),因而得以普及到一般民众的生活之中,参与到民族文化的创造之中。世界文化史的通则是,文化创造越是民族的,越是具有世界性的。韩国佛教是真正民族化的,因此也获得了巨大的世界意义。结果韩国人的佛教著作,在中国得到了突出的重视,直到近代仍在刻印、流传,成为中土佛门的重要典籍。

这方面可以报告的,金陵刻经处①是近代中国重要的佛教文化机构,在佛书刊印和佛学研究上都起了极其巨大的作用。在它所刻印的佛典中即有韩国古代著述。现北京大学图书馆即藏有:

梁释真谛译、新罗释元晓疏《大乘起信论疏记会本》六卷(十二册一函),清光绪二十五年(1899)刻本;

高丽国普照禅师《修心诀》,收入《修心诀三种》(一册一

---

①该处为杨文会居士于1866年创建,自1957年以来成为中国佛教协会下属机构,仍在新刻和补刻佛教典籍。

函),清光绪十四年(1888)刻本;

高丽释谛观录《天台四教仪》一卷(一册一函),清宣统元年(1909)扬州藏经院刊本。

另外在杨文会所编辑、刻印的《贤首法藏》(这是意在总结华严教理的总集)里,收录有集合贤首(法藏)、净影慧远和元晓三家所著的《大乘起信论义记》和崔致远的《贤首国师别传》。金陵刻经处的经版在新中国成立后得到了妥善的保护,现该处保存着1500余种、10 000余卷典籍的10余万版片,上述韩国人著作的版片应当存在。

最近韩国佛教古典仍有新译问世,这也是值得注意的。《解深密经》是重要的唯识教典,在中土凡有四译(刘宋求那跋陀罗、元魏菩提留支、陈真谛、唐玄奘),而新罗学人研习专精,令因、玄范、憬兴、元晓等均有疏记,而圆测《疏》更称精审。惜中土久逸。清末杨文会居士自日本取回,于金陵刻经处刊印,始使绝学复续。但该本已残,缺九卷品题之释,十卷全缺。但西藏藏经《丹珠尔》中存唐法成所译全文。在中国佛教协会赵朴初居士的支持下,观空法师于1981年自藏文译出缺失部分,使千年新罗学人的这一著作得成全帙。赵朴初居士说:"余维《深密》法门,传于弥勒,授于戒贤,译于玄奘,述于圆测,宝藏于东瀛,译存于西藏,上下千百年,广员数万里,合印、汉、藏、朝、日无数大德之力,辗转授受,始得幸存天壤。"(《解深密经圆测疏后六卷还译序》)这实在是汉、藏、韩、日各族信徒交流历史上的佳话。

韩国佛教文书的逸存的一个重要方面是敦煌文献。在这个领域还有许多工作可做。众所周知的是惠超的《往五天竺国传》。此书在惠琳《一切经音义》卷一〇〇中早有记载,表明曾在中土盛传,但久已逸失。所幸在敦煌文书中发现了一个残卷(P.3532),引起了东、西方学者的普遍重视,出现了大量研究成果。这部新罗和尚的旅行记,是可与法显《佛国记》、玄奘《大唐西域记》并列的关于西行求法，关于中、南亚史地和文化交流的重要著述①。实际上除此以外还有大量写卷需要判读，其中应有古代韩国逸失的著作。早年日本学者矢吹庆辉博士就曾检出写卷里和元晓作品题名相同的佛典，如《楞伽经疏》《挟注胜鬘经疏》《起信论疏》《无量寿经宗要》等。据商务印书馆《敦煌遗书总目索引》，《佛说无量寿宗要经》题号达570个，可知这是流传极为广泛的经典。不过是否为元晓的著作，仍待证明。全部敦煌文献中有多少韩国的著作，也仍待详考。

五

韩国佛教古文献有一部分保存在中国的诗文集、金石著述以及方志等书中。这部分资料不少，但存在分散，尚很少得到佛教学者的注意。近年黄心川教授从《文苑英华》《全唐诗》等总集里搜求新罗僧侣的材料，新考出在唐新罗僧侣50余人，引起了中外学者的重视，就是利用这些资料的例子。

以常见的《全唐文》为例，即收录有：

圆测《造塔功德经序》（卷九一二）；

纯白《新罗国石南山故国师碑铭后记》（卷九二二）；

金献贞《海东故神行禅师之碑》（卷七一八）；

崔仁流《新罗国故两朝国师教谥朗空大师白月栖云之塔碑铭》（卷一〇〇〇）

高丽王王建《高丽国原州灵凤山兴法寺忠湛大师塔铭》

① 对《往五天竺国传》的最新研究成果由冉云华教授完成，他除了在印度、德国、韩国等国家的学术刊物上发表了一系列英文论著之外，还在《敦煌学》第2辑（1975年，香港）发表《中天竺国新笺考》，给该书以新的评价。

(卷一〇〇〇)

见于陆心源《唐文拾遗》的有：

崔致远《有唐新罗国故知异山双溪寺教谥真鉴禅师碑铭》(卷四四)；

崔致远《有唐新罗国故两朝国师教谥大朗慧和尚白月葆光之塔碑铭》(卷四四)；

崔致远《大唐新罗国故凤岩山寺教谥智证大师寂照之塔碑铭》(卷四四)；

新罗景明王朴升英《有唐新罗国故国师谥真镜大师宝月凌空之塔碑铭》(卷六八)；

金颖《新罗国武州迦智山宝林寺谥普照禅师灵塔碑铭》(卷六八)；

崔彦㧑《有唐高丽国海州须弥山广照寺故教谥真彻禅师宝月乘空之塔碑铭》(卷六九)；

崔彦㧑《有晋高丽中原府故开天山净土寺教谥法镜大师慈灯之塔碑铭》(卷六九)；

崔彦㧑《高丽国弥智山菩提寺故教谥大镜大师元机之塔碑铭》(卷六九)；

崔彦㧑《高丽国溟州普贤山地藏禅院故国师朗圆大师悟真之塔碑铭》(卷七〇)；

崔彦㧑《晋高丽先觉大师遍光灵泰碑》(卷七〇)；

孙绍《唐高丽大安寺广慈禅师碑铭》(卷七〇)；

李灵干《高丽三川寺大智国师碑》及《碑阴记》(卷七〇)；

阙名《有晋高丽国涌岩山五龙寺故王师教谥法镜大师普照慧光之塔碑铭》(卷七〇)。

这其中有些不见《朝鲜金石总览》等书著录。

韩国古代汉文佛教碑铭是研究有关问题的重要文献，已引起中外学者重视，已知者在百通以上。但在中国金石类文献里，仍存有尚未及注意者。王昶《金石萃编》卷五三收录了《朗空大师塔铭》，卷一四六收录了宋复《大周西明寺故大德圆测法师佛舍利塔铭》。此二件并非新发现，但王书对所收考证颇详，足资参考。而陆耀遹《金石续编》卷二一则专收高丽碑文，九件中有六件是释教碑，其中除了已见《全唐文》的金颖《宝林普照塔铭》、崔致远双溪真鉴碑铭、白月葆光碑铭、崔彦抝先觉遍光塔碑、孙绍大安广慈塔铭，还有纯白《唐新罗石南山国师碑后记》。金石书能够和《金石萃编》相抗衡的是陆增祥《八琼室金石补正》，其卷一二九和一三〇《朝鲜》部分收录的有关佛教的碑刻有：

金献贞《神行禅师碑》；

崔仁沇《白月栖云塔铭》；

王建《忠湛大师碑铭》；

崔仲等《奉先弘农寺碣记》；

郑惟产《法泉寺元妙塔铭》及智光《碑阴门徒开座职名记》；

金富轼《妙香山普贤寺记》；

李知命《重修龙门寺记》；

朴洪秀等《三日浦埋香碑》；

李穑《普济舍利石钟记》并《真堂诗》；

权铸□《神勒寺大藏阁记》并阴。

如果勤加搜求，应有更多的发现。从日僧圆仁《入唐求法巡礼行记》的记载，可以看出晚唐时期新罗僧侣在中土的活动是多么活跃。佛教兴盛期的新罗、高丽的有关资料，在中土外典里记载不少，尚待搜集。

1995 年 11 月在韩国岭南大学"韩、中、日古籍交流国际会议"上的报告

“句中有眼”与“诗眼”

一

禅门中有一句话，说“还丹一粒，点铁成金；至理一言，点凡成圣”，表明禅家是如何重视锻炼语言，以至要求于一词一字中呈禅解。

黄庭坚是一位禅的修养很深厚的人，他说过：“余尝评书，字中有笔，如禅家句中有眼……”①这里用谈禅比写字，指出禅语中有关键的字，书法也要有精彩的一笔。

人们说禅是“不立文字”的文字，是一种特殊的文字；人们又讲“绕路说禅”，禅的曲折的、暗示的语言是极富艺术性的。“不立文字”的禅结果留下了大量说禅的文字。为了突出禅语的效果，历代禅师下大力气来锻炼语言，特别是发挥了多种多样的修辞技巧。“句中有眼”就是这种技巧之一。

人们都熟悉《坛经》中所录神秀与慧能的示法偈，神秀的一首是：“身是菩提树，心如明镜台。时时勤拂拭，莫使有尘埃。”慧能的

①《题绛本法帖》，《豫章黄先生文集》卷二八。

则是："菩提本无树，明镜亦非台。佛性常清净，何处有尘埃。"①两首偈仅有几个关键字不同，却反映了两种对立的禅观，而文字的转换又造成了强烈的对比效果。这两首偈或出于后来人的造作，但修辞技巧是很高明的。

禅门多用机锋俊语，忌讳拖泥带水。语言求简洁，就要在一字一语上用功夫。所以一字一词的转换，常成为谈禅的手段。这一字一词的运用、理解也就显得非常重要了。例如马祖道一讲"是心是佛"，又讲"非心非佛"，在"是"与"非"的置换中，阐发了"平常心是道"的新观念。而对这"是"与"非"，是需要学人尽力参究的。

斗机锋、说话头技巧的发展是在中、晚唐。禅门文字推敲之功也在这时大为兴盛。举几个明显的例子，都见《景德录》。

卷一一《灵云志勤》章，末句云："雷罢不停声。"师更之云："雷震不闻声。"

卷一六《南际僧一》章，问："如何是法身主？"师曰："不过来。"又问："如何是毗卢师？"师曰："不超越。"

卷二一《仙宗明禅师》章，师上堂曰："若出三界，即坏三界；若在三界，即碍三界；不碍不坏，是出三界。"

卷二四《清凉文益》章，师上堂谓众曰："古人道：'我立地待汝觏去'，山僧如今坐地待汝觏去，还有道理也无？"

如以上各例，都是在一字一词的运用中呈禅解的。至于同样的话头改换言句来对答，禅录中更是比比皆是。禅师们在选择词语和在利用它们的内容上是要下大力气的。

词语的锻炼发展为云门一字禅或称"一字关"。例如在《云门录》里记载：

> 僧问："如何是云门剑？"师曰："祖。"
> 问："如何是玄中的？"师曰："垼。"

---

①此据郭朋：《〈坛经〉对勘》，齐鲁书社，1981年。

问：“如何是吹毛剑？”师曰：“骼。”又曰：“胔。”

问：“如何是正法眼？”师曰：“普。”

问：“如何是啐啄机？”师曰：“响。”

问：“如何是云门一路？”师曰：“亲。”

如此等等。而云门文偃也很重视一字的转换，如：

僧问：“如何是一代时教？”师曰：“对一说。”

问：“不是目前机亦非目前事时如何？”师曰：“倒一说。”

实际上，这种一字的对答前人已用过。如百丈怀海法嗣五峰常观，《景德录》记载：

有僧问：“如何是五峰境？”师云：“险。”僧云：“如何是境中人？”师云：“塞。”

再以前，神秀遗嘱中就有“屈”“曲”“直”三字，已经是后来的“一字禅”的滥觞。

一个字的转换也好，干脆用一个字对答也好，对这一个字就不能是常识的，而必须是独特的解会。而且不同的人理解上还会有角度与深浅的不同。这样在文字勘辨之中，对具体词语的运用就得到突出重视，其技巧也大为提高了。当然这是宗教的、隐晦的禅语技巧。

佛家“五眼”中有“法眼”，谓具此眼者智能照法，“观察究竟诸道”①。而后来禅门称自宗为释迦教外别传的“正法眼藏”。法眼文益批评当时丛林间“对答既不辩纲宗，作用又焉知要眼”。这里所要求的就是教外别传的“正法眼”。他又要求在对答中“须语带宗眼，机锋酬对，各不相辜”②。这“语带宗眼”与黄庭坚的“句中有眼”显然是一个意思；禅宗的正法眼要体现在词语中。

---

①《无量寿经》卷下。

②《宗门十规论》。

这种文字技巧也适用在禅偈之中。下面是《祖堂集》中的两个例子：

> 师(雪峰义存)共双峰行脚，游天台，过石桥。双峰造偈："学道修行力未充，莫将此身崄中行。自从过得石桥后，即此浮生是再生。"师和："学道修行力未充，须将此身崄中行。自从过得石桥后，即此浮生不再生。"
>
> 洞山问(龙牙居遁)："阇梨名什么?"对云："玄机。""什么生是玄底机?"又无对。洞山放三日，无对。师因此造偈："学道蒙师指却闲，无中有路隐人间。时人尽讲千经论，一句临时下口难。"洞山改末句语云："一句教伊下口难。"

中、晚唐以后，诗与禅的相互影响越来越显著。本来自六朝以来诗人作诗已十分重视文字推敲功夫，禅宗对词语的锻炼以至一字的运用，对诗语推敲的实践和理论进一步给予推动，一直影响到宋人的"以文字为诗"的诗风。

二

宋人讲究作诗"邪正在一字间"①，对于禅的"句中有眼"正有所借鉴。这种借鉴的最典型的表现就是那些"一字师"故事。这些故事首先出现在诗僧(实际也是禅僧)间，产生于五代，也绝不是偶然的。这些故事不一定每一个都是实事，正如禅籍中的记载不一定每一条都是原原本本的实录一样，但它们反映的历史状况则是真实的。

---

①周紫芝：《竹坡诗话》。

“一字师”所出文献最早的是五代王保定的《唐摭言》。其中所讲是纠正读字错误，与诗无关。但涉及唐末五代诗人的“一字师”故事，宋时却传出很多，这也反映了宋代诗坛的一时风气。记同类故事时代最早的是关于王贞白和贯休的：

> 王贞白，唐末大播诗名，尝作《御沟》诗云：“一派御沟水，绿槐相荫青。此波涵帝泽，无处濯尘缨。鸟道来虽险，龙池到自平。朝宗心本切，愿向急流倾。”示贯休。休曰：“剩一字。”贞白扬袂而去。休曰：“此公思敏。”书一“中”字掌中。逡巡，贞白回曰：“此中涵帝泽。”休以掌中示之，不异所改。①

这同一个故事《唐子西文录》作皎然与一僧事，表明北宋时早已传闻异词。这种传说往往是难以坐实的。

《五代史补》还记载齐己《早梅》诗原有句作“前村深雪里，昨夜数枝开”，郑谷为改作“一枝”，时人称郑为“一字师”。郑谷是一位与禅宗有密切关系的诗人，而齐己则是沩仰宗的学人。

有关齐己的同类故事还有两则，都见于潘若同的《郡阁雅言》，一则是说：

> 僧齐己往袁州，谒郑谷，献诗曰：“高名喧省闼，雅颂出吾唐。叠巘供秋望，飞云到夕阳。自封修药院，别下着僧床。几许中朝事，久离鸳鹭行。”谷览之曰：“请改一字，方得相见。”经数日，再谒，云已改得，诗云：“别扫着僧床。”谷嘉赏，结为诗友。②

清人翁方纲在《石洲诗话》中说原作与改本俱无好处。我们不去管它，但这种改字法正反映了一时诗坛风气。另一则则是齐己作了“一字师”：

①《诗话总龟》卷一一引《青琐后集》。
②《诗话总龟》卷一一引《郡阁雅言》。

张迥少年苦吟，未有所得，梦五色云自天而下，取一团吞之，遂精雅道。有寄远诗曰："锦字凭谁达，闲庭草又枯。夜长灯影灭，天远雁声孤。蝉鬓凋将尽，虬髯白也无？几回愁不语，因看朔方图。"携卷谒齐己，点头吟讽无斁，为改"虬髯黑在无"。迥遂拜作"一字师"。①

不同的故事集中在齐己身上并为人所艳称是有道理的。齐己确乎重视诗的"一字"，他说：

千篇著述诚难得，一字知音不易求。②

千篇未听常徒口，一字须防作者心。③

到北宋时，这种"一字师"的故事就更多了，如《陈辅之诗话》中记载的一个：

萧楚才知溧阳县时，张乖崖作牧，一日招食，见公几案有一绝云："独恨太平无一事，江南闲杀老尚书。"萧改"恨"字作"幸"字。公出视稿曰："谁改吾诗？"左右以实对。萧曰："与公全身。公功高位重，奸人侧目之秋，且天下一统，公独恨太平，何也？"公曰："萧弟一字之师也。"④

值得注意的是，领导北宋诗坛风气的几位著名人物，都是著名的喜禅，对禅籍非常熟悉的人。他们对一字的推敲、改换，是与禅的文字有直接的或潜移默化的关系的。

例如王安石是禅解颇深的人。《王直方诗话》里记载了一个他的类似"一字师"的故事：

"璧门金阙倚天开，五见宫花落古槐。明日扁舟沧海去，

---

①《诗话总龟》卷六引《郡阁雅言》。

②《谢人寄新诗集》，《全唐诗》卷八四四。

③《送吴先辈赴京》，《全唐诗》卷八四五。

④转引《苕溪渔隐丛话前集》卷二三。

> 却将云气望蓬莱。”此刘贡父诗也，自馆中出知曹州时作。旧云“云里”，荆公改作“云气”。①

《冷斋夜话》卷五的一段掌故是关于文章的：

> 舒王在钟山，有客自黄州来。公曰：“东坡近日有何妙语？”客曰：“东坡宿于临皋亭，醉梦而起，作《成都圣像藏记》千有余言，点定才一两字，有写本，适留舟中。”公遣人取而至。时月出东南，林影在地，公展读于风檐，喜见眉须，曰：“子瞻，人中龙也，然有一字未稳。”客曰：“愿闻之。”公曰：“‘日胜日贫’，不若曰‘如人善博，日胜日负’耳。”东坡闻之，拊手大笑，亦以公为知言。②

王安石自己作诗，有《泊船瓜洲》诗“春风又绿江南岸”一句下“绿”字的故事，洪迈说他为这一个字改动了十几次③。与此相关的还有他点化古人成句的作法，如《钟山即事》诗中的“一鸟不鸣山更幽”，是反用六朝诗人王籍的名作《入若耶溪》的“鸟鸣山更幽”；《夜直》诗中的“春色恼人眠不得”，用罗隐诗《春日叶秀才曲江》的“春色恼人遮不得”等等。这是后来江西诗派的“脱胎换骨”法，也是禅的置换文字的方法。《艺苑雌黄》上说：

> 王介甫尝读杜诗云：“无人觉往来”，下得“觉”字大好；“暝色赴春愁”，下得“赴”字大好，若下“起”字，此即小儿言语。足见吟诗要一字两字工也。④

这“一字两字工”，就是“句中有眼”，也就是后面要讲的“诗眼”。

黄庭坚是禅宗黄龙派的传人，对禅语录十分熟悉，本人也善谈

①转引《苕溪渔隐丛话前集》卷五五。
②《冷斋夜话》卷五。
③《容斋续笔》卷八。
④转引《修辞鉴衡》。

禅理。其诗作中明禅解、用禅语处甚多。《洪驹父诗话》记载：

> 山谷至庐山一寺，与群僧围炉，同举《生公讲堂》诗，末云："一方明月可中庭。"一僧率尔云："何不曰'一方明月满中庭'。"山谷笑去。①

这里不仅情趣、姿态通于禅，语言也似斗机锋。黄庭坚提倡夺胎换骨、点铁成金，更把点化古人诗当成创作的良法。他常常改动前人诗作的语词以为自己的新作，如《诚斋诗话》举的例子：

> 《山谷集》中有绝句云："草色青青柳色黄，桃花零乱杏花香。春风不解吹愁去，春日偏能惹恨长。"此唐人贾至诗也，贾云："桃花历乱杏垂香，不为吹愁惹梦长。"②

黄庭坚还明确要求，写诗时要"用一事如军中之令，置一字如关门之键"③。

江西诗派的诗人大都喜欢禅，他们也都在一词一字上用工夫。曾几和韩驹也有"一字师"的故事：

> 汪内相将赴临川，曾吉父以诗送之，有"白玉堂中曾草诏，水晶宫里近题诗"之句，韩子苍改云"白玉堂深曾草诏，水晶宫冷近题诗"。吉父闻之，以子苍为"一字师"。④

韩驹又讲到下字之法：

> 正如弈棋，三百六十路格都有好着，顾临时如何耳……固有二字一意，而声且同，可用此而不可用彼者。《选》诗云"庭皋木叶下"，"云中辨烟树"，还可作"庭皋树叶下"，"云中辨烟

①转引《苕溪渔隐丛话前集》卷二〇。
②《诚斋集》卷一一五。
③《跋高子勉诗》，《豫章黄先生文集》卷二六。
④周紫芝：《竹坡诗话》。

木”，至此，唯可默晓，未易言传耳。①

吕本中提倡“活法”，也是落实到一字一词上，如他说：

潘邠老言：七言诗第五字要响，如“返照入江翻石壁，归云拥树失山村”，“翻”字、“失”字是响字也。五言诗第三字要响，如“园荷浮小叶，细麦落轻花”，“浮”字、“落”字是响字也。所谓响者，致力处也。予窃以为字字当“活”，活则字字自响。②

这里所谓“响”与“活”，当不仅是指音节，也是指修辞上的运用。

宋人诗话讲究用字，成为一时风气，例子不胜枚举。如胡仔说：

诗句以一字为工，自然颖异不凡，如灵丹一粒，点石成金也。浩然云：“微云淡河汉，疏雨滴梧桐。”上句之工在一“淡”字，下句之工在一“滴”字。若非此二字，亦乌得而为佳句哉。③

《玉林清话》：

赵天乐《冷泉夜坐》诗云：“楼钟晴更响，池水夜如深。”后改“更”为“听”，改“如”为“观”。《病起》诗云：“朝客偶知承送药，野僧相保为持轻。”后改“承”作“亲”，改“为”作“密”。二联改此四字，精神顿异，真如光弼入子仪军矣。④

《艺苑雌黄》：

予与乡人翁行可同行溯汴，因谈及诗。行可云：“王介甫最善下字，如‘荒埭暗鸡催月晓，空场老雉挟春骄’，下得‘挟’字最好，如《孟子》‘挟长’‘挟贵’之‘挟’。”予谓介甫又有“紫苋

①《诗人玉屑》卷六引《陵阳室中语》。
②《童蒙诗训》，转引《苕溪渔隐丛话前集》卷一三。
③《苕溪渔隐丛话后集》卷九。
④转引《诗人玉屑》卷一九。

凌风怯，苍苔挟雨骄”，陈无己有“寒气挟霜侵败絮，宾鸿将子度微明”，其用“挟”字，不与前一联同。①

如此等等，作诗、读诗、评诗、注诗，都讲究一字之工。这种风气，诟病者讥之为雕刻字句，凿削细微，至失唐以前诗自然的气象。但在诗的遣词造句间，辨析考究至一字含义的微细差别、音韵的声调、字面的鲜活、词性的转换等等，以求达到最佳的表达效果，以“一字”提起全句乃至全篇的精神，这也是对句律深研细琢的必然结果。

宋人以文字为诗，失于风神、兴象，在表现上一方面是好用诗讲道理、发议论，另一方面就是研炼文字。那些“一字师”的出现，就是后一方面的典型表现。而这两方面的表现，都受到禅的影响。

三

禅语中对一字一词的推究与运用，影响到诗歌创作的实践；而在理论上，禅要求“句中有眼”，也给诗坛上的“诗眼”论提供了启发。

“眼”本作“眼目”解，引申出“眼光”“眼界”和“关目”“关键”两方面的含义。禅的“句中有眼”正包含着这两方面的意义，已如上述。本文讨论的是禅语运用的后一方面。在诗歌上，“诗眼”一词的含义也有两个方面。如苏轼说：“君虽不作丹青手，诗眼亦自工识拔。”②韩驹说：“篇成不敢出，畏子诗眼大。”③范成大说：“道眼已

①转引《苕溪渔隐丛话后集》卷二五。

②《次韵吴传正枯木歌》，冯应榴辑注：《苏文忠公诗合注》卷三六。

③《次韵曹通判登拟岘台》，《陵阳集》卷二。

空诗眼在，梅花欲动雪花稀。”①这里的“诗眼”是指对于诗的眼光，论的是诗的境界。而下面要讨论的则是在造语方面的关键字方面，它们成了一句诗或一首诗的关目，也被称为“诗眼”。当然，这两个方面又是相关联的。

黄庭坚把诗的关目称为“句中眼”，这也是移禅语以论诗。释惠洪说：

> 造语之工，至于荆公、东坡、山谷，尽古今之变。荆公曰：“江月转空为白昼，岭云分暝与黄昏。”“一水护田将绿绕，两山排闼送青来。”东坡《海棠》诗曰：“只恐夜深花睡去，高烧银烛照红妆。”又曰：“我携此石归，袖中有东海。”山谷曰：“此皆谓之句中眼，学者不知此妙，语韵终不胜。”②

张元干《跋山谷诗稿》又以此称赞山谷诗：

> 山谷老人此四篇之稿，初意虽大同，现所改定，要是点化金丹手段。又如本分衲子参禅，一旦悟入，举止神色，顿觉有异。超凡入圣，只在心念间，不外求也。句中有眼，学者领取。③

系统阐述“诗眼”理论的是范温。他作有《潜溪诗眼》一书。他学诗于黄山谷，书中多引山谷语，实际代表了山谷一派人的观点。他所谓“诗眼”，取于“禅家所谓正法眼”。而其注意力所在，则主要是“炼字”。如说：

> 世俗所谓乐天《金针集》，殊鄙浅，然其中有可取者。“炼句不如炼意”，非老于文学不能道此。又云：“炼字不如炼句”，则未安也。好句要须好字，如李太白诗：“吴姬压酒劝客尝”，

①《次韵乐先生除夜三绝》，《石湖诗集》卷八。

②《冷斋夜话》卷五。

③《芦川归来集》卷九。

> 见新酒初熟，江南风物之美，工在“压”字。老杜《画马》诗：“戏拈秃笔扫骅骝”，初无意于画，偶然天成，工在“拈”字。柳诗：“汲井漱寒齿”，工在“汲”字。工部又有所喜用字，如“修竹不受暑”，“野航恰受两三人”，“吹面受和风”，“轻燕受风斜”，“受”字皆入妙。老坡尤爱“轻燕受风斜”，以谓燕迎风低飞，乍前乍却，非“受”字不能形容也。至于“能事不受相促迫”，“莫受二毛侵”，虽不及前句警策，要自稳惬尔。①

又：

> 句法以一字为工，自然颖异不凡，如灵丹一粒，点铁成金也。浩然云：“微云淡河汉，疏雨滴梧桐。”工在“淡”、“滴”字。如陈舍人从易偶然得杜集旧本，至《送蔡都尉》云“身轻一鸟”，其下脱一字。陈公因与数客各以一字补之，或曰“疾”，或曰“落”，或曰“起”，或曰“下”，莫能定。其后得一善本，乃是“身轻一鸟过”。陈公叹服一“过”字为工也。如淮海小词云：“杜鹃声里斜阳暮。”东坡曰：“此词高妙，但既云‘斜阳’，又云‘暮’，则重出也。”余因此识作诗句法，不可重叠也。②

从这些论述中，可以看出山谷等人论诗技法时对一字之工是多么看重。他们要求诗句中要有关键字，稳妥、响亮而又富于表现力，起到提起全句、耐人寻味的作用。顾长康绘画重视“点睛”，这关键的一字也是为诗“点睛”。“句眼”“诗眼”的提法也让人联想于此。

“句中眼”作为论诗的话头，甚至被当作创作的极致。黄庭坚是宗主杜甫的，他《赠高子勉》诗说：

> 拾遗句中有眼，彭泽意在无弦。顾我今六十老，付公以二

①《潜溪诗眼·炼字》，郭少虞辑：《宋诗话辑佚》卷上，中华书局，1980年。

②《潜溪诗眼·句法以一字为工》，郭少虞辑：《宋诗话辑佚》卷上，中华书局，1980年。

百年。①

陈师道评黄庭坚诗：

句中有眼黄别驾，洗涤烦热生清凉。②

吕本中评论谢无逸诗：

君行念此须饱参，即是溪堂句中眼。③

谢无逸《送吴君》诗也说到“问我句中眼”，他确是以此自豪的。谢迈有诗评论王维，说到“摩诘句中有眼”④。吴则礼则评论杜甫诗说：

丹青之引有句眼，昨者少陵今隐居。⑤

他又有诗说：

独许二毛有句眼，仍怜九死坐儒冠。⑥

吕本中还说道：

句中要有眼。非是要句句有之，只一篇之中一两句有眼，便是好诗。老杜诗篇篇皆然。⑦

张孝祥有赠信无言诗的逸事：

南昌信无言者，早以诗鸣于丛林。徐公师川、洪公玉父品第其诗韵致高古，出瘦权、懒可一头地……于湖居士张公帅潭，闻其高风，力致出世湘西鹿苑，赠之以诗曰：“……句中有

①《豫章黄先生文章》卷一二。
②《答魏衍黄豫勉予作诗》，《后山诗注》卷六。
③《临川王坦之故从溪堂先生谢无逸学北行过广陵见余意甚勤其行也作诗送之》，《东莱先生诗集》卷六。
④《集庵摩勒园观李伯石画阳关图》，《竹友集》卷四。
⑤《二疏遗荣图》，《北湖集》卷二。
⑥《离朱方寄怀子和》，《北湖集》卷三。
⑦转引林之奇：《拙斋文集》卷二。

眼悟方知，悟处还应痛着锥。一个身心无两用，鸟窠拈起布毛吹……”①

这里结句是用鸟窠禅师对“如何是和尚佛法”一问时于身上拈起布毛吹之的公案。周必大有题跋说道：

笔端有口，句中有眼，夫岂一日之功哉！②

蔡沈评论李、杜诗：

少陵备众体，太白真谪仙。微情寄风月，肺腑皆天然。自从句中眼，一字千金钱。于今百余载，诵说如何悬。③

总之，在宋代诗人的议论中，“诗眼”乃是十分重要的话题。宋人笔记如罗大经《鹤林玉露》有“诗用字”条，李季可《松窗百说》有“诗眼”条，都是专论“诗眼”的。

还有一种看法，将“诗眼”归之于“悟”。这是“以禅论诗”的一解，又把“诗眼”中“眼光”与“关目”两个方面的意义沟通起来了。

释惠洪在《冷斋夜话》中说：

句中眼者，世尤不能解。语言者，盖其德之候也，故曰：“有德者必有言。”④

这就明确指出了语言的表现力决定于道德修养的浅深。在他的《林间录》里记载了王安石的一段故事：

王文公方大拜，贺客塞门。公默坐甚久，忽题于壁间曰：“霜筠雪竹钟山寺，投老归欤寄此生。”又元宵赐宴相国寺，观俳优，坐客欢甚，公作偈曰：“诸优戏场中，一贵复一贱，心中本

---

①晓莹：《感山云卧纪谈》卷下。

②《跋杨廷秀石人峰长篇》，《文忠集》卷四九。

③转引《永乐大典》卷八九六“诗”字韵录《蔡九峰集·读江西诗呈游光化料院》。

④《冷斋夜话》卷四。

自同，所以无欣怨。”余尝谓同学曰：“此老人通身是眼，瞒渠一点也不得。”①

“通身是眼”是云岩昙晟的话头，是对答“大悲千手眼，那个是正眼”的提问的。用在这里讲的是王安石禅解之精深。就惠洪来说，所谓“有德”的核心内容亦正是禅解。

后来牟巘说：

大率不蔬笋，不葛藤，又老辣，又精采，而用字新，用字活，所谓诗中有句，句中有眼，直是透出畦径，能道人所不道处。想当来必从悟入，非区区效苦吟生钵心陷胃作为如此诗也。或谓禅家每以诗为外学，上古德多有言句，不知是诗是禅，是习是悟，是外是内耶？②

如此将言句与“悟”联系起来，也是意在挽救只在文字上用功夫的偏失。后来谢启昆论韩驹：

磨淬功深费剪裁，颍滨门下数清才。诸方参遍通禅悦，法眼拈成信手来。③

他强调韩驹通禅悦，得法眼，所以磨淬功深，信手拈来，也是强调禅悟为关键。

宋人“以文字为诗”，形成为诗坛的一时风气。在这一方面，宋诗有成功处，亦有偏失之处。对每个诗人的具体表现又要作分析。而这种风气的发展与兴盛，是与禅宗及其言句有密切关系的。以上探讨的禅的“句中有眼”与诗的“诗眼”的关系，只是其中表现的一面。扩而言之，更可以了解禅宗对整个诗坛的影响。

原载于（日本）《俗语言研究》1996年第3期

---

①《林间录》卷下。

②《跋恩上人诗》，牟巘：《陵阳集》卷一七。

③《读全宋词仿元遗山论诗绝句二百首》，《树经堂诗集》初集卷一一。

"心镜"考

《坛经》里分别记述在神秀和慧能名下的两个示法偈，神秀偈是：

身是菩提树，心如明镜台。时时勤拂拭，莫使有尘埃。

慧能偈有二：

菩提本无树，明镜亦无台。佛性常清净，何处有尘埃?

心是菩提树，身是明镜台。明镜本清净，何处染尘埃?①

两个偈分别利用"镜"喻表达了对立的禅观，一向作为区别南、北二宗观念的典型言论流传。中外前辈学者对之已作过精辟的论述，笔者亦曾略献刍议②。题目虽然显得很小，很具体，实则关系到思

①引据敦煌本。慧能第二偈"'心''身'二字应须互易，当是传写之误"，见陈寅恪：《禅宗六祖传法偈之分析》，《金明馆丛稿二编》，上海古籍出版社，1980年，第166页。

②早在60余年前，陈寅恪在《禅宗六祖传法偈之分析》(《清华学报》第7卷第2期，1932年；收入《金明馆丛稿二编》，上海古籍出版社，1980年)一文里已论及"心镜"比喻问题。1947年，法国学者戴密微(Paul Demiéville)发表《灵镜》(《Le miroir spirituel》，《Sinologica》，Ⅰ，Ⅱ，Basel；N. Donner英译《The Mirror of the Mind》，收入P. N. Gregoly所编《Sudden and Gradual》一书，1978年；日译文有柴田增实译《靈鏡》，《禅學研究》第50号，1960年；林信明译《靈なる鏡》，收入《国際禅學研究所研究報告〈第一册〉・ポール・ドッエヴィル禅學論集》，1988年)一文，从世界思想史和宗教史的广阔角度讨论了这一问题。日本学者福永光司的《道教における鏡と劍——(转下页)

想史与宗教史上的大问题。本文在已有的成果上再献刍议,请教于方家。

一

《十三经》里无“镜”字,使用同义的“鑑”字(或通作“鉴”),除了本义之外,或取义“鉴照”(如《左传·昭公二十八年》“光可以鉴”),或取义“鉴借”(如《诗·文王》“宜鉴于殷”),或取义“鉴视”(如《书·太甲上》“天鉴厥德”)。取义与“心”即人的意识活动有关联的,如《诗·柏舟》“我心匪鉴”,也只是“鉴照”的引申义。中国古代“镜”这一概念的使用情况,如戴密微所指出,表现了在古代中国人的意识中,缺乏自身具有纯粹的灵性即内在绝对性的观念(见第216页注②所述文)。在中土传统中,从哲理意义或宗教意义上使用“镜”喻的是道家和道教。如《庄子·德充符》:“仲尼曰:人莫鉴于流水,而鉴于止水。”这里用的还是“鉴”的功能的引申义。具有更高的哲理意义的是《应帝王》里所说:“至人之用心若镜,不将不迎,应而不藏,故能胜物而不伤。”还有《庄子》外篇《天道》:“水静犹明,而况精神?圣人之心静乎!天地之鉴也,万物之镜也。夫虚静恬淡寂漠无为者,天地之平而道德之至。故帝王圣人休焉。”这些则是比“心”为“镜”。但它们说的还是体道的境界,即内心与道契合而达到虚静的状态。以后如《淮南子·览冥训》“故圣若镜,不将不迎,

(接上页)その思想の源流》(《東方學报(京都)》第43册,1973年)主要论述道教,也相当详细地阐述了中国思想史上“镜”的思想。孙昌武《明鏡與泉流——論南宗禅影响于詩的一个側面》(《東方学報(京都)》第63册,1991年;收入《诗与禅》,东大图书公司,1994年)则论述了禅宗“镜”的观念在中国诗歌史上的影响。

应而不藏，故万化而不伤”，《列子·仲尼》“关尹喜曰：在己无居，形物者著，其动若水，其静若镜，其应若响”等等，也都是形容一种心态。这还都是被动的“应物”的心态，意在说明清静无为的精神。这种心态往往是以消极寓积极的，正体现了道家的精神。后来道教赋予镜以道术化、神秘化、符咒化的意味，利用镜来驱邪辟祸等，镜则被用作法器了。

利用“镜”喻来表述对心性本质的认识，是佛典使用的方法，随着佛典的传译而传入中土。认为人的自性本来清净无染的观念即所谓“心性本净”说，部派佛教时期即已存在①，其利用明镜的明净来比喻心性的清净，不但形容新颖透彻，而且观念也是全新的。反映原始佛教观点的《中阿含经》卷五四《大品阿梨经》中说：

> 云何比丘圣智慧镜？我慢已尽，已知拔绝，根本打破，不复当生，如是比丘圣智慧镜。（《大正藏》卷一，第766页上）

有部的总结性论书《阿毗达摩大毗婆沙论》卷二二《杂蕴第一中智纳息》中则说：

> 烦恼未断，故心有随眠。圣道现前，烦恼断故，心无随眠。此心虽有随眠、无随眠时异，而性是一。如衣、镜、金等未浣、磨、炼时名垢衣等；若浣、磨、炼已，名无垢衣等。有、无垢等，时虽有异，而性无别，心亦如是。（《大正藏》卷二七，第110页中）

这都是利用“镜”喻来表现部派佛教“性净而有染”的观念。

从大乘佛教的“般若空”观看来，心性的清净即决定于“空”，它本质上即是“空”。后汉支娄迦谶译《般舟三昧经》说：

> 佛告飏陀和……菩萨如是持佛威神力，于三昧中立自在，欲见何方佛即得见。何以故？持佛力、三昧力、本功德力，用

① 世友《异部宗轮论》：“大众部、一说部、说出世部、鸡胤部，本宗同义者……心性本净，客尘烦恼之所杂染，说为不净。”

是三事故得见。譬如人年少端正，着好衣服，欲自见其形，若以持镜，若麻油，若净水、水精，于中照自见之。云何？宁有影从外入镜、麻油、水、水精中不也？飏陀和言：不也，天中天，以镜、麻油、水、水精净故。(《大正藏》卷一三，第899页中)

所谓“般舟三昧”即“佛立现前三昧”，是观佛的一种禅观。这里说实践它的根据在自心清净，即用“镜”等为比喻。在集中表现大乘空观的“般若十喻”里，“若镜中像”是其中一喻①。后来这一比喻广泛运用于大乘经典之中②。

到了大乘中期的佛性思想里，“镜”喻又被用来说明众生佛性的圆满具足。如四卷《楞伽经》卷一：

譬如明镜顿现一切无相、色相，如来净除一切众生自身现流亦复如是。(《大正藏》卷一六，第486页上)

这实质也是说众生心如明镜，本来是清净的。《密严经》卷中有偈说：

审量一切法，如称、如明镜，又如大明灯，亦如试金石。远离于断灭，正道之标相。修行妙定者，至解脱之因，永离诸杂

①《摩诃般若波罗蜜经》卷一《序品第一》：“解了诸法如幻、如焰、如水中月，如虚空、如响、如犍闼婆城、如梦、如影、如镜中像、如化。”(《大正藏》卷八，第217页上)龙树解释“若镜中像”说：“如镜中像，非镜作，非面作，非执镜者作，亦非自然作，亦非无因缘。”并有偈曰：“若法因缘生，是法性实空；若此法不空，不从因缘有。譬如镜中像，非镜亦非面，亦非执镜人，非自非无因。非有亦非无，亦复非有无，此语亦不受，若是名中道。”(《大智度论》卷六)

②如什译《法华经》卷六《法师功德品第十八》：“若持《法华经》，其身甚清净，如彼净琉璃，众生皆喜见。又如净明镜，悉见诸色相，菩萨于净身，皆见世所有。”(通行本)什译《维摩经》卷中《观众生品第七》：“譬如幻师见所幻人，菩萨观众生为若此。如智者见水中月，如镜中见其面像……”(通行本)魏译《无量寿经》(此译本所出有异议)卷上：“国土清净，皆悉照见十方一切无量无数不可思议诸佛世界，犹如明镜睹其面像。”等等。

染，转依而显现。（《大正藏》卷一六，第738页下）

而唯识思想的根本经典《解深密经》以净镜等能见影像，来比喻“三摩地所行影像显现”（《大正藏》卷三二，第698页中）。“镜”喻则又用来说明阿赖耶识的真常净识的本质了①。

这样，以镜的明净来喻“心”，体现一种在中土前所未有的对于“心”的认识，即主张“心”是绝对清净的，它的本质与绝对（空、如来藏、佛性）相契合，因而它也是绝对的主体。这是中土传统没有的新观念。

二

日本学者塚本善隆研究云冈和龙门石窟造像的流变后曾指出，中国佛教经过了从认识“印度的悉达太子如何成佛”到追求“我们中国人如何得救”的过程②。这一发展大势同样反映在中国人对

①关于阿赖耶识的真、妄是六朝时期义学争论的主要问题之一。这里只是指出唯识学者以“镜”喻来说明“性净”一点。

②参阅塚本善隆：《支那佛教史研究·北魏篇》，清水弘文堂，1969年。此书的第八章《龍门北魏佛教の歷史的性格》里有一段总结性的话说：“如上所述的龙门北魏窟，在它之前有云岗石窟，以及它之后发展的龙门唐代造像，我以为把三者连贯起来，可以概观中国佛教发展的三个主要阶段。云岗石窟表现的是‘印度的悉达太子如何成佛’的以释迦传为中心的佛教。这是外来佛教早期受容的朴素的形态。龙门北魏窟则显示了‘印度的释迦佛说了些什么’。而到了唐代的造像，表现的则是‘我们中国人如何得救’的中国国民的佛教。第一、二两种佛教，都是‘印度的释迦如何成佛之教’，第三种则是‘中国国民成佛之教’，即由以释迦为中心的思考方式转向以自身为根本的思考方式。这显示出外来的印度佛教已发展为中国国民的佛教了。”（第606页）

佛性问题的认识上。本来佛教追求的目标是解脱"成佛"、不生不灭的"涅槃",但在中国的发展中,更被注重的却是自身的"觉悟",更重视"佛性"在现实人生中的实现与发扬。所以在中国,"佛性"问题也受到更多的重视,并成为六朝佛教义学研究的最为重要的问题之一。所谓"性起""性具"、"本有""始有"、"本觉""始觉"等等,虽然看法分歧,争论不休,但讨论均集中到一点,即"佛性"(实际是"人性"的曲折的反映)在现实人生中能否实现和如何实现的问题。

在说明这些问题时,义学沙门和佛教信徒往往因袭外来佛典而使用"镜"喻。较早的如晋谢敷(这是一位虔诚的信仰者,不只热心于教义的研习,还倾心观音信仰等宗教实践)说:

> 若欲尘翳心,慧不常立者,乃假以安般,息其驰想,犹农夫之净地,明镜之莹划矣。然即芸耨不以为地,地净而种滋;莹划非以为镜,镜净而照明。故开士行禅,非为守寂,在游心于玄冥矣。(《安般首意经序》,《出三藏记集》卷六,中华书局,1995 年,第 246 页)

僧肇《涅槃无余论》①说:

> 夫至人虚心冥照,理无不统。怀六合于胸中,而灵鉴有余;镜万有于方寸,而其神常虚。(《肇论中吴集解》)

宗炳的《明佛论》说:

> 今有明镜于斯,纷秽集之,微则其照蔼然,积则其照朏然,弥厚则照而昧矣。质其本明,故加秽犹照。虽从蔼至昧,要随镜不灭。以之辩物,必随秽弥失,而过谬成焉。人之神理,有

---

①此论是否为僧肇所作,学术界有异议。参阅汤用彤:《汉魏两晋南北朝佛教史》第二分册第十六章《慧观渐悟义》,中华书局,1983 年;吕澂:《中国佛教思想源流》第五讲《关河所传大乘龙树学》,中华书局,1979 年。

类于此。(《明佛论》,《弘明集》卷二,上海古籍出版社影印碛砂藏本,1991年,第11页下)

参与慧远东林结社的王齐之的《念佛三昧诗》中说:

神资天凝,圆映朝云,与化而感,与物斯群。应不以方,受者自纷,寂尔渊镜,金水尘纷。(逯钦立辑校:《先秦汉魏晋南北朝诗·晋诗》中册卷一四,中华书局,1983年,第935页)

梁武帝萧衍的《净业赋》说:

离欲恶而自修,故无障于精神。患累已除,障碍亦净,如久澄水,如新磨镜。外照多像,内见众病,既除客尘,反还自性。(《全上古三代秦汉三国六朝文·全梁文》卷一,中华书局,1958年,第2951页上)

这都是以"镜"喻说心性的。从上引几例可以看出,中土人士主要是利用"镜"喻来说明修证依据及其重要,即佛性在现实中的实现问题,而不是抽象的理论问题。

题为马鸣菩萨造、真谛译的《大乘起信论》①可视为六朝义学心性研究的总结性的概要。其中所提出的"真心本觉"说,乃是调和关于"佛性"问题诸家争论而得出的结论。在论述"心生灭门"的"觉义"时说:

复次,觉体相者,有四种大义,与虚空等,犹如净镜。云何为四?一者如实空镜,远离一切空境界相,无法可现,非觉照义故;二者因熏习镜,谓如实不空,一切世间境界,悉于中现,不出不入,不失不坏,常住一心,以一切法即真实性故;又一切

①此论隋法经《众经目录》已列入《疑惑部》,以后多有人对撰者与译者提出疑问。至近代,中外学者更多有论证其为中土撰述者,此说已近为定论。但对于中国佛教史研究重要的是,此论影响广泛、巨大,概括、集中地表现了中土的观念。

染法所不能染，智体不动，具足无漏，熏众生故；三者法出离镜，谓不空法，出烦恼碍、智碍，离和合相，淳净明故；四者缘熏习镜，谓依法出离故，遍照众生之心，令修善根，随念示现故。(金陵刻经处本，8B—9A页)

按传统的解释，一、二两喻(空镜、不空镜)是说觉体的自性净，是就“体”说，因隐；三、四两喻(净镜、离垢镜)是说觉体的离垢净，是就“用”说，果显。这就把外来的“性净而有染”的理论作出了新的发挥，统合了“本觉”“始觉”等不同观点，论证了普遍的佛性说。就是说，用“镜”体的明净说明“心”的“空”性及其由“因”“缘”而有染的关系。

众所周知，《起信》思想对于天台、华严、禅宗的宗(教)义有着巨大的影响①。天台教学主张“性具善恶”，在心性理论上通于“有染”观念，因此更强调修证。其主要论书《摩诃止观》里频频使用“镜”喻，用于说明心性，如：

中道明镜本无诸相，无相而相者，妍丑由彼，多少任缘。(卷七下)

明者如镜月燎亮……定者只一心澄静。(卷九上)

自相是空，本来虚寂，譬如镜柱，本自非柱。(卷三下)

无量业相，出止观中，如镜被磨，万像自现。(卷八下)

(如相念佛)如镜中像，不外来，不中生，以镜净故，自见其形。(卷二上)

安心中道，故名为忍……此忍具一切法，如镜有像，瓦砾不现，中具诸相，但空则无。(卷四下)

---

①隋唐时期兴盛的佛教诸宗，可分为三类。第一类三论、法相和密宗，主要还是传述外来教理的；第二类天台、华严、禅宗，则主要表现为中土消化外来教义、融摄中土传统思想学术的新创造；第三类律宗和净土宗，则是中土发展的修行规范和法门。论述中国佛教的思想、理论成果，主要应注重第二类。

如此等等，广用“镜”喻以建立其“三谛圆融”“一心三观”之旨。

后来唯识宗也以“镜”喻说明内识的清净本质，讲“转识成智”后证得“大圆镜智”；华严宗的法藏主张“自性清净圆明体”，在说明其“遍行之境”时，作譬说“若曦光之流彩，无心而朗十方；如明镜之端形，不动而呈万像”；在讲“依止起观”时，又立第五“多身入一镜像观”（《修华严奥旨妄尽还源观》）。还曾以镜像互映的重重无尽来说明法界缘起观念。实际上这都涉及佛性理论的说明。

这样，在佛教义学里，普遍地以“镜”与外物的关系来比喻“心”（或识、智）与“法”、净与染的关系来阐发心性理论。而其核心内容则突出了心性清净及其如何实现。这是中土传统本来缺乏的观念。它在宗教的歪曲的形式下发展了作为世界观重要部分的“人性”论，表现出对于人性的自觉和对人的能力的无限性的信念。

三

佛教的心性学说，到了禅宗有了一个新的、本质的飞跃。它把佛教传统上对心性的认识发展到了全新的阶段。在阐发这一学说当中，又在新的含义上运用了“镜”喻。而慧能所发展出的南宗禅更以其独特的“镜”喻，表现了新颖深刻的心性观念。

禅宗的“自性清净”说，立足于“见性”的实践之上。就是说，肯定自性本来清净，圆满具足，不假外铄，修证只是“见性”即发现自己“本来面目”的功夫。这样，这自性是不可能“有染”的，而是绝对清净的。就如明镜一样，是尘垢所不能染污的。这是与外来佛教“心净而有染”说全然不同的观念。

早期的看法（即后来所谓“北宗”的观点）见净觉《楞伽师资记》：

(求那跋陀罗)大道本来广遍,圆净本有,不从因得。如似浮云底日光,云雾灭尽,日光自现……亦如磨铜镜,镜面上尘落尽,镜自明净,诸法无行。(柳田圣山校注本,筑摩书房,1985年,第112页)

(惠可)佛性犹如天下有日月,木中有火。人中有佛性,亦名佛性灯,亦名涅槃镜。是故大涅槃镜,明于日月,内外圆净,无边无际。(柳田圣山校注本,筑摩书房,1985年,第146—147页)

(道信)正以如来法性之身清净圆满,一切像类悉于中现,而法性身,无心起作。如颇梨镜悬在高堂,一切像悉于中现,镜亦无心能现种种……独一清净究竟处,心自明净。或可谛看,心即得明净,心如明镜。(柳田圣山校注本,筑摩书房,1985年,第199页)

五祖弘忍说:

我既体知众生佛性本来清净,如云底日,但了然守本真心,妄念云尽,慧日即现。何须更多学知见所生死苦、一切义理及三世之事。譬如磨镜,尘尽明自然现。(《最上乘论》,《续藏经》第一一〇册,第830页下)

这即是早期禅宗主张的“看心”(“观心”)、“守心”“净心”等观念。主要是两个观点:一是承认“尘垢”的存在,但“心”的清净本质是不受影响的;二是为了实现自心的清净,则应努力于去染求净的心性修养功夫。《坛经》里神秀的偈就集中表现这种观念。“身是菩提树”是陪衬(其比喻不当,如陈寅恪所指出),主要是说“心如明镜台”,并要求“时时勤拂拭”,以达到“莫使有尘埃”。这作为早期禅宗的看法,在士大夫的文字里也有所表现,如张说《大通禅师碑》:

额珠内隐,匪指莫效;心镜外尘,匪磨莫照。(《全唐文》卷二三一,中华书局,1960年,第2336页上)

李邕《大照禅师塔铭》：

宝镜磨拂，万象乃呈；玉水清澄，百丈乃见。（《全唐文》卷二六二，第2658页下）

《楞伽师资记》载中宗敕：

故秀禅师，妙识外融，灵机内彻。探不二之奥，独得髻珠；守真一之门，孤悬心镜。（柳田圣山校注本，筑摩书房，1985年，第306页）

北宗的这种观念，显然还没有和传统佛教的“性净而有染”的观念划清界限。此外，确立这种观念还有一个关键的前提，即承认主观的心性仍是和客观对立的存在。这样，仍没有无条件地肯定心性的绝对性。

到了慧能，提倡以“无念”“见性”为核心的全新的禅观，否定了北宗的“修心”之说，从而发展了绝对地肯定个人主观的心性说。

两首偈中的第一首，突出发挥了《金刚经》“心无所住”的精义，这也是“般若空”观的发挥，即肯定心的“空”性，心不是实有的。这是和有宗对立的观念，从根基上否定与客观对立的、需要“修”“净”的心的存在。

在此基础上，彗能提出第二偈，但强调指出的是如“明镜台”的心是绝对清净的，没有“尘埃”可以污染它，即它是没有对待的、绝对的。所谓“自见本性”，就是觉悟这一点，这也是不要任何修证的，自己认识自己的“顿悟”。

印度佛教的“心性本净”说只是众生成佛的“因”，实现成佛的“果”还有其他条件（可能要经过历劫的修证）。经《起信》的“真心本觉”说到北宗的“净心”说，把目光转到对“自性”的肯定与运用上来，但仍承认主观心性与客观的对立，要求人们在“修心”上下功夫。到了慧能所倡的南宗，才把大乘心性说与儒家“性善”论、“致诚返本”说、道家“齐物”、“自然”思想相融合,发挥出全新的、纯任主观的绝对的心性说。

四

如果认为“心”可领纳万物,受到染污,还需要来“修”“净”,则它就还不是绝对的。这个“心”仍是有分别、对待的“心”。从传统佛教到北宗的“镜”喻的内涵里,正表现了这样的矛盾。

南宗禅从新的意义上利用“镜”喻,以发挥其对于心性的全新的理解,即认为清净“自性”是圆满自足的,不假外铄的,其清净是绝对的,没有尘垢能够污染它。所谓“尘垢”只是“返照”作用的结果,这种“返照”反而更能表明其自身的清净。这样,真正达到“无念”“见性”之后,不必安住不动,更不须与外物绝缘,“自性”永远保持绝对的“清净”;正如明镜映照万物(不管多么污秽)而不乱光辉,清净自性,领纳外物也无碍其清净本质。所以,这“清净心”就不必是死守枯寂或隔离世事的,而是大用现前,开放自由的;不是被动、消极的,而是活泼泼的。正是沿着这个思路,后来发展出洪州禅“平常心是道”的更具开放性和现实性的禅观①。

神会的心性学说继承了慧能的观点,他与庐山简法师有一番对答:

①南宗禅在慧能以后,分化出众多的派系,而以马祖道一一系的思想体系影响巨大。这一派主张“平常心是道”,把“清净自性”等同于“平常心”,把禅宗的心性学说发展到新的阶段,代表了禅宗的新的思想水平。因此论述中晚唐兴盛期的南宗禅以这一派为代表。马祖弘法于洪州。“洪州宗”的提法起于宗密。参阅柳田圣山:《禅思想》,中央公论社,1982 年;柳田圣山、梅原猛:《佛教の思想・無の探求》,角川书店,1985 年。

> 庐山简法师问："明镜高台能照，万像悉现其中，若为？"答："'明镜高台能照，万像悉现其中'，古得相传，共称为妙。今此门中未许此为妙。何以故？明镜能照万像，万像不现其中，此将为妙。何以故？如来以无分别智，能分别一切；岂将有分别心即分别一切？"（《神会语录》，胡适校：《神会和尚遗集》卷一，台北胡适纪念馆，1982年，第140—141页）

这里所谓"古得"（"德"之通借）相传的"明镜照万像"的观点，即是前述的传统喻义。北宗的道信正是这样的看法："正以如来法性之身清净圆满，一切像类悉于中现，而法性身，无心起作。如颇梨镜悬在高堂，一切像悉于中现，镜亦无心能现种种。"（《楞伽师资记》）但神会认为这种看法"未为妙"。他认为"无分别智"是绝对，是不可能起分别之心的。他对张说论"无念法"：

> 答："……譬如明镜，若不对像，镜中终不现像。今言现像者，为对物故，所以现像。"问："若不对像，照不照？"答："今言照者，不言对与不对，俱常照。"问："既言无形像，复无言说，一切有无，皆不可立。今言照者，复是何照？"答："今言照者，以镜明故，有此性。以众生心净故，自然有大智慧光，照无余世界。"（《神会语录》，胡适校：《神会和尚遗集》卷一，台北胡适纪念馆，1982年，第115—116页）

因此他认为，"心"的清净是绝对的，正如"镜"的明净是绝对的一样。外物不但不能改变"镜"的明净，反而能"返照"出它的光辉。绝对的"清净自性"是自主、自足、自由自在的。这样的"净心"当然是和绝对的佛性等一的。这就引申出洪州禅的观点："平常心"就是"清净心"，就是"道"。洪州学人也利用"镜"喻，如马祖道一说：

> 心生灭义，心真如义。心真如者，譬如明镜照像。镜喻于心，像喻诸法。若心取法，即涉外因缘，即是生灭义；不取诸

法，即是真如义。（入矢义高编：《馬祖の語録》，禅文化研究所，1984年，第42页）

大珠慧海：

喻如明镜，中虽无像，能现一切像。何以故？为明镜无心故。学人若心无所染，妄心不生，我、所心灭，自然清净。（《顿悟入道要门论》，《续藏经》第一一〇册，第841页上、下）

黄檗希运：

什么心教汝向境上见？设汝见得，只是个照境底心。如人以镜照面，纵然得见眉目分明，元来只是影像，何关汝事？（《黄檗山断际禅师传心法要》，《大正藏》卷四八，第383页中）

南泉普愿：

明暗自去来，虚空不动摇。万像自去来，明镜何曾鉴？（《祖堂集》卷一六，禅文化研究所，《禅学资料丛书》影印本，1992年，第588页）

属于青原一系的石头希迁也有相似的看法：

心佛、众生、菩提、烦恼，名异体一。汝等当知，自己心灵体离断常，性非净垢，湛然圆满，凡圣齐同，应用无方，离心意识。三界六道，唯心自现，水月镜像，岂有生灭？（《景德传灯录》卷一四，禅文化研究所影印东禅寺版，第268页上）

又属于牛头系的径山道钦也同样：

水无动性，风止动灭；镜非尘体，尘去镜澈。众生自性，本同诸佛。求法妄缠，坐禅心没。（李吉甫：《杭州径山寺大觉禅师碑铭》，《全唐文》卷五一二，第5207页）

宗密在禅观上是承袭荷泽的，与洪州禅的看法不同。他在《禅门师资承袭图》第三里分析洪州一系的“心性”理论说：

> 真心本体有二种用：一者自性本用，二者随缘应用。犹如铜镜，铜之质是自性体，铜之明是自性用，明所现影，是随缘用。影即对缘方现，现有千差；明即自性常明，明唯一味。以喻心常寂，是自性体；心常知，是自性用；此能语言、能分别、动作等，是随缘应用。今洪州指示能语言等，但是随缘用，阙自性用也。（《续藏经》第一一〇册，第437页下）

宗密出于自己的立场，对洪州禅的批评是有偏颇的。洪州禅确是特别强调随缘应用，但并未忽略“自性用”。但通过他的分析，却可以帮助揭示禅宗“心性”理论的层次。即自早期禅宗到洪州禅，在主张“自性清净心”这一“自性体”的前提下，由强调“见性”实践的“自性本用”发展到强调“随缘应用”，从而肯定了“平常心”的体、用全面的绝对性。

禅思想的这一发展，在禅观的形式下表现出强烈的主观个性的自觉，曲折地反映了在唐代开放的社会环境下发展起来的具有个性解放意义的思想要求。而主张无修无证，不受人惑，做顶天立地的大丈夫，以至发挥出呵佛骂祖、毁经慢教的禅风，更表现出大胆叛逆的性格。这不只在禅门中，而且在广泛的思想文化领域造成了巨大的影响。

但南宗禅张扬虚灵的“自性”，没有积极充实的思想内容为基础。结果它的具有个性独立与自主意义的“心性”说没能进一步得到发展而很快地蜕化了。特别是表现在实际的宗教修持和人生践履上，要求任运随缘，自在逍遥，做“无为无事的闲人”，完全取消极的姿态。后来随着禅宗发展的贵族化、形式化，其“心性”学说的积极方面也渐被消泯了。

但是慧能的以“无念”“见性”为核心的心性说的积极内容及其在一代思想文化中所起的积极作用是不可低估的。而从以后的发展看，其有价值的部分被宋、明理学所汲取，成为理学“性理”学说的有机部分而在思想史上发挥巨大作用。

原载于《六祖慧能思想研究——“慧能与岭南文化”国际学术研讨会论文集》，学术研究出版社，1997年

唐代文人的佛教信仰

——禅与净土

一

在唐代佛教诸宗派并盛的局面下，有两个宗派得到了广泛的弘传，一个是净土，一个是禅。禅主要在士大夫间，净土则流传到社会上下更广泛的层面。唐代文人所受佛教的影响，实际上主要是这两个宗派，其在文学中的影响也特别充分和突出。

但禅与净土无论是根本宗义，还是修持方式，都是相互矛盾，甚至是对立的。

西方净土信仰是在大乘佛教发展中形成的特殊成分，在佛教传入中土的早期已经输入①，自东晋逐渐在社会上流传开来。推动净土信仰在中土文人间弘传的，首先有东晋名僧慧远。他在庐山

①净土信仰是大乘佛教发展出的新的"佛土"论的产物，在中土影响巨大、深远的有弥勒净土信仰和弥陀净土信仰。隋唐时期发达的净土宗是宣扬西方阿弥陀净土的，这也即是本文论述的净土教。可考最早传入这一信仰的是后汉灵帝光和二年所出《般舟三昧经》。关于净土思想的形成和发展，参阅藤田宏达：《原始淨土思想の研究》，岩波书店，1970 年。

般若台阿弥陀佛像前和居士刘遗民等一百二十三人"建斋立誓,共生西方"①,被后代追认为净土宗的初祖②。但他的净土信仰乃是大乘禅的实践,和以后的净土宗在内容上和修持上都有根本的不同。北魏到初唐的昙鸾、道绰和善导等一系列净土大师弘扬起新兴的净土观念,用简易的归心和念佛代替了繁难的修持,用死后得以往生的"有相净土"代替了作为禅境的"唯心净土",从而使得这一信仰成了十分简单易行的、为芸芸众生指示"来生之计"的实践法门。善导更被唐朝廷礼重为"大德",在首都长安传教,造成了巨大的影响。

禅宗在中土的法系可追溯到行化北魏的达摩,但新宗派的实际创立者应是唐初活动在湖北黄梅的道信和弘忍③。这一新的禅法对流传的大乘禅进行了根本的改造,使之成为以"明心见性"为主旨,同样具有简易性格的修行法门。到了武后统治的后期,这一派禅法北上中原,进入朝廷,影响渐大。作为标志的是久视年间朝廷迎请神秀入朝,成为"两京法主,三帝国师"④。其弟子和再传弟子普寂、义福、惠福等更有盛名于开元年间。到了慧能的弟子神会北上中原,和被斥为"北宗"的一系相对立而提倡"南宗"更加开放、新颖的禅法,渐得更多人的崇信,如张说、严挺之、李邕等一时知名之士都纷纷皈依到宣传新禅观的禅师门下。

净土信仰流传久远并已广有群众影响,禅则是唐代方始兴起的。禅宗的大德们自立宗伊始即对净土进行激烈的批判。这当然是因为二者在观念上的对立是十分尖锐的;但二者同样具有群众

①慧皎:《高僧传》卷六《慧远传》。

②南宋时的志磐于度宗咸淳四年所著《佛祖统纪》卷五四整理净土宗的七祖传承,即慧远、善导、承远、法照、少康、延寿、省常;后来灵芝元照加以补充。

③禅宗法系的组织,是从弘忍的弟子一辈开始的。直到神秀的再传弟子净觉约于中宗神龙年间所著《楞伽师资记》仍把求那跋陀罗作为初祖,即意味着后来的六祖传承仍未定型。又本来"禅宗"一语是指习禅的人,用来指称新的宗派始于中唐时期。

④张说:《唐玉泉寺大通禅师碑铭》,《全唐文》卷二三一,第 2335 页。

性、实践性的特征，争夺阵地的形势也十分严峻。

道信提倡“安心”“看心”“守心”之道，把“修心尽净”、使心不散乱当作“入道”的根本途径。他在《入道安心要方便法门》里说：

> 常忆念佛，攀援不起，则泯然无相，平等不二。入此位中，忆佛心谢，并不须征。即看此等心，即是如来真实法性之身。亦名正法，亦名佛性，亦名诸法实性实际，亦名净土，亦名菩提、金刚三昧、本觉等，亦名涅槃界、般若等。①

这是完全否定了“有相净土”的存在。他又有对话说：

> 问：“临时作若为观行？”信曰：“直须任运。”又曰：“用向西方不？”信曰：“若知心本来不生不灭，究竟清净，即是净佛国土，更不须向西方……佛为钝根众生，令向西方，不为利根人说也。”②

按这个看法，所谓“西方净土”只是对钝根人的方便说法。到了慧能和神会的“南宗禅”，以“无念”“见性”为纲领，变“北宗禅”的“看心看净”的修心功夫为“顿悟清净心”，即对“自性”的体认，因而也就更坚决地否定一切外在驰求的努力。慧能有对韦使君的一段话：

> 使君，听慧能与说。世尊在舍卫城说西方引化，经文分明，去此不远。只为下根说远，说近只为上智。人有两种，法无两般。迷悟有殊，见有迟疾。迷人念佛生彼，悟者自净其心。所以佛言：随其心净则佛土净。使君，东方人但净心即无罪，西方人心不净亦有愆……使君，但行十善，何须更愿往生？不断十恶之心，何佛即来迎请？若悟无生顿法，见西方即在刹

---

①净觉：《楞伽师资记》，柳田圣山：《初期の禅史Ⅰ》，筑摩书房，1971年，第192页。

②净觉：《楞伽师资记》，柳田圣山：《初期の禅史Ⅰ》，筑摩书房，1971年，第213页。

那;不悟顿教大乘,念佛往生路远,如何得达?①

而到了中唐时期“洪州禅”②兴起,掀起毁经慢教之风,确立“平常心是道”③的宗旨,更否定一切偶像崇拜。在这一派看来,对西方的追求不但无益,而且是严重的贪著,只能使人距离修证的目标更为遥远。

在净土教方面,善导之后,又有许多广有影响的大师,如怀感、少康、法照等。修习净土重在群众性的实践,而不重理论上的辨难,所以直接对禅宗进行批判的文字不多。倒是熟悉天台教学的梁肃、柳宗元对禅宗的流弊正面进行过批评,并宣扬净土信仰。这在下面将具体论述。

以下仅就几位具有代表性的作家接受禅与净土的情况作些分析。

二

王维是禅宗信徒。他的母亲崔氏“师事大照禅师三十余岁,褐衣疏食,持戒安禅,乐住山林,志求寂静”④,由此可知他的信仰有家族传统的渊源。他生活在禅的南、北二宗均极兴盛的时期,广泛结交禅侣;于开元末年以殿中侍御使知南选时,在南阳会见神会,得闻法要,使他的禅解更得精进。可能是受神会之托,他写了《能禅师碑》,这是有关早期南宗禅史,由当时人留下的少数可靠材

①杨文会校写:《敦煌新本六祖坛经》,上海古籍出版社,1993年,第39—40页。

②中唐时期“南宗禅”进一步发展,在洪州弘法的马祖道一可作为代表,宗密称之为“洪州宗”。这一派禅一时成为中国禅宗的主流。以后的“五家七宗”出于石头和马祖二系,观念上主要是洪州一系的延续。

③入矢义高编:《馬祖の語録》,禅文化研究所,1984年,第32页。

④王维:《请施庄为寺表》,赵殿成:《王右丞集笺注》卷一七。

料之一①。值得注意的是，他也写过宣扬净土的文章，表现了其信仰中的矛盾性格。

开元二十五年秋，王维赴河西节度使崔希逸幕为节度判官。崔氏一家信佛。希逸第十五女落发出家，王维为作《赞佛文》；其夫人李氏为追荐亡父作“西方变”，他又为作《西方变画赞》。这后一篇文字写出了他对净土的看法：

> 法身无对，非东、西也；净土无所，离空、有也。若依佛慧，既洗涤于六尘；未舍法求，厌如幻于三有。故大雄以不思议力，开方便门。我心犹疑，未认宝藏；商人既倦，且息化城。究境达于无生，因地从于有相……偈曰：
>
> 稽首十方大导师，能于一法见多法，以种种相导群生，其心本来无所动。稽首无边法性海，功德无量不思议，于色不色等无碍，不住有无亦不舍。我今深达真实空，知此色相体清净，愿以西方为导首，往生极乐性自在。②

这里讲的是净土为方便示现之说。意思是：佛的“法身”是绝对的，因而无所谓东方或西方；那么佛所在的净土也就超离空、有二边，并不是常识的存在；如果按般若空观的理解，应荡相遣执，则作为外境的色、声、香、味、触、法（六尘）皆空；而如热心于求法，就会厌离欲界、色界、无色界（三有）即外在的一切；所以佛陀示以方便，指陈净土，只是诱导教化的手段。“究境”指修行者追求的最终境界，即要达到“无生”；“因地”指从初发心到圆满成佛的过程，在这些阶段里则要借助有相净土的说教。下面的偈也是宣扬这样的观念。因此从根本上说，他是不承认净土的存在的；但作为方便示现，又

---

①关于王维和禅宗的关系，参阅孙昌武：《王维的佛教信仰与诗歌创作》，《文学遗产》1982 年第 3 期；收入《唐代文学与佛教》，陕西人民出版社，1985 年，第 77—101 页。

②《西方变画赞》，《王右丞集笺注》卷二〇。

承认它对于诱导群众信仰心的作用。

王维又有《给事中窦绍为亡弟故驸马都尉于孝义寺浮图画西方阿弥陀变赞》。据《新唐书·宰相世系表》,荆府长史窦绍有弟绎;又据《诸帝公主传》,"常山公主下嫁薛谭,又嫁窦绎",驸马即其人。文中说:

> 《易》曰:"游魂为变。"《传》曰:"魂气则无不之。"故知神明更生矣,辅之以道,则变为妙身,之于乐土。大觉曰圣,离妄曰性,克修其业,以正其命。得无法者,即六尘为净域;系有相者,凭十念以往生……赞曰:
>
> 生因妄念,没有遗识,凭化而迁,转身不息,将免六趣,惟兹十力。哀此仁兄,友于后生,不知世界,毕意经营,傍熏获悟,自性当成。①

这里引用了《易经·系辞》和《礼记·檀弓》上主张"灵魂不死"的话。"灵魂不死"说是中国固有的宗教思想的基础,本来和佛教大乘空观并不相容,但在中土被发展的佛教观念里,却把常存的灵魂当作轮回的主体了。王维显然也承认这样的观念。由于相信"神明更生",所以认为它来生可托生为"妙身",降临到"乐土"。孟子说:"尽其道而死者,正命也。"赵注曰:"尽修身之道以寿终者,得正命也。"②下面"克修其业"等等是用孟子的说法。这样王维一方面认为得无生法者,则"心净土净",其所在的尘世也就是净土;可是又承认追求"有相净土"的人,可凭借念佛、念法、念僧等"十念"修行而往生。以下偈文里,他再一次肯定"遗识"即灵魂的存在,并认为它转身不息,处在生死流转之中;要免除六道轮回之苦,就得凭借佛的"十力"。"十力"指佛陀出世的十种智力,详见《大智度论》卷二四。这样,王维是根据中土的灵魂不死说来讲往生的;又认为

①《西方变画赞》,《王右丞集笺注》卷二〇。

②《孟子·尽心上》,《十三经注疏》本。

“仁兄”的“经营”可使死者得“傍熏”之效。这是中土以家族为本位的报应观念的表现。

中国佛教发展中的一个重要倾向就是向家族深化，家庭逐渐形成为信仰群体的基本单位。由于承认灵魂不死，家族成员可以通过礼佛、斋僧、作法事、作功德等祭祀死者，也可为生人求福祐。在六朝以来留下的大量造像记里，往往有祈求“见存眷属”“七代父母”等等“往生西方”或“俱登正觉”之类字样。像王维这样的人，对净土并没有真诚的信仰心，却也依据中土传统的“灵魂不死”观念，写出了宣扬净土的文字。

三

杜甫一生以“致君尧舜”为职志，积极地为实现经国济民的理想而奋斗不息；但他又相当虔诚地信仰佛教。他早年信仰当时正在兴盛的禅宗，“入蜀之后，他的禅宗信仰逐渐动摇，终于改信了净土教”①。这反映了“当时士大夫根本之所以信佛者，即在作来生之计，净土之发达以至几独占中华之释氏信仰者盖在于此”②。

杜甫早年在长安，正是其地禅宗大盛的时候。杜甫的友人中多有禅宗的信徒，如李邕、王维、房琯、张洎、李舟等③。他结交的大

①吕澂：《杜甫的佛教信仰》，《哲学研究》1978 年第 6 期。

②汤用彤：《隋唐佛教史稿》，中华书局，1982 年，第 194 页。

③李邕是普寂的俗弟子，作有《大智禅师塔铭》；房琯起初崇重普寂弟子义福，后又曾向神会问道；张洎是鹤林玄肃的俗弟子，见李华《润州鹤林寺故径山大师碑铭》；李舟，据姚宽《西溪丛语》卷上，曾作有《能禅师碑》。这是杜甫友人中直接和禅宗密切有关联的人物。此外他的友人中佛教信徒很多，如《饮中八仙歌》里写到的崔宗之和苏缙等。

云寺赞公当也是习禅的。后来他流落秦州，就是去投靠流放其地的赞公。

杜甫在写于天宝十四年的《夜听许十一诵诗爱而有作》诗中说：

> 余亦师粲可，身犹缚禅寂。①

在晚年所作《秋日夔府咏怀奉寄郑监李宾客一百韵》诗里又说：

> 身许双峰寺，门求七祖禅。②

这都明确表示他信仰禅宗，并且这种信仰是有着家庭的渊源的。

对于杜甫来说，禅宗的宗义与他努力于经国济世的实践显然并不矛盾。一方面，大乘佛教本来就有着弘通的、入世的性格；另一方面，禅对个人"心性"的肯定也支持"求觉觅官"的文人士大夫张扬主观奋斗精神。禅在实际应用上给了杜甫以精神上的滋养。无论是在他困守长安时期，还是在他漂泊西南的时候，他都从中得到了精神上的安慰和支持。而他在四川时期写的那些抒情之作，诗情、禅趣相交织，表现了困顿中不败不馁、优游自在的心态，与他禅的修养有着相当的关系。宋人叶梦得曾说过：

> 杜子美云："水流心不竞，云在意俱迟。"吾尝三复爱之。或曰："子美安能至此?"是非真知子美者。方至德、大历之间，天下鼎沸，士固有不幸罹其祸者；然乘间蹈利，窃名取宠，亦不少矣。子美闻难间关，尽室远去，乃一召用，不得志，卒饥寒转徙巴峡之间而不悔，终不肯一引颈而西笑。非有"不竞"、"迟留"之心安能然？耳目所接，宜其了然自与心会，此固与渊明同一出处之趣也。③

①《杜少陵集详注》卷三。
②《杜少陵集详注》卷一九。
③《避暑录话》卷上。

不过这段话里最后把他和陶渊明相提并论则不妥：杜甫感情的根底有禅的影响，而陶渊明的思想和禅则毫不相干。同是宋人的罗大经又说：

杜少陵绝句云："迟日江山丽，春风花草香。泥融飞燕子，沙暖睡鸳鸯。"或谓此与儿童之属对何异？余曰不然。上二句见两间莫非生意，下二句见万物莫不适性。于此而涵泳之，体认之，岂不足以感发吾心之真乐乎？大抵古人好诗，在人如何看，在人把做什么用。如"水流心不竞，云在意俱迟"，"野色更无山隔断，天光直与水相通"，"乐意相关禽对语，生香不断树交花"等句，只把做景物看亦可，把做道理看，其中亦尽有可玩索处。大抵看诗，要胸次玲珑活络。①

这里指出所谓"理趣"的表现，实际也有禅思为基础。总之，禅对于杜甫，无论是人格修养还是诗品的锻炼，都具有相当重要的意义。

但是到了晚年，他表白自己是转而倾心净土了。在上引《夜听许十一诵诗爱而有作》里他说：

许生五台宾，业白出石壁。余亦师粲可，身犹缚禅寂。何阶子方便，谬引为匹敌。离索晚相逢，包蒙欣有击……

这位许生来自五台山，其法系出自汾州北山石壁寺即玄中寺。石壁寺是净土大师昙鸾、道绰创立新的净土教的基地。"业白"指"必望作佛"的"善业果报"，这里是指修习净土。杜甫表示自己觉悟到为禅所缚，感激许生以净土信仰启发了自己。

他在前引《夔府咏怀》的最后又说：

本自依迦叶，何曾藉偓佺。炉峰生转眄，橘井尚高褰。东走穷归鹤，南征尽跕鸢。晚闻多妙教，卒践塞前愆……勇猛为

①《鹤林玉露》乙编卷二。

心极,清羸任体孱。金篦空刮眼,镜象未离铨。

禅宗讲"教外别传",是由迦叶以下"以心传心"一系单传下来的。"本自依迦叶"是说他自己本来信仰禅宗;"偓佺"是《列仙传》里的仙人名,杜甫早年也曾热心求仙,"何曾藉偓佺"是说不再求仙访道。他表示经过多方的追求,终于归依了"多妙教",这里指的就是净土教。

杜甫晚年流落湘江,登岳麓山,作《岳麓山道林二寺行》,其中描写说:

五月寒风冷拂骨,六时天乐朝香炉……莲花交响共命鸟,金牓双回三足乌……暮年且喜经行近,春日兼蒙暄暖扶。飘然斑白身奚适,傍此烟霞茅可诛。①

这里的寺院风光,正是按照净土经(如《阿弥陀经》等)对西方净土的刻画来描写的。诗人表示要在这样的境界里终老此生。

杜甫由禅转而归心净土,在唐代士大夫间具有一定的典型性。"明心见性"的禅只能解决现实中如何安顿身心的问题,而寻求解决"来生之计"的心理安慰,则要寄希望于无限美好但又虚无缥缈的另外的乐土了。

四

柳宗元是明确而自觉地宣扬"统合儒、释"的人,认为"真乘法印,与儒典并用,而人知向方"②。他是一位杰出的思想家,对佛教

①《杜少陵集详注》卷二二。

②《送文畅上人登五台遂游河朔序》,《柳河东集》卷二五。

思想有着相当深入的了解。他接受的主要是天台学理。天台行法主张解、行双运，定、惠兼重，所以重禅观；同时自智𫖮以来又重视修习净土法门。柳宗元的佛学思想也发扬了天台的这一传统。

明胡应麟指出：

> 世知诗律盛于开元，而不知禅教之盛，实自南岳（怀让）、青原（行思）兆基。考之二大士，正与李、杜二人并世。嗣是列为五宗，千支万委，莫不由之。韩、柳二公，亦当与大寂（马祖道一）、石头（希迁）同时。大颠即石头高足也。世但知文章盛于元和，而不知尔时江西、湖南二教，周遍寰宇……独唐儒者不竞，乃释门炽盛至是，焉能两大哉！①

柳宗元幼年时期曾随同在湖南观察使府做幕僚的父亲到洪州，其时马祖道一正在那里开法。观察使李兼即是后来柳宗元妻子的外祖父，还有同在幕府里的权德舆，都是马祖的护法檀越。柳宗元这时应已经对洪州禅有所接触。贞元以降，马祖和石头弟子纷纷北上中原，把新禅风传播到朝廷。马祖弟子鹅湖大义被右神策军中尉表奏为内道场供奉大德；他和石头弟子尸利都曾与当时为太子的李诵论道。而李诵即后来的顺宗，乃是柳宗元参加的“永贞革新”的支持者。柳宗元贬官到湖南，那里也是新禅宗发达的地方，使他又有机会结交禅侣。

柳宗元写有《南岳弥陀和尚碑》，碑主承远，是著名的净土大师法照之师。文中叙述承远的法系说：“公始学成都唐公，次资川诜公，诜公学于东山忍公，皆有道。”②这里的成都唐公指资州德纯寺处寂；诜公则指处寂师智诜，是五祖弘忍弟子。这是五祖下传到四川的被称为“保唐宗”的法系。承远原来习禅，后到南岳转而宣扬净土了。柳宗元住永州时和过往的许多禅师往还。如荆州文约即

---

①《少室山房笔丛》卷四八癸部《双树幻钞》。

②《柳河东集》卷六。

曾和他“联栋而居”，此人“生悟而证入，南抵六祖初生之墟，得遗教甚悉”①。元和三年柳宗元作《龙安海禅师碑》，说龙安如海“北学于惠隐，南求于马素”②。惠隐为神秀法嗣普寂、降魔藏弟子；马素指牛头系鹤林玄素③。据刘禹锡《袁州萍乡县杨岐山故广禅师碑》，如海又是乘广弟子，乘广从神会得法④。如海弟子有浩初，柳和他有长期交谊。在永州，柳写过《赠僧浩初序》，申儒、释兼容之旨；后来到柳州，又作有著名的《浩初上人见贻绝句欲登仙人山因以酬之》诗。

元和十年，柳出任柳州刺史。时岭南节度使、广州刺史马总疏请朝廷追褒六祖慧能。这是由朝廷出面肯定南宗曹溪法系的重要举措。柳州属岭南道，柳宗元应请作《曹溪第六祖赐谥大鉴禅师碑》。这是王维《能禅师碑》之后又一篇唐人关于慧能的碑文。同时刘禹锡也写有《曹溪第六祖赐谥大鉴禅师碑》。柳文中说：

> 其道以无为为有，以空洞为实，以广大不荡为归。其教人，始以性善，终以性善，不假耘锄，本其静矣……其辞曰：
>
> 达摩乾乾，传佛语心。六承其授，大鉴是临……传告咸陈，惟道之褒。生而性善，在物而具，荒流奔轶，乃万其趣。匪思愈乱，匪觉滋误，由师内鉴，咸获于素。不植乎根，不耘乎苗，中一外融，有粹孔昭。⑤

这是把儒家“性善”论融入禅观，表现了儒、释调和的特征。柳宗元重视佛说的重要原因，也在其有“与《易》、《论语》合，诚乐之，其于

---

①刘禹锡：《赠别约师》，《刘宾客文集》卷二九，《四部丛刊》本。

②《柳河东集》卷六。

③李华：《润州鹤林故径山大师碑铭》，《全唐文》卷三二〇；《祖堂集》卷一《法系表》、卷三“鹤林和尚”条。

④《刘宾客文集》卷四。

⑤《柳河东集》卷六。

性情奭然不与孔子异道"①的一面。

柳宗元的时代,正是洪州宗兴盛的时候。洪州宗主张"平常心是道",禅就在人生日用之中,穿衣吃饭、扬眉瞬目皆是道。这样,"道不要修",提倡一种任运随缘,无事无为的禅风。柳宗元作为积极进取的思想家,要求"儒以礼立仁义,无之则坏;佛以律持定慧,去之则丧"②,自然反对洪州禅那种狂放、自由的作风。他对当时禅门风气进行了尖锐的批评。一方面,他借用龙安海禅师的话说:

> 由迦叶至师子,二十三世而离,离而为达摩。由达摩至忍,五世而益离,离而为秀、为能。南、北相訾,反戾斗狠,其道遂隐。呜呼,吾将合焉。③

他不满于禅门中的派系之争,而要恢复早期禅宗的精神。早期禅宗是"藉教悟宗"的,不像洪州门下某些人那样毁经慢教以至呵佛骂祖;同时也重视修持,不否定"守心""安心"的禅定功夫。另一方面,他尖锐地批判当时禅门的风气说:

> 佛之生也,远中国仅二万里;其没也,距今兹仅二千岁。故传道益微,而言禅最病。拘则泥乎物,诞则离乎真;真离而诞益胜。故今之空愚失惑、纵傲自我者,皆诬禅以乱其教,冒于嚣昏,放于淫荒。④
>
> 法之至,莫尚乎《般若》;经之大,莫极乎《涅槃》。世之上士,将欲由是以入者,非取乎经论则悖矣。而今之言禅者,有

---

①《送僧浩初序》,《柳河东集》卷二五。

②《南岳大明寺律和尚碑》,《柳河东集》卷七。

③《龙安海禅师碑》,《柳河东集》卷六。这里提出的自迦叶到达摩的二十四祖传承,是根据天台所传付法统绪;而天台的说法又是出于署北魏吉迦夜与昙曜合译的《付法藏因缘传》。这是不同于禅门的二十八祖传承说,可知在柳宗元的时代,二十八祖传承说还没有定型。

④《龙安海禅师碑》,《柳河东集》卷六。

> 流荡舛误，迭相师用，妄取空语而脱略方便，颠倒真实，以陷乎己而又陷乎人；又有能言体而不及用者，不知二者之不可斯须离也，离之外矣——是世之所大患也。①

这样，他着重批评当时禅门中义理不讲、戒律不修的狂惑纵诞之风，实则是强调修持的必要性②。而他主张修持的主要内容，就是净土。

西方净土信仰是天台教学的一个重要部分。唐代盛传的题为智颉所作的《净土十疑论》，就是为净土信仰辩护的。柳宗元很重视这篇著作，说它"弘宣其教，周密微妙，迷者咸赖焉"。在他帮助重修永州龙兴寺净土院时，更把它"书于墙宇"③。中唐时有新一代净土大师法照积极活动，在南岳提倡群众性的"五会念佛"④。柳宗元生活在接近南岳的地方，他写过法照之师承远的碑文，其中也表扬了法照。

同是天台学人的梁肃也曾批评当时的禅风："今之人正信者鲜，启禅关者或以无佛无法、何罪何善之化化之。中人以下，驰骋爱欲之徒，出入衣冠之类，以为斯言至矣，且不逆耳，私欲不废。故从其门者，若飞蛾之赴明烛，破块之落空谷，殊不知坐致焦烂，而莫能自出。"⑤当时重要的佛教思想家宗密，努力调和禅、教，也分析了洪州禅的弊端⑥。柳宗元则明确主张以净土法门来挽救禅门中"无修无证"的偏颇。他作《东海若》一文，其中以取海水杂粪壤蛲蚘而实之的二瓠为喻，说一个在大海里荡涤清洗，恢复洁净；一个认为

---

①《龙安海禅师碑》、《送琛上人南游序》，《柳河东集》卷二五。

②关于柳宗元对洪州禅的批评的分析，参阅孙昌武：《论柳宗元的禅思想》，(香港)《法言》1991年第2期；收入《诗与禅》，大东图书出版公司，1994年，第179—199页。

③《永州龙兴寺修净土院记》，《柳河东集》卷二八。

④参阅塚本善隆：《中國淨土教史研究》第三《唐中期の淨土教——特に法照禅師の研究》，《塚本善隆著作集》第4卷，大东出版社，第209—510页。

⑤《天台法门议》，《全唐文》卷五一七，第5256页。

⑥参阅宗密：《中华传心地禅门师资承袭图》卷三。

自性如此,“秽者自秽,不足以害吾洁;狭者自狭,不足以害吾广;幽者自幽,不足以害吾明。而秽亦海也,幽亦海也。突然而往,于然而来,孰非海者”,所以它安于污秽。文章从而比喻两种人:

> 其一人曰:我,佛也;毗卢遮那、五浊、三有、无明、十二类,皆空也,一也。无善无恶,无因无果,无修无证,无佛无众生,皆无焉,吾何求也?问者曰:子之所言,性也,有事焉。夫性与事,一而二、二而一者也。子守而一定,大患者至矣。其人曰:子去矣,无乱我。其一人曰:嘻,吾毒之久矣。吾尽吾力而不足以去无明,穷吾智而不足以超三有、离五浊,而异夫十二类也。就能之,其大小劫之多不可知也,若之何?问者乃为陈西方之事,使修念佛三昧、一空有之说。于是圣人怜之,接而致之极乐之境,而得以去群恶,集万行,居圣者之地,同佛知见矣。向之一人者,终与十二类同而不变也。夫二人之相远也,不若二瓠之水哉!今不知去一而取一甚矣。①

这里强调修证的重要,而目的则在致之西方极乐之境。他更有文章说到:

> 中州之西数万里,有国曰身毒,释迦牟尼如来示现之地。彼佛言曰:西方过十万亿佛土,有世界曰极乐,佛号无量寿如来。其国无有三恶八难,众宾以为饰;其人无有十缠九恼,群圣以为友。有能诚心大愿归心是土者,苟念力具足,则往生彼国,然后出三界之外,其于佛道无退转者,其言无所欺也。②

这更表现了他对于西方净土信仰之虔诚。

但是应当注意的是,他在《东海若》里讲的是“念佛三昧”;在上引文字之后他又讲到慧远的“念佛三昧”,可知他的净土信仰的核

①《柳河东集》卷二〇。

②《永州龙兴寺修净土院记》,《柳河东集》卷二八。

心是念佛禅。从柳宗元的整个思想体系说,他是反对一切超现实的、先验的迷信的。他主张的净土,从性质说还是唯心净土。这也与他的全部佛教思想相一致。他认为归心净土即是"转惑见为真智,即群迷为正觉,舍大暗为光明"①,也就是观念转变的结果。一位进步的思想家却又宣扬净土不虚的迷信,这总是他思想观念上的重大矛盾,也反映了当时佛教对文人的浸染之深,聪明才智如柳宗元者也不能避免。

五

白居易同样是禅、净并重、兼修的,但他又是一种情况。

在禅观上他是洪州禅的信奉者和实践者。他早年即接受禅宗,在后来给友人崔群的信里曾回忆元和初在长安时的情况:"顷与阁下在禁中日,每视草之暇,匡床接枕,言不及他,常以南宗心要相诱导。"②元和九年,白居易为太子左赞善大夫,曾四次到兴善寺向马祖弟子惟宽问道,作《传法堂碑》。胡适说这篇文章是"九世纪的一种禅宗史料","不是潦草应酬之作",其内容一是记载禅宗世系,二是记述惟宽"心要",而此心要"正合道一的学说"③。元和十年他贬官到江州,这里是洪州禅北上必经之地,庐山又一直是江南佛教的中心。他这时结交的归宗智常(《晚春登大云寺南楼赠常禅师》)是马祖道一的又一高足;江州兴国寺神凑及其弟子道建等、抚州景云寺上弘等都是洪州学人。他晚年居洛阳,和香山如满交好,

①《永州龙兴寺西轩记》,《柳河东集》卷二八。

②《答户部崔侍郎书》,《白氏长庆集》卷四五。

③《白居易时代的禅宗世系》,柳田圣山编:《胡適禅學案》,中文出版社,1981年,第94—97页。

如满也是马祖弟子。他的作品里表现的全部思想倾向鲜明地反映了洪州禅的色彩。他这样表现对禅的总的理解：

荣枯事过都成梦，忧喜心忘便是禅。①

这正是一种无修无证、无事无为、任运随缘的“平常心”，是洪州的非禅之禅。他的诗抒写乐天安命、自然无为的生活与心境，也正是这样的心态的流露。如：

身觉浮云无所著，心同止水有何情。②

性海澄渟平少浪，心田洒扫净无尘。③

心不择时适，足不择地安。穷通与远近，一贯无两端。常见今之人，其心或不然。在劳则念息，处静已思喧。如是用身心，无乃自伤残。④

心了事未了，饥寒迫于外。事了心未了，念虑煎于内。我今实多幸，事与心和会。内外及中间，了然无一碍。所以日阳中，向君言自在。⑤

洪州禅让人万缘俱绝，做了事的大丈夫，无事的闲人。马祖弟子大珠慧海有一段问答商量：“有源律师来问：‘和尚修道还用功否？’师曰：‘用功。’曰：‘如何用功？’师曰：‘饥来吃饭，困来即眠。’曰：‘一切人总如是，同师用功否？’师曰：‘不同。’曰：‘何故不同？’师曰：‘他吃饭时，不肯吃饭，百般须索；睡时不肯睡，千般计较，所以不同也。’律师杜口。”⑥白居易所表现的生活理想，从思想、行为到语言都和洪州禅的这种精神相通。

---

①《寄李相公崔侍郎钱舍人》，《白氏长庆集》卷一六。

②《答元八郎中杨十二博士》，《白氏长庆集》卷一七。

③《狂吟七言十四韵》，《白氏长庆集》卷三七。

④《答崔侍郎钱舍人书问因继以诗》，《白氏长庆集》卷七。

⑤《自在》，《白氏长庆集》卷三〇。

⑥平野宗净编：《頓悟要門》，筑摩书房，1970年，第137页。

禅宗本来是佛和儒、道交融的产物，在人生观和生活方式上更多受道家的影响。而马祖一系的“无心”“无为”的禅观则显然吸取了道家的内容。这在白居易的诗里更有直接的表现，如：

身委《逍遥篇》，心付《头陀经》。尚达生死观，宁为宠辱惊。中怀苟有主，外物安能萦。①

身着居士衣，手把《南华篇》。终来此山住，永绝区中缘。②

淡寂归一性，虚闲遗万虑。了然此时心，无物可譬喻。本是无有乡，亦名不用处。行禅与坐忘，同归无异路。③

这里的《逍遥篇》《南华篇》都是指《庄子》，《头陀经》是当时流行的禅门伪经《佛为心王菩萨说头陀经》④。后面一首有注曰：“道书曰无何有之乡，禅经云不用处，二者殊名而同归。”在这些诗里，庄、禅是被等量齐观的。

而白居易又是净土的崇拜者。他有时表示归心弥勒净土，在官太子少傅时，他曾劝一百四十八人结上生会，修弥勒净土业，自称“弥勒弟子”⑤；但更多的时候还是信仰弥陀净土。他在所作《画西方帧记》里，表明了修弥陀净土业的心愿：“极乐世界清净土，无诸恶道及众苦。愿如我身病苦者，同生无量寿佛所。”

他在庐山时曾和东、西二林寺僧结净土社，这种结社成了他的佛教信仰的重要形式。如他的诗里写道：

本结菩提香火社，为嫌烦恼电泡身。不须惆怅从师去，先请西方作主人。⑥

①《和答诗十首·和思归乐》，《白氏长庆集》卷二。

②《游悟真寺一百三十韵》，《白氏长庆集》卷六。

③《睡起晏坐》，《白氏长庆集》卷七。

④敦煌写卷 S. 2474 号，收入《大正藏》卷八五第 2886 号。

⑤《画弥勒上生帧赞》，《白氏长庆集》卷七一。

⑥《兴果上人殁时题此诀别兼简二林僧社》，《白氏长庆集》卷一七。

昔为东掖垣中客，今作西方社内人。①

南祖心应学，西方社可投。②

北阙停朝簿，西方入社名。③

他时相逐西方去，莫虑尘沙路不开。④

这几例是他从江州时期到暮年的作品，可见他对西方净土的热衷至死不衰。特别是在晚年住香山的时候，白居易更过着吃斋茹素、礼佛读经的相当严格的持戒生活。

不过他在庐山开始的净土结社，显然有追模慧远和刘遗民等人遗风的意味。他的《草堂记》里说："昔永、远、宗、雷辈十八人同入此山，终老不反。去我千载，我知其心。"⑤他在江州的时候，和当地僧侣一起在东林寺经藏里阅读慧远和诸文士唱和集卷，十分向往；以后又把自己的文集收藏到几所寺院的经藏中。他又有诗文说：

身闲易澹泊，官散无牵迫。缅彼十八人，古今同此适。⑥

石门无旧径，披榛访遗迹。时逢山水秋，清辉如古昔。常闻慧远辈，题诗此岩壁。云复莓苔封，苍然无处觅。⑦

庐山自陶、谢洎十八贤已还，儒风绵绵，相续不绝。⑧

这也是把自己的结社比拟为慧远的东林社。关于十八高贤结白莲社本是后起的传说，从资料看应出现在中唐以后⑨。白居易的结西

①《临水坐》，《白氏长庆集》卷一六。

②《重修香山寺毕题二十二韵以纪之》，《白氏长庆集》卷三一。

③《晚起》，《白氏长庆集》卷二八。

④《开龙门八节石滩诗二首》，《白氏长庆集》卷三七。

⑤《白氏长庆集》卷四三。

⑥《春游二林寺》，《白氏长庆集》卷七。

⑦《游石门涧》，《白氏长庆集》。

⑧《代书》，《白氏长庆集》卷四三。

⑨参阅汤用彤：《汉魏两晋南北朝佛教史》上册，中华书局，1983年，第261页。

方社，是有意继承六朝以来以慧远、宗、雷等为代表的文坛上僧、俗结合的传统。这一传统是不同于唐代流行的净土教的观念的。从白居易的整个思想观念分析，他的以庄、禅为指导的宗教观，与轮回报应的迷信显然相抵触。所以不管他如何热情地宣扬西方净土，实际上这虚无缥缈的"往生之计"只是一种心灵上的安慰，其虔诚程度是应大打折扣的。另外应注意到，他的宗教观念表现得十分矛盾驳杂。在他早年所作的《策林》里有《议释教》一篇，对佛教加以激烈的批判；他又常常在佛、道之间动摇；对于佛教则不仅有禅与净土信仰之间的矛盾，弥勒、弥陀信仰间也有矛盾。

六

通过以上分析可以得出以下几点看法：

唐代佛教中两个影响最广泛的宗派是禅和净土，二者的观念和行法都是相当对立的。但在文人间，这种对立却并不明显。多数文人是二者并重，同样地加以接受的。对他们来说，二者往往各适其用：禅给他们提供应付现实矛盾的观念和适意的人生方式；净土则给他们提供了来世的安慰。

唐代流行的净土教是昙鸾、道绰、善导发展的有相净土崇拜，在社会上广泛流传的是这种简易而又"现实"的信仰。这是和东晋以来以慧远为代表的"往生西方"的"念佛三昧"全然不同的。但在唐代文人间，普遍欣赏的主要仍是慧远以来僧、俗相结合包括文字相交往的传统；特别由于禅思想的作用，对"有相净土"的迷信较少有市场。

唐代是中国佛教发展的兴盛期，是宗派佛教发展的高峰。禅与净土这两个宗派是在文人中影响最大的，但事实上从他们兼容禅与净土的矛盾中，已可以发现他们的宗教信仰心是相当淡薄的。无论是禅，还是净土，主要是心灵安慰的手段而已。信仰心的诚挚程度具体人各有不同，不过总的倾向是宗教在相当程度上被“艺术化”“生活化”了。而禅和净土作为心灵探索的表现，给文学创作提供了新鲜内容。

唐人的这种态度在宗教史上和思想史上的意义是相当重大的。宗教观念的淡漠促使理性精神得以发扬。当时知识阶层的反佛思潮也是这种精神的表现。这为宋代理学的形成开拓了道路，做了准备。而从佛教史的发展看，知识阶层是推动禅、净合流的主要力量。中唐以后，在佛教内部也兴起了禅、净合流的观念。到后来宗派佛教衰落，“禅净合一”成为佛教信仰的主要形式；而这种佛教大为低俗化了，从而在思想史上的地位也大为削减了。

原载于《中国诗歌与宗教》，香港中华书局，1999年

六朝小说中的观音信仰

一

在中国佛教史、文化史以至中华民族精神史上，观音信仰是一个十分重要、复杂而又涉及广泛的课题。这位大乘佛教的菩萨，来历不明，所体现的教义单薄并带有浓厚的异端色彩，但一经传入中土，就赢得了各阶层民众的热烈、持久的信仰。有的学者曾指出，晋、宋时期盛行起来的玄学化的佛教（这即是一般佛教史注重研究的佛教），基本是当时佛教僧团上层和皈依佛教的贵族士大夫耽于哲理思辨、被当作学问教养的佛教。在整个佛教发展中，这只是冰山的一角；水下的、少见于文字记载、至今人们尚无所知的部分或有千倍的广大①。

① 塚本善隆说："在东晋贵族玄学清谈社会中兴盛起来的佛教，虽然颇为兴旺，毕竟只是营建贵族生活所必要的教养知识的佛教，是为贵族文化生活提供娱乐的佛教……而没有发展成与国民大众共同实践、享受的佛教。"（《塚本善隆著作集》第3卷《中國中世佛教史論考》，大东出版社，1975年，第31页。）Erich Zürcher 把这种佛教称为"缙绅佛教"，并认为这只是当时整个佛教潮流凸出于水面的冰山的一角，参阅 *The Buddhism Conquest of China: The Spread and Adaptation of Buddhism in Early Medieral China*, 2 Vols, Leiden, 1959，田中纯南等日译：《傳教の中國傳来・日譯本序》，めりか书房，1995年。

这一时期盛行起来的观音信仰正属于那水下的一部分。所幸在当时的传说故事集里保存着不少相关材料，再参照其他文献记载和出土文物等，可供我们初步明了早期观音信仰的实态，这也是佛教历史发展中的重要潮流。

引人深思的是，在南北朝佛典注疏和僧俗护法著述中，观音信仰很少被提及；论及之处也多是作为佛陀权引方便的显化来解说的①。而对比之下，自西晋太康七年（286）竺法护出《正法华》（其中的《光世音普门品》本是在该经主体结集完成后被附入的，所宣教义又是多与全经相悖的），观音信仰即迅速地流传开来；《普门品》则脱离《法华》而以《普门品经》《观世音经》名目作为单经流行。而更值得注意的是，在南北朝时期，由于国土分裂的形势，又由于地域等诸多客观条件，不但南、北佛教发展形势不同，地域间也往往有所不同，但观音信仰却是无所阻隔地迅速弘传南、北，普及到社会各阶层。从中既可以看到宗教信仰心的威力，也可以体认观音这位菩萨及其所体现的教义是如何地适应时代和民众的需要。

如前所述，有关南北朝时期观音信仰实态的材料大量保存在当时民众间流传的传说故事中。这些故事被记录在僧史、僧传等佛家著述里，有些更被义学大师作为经证引述到著作里②，更多则被记载、结集为“释氏辅教之书”③，或记录在一般的搜罗奇事逸闻的故事集如刘义庆《宣验记》、王琰《冥祥记》、侯白《旌异记》等书里。这后一类书今人主要当作“志怪小说”看待，被纳入文学史进行研究。但究其实际情况，当时人传说那些故事，从主导倾向看并

① 如竺道生《妙法莲花经疏》卷下《观世音品》：“夫圣人悬烛，权引无方，或托神奇，或寄名号，良由机有参差，取舍不同耳。所以偏美观音名者，欲使众生归冯情一，致敬心浓。”（《卍续藏经》第一五〇册，新文丰出版公司印本，第831页上）

② 如天台智𫖮在《观音义疏》里就引用了许多这类故事。

③ 鲁迅：《中国小说史略》，《鲁迅全集》第9卷，人民文学出版社，1981年，第54页。

不是有意识地进行艺术创作，而是虔诚的信仰心的一种表现形式，又是宣扬、弘传这种信仰的有效方式。宗教的核心内容是信仰；宗教的生命力在广大民众的信仰实践活动中。从这个基点看，那些观音传说无论是所反映的信仰内容，还是所表现的信仰实态，都显示了当时佛教发展的重要的、本质的侧面。

然而，这些以“释氏辅教”为主要功能的观音传说，一经被著录为文字，加上文士的辞采形容，就被赋予了一定的审美价值。就是说，它们被当作小说是有一定道理的；特别是由于草创阶段的六朝小说本来就没有和逸闻琐记、神话传说区分开来。因此，这些观音传说和当时流行的另外许多佛、道二教的传说一样，理所当然地被看成是六朝小说的一部分。而从文化发展史的角度看，这正显示了佛教对于小说的影响。这样，六朝时期形成的一大批观音传说，既是佛教影响文人和文学的产物，它们本身又是宗教意识的表现形态。这些小说流传广远，一部分在宋代被录入《太平广记》，以至清代以后仍凭借《观音慈林集》之类的宣教通俗读物流通，长期深刻地作用于历代民众的精神生活，对整个佛教的长远发展也产生了重大影响。

从唐宋时期的佛教造像和其他有关资料可以看出，在当时的民众信仰中，观音这位体现“它力救济”“现世利益”的菩萨，已取得了凌驾以至超越佛陀的地位。而六朝观音传说在造成这种潮流方面正起了决定性的推动作用，以至终于形成了明、清“家家阿弥陀，户户观世音”的局面。所以，无论是研究佛教史还是文学史，特别是研究佛教与文学关系史，这些观音传说都是很重要的。

二

六朝僧俗著作中记录的观音传说，主要的、具有典型性的是那些流传民间，被文人搜集、整理的灵验故事。这也是早期观音信仰流行的直接产物。后来的例如慧皎《高僧传》所记载的观音传说，多是抄摄这些故事而已。所以，这是当时佛教信仰实态的直截的表现。

这些文人所集录的传说，除了在《宣验记》《冥祥记》等书中保存一批外，更集中形成为在我国久逸，被存留在日本寺庙里的三个故事集，即宋傅亮《光世音应验记》、宋张演《续光世音应验记》和齐陆杲《系观世音应验记》①。其中前二者形成很早：傅亮书是根据谢敷的《光观音应验》写成的，而谢书完成于隆安三年（399）以前，即距《正法华》出经百年；在文学史上，则在干宝《搜神记》之后、《世说新语》以前。张演续傅书；而陆书近七十条，可以看作是一代观音传说的"总集"。所以这三种著作可作为研究六朝观音传说的基本材料。

三种书前都有序言，不仅明确写明了编撰动机与经过，而且其自身即是反映当时信仰实情的好资料。傅亮《光世音应验记序》曰②：

> 右七条。谢庆绪往撰《光世音应验》一卷十余事，送与先君。余昔居会土，遇兵乱失之。顷还此境，寻求其文，遂不复存。其中七条具识，馀不能复记其事。故以所忆者更为此记，以悦同信之士云。

这里所说的可能是最早结集观音传说的谢庆绪，"性澄靖寡欲，入

---

①参阅塚本善隆：《古逸六朝觀世音應驗記の研究——晉謝敷、宋傅亮〈光世音應驗記〉》，《京都大學人文科學研究所創立二十五周年紀念論文集》，京都大学人文科学研究所，1954年；牧田谛亮：《六朝古逸光世音應驗記の研究》，平乐寺书店，1970年。

②《观世音应验记（三种）》由笔者校点出版，中华书局，1994年。以下所引三书均据拙校。

太平山十余年，镇军郗愔召为主簿，台征博士，皆不就”①。据《高僧传》卷五《竺法旷传》，著名居士、早期护法名篇《奉法要》作者“郗超、谢庆绪并结交尘外”。又据同书卷四《于道邃传》，道邃“后与兰公俱过江，谢庆绪大相推重”，则谢是宗教心颇为诚笃的人。他广泛结交法侣，是信佛士大夫的典型。他把所著《光世音应验》传给傅瑗，瑗又传给其子亮。傅瑗也“与郗超善”，而“亮以佐命功，封建成县公”，“布衣儒生，侥幸际会，既居宰辅，兼总垂权，少帝失德，内怀忧惧”，“自知倾覆，求退无由”②，终于在元嘉三年(426)被诛，则他的信佛也是与所处境遇相关的。

张演《续光世音应验记序》说：

> 右十条。演少因门训，获奉大法，每钦服灵异，用兼缅慨。窃怀记拾，久而未就。曾见傅氏所录，有契乃心。即撰所闻，继其篇末，传诸同好云。

张演出身的吴郡张氏，也是著名的奉佛世家。其家族中几辈人，如叔父邵，兄弟永、辩，从兄弟畅、敷，子绪，再从侄融、淹等，都礼佛敬僧，以奉法著名。特别是张融，是护法名文《门律》的作者，其中有“吾门世奉佛”的话。他在遗嘱中说其死后殡葬要左手执《孝经》《老子》，右手执《小品》《法华》③，更是代表了六朝士大夫信仰实情的具有典型性的逸话。

陆杲《系观世音应验记序》写得更详细：

> 陆杲曰：昔晋高士谢字庆绪记光世音应验事十有余条，以与安成太守傅瑗字叔玉。傅家在会稽，经孙恩乱，失之。其子宋尚书令亮字季友犹忆其七条，更追撰为记。杲祖舅太子中

---

①《晋书》卷九四《隐逸传》。

②《宋书》卷四三《傅亮传》。

③《南齐书》卷四一《张融传》。

舍人张演字景玄又别记十条，以续傅所撰。合十七条，今传于世。杲幸邀释迦遗法，幼便信受。见经中说光世音，尤生恭敬。又睹近世书牒及智识永传，其言威神诸事，盖不可数。益悟圣灵极近，但自感激。信人人心有能感之诚，圣理谓有必起之力。以能感而求必起，且何缘不如影响也。善男善女人，可不勖哉！今以齐中兴元年，敬撰此卷六十九条，以系傅、张之作。故连之相从，使览者并见。若来哲续闻，亦即缀我后。神奇世传，庶广飨信。此中详略，皆即所闻知。如其究定，请俟飨识。

从文中知道，张演是陆杲的“祖舅”。吴郡陆氏和张氏同属吴中四大姓，陆杲母为张畅女，这种士族间的联姻也有着信仰方面的基础。陆杲“素信佛法，持戒甚精，著《沙门传》三十卷”①。释法通“憩定林上寺……吴郡陆杲……并策步山门，禀其戒法”②。则他也是一位虔诚的奉法实践者。

从以上三篇序，可以知道当时观音传说流传，也即是观音信仰的以下特点。

首先，这些观音传说不是创作，而是作为实际见闻在流传中形成的。张演是“即撰所闻”；后来的陆杲又加上文字记载：“睹近世书牒及智识永传”。这又可以从故事被不断相互抄摄所证明：傅亮的书是追忆谢庆绪的记载而成的；而他的书七条中有五条被王琰录入《冥祥记》。刘义庆《宣验记》里也有一批观音故事，其中“毛德祖”条被张演所转录；“高荀”“郭宣”“李儒”三条被陆杲转录。《冥祥记》集中了一批观音传说，在鲁迅辑本里即保存三十四条之多，

①《梁书》卷二六《陆杲传》。

②慧皎：《高僧传》卷八《释法通传》。

其中大半内容同于陆书①。这里显然没有“创作权”问题。许多传说在被记录时还专门著明流传途径。特别是早出的傅、张二书更是如此。这其中僧侣的作用值得注意。他们的特殊身份决定了他们是观音信仰热心的传播者。例如，傅书第二条帛法桥事，其人沙门多有识之者，竺僧扶为桥沙弥，故事传出当与此人有关；第三条邺西三胡道人事，则是僧道壹在邺所闻见；第四条窦傅事，为道山自江北到江南对谢庆绪所说；第六条徐荣事，为沙门支道蕴所述。张书第一条是徐义为“惠严法师说其事”；第九条义熙中士人事是毛德祖向“法宋法师说其事”。陆书第十三条彭城北一人事为“德藏尼亲闻本师释慧期所记”；第二十七条王葵事“是道聪所说”；第四十九条张崇事为“智生道人自所亲见”；等等。这都表现出僧侣在宣扬这些传说中所起的突出作用；当然甚或有他们特意捏造的部分。但从总的情况看，故事是在民间流传中形成的。

其次，谢、傅、张、陆以至刘义庆、王琰等上层士大夫作为观音传说的记录者，同时大抵又是这些灵验传闻的信仰者。在上引序文中已明确表示了“钦服灵异”“益悟圣灵极近”的心态。他们更积极参与、推动了观音信仰的弘传。前面提到傅书窦傅事是谢庆绪传出，第六条徐荣事是“荣后为会稽府都护，谢庆绪闻其自说如此”，第七条竺法义事是“余先君少与游处。义每说事，辄懔然增肃”，第五条吕竦事是“竦后与郗嘉宾周旋。郗口所说”；陆书第三十四条写到张畅本人以诵《观音经》得脱牢狱之验，第三十八条唐永祖事则是张融与张绪“同闻其说”。从谢庆绪、傅瑗与傅亮、张演、陆杲集成三书的过程，可以清楚看出当时士族亲友，特别是家族间传播观音信仰的情形。就是说，在当时，除了个人接触佛教，诱发信受之外，家族内的影响和因袭已是维系、发展信仰的重要因

①关于陆杲《系观世音应验记》与王琰《冥祥记》的成书先后尚待考证，因此同样内容的传说谁抄袭谁亦是问题，有些故事或许有另外的来源。

素。而另一方面分析观音传说的流传途径还可以发现，许多故事是描述下层民众中事，由北来的僧俗流传南方。这样，这些传说既冲破了地域的限制，又破除了社会阶层的限制，充分显示了信仰的普及力量。

第三，由于上层士大夫的特殊地位，特别是他们有把口头传说笔之于书的能力，也有力地推动了观音信仰的弘传。而如傅、张、陆著书，也是明确地“以悦同信之士”“传诸同好”“庶广飨信”为目的，即在有意识地宣扬信仰。值得注意的是，东晋流行玄学化的佛教；宋、齐以后繁荣起来的佛教义学一直侧重名理思辨，义学沙门和贵族士大夫间的讲学注疏淡化了信仰的内容。而与此同时，却存在着把握并震撼社会上下的信仰的潮流。如谢庆绪、傅瑗、郗超本是研习义学的法侣，在《出三藏记集》卷一二所载陆澄《法论目录》里即保存着三个人讨论佛义的书论目录；张演出身的张氏一门也对佛典多有研究。但同时他们又保持着如观音信仰这样的朴素、低俗的信仰心。在六朝士大夫间这是相当典型的现象。如东晋时的名相王导即广交僧侣，晋室南渡后佛教在士族间的勃兴他是起了一定作用的。傅书中写到的竺法义“尤善《法华》”，是观音信仰的早期传播者，就是王导所“承风敬友”①的。元嘉年间王玄谟为长沙王刘义欣镇军，北伐魏，滑台兵败，辅国将军萧斌将斩之，传说他“始将见杀，梦人告曰：‘诵《观音经》千遍则免。’既觉，诵之得千遍。明日将刑，诵之不辍，忽传呼停刑”②。又北魏卢景裕和王玄谟事相似，并传说所诵经即是《高王观世音经》③，有关故事又是作为伪经《高王经》的经证而形成的。梁刘霁“母明氏寝疾，霁年已五

①《高僧传》卷四《竺法义传》。

②《宋书》卷七六《王玄谟传》。

③《魏书》卷八四《卢景裕传》。关于《高王观世音经》，参阅牧田谛亮：《疑經研究》，京都大学人文科学研究所，1976 年；又周一良：《魏晋南北朝史札记》“观世音经”条，中华书局，1985 年。

十，衣不解带者七旬。诵《观世音经》，数至万遍，夜因成梦，见一僧谓曰：'夫人算尽，君精诚笃至，当相为申延。'后六十余日乃亡"①。王琰的《冥祥记》集中宣扬观音信仰，他记述写作缘起说："琰稚年在交趾，彼土有贤法师者，道德僧也，见授五戒，以观世音金像一躯见与供养"。后他至江都，再还京师，多有灵异，"自常供养，庶必永作津梁。循复其事，有感深怀，沿此征觌，缀成斯记"②，则王琰本人即是观音"灵异"的直接感受者。这些实例都表明了当时贵族士大夫间信仰心的牢固，和他们热衷宣扬这种信仰的努力。研究中国文化史、中国学术史，自然要大讲六朝义学的贡献；但不应忽略，正是观音信仰这种低俗、看似粗陋的信仰心赋予佛教在中土弘传的根本动力和生命力。

第四，比较上引三篇序，除了繁简不同，可以看出作者态度上也有所差异。如果说早出的傅、张两书立意在记述见闻，"以悦同信之士"，"传诸同好"的话，那么到了陆杲，就更侧重"神奇世传"，已注意到"以能感而求必起"的感染力量。一般从功利的角度讲，宗教宣传要利用艺术形象。但这只说出了宗教与文艺关系的一面，而且仅是表面的、粗浅的一面。从更深刻的角度看，宗教本是人的心灵的活动，是人生践履的一种。如果说艺术是人生的反映的话，那么宗教也就必然表现为艺术。在文化史上，艺术起源于宗教或艺术与宗教同源论是长期争论不休的课题，但各种宗教均与文艺结下了不解之缘，则是不争的事实。观音传说本是信仰的产物，记载它们是为了宣教；但既采取了传说的形式，就带上了文艺创作性质。而前述陆杲和早期的傅、张在著述态度上的不同，一方面固然是出于宣教目的，后出者必然"踵事增华"；另一方面也在自觉、不自觉间流露出浓重不同的艺术创作的倾向。这一点从陆书

①《梁书》卷四七《刘霁传》。

②《冥祥记序》，鲁迅：《古小说钩沉》，人民文学出版社，1954 年。

在艺术表现上更为精致也可以得到证明。这种变化，也是和六朝小说发展的大势相一致的。而正是那种突出“神奇”“灵异”，追求“以能感而求必起”的努力，提高了传说的水平，也为小说史的发展作出了贡献。

三

考察六朝时期流传的观音传说，从表面上看它们故事简单，结构公式化，文字少修饰；但深入一步研究，就会发现它们相当深刻的思想价值，其在艺术表现上也有一定特色。这也是它们弘传广远、影响巨大的根本原因。

从思想内容看，这些作品相当充分地发挥了大乘佛教的普遍、平等的救济精神，而且是以适应中土思维特征和一般民众需求的形式加以表现的。从另一个角度说，它们则又是相当深刻地反映了当时的社会现实和民众的精神的。

据三种《观世音应验记》统计，全部八十六个故事中，以僧侣为主人公的有二十八个，其他都是以平人为主人公的。那些僧侣中有竺法义、竺法纯那样的活跃在社会上层的名僧，但大多数则是一般僧人甚至是无名道人。平人中有大臣、将军、官僚、士人，而更多的是小吏、平民，包括饥民、商贩、渔夫、猎师、俘虏、罪囚、劫贼等，特别还有贫苦无告的寡妇等妇人。就是说，沉沦在社会下层的一般百姓与社会上层的显贵们被等列，成了故事的主人公，成了被救济的对象。秦、汉以后主要活动在帝王宫廷和贵族间的方士们所宣扬的神仙术，把救济对象局限于少数特选的人物①。晋、宋以后佛、道二教在其发展中与世俗权力愈益密切地结合，也显示了日益明显的“贵族化”倾向。而这些观音传说却在众生平等的观念之下，肯定普通人同样可以得救。这是真正体现了大乘等慈、普度的精神的。不过这些故事里“人人可以成佛”的大乘佛性说被改造为在现实中“人人可以得救”的信仰，则是佛教教义与中土意识相交流、融合的结果。这种在中土思想土壤上被改造、发挥了的大乘佛教精神，体现了对平凡众生的关爱和对于他们由本性决定的得救前途的信心，真正显示了大乘的精义，发展了中土传统的仁爱观念，在当时是十分难能可贵的思想意识。以这种思想意识为核心建立起来的观音信仰，带着宗教的执着和狂热，形成为民众间巨大的精神力量。这种汹涌于社会上下的信仰潮流，其直接的、间接的作用和影响是远较一般估计更为巨大、深远的。就小说史的发展看，大体算是与观音传说流行同时期出现的《搜神记》，着重写“古今神祇、灵异、人物变化”②；而稍后的《世说新语》乃是所谓“名士玄谈的百科全书”。总之，当时的志怪、志人小说表现的主要还是特选阶层的人物与生活。而这些观音传说却把苦难民众当作表现的主体，民众成了作品的主人公。这在文学史上也是一个具有重大意义的现象。这也是佛教促成文学演变的表现之一。

单纯从佛教自身的发展看，观音传说所体现的信仰内容与形态也不可忽视。三种书里有八十六个故事，背景在北方的有五十

① 晋、宋以后形成的神仙传记也在宣扬普通人可以成仙，还有如《汉武帝内传》那样讽喻帝王求仙的愚妄的，但总是强调“苟不受神仙之命，则必无好仙之心，未有心不好之而求其事者也”（《抱朴子内篇·辨问》），即成仙只限于少数“命定”的、特选的人。参阅小南一郎：《中國の神話と物語リ》中《〈漢武帝内傳〉の形成》，岩波书店，1984 年；孙昌武译：《中国的神话传说与古小说》，中华书局，1993 年。

②《晋书》卷八二《干宝传》。

个，南方的三十个，外国的三个，另有三个地点不明。记录这些故事的是南方士人，而故事大部分却产生在北方，这表明了当时观音信仰普及南、北的情形，又特别显示出北方在少数民族政权纷争劫夺之下，民众的苦难更为深重，对救济的渴求更为急切，更富实践性的观音信仰也易于流行。这些观音传说都是表现解救现实危难的"灵验"的，即是依据《法华经·普门品》所宣扬的所谓"救苦观音"信仰。在当时，不仅后来极为兴盛的"净土观音"信仰还没有广泛发展，就是《普门品》宣扬的"济七难"（水、火、罗刹、刀杖、恶鬼、枷锁、怨贼，或加上"风"为"八难"）、"离三毒"（贪、嗔、痴）、"满二求"（求男得男，求女得女）之中，也主要着重在"济七难"。就是说，这些传说所表现的，也是传说者们所希求的，主要不是摆脱贪、嗔、痴"三毒"等心灵上的灾难，而是解救现世人生所面临的患难。如果再将患难的内容加以具体分析，在自然灾害和人为祸患中，人们更为关注的是后者。以《系观世音应验记》的六十九个故事为例，表现解救自然灾害（大火、大水、大病、恶兽、罗刹）的仅占十五个，其余的五十四个都描写解脱人为的灾祸（被害、检系、怨贼、路径、接还本土）。这表明在当时人的观音信仰中，主要关注的是如何解救人为的祸患。这也反映了在当时人的观念里，已经（尽管不会很明确，也缺乏理论上的自觉）意识到人生苦难的根源在于现实社会，造成灾难的是统治者。不过当时人没有从这种意识前进一步，形成反抗现实统治的理论与行动，而耽溺于对虚幻的观音的救济力量的迷信。但是，这种信仰确实代表着佛教发展中的新潮流。按佛教的根本教义，信仰者所追求的终极目标在解脱，实现这一目标的关键在觉悟。觉悟到人生是苦，不仅灾难祸患是苦，"五欲之乐"同样是苦。这种教义从基本上说是厌世的，修证方式则着重在精神。但观音传说则宣扬解救现世苦难，离苦得乐，所得是现世人生的福乐。这是佛教在中土重人生、重现世的传统意识影响下发展出的新观念。这种信仰带有明显的"三教调和"的色彩；

观音被赋予了道教神仙的某些性格。后来观音终于被变化为中土俗神，列入神仙谱系，早期有关传说已开其端倪。从佛教发展史看，佛教初传中土，西来的外族僧侣被等同于术士，佛、菩萨被看作是异域尊神、祠祷祈愿的对象，这是所谓“道教化的佛教”。魏、晋以后发展出“玄学的佛教”“格义佛教”，这是高级沙门和贵族士大夫的经院化的佛教。至道安、罗什、慧远之后，随着佛典的大量、准确的传译，中国人把握佛教精义，并结合本土的意识对其加以发展，形成了义学研究的一时之盛，导致中土佛教学派、宗派的形成。而在这种形势下，观音传说所表现的实践的信仰潮流发展起来，这信仰逐渐扎根在民众的心灵之中，形成了和重学理、重思辨的义学相互并行又相互影响的潮流，在佛教史上的地位和意义是十分重要的。

作为历史资料和文学作品来分析观音传说的内容，其现实性是其他作品少有比拟的。如《光世音应验记》第三条，写到“石虎死后，冉闵杀胡，无少长，悉坑灭之”，揭露了冉闵杀后赵主自立后滥杀“胡人”的血腥事件。《续光世音应验记》第四条，写“昔孙贼扰乱海陲，士庶多离其灾”，是指讨平孙恩之乱时，官府诬民为贼，滥杀无辜，一些士大夫阶层的人也不能幸免。《系观世音应验记》第十五条，写到高荀以“吏政不平，乃杀官长，又射二千石。因被坎，辄锁颈，内土硎中”，这是民众以武力反抗暴政及其被残酷镇压的实例。第四十六条写到“道人释开达，以晋隆安二年北上垄掘甘草。时羌中大饿，皆捕生口食之。开达为羌所得，闭置栅里，以择食等伴肥者，次当见及”，这是饥民被军人捕食的惨状。如此等等，都是通过记述事实对社会罪恶进行揭露。三部书特别突出地表现民众被杀害、被囚系、逢怨贼这些社会暴力的题材，实际是控诉了统治者强加于民众的武力的、政治的侵夺蹂躏。

人们在不可抗拒的暴力面前，只好求救于观音的佑护。这当然是软弱的、虚幻的幻想，但却不是丝毫没有实践意义的。人们面对现实的残暴不公，并不安于命运，而是设法改变命运，并坚信有一种拯济力量可以改变命运，从而激发起对抗和摆脱苦难的信心。这种信仰心显然包含着反“天命”的意味。它虽然不会得到直接的实践效果，但却给苦难民众以巨大的精神支持。还有一点值得注意，就是在观音传说中所宣扬的拯济力量面前，儒家的传统伦理往往是不起作用的。中土传统的报应观是“积善之家必有余庆，积不善之家必有余殃”，报应的善恶有着伦理的标准。可是在观音传说里却基本上看不到传统伦理的标准，起决定作用的主要是信仰心。这当然是宗教宣传的需要，但也体现了佛教独特的伦理观。例如前面说到的高荀，本是杀害官长起来反叛的人，但他同样能得到观音的救济。《系观世音应验记》第十九条里的盖护“系狱应死”，但后来得救了，传述者并不管他为什么得罪，为人又如何。第三十八条唐永祖“作大市令，为藏盗，被收”，是个藏匿盗贼（或解释为盗取库藏）的罪人，同样也得救了。如这些例子，一方面是表现观音威力无边，他的慈悲是无限的，不论什么人只要虔诚地回向他都会得到救济；另一方面也表明这种救济是与传统的伦理标准无关，甚至是相悖的。这反映了当时民众间的意识动向，即在传统秩序被破坏之后，人们对传统伦理已失去了信心，所以观音信仰是他们到传统伦理之外去寻求另一种伦理的表现。这种背离传统的倾向显示了一种批判现实的姿态，拓展了人们的精神探求。这也显示了如观音信仰这样的佛教观念的精神史的价值，并成为佛教在中土存续的根据之一。隋唐之后，情势变化了，后出的观音传说所表现的救济观念已和中土伦理结合起来，这些传说从而也失去了思想观念中内在的批判精神及其尖锐性。

四

宗教传说的弘传和写作以宣扬、启发信仰为目的。作为文学作品，其重要特征就是要“征实”，让读者相信实有其事，从而带来写作上的一系列特点。这反映了当时这一类小说作品的特征，对后来小说的发展也造成了长远影响。

为了得到“征实”的效果，这些观音传说在结构上都没有脱离事实的框架。就是说，故事是被当作真人实事来叙述的。这当然也反映了传说和记录故事的人还没有自觉地进行艺术创作的观念。这种情况也是由当时小说发展的实际水平决定的。鲁迅说唐人“始有意为小说”①，在那以前，志怪小说还没有和神话传说相脱离，对于佛、道二教的作品来说，更没有和宗教宣传的功利目的相脱离。在这种状况下，宣扬观音灵验的故事，本是宗教幻想甚或是为宣教而捏造的产物，却也要当作事实来叙述。因为信仰是靠对所宣扬的一切的坚定信心来树立和维护的，只有让人们认为是事实才能吸引他们，使他们相信。而这又与中土人士的思维特点密切相关。中华民族在传统上即不耽于玄想，不易接受超经验的事物，是重实际、重经验的。中土的宗教，无论是本土的，还是传入的，都体现这样的思维特征。因而宗教传说采用事实的框架，不仅是宣教的需要，也是宗教幻想表现于中土思维的结果。而从小说创作角度看，这则成为六朝宗教传说的独特的构思方式。这种构思方式向更为复杂的方向发展，成为以后小说的重要创作方法之一。例如，后来兴盛发达的历史小说，虽是出于艺术创作，也被当

①鲁迅：《中国小说史略》，《鲁迅全集》第9卷，第70页。

作真实历史来描写；就是许多一般的作品也往往要构拟一个事实的背景。那些观音传说的“事实框架”，又不只是某时、某地、某人的真实的背景，而且把灵验的“事”也表现为真实的。即是说，除了“灵验”本身之外，整个事件的前因后果都被描述为实事。（就是“灵验”本身，在非信仰者看来，是虚构或谎言；但当事者和传说者也应是信以为真的。这里有宗教心理学、宗教社会学的许多问题，值得探讨。）这样一来，传说者、记录者们也就十分注意描绘现实生活的真实；为了突出救济的亟需，则要着力表现危难的严重，也就要从现实中提炼出触目惊心的情节，力求打动人心。例如上引释开达于东晋隆安二年北出魏境掘甘草，被羌人作为“生口”捕获，险被吃掉一事。隆安二年(398)是北魏道武帝天兴元年，时当魏立国之初，史称其时“制定京邑……其外四方四维置八部帅以监之。劝课农耕，量校收入，以为殿最。又躬耕籍田，率先百姓，自后比岁大熟”①，这正是北魏发展生产，安定民生的兴盛时期。而传说中却描绘了饥馑严重的惨绝人寰：军人捕食掘野草充饥的难民。这个具体事实，可补历史资料的不足；而作出如此记录，则出于传说者力求征实的立场。同样，《系观世音应验记》中张崇事，写到“晋太元中，苻坚败，时关中千余家归晋。中路为方镇所录，尽杀，虏女”。这是被古今史家盛赞的“淝水之战”大捷后的一个“事实”：心向南朝的汉族民众在被“解救”后归附东晋的途中被惨杀了，妇女则被掠夺，胜利的南朝方镇军人比少数民族军队更残暴。同书僧洪事，写晋义熙十二年(416)大禁铸铜，此事关系经济史和佛教史，为史籍所未载。这表明当时佛教造像已相当普及，已影响到国家的经济，这也从一个侧面表现了东晋政权对佛教的态度。又南公子敖事，写到佛佛虏儿长乐公（即夏主赫连勃勃）破新平城（今陕西彬县），“城中数万人一时被杀”。史书记载赫连勃勃嗜杀成性，杀戮动辄万人，这里提供了一

①《魏书》卷一一〇。

个具体例证。如此等等，都十分真切、深刻地揭露和抨击了在南北朝各族统治者纷争劫夺之下，民众在死亡线上挣扎的惨痛情景。作为宗教宣传，当然是越为真切，越是能得到人们的信服，因而这种征实的努力，在有意无意之间造成了作品的突出的现实性，并且形成了艺术表现上的独特的方式和技巧。

传说既被当作事实来叙述，又以"起信"的宣传为目的，传说者的艺术创作的自觉也就很淡薄了。这就是前面已提到的无所谓"著作权"，相互抄摄的现象。而既然为了取得"征实"的效果，就要记录传说来源及其过程，往往要说到灵验故事发生在某时、某地，为某人亲历或亲闻，又某人所传等等。有时，传说者就是当事人。这样一来，叙述的主体又或隐或显地存在着。就是说，作为文艺创作的特征的主观审美评价也就表露出来。就宗教宣传来说，这可以减少传说与接受者、读者的距离；作为小说，则是作者主观表现的一个方式。这种情况与同一时期编成的其他小说如《西京杂记》相似，在后书里也同样明确记述了事件的传说者如鞠道龙"说古时事"，或贾佩兰"说在宫内时事"等①。这样的说明从传说者主观上讲主要是要表明传承有据，但同时也清楚地透露出他们的坚定的信仰心，并在力图把信仰传达给接受者。

由于"征实"的要求，这些作品留给传说者、记述者发挥创作才能的天地是狭小的，作品的创作个性也必然很淡薄；但宗教作品又确实需要那种震慑心神的感染力。越是到后来，这样的自觉也越加明晰。例如陆杲，在他记述故事时就经常对刘义庆的《宣验记》提出批评。如"释法纯道人"条最后说："临川康王《宣验记》又载竺慧庆、释道听、康兹、顾迈、俞久（鲁迅《古小说钩沉》所辑《宣验记》作'俞文'）、徐广等遭风，杲谓事不及此，故不取。"类似的说明还有几处。所谓"事不及此"，即是说所述事件缺乏那种足以打动人心

① 关于《西京杂记》的作者、形成年代及其表现上的特征，参阅前引小南书第一篇。

的神奇感。这也就表明，当时的传说者、记述者所追求的不在艺术上的修饰，而主要着重于“事”的奇异惊人，即是要求有不同凡响的情节，构造出神奇的故事。这样，今天来分析这些传说，一方面会认为它们相当简单和公式化，因为全部故事都限制在灾难—皈心—得救的框子里；但另一方面，在这情节的呆板的框架里，传说者为了造成强烈的效果，又要在构造细节上发挥想象力，在简单、公式化的结构中努力创造出不一般的故事。这其中，关键的“灵验”情节本来就是出于虚构的，全部结构中的这一部分特别留下了充分的想象空间。例如前已述及的高荀事：

> 高荀，荥阳人也，居北谯中，惟自横忿。荀年五十，□吏政不平，乃杀官长，又射二千石。因被坎，辄锁颈，内土硎中。同系有数人，共语曰：“当何计免死？”或曰：“汝不闻西方有无量佛国，有观世音菩萨，救人有急难归依者，无不解脱。”荀即悚惕，起诚念，一心精至，昼夜不息。因发愿曰：“我若得脱，当起五层塔供养众僧。”经三、四日，便镣锁自脱。至后日，出市杀之，都不见有钳镣。监司问故，荀其以事对。监司骂曰：“若神能助汝，破颈不断则好。”及至斩之，刀下即折。一市大惊，所聚共视。于是须令绞杀，绳又等断。监司方信神力，具以事启，得原。荀竟起塔供僧，果其誓愿。

这个传说起源很早，流传亦广，已见刘义庆《宣验记》。陆书亦有注曰：

> 郭缘生《述征记》云：高荀寺在京县，晋太元中造。荀乃自卖身及妻子以起之。戴祚记亦道如此之。

从这个注可知，传说里还有“卖身”等情节，但为陆杲所未取；而陆书所述“无量佛国”等净土教义内容，则应是传说过程中掺入的。这都表明故事在传说中不断被改造了。陆书中的情节着力于突出得救的神奇：不但枷锁自落，而且斫则刀折，绞则绳断，这是把灵验故事的几个典型情节集中到一起了。陆书中的这种选择、组合情节的办法，艺术上如何评价另当别论，但这里典型地显示了观音传说的一个特点，就是在征实的基础上追求情节的神奇不凡。虽然这些故事大都十分简单，从今天看表现上也相当幼稚，但那神奇的情节对当时的民众一定是有巨大感染力的。而从小说发展史看，如此追求情节的神奇也显现为这些传说的突出特点，对小说史的发展也是影响深远的。

五

观音传说从艺术表现的角度看也有值得注意的地方。这些作品的水平不一，大体说来，越是后出的越多表现形式上的修饰。比较三种故事集会发现，有关具体传出过程的记述，陆书中是较少的，这表明这一时期故事和传出者的关系不那么紧要。传说故事在逐渐脱离传说它们的具体人，表明进行艺术创作的意识在增强了。这也反映了小说发展上的演进。

傅书和张书条目不多，在组织安排上看不出什么次序。陆书共有六十九条，是明确以《普门品》和《请观音经》区分出部分的，并且在每个部分后面注明是验证了哪一条经文。如前三条之后写道："右三条。《普门品》云：'设入大火，火不能烧。'"以下，"罗刹之难"一条，"临当被害"八条，如此依次排列。到五十六条以下是关系《请观音经》的，如"示其路径""接还本土"等。这样书的安排是紧密依傍经文的。就是说，开始时是个别的、分散流传的故事，在达到一定数量后，就被有意识地当作宣演经文的材料。在当时宣讲观音经的法会上，在以譬喻故事开导众生的唱导中，这些故事被当作"经证"来使用。从天台大师智顗直到晚近的净土教大师印宗等，都是这样使用具体、生动的观音传说来宣传教义的。从发挥艺术创造能力方面讲，这种将作品纳入为经典的附庸的办法造成了教条的、程式化的倾向，从而在创作上造成了限制。但有意识地、有目的地利用作品宣扬教义，却又符合中土传统上重伦理、重训喻的思路；而这种把经典解说和文艺创作相结合的做法，后来直接导致了俗讲的发展。俗讲这一形式对以后小说、曲艺的发展更造成了巨大影响。

这些传说要宣扬观音的不可思议的救济威力，要构造惊心动魄的情节，就要发挥宗教玄想。六朝一般的志怪、志人小说虽然多写奇闻逸事，但体现了中土人士重现实的习性，又延续着古代叙事文学的传统，想象力的发挥还是有限的。这些观音灵验传说虽然也使用了当时流行的史传笔法，如写何时、某地、什么人遇到了什么事，但在描写灾难时则要极力夸饰，写到解脱灾难时更要发挥想象，这就突出表现了大胆悬想的特征。如张书的“释僧融”一条：

> 道人释僧融，笃志泛爱，劝江陵一家，令合门奉佛。其先有神寺数间，以与之，充给僧用。融便毁撤，大小悉取，因留设福七日。还寺之后，主人母忽见一鬼，持赤索，欲缚之。母甚忧惧，乃便请沙门转经，鬼怪遂自无。融后还庐山，道独宿逆旅。时天雨雪，中夜始眠。忽见鬼五五甚众。其一大者带甲挟刀，形甚壮伟。有举胡床者，大鬼对己前据之。乃扬声厉色曰：“君何谓鬼神无灵邪？”便使曳融下地。左右未及加手，融意大不熹，称念光世音。声未及绝，即见所住床后，有一人，状若将帅者，可长丈余，着黄染皮袴褶，手提金杵以拟鬼。鬼便惊惧散走，甲胄之卒忽然粉碎。经云：“或现将军身，随方接济。”其斯之谓与？

这个故事是所谓“罗刹之难”的变形，写的是观音及其信仰者对抗中土的鬼怪的。其宗教史上的意味且搁置不论，从表现形式和手法上讲，情节已相当复杂、曲折，而在描写上，无论是环境、场面，还是“人物”、语言，也都相当鲜明、生动，而这些大体出于想象。从这样的例子，可以看出宗教玄想促进艺术想象所起的作用。又如陆书中“彭子乔”一条，写他为郡主簿，忤太守沈文龙，见执拟杀，他“判无复冀，唯至心诵经，得百有余遍。既大疲极，暂昼得眠。同系者有十余人，亦复睡卧。有湘西县吏杜道荣亦在狱中。时如眠非眠，不甚得熟。因恍惚中见有两白鹤集子乔屏风上。须臾，一鹤下子乔边，或复如似是人，形容至好。道荣心怪之。起视子乔，见其双械脱在脚后，戒雍犹尚著脚……”这里写得似梦非梦，如幻如化，表现观音救济的神秘莫测，从传说创作看也是发挥了想象的产物。宗教自身就带有悬想的特征，宗教心理中包含着众多想象成分，想象力的神秘与超越在宗教思维中体现得更为突出。观音传说普遍表现出的奇特、丰富的想象，是它们的突出的艺术成就。

观音传说在表现手法方面的另一个突出之处，是发展了心理描写。在中国古代的叙事文学传统中，重视事件的叙述，以具体的事件、言行表现人，而很少对人物内心的直接描写。但宗教信仰建立在信仰者的内心中，所谓“起信”实即心理变化的过程。许多观音故事注重表现这一过程。它们发展心理描写的技法与宗教思维的特殊规律直接相关。这些故事多写由迷而信、由疑而信的心理上的演变，在当时一般的志怪作品中是少见的。有些篇章已经能把微妙、复杂的心态写得相当生动。如陆书中朱石龄事，朱被系狱，以念观音锁械自脱，时狱吏报告给审理其事的张崇：

> 狱吏惊怪，以故白崇。崇疑是愁苦形瘦，故锁械得脱。试使还着，永不复入。犹谓偶尔，更钉着之。又经少日，已得如前。凡三过。崇即启以为异。

这里是表现主角之外的另一个人物，他不是简单地接受灵验。写他内心里固执的怀疑，终于相信了，这才更显出灵验的“真实”。又如同书彭城妪的传说：

> 彭城妪者，家世事佛。妪唯精进，亲属并亡。唯有一子，甫能教训。儿甚有孝敬，母子慈爱，大至无伦。元嘉七年，儿

> 随刘道产伐虏。妪衔涕追送，唯属戒归依观世音。家本极贫，无以设福。母但常在观世音像前燃灯乞。即儿于军中出取获，为虏所得。虏其叛亡，遂远送北界。及刘军复还，而妪子不及。唯归心灯像，犹欲一望感激。儿在北亦恒长在念，日夜积心。后夜，忽见一灯，显其白光。诚往观之，至轻，失去。因即更见在前，已复如向，疑是神异，为自走逐。比至天晓，已百余里。惧有见追，藏住草中。至暝日没，还复见灯。遂昼停村乞食，夜乘灯去。经历山险，恒若行平。辗转数千里，遂还乡。初至，正见母在像前，伏灯火下。因悟前所见灯即是像前灯也……

这一条与刘义庆《宣验记》里车母故事的情节略同，表现母子之爱感得观音的救济，反映了中土的伦理与佛教救济两种不同观念的结合，显示当时中土民众接受佛教的具体形态，是宗教史上值得深刻玩味的。这个故事叙述得相当曲折、生动，灯火引路的想象很奇特，慈母跪伏灯下的场面也很逼真、动人，而母亲的爱心、虔诚之心和儿子的孝心、疑似之心都表现得相当细微。这种心理描写增强了故事的感人力量，也是佛教作品的独特表现手法。

从当时叙事文学的整体发展情况看，这些观音传说的艺术技巧也是较高的。如情节的曲折复杂程度，人物、事件细节的刻画，环境气氛的烘托等手法，在当时都算达到了较高水平。

此外，这些作品在文体和语言方面的特点也不可忽视。这些作品形成的时期，正是文坛上骈俪化相当严重的时候。就是当时佛家的作品（如著名的慧远、僧肇的文字）也要趋附这一潮流。而观音传说基本是在民众间产生，长期通过口耳相传流通，后来被士大夫所记录当然会有文饰，但为了“传信”又必然保持相当程度的流传原貌。它们用的是和文坛流行的骈体不同的散体，而且保留了不少通俗口语。这使它们成为后来白话小说的一个源头，显示了民间传说语言上的优长，也给汉语史的研究提供了宝贵材料。

总之，以三部观音应验故事集为代表的六朝观音传说在佛教史、文学史以至一般文化史上都具有重大价值。从佛教史看，这些传说显示了当时佛教信仰中的一个重要潮流。这是不同于“玄学化的佛教”“义学佛教”的更具实践性格，更能够表现大乘佛教精神本质的潮流。它对以后佛教的发展造成了极其深远的影响。从文学史看，这些传说本是佛教影响于文学的产物，显示了佛教发展对文学所产生的作用。而这些作品既经流传，被文坛所接受，其整个思想与表现上的特征又成为文学上的特殊成就。实际上，应将这类宗教作品（包括道教的神仙传说）看作是六朝小说中志怪、志人之外的另外一类而肯定其在文学史上的地位。这些作品限于其产生时期的艺术水平，在今天看表达上是幼稚、粗陋的；由于其直接宣教的目的，教条化、程式化的倾向又十分严重，但宗教的背景却又赋予它们特殊的艺术与思想力量。如小南一郎分析说：

> 当时的佛教信仰的内容十分真挚，所以它具有向信徒们赋予对待社会和生活的视点的能力。用这样的视点来记录外界事实时，虽然常常为了保护佛教而有意无意地歪曲事实，但在被歪曲了的事实背后仍然存在着真正的真实。所以只要透视到佛教性故事的背后，我们就会接触到当时社会的生动情景。这种特点，比起其他由惰性因袭产生的志怪小说来，佛教性小说是绝无仅有的。①

只要我们摆脱陈寅恪所批评的宋明以来士大夫普遍的对于宗教的鄙陋态度，能够从民众精神史的角度来考察这些观音传说，就会发现它们多方面的“绝无仅有”的价值和意义。

原载于《佛学与文学——佛教文学与艺术学术讨论会论文集》，（台北）法鼓文化事业有限公司，1998 年

①《观世音应验记排印本跋》，孙昌武点校：《观世音应验记（三种）》，第 84 页。

韩愈的人格与文章

研究和评论古人，讲究“知人论世”。这“世”，大而至于“时世”，细而至于“身世”，都很重要，而对于认识古代作家来说，这后一方面不可忽视。而且这所谓“身世”的内涵应更为广泛：不只是生平、经历、交游等，还有他的个性、习惯、兴趣、爱好以至生理上的健康与否、相貌如何等等，这些都会对创作有所影响。因为文学创作在一定意义上是作者内心世界的表现，作者的性格、爱好等等对作家的精神状态有很大的关系。我举韩愈一个例子：韩愈身体肥胖，特别怕热，看他对涉及火（如《陆浑山火》）、涉及暑热（例如郑群赠簟）的描写都惊奇变怪，极尽夸饰；而相对比之下，在写到消暑的凉爽时，则把身心的清轻舒适发露无余。如《山石》诗写出行中凉风吹拂：

> 当流赤足蹋涧水，水声激激风吹衣。人生如此自可乐，岂必局束为人鞿！

在酷暑季节，“腰腹空大”的韩愈是“如坐深甑遭烝炊”，所以当友人送来一领凉席，他惊喜异常，“肃肃疑有清飙吹，倒身甘寝百疾愈”。可以设想，当年瘦弱多病的李贺不会有这样的感受。那么再引申一步想：对于身体肥胖、“慢肤多汗”的韩愈，被贬到酷暑的岭南，所受到的辛苦也不同于常人。这只是举一个例子，说明作家个人生活、精神等具体状况对他的创作影响至关重要。而实际上，一般的研究，多注重于时代政治、经济、思想形势以及作家的阶级地位、仕途遭遇等大的方面，而对他个人性格、兴趣等纯“个性”的方面注意不够，这是难于充分认识作家的“全人”及其成绩的。

作为研究者的理想，是完全恢复历史现状的本来面貌，使之带着全部细节“活动”起来；但这是一个永远不能达到的目标。这给诚实的研究者带来永远不可克服的困难和悲哀，但这也正是历史科学引人入胜之所在。

继续以韩愈为例子，讨论他的为人和他的创作的关系。韩愈是中国文学里有代表性的大作家。所谓“韩柳文章李杜诗”，象征着唐代文学的成就；而唐代是中国文学的黄金时代。韩愈是位著名的儒学家，他张扬儒道，自负“世无孔子，不当在弟子之列”，后代人也把他请入孔庙，成为配享“圣人”的“贤人”之一。在道学家的一般描写里，他可以说是面目堂皇、旗号正大；他又好为人师，以宿儒老生自视，好像是道学气十足的严肃人物。但实际情况远远更为复杂。以下提出有关他的为人个性的几个方面。这些方面相当深刻地影响到他的思想和创作。时间所限，只提出一些需要深入讨论的线索，请大家指正。

因为在座的有些年轻学生，对韩愈不一定了解，所以先简单介绍一下。韩愈(768—824)是中唐著名的思想家和文学家。他的成就大体可分为两个方面。一是思想方面，他是宋代以后兴盛起来的“新儒学”(“理学”“道学”)的启蒙者。在文学史上所谓“中唐”时期，强大兴旺的唐王朝已走下坡路，矛盾丛生，国是日非：一方面，政治上藩镇动乱、宦官弄权，边境少数民族内侵，严重危害了国家的安定和统一；另一方面，思想界佛、道二教极盛，影响到思想意识以至文化传统的统一和纯正。韩愈面对这样的危机，力辟佛、老，张扬儒家圣人之道，企图以“儒学复古”来整饬纲纪与世风。他在政治上的努力是失败了，但他的思想主张却造成了巨大而久远的影响。宋人在他开创的方向上重新解释儒学，树立“道统”。“新儒学”的影响不仅及于中国思想、学术的各方面，更远及于日本和三韩。在日本，它成为江户时期儒学的源头之一。韩愈另一方面的成就在文学方面。他有多方面的文学才能。他是中国文学史上少见的文、诗、赋、小说各体兼擅的作家之一，特别在诗、文两个领域成就尤为突出。他的诗的特点在“以文为诗”，扩大了诗的表现方法和语言技巧，创造了奇崛高古的风格。其成就更重要的是在文的方面。自魏、晋以来，文坛上发展起一种骈体文，讲究对偶、音律、典故、辞藻，形成固定的格式，不但不切实用，而且内容多浮夸、淫靡。在韩愈以前，已有不少人试图变革这种风习，但收效不大。韩愈总结了前人的经验，凭着他杰出的才华和持久的努力，进行文体、文风和文学语言的改革。他不但有堪为典范的创作实践，还提出了系统的理论主张；他个人身体力行，更广为号召，接引学徒，掀起了后人所谓“古文运动”，创造出体制以散文为主，骈散间行，语言准确、鲜明、生动，接近当时口语，实用性强的新文体。这是一种不同于三代、秦、汉“古文”的“古文”。这种文体取代了骈体，统治文坛千余年。到二十世纪初“五四”运动进行“文学革命”，它才被白话文取代。古代日本人、三韩人的“汉文”也都用这种文体。韩愈用他的新“古文”来宣扬其思想、政治主张。他在这两方面的活动相互支持，两方面的成绩相得益彰。所以他在文化史上才能有那样大的影响。他的文章长期被当作创作的范本，他的人格也被后来的儒学者视为典范。

韩愈的创作成绩流传下来的主要有《韩昌黎集》四十卷、外集十卷、遗文一卷。另有《论语笔解》一书，问题较多。韩集历代有很多人校注、整理，一般认为明代东雅堂本为佳，坊间最为流行。易读的选本中国出版的，文方面有童第德《韩愈文选》，诗有陈迩东《韩愈诗选》，新出的有孙昌武的《韩愈选集》。日本现代人的著作，清水茂全部译注了韩文，两大卷《韩愈》，收入筑摩版《世界古典文学全集》，易读的选本有清水茂《唐宋八大家文》、笕文生《韩愈、柳宗元》的韩文部分。

现在谈正题：韩愈人格和文章的关系。

韩愈有一篇短文，很少有人认真分析，即《乳母墓铭》。文不长，照录如下：

> 乳母李，徐州人，号正真。入韩氏，乳其儿愈。愈生未再周月，孤失怙恃。李怜不忍弃去，视保益谨，遂老韩氏。即见所乳儿愈举进士第，历佐汴、徐军，入朝为御史、国子博士、尚书都官员外郎、河南令，娶妇，生二男五女。时节庆贺，辄率妇孙列拜进寿。年六十四，元和六年三月十八日疾卒。卒三日，葬河南县北十五里。愈率妇孙视窆封，且刻其语于石，纳诸墓为铭。

从另一篇《祭郑夫人文》，可以知道韩愈"三岁而孤"，就养于其兄韩会和嫂夫人郑氏。但从《乳母墓志》可以知道，实际照顾幼年韩愈的是乳母李氏。这篇文章值得玩味之处有三：一是，唐时贵族的乳母身份同于家庭奴婢，韩愈作为朝廷命官，给乳母写墓志，似无先例。二是，这位乳母后来一直住在韩家，六十多岁去世，由韩愈送终。三是，在乳母生前，"时节庆贺"，韩愈要带领全家"列拜"。在礼制严格的古代，以这样的"礼"对待乳母是过重的，而且难以用韩愈笃于情义来解释。中国著名学者卞孝萱先生据此（还有别的证据）推断：这位李氏实为韩愈生母。就是说，韩愈非其父仲卿正妻所生，韩会也不是其同母兄弟，他是其父的侍妾所生即"庶出"。古代嫡、庶区分十分严格，庶出在身份上是低微的。如果这一点可以肯定，那么它在韩愈性格形成上的影响是很大的。

退一步说，韩愈确为韩会同母弟，尽管其《祭郑夫人文》说郑对他照顾如何"劬劳闵闵"，实际他是在乳母照看下长大的。我们看唐人回忆少年时代，往往说到可留恋的美好情境。例如杜甫写他少年时如何爬树玩耍，如何观看公孙大娘舞剑器而受感动；和韩愈同时代的白居易、柳宗元都回忆如何接受母亲的关爱教诲，但韩愈涉及早年的文字却是另一番情境。因为他少年时，抚养他的长兄韩会得罪流贬南方，他随之度过贬谪生活，后来韩会在南方病殁，他又随嫂夫人郑氏扶柩北返；这种经历，再加上他被冷落由乳母领养，甚或是“庶出”被人们轻贱，少年韩愈经受了长久痛苦的精神磨难。这种环境使韩愈养成一种自强、执拗、不屈的个性，培养了他对于“低贱”者的同情，对权势者的疏离，以及一定程度上自卑又自恃的矛盾心态。

韩愈作为官僚士大夫家庭出身的知识分子，只能走学而优则仕、“觅举求官”的道路；但他的出路却很不顺利。大约在十九岁时，他到长安求贡举，生活十分困难，“穷不能存”（《殿中少监马君墓志》）；到二十五岁时中进士，已经过四次进士试。唐代考中进士还没有做官资格，还要通过吏部的考试，又经三年，均被黜落。这就是所谓“四举于礼部乃一得，三选于吏部卒无成”（《上宰相书》）。后来他只好到地方军镇做幕僚。到三十四岁时韩愈始入朝为学官，又经历些低级职位，即被贬阳山。此后遇赦北归，他也主要是担任学官等“冷曹”。他形容自己的经济状况是“冬暖而儿号寒，年丰而妇啼饥”（《进学解》），境况是很惨淡的。在这种情况下，他为官的处境和古代士人传统的理想间的矛盾就突出起来。

韩愈有一篇《示儿》诗，从“始我来京师，止携一束书。辛勤三十年，以有此屋庐”写起，接着夸说他居处华贵、生活安乐、结交非俗，并以“嗟我不修饰，事与庸人俱。安能坐如此，比肩于朝儒”而扬扬自得。类似的表现在他的作品中还有一些。对于名利官位津津乐道，庸俗习气十足，向来为人所诟病。但这确实是他的真实心态。因为他自幼处在被冷落、疏忌的地位，自然滋长起摆脱那种不利处境的愿望。这也成为他愤发努力的动力。

他从自身经历中也体会到“权势”的力量。他明确地说：

> 布衣之士，身居穷约，不借势于王公大人，则无以成其志；

王公大人，功业显著，不借誉于布衣之士，则无以广其名。（《与凤翔邢尚书书》）

他说权贵与文人之间的关系是“其事势相须，其先后相资”，所以他热衷于攀附权势，追求权位。

了解韩愈性格的这一面，对他一生中的许多言行就可以解释了；特别是有关他与“永贞革新”的关系。在他三十几岁入朝不久，就碰上了这一斗争。其时包括他的朋友柳宗元、刘禹锡等一批年轻新进朝官利用新皇帝顺宗即位，把握朝政，推行了一系列革新措施。但韩愈却站到了反对方面。这件事后来人多所批评。但从上述韩愈的处境看，他的行动毋宁说是必然的。这是他屈从权势的结果。

在他的一生言行中，类似表现还有不少。例如他当了史官，他的朋友柳宗元希望他写出一代信史，但他却表示不敢以史为褒贬，惧怕“不有人祸，则有天刑”（《答刘秀才论史书》）；他论佛骨贬潮州，给皇帝写谢表，表示悔过，乞求哀怜，劝皇帝封禅，说自己要“铺张对天之闳休，扬厉无前之伟迹”，极尽佞媚；他还写了不少对权贵溢美扬善的不实之词。宋人洪迈在《容斋续笔》里就指出，唐代郑权做岭南节度使，贪污纳贿，结交中贵，为朝士所不齿，但韩愈写送序，却称赞他“功德可称道”“贵而能贫”“为仁者不富”（《送郑尚书序》）。这是一个很典型的例子。

但还有更多的情况相反的例子。例如著名的《送李愿归盘谷序》。这篇文章对权势者及其追随者极尽揭露嘲讽，不稍假借。有一段他形容那些依附权贵的人：

伺候于公卿之门，奔走于形势之途；足将进而趑趄，口将言而嗫嚅；处秽污而不羞，触刑辟而诛戮。徼幸于万一，老死而后止者，其于为人，贤不肖何如也？

这里表现的是非、爱憎都极其强烈和分明。这可以说是他的精神、心理更本质的一面。

余英时写过一本书《士与中国文化》，对传统上称为“士”的中国古代读书人进行了深入细致的分析。大体上说，“士”接受儒家传统教育，信仰孔、孟圣人之道，关心世事，坚持道义，必要时勇于“舍生取义”。正是这种传统培养出中国古代一代代文人。中国历史上不断改朝换代，但士人的这种精神相承不变，成为文化传统的重要部分。韩愈也是这种精神的实践者，也就是儒家理想的信仰者。所以他提倡孔、孟之道，认为儒道不修是社会动乱的根本原因；他写《原道》等名文，有意起衰救弊，成为当代大儒；他更痛感佛、道流行的危害，假唐宪宗奉迎佛骨之机，上表痛斥佛、道，说“佛本夷狄之人”，佛骨是“枯朽之骨，凶秽之余”，要求将其“投诸水火，永绝根本”，并表示“佛如有灵，能作祸祟，凡有殃咎，宜加臣身”，真正发扬了大无畏精神。他的言行，使他成为后代反对佛、道二教，维护中华传统文化的旗帜。他更写了不少要求改革政治，关心民生，针砭社会不良风气的诗文。这也构成了他的文学成就的重要方面。

这样，我们就深刻了解到韩愈作为“官”和作为“儒”的矛盾，这也是现实处境和理想的矛盾。他本来出身低微，在仕途上没有奥援，既没有门第、身份可依恃，又没有权势予以荫庇，可是他对权位十分向往。这实际也是他实现抱负的条件。结果也就出现了上述谄媚权势、爱慕荣利、没有原则等种种表现；而他终究又能坚持传统士人的操守和道德，发扬儒家积极的政治理想，从而创造出思想史和文学史上的巨大成就。

韩愈性格的另一个特点是他特别爱好文章。这不只是他取得文学成就的重要因素，他在思想理论上的建树也是靠文章表达的。本来他的志向是要“明道”的，他自己明确说年轻时非圣贤之书不读。但实际上这只是门面语。朱熹就说过，韩、柳用力之处“只是要做好文章”，“用了许多岁月，费了许多精神，甚可惜也”（《沧州精

舍论学者》,《朱文公文集》卷七四)。胡震亨则说:

> 余曰:退之,亦文士雄耳。近被腐老生因其辟李、释,硬推入孔家庑下,翻令一步那动不得。(《唐音癸签》卷二五)

这些确是诛心之论。韩愈自述也曾屡屡表示对于文辞的爱好和重视。例如他说:

> 愈之志在古道,又甚好其言辞。(《答陈生书》)
>
> 虽愚且贱,其从事于文,实专且久。(《上襄阳于相公书》)

韩愈之热衷文辞,固然有时代的(唐时文学高度发达,兼有科举以诗文取士制度等等)、家庭传统的(其叔父韩云卿、兄韩会均有文名)原因,但也不能忽视他个人性格的因素。就是说,文章辞采是他性之所好,他在这方面下了许多工夫。

评价古人,不仅要看他说什么,更重要的是看他做什么,怎么做的。例如韩愈对于六朝时期的"雕绣藻绘"之文抨击不遗余力,但从其创作看,他正是汲取了六朝文学的成果,并在其基础上加以发展的。袁中道说过:

> 昔昌黎起八代之衰,亦非谓八代以内都无才人。但以词多意寡,雷同已极。昌黎去肤存骨,荡然一洗,号为功多。(《解脱集序》,《柯雪斋文集》卷一)

刘熙载说得更明确:

> 韩文起八代之衰,实集八代之成。盖惟喜用古者能变古,以无所不包故无所不扫也。(《艺概》卷一)

其他如刘开、蒋湘南,也说过意思相似的话。

从韩愈自身的创作看,他对六朝文学的批判的继承,明显地起码有三个方面:一是文学体裁,历来认为韩文中写得最好的是碑志,其次是书、序,而这些体裁都是魏、晋以后兴盛起来的;二是行文体制，他的文章名为“古文”，实际是不避骈偶、骈散间行的，例如其名篇《进学解》《鳄鱼文》《南海神庙碑》等更基本是骈体；三是他用的修辞方法以及辞藻许多取自六朝诗文，他的文章许多处形容夸饰、雕绘藻丽，与六朝文比较并不相让。

谈到韩愈诗文的辞藻，还可举一个事例。他本来是坚定地反对佛、道二教的，但从他的诗文用语看，他读过不少佛、道经典。中国学者葛兆光曾考察其诗《陆浑山火》，其具体用语和修辞方法多出于道教经典（文章发表在京都大学中国文学研究室的《中国文学报》上）。

正因为韩愈对于文辞的强烈兴趣，他才能“沉漫酞郁，含英咀华，作为文章，其书满家”，从而“旁取博通、闳中而肆外”（《进学解》），取得文学上的巨大成就。他的思想建树和文学创作从而相得益彰，他才能兼以思想家和文学家两方面的成绩而辉耀于中国文化史。

韩愈性格上的许多具体特点都反映在他的创作上，对于形成他的创作风格，造就他的文学成就起了相当的作用。时间所限，不烦详述。

举其要者。韩愈好“奇”，他追求新异、奇诡，力避平庸。同时代的诗人王建评论他“序述异篇”“鞭驱险句”（《寄上韩愈侍郎》，《文苑英华》卷二五四）；柳宗元说他“怪于文”（《读韩愈所著毛颖传后题》）。他对于新异奇僻的追求加上才气，在创作上则别开生面，独辟蹊径。他的古文创作、“以文为诗”的诗风等等都与其尚“奇”态度有关。

韩愈性格幽默，好嘲戏；在朋友间不虚饰，不板着面孔。友人张籍曾作书批评他“商论之际，或不容人之短”，他回答说，著书立说可以等五六十岁之后，而所好“无实驳杂之说”，比爱酒色强得多。他比拟张籍是“同浴而讥裸裎”（《答张籍书》）。这篇回答本身就体现了他幽默、乐观的个性。他开朗活跃，兴趣广博，好游乐，喜结友。这种活泼开朗的个性反映在文章里，嬉笑怒骂，正谐相杂，感情充沛，让人读起来兴味盎然。

韩愈还有其他的一些兴味。如他好女乐，这也是唐代文人的一时风气；他晚年又嗜丹药，终因此中毒死（对这一点后人有争议）。如此等等，都显示了他生活与性格的多侧面的特色。

总之，韩愈是一位个性突出，性格丰富的人。他虽然出身官僚家庭，但自幼就处在被轻贱、孤立的地位；他汲汲于进取，热衷于利禄，但又坚持儒家传统的政治理想和人格；他立志弘扬儒道，自视为孔、孟传人，然而性之所近却偏重在文艺，一生用力于文章修辞；他又好谐谑，善嘲戏，性情开朗幽默，不拘小节，不像腐儒老生那样矜持以至虚伪；他更自视甚高，争强好胜，以至接引后学，好为人师。这后一点对于宣扬他的主张，扩大他的影响也起了重要作用。而他的矛盾的性格，又时时体现出人性的纯真、善良与上进的精神，显现人格的丰富与光彩。如果说"文如其人""文风即人"的话，那么韩愈的文章也是他为人的反映，他的为人是他为文的根基。

我们在欣赏古人的优美诗文的时候，总会感受到作者人格的善良、美好和伟大，得到教育和启示。

原载于（日本）《中唐文学会报》，1999 年

禅宗与古典诗歌的关系

陈寅恪在《陈垣明季滇黔佛教考序》里说：

> 中国史学莫盛于宋，而宋代史家之著述，于宗教往往疏略，此不独由于意执之偏蔽，亦以知见之狭陋有以致之。元明及清，治史者之学识更不逮宋。①

这里是讲史学，实际通于一般学问。陈垣曾在大学里开佛教史籍的课，整理成《中国佛教史籍概论》一书，已成为学术研究的重要工具书，也是文、史学生案头常用的书。在这部著作的序言里陈垣则说：

> 中国佛教史籍，恒与列朝史事有关，不参稽而旁考之，则每有滞碍难通之史迹。②

这就着重指出了佛教资料是学术研究的尚待开发的宝库。

今天谈文学，可以举出与文学史有关的一个例子。佛教史上有个人所共知的事实，谢灵运晚年参与了《大涅槃经》的“改治”。本来义熙十三年(417)法显等已译出《大般泥洹经》六卷，内容相当于《大涅槃经》的前五品；后有昙无谶于北凉玄始十年(421)在姑臧

①陈寅恪：《金明馆丛稿二编》，上海古籍出版社，1980年，第240页。
②陈垣：《中国佛教史籍概论缘起》，《中国佛教史籍概论》，中华书局，1988年，第1页。

译出全本《大般涅槃经》成四十卷，是为北本《涅槃经》。按碛法师《三论游意义》，此经于元嘉七年(430)传入建业，宋京名僧慧严、慧观等以其文言质朴、品数疏简而加以改订，谢灵运参与了这项工作，成三十六卷本南本《涅槃经》(元嘉五年以后谢灵运没有在建业长期居住的机会，碛法师记载的年代或许有误)。唐元康《肇论疏》上说"谢灵运文章秀发，超迈古今"，赞扬他在"改治"经文中的贡献。例如北本里有一句说"手把足蹈，得到彼岸"，谢改为"运手动足，截流而去"，即是一个例子。谢灵运能够与一代名僧一起从事重要经本的改订，表明他的佛学水平在当时是被公认的。而谢灵运的成功还在于他不同于一般参与译经的中土文人学士，他还懂得梵文。僧传记载，释慧睿曾西行求法至南天竺界，"音义诰训，殊方异义，无不毕晓"，"陈郡谢灵运笃好佛理，殊俗之音，多所达解，乃咨睿以经中诸字，并众音异旨，于是著《十四音训叙》，条列梵、汉，昭然可了，使文字有据焉"。我在《佛教与中国文学》里提到这一事实。但他的梵文程度如何，现在没有办法深入考察。北京大学王邦维教授仔细检阅了我曾提到的日本平安朝僧安然所撰《悉昙藏》，那里存有《十四音训叙》的逸文，又广泛辑录了其他文献里的资料，写成《谢灵运〈十四音训叙〉辑考》①一文，证明谢的高度的梵文水平。例如他说："胡字一音不得成语，既不成语，不得为物名。""《大般涅槃经》中有五十字，为一切字之本，牵彼就此，反语为字。"这些说的就是梵语不同于汉语，由字母彼此组合成词，还涉及到"半字""满字"概念。"反语"的"反"即"反(翻)切"的"反"，也就是拼音。谢灵运并对所谓"十四音"一一举梵语例词加以解说。谢灵运著作的这些逸文乃是研究古梵文的重要资料，对于古汉语的音韵研究更有重大意义；而他具有梵文知识，对他诗歌创作的影响

① 王邦维：《北京大学百年国学文粹·语言文献卷》，北京大学出版社，1998年，第631—646页。

似应认真地审视。而这个文人熟悉外语拼音知识的例子，对于古代诗歌韵律的研究更是重要史料。

宗教与文学相互影响、相互渗透，许多文学现象与宗教有密不可分的关系，本是十分明显的事实。这里讨论的禅宗对古典诗歌的影响就是一个重要方面。

一、关于禅宗

禅宗是中国佛教的一个宗派，是经过长期“中国化”形成的真正的中国佛教宗派。晋、宋以后，佛典传译既广，接受上就多有歧义，从而形成了一批中国佛教的“师说”学派，如地论师、涅槃师、楞伽师。再进一步，在判释经教的基础上，出现了一批宗派。这些宗派情况不同，影响各异。其中有的宗派更多地保持了外来佛教的教义；有的侧重在修持。有两个宗派更能适应中土人士的心理和伦理，即禅和净土①，因而它们传播更为广阔，影响也更为巨大和长远。

更重要的是，禅宗的活动又形成了一个思想和学术运动。在这方面，禅宗大为发扬了中土佛教重学术的传统。禅宗的渊源，在修持上是佛教的习禅法门②，在教理上则是原始佛教即已形成的

①这两个宗派起初都不以宗派立名，因为它们都是从佛教修行的一般法门发展而来的。六朝时期“禅宗”只是指习禅的人，直到中唐才以“禅宗”称呼宗派；而净土法门则是直到宋代才被当作宗派对待，组织起传承统绪的。

②佛教的禅观和习禅法门有个长期发展过程，原始佛教“八正道（正见、正思维、正语、正业、正命、正精进、正念、正定）”里的“正定”即是禅定，那是小乘禅（后来发展为五停心观：不净观、慈悲观、因缘观、界分别观、数息观）；在大乘佛教的“六度（布施、持戒、忍辱、精进、禅定、智慧）”里，禅定是其中之一，大乘禅的要点在“正审思维，获得神通”。“禅、慧双修”、兼重“三学（戒、定、慧）”是中国佛教的特点之一。

“心性本净”观念。公元四世纪以后涅槃佛性思想和如来藏理论在中土的传播则直接给后来的禅宗提供了更系统、更丰富的教理依据。这时有两个人对于后来禅宗的形成起了重要作用，即竺道生和达摩。竺道生提出“阐提成佛”和“顿悟成佛”说，达摩提出“二入四行论”，为禅宗打下了理论基础。

谢灵运有《辨宗论》一文，对竺道生的思想进行了十分精辟的分析。佛教教理的核心问题是人能否成佛和如何成佛。这就涉及到所谓“佛性”问题。而佛性问题本质上是人性问题，即人的本性如何和怎样实现这本性的问题。谢灵运称竺道生为“新论道士”。他说按传统佛教的看法，积学即长期、繁难的修行才能成佛；而中土儒家则主张圣道高妙，凡圣绝殊，凡人是不能成圣的；而新论道士融合二者，在成佛的问题上从儒家取其宗极之悟，从佛教取其圣人能至，从而得出人人可以成佛、顿悟成佛的新说①。

竺道生活动在义学兴盛的南方，他的思想有更多的学理根据，更富于思辨色彩。达摩本是在北方游化的头陀僧，他的思想更为简洁明快。他的“二入四行论”主张入道途径有二，一是“理入”，即认识一个根本道理：“深信含生凡、圣同一真性，但为客尘妄覆，不能显了。若也舍妄归真，凝住壁观，自他、凡圣等一，坚住不移，更不随于文教，此即与理冥符，无有分别，寂然无为，名之理入”；四行即“一者报怨行，二者随缘行，三者无所求行，四者称法行”②。理入和行入指示出简单快速的悟道即成佛的门径。

---

①《辨宗论》：“释氏之论，圣道虽远，积学能至，累尽鉴生，不应渐悟；孔氏之论，圣道既妙，虽颜殆庶，体无鉴周，理归一极。有新论道士，以为寂鉴微妙，不容阶级；积学无限，何以自绝？今去释氏之渐悟，而取其能至；去孔氏之殆庶，而取其一极。一极异渐悟，能至非殆庶。故理之所去，虽合各取，然其离孔、释远矣。”又：“二教不同者，随方应物，所化地异也。大而校之，华民易于见理，难于受教，故闭其累学，而开其一极；夷人易于受教，难于见理，故闭其顿了，而开其渐悟。”《全上古三代秦汉南北朝文·全宋文》卷三二。

②净觉：《楞伽师资记》。

只要加以简单分析就可以看出，竺道生和达摩的禅思想以外来佛教的“自性清净”为核心；他们的“人性论”（佛性实际是人性的宗教体现）则吸收了儒家思孟学派的“性善”论①；而他们的人生观就其入世倾向看与儒家相通，就其自然主义态度说则是道家的②。就是说，他们是在大乘佛教佛性理论的基础上，融合了儒家、道家的思想，发展出适应中国文化土壤的全新的禅思想。后来的禅宗从更多的佛教经典里汲取思想资源，主要是《维摩经》《涅槃经》《楞伽经》《大乘起信论》等等。而从主导方面看，还是沿着竺道生和达摩的方向，不断融合三教而发展心性理论。这种新的心性理论的意义，汤用彤评论谢灵运《辨宗论》的结语给我们以启发，他说：

> 康乐承生公之说作《辨宗论》，提示当时学说二大传统之不同，而指明新论乃二说之调和。其作用不啻在宣告圣人之可至，而为伊川谓“学”乃以至圣人学说之先河。则此论在历史上有甚重要之意义盖可知矣。③

这里是说竺道生和谢灵运的心性理论开创了宋人性理学说的先河。众所周知，宋学取代汉学，开创了中国思想、学术的新阶段，而佛教的心性学说正是宋学的重要的理论资源。这也表明继承竺道生和达摩思想遗产的禅宗的巨大思想、学术价值和历史地位。

---

①后来的南宗禅更直接把性善观念纳入自己的禅观中。王维《能禅师碑》的铭文说：“愍彼偏方，不闻正法，俯同恶类，将兴善业。教忍断嗔，修慈舍猎，世界一花，祖宗六叶。”柳宗元的《大鉴禅师碑》里则概括慧能的禅法是“其教人，始以性善，终以性善”，铭文里说：“生而性善，在物而具，荒流奔轶，乃万其趣；匪思愈乱，匪觉滋误，由师内鉴，咸获于素。”

②胡适说：“达摩的四行，很可以解作一种中国道家式的自然主义的人生观：报怨行近于安命，随缘行近于乐天，无所求行近于无为自然，称法行近于无身无我。”《楞伽宗考》，《胡适作品集》16《神会和尚传》，远流出版公司，1986年，第60页。

③汤用彤：《谢灵运〈辨宗论〉书后》，《汤用彤学术论文集》，中华书局，1983年，第294页。

禅宗又是一个文化运动，因此能够得到士大夫阶层的更广泛的支持和欢迎。这方面又体现了中土佛教居士阶层占据重要地位的特点。据胡适考察，二祖慧可本是文人出家，应有文集流传于后世①。六祖慧能据说是“不识字”，但记录他说法的《坛经》引经据典，显然有相当高的文化教养。神秀和神会则都是大知识分子出身。灯录里面有个著名故事，说丹霞天然少亲儒、墨，业洞九经，当初他和后来成为著名居士的庞蕴一起进京考选，路上遇到行脚僧，问：“秀才去何处？”回答说：“求选官去。”僧云：“可惜许功夫，何不选佛去？”并告诉他们江西马祖是选佛之处，他们遂到江西，成为马祖弟子②。这是个很有典型性，也具有象征意义的故事，说明士大夫阶层乃是创造和发展禅宗的主要社会基础。这一点从禅宗兴起的情况可以看出来。

关于禅宗建立的具体时间，学术界看法不一。近年来比较一致的意见是起自四祖道信（580－651）于唐初在黄梅弘法。那里本是远离中原政治、经济中心的僻远之地。但经过短短的时期，到久视元年（700），其再传弟子神秀被召入都，即轰动京辇，以至武则天说“若论修道，更不过东山法门”③。可以拿另一个佛教史上的重要事件相对照：当年（贞观十九年，645）玄奘法师西行求法回到长安，阖城闻声奔集，百姓列道迎接。玄奘谒帝于洛阳宫，太宗慰问殷

①胡适：《楞伽宗考》，《胡适作品集》16《神会和尚传》，远流出版公司，1986年。

②《祖堂集》卷四；又《景德传灯录》卷一四；《五灯会元》卷五。

③《楞伽师资记》，柳田圣山校注：《禅の语録2·初期の禅史Ⅰ》，筑摩书房，1985年，第298页。关于东山法门这一称呼，具体所指有歧义。刘禹锡《牛头山第一祖融大师新塔记》说：“又三传至双峰信公。双峰广其道而歧之，一为东山宗。”（《刘宾客文集》卷四，《四部备要》本）《宋高僧传》卷八《唐荆州当阳山度门寺神秀传》也说：“（弘）忍与信，俱住东山，故谓其法为‘东山法门’。”这都意味着“东山法门”为道信所创始。而《楞伽师资记》则记载说：“弘忍承信禅师后。忍传法，妙法人尊，时号‘东山法门’。”这是说“东山法门”是弘忍传出的。

勤，然后被安排到长安大寺译经弘法，备受朝廷礼敬，但他所创立的慈恩宗却基本不能传出两京各大寺，阐述宗义的众多大部论疏更很少有人问津；而相对比之下，道信的新禅法却如此之快即传入京城，除了得力于统治者的支持，更重要的是其适应了当时的社会需要，特别是得到广大庶族士大夫阶层的欢迎。

举几个例子。如张说（667—730），中、睿、玄三朝位居崇重，前后三柄大政为宰相，他诗文兼擅，领袖文坛。神秀入都，他是主要的支持者，并曾亲自向神秀问道；神秀圆寂，"士庶皆来送葬，诏赐谥大通禅师，又于相王旧邸造报恩寺，岐王范、燕国公张说、征士卢鸿各为碑诔"①。张说碑今存，即《唐玉泉寺大通禅师碑铭并序》。张说后来又曾从神会习禅，见《神会录》②。李邕（678—747），字泰和，是唐初著名《文选》学者李善之子。他是神秀法嗣普寂的俗弟子。普寂死后，朝命于其河东旧宅扩寺建塔追福。他接受长安诸大德之托撰碑，就是今存《大照禅师塔铭》。严挺之（673—742），也是寒门出身，与张九龄相善，累官至尚书左丞，不附权臣李林甫，"薄其为人，三年非公事竟不私造其门"③。他是神秀的另一位法嗣义福的俗弟子，为义福撰《大智禅师碑铭》，死后葬于洛阳大照和上塔次西原。以上三位是皈依早期禅门的代表人物。他们有明显的共同点：都是寒门出身，都通过科举进身，又都具有积极的政治态度，在唐初统治阶级各阶层的斗争中是庶族士大夫的杰出代表④，他们又都拥护新兴的禅门，成为著名祖师的俗弟子。南北朝时期，

①《宋高僧传》卷八《唐荆州当阳山度门寺神秀传》，《高僧传合集》，上海古籍出版社，1991年，第430页。

②胡适校：《神会和尚遗集》，台北胡适纪念馆，1982年，第115—116页。

③《旧唐书》卷九九《严挺之传》，第3105页。

④唐初是统治阶级各阶层权力分配激烈斗争的时期，士族与庶族的斗争乃是其主要内容，具体情形参阅砺波护：《唐の行政機構と官僚》第一部分《貴族の時代から士大夫の時代へ》，日本中央公论社，1998年，第37—72页。

统治阶层里支持佛教发展的主要是谢氏、王氏、萧氏那样的世家巨族。在唐初,也还有萧瑀、杜如晦等出身旧贵族的佛教信仰者和支持者。对比之下,当时归心新禅门的则主要是如上面三位那样的寒门出身,靠政能文才“觅举求官”的士大夫。就是说,道信、弘忍弘扬的这一新的佛教宗派得到了文人士大夫阶层的大力支持。

这里还可以补充一点,武则天出于政治斗争的需要,也是支持这一新兴的宗派的。就是当时李氏王朝中的诸王亲贵,也有皈依、支持新禅门的,著名的如岐王李范,还有《楞伽师资记》的作者净觉,后者是中宗李显韦皇后的弟弟。他们大体也都是与现存体制不相合的人物。

这样,禅宗吸引知识阶层,也就强烈地影响到广阔的文化领域。不只是禅理和禅观,禅的思维方式、禅的审美观念、禅的表达方法、禅的语言等等,广泛作用于士大夫的生活方式和社会习俗,影响到学术、伦理、美学等各个领域,而对文学艺术的影响尤为直接和巨大。诗歌本来只是文学创作的一体,但由于这一体裁的特殊性,成为文学创作中受到禅宗影响最为深刻、丰富的领域之一。

二、研究禅宗与诗歌关系应当注意的几点

首先应当注意的是,禅宗既然被看作是宗教的、思想的、文化的“运动”,就不是凝固不变的。它经历复杂的发展过程,表现为诸多矛盾的结集,因而讨论具体文学现象、作家、作品与禅宗的关系,就要考虑到禅宗发展的具体形态。

大体说来,禅宗的发展可分为酝酿期即准备期,早期即被称为“达摩宗”“楞伽宗”“东山法门”等等的时期,南北分宗时期,洪州宗即南宗兴盛期,五宗分灯期即衍变期。禅宗兴盛的年代如果从道

信活动的初唐公元七世纪初开始，到两宋之际即十二世纪初，计达五百余年。佛教在两汉之际初传中土，到两晋之际才在思想文化界造成较大影响，入宋即已步入衰微，发展不足千年。禅宗在五百年间声势赫赫，可见其地位之重要。

禅宗的萌芽时期，主要是指南方的楞伽师（以竺道生为代表）和北方的习禅僧侣（以达摩为代表）的活动，其禅观前面已经作了简要说明。他们为禅宗的兴起做了准备，但在思想文化界尚未见大的影响。

如前所述，早期的禅宗称为“达摩宗”“楞伽宗”“东山法门”，以四祖道信（580－651，著作存有《入道安心要方便法门》）和弘忍（602－675，著作存有《最上乘论》）为代表。道信的一段话表达了这一派禅师的基本主张：

> 当知佛即是心，心外更别无佛也。略而言之，凡有五种：一者知心体，体性清净，体与佛同；二者知心用，用生法宝，起作衡寂，万惑皆如；三者常觉不停，觉心在前，觉法无相；四者常观身空寂，内外通同，入身于法界之中，未曾有碍；五者守一不移，动静常住，能令学者明见佛性，早入定门。①

这就发挥了竺道生和达摩的心性理论，在承认人的心性的绝对清净的基础上，把实现这种绝对性归结为个人修养的功夫。即是说，人的心性本质是清净的，这种清净本性乃是成佛的根据，但把可能性变为现实性还须靠个人的努力。所以神会把这种禅观总结为“凝心入定，住心看净，起心外照，摄心内证”②。

五祖弘忍弟子众多，他们把新的禅观和禅法传播四方。四个大的派别影响巨大，即传播到江东的牛头宗，传播到四川的保唐宗

①《楞伽师资记》。

②《菩提达摩南宗定是非论》，胡适校：《神会和尚遗集》，台北胡适纪念馆，1982年，第287页。

和神秀以下的所谓“北宗”，慧能门下的所谓“南宗”。到中唐时期南宗大盛，南、北分宗造成势不两立的局面，实起于慧能（638—713，著作有《坛经》）的弟子神会（686—760，著作有《南阳和尚问答杂征义》《菩提达摩南宗定是非论》《南阳和尚顿教解脱禅门直了性坛语》《顿悟无生般若颂》《神会和尚五更转》等）。神会北上中原，树立南宗宗旨，南宗从而广泛传播到朝野，成为禅宗的主流。另外几个派别则流传一方。造成这样的形势，除了归因于神会个人的活动能力之外，更因为南宗的宗义确乎又把早期的宗义大大向前发展了一步。南宗禅树立起“见性”和“顿悟”两大理论支柱。慧能说：

> 佛是自性作，莫向身求。自性迷，佛即众生；自性悟，众生即是佛。
>
> 此法门中，何名坐禅？此法门中，一切无碍，外于一切境界上念不起为坐，见本性不乱为禅。何名为禅定？外离相曰禅，内不乱曰定。外若著相，内心即乱；外若离相，内性不乱。本性自净自定……①

神会说：

> （神）秀禅师教人凝心入定、住心看净、起心外照、摄心内证……此是障菩提。今言坐者，念不起为坐；今言禅者，见本性为禅。②

这样，禅就由心性修养功夫变成了对个人本心的体认，即反照自心的体悟。繁难的佛法修证变得如此简洁明快，又正与儒家致诚返本的修身养性主张相合，受到士大夫的欢迎就是必然的了。

中唐是南宗禅的兴盛时期，主要有马祖道一（709—788，今存

---

①郭朋：《坛经校释》，中华书局，1983年，第66—67页。

②胡适校：《神会和尚遗集》，台北胡适纪念馆，1982年，第285—288页。

《马祖语录》)和石头希迁(700—790,著作留有《参同契》《草庵歌》)二系,而宗义的发展则以马祖的洪州禅即所谓"洪州宗"为代表。道一说:

> 道不用修,但莫污染。何为污染?但有生死心、造作趣向,皆是污染。若欲直会其道,平常心是道。何谓平常心?无造作,无是非,无取舍,无断常,无凡无圣。经云:"非凡夫行,非圣贤行,是菩萨行。"只如今行住坐卧,应机接物,尽是道。道即是法界。乃至河沙妙用,不出法界。若不然者,云何言心地法门?云何言无尽灯?①

提出"平常心是道",也就取消了绝对的佛性和普通的人性的界限。以前的禅宗讲"是心是佛",到马祖讲"非心非佛",从而他根本否定了超越的、绝对的佛性的存在。这样,穿衣吃饭、扬眉瞬目等一切平常人的日常行为就都是佛性的表现。因此禅门的宗师无一法可以示人,学徒则道不要修,但莫污染。有人问大珠慧海:"和尚修道还用功否?"回答说:"用功。"问:"如何用功?"回答说:"饥来吃饭,困来即眠。"又问:"一切人总如是,同师用功否?"答:"不同。"问:"何故不同?"答曰:"他吃饭时,不肯吃饭,百种须索;睡时不肯睡,千般计较,所以不同也。"②这样的观念发展到极端,则形成毁经灭教、呵佛骂祖的狂放不羁的禅风。这种禅风表现出极强烈的批判精神和叛逆性格,对佛教自身也造成了相当的破坏。

中晚唐也是禅宗宗义最为开放自由、最具创造力的时期。

南宗禅发展到晚唐,五家分宗,这是南宗禅的衍化期。南宗的宗派化本身就是其发展停滞的标志,也是在宗派体系下发展的政治、经济利益推动的结果。五家指南岳系下的沩仰宗(沩山灵佑,771—851;仰山慧寂,814—890)和临济宗(临济义玄,?—867),青

---

①《景德传灯录》卷二八《江西大寂道一禅师语》。

②《顿悟要门·诸方门人参问语录》卷下。

原系下的曹洞宗(洞山良价,807—869;曹山本寂,840—901)、云门宗(云门文偃,864—949)和法眼宗(法眼文益,885—959);到北宋临济下又分立杨岐(杨岐方会,992—1047)和黄龙(黄龙慧南,1002—1069)二派。从晚唐到两宋之际近三百年间,禅宗各派在思想上并无多少创意,分歧主要表现在接引学人的方式即表达禅观方法的不同,如临济有所谓"四料简""四照应"①,曹洞则有"五位君臣"②,云门有"一字关"③,等等。又表现出两种倾向:有些人主要热衷说公案,斗机锋,被称为"看话禅";有的则主张内心体悟,称"默照禅"。这一时期的另一个重要现象是禅、净合一思潮兴起。禅宗向教门回归的趋向也在各个派别里不同程度地有所表现。其中临济宗的祖师义玄作风泼辣,言辞峻烈,把呵佛骂祖的狂放作风发展到极致,如他说:

> 道流,你欲得如法见解,但莫受人惑。向里向外,逢着便杀,逢佛杀佛,逢祖杀祖,逢罗汉杀罗汉,逢父母杀父母,逢亲眷杀亲眷,始得解脱,不与物拘,透脱自在。
>
> 三乘十二分教皆是拭不净故纸,佛是幻化身,祖是老比丘。你还是娘生已否?你若求佛,即被佛魔摄;你若求祖,即被祖魔摄。你若有求皆苦,不如无事。④

这样的言辞颇能惊俗动众,因此其影响也相对较大。

---

①"四料简"和"四照应"都是破除学人对于"我""法"执着的方法,前者是:夺人不夺境,夺境不夺人,人境具夺,人境具不夺;后者是:先照后应,先应后照,照应同时,照应不同时。

②"五位君臣"则是从主、客观角度来认识禅境,即正位、偏位、偏中正、正中偏、兼带。

③通过参悟一个字来理解禅意的方法。

④《临济录》。应当注意,今本《临济录》题慧然集,如许多唐人语录为宋及其后编辑,该书有后世弟子附加内容,但总体观点应当是临济的,因此依例作为本人言论引用。

南宋时期禅宗衰微，此后禅宗各派虽然仍代有传承，但其思想、文化意义已趋于泯灭。明清以来禅、净合流的佛教回归到信仰为主的形态，禅宗实际是徒有躯壳了。

禅宗经历这样几个大的发展阶段，每个阶段里往往又有不同的趋向，如尊教与慢教、直说和巧说、重禅定和轻禅定等等的不同。如此复杂的发展过程影响到文人和文坛，情形当然也是相当复杂的。比如王维、白居易、苏轼三个人同受禅宗的相当深刻的影响，但他们所处时代的禅宗具体发展状况截然不同，这种影响也必然不会一致。如果简单地按对于禅宗的一般理解生搬硬套，就会全然不得要领，也不会把握真实的情况。

第二点应当认真注意的是，研究禅宗与文学的关系，要利用禅文献。有关禅宗的资料十分丰富。除了佛教和宗门所留存的大量材料外，众多外典同样包含有大量相关材料，新的资料还在不断地被发现（如敦煌卷子）。大量资料里有些是从来没有人注意过的，这就给研究提供了优越的条件和天地。但禅宗史料作为宗教典籍有其特点：即内容的特殊性，宗门典籍的制作从总体看并不是为了提供“信史”，而是树立和宣扬宗义；形态的特殊性，它们不是个人创作，而是经过长期流传逐渐形成，适应宗义的变化不断地在改变面貌；表达的特殊性，禅是“不立文字”“不可说”的，禅意在文字之外，不可利用常识情节加以简单化地理解。这样，利用这些资料就有许多障碍，研究工作则要不断排除这些障碍。

佛教资料中有大量的传说成分，这是由宗教典籍的特殊性质所决定的。撰写和传播佛教典籍的根本目的是为了宣扬信仰，这就必然多有虚幻的臆造和对事实的夸饰、歪曲。比如灯录，这是后世弟子所记录的祖师行迹和言教。但记录它们的目的主要不在记述“信史”，而是通过祖师来宣扬宗义。这样就要对人物加以神化，加入传说的成分。例如唐代有个禅师船子德诚，善诗颂，是药山惟俨法嗣，五代的《祖堂集》里辑录了他的几首诗颂，完全是中唐流行的禅偈风格，其中诗情较浓的一首如：

> 一泛轻舟数十年，随风逐浪任因缘。只道子期能允律，谁知座主将参禅。目前无寺成椿橛，句下相投事不然。遥指碧潭垂钓叟，被师呵退顿忘筌。①

到宋初的《景德录》里对他的记述也还很简单，没有录诗颂，只是说他在吴江上泛舟，谈禅时有“垂丝千尺，意在深潭”之类富于诗意的话。但是到了《五灯会元》，所录六首诗颂面貌则全然不同了，其中著名的一首如：

> 千尺丝纶直下垂，一波才动万波随。夜静水寒鱼不食，满船空载月明归。②

这后出的诗颂体现了南宗禅任运随缘的精神，把船子和尚描写成率性疏野、随缘度日的理想的南宗禅师，而从诗的写法看则完全是宋人的风格。宋代又传出据说得自枫泾海会寺石刻的他的三十九首诗，成为一个集子。如此踵事增华，越到后来传说的成分越多，也越不可靠了。这又牵涉到佛教典籍的另一个问题，就是宗教圣典不同于个人创作，著作权并不那么重要，从而造成了作品文本的流动性（这和一般所谓篡改不是同一的概念）。附带说一句，今人利用禅籍进行辑佚，稍有不慎，也就有问题了。

对于认识作品的流动性，也就是具体作品年代的考订问题，又涉及到具体材料的使用。例如研究王维，他和禅宗有密切关系，他的许多作品体现了早期南宗禅的精神。有的研究者利用《坛经》来加以印证。这是可以的。但应注意到今存形成年代最早的敦煌本《坛经》已是中唐作品。如果探讨禅宗对王维的影响，我以为最重要的是他自己所写的《能禅师碑》。

---

①《祖堂集》卷五《华亭和尚》。

②《五灯会元》卷五《船子德诚和尚》。

佛教资料本来普遍存在着关于著者、译者、成书年代、作品内容等问题。禅籍的情况尤其值得注意。众所周知，敦煌写本里的《达摩论》并不是达摩的作品。又如著名的僧粲《信心铭》、玄觉《永嘉证道歌》以至寒山诗作者也都有大问题。至于大量僧史、僧传、灯录等等则更不可尽信了。

这样，利用佛教资料，就要注意到两个方面：一是要尽量分清史实和传说，努力从资料中过滤出有用的事实；再是科学地认识和分析传说，从传说里发现历史真实。这两个方面对文学研究都是十分重要的。

对现有材料的整合、对比，新资料的发现，都会对考订史实起作用。这只要用心就可以做到。比如禅宗准备期的资料，敦煌文献里的许多写卷提供了大量前所未知的内容。又如达摩传法给弟子慧可的传说，有两个重要情节，一是"立雪"，一是断臂。《续高僧传》在写慧满时有"四边五尺许雪自积聚"的描写，又说慧可"遭贼断臂"；《传法宝记》根本没有立雪事，但提到"断左臂"；《楞伽师资记》里有了完整的记述："吾未发心时，截一臂，从初夜，雪中立。"到了《历代法宝记》才形成更完整的故事。由此可以知道这有关情节是后人的创造。

由于敦煌写本里大量禅籍的发现，禅宗资料的整理已成为国际上的"显学"。日本人在这一领域的工作做得尤其认真、细致，值得借鉴。

第三点必须注意的是，宗教信仰者的禅和文人接受的禅往往是有很大差别的。

唐宋时期禅宗对于思想、文化各个领域造成广泛、巨大的影响，但体现在具体作家身上，情形很不相同。

中国文人对待宗教的态度可以分为不同的层次，即信仰的、学理的、伦理的、美学的、社会风俗习惯的等等。中国文化中自先秦以来就树立起牢固的理性主义、怀疑主义的传统，从总体看，宗教信仰从没有确立起凌驾于世俗观念之上的绝对的统治地位。中土文人基本是以儒家经学为安身立命的依据，这也成为士大夫树立宗教信仰的根本障碍。在佛、道二教十分兴盛的社会环境里，当然会有一些文人成为宗教信徒，但这样的人到底只是极少数。另一点也应当注意到，就是晋宋以来佛、道二教大发展，以至到唐代臻于极盛，但就是它们自身也没有成为绝对的精神统治的权威，基本上是世俗统治的附庸；而宗教诸领域中最为发达的则是它的文化。

另外，即使是那些被认为是虔诚信徒的人，他们的信仰往往也不是一成不变的。作为士大夫阶层的一员，他们在一定生活境遇下皈依佛教或道教，而在旁观者看来，他们只是一时走入迷途而已。

就学理层面说，禅宗的心性理论作为中国学术的重大发展，得到了知识阶层的广泛认同。这里只举出中唐时期倡导"儒学复古"的韩愈、李翱就足够了。他们都是反佛战线上的健将。关于韩愈，陈寅恪指出：

> 值此新学说（指禅学——笔者）宣传极盛之时，以退之之幼年颖悟，断不能于此新禅宗学说浓厚之环境气氛中无所接受感发，然则退之之道统之说表面上虽由孟子卒章之言所启发，实际上乃因禅宗教外别传之说所造成，禅学于退之之影响亦大矣哉！

他又具体分析韩愈的纲领著作《原道》说：

> 新禅宗特提出直指人心见性成佛之旨，一扫僧徒繁琐章句之学，摧陷廓清，发聋振聩，故吾国佛教史上一大事也。退之生值其时，又居其地，睹儒家之积弊，效禅侣之先河，直指华夏之特

性，扫除贾、孔之繁文，《原道》一篇中心旨意实在于此。①

又众所周知，文学史上被认为真正发扬韩愈传统的李翱作《复性说》三篇，不但学理与禅学相通，就是语言也是多用禅宗的。

历代文人从伦理角度接受禅宗的则更是普遍。唐代的柳宗元曾与辟佛的韩愈争论。柳宗元是“好佛”的，与辟佛的韩愈之间反复进行过辩难。柳宗元提出的作为佛教存在价值的主要依据即是，佛教徒“不爱官，不争能，乐山水而嗜闲安者为多，吾病世之逐逐然唯印组为务以相轧也，则舍是其焉从”②。后来韩愈因为论谏唐宪宗奉迎佛骨贬潮州，与在那里的禅宗和尚大颠结交，也肯定后者“实能外形骸，以理自胜，不为事物侵乱”③，这就与柳宗元的看法相近了。唐宋时代的许多文人都曾和僧侣交好，都不同程度地亲近佛教，重要的原因就是赞赏佛教人生观的通达、超脱，不受名缰利索的束缚。如白居易，是唐代诗坛“新乐府运动”的主将，他主张“文章合为事而著，歌诗合为事而作”④，自觉地以文学创作干预时政、批判现实；但他也热衷于佛、老。他一生政治上饱受挫折，能够始终保持一种超脱、达观的人生态度，正和他的佛、老修养有关系。晚唐诗人皮日休曾赞扬他“立身百行足，为文六艺全……处世似孤鹤，遗荣同蜕蝉”⑤。宋人苏辙则称他是真正的士大夫之“达者”：“乐天少年知读佛书，习禅定，既涉世，履忧患，胸中了然，照诸幻之空也。故其还朝为从官，小不合，即舍去，分司东洛，优游终老。盖唐世士大夫达者如乐天寡矣。”⑥就中国文学发展的历史看，后来的

---

①陈寅恪：《论韩愈》，《历史研究》1954 年第 2 期，收入《金明馆丛稿初编》，上海古籍出版社，1980 年，第 286—287 页。

②《柳河东集》卷二五。

③《与孟尚书书》，《韩昌黎集》卷一八。

④《与元九书》，《白氏长庆集》卷四五。

⑤《七爱诗·白太傅居易》，《皮子文薮》卷一〇。

⑥《书白乐天集后二首》，《栾城后集》卷二一。

一些著名作家，从宋代的“三苏”（苏洵、苏轼、苏辙）、王安石到清代的龚自珍、谭嗣同，都从一定方面，在一定程度上接受过佛教的影响，其人生观往往从佛说得到有益滋养。这样，历史上有许多事例表明，佛教的人生观固然有其消极、悲观的影响，但其对待物欲（财、色）、名禄（官位、钱财）等等的态度确有高明之处，在一定条件下确曾发挥过积极作用。

从美学的角度，把禅宗当作美的欣赏的对象、艺术创作的题材，在历代文人中更是普遍。唐宋文人不管其本人信仰情况如何，大抵喜交禅侣，过访丛林，以禅人和禅境入诗，写出许多韵味深长的作品。禅往往成为一种理想化的人生境界。自然界那种空净、寂寞、闲适、安逸之美，人生中那种任运随缘、不忮不求、蔑视利禄、乐天安命的精神，在优秀诗人的作品里表现出来，给人美感，令人神往。

至于表现在社会习俗层面，禅宗的影响就更为广泛了。

这样，如果只是考察诗人与禅师的联系或其参禅悟道的事迹，或者拿禅宗的思想与诗人作品作简单的类比，作为研究来说显然是不够的。

三、关于禅宗影响古典诗歌的研究

这是一个十分广阔的研究领域。目前坊间有关著作不少，但经过深入探讨，真正有所建树的不多。这种属于跨学科的研究，需要对于相关学科都有相当深入的了解。目前古典文学包括诗歌的研究实际上还欠深入，而禅学的研究更还处在起步阶段。但也正由于开拓的余地广阔，给有志者提供了贡献力量、创造成绩的天地。值得深入做工作的领域，大体有以下几个方面。

历史资料的考证和清理。

禅宗与古典诗歌关系的研究本来是历史的研究。历史研究的第一步是弄清历史事实，即把历史的真实状况复原并描述出来。人们对历史真实的认识永远不会十全十美，但我们总是要不断接近历史的真实面貌。这是摆在历史家（研究历史上的各种题目的人都是广义的历史家）面前的永远不能完结的课题，是历史带给人的无尽的悲哀，同时也是无穷的吸引力。实际上无论是诗歌史还是禅宗史，这种认识史实的、描述的工作都远远做得不够，与真实的距离还十分遥远。比如诗人与禅师的交往，诗人对禅宗的接触和了解，诗人的人生观和生活方式所受禅宗影响等等，都需要作更细致、深入的探讨。前面已经引述过陈寅恪的《论韩愈》，这在韩愈和唐代思想史研究中已经被当作经典论著，其中对韩愈和禅宗的关系作了辩证的分析。又例如胡适在1928年写的《白居易时代的禅宗世系》，讨论白居易的《传法堂碑》，据以揭示当时对禅宗世系的一种观点。白居易这篇文章里记录的马祖法嗣兴善惟宽的言教乃是早期可靠资料，对于了解马祖一系的禅观，对于认识白居易对禅宗的理解都是极其有用的材料。陈、胡二位这样的工作还有许多要做。敦煌写本里包含有大量禅宗资料。二十世纪五十年代日本人曾组织起来把当时能够得到的卷子全部翻阅一过。这种工作我国还没有人做过。实际上现在又有更多的卷子公布出来。又例如碑志资料，涉及我们这个题目的也不少，近一个世纪发现、积累甚多，研究文学的人还没有足够地注意。

禅宗宗义对诗人生活、思想及其创作的影响。

这也是近年学术界关注的主要课题。但如上所述，禅宗发展的不同阶段宗义不同，同一阶段又有不同的宗风，具体诗人对所接触的宗义又有不同的理解和体会，因而对具体作家、具体作品做实事求是的分析就有相当难度。王维和杜甫大体生活在同一时期，两个人都热心习禅。杜甫说自己是“身许双峰寺，门求七祖禅”①，“余亦师粲可，心犹缚禅寂”②，一生与禅宗有密切关系。而被称为“诗佛”的王维热衷习禅更是人所周知的。但两个人对禅的理解，特别是在人生取向和诗歌创作中的应用显然是不同的。宋代的苏轼和黄庭坚是师弟子的关系，同是宋诗的代表人物。但二人的创作风格各异，则和他们接受禅宗的具体情形有密切关系。苏轼活动的时期，云门宗正盛行于北方，他与云门宗禅师如大觉怀琏、圆通居讷等联系密切；而黄庭坚出生在黄龙派兴起的江西，结交晦堂祖心、死心悟新等黄龙派大师。这种影响如何关系到他们的创作，值得认真研究。

禅对诗歌创作思维方式的影响。

禅宗思维方式的特点在“顿悟”。神会提出南顿北渐之说，以此贬低所谓“北宗”。实际上，圆顿作为完满的教法，是整个禅宗所共通主张的。这个问题的有关争论此不赘述。顿悟自性，反照自心，无念见性等等，是与传统儒家全然不同的认识论，与诗歌创作的思维活动相通。神会解释“顿悟”说：

> 自心从本以来空寂者是顿悟，即心无所住为顿悟，存法悟心、心无所得是顿悟，知一切法是顿悟，闻说空、不著空、即不取不空是顿悟，闻说我、不著我、即不取无我是顿悟，不舍生死而取涅槃是顿悟。③

这样，心与外物的关系就不是反映者和被反映者的关系。禅宗提出“照”的观念，外物的存在只是“反照”自心。禅宗又常用明镜作比喻。明镜的清明本质是不被污染的，不论有没有外物存在或是否受到外物玷污，它是不乱光辉的。这是对清净自性的很形象的

---

①《秋日夔府咏怀奉寄郑监李宾客一百韵》，《杜少陵集详注》卷一九。

②《夜听许十一咏诗爱而有作》，《杜少陵集详注》卷三。

③胡适校：《神会和尚遗集》，台北胡适纪念馆，1982年，第130页。

说明。在认识论上，这当然是彻头彻尾的唯心论。但应用到文学创作上，这却是有实践意义的思路。特别是诗，更多的成分是自心的表露。对比古代诗论提出“感于物而动”①，饥者歌食，劳者歌事，起到“经夫妇，成孝敬，厚人伦，美教化，移风俗”②的作用，禅宗的“顿悟”完全不同于这种朴素的反映论。禅宗的这种张扬、主观的认识论，恰与唐人高扬的主观意识合拍，促进了诗歌里主观感兴、主观意象的表达。王维的《辋川绝句》正是抒写自己空灵心境的典型作品；杜甫在西川写的那些流连风物，抒发闲情逸致的小诗也透露出浓厚的禅意。从盛唐的王维、孟浩然到中、晚唐的常建、韦应物、柳宗元、司空图等诗风高简闲淡的一派诗人，其作品心融物外，浑厚闲雅，也是诗情、禅意相交融。而如白居易那些表达乐天安命观念的诗，杜牧《题宣州开元寺水阁阁下宛溪夹溪居人》那样抒写历史沧桑之感的诗，也都和禅思想有密切关系。

“禅文学”对文体的影响。

在文体方面，对文学创作影响最大的禅文献是语录和偈颂。语录不在这里的论述范围之内，这里只讨论偈颂。禅宗表达和宣扬宗义广泛使用诗歌体裁。这一方面是继承了佛教经典使用偈颂的传统，也和唐代诗歌发达的形势有直接关系。许多禅师本人就是具有相当水平的诗人。禅宗的偈颂体制各种各样，有的就是利用一般的诗体，包括民歌体。例如神会写过《五更转》。这是六朝以来流行的民歌体裁。有些禅偈在写法上与诗人的作品没有什么不同。具有特色并对诗坛创作影响较大的是乐道或明道的歌谣，还有一种是禅门里示法明禅的偈颂。

《祖堂集》收录偈颂较多，但分散在各禅师名下；《景德录》卷二九《赞颂偈诗》、卷三〇《铭记箴歌》则集中收录了一批偈颂。这些

①《礼记·乐记》，《礼记注疏》卷三七。

②《毛诗正义》卷一。

作品形成的情况不同，有些作品题署的作者并不可靠（如题名宝志、傅大士的作品），但写作于唐五代是没有问题的。其中属于乐道歌谣一类的，如《南岳懒瓒和尚歌》《石头和尚草庵歌》等，都具有较高的艺术水平。南宗石头希迁一系的禅风注重山居修道，乐道逍遥，又富于诗颂传统，其几代子孙多有善作诗颂的。如前面提到的船子德诚就是一例。这种乐道歌，无论表现的观念还是写作手法，都对当时和后代诗人造成相当的影响。白居易的一些作品即显然接受了这种影响。明道的作品典型的有署名永嘉玄觉的《证道歌》和丹霞天然的《玩珠吟》等，它们多采用歌行体裁，以音节朗畅的吟诵形式歌唱禅理，又多用形象生动的比喻手法。题名永嘉玄觉的《证道歌》从内容看应最后写定于晚唐，从艺术水平说也是相当成熟的作品。

将禅门里上堂示法、问答商量记录下来，形成语录，也多用偈颂。这种示法的偈颂根据颂出的具体情况，可以分为开悟偈、示法偈、传法偈（遗偈）、劝学偈等等不同种类。它们在表现方式和艺术风格上具有共同特征。创作这些偈颂的唯一宗旨是表明禅理，就是说，艺术欣赏不是主要目的。但禅理要加以“巧说”。偈颂是所谓“绕路说禅”的一种方式，要利用形象、比喻等手法，也就是要富于所谓“禅趣”。禅本来是主张“不立文字”的，实际是不用常识的文字而用特殊的禅的语言文字，这就要特别注重语言表达的技巧。这些偈颂作为一种特殊风格的诗，也体现出讲究语言技巧的典型方式。如曹山本寂拒绝节度使钟传的招请，借用“古人”偈曰：

> 摧残枯木倚青林，几度逢春不变心。樵客见之犹不顾，郢人那更苦追寻。①

这是大梅法常的开悟偈。又如长沙景岑的示法偈：

---

①《祖堂集》卷八。

百尺竿头不动人，虽然得入未为真。百尺竿头须进步，十方世界是全身。①

像这样的偈颂，艺术上颇有新意，可看作是喻意深刻、值得一读的小诗。从发展看，越是到后来，偈颂创作与诗歌在表现上也更为接近。值得提出的是从晚唐时期开始，禅门中师弟子间问答商量也大量使用诗的语言。比如说明自己体得的禅境，夹山善会说“猿抱子归青嶂后，鸟衔花落碧岩前”②，灵泉归仁说“山峻水流急，三春足异花”③等等，都诗意盎然。五代以后流行起来的颂古、宗纲颂等作为特殊种类的偈颂，也都有相当的艺术价值。

上述乐道和明道的两类偈颂在禅门内外流行，对诗坛的影响很大，许多诗人都相习而写过类似的作品。

又有民间诗体的寒山诗，与禅宗也有一定关系。寒山体诗创作从宋代一直流行到晚清，是值得专门研究的题目。

禅对于诗歌创作的语言和表现方法的影响。

禅主张以心传心，强调内心的感悟，因此不重文字；但终归要借助文字媒介，结果留下了数量极其巨大的禅文献，发展了极其丰富多样的语言技巧，极大地推动了写作艺术的发展。

依据直观就可以看出，禅给文学包括诗歌提供了大量语汇。翻一翻任何一本辞典，立即就会发现，直到今天仍具有巨大表现力的许多语词本来是来自禅宗的，许多诗的意象也是取自禅宗的。例如苏诗的名作《和子由渑池怀旧》：

人生到处知何似，应似飞鸿踏雪泥。泥上偶然留指爪，鸿飞那复计东西……④

---

①《祖堂集》卷一七。

②《祖堂集》卷七。

③《景德传灯录》卷二〇。

④《东坡七集·东坡集》卷一。

这首诗以理趣胜，表现方法与偈颂相通；而飞鸿雪泥则化用了"空中鸟迹"典故。这个典故原来出自《维摩经·观众生品》和《涅槃经》等经典，又为禅门所袭用。白居易诗里也有"更无寻觅处，鸟迹印空中"①的比喻。到了苏轼，就写出了这首充满理趣而诗情浓郁的好诗。还是苏诗的例子，他的名作《百步洪二首》之一的后幅：

> 我生乘化日夜逝，坐觉一念逾新罗。纷纷争夺醉梦里，岂信荆棘埋铜驼。觉来俯仰失千劫，回视此水殊委蛇。君看岸边苍石上，古来篙眼如蜂窠。但应此心无所住，造物虽驶如吾何。回船上马各归去，多言诡诡师所呵。②

这里语言、意象都多用禅宗的。

前面说到偈颂讲究理趣，而古代诗歌本来就多有说理的。谢灵运诗在这一点上就很突出，而到了杜甫更大为发展了以诗明理的技巧。但禅宗偈颂在明禅理的时候，更要突出仅仅属于个人的特殊感悟，表达和语言方面也就需要更具独创性。这也符合禅宗那种张扬、主观的性格。结果无论是语录还是偈颂，都多用联想、暗示、比喻、悖论等非正规、多跳跃的表现方式。如沩山法嗣灵云志勤因见桃花悟道，有偈曰：

> 三十年来寻剑客，几逢花发几抽枝。自从一见桃花后，直至如今更不疑。③

洞山弟子疏山光仁遗偈说：

> 我路碧空外，白云无处闲。世有无根树，黄叶送风还。④

洞山问马祖法嗣潭州龙山和尚："和尚见什么道理，便住此山？"龙

①《观幻》，《白氏长庆集》卷二六。
②《东坡七集·东坡偈》卷一〇。
③《祖堂集》卷一九。
④《祖堂集》卷八。

山回答说:"我见两个泥牛斗入海,直至如今无消息。"因作颂曰:

> 三间茅屋从来住,一道神光万境闲。莫作是非来辨我,浮生穿凿不相关。①

像这样的偈颂,比喻新奇,象征意义深刻,表现上又打破了常识的思路,当作诗歌来读,显得很有特色。特别是到宋代,禅籍流行,被文人所熟悉,他们从中借鉴语言和表现技巧,发展了诗歌表现艺术,也就是很自然的了。特别是宋人喜欢以诗说理,追求理趣,又喜欢讲究文字,和禅的影响都有直接关系。

应当指出,禅与诗是交互影响的。禅的表现往往借助于诗的技巧。所以从另一个角度说,诗人的创作、诗坛的风气又推动了禅宗的发展。这也是宗教史上值得注意的现象。诗与禅交互推动,对双方的发展都起到相当大的作用。

禅宗与诗歌创作的关系是内容十分广阔和复杂的题目。时下虽然有许多论著问世,研究取得一定成绩,但有待开拓、有待深入探讨的领域很广,问题很多。特别应当注意到,就学术界主流的认识而言,这个领域并没有得到应有的重视。只要看看近年出版的文学史著作,对禅文学、对禅给予文学的影响很少或不曾论及,就可以知道学术界的大致意见了。所以,对于有关课题的研究还有加以宣传、引起重视的必要。

原载于《中国禅学》第1卷,2002年

---

①《景德传灯录》卷八。

心性之契合与文字之因缘

——唐代文人的宗教观念和文学创作①

一　唐代的佛、道二教的发展与文人的宗教信仰

佛、道二教的发展在唐代均进入鼎盛时期。特别是外来佛教经过几百年演进，形成一批汉传佛教宗派；这些宗派的形成标志着佛教“中国化”的完成。纷繁的道教教派经过提高和“清整”，一方面已融入中国文化的主流，另一方面则实现了自身的统合。两大宗教都形成了庞大、严密而系统的教理、教义体系；各自的经典也都已十分完备，并经过整理而入藏；各自的戒律、仪轨、制度都已定型。寺院、宫观林立，僧、道众多。中唐舒元舆说当时“十族之乡，百家之闾，必有浮图”②；而晚唐五代的杜光庭说：“臣今检会从国初以来所造宫观约一千九百余所，度道士计一万五千余人。其亲王、

①本文集中讨论中国古代主要宗教佛教和道教与文人的关系，基本不涉及民间信仰和其他外来宗教。

②《唐鄂州永兴县重岩寺碑铭》，《全唐文》卷七二七，中华书局，1983年，第7498页。

贵主及公卿士庶或舍宅舍庄为观,并不计其数。”①更为重要的是,佛、道二教的社会作用和影响空前提高,其中包括对文人思想、生活和创作的影响。而综观唐代佛、道二教的发展状况,以下三方面特别值得重视。

第一,就政治层面而言,到隋、唐时期,专制集权体制下的佛、道二教与世俗政权的关系已完成调整过程。它们一方面得到朝廷的有力支持和全面加护,另一方面所受的管束则前所未有地强化了。宗教神权与世俗政权本来存在着难以调和的矛盾,但在中土集权体制和文化传统中,不会允许宗教凌驾于世俗统治之上或游离于现实体制之外。东晋时期的释道安已明确意识到“不依国主,则法事难立”②;而北魏寇谦之自觉“清整”道教,则是清除越科破禁、邪僻妖巫的“三张”伪法。当初佛图澄在石赵、寇谦之在北魏都曾以“王者师”自居,慧远等人更曾主张“求宗者不顺化”,坚持“不敬王者”③。但到唐代,佛教的玄奘、道宣、法藏、神秀、神会、不空等人,道教的王玄览、潘师正、叶法善、司马承祯、李含光等人,作为一代宗师,却都出入宫廷,结交权要,膺受朝命,甚至受命为官,全然成为朝廷的臣仆。当然,唐代佛、道二教与世俗政权不是没有矛盾。特别是针对佛教,士大夫间不断出现批判的议论,甚至造成唐武毁佛的酷烈行动。但从佛、道二教自身的立场说,不仅极力在替世俗统治制造宗教幻想,起到求福消灾、礼虔报本的宗教功能,更往往直接参与政治斗争。典型的例子如少林寺僧人、楼观道士都曾直接参与李唐起义军事;王远知等道门领袖曾替李唐密传符命;后来武则天篡权,更以“释氏开革命之阶”④;“安史之乱”中密宗的

---

①《历代崇道记》,《正统道藏》第11册,文物出版社、上海书店、天津古籍出版社,1987年,第7页。

②汤用彤校注:《高僧传》卷五《道安传》,中华书局,1992年,第178页。

③慧远:《沙门不敬王者论·求宗不顺化第三》,《弘明集》卷五,《大正藏》本。

④《资治通鉴》卷二〇四《唐纪二〇》,中华书局,1992年,第6473页。

不空、禅宗的神会都曾为平定叛乱出力；等等。就朝廷方面而言，则积极地把佛、道二教纳入到其统治体制之中，施行严格管理①：主要寺院、宫观由朝廷敕建；寺、观主持者"三纲"（佛寺是上座、寺主、都维那；道观是上座、观主、监斋）由朝廷任命；出家要官府批准，严禁"私入道"；法律规定僧、道户籍编制和管理办法；教内职务如佛、道二教里的"大德"、佛教的"僧主""僧录"、道教的"道门威仪"由朝廷拣选；制定专门的《道僧格》，对僧、道触犯刑律的处罚作出规定，在《唐律》里也规定有对僧、道犯法的处置办法；等等。甚至纯粹的宗教内部事务，如关于戒律的论争、宗主的楷定，朝廷也往往直接干预并有决定权。这样，在朝廷对佛、道二教强有力地加以支持和保护的同时，宗教的神圣权威却完全屈从于皇权之下了。

第二，就思想层面而言，到唐代，体现中土传统意识的儒家与佛、道二教三者间经过长期冲突、斗争、交流已趋于调和、融合。这与晋、宋以来南北各王朝基本施行三教齐立方针有直接关系。唐王朝立国伊始，高祖即曾主持"三教"辩论：

> 高祖尝幸国学，命徐文远讲《孝经》，僧惠乘讲《金刚经》，道士刘进嘉讲《老子》。诏陆德明与之辩论。于是诘难蜂起，三人皆屈。高祖曰："儒、玄、佛义，各有宗旨，刘、徐等并各当今杰才，德明一举而蔽之，可谓达学矣。"赐帛五十匹。②

这次讲论的结论是以儒学统摄佛、道，正反映了唐朝廷在思想、文化领域的基本立场。唐朝廷经常举行"三教"讲论。如果说唐前期这种辩论主要集中于佛、道二教的优劣，尚有一定实质内容，到中唐则定型为"三教论衡"，进一步仪式化了。白居易记录文宗朝一

---

①唐代管理佛、道机构屡有变动。唐初，佛、道曾隶属于礼宾机关鸿胪寺，后改隶祠部，高宗朝又令道士、女冠隶宗正寺。

②刘肃：《大唐新语》卷一一《褒锡》，古典文学出版社，1957 年，第 165 页。此次论辩亦记录于《旧唐书》卷二四《礼仪四》，谓在武德七年。

次辩论成《三教论衡》一文，如陈寅恪所说："其文乃预设问难对答之言，颇如戏词曲本之比。又其解释之语，大抵敷衍'格义'之陈说，篇末自谓'三教谈论，承前旧例'，然则此文不过当时一种应制之公式文字耳。"①进行这种讲论及其变化是具有象征意义的。三教如此并立与交融，从大的文化背景看，是本土文化与外来文化、世俗文化与宗教文化的交流与融合，从而极大地丰富和扩展了中国文化的内容和表现形式。就唐代文化的发展而言，这也成为其兴旺发达的基础。而从宗教自身角度看，情形则复杂得多。相互矛盾的"三教"并存、并用，一方面给佛、道二教的扩展留出了广阔空间，另一方面却使得宗教本来应有的绝对性、排他性丧失了，人们宗教信仰的真挚和坚定随之也被不同程度地瓦解了。

第三，在高度发达的文化环境下生存的佛、道二教，发展出高水平的宗教文化。一般而言，在文化程度低下的民众间，宗教信仰容易争取群众；而在中土儒家理性传统牢固的知识阶层中，宗教则主要以其文化内容和价值得到崇重。就佛教而论，晋宋以来混迹于"名士"的"名僧"、南北朝贵族沙龙里的"义学沙门"，还有活跃在各文化领域的学僧，从一定意义上说乃是披着袈裟的知识分子。比起修行实践来，他们更专精于宗教学术与文化。到唐代，这种现象尤为显著。例如玄奘、义净、不空等人在译经方面取得了总结性成绩；各宗派宗师如吉藏、善导、法藏、慧能、神会、宗密等人都是贡献卓著的思想家；在文学艺术领域，只要看看敦煌遗留的宝贵遗产就可以推测当时僧人的一般水平。道教也一样：上清派的王远知、司马承祯、吴筠、杜光庭等同样在学术上取得了多方面成就；道教宫观里的绘画、雕塑，道教写经的书法，道教仪式中的舞乐等等也都达到了相当高的水平。唐代佛、道二教在哲学、伦理学、美学、文

①陈寅恪：《白乐天之思想行为与佛道关系》，《元白诗笺证稿》，上海古籍出版社，1978年，第331页。

学艺术、语言文字之学等等领域均取得十分丰富和杰出的成就。宗教注重文化、学术的发展，知识阶层参与宗教活动，文化活动成为二者交流的津梁。这也成为唐代佛、道二教的又一个重要特征。

就以上三个方面而言，唐代知识阶层的宗教信仰比较六朝时期是大为淡薄了。可以举出具体例子作比较。如东晋有道士杨羲，吴人，少好学，遍读经史，本是出身士族的知识分子。据称他自幼有通灵之鉴，后移居句容茅山，结交同是士族出身、同样信仰道教的许谧、许翙等人。在兴宁二年(364)以后的数年间，他们在茅山许氏山馆修道，有女仙南岳魏华存等仙真降临，向他们传授上清经法。有关事迹和降神记录构成道教圣典《真诰》的主要内容。杨羲作为灵媒，精神完全沉迷在神仙幻想中，据传他终于乘云"仙去"了。今本《真诰》是陶弘景编撰的。陶弘景还编撰一本《周氏冥通记》，记录他的弟子周子良的"冥通"事迹。情形和杨羲类似，周子良同样是江左"胄族"，幼年寄养在天师治，十二岁从陶弘景受经法，十九岁时获得"冥通"能力。据说神真降临到他的"仙屋"，和他交谈，向他传授告诫、经箓。他神魂颠倒，寤寐求之。杨羲死时五十七岁，而周子良只活到二十岁。这些人至死沉迷在幻觉里，实际是为神仙追求付出了性命，显示了痴迷的信仰心态。这种人唐代不是没有，但从总体看情形是大不相同了。唐代那些著名道士大都热衷世务，更富于现实品格。比如司马承祯，也是士族出身，二十一岁出家，师事潘师正，大有时名，朝廷曾屡次召请。睿宗问以阴阳数术，他却借《老子》和《易经》作答，大谈"无为之旨，理国之道"①。另一位是吴筠，他被玄宗召至长安，则"每与缁黄列坐，朝臣启奏，筠之所陈，但名教世务而已，间之以讽咏，以达其诚"②。杨羲等人封闭在山馆里，摆脱一切世事纷扰，全身心地沉溺于修道实

①《旧唐书》卷一九二《司马承祯传》，第5128页。

②《旧唐书》卷一九二《吴筠传》，第5129页。

践。而唐代这些高道却奔竞于朝廷士大夫间。这种对比,反映了两个时代宗教形态、教团风气的差异,其根本则在宗教观念、信仰状态的不同。

佛教的情况也同样。笔者校点过日本逸存的宋傅亮等人的《光世音应验记》三种,其中反映了晋宋以来观音信仰的实态。小南一郎先生在为拙校所写的《后记》里曾指出,这些描写"诚心归请"观世音而发生感应的故事,"都宣传向佛教皈依时的心情的重要性","这种信仰注重于心情的纯粹性。也许可以说,以这种内容为特点的佛教才与信仰一词相称"①。这三部书的记录者傅亮、张演、陆杲都是士族文人,他们怀抱着诚挚的信心来记录那些灵验故事。唐人同样写过更多表现观音和观音信仰的作品。虽然他们的描写或许更精致、生动,但却看不到傅亮等人那种真挚而坚定的信仰心了。又比如沈约,历仕宋、齐、梁三朝,是南朝文坛上有成就、有影响的作家,也是一代贵族文化的代表人物。他和当时一般士族文人一样,以儒术立身,并对佛、道二教抱有十分热烈和虔诚的信仰心。《梁书》记载沈约临终前的情形说:

> 初,高祖有憾于张稷,及稷卒,因与约言之。约曰:"尚书左仆射出作边州刺史,已往之事,何足复论。"帝以为婚家相为,大怒曰:"卿言如此,是忠臣邪!"乃辇归内殿。约惧,不觉高祖起,犹坐如初。及还,未至床,而凭空顿于户下。因病,梦齐和帝以剑断其舌。召巫视之。巫言如梦。乃呼道士奏赤章于天,称禅代之事,不由己出。高祖遣上省医徐奘视约疾,还,具以状闻。先此,约尝侍讌,值豫州献栗,径寸半,帝奇之,问曰:"栗事多少?"与约各疏所忆,少帝三事。出谓人曰:"此公护前,不让即羞死。"帝以其言不逊,欲抵其罪,徐勉固谏乃止。

①孙昌武点校:《观世音应验记(三种)》,中华书局,1994年,第72页。

> 及闻赤章事，大怒，中使谴责者数焉。约惧，遂卒。①

沈约临终前请道士上表天神，表示忏悔。而忏悔的内容则是齐、梁易代之际，他帮助萧衍篡夺帝位，背弃旧主。噩梦表明他内心对背叛齐室有着沉重的负罪感。上文提到他的"婚家"张稷，也是萧衍的"佐命"功臣，受到猜忌，由尚书左仆射被出为安北将军、青冀二州刺史，在镇被州人所杀，有司奏削爵土。沈约和萧衍的谈论，表明他同情张稷而为萧衍所忌，结果他竟以此危惧，终至不起。沈约又有《临终表》：

> 臣约言：臣抱疾弥留，迄今即化，形神欲离，月已十数，穷楚极毒，无言以喻。平日健时，不言若此，举刀坐剑，比此为轻。仰惟深入法门，厉兹苦节，内矜外恕，实本人情，伏愿圣心重加推厉。微臣临途，无复遗恨，虽惭也善，庶等鸣哀。谨启。②

这里表达的则是真挚的佛教信仰。沈约自认为已经"深入法门"，把所受病痛看作是对自己的考验；他又表白自己"厉兹苦节，内矜外恕"，因此已"无复遗恨"。沈约就这样真挚地把拯救灵魂的希望寄托在宗教。沈约的情形是具有相当代表性的。比如《世说新语·德行》记载："王子敬(献之)病笃，道家上章，应首过，问子敬：'由来有何异同得失?'"③可见"临终上章"这种虔诚的信仰方式在信仰道教的文人间相当流行。南北朝时期的文人如谢灵运、颜延之、颜之推等，对宗教都怀抱相当虔诚的信仰。

但到唐代，这样的心态在文人中一般是难以见到了。文人间"周流三教"④成为风气，正是信仰游移和淡漠的表现。认真求仙访道的李白又曾尖锐地批评神仙信仰；一生热衷佛禅的白居易也曾

①《梁书》卷一三《沈约传》，第242—243页。

②《广弘明集》卷三〇《归统篇》，《大正藏》本。

③余嘉锡：《世说新语笺疏·德行第一》，中华书局，1983年，第40页。

④计有功：《唐诗纪事》卷四八《韦渠牟》，上海古籍出版社，1987年，第733页。

揭露过佛教的弊害。这已和沈约等人的情况大不相同了。

日本学者塚本善隆论中国佛教,曾指出“南朝……与其说作为宗教的佛教全盛,乃是佛教文化的全盛期”①。他把信仰层面与文化层面分别开来,强调中国佛教的文化性格和内涵。汤用彤则作出更细致、更精辟的分析,他说:“溯自两晋佛教隆盛以后,士大夫与佛教之关系约有三事:一为玄理之契合,一为文字之因缘,一为死生之恐惧。”②他讨论的是佛教,实际上也通于道教。汤用彤概括佛教“关系”士大夫的三个方面,“死生之恐惧”属于信仰层面。如上所述,在唐代,文人们不论是对于佛教还是道教,信仰心已变得相当淡漠或游移了。“玄理之契合”的典型表现是玄、释合流的“格义佛教”,这属于教理范畴。在唐代,文人同样重视对佛、道二教义理、思想的接受和了解,但已转移到对佛、道二教心性观念的体认和实践方面。而在文化以及文学高度发达的环境下,唐代士大夫与佛、道二教的“文字之因缘”得到了更充分的发扬。这后两方面既是文人接受佛、道二教的纽带,又是他们接受影响的主要内容。

二 心性之契合

一般而言,在中国古代以“天人之际”为核心的传统思想里缺乏个人救济观念,这也是佛、道二教在中国得以发展和兴盛的主要原因之一。而个人救济的根本症结在对人的心性的认识。佛教初

---

①《中国净土教史研究》,《塚本善隆著作集》第4卷,大东出版社,1976年,第113页。

②汤用彤:《隋唐佛教史稿》,中华书局,1992年,第193—194页。

传，中土人士就强调它“以炼精神而不已，以至无为而得为佛也”① 的意义。谢灵运、范泰也已明确指出：“六经典文，本在济俗为治耳。必求性灵真奥，岂得不以佛经为指南邪？”②道教徒葛洪也张扬“穷理尽性”之说③。日本学者小南一郎分析魏晋以后思想界的变化时指出：“佛教在大乘佛教新的大发展中，导入了任何人都得以成佛这一前所未有的看法……一种认为经过自己的努力即可得佛果的革命的思想孕育出来了……到了魏晋时期，作为一种新神仙思想，认为任何人经过努力都可以成为绝对存在的神仙……的思想成长起来了。”④这样，佛教徒不只信仰作为救主的教主佛陀，更追求自身成佛⑤；道教徒则不只向往神仙救济，更坚信通过修炼身心可以成仙。这种心性理论在唐代的佛、道二教里更得到突出发展，极大地促进了整个思想史的演变，从而也吸引和鼓舞了思想敏锐的文人们。

隋、唐宗派佛教的主要特征，即在更注重对于“心性”的探讨。宗义体系完整、教理严密的天台、华严如此，更富于群众性和实践性的禅和净土法门也是如此。中国佛教第一个宗派天台宗基于“一念三千”的宇宙观发展出“性具善恶”的人性论，一方面肯定圣

---

①袁宏：《后汉纪》卷一〇，《四部丛刊》本。

②何尚之：《答宋文帝赞扬佛教事》，《弘明集》卷一一。

③王明：《抱朴子内篇校释(增订本)》卷二《论仙》，中华书局，1985 年，第 16 页。

④孙昌武译：《中国的神话传说与古小说》，中华书局，1993 年，第 230 页。

⑤塚本善隆根据云岗和龙门石窟造像的变化论述北魏到唐代佛教观念的演变说：“云岗石窟展现‘印度悉达太子如何成佛’的以释迦传为中心的佛教。这是对外来佛教朴素的初期受容的姿态。龙门北魏窟展示的是‘印度的释迦佛说了什么教法’。进一步到唐代的造像，表现的是‘我们中国人如何得救’的成为中国民众产物的佛教。如果说第一、二种佛教都是‘印度释迦成佛之教’，在第三种‘中国民众追求成佛之教’里，思想方法由以释迦为中心转变为以自身为根本了，即显示外来的佛教发展为中国民众的佛教了。”《支那佛教史研究・北魏篇》，清水弘文堂，1969 年，第 606 页。

界和俗界一致，“恶中有道”①，热衷官宦的士大夫带妻挟子，官方俗务皆能得道；同时要求信徒通过个人的努力使邪僻心息，转凡成圣。这种观念实际是吸取中土传统人性论对外来佛性说的发挥。它把心性修养作为转凡成圣的关键，充分体现了中国传统意识肯定现世，肯定人生的精神。智𫖮说：

> 若夫泥洹之法，入乃多途。论其急要，不出止、观二法。所以然者，止是伏结之初门，观是断惑之正要；止则爱养心识之善资，观则策发神解之妙术；止是禅定之胜因，观是智慧之由藉。若人成就定、慧二法，斯乃自利利人，法皆具足。②

这样，修道的目标即是降服结习，断除惑念，爱养心识，启发“智慧”，也就是所谓“观心”。后来天台八祖左溪玄朗(673—754)“因恭禅师重研心法”③；中兴台教的九祖荆溪湛然(711—782)“家本儒、墨”，依据依正不二，色心一如的道理，主张佛性遍于法界，不隔有情，提出“无情有性”新说。他行化于江南，声望甚高，“缙绅先生高位崇名、屈体承教者又数十人”④。天台宗广泛影响于唐代文人，主要是因其心性理论受到欢迎。李华为左溪玄朗作碑，他特别推重天台“心法”。湛然弟子中有著名古文家梁肃，他对天台教观颇有心得，以智𫖮的《摩诃止观》文意弘博，加以删定，成《删定止观》，又述《止观统例》一卷。他认为天台止观是“圣人极深研几，穷理尽性之说”，“《止观》之作，所以辨异同而究圣神，使群生正性而顺理者也；正性顺理，所以行觉路而至妙境也”⑤。梁肃是“古文运动”的关键人物。贞元八年兵部侍郎陆贽知贡举，梁肃、王础佐之，韩愈、

①智𫖮：《摩诃止观》卷二下，《大正藏》卷四六，第17页。

②智𫖮：《修习止观坐禅法要》，《大正藏》卷四六，第462页。

③李华：《故左溪大师碑》，《全唐文》卷三二〇，第3241页。

④《宋高僧传》卷六《湛然传》，《大正藏》本。

⑤《止观统例议》，《全唐文》卷五一七，第5257页。

李观、欧阳詹、冯宿等及第,“皆天下选,时称‘龙虎榜’”①。柳宗元对天台教观更研习有得。他在永州结交湛然再传弟子重巽,天台学人把他编入自宗传法体系之中。他就佛教和韩愈辩论,肯定“浮图诚有不可斥者,往往与《易》、《论语》合,诚乐之,其于性情奭然,不与孔子异道……且凡为其道者,不爱官,不争能,乐山水而嗜闲安为多。吾病世之逐逐然唯印组为务以相轧也,则舍是其焉从”②。这也明确表白他是从心性角度接受佛教的。

唐代最为兴盛的是禅和净土二宗。它们当初都不以“宗”立名,宗义都比较简单③。禅宗在知识阶层里更迅速地扩展势力,很快凌驾诸宗而上之。禅的基本观念是所谓“明心见性”说,即肯定众生自性清净,圆满具足;自见本性,直了成佛;只需“自身自性自度”④,不要向外驰求。这就把对于佛性、净土等外在的追求转变为自性修养功夫,把对“他力救济”的信仰转变为自我觉悟的努力。慧能、神会发展的南宗禅更立“无念”“顿悟”为两大理论支柱,这也是对人的心性的绝对性和无限性的充分肯定。到中唐时期,以马祖道一为代表的洪州禅又提出“平常心是道”,把超越的佛性等同于平凡的人性,肯定禅即在穿衣吃饭、扬眉瞬目的人生日用之中,从而把“清净心”和“平常心”等同起来,给发扬人的主观“自性”大开门径。这样,唐代兴盛的禅宗就成为与六朝以来的“贵族佛教”全然不同的“适合中国士大夫口味的佛教”⑤。在当时,社会上支持禅宗的主要是依靠政能文才进身的庶族士大夫阶层。肯定个人的

①《新唐书》卷二〇三《欧阳詹传》,第5787页。

②《送僧浩初序》,《唐柳河东集》卷二五,《四部备要》本。

③禅宗何时立宗学术界看法多歧,笔者认为至唐初四祖道信时期形成宗派,而作为宗派的“禅宗”概念则出现在中唐。净土作为宗派更经历长期发展过程,归纳出传法统绪则已是南宋。

④郭朋:《坛经校释》,中华书局,1983年,第44页。

⑤范文澜:《中国通史简编》第3编第2册,人民出版社,1965年,第601页。

“心性”，正体现了这一阶层的精神需求。

例如姚崇(650—721)是开元贤相，是新进士大夫的代表人物。他曾谏净造寺度僧，说“佛不在外，求之于心……但发心慈悲，行事利益，使苍生安乐，即是佛身”①。他临终时告诫子孙不要祭祀追福，指出“佛者，觉也，在乎方寸”②。他对“正法”的理解，显然与禅宗宗义相通。韩愈、李翱的情况更具典型意义。他们师弟子是中唐“儒学复古”的代表人物和“古文运动”的健将，但他们与禅宗都有所接触。韩愈与潮州大颠、李翱与药山惟俨的交谊被灯史大肆张扬。韩愈曾替自己结交大颠辩护，说“大颠颇聪明，识道理……实能外形骸，以理自胜，不为事物侵乱。与之语，虽不尽解，要自胸中无滞碍，以为难得”③。这已经和前述柳宗元的看法接近了。而李翱发展出系统的“复性”论，论证“妄情灭息，本性清明”的“正性命”④之旨，则无论是语言还是观念都与禅宗相通。陈寅恪论韩愈，特别注意到“以退之之幼年颖悟，断不能与此新禅宗学说浓厚之环境气氛中无所接受感发”，进而分析说：

> 新禅宗特提出直指人心见性成佛之旨，一扫僧徒繁琐章句之学，摧陷廓清，发聋振聩，故吾国佛教史上一大事也。退之生值其时，又居其地，睹儒家之积弊，效禅侣之先河，直指华夏之特性，扫除贾、孔之繁文，原道一篇中心旨意实在于此。⑤

韩愈是标榜反佛的，被后人看作是张扬儒道的一面旗帜。他在心性理论上却接受了禅宗观念。也正是在这一点上，显示了他的儒学的新特色，使他在宋学的形成中起了开拓作用。大力辟佛的韩

---

①《旧唐书》卷九六《姚崇传》，第3023页。

②《遗令诫子孙文》，《全唐文》卷二〇六，第2083页。

③《昌黎先生集》卷一八，《四部备要》本。

④《复性论》(中)，郝润华校点：《李翱集》，甘肃人民出版社，1992年，第13页。

⑤陈寅恪：《论韩愈》，《金明馆丛稿初编》，上海古籍出版社，1980年，第287页。

愈尚且如此，禅宗影响其他人的情况就可以推知了。

刘禹锡在为神会弟子乘广所作《袁州萍乡县杨岐山故广禅师碑》里说：

> 儒以中道御群生，罕言性命，故世衰而浸息；佛以大慈救诸苦，广启因业，故劫浊而益尊。自白马东来，而人知像教；佛衣始传，而人知心法。弘以权实，示其摄修。味真实者，即清净以观空；存相好者，怖威神而迁善；厚于求者，植因以觊福；罹于苦者，证业以销冤。革盗心于冥昧之间，泯爱缘于生死之际。阴助教化，总持人天。所谓生成之外，别有陶冶；刑政不及，曲为调柔。其方可言，其旨不可得而言也。①

这典型地表明了唐时士大夫从“心法”角度认识和接受佛教的立场。

唐代道教的发展方向和基本精神与佛教极其相似。到唐代，“道教思想家们已多趋于走内在的心性路向”②。这也是因为它同样需要体现时代思想发展的总潮流。虽然唐代道教外丹术极其兴盛，但其真正有生命力的部分，也是作为后来兴起的内丹思想的滥觞的，则是一批上清派道士对“心性”理论的阐发。实际上在当时，外丹术那种依靠外物（丹药）求得永生的观念已落后于时代思想潮流。隋代道士青霞子苏元朗已在提倡“性命双修”，归神丹于心炼，被认为是内丹术的开创者。唐代的成玄英、王玄览、司马承祯、吴筠等著名道士都强调心性的养炼。成玄英的《道德经义疏》提出修道不但不能有欲，也不能执着于无欲，即要求内心确立一种绝对的清净境界，王玄览则强调“众生与道不相离。当在众生时，道隐众生显；当在得道时，道显众生隐。只是隐、显异，非是有、无别”③，这显然与佛教的“心性本净”论，特别是禅宗的“清净自性”观念相通。

---

①《刘宾客文集》卷四，《四部丛刊》本。

②卿希泰主编：《中国道教史》第 2 卷，四川人民出版社，1992 年，第 188 页。

③《玄珠录》卷上，《道藏》第 23 册，第 621 页。

他又认为“形养”成仙是较低级的;“坐忘养舍形入真”①,才算真正得道。司马承祯提倡“安心”“坐忘”之法,以达到“神与道合”。这不但在观念上,就是语言也与当时流行的北宗禅相一致。他又明确提出“凡学神仙,先知简易”,“神仙亦人也。在于修人虚气,勿为世俗所论折;遂我自然,勿为邪见所凝滞,则成功矣”;而学仙则要经历五个阶段:斋戒、安处、存想、坐忘、神解;到了神解,则“信、定、闲、慧,四渐通神”,“在人谓之仙矣”②。吴筠更批评那种认为神仙乃禀异气自然而成,非修炼可致的观点,也反对“独以嘘吸为妙,屈伸为要,药饵为事,杂术为利”的只重“形养”的一派,提出人性中有“远于仙道”和“近于仙道”各七个方面,而修仙就是要“取此七近,放彼七远,谓之拔陷区,出溺途,碎祸车,登福辇,始可与涉神仙之律(津)矣”,具体方法则是“虚凝淡漠怡其性,吐纳屈伸和其神”,守静去躁,忘情全性,形神俱超,“虽未得升腾,吾必知挥翼丹霄之上矣”③。这些看法,也与禅宗的“安心”“守心”“明心见性”之说相通。这样,唐代道教与佛教一样,特别强调心性的养炼;而肯定养炼心性以成仙,正反映了对于人的心性的信心。而突出人的“心性”养炼则必然削弱对外在偶像的崇拜,淡化对他力救济的依赖。

唐代外丹术盛行,确有不少文人陷溺其中。但多数文人好道,与其说是出自对神仙、丹药的信仰,不如说是追求一种高蹈绝尘、自由自在的理想人生,是在实践一种不随流俗、解脱世网的生活方式,或是在现实矛盾和人生痛苦中寻找精神慰藉。范传正论及李白的神仙信仰,说他“好神仙非慕其轻举,将不可求之事求之,欲耗壮心、遣余年也”④。贺知章对李白有知遇之恩,也以喜好仙道著

①《玄珠录》卷下,《道藏》第 23 册,第 628 页。

②《天隐子·简易》,《神仙》,《道藏》第 21 册,第 699—701 页。

③《神仙可学论》,《全唐文》卷九二六,第 9651 页。

④《唐左拾遗翰林学士李公新墓碑》,王琦注:《李太白全集》卷三一《附录》,中华书局,1977 年。

名，但他生性夷旷，垂老之年请为道士，毅然辞官归隐。顾况终于在茅山入道，张志和被传神仙飞升，他们的人生境界与贺知章相似，都不见对神仙世界的迷恋。白居易晚年有诗说：

达摩传心令息念，玄元留语遣同尘。八关净戒斋销日，一曲狂歌醉送春。酒肆法堂方丈室，其间岂是两般身。①

这表明他兼容佛、道，二者同样被当作乐天安命的人生慰藉。

总之，一般说来，唐代文人对待道教和对待佛教一样，从主导方面说，一是用来颐养性情，再是用来安顿身心，即主要把宗教当作修心养性的依据和手段。对多数人来说，成佛、成仙并不是修道的主要目标，佛、道二教主要体现为心理、伦理、生活方式等层面的价值。这一方面可以说是宗教影响的深化，即已深浸到人们的心灵和生活之中；另一方面则是信仰大为淡化并趋于朦胧了。但是，文人的心性接受影响，有些会直接体现在作品里，有些则潜移默化地作用于生活、思想、情趣、美感等等之中，终究会在创作中表现出来。唐代文学多层次、多方面地表现人的心灵的善良优美、丰富多彩，正得益于佛、道二教不渺。

三　文字之因缘

柳宗元说：

昔之桑门上首，好与贤士大夫游。晋、宋以来，有道林、道安、远法师、休上人。其所与游，则谢安石、王逸少、习凿齿、谢灵运、鲍照之徒，皆时之选。由是真乘法印与佛典并用，而人

①《拜表回闲游》，朱金城笺校：《白居易集笺校》卷三一，上海古籍出版社，1988 年。

知向方。①

这样,晋、宋以来儒、释交流已形成传统。道教与士大夫的交流虽不及佛教之盛,但历史同样悠久与密切。这种交流主要以文字为媒介,其成果也体现在文字之中。

在唐代,大量佛典被传译并在知识阶层中流传,佛、道教典已是文人教养的必读书。佛典如佛传、本生经、譬喻经等乃是高水平的宗教文学作品;大乘经等亦具有浓厚的文学性格。文人们思想观念受其熏染,创作上更得到滋养。六朝僧人许多具有高度学养,如支遁、慧远、汤惠休等人,他们不只写作大量艺术水平高超的诗文、辞赋、书论等,还创造出一批新文体如旅行记(如法显《佛国记》)、僧传(如慧皎《高僧传》)、经录(如僧祐《出三藏记集》)等。道教文学创作不如佛教的丰富多彩,数量也较少,但在某些领域,其成就和影响却也十分突出。例如汉、魏以来形成一批记录神仙"传记"和传说的著作,著名的如《列仙传》(旧题刘向撰)、《汉武帝内传》(旧题班固撰)、《神仙传》(葛洪)等,是志怪小说中具有特色的一类;上清派某些典籍亦富于文学性,如《周氏冥通记》《真诰》等,描写仙、凡交通,记载上仙降临,情节怪异,"人物"鲜明,语言富于文采;韵文则有游仙、步虚、仙歌等各体作品。葛洪、寇谦之、陆修静、顾欢、陶弘景等著名道士,都精通世典,雅善诗文,这也成为他们在社会上层活跃的条件。佛、道二教的文学传统到唐代得到更充分的发扬。一方面,佛、道二教典籍和上代留下的文学遗产提供了众多主题、题材、"人物"、情节、事典、语汇、表现方法等等,供借鉴和利用;另一方面,文人接触佛、道,结交僧、道,也给创作提供了诸多新鲜内容和表现手段。

唐代文人与佛、道二教相关的作品在全部创作里占相当大的比重,大体可分为三类:第一类是直接表现佛、道题材的;第二类是

①《送文畅上人登五台遂游河朔序》,《唐柳河东集》卷二五。

内容与佛、道二教相关的；第三类是并不直接涉及佛、道，但观念上或表现上受到其影响的。这后一类作品更多，它们在把宗教观念、宗教情怀体现在广阔的自然和人生境界里，往往取得更高的艺术价值。

属于第一类的，如鲁迅曾指出：

> 中国本信巫，秦汉以来，神仙之说盛行，汉末又大畅巫风，而鬼道愈炽；会小乘佛教亦入中土，渐见流传。凡此，皆张皇鬼神，称道灵异，故自晋迄隋，特多鬼神志怪之书。其书有出于文人者，有出于教徒者。①

唐代发达的传奇小说利用佛、道二教材料的有很多。如《冥报记》等直接记录佛教故事，就不必赘言了。传奇名篇如沈既济《枕中记》、李公佐《南柯太守传》、李朝威《柳毅传》、沈亚之《秦梦记》等，从不同角度利用佛、道资料也是人所共知的。牛僧孺《玄怪录》、李复言《续玄怪录》、裴铏《传奇》、皇甫枚《山水小牍》等传奇集更多有利用佛、道题材的篇章。正如鲁迅所谓唐人"始有意为小说"②表明的，唐代小说利用佛、道材料多已出于艺术创作的需要而加以改造和升华了。诗歌、散文等领域直接以佛、道为题材的也不少，利用相关事典、语汇等等更是相当普遍的。

属于第二类的主要是大量表现宗教生活的作品。如果说南北朝时期的名僧、高道多活动在王公贵族的"沙龙"之中，那么到唐代，随着阶级关系发生变化，庶族势力扩展，一方面众多文人混迹僧、道，另一方面文人则更广泛和更积极地与僧、道交好，更热心、

---

①鲁迅：《中国小说史略》，《鲁迅全集》第9卷，人民文学出版社，1981年，第43页。

②鲁迅：《中国小说史略》，《鲁迅全集》第9卷，人民文学出版社，1981年，第70页。

更经常地参与宗教活动①。文人持戒受箓，吃斋念佛，炼丹求仙的比比皆是。特别是僧、道中有许多热衷文事的人，更成为与文人交往的纽带。如唐初有僧慧净，朝廷敕命其为普光寺主兼纪国寺上座，“贞观十年，本寺开讲，王公宰辅、才辩有声者莫不毕集，时以为荣望也”②。他编有《续古今诗苑英华》二十卷行于代。著名道士司马承祯往来朝廷与山林，和文人广有交谊。如其受睿宗召请后还山，“中朝词人赠诗者百余首”③，“散骑常侍徐彦伯撮其美者三十一首，为制序，名曰《白云集》，见传于代”④。另一位著名道士吴筠少通经，善属文，开元中漫游江南，与名士相娱乐，文辞传颂京师；后来玄宗召请，待诏翰林；安史乱起，隐居剡中，逍遥泉石，与李白、孔巢父等相酬唱。而由于禅宗兴盛，禅僧与文人的交往更为广泛和密切。如中唐皎然活跃于大历、贞元年间，广游京师和诸郡，长期居住在湖州（今浙江湖州市），与一时名流李华、颜真卿、韦应物、梁肃等交游，孟郊年幼曾从之学诗。他有《杼山集》十卷传世，更留下了诗学名著《诗式》。中唐时期朝廷中有专门以诗供奉的诗僧，如中唐时期的安国寺，一时“名德聚之”⑤，元和、会昌年间有广宣住在该寺红楼院，与他唱和的有李益、郑絪、韩愈、白居易、刘禹锡、元稹、张籍、欧阳詹、杨巨源、王涯、冯宿、王起、段文昌、雍陶、曹松、薛涛等，几乎囊括一时诗坛名流⑥；又宣宗时有“僧从晦住安国寺，道行高洁，兼工诗，以文章应制。上每摘剧韵令赋，亦多称旨。晦积

① 值得注意的是，唐代译经取得了总结性的成绩，出现了玄奘、义净、不空等众多著名译师；又宗派佛教兴盛，各宗派的宗主如窥基、善导、法藏等都是成就杰出的思想家和著作家。但这些人乃是纯粹的宗教活动家，与文人的交流很少。

② 道宣：《续高僧传》卷三《慧净传》，《大正藏》本。

③ 李渤：《王屋山贞一司马先生传》，《全唐文》卷七二一，第 7318 页。

④ 刘肃：《大唐新语》卷一〇《隐逸》，古典文学出版社，1957 年，第 163 页。

⑤ 钱易：《南部新书》戊卷，中华书局，1958 年，第 50 页。

⑥ 参阅平野显照：《廣宣上人考》，《唐代文學と佛教の研究》，朋友书店，1978 年，第 100—150 页。

年供奉，望紫方袍之赐”①。这些御用诗人创作水平不一定多么高，但其影响却不小。又如主要活动在太和年间的无可，是诗人贾岛从弟，住长安居德坊先天寺，与他往还的有贾岛、姚合、戴叔伦、马戴、薛能、方干、喻凫、刘德仁、雍陶、李郢、顾非熊、李洞、刘沧、张籍、殷尧藩等人。他善于描写寂寞古寺的冷寂风景和枯淡人生，成为以姚、贾为代表的“武功诗派”的代表人物。

由于僧、道已成为知识阶层的一部分，塔寺、宫观往往成为某一地的文化中心，成为文人寄居、游学、赏玩、憩息的场所。因而尽管他们之中怀抱诚挚信仰，认真持戒修行的只是少数，但创作的描写宗教生活和体验的作品却不少，其中颇有十分优秀的作品。描写与僧、道交往的，如孟浩然的《梅道士水亭》、李白的《访戴天山道士不遇》、韦应物《寄全椒山道士》、刘长卿的《题灵祐和尚故居》、卢纶的《夜投丰德寺谒液上人》、柳宗元的《晨诣超师院读禅经》等；关系寺、观的，如王维的《过香积寺》，李颀的《送暨道士还玉清观》，高适、岑参、杜甫等人登慈恩寺浮图诗，常建的《破山寺后禅院》，韩愈的《游青龙寺赠崔大补阙》，刘禹锡的《游玄都观》《再游玄都观》，杜牧的《题宣州开元寺水阁阁下宛溪夹溪居人》等等，佳句名篇不胜枚举。就思想观念说，这些作品中有些已远远超越宗教意义之外，史称“天宝后，诗人多为忧苦流寓之思，及寄兴于江湖僧寺”②。大历以后的诗人结交僧、道的习俗更为普遍，有关内容成为创作的重要题材。典型的如张祜，“性爱山水，多游名寺，如杭之灵隐、天竺，苏之灵岩、楞伽，常之惠山、善权，润之甘露、招隐，往往题咏唱绝”③。而像姚合、贾岛以下所谓“武功派”诗人，均喜欢借寺、观寂寞景色来表现其凄苦情怀。更有大量与僧、道倡和或者描写

①裴庭裕：《东观奏记》卷下，中华书局，1994年，第130页。

②《新唐书》卷三五《五行二》，第921页。

③傅璇琮主编：《唐才子传校笺》卷六，中华书局，1990年，第174页。

寺、观的作品已经只是借用宗教语言、掌故等等来表现一般主题了。就是说，宗教材料在这些作品里多已作为单纯的审美对象来表现了。但即使如此，总得承认，起码在形式上它们是佛、道影响下的产物。

属于第三类情形的是，由于佛、道二教已相当普遍地融入文人生活，深浸他们的思想感情，所以其影响更渗入到他们的生活态度、人生理想、思维方式、审美观念等思想意识的深层。表现在作品里，或许表面上无关于信仰，往往不见宗教意识、宗教语汇，但宗教观念、宗教的思维方式却经过“审美化”而融入其中了；往往正因为如此，却能体现出更高的艺术价值。例如众所周知，李白、李贺、李商隐除了题材直接关系道教的作品之外，大量作品里张扬的那种理想精神，所体现的不受羁束的个性，表达中那种大胆的幻想和想象，显然来自道教的影响。而如王维、白居易、柳宗元的许多作品并不是枯燥地说明禅理或生硬地使用禅语，而字里行间体现的禅意、禅趣、禅思，却更能感动人心。

特别值得注意的是，佛、道的宗教观念和信仰，当然有其消极、悲观方面，但确实又提供了与儒家“学而优则仕”的以“官本位”为支柱的人生观和世界观全然不同的人生理念和追求，从而大大开阔了文人的思想境界。对于有些人而言，甚至改变了他们的人生方式。柳宗元说过：“佛之道，大而多容，凡有志乎物外而耻制于世者，则思入焉。”①所谓“耻制于世”即不愿被当代的统治体制和思想观念所束缚。他表示正是为了逃避这种限制，所以要归心佛禅。这显然是一种相当积极的认识。摆脱了名缰利索的束缚，可能会引人颓唐、消极，但也可能激发否定权威和传统的叛逆精神，争得精神和生活的一定程度的自由。这样，佛、道思想及其所提倡的修道生活就为文人留出了更加广阔的思想和生活空间，起到某种思

①《送玄举归幽泉寺序》，《唐柳河东集》卷二五。

想解放的作用，从一定意义上说是使他们的人生更为开阔和丰富了，从而也扩展了创作内容，丰富了艺术表现境界。例如王维的山水田园诗创作，他所描绘的大自然的空灵、和谐、活泼的风光，他所创造的恬静、闲适、空灵的意境，显然与他接受禅宗的心性观念有关联。李白则“脱屣轩冕，释羁缰锁，因肆情性，大放宇宙间”①。他好神仙，但创作内容远远超越了单纯的神仙信仰，从而使得诗歌更加高扬浪漫热情和理想精神。白居易兼容佛与道，更把它们与诗酒放浪的生活合而为一，他的许多所谓“闲适诗”所表现的知足忘情、委顺适意，面对现实矛盾与苦难时采取的乐天随缘态度，固然有消极意味，但也有鄙弃荣华富贵，超越仕途纷争的内涵。苏辙称赞他说：

> 乐天少年知读佛书，习禅定，既涉世，履忧患，胸中了然，照诸幻之空也。故其还朝为从官，小不合即舍去，分司东洛，优游终老。盖唐世士大夫达者如乐天寡矣。②

楼钥则评论其诗说：

> 其间安时处顺，造理齐物，履忧患，婴疾苦，而其词意，愈益平淡旷达，有古人所不易到，后来不可及者。③

禅宗对于唐代文人的影响更值得重视。这主要体现在诗歌创作领域。唐代诗人的许多作品诗情与禅意相交融，往往是不用禅语而得禅趣。这形成为唐人独特的艺术技巧和成就。有些诗句如王维的“行道水穷处，坐看云起时”④，杜甫的“水流心不竞，云在意俱迟”⑤等等，后来甚至被禅师们直接应用于参禅，成为公案“话

---

①《唐左拾遗翰林学士李公新墓碑》，《李太白全集》卷三一《附录》。

②《书白乐天集后二首》，《栾城后集》卷二一，上海古籍出版社，1987 年。

③《跋白乐天集目录》，《攻媿集》卷七六，《四部丛刊》本。

④《终南别业》，《王右丞集笺注》卷三，《四部备要》本。

⑤《江亭》，《杜少陵集详注》卷一〇，文学古籍出版社，1955 年。

头”，也正因为它们含义深远、情趣盎然。所以李邺嗣指出：

> 唐人妙诗若《游明禅师西山兰若》诗，此亦孟襄阳之禅也，而不得专谓之诗；《白龙窟泛舟寄天台学道者》诗，此亦常征君之禅也，而不得专谓之诗；《听嘉陵江水声寄深上人》诗，此亦韦苏州之禅也，而不得专谓之诗。使招诸公而与默契禅宗，岂不能得此中奇妙？①

关于诗、禅相互影响，学界论述较多，就不再赘言了。

从艺术表现的总体看，六朝文人表达佛、道内容，往往夹叙义理，还不能浑融无迹地体现为兴象、形象。即使如艺术功力深厚、表达杰出的谢灵运，其诗抒写玄理、禅思，也往往在作品后面附上一个说理的尾巴。因此他的作品模山范水，“名章迥句”迭出，但意境终欠浑融。这主要与当时人对宗教的接受和理解程度直接相关。只有当宗教观念和义理被深刻地领会，融入作者的内心，成为他们的生活、体验、感情等等，才能“举足下足，皆在道场”，也才能把禅思、道意转化为真正的灵感而创造出具有新意的作品。唐代文学正实现了这一点。这是它的一个重大优长，是它超越前人的重要成就，也是佛、道二教影响深入的体现。

综观佛、道二教对唐代文学所起的作用，它们带来毋庸讳言的消极、落后影响自不待言，但正如日本著名中国学家吉川幸次郎评论杜甫所说的：“杜甫首次给唐诗注入如此丰富的幻想力，也正是得到了从印度传来的佛教经典的无意识的启示。”②吉川举出的是一个例子。中国文化本来具有执着于现实、政治、哲理而“不语怪、力、乱、神”的传统，佛、道二教对于幻想和超越的追求，反映这种幻想和超越的思维内容、思维方式、表现形态等等，自有其独特的、不

①《慰弘禅师集天竺语诗序》，《杲堂文抄》卷二，《四明丛书》本。

②〔日〕吉川幸次郎著，钱婉约译：《中国文学与外国文学》，《我的留学记》，光明日报出版社，1999年，第212页。

可替代的价值和优长，恰可补中土传统的不足。从这个角度看，唐代文人无论是思想上还是艺术上都沾丐佛、道二教不渺，接受和利用佛、道二教影响从而也成为唐代文学繁荣的主要因素之一。

原载于《唐代文学与宗教》，香港中华书局，2004 年

六朝僧人的文学成就

南北朝时期是佛教在中土大发展的时期。在高度发达的文化环境中扎根并发展的佛教，对于中土文化建设作出了多方面贡献。在这一时期，僧团里集中了一批文化程度相当高的人物，他们成为思想文化领域十分活跃的力量。其中有相当一些人热衷文事，从事文学创作，成就突出，影响巨大而深远。然而一般文史著述大都忽略这一点。笔者仅就这一课题略献刍议，以期引起时贤的关注，并就正于方家①。

首先是诗。佛教本来有利用偈颂的传统。在中国这样的诗的国度，晋宋以来，僧人的诗歌创作更是十分兴盛。六朝僧人曾有文集传世的（现已全部散佚，部分作者的作品有辑本），据《隋书·经籍志》，有支遁（八卷，梁十三卷）②、支昙谛（六卷）、僧肇（一卷）、慧远（十二卷）、惠琳（五卷，梁九卷、录一卷）、智藏（五卷）、亡名（十卷）、释标（二卷）、洪偃（八卷）、释瑗（六卷）、灵裕（四卷）、策上人

---

①众所周知，佛典具有巨大的文学价值，汉译佛典的传译对中土文学发展造成了多方面影响。本文不涉及这一领域。又如从翻切的发明到声韵规律的总结，与佛典传译和赞呗的审音定声密切相关，这属于佛教对语言学、文学的间接影响，本文也不予讨论。

②括号里所记为《隋志》卷数，《旧唐书·经籍志》《新唐书·艺文志》《通志·艺文略》著录多有不同。参阅兴膳宏、川合康三：《隋書經籍志詳考》经籍四集，汲古书院，1995年。

(五卷)、释嵩(六卷)等，其中大部分包含有诗歌作品。后人辑录的僧诗更远不只以上诸家。

僧人有其特殊的生活环境、精神境界、写作传统等等，因而僧诗也形成一定特点，对于诗歌的发展作出了特殊贡献。这主要体现在两个方面。一方面是把佛禅的内容引入诗歌。余嘉锡早经指出："支遁始有赞佛咏怀诸诗，慧远遂撰念佛三昧之集。"①这是说支遁、慧远首开以佛禅入诗的风气。所谓"赞佛咏怀"，今存有支遁《四月八日赞佛诗》《咏八日诗三首》《咏怀诗五首》等作品。如《咏怀诗五首》之四：

> 闲邪托静室，寂寥虚且真。逸想流岩阿，朦胧望幽人。慨矣玄风济，皎皎离染纯。时无问道睡，行歌将何因。灵溪无惊浪，四岳无埃尘。余将游其嵎，解驾辍飞轮。芳泉代甘醴，山果兼时珍。修林畅轻迹，石宇庇微身。崇虚习本照，损无归昔神。暧暧烦情故，零零冲气新。近非域中客，远非世外臣。憺怕为无德，孤哉自有邻。②

诗人表示向往山林水涯，与"幽人"优游行歌，在离世绝俗的环境里洗落凡情，度过"近非域中客，远非世外臣"的逍遥淡泊的人生。这里没有佛语，但那种"虚且真"的境界，显然有佛教空观和无常感的影子。支遁的佛教理解是把老庄的虚玄境界融入般若空观，也是在这一点上，他的诗比较一般玄言诗有所创新。

僧诗不只输入了新的内容，更体现出一种新的思维方式。慧远辑录的"念佛三昧之集"，作品已逸，今存集序，可推想内容的大概。其中说：

> 夫称三昧者何？专思寂想之谓也。思专，则志一不分；想

---

①余嘉锡:《世说新语笺疏》上卷，中华书局，1983年，第265页。

②逯钦立:《先秦汉魏晋南北朝诗·晋诗》卷二〇，中华书局，1984年，第1081页。

寂，则气虚神朗……鉴明，则内照交映而万象生焉，非耳目之所暨而闻见行焉。于是睹夫渊凝虚镜之体，而悟相湛一，清明自然①

这里描写了以禅境入诗的特殊境界：通过专思寂想而反照心源，乃是后来所谓“取境”“照境”②观念的滥觞。这在创作实践上则是对当时诗坛流行的“玄风”的突破，更开后来唐、宋人以禅入诗，诗、禅交融的先河。

再一点，文学史上一般认为首创山水诗体的是谢灵运，但沈曾植指出：

“老、庄告退，山水方滋”，此亦目一时承流接响之士耳。支公模山范水，固已华妙绝伦；谢公卒章，多托玄思，风流祖述，正自一家。③

“老、庄告退，而山水方滋”是《文心雕龙·明诗》篇评论“宋初文咏”的话。而沈氏指出支遁已经“模山范水”且“华妙绝伦”，即认为他在山水诗创作上有开拓之功。

实际上，谢灵运山水诗创作的成就主要得自他任永嘉太守和后来回会稽始宁隐居的体验；而在这两度较长时期的山居生活中，他又都曾与僧人密切交往。山居乐道乃是六朝僧侣的一种传统，僧传里有许多这方面的记载。僧侣的山居求道，给先秦以来中土士人的隐逸传统增添了新内容。支遁与众名士徜徉于会稽“佳山水”，成为魏晋风流的典型表现之一。他在《八关斋诗三首序》里说：

---

①《念佛三昧诗集序》，《广弘明集》卷三九，《大正藏》本。

②“取境”说见于皎然《诗式》，“照境”说见于署名王昌龄《诗格》，这都是强调主观“反照”的诗论。详参孙昌武：《明镜与泉流——论南宗禅影响于诗的一个侧面》，《东方学报（京都）》第63册，京都大学人文科学研究所，1991年，第391—421页。

③《八代诗选跋》，《海日楼题跋》卷一。

余既乐野室之寂，又有掘药之怀，遂便独往。于是乃挥手送归，有望路之想。静拱虚房，悟身外之真；登山采药，集岩水之娱。

他把山水之游作为“悟身外之真”的机缘，因而对自然风光之美自会有超出形迹的独特领会，写出含义深远而又相当优美的歌咏山水的篇章。如《八关斋诗三首》之三：

靖一潜蓬庐，愔愔咏初九。广漠排林筱，流飙洒隙牖。从容遐想逸，采药登重阜。崎岖升千寻，萧条临万亩。望山乐荣松，瞻泽哀素柳。解带长陵岐，婆娑清川右。泠风解烦怀，寒泉濯温手……①

支遁在这种清幽、寂寞的境界里寄托自己潇洒不羁的情怀。又《咏怀诗五首》之三：

晞阳熙春圃，悠缅叹时往。感物思所托，萧条逸韵上。尚想天台峻，仿佛岩阶仰。泠风洒兰林，管籁奏清响。霄崖育灵蔼，神蔬含润长。丹砂映翠濑，芳芝曜五爽。苕苕重岫深，寥寥石室朗。中有寻化士，外身解世网。抱朴镇有心，挥玄拂无想。隗隗形崖颓，冏冏神宇敞。宛转元造化，缥瞥邻大象。愿投若人踪，高步振策杖。②

这里描写山光水色，幽林响泉，在幽寂的自然风光中表达解脱世网、穷神入化的幻想。写法上当然还多用“理语”（实际上，“谢公卒章”亦“多托玄思”③），但对于改变当时诗坛上“理过其词，淡乎寡味”，诗作“平典似《道德论》”的玄风，则确实有所突破和创新。

慧远后半生居住在庐山，是僧侣中山居修道的典型。他今存

①《先秦汉魏晋南北朝诗·晋诗》卷二〇，中册，第1080页。
②《先秦汉魏晋南北朝诗·晋诗》卷二〇，中册，第1081页。
③《八代诗选跋》，《海日楼题跋》卷一。

文学作品不多，但却颇显示出高超的艺术水平。他的《庐山记》和《游山记》乃是具有创新意义的优秀的山水记。后者仅存数句，前者也是断章。现存《庐山记》七百余字，以壮阔的笔墨替庐山绘影绘形，夹叙相关史迹、传说，把雄伟的奇山异水展现在读者面前。如总述庐山形势一段：

> 山在江州浔阳南。南滨宫亭，北对九江。九江之南为小江，山去小江三十里余。左挟彭蠡，右傍通州，引三江之流而据其会……其山大岭，凡有七重。圆基周回，垂五百里。风雨之所摅，江山之所带，高岩仄宇，峭壁万寻，幽岫穿崖，人兽两绝。天将雨，则有白气先抟，而缨络于山岭下。及至触石吐云，则倏忽而集。或大风振岩，逸响动谷，群籁竞奏，其声骇人。此其化不可测者也。

又描写香炉峰一段：

> 东南有香炉山，孤峰独秀起，游气笼其上，则氤氲若香烟；白云映其外，则炳然与众峰殊别。将雨，则其下水气涌出如马车盖，此龙井之所吐。其左则翠林，青雀白猿之所憩，玄鸟之所蛰。①

如此用风云、动植来渲染山水，在动态中描写自然风光，创造出如画的境界，是十分高超的描写技巧。这样的文字实开唐代山水记的先河。他又逸存有描写庐山的五言《庐山东林杂诗》一首：

> 崇岩吐清气，幽岫栖神迹。希声奏群籁，响出山溜滴。有客独冥游，径然忘所适。挥手抚云门，灵关安足辟。流心扣玄扃，感至理弗隔。孰是腾九霄，不奋冲天翮。妙同趣自均，一

①《全上古三代秦汉南北朝文·全晋文》卷一六二，第3册，中华书局，1958年，第2398—2399页。

悟超三益。①

结句里的“三益”用《论语·季氏》典:“友直、友谅、有多闻,益矣。”是说悟得佛理则会获得超越世俗的福利。这首诗借描写山水表达出世之志,格调没有摆脱当时流行的玄言体,但作为早期以山水为题材的作品还是有开创意义的。

现存南北朝僧诗不多,艺术上杰出的也并不多见,但在以上两个方面,则确实具有开创风气的意义,对于后世的影响极其深远。这也是支遁、慧远等人被后世广泛赞誉的重要原因之一。

文的方面。六朝义学大盛,一方面显示了研习和宣扬佛教教义、教理的成果,另一方面也是与儒、道(道家和道教)辩论的需要。而义学沙门大多学兼内、外,具有较高文字素养。他们写作的主要是阐释佛理或护法论辩文章。当时文坛上文体卑弱,颓靡华丽的骈俪之风盛行。而护法明理的作品必须言之有物,表达上也要清楚确切,易于为人理解。另外,当时佛典大量传译,特别是其论书,论理细密详悉,具有独特的表述方式和表达技巧,僧人耳濡目染,对这些容易接受和借鉴。这样,在议论文体的发展方面,义学沙门的成绩十分突出。特别是中土自先秦以来发达的议论文字,基本属于政论体,讨论的主要是形而下的政治、伦理等社会现象和课题,形而上的抽象议论相对比较薄弱。比较起来,今存《出三藏记集》《弘明集》《广弘明集》里的许多作品,无论是文体、文风还是具体表现技巧都显得相当杰出并别具特色。

阮元曾说:“晋代沙门,多墨名而儒行。若支遁,尤矫然不群,宜其以词翰著也。”②支遁的诗前面已经介绍。在文的方面,他著述宏富,作有《即色游玄》《圣不辩知》等论和《道行指归》《学道戒》等关于戒律、修学的著作,皆逸。同时人王濛曾称赞他“自是钵釪后

①《先秦汉魏晋南北朝诗·晋诗》卷二〇,中册,第1085页。

②《四库未收书目提要》,《研经室外集》卷二。

王、何人也”①。“钵釪”(钵盂)是僧人化缘的器皿,王、何指玄学名家王弼与何晏。这是称赞他的玄谈水平。从今存《大小品对比要钞序》等文章看,他的议论技巧颇为可观。而其《逍遥游论》(题目为后人所拟)虽仅存断章,更可见他的论辩水平。魏晋名士“谈玄”的主要内容取自“三玄”即《周易》《老》《庄》,特别是《庄子》宣扬的那种等生死、齐物我的宇宙观和任运恣情、放旷自然的人生方式更受到名士们的欢迎。名士中出现了向秀、郭象那样解《庄》的名家。支道林像早期多数名僧一样,有过研习《老》《庄》的经历,特别熟悉《庄子》。他把般若“空”观融入对《庄子》的理解中,作出新的发挥。《世说》记载:“《庄子·逍遥》篇,旧是难处,诸名贤所可钻味,而不能拔理于郭、向之外。支道林在白马寺中,将冯太常共语,因及《逍遥》。支卓然标新理于二家之表,立异义于众贤之外,皆是诸名贤寻味之所不得。后遂用支理。”②

这里“郭、向”指郭象与向秀。今传《庄子注》,一般认为是二人合著(有郭窃向义之说,此不具论)。刘注引向、郭“逍遥义”说:

> 夫大鹏之上九万,尺鷃之起榆枋,小大虽差,各任其性,苟当其分,逍遥一也。然物之芸芸,同资有待,得其所待,然后逍遥耳。唯圣人与物冥而循大变,为能无待而常通,岂独自通而已。又从有待者不失其所待;不失,则同于大通矣。

这段话,在今本《庄子注》里面分为两节,是解释《逍遥游》题目和“列御寇御风而行”一句的。其内容是肯定小大虽殊,同资有待,各有定性;自足其性,则算是任性逍遥了。这乃是反映东晋名士放纵自恣的人生态度和生活方式的看法,也是以向、郭为代表的玄学“本有”一派理论的具体发挥。按“本有”论,“无”不能生“有”,生生者“块然而自生”,生、化的万物都是“不生不化”的“有”的体现,因

①《世说新语笺疏》中卷下《赏誉》,第479页。
②《世说新语笺疏》上卷下《文学》,第220页。

而都有存在的根据，从而任性而逍遥即是在实现人的本性了。但支道林的“逍遥义”则以为：

> 夫逍遥者，明至人之心也。庄生建言大道，而寄指鹏、鷃。鹏以营生之路旷，故失适于体外；鷃以在近而笑远，有矜伐于心内。至人乘天正而高兴，游无穷于放浪，物物而不物于物，则遥然不我得，玄感不为，不疾而速，则逍然靡不适。此所以为逍遥也。若夫有欲当其所足，足于所足，快然有似天真。犹饥者一饱，渴者一盈，岂忘蒸尝于糗粮，绝觞爵于醪醴哉？苟非自足，岂所以逍遥乎？①

向秀、郭象以适性为理想，认为大鹏上高天，尺鷃起榆枋，虽然所处境况不同，但都算实现了自己的本性而“逍遥”了。这种看法的前提，是承认“有待”状态不可改变，也就是承认相对与绝对的矛盾的存在。支道林则认为，大鹏为了“营生”能够飞得高，但高飞则消耗体力即“失适于体外”；尺鷃在榆枋丛中飞舞自以为适性得意，因此就有了矜伐之心。它们表面上都任性逍遥了，实际并没有“自足”本性。“至人”则应当不为物累，玄感不为，从而超越一切客观限制。这样的分析，简洁清晰，论理之细密，逻辑之严谨，都不见于同时他人文字。

慧远的《沙门不敬王者论》《三报论》和与桓玄等人就沙门礼敬王者和沙汰僧尼事论辩的书论，基本采用驳论文体。它们文字晓畅，析理透彻，议论滔滔，颇有气势，也是相当优秀的议论文章。

在议论文字写作方面成绩更为突出的是僧肇。众所周知，他在中国佛教发展史上占有特殊地位。他的集结为《肇论》的几篇论文标志着玄学化佛教在中土的结束，中土人士对大乘真谛的了解进入了新阶段。而它们作为论说文字，论证详悉，辞严义密，纯熟

---

①《世说新语笺疏》上卷下《文学》，第220—221页。

地使用了当时流行的骈俪文体，音情顿挫，精赅晓畅，表现出全新的格调。据说僧肇写出《般若无知论》，上呈罗什，被称赞说："吾解不谢子，辞当相挹。"①罗什译经文字表达十分高超，却这样对他的文辞甘拜下风。庐山隐士刘遗民读过《般若无知论》后则赞叹说："不意方袍，复有平叔。"②更把他比拟为玄学大师何晏。玄学家突出发展了抽象论辩技巧，僧肇文字在这方面更作了发挥。

僧肇议论的特征，一方面是引经据典地进行演绎，推理中注重形式逻辑的严密；另一方面是使用佛教论书习用的名相分析方法，界定名相的内涵和外延，从而辨明义理真谛。在结构上则条分缕析，依据文章思路罗列排比，回旋往复，不厌详尽。这样，他的文字就不是以气势压人，而是以强大的逻辑力量服人。当然，作为宗教教义的论证，理论上和逻辑上的漏洞是难免的；但就对于具体事相的辨析而言，其逻辑则往往是无懈可击的。如《不真空论》一文，是批驳当时流行于关河区域的三种般若空观即心无、本无、即色三义的。这是三种对大乘"般若空"观的片面的、玄学化的理解，是早期格义佛学的延续。《不真空论》的开头，首先确立基本立场：

> 夫至虚无生者，盖是般若玄鉴之妙趣、有物之宗极者也……万象虽殊，而不能自异。不能自异故，知象非真象；象非真象故，则虽象而非象。然则物我同根，是非一气，潜微幽隐，殆非群情之所尽。

这样就首先确立起"不真故空"的主旨，然后再引出"众论竞作"的心无、即色、本无三种观点，一一加以简要精赅的批驳，其后再依据一系列大乘经典，辨析大乘空观的真意。议论中特别利用了中观学派的理论反复阐明"真谛以明非有，俗谛以明非无"的道理，通过对真俗、有无的详细辨析，得出"欲言其有，有非真生；欲言其无，事

①汤用彤校注：《高僧传》卷六《僧肇传》，中华书局，1992年，第249页。
②汤用彤校注：《高僧传》卷六《僧肇传》，中华书局，1992年，第249页。

象即形。象形不即无，非真非实有。然则不真空义，显于兹矣"的结论。最后一段，进一步引申说：

> 夫以名求物，物无当名之实；以物求名，名无得物之功。物无当名之实，非物也；名无得物之功，非名也。是以名不当实，实不当名，名实无当，万物安在？……故知万物非真，假号久矣。是以《成具》立强名之文，园林托指马之况。如此，则深远之言，于何而不在？是以圣人乘千化而不变、履万惑而常通者，以其即万物而自虚，不假虚而虚物也。故经云："甚奇，世尊，不动真际为诸法立处。"非离真而立处，立处即真也。然则道远乎哉？触事而真。圣远乎哉？体之即神。①

这样，就由确立"不真故空"的荡相遣执的立场，转向了对世俗事物的肯定，正体现了中土佛教重现世、重人生的基本精神。所谓"立处即真""体之即神"的观念与后来禅宗宗义相通，成为禅宗立宗的理论资源。僧肇使用的这种细密、精致的名相辨析和丝丝入扣的推理方法，是当时世俗文字里所不见的。而他使用骈体，对仗的工整、语气的流畅也是同时代议论文字鲜有其比的。

《物不迁论》则针对小乘佛教执着于无常而不了解大乘空观的真义立论，其中对动与静、往与常等对立概念进行辨析。依据《放光般若》"法无去来，无动转者"的论断，提出"必求静于诸动"，"不释动以求静"，"静而常往"，"往而常静"，主张即动即静，体、用一如，"如来功流万世而常存，道通百劫而弥固"，从而发挥了龙树《中论》的"八不中道"思想。《般若无知论》同样先引用《放光般若》"般若无所知，无所见"的论断，根据知与不知相对待的关系，指出有所知即有所不知，圣心无知，所以无所不知；再进一步指出圣人之心"虚不失照，照不失虚"，"用即寂，寂即用"，从而阐明动静相即、体

---

① 石峻等编：《中国佛教思想资料选编》第1卷，中华书局，1981年，第144、146页。

用一如的道理。像这样，都是依据经典来演绎、辨析概念以明理，通过丝丝入扣的推理展开论证，真是文心之细，细如毫发。

后来唐宋人进行文体和文风革新，创造新型“古文”，全面地总结和借鉴前人的经验，其中也包括六朝僧人的成绩。读韩愈《原道》《原毁》、柳宗元《封建论》之类文章，可以清楚地发现他们对六朝僧人论辩方法的借鉴和发展。

小说方面。日本学者吉川幸次郎曾说过：“重视非虚构素材和特别重视语言表现技巧可以说是中国文学的两大特长。”他又说“戏曲和小说都是虚构的文学”，它们把文学创作“从以真实的经历为素材的习惯限制中解放出来”①。这种情况也就决定了，宗教悬想必然会对推动中国小说的发展起重大作用。

鲁迅曾指出：

> 大共琐语支言，史官末学，神鬼精物，数术波流；真人福地，神仙之中驷，幽验冥征，释氏之下乘。人间小书，致远恐泥，而洪笔晚起，此其权舆。况乃录自里巷，为国人所白心；出于造作，则思士之结想。②

他明确地把包括“释氏”“幽验冥征”的“小书”看作是古小说发展的“权舆”，并指出这些作品有些“录自里巷”，即出自民间；也有些是“思士之结想”，即文人创作。鲁迅还曾指出：

> 中国本信巫，秦汉以来，神仙之说盛行，汉末又大畅巫风，而鬼道愈炽；会小乘佛教亦入中土，渐见流传。凡此，皆张皇鬼神，称道灵异，故自晋迄隋，特多鬼神志怪之书。其书有出于文人者，有出于教徒者。文人之作，虽非如释道二家，意在

①〔日〕吉川幸次郎著，钱婉约译：《中国文学论》，《我的留学记》，光明日报出版社，1999年，第168、176页。

②鲁迅：《古小说钩沉序》，《鲁迅全集》第10卷，人民文学出版社，1981年，第3页。

自神其教，然亦非有意为小说，盖当时以为幽明虽殊途，而人鬼乃皆实有，故其叙述异事，与记载人间常事，自视固无诚妄之别矣。①

这段话对于佛教输入给予中国小说发展的影响作了更清楚的说明。他在《中国小说史略》里称辑录佛教这类传说的书为“释氏辅教之书”，把它们作为志怪小说的一类。今天这类作品大都散佚，如宋刘义庆《宣验记》、齐王琰《冥祥记》、隋颜之推《冤魂志》、侯白《旌异记》等，鲁迅曾在《古小说钩沉》里辑录。典型的作品还有在日本发现的三种观音应验记，即宋傅亮的《光世音应验记》、宋张演的《续光世音应验记》和齐陆杲的《系观世音应验记》②。三部作品里辑录了八十多个观音故事，代表了志怪小说的一种典型形态。

今存这类作品均为文人所记录，但对于创作这些故事，僧人却起了巨大作用。有许多故事记载的就是僧人行事；更多的故事则是僧人传出的。文人记录时为了取信于人，往往说明故事的流传途径。如《光世音应验记》里“邺西寺三胡道人”条最后说“道壹在邺亲所闻见”，《系观世音应验记》里“北彭城有一人”条最后写“德藏尼亲闻本师释慧期所记”，“王葵”条记载“此是道聪所说”③，等等，都表明故事形成过程中僧人所起的决定作用。

研究魏晋以来的早期小说，一般将其区分为志怪、志人两大类。它们实际都以笔录传闻为内容。其中志怪还没有与神话传说严格区分开来，而志人小说则是史事杂记的一种。这样，从构思角度说，它们都还不是真正出于虚构的创作。而佛教灵验故事则完全出自悬想。不论辑录者用什么手段来强调所述事件的真实性，但它们绝对是幻想的产物。从这个意义上说，这些出自宗教悬想

① 鲁迅：《中国小说史略》，《鲁迅全集》第9卷，人民文学出版社，1981年，第43页。

② 参阅孙昌武点校：《观世音应验记（三种）》，中华书局，1994年。

③ 孙昌武点校：《观世音应验记（三种）》，中华书局，1994年，第5、27、38页。

的灵验故事是真正符合小说创作的原则的。陈寅恪虽然认为感应传、冥报记等为“滥俗文学”而对之评价不高，但他又明确指出：“尝谓吾国小说，大抵为佛教化。”①确实，相对于素乏幽渺之思的中土传统，这类虽属粗糙、简陋的灵验故事才算真正体现了小说所要求的虚构的思维方式，从而也为后代小说、戏曲艺术的更大发展开拓了道路。就这一点看，僧人对于小说发展的贡献是不容忽视的。

在传记文学方面，六朝僧人的业绩更值得重视。

汤一介说：

> 两晋南北朝时期之史书以僧人传记最为发达，其名见于慧皎《高僧传》、《隋书·经籍志》及诸目录、类书者极多。有一人之传记，如《佛图澄传》(《艺文类聚》八十一引)、《支遁传》(《太平御览》引)，可考者计二十余种。有一类僧人之传记，知名者有四：《高逸沙门传》一卷，竺法济撰；《志节传》五卷，释法安撰；《游方沙门传》，释僧宝撰；《沙婆多部相承传》五卷，僧祐撰。有一时一地僧人之传记，《高僧传序》曰：“中书郗景兴(超)《东山僧传》、治中张孝秀《庐山僧传》、中书陆明霞(杲)《沙门传》，各竞举一方，不通古今，务存一善，不及余行。”此三书当均属此类。有尼传，如梁释宝唱《比丘尼传》四卷，今存，历叙晋、齐、梁之女尼；又据《隋志》著录慧皎有《尼传》二卷，已佚。有《感应传》，与佛教有关，今知名者有十余种。且如《宣验记》、《冥祥记》等多有辑佚(见鲁迅《古小说钩沉》)。而最重要者为通撰僧传，此不以时地性质为限者也。一则附之他书……一则叙列历代诸僧，另立专书，所摄至广，因至重要。②

第一类附之他书者，汤一介列出竟陵王萧子良钞《三宝记》十卷和

①陈寅恪：《敦煌本维摩诘经文殊师利问疾品演义跋》，《金明馆丛稿二编》，上海古籍出版社，1980年，第185页。

②汤用彤校注：《高僧传·绪论》，中华书局，1992年，第1页。

僧祐《出三藏记集》十五卷;后一类列出宋法进《江东名德传》三卷、齐王中《僧史》十卷、梁宝唱《名僧传并序录》三十一卷、梁慧皎《高僧传》古本十四卷近刊十六卷、梁裴子野《众僧传》二十卷(据《隋志》,《内典录》著录裴子野《沙门传》三十卷,并注其中十卷刘璆撰)、梁虞孝敬《高僧传》六卷、北齐明克让《续名僧传记》一卷等。上述诸书今仅存宝唱《名僧传》节钞一卷和慧皎《高僧传》。

僧祐精研律部,通《十诵律》,是有名的律师,又是著述众多的学僧。他著有《出三藏记集》十五卷、《萨婆多部相承传》《十诵义记》、《释迦谱》五卷、《世界记》五卷、《法苑集》十卷、《弘明集》十四卷、《法集杂记传铭》十卷等,并集合为《释僧祐法集》,有自序叙述治学情形说:

> 僧祐漂随前因,报生阎浮,幼龄染服,早备僧数。而慧解弗融,禅味无纪,刹那之息徒积,锱毫之勤未基。是以惧结香朝,惭动钟夕,茫茫尘劫,空阅斩筹。然窃有坚誓,志是大乘,顶受方等,游心《四含》。加以山房寂远,泉松清密,以讲席闲时,僧事余日,广评众典,披览为业。或专日遗餐,或通夜继烛。短力共尺波争驰,浅识与寸阴竞晷。虽复管窥迷天,蠡测惑海,然游目积心,颇有微悟……①

他的八部著作今存《释迦谱》《弘明集》和《出三藏记集》三种。前者是依据经律结集的中土现存第一部佛传;第二部书辑录自东汉末至梁时僧俗颂佛、护法论著,也保存一些批判佛教的作品;第三部书则是现存最早的完整经录。三部书都是开创体例之作。《出三藏记集》由四部分构成。根据僧祐的说法,第一部分一卷是"缘记撰",记述结集佛经和传译缘起,关系翻译史和翻译理论等多方面内容;第二部分四卷"诠名录",分门别类地著录经典,是经录的主

①《法集总目序》,《全上古三代秦汉三国六朝文·全梁文》卷七二,第4册,第3384页。

体部分；第三部分七卷“总经序”，辑录东汉以来传译佛经的经序；第四部分三卷“述列传”，是三十二位（附记十六人）中、外译师的传记，也是中土现存最早的专题僧传。作者自己评述这部书的内容和特点说：

> 缘记撰则原始之本克昭，名录铨则年代之目不坠，经序总则胜集之时足征，列传述则伊人之风可见。并钻析内经，研镜外籍，参以前识，验以旧闻。若人代有据，则表为司南；声传未详，则文归盖阙。秉牍凝翰，志存信史，三复九思，事取实录。有证者既标，则无源者自显。庶行潦无杂于醇乳，燕石不乱于荆玉……①

由此可见作者撰述态度之认真。其《述列传》部分为下述慧皎书采录。

慧皎博通内、外典，尤精于律学。梁元帝萧绎任江州刺史，曾到他那里“搜聚”文书②，可见他藏书之富。除《高僧传》外，他还著有《涅槃经义疏》《梵网经疏》等，已逸。

慧皎的《高僧传》是在批判地继承前人成果基础上的总结性的著作，代表了当时这一体著作的最高水平。在序言里，他明确表示对前人著述的不满：

> 然或褒赞之下，过相揄扬；或叙事之中，空列辞费。求之实理，无的可称。或复嫌以繁广，删减其事，而抗迹之奇，多所遗削，谓出家之士，处国宾王，不应励然自远，高蹈独绝。寻辞荣弃爱，本以异俗为贤。若此而不论，忘何所纪？

他又说：

---

①苏晋仁、萧练子点校：《出三藏记集》，中华书局，1995年，第2页。

②萧绎任江州刺史在武帝大同六年（540）至中大同二年（547）；其所撰《金楼子·聚书》篇有“就会稽宏普惠皎道人搜聚”的记载。

> 自前代所撰，多曰名僧。然名者，本实之宾也。若实行潜光，则高而不名；寡德适时，则名而不高。名而不高，本非所纪；高而不名，则备今录。①

这里除了阐明写作方法和取材标准外，更主要的是表明著书立场，就是肯定“高而不名”的高蹈隐逸之风。齐梁时期的许多“义学沙门”活跃在王公贵族间，以名誉相夸炫，行迹已同于权门清客。慧皎有意抵制并试图改变这种风气，从而使得“此书之作，实为一部汉魏六朝之高隐传，不徒详于僧家事迹而已”②。这也就决定了这部书的总体格调。在古代基本是“帝王将相家谱”的传统史学里，这种观念和实践无论是对于史学还是文学都是有重要价值的。

这部书使用传记中的类传体。全书分十门，即译经、义解、神异、习禅、名律、亡身、诵经、兴福、经师、唱导。以后的僧传大体同样分门而名目有别。每门之后，系以论说，类似于有关门类的史志和评述。由于作者识见精审，这些论说具有相当高的学术和史料价值。例如《译经》篇的总论，实际是一篇简明精要的佛典传译史；而《唱导》篇的总论描写当时流行的佛教文艺形式——唱导盛行情形，生动展示了佛教通俗文学发展的一段轨迹。这种类传体例也发展了中土史传作品的体裁。

本书传主自后汉至梁初凡二百五十七人，附见二百余人。由于作者见闻所限，所述基本是江左人物。作者写作态度谨严，内容主要取材书史文献，均有所本；虽然出于诸家，但却善于抉摘取舍，融会贯通，浑然成一家言。加之作者具有相当高的文学素养，行文流畅，辞采亦颇为可观，作为传记文学看也是不可多得的作品。

从传记文学的角度看，这部书在内容和写法上均有独特之处。一方面，书中记述的是宗教人物，不能没有神怪诡异的成分，而从

---

①《高僧传》卷一四《序录》，第524、525页。

②陈垣：《中国佛教史籍概论》卷二，中华书局，1962年，第24页。

文学角度看这正是独具创意的部分。中土《左》《国》《史》《汉》的史传传统重“实录”和“褒贬”，虽然有传说、想象成分，但不构成作品主体。但慧皎的书却大量包含宗教悬想。特别是“神异”两卷，描绘佛图澄、耆域、杯度、保志等“神僧”形象，极度夸张地描写他们预言、射覆、分身、隐形、化物、秘咒、交通神仙、役使鬼物、治疗痼疾等等法术。作者的这些描述当然有传说的依据，但作为悬想产物，也可以说是典型的艺术创造。这些“神异”情节，在后世的小说、戏曲里被普遍地借鉴和发挥。

另一方面，作者显然深谙中土《史》《汉》以来的史传写作艺术，刻画人物、描摹事件体现出相当高的技巧。书中以简洁的文笔、清晰的脉络叙述事实，又检选具有典型意义的细节加以生发，多角度地、生动鲜明地刻画人物性格。例如译师康僧会求取舍利一段：

> (孙权)乃谓会曰：“若能得舍利，当为造塔，如其虚妄，国有常刑。”会请期七日，乃谓其属曰：“法之兴废，在此一举，今不至诚，后将何及。”乃共洁斋静室，以铜瓶加几，烧香礼请。七日期毕，寂然无应，求申二七，亦复如之。权曰：“此寔欺诳。”将欲加罪，会更请三七，权又特听。会谓法属曰：“宣尼有言曰：‘文王既没，文不在兹乎。’法灵应降，而吾等无感，何假王宪，当以誓死为期耳。”三七日暮，犹无所见，莫不震惧。既入五更，忽闻瓶中鎗然有声，会自往视，果获舍利。①

这里边写的当然是怪异不经的事情，但利用层层递进的渲染手法，对人物行为、语言细致地加以描述，一个坚定执着的布道者的形象已经呈现在人们面前。又如对竺道潜的描写：

> 乃隐迹剡山，以避当世，追踪问道者，已复结旅山门。潜优游讲席三十余载，或畅方等，或释《老》、《庄》，投身北面者，

---

①《高僧传》卷一《康僧会传》，第16页。

> 莫不内外兼洽。至哀帝好重佛法，频遣两使殷勤征请。潜以诏旨之重，暂游宫阙……潜尝于简文处，遇沛国刘惔，惔嘲之曰："道士何以游朱门？"潜曰："君自睹其朱门，贫道见为蓬户。"……潜虽复从运东西，而素怀不乐，乃启还剡之仰山，遂其先志，于是逍遥林阜，以毕余年。支遁遣使求买仰山之侧沃州小岭，欲为幽栖之处。潜答曰："欲来辄给，岂闻巢、由买山而隐？"遁后与高丽道人书云："上座竺法深，中州刘公之弟子，体德贞峙，道俗纶综。往在京邑，维持法网，内外具瞻，弘道之匠也。"顷以道业靖济，不耐尘俗，考室山泽，修德就闲。今在剡县之仰山，率合同游，论道说义，高栖皓然，遐迩有咏。①

书中说竺道潜是丞相王敦之弟，不确；但作为铺垫笔法，却更加突出他山居求道的难能可贵。描写中选择两个具体细节，分别用教外人刘惔和教内人支遁来衬托。与刘惔的对答取自《世说》，富于禅机；支遁买山的情节意味深长，后来成为著名典故。

慧皎的《高僧传》不仅给后人写作僧传树立了一个范本，也成为传记文学的经典作品。

僧人创作中具有独创性的文体还有求法行记，开创出散文里的游记一体。由于这种旅行记得自作者见闻，无论是内容还是写法，都和当时流行的地志一类作品不同。

佛教历史上的"西行求法运动"艰苦卓绝，不仅对于佛教，对于中外经济、文化的交流和发展更作出了多方面贡献。自有记录的曹魏末年朱士行西行，后继者渐多，历史上记载的有西晋的竺法护，东晋的康法朗、于法兰、竺佛念、慧睿、昙猛等人，但实际上真正到过天竺的，只有慧睿、昙猛二人。而东晋末年的法显西行，从陆路去，从海道回，广游印度和南亚，访学圣迹，寻求经本，是一代西行求法活动中贡献最为卓著的人。特别是他记录旅途见闻，成《法

①《高僧传》卷四，第156—157页；本段标点较原书有改动。

显传》一书，乃是有关中南亚史地和中西交通的经典著作，也是旅行记即游记一体的开创性著作①。这部著作篇幅巨大，文采斐然，开创体例，作为文学作品具有极高的价值。

法显于后秦弘始元年(399)六十岁左右从长安出发，同行者有智严等十一人。经西域，越葱岭，进入印度。同行者有的折返，有的途中病故或冻死，到达印度的只有他和道整二人。他遍游北、中、东印三十余国，抄写经律，学习梵文，搜集梵本。义熙五年(409)渡海到师子国(今斯里兰卡)，居住两年。回国途中又在今苏门达腊(或是爪哇)停留。历尽风涛之苦，于东晋义熙八年在今山东崂山登陆，次年到建康(今南京市)。这次西行求法前后历时计十五年。《法显传》真实、生动地记录了他这十几年艰苦卓绝的经历。

《法显传》在佛教史、中南亚史地、中西交通史等诸多领域具有重大价值，此不具述。仅就文学成就而论，这部书作为旅行记，以质朴无华的文笔，历历叙写自长安出发到浮海东还十五年不顾身命、艰难具更的历程；记述中注重详略剪裁，以求法行迹为主线，穿插叙写所到之处的现状、风俗和名胜古迹以及佛教史事和故事传说等等，绘形绘影，使人如亲临其地；而在质朴实录的面貌下，亲身经历聚结成的浓厚感情洋溢在字里行间，感慨述情，动人心扉。如在小雪山惠景冻死一段：

> 住此冬三月，法显等三人南度小雪山。雪山冬夏积雪。山北阴中遇寒风暴起，人皆噤战。惠景一人不堪复进，口出白沫，语法显云："我亦不复活，便可时去，勿得俱死。"于是遂终。

①《佛国记》有《法显传》《佛游天竺记》《历游天竺记传》等各种异名；而关于后二者是否同一书也有不同看法，参阅章巽：《法显传校注序》，《法显传校注》，上海古籍出版社，1985年。

> 法显抚之悲号:“本图不果,命也奈何!”复自力前,得过岭。①

这简短的笔触,写尽旅途的艰辛、求法者的勇气和相互间的深情。又如描写摩竭提国巴连弗邑行像的盛况:

> 凡诸中国,惟此国城邑为大。民人富盛,竞行仁义。年年常以建卯月八日行像。作四轮车,缚竹作五层,有承栌、揠戟,高二匹余许,其状如塔。以白氍缠上,然后彩画,作诸天形像。以金、银、琉璃庄校其上,悬缯幡盖。四边做龛,皆有坐佛,菩萨立侍。可有二十车,车车庄严各异。当此日,境内道俗皆集,作倡伎乐,华香供养。婆罗门子来请佛,佛次第入城,入城内再宿。通夜然灯,伎乐供养。国国皆尔。②

这里只是朴素的白描,把盛大仪式热烈庄严的气氛完全烘托出来。特别应当指出的是,当时骈体正在流行起来,这种质朴生动的散体文字给文坛注入一股清新气息。从文学角度说,法显的这部著作,价值和影响均远超出单纯的传记文学之外。

法显之后,西行求法继有其人,并多写作行记之类的书。见于著录的有智猛《游行外国传》、释昙景《外国传》、释法盛《历国传》等③。而北魏孝明帝神龟元年(518)比丘惠生和宋云受胡太后派遣西行求法,经于阗,越葱岭,至北印乌场国等地,携回大乘经典。宋云撰有《行记》,惠生撰有《家纪》,二书虽已久逸,但逸文存杨衒之《洛阳伽蓝记》卷五“凝圆寺”条。杨衒之引述二人旅行记时,又参照另一个西行求法者所作《道荣传》,以补缺文。从现存三种书的逸文看,内容是按旅行路线,叙写山川形势、社会风俗,而主要记述

① 章巽:《法显传校注》,上海古籍出版社,1985年,第51页。

② 章巽:《法显传校注》,上海古籍出版社,1985年,第103页。

③ 参阅向达:《汉唐间西域及海南诸国古地理书叙录》,《唐代长安与西域文明》,生活·读书·新知三联书店,1979年,第565—578页。向达考释昙景即昙无竭,见上文。

佛教史迹，夹叙传说，大体应与《法显传》类似。由于杨著本来是记叙塔寺的，因而引述游记也注重有关塔寺的描写，其中关于雀离浮图的记载尤其详悉生动。北魏佛教造像艺术成就突出，与接受来自西域的影响有关。宋云等人的记述正表明时人对于西来艺术的重视。

古代出国旅行的人主要是商旅和僧侣，而僧侣里有一批文化素养高超的人著书传述见闻，对于中外史地之学作出巨大贡献，更创造了草创期的游记文学。在这两个领域，他们的功绩都是无人可以替代的。

以上所述，仅及于僧人创作在文学领域的创新和贡献的主要方面。其他如当时佛教著述在题材、语言、表现手法等方面给予文学创作的影响同样相当普遍和巨大，当另作讨论。应当再次强调的是，在文史研究中，历代僧侣的成就往往被当作“另类”视而不见。这不仅在对待佛教及其文化的态度上不够公允，而且使整个历史研究有欠完整，结果是有意无意间遗弃了文化遗产中相当重要的部分。

原载于《台湾大学佛学研究中心学报》2002年第7期

笕文生著《唐宋文学论考》

笕文生教授是中国学术界的老朋友，自青年时期起从事中国古典文学，主要是唐宋文学研究，数十年来，孜孜矻矻，成就斐然。摆在面前的这一巨册《唐宋文学论考》，汇集了从他的大学学位论文直到晚近有关唐宋文学的论著，集中了著者在这一领域除专著之外的研究成果，可以看作是他数十年学术成绩的结晶。这部书的出版，为学界利用笕教授的研究成果提供了方便。笔者个人作为笕教授的朋友和学术上的同道，感到由衷的喜悦并深表祝贺之意。

作为中国学者读这部书，首先为著者对中国文学持之以恒的热忱所感动；再有一点引起人无限感慨的是，这部书从一定意义上也可以说是一个外国学者对于几十年来处在激烈动荡中的中国学术历史的记录。著者从青年时期在大学学习时起，就十分关注中国学术动态；"文化大革命"前夕并应聘到上海任教，亲身经历了初期的"文化大革命"；改革开放后更积极地参与两国间的学术交流，多次参与中国举行的学术会议。这样的经历，使他对中国学界的状况（不仅是学术成就和现况，还有学术环境、"气氛"等等）有着切身体会和相当透彻、清晰的了解。在这个过程中，著者写下一批书评和相关介绍文字。这些文章作为一代学术史的记录是有价值的。今天虽然事过境迁，读起来仍然很有趣味。例如书中收录了对施子愉《柳宗元年谱》、章士钊《柳文旨要》的评论和1986年、

1993 年、2001 年参加中国学术会议的报告以及关于中国研究现状的述评，这些文字具体而生动地记述了五十年代经过“文化大革命”直到“文化大革命”之后的漫长时期学术研究的状况和变化，实际也是记录了半个世纪以来中国学术史的典型个案。从一定意义上说，这也是对中国学术研究的历史经验的总结。例如其中有一篇讲到参加 1986 年在潮州召开的韩愈国际学术讨论会，著者饶有兴致地记录了会上的一些观点，有一处并说到笔者主持的座谈会，赞扬当时直率、自由的空气。这实际正反映了改革开放后逐步活跃起来的中国学术界的侧面，笔者作为经历过这一段历史的人，读起来让人无限感慨，真有恍如隔世之感。

这部《唐宋文学论考》由《序章》和四个部分构成。

《序章:“辞达而已矣”吗》讨论的是《论语・卫灵公》章里“辞达”一语古、今诠释的差异，以说明自春秋发展到唐宋时期的所谓“新散文”的“古文”在观念上的演变。这可以说是对全书总的内容即唐宋文学的成就的一个提示。

以下四部分是按著者研究工作的领域划分的，反映了著者积年研究工作所取得的成绩。

第一部分《古文运动史诸相》的主题是唐宋古文。第一篇《古文运动史略》是唐宋古文运动历史的概论，本是角川书店出版的《中国古典鉴赏丛书》中《唐宋八家文》的总论。适应原书的性质，这篇文章从中国散文形成讲起，概述了中国散文发展历史，并以唐宋“八大家”为中心，有重点地讨论了唐宋古文运动的成就。以下四篇主要是分别论述陈子昂、张说和韩愈的创作成就和评价问题。根据著者的看法，唐代古文运动应肇端于活动在天宝以降的李华、萧颖士、元结诸人。正是在这样理解历史发展脉络的背景下，著者重新确定了陈子昂和张说的艺术成就和历史地位。另外两篇都和著者参加 1986 年在中国潮州召开的韩愈国际学术讨论会有关。一篇介绍日本的韩愈研究状况，另一篇介绍当时中国对韩愈的评价。今天看来，这样的文字主要具有历史记录的意义。

第二部分《柳宗元的思想与文学》本来可以归入第一部分。显然由于著者在柳宗元研究方面付出了更多精力，也取得了更大成果，所以独立出来，成为单独的一部分。著者的大学毕业论文是《柳宗元的山水诗》，硕士论文也以柳宗元为课题。书中《柳宗元诗考》和对施子愉《柳宗元年谱》的书评，就是当时的研究成果。对施子愉《柳宗元年谱》的评论发表于 1959 年，《柳宗元诗考》发表于 1962 年，至今已经过去四十多年。此后著者一直关注柳宗元的研究，出版过《韩愈、柳宗元选集》和《唐宋八家文》。这一部分的第一篇《柳宗元——唐代合理主义的思想家》，收入日原利国编的《中国思想史》上册，是一篇关于柳宗元思想和文学成就的概论。关于"合理主义"这个日语词，中文或可以翻译为"理性主义"。中国学术界长期以来以唯物主义和唯心主义两条路线斗争来理解和说明思想史，对柳宗元的世界观和历史观也往往据此加以评价。特别是"文化大革命"中"批儒评法"，把柳宗元当作法家来颂扬，肯定他是唯物主义者或具有唯物主义倾向。笔者于 1982 年出版的《柳宗元传论》也是从唯物、唯心相斗争的角度来论述和评价柳宗元的；到九十年代笔者重新写作《柳宗元评传》，已经觉察到依这样的观念来说明柳宗元的思想难中肯綮，给出"'天人相分'的自然哲学思想"和"客观演进的历史发展观念"的说法，但仍摆脱不了唯物、唯心的框架。而著者认为"柳宗元否定神能够预知、左右人的命运，却不一定否认神的存在……如果考虑到他亲近佛教和老庄思想并接受了它们，显然就不能简单地断定他是无神论者"（第 115—116 页；原书页码随文括注，以下不另说明），从而指出了他的"三教合一"的倾向，正与韩愈提倡儒学道统相对照。如此从"合理主义"的角度对柳宗元的思想加以论断，是辩证而有说服力的。作为早期研究成果的《柳宗元诗考》，观念上显然得到清水茂教授《柳宗元的生活体验及其山水记》一文的启发，而内容则较之开阔和深入。著者通过对具体作品的分析指出,“可以说柳宗元的山水诗并不以山水描写为重点,而是以山水描写为手段,转移到只是以直接倾诉自己内心的痛苦为重点”(第 139 页)。著者特别对柳宗元诗的艺术手法和风格进行了具体分析,在唐代“王孟韦柳”的传统中特别指出柳宗元对谢灵运的继承关系,又分析了柳宗元与韩愈诗歌创作观念上的区别与二人“古文主张上的微妙差异”(第 151 页)有很大关系。另有四篇是分别讨论单篇作品的具体问题的,下面再作评论;又有一篇介绍日本的柳宗元研究状况,是参加 1993 年在柳州召开的柳宗元学术讨论会上的报告。这一部分后面附三篇书评,即前面提到的对章士钊《柳文旨要》、施子愉《柳宗元年谱》和下定雅弘讨论《渔翁》《江雪》文章的评论。

第三部分《李白论》是讨论李白的四篇文章,基本是考辨文字。下面将再作讨论。另附关于李白的两篇短论。

第四部分《唐宋文学的诸相》是论述有关唐宋作家各种体裁的论文的结集,包括作品论(宋代散文)、作家论(关于李邕、梅尧臣)、诗语考辨(《“如麻”考——杜甫〈茅屋为秋风所破歌〉札记》)和两篇中国文献的翻译(《旧唐书》的《高适传》和《岑嘉州诗集序》)。另外还附有共计十篇的书评和介绍文字等。其中《宋代散文论》是概括论述宋代文学特征的,言简意赅,议论相当精审。两篇翻译文字不是简单的中译日,更有价值的是所附详细注释,其中利用日、中两国的有关研究成果,实际可看作是两位作家的传记论和作品论。关于梅尧臣的两篇文字得自著者参与吉川幸次郎《中国诗人选集·梅尧臣》卷的编撰。由于作过一番精密细致的研究,颇有心得,著者对梅尧臣的生平和诗歌创作的阐述也就相当精确、深入。

笔者前面的简略介绍已经可以表明这部书内容的广博、见解的精到。下面再总括谈谈这部书研究内容和方法的总的特点,也提出个人的一些浅见。

首先谈谈书中的考证文字。其中,有关于作家生平(如李邕、李白与竹溪六逸、李白与高适、梅尧臣）的考证，关于作品（如《童区寄传》《宋清传》等的写作年代和背景）的考证，还有关于具体词语含义的考证。资料、考证是日本学者的强项。在这方面，所谓“京都学派”更有着优良的传统。筧教授作为这一传统的传人，在相关文字里充分显示了自己的功力。这突出表现在对于与论题有关的资料能够“竭泽而渔”“一网打尽”，论证手段则主要使用归纳方法，力求详密，这样得出的结论必定是多有说服力的。例如论证《童区寄传》创作于元和四五年间，虽然前有陈景云《韩集点勘》的看法作为依据，但著者的论证更为周详。除考察了文中相关人物的行年、事迹外，更补充以作者和时代的大背景，使论点更为确凿不疑。这里不妨插入几句赘语：笔者 1982 年出版的《柳宗元传论》也曾指出《童区寄传》作于永州，见该书第 335—336 页注（五），那已经是在筧教授文章发表的八年之后，但论证远为简略。又关于《宋清》《郭橐驼》《梓人》三篇，著者首先指出，它们不同于《李娃传》而“无涉传奇”，虽然以寓言为主但又全非“幻设”，其中描写的都是实在人物。筧教授进而指出这三篇文字都是“通过市井人物的生存和思考方式，对当时的政治现状加以批判”（第 181 页）的，从而得出它们是柳宗元被贬到永州后的系列作品的结论。由于有关这些作品的创作年代并无确切资料可以证实，书中的看法仍不出推测领域，但对三篇传记文的性质和主题的解释则确实大为推进了一步。有关李邕、李白、梅尧臣生平的几篇考证文字同样多释疑发覆，以材料充实、确切见长。

关于诗语辨析的几篇，则更充分地显示了著者资料考证的细密和周详。具体诗语的考辨对于正确理解作品无疑是十分重要的。日本学者在这方面做出了很大成绩（这应和作为外国学者追求对于“外语”词含义的更确切的理解有关系），无论是内容还是方法，中国学者都从中很受启发和教益。书里对于杜甫《茅屋为秋风所破歌》里的“如麻”、李白《长干行》里的“绕床”、李白《子夜吴歌》

里的“吹不尽”等的辨析，取证详悉，论辩有力，多为不易之论。但这里有一个问题值得注意：就是对于诗语的理解应和对于诗的整个意境的理解联系起来。例如“吹不尽”所出的《子夜吴歌》之三：

长安一片月，万户捣衣声。
秋风吹不尽，总是玉关情。
何日平胡虏，良人罢远征。

这表达的是中国古代诗歌传统的“思妇”情怀的主题。著者搜索大量资料，归纳出自古及今日本学者和中国学者对“吹不尽”的不同理解：日本人一般解释为“秋风总是吹个不停”，中国人则解释为“秋风不能吹去捣衣声”，著者的结论是，虽然两种说法都可以成立，但如果与“总是”相呼应，中国的说法就显得勉强了。著者对“总是”在盛唐时期的用法有考辨，这里从略。但是如果从诗的意境的整体看，应当说中国的一般解释是合乎情理的：诗里描写的是秋夜景致，秋高月朗，笼罩在一片月光之中的长安城里（这里涉及对“一片”的理解，著者提出了松浦教授和一海教授的不同看法，并表示同意一海教授的理解，笔者是赞同的，理由不赘），此起彼落地响彻思妇捣衣的声音。李白写作的当时还是府兵制，轮番的府兵是自备衣粮的，妇女所捣的正是征人的冬衣，所以这捣衣声里饱含着对于征人的无尽忧心和思念。为什么秋风“吹不尽”？就是因为这捣衣声里的思妇的深情是永不断绝的。下面“何日”句则是“玉关情”的具体内容。诗里描绘出的是一幅完整的境界，所谓唐人重“兴象”，重“感兴”，李白这首诗可以作为好例子。这里涉及到另一个问题：当年笕教授写文章，搜集相关例句，一定下了十分艰苦的功夫。今天可以用电脑检索，查找各种例句不费吹灰之力。但分析文学作品的语言，孤立地排比例句，简单地使用归纳方法，有时难免忽略对完整意境的体认。而对于文学语言来说，在一定意境之中的使用和理解是十分重要的。

笕教授这部著作十分突出的一点是视野开阔。在一般印象里，中国学者的著作多注重宏观的讨论，但往往显得空疏、肤阔；日本学者多作微观的探讨，论理方面则显得欠缺、狭小。当然，不同学风在具体人身上的表现不可一概而论，其优缺点更不可简单加以褒贬。日本学者中也有研究主题、思路、观念十分恢弘的，如吉川幸次郎先生；后继者也多有其人。笕教授的几篇概论性的著作，如《古文运动史略》《宋代散文论》和《柳宗元诗考》《梅尧臣略说》等，都论题开阔，见解精辟，实际上前两篇文字的内容均可以扩展为一部专著。关于唐代古文的发展，著者发挥梁肃和日本学者海保元备的“唐初文章三变说”，在更广阔的历史背景上评价了陈子昂和张说的贡献、创新，确定其历史地位；联系唐代社会和思想的发展，包括儒、释、道“三教”的影响，论述具体“古文”作家的成就和特征；分析“古文运动”的成因，特别指出所谓“下级（实际上‘下级’一语值得商榷，因为有些庶族出身的人可能身居高位，例如张九龄）役人”（第 81 页）阶层对于唐代文学发展的作用，如此等等，对历史现象的分析都做到高屋建瓴，见解也是开阔而深刻的。关于宋代文学的特征，著者提出了六点，即：文坛领袖作为政治家居于高位；异常强烈地感受到文学之中学识的必要性；伴随着理学盛行，以前作为常识、真理的事物被重新思考、解释；较之华丽的语言，质实论理的语言更得到重视；得到对事物的正确知识，具体详尽地进行记述的欲望十分强烈；作品中多利用俗语即当时的口语。这六点概括是相当全面、精确的。书中对于具体作家的分析，如指出柳宗元山水诗的社会、政治含义；梅尧臣的追求“平淡”的风格及形成这一风格的原因，也都相当精到。可能是受到篇幅的限制，有些论述稍嫌简略、粗疏。如唐代古文运动的成因，过分突出了“安史之乱”的意义（第 15 页），而对隋唐以来阶级关系的重大变化分析不够。造成唐代文学巨大演变和重大成就的主要力量是以政能文才进身的庶族阶层，也就是作者提到的“下级役人”，这一阶层的出现并不始于“安史之乱”;而与文体、文风改革密切关联的儒学新观念、新学风的出现也不限于啖助、赵匡等的“新春秋学”,更可以上溯到武后治下到开元年间的刘知几、朱敬则、元行仲等人。对韩柳以后晚唐时期散文的成就,书中论述也嫌简略。

以上是笔者粗略阅读筧教授大著的粗浅体会和意见。提出的一些不同看法不一定言之成理,仅供参考。总的说来,这部书作为著者一生研究唐宋文学成果的结晶,内容丰富,见解精到,有些部分对研究课题多所开掘和阐发;有些部分则补偏救弊,解决了长期困扰学术界的问题;有些部分在当时是填补了学术研究的空白,到今天仍有一定意义;当然,还有些部分事过境迁,已经不再有更大的理论价值,但作为历史的参照,仍引起人兴趣,给学术史提供一份有价值的资料。

原载于(日本)《中国文学报》第 65 册,2002 年

略论禅宗对中国诗歌发展的影响

日本著名中国学家吉川幸次郎先生曾指出："重视非虚构素材和特别重视语言表现技巧可以说是中国文学史的两大特长。"①所谓"特长"，当然主要是指优点；但从另一个角度看，又可能是局限，甚至是缺陷。孔子弟子子贡说："夫子之言性与天道，不可得而闻也。"②这两个方面都属于形而上的、超现实的领域。孔子又"不语怪、力、乱、神"③，对超自然的、神秘的事物有意忽视或拒斥。这形成为中国文化的牢固的传统。这种传统在文学创作和文学理论中强烈地体现出来。但佛教输入，有力地冲击了这个传统，极大地丰富、补充了中土固有思想文化。所谓"统合儒、释""三教调和"等等，乃是本土文化与外来文化、世俗文化与宗教文化的交流与交融，极大地开阔了中国人的思想境界。就文学而言，如刘熙载所说：

> 文章蹊径好尚，自《庄》、《列》出而一变，佛输入中国又一变。④

---

①〔日〕吉川幸次郎著，钱婉约译：《中国文学论》，《我的留学记》，光明日报出版社，1999 年，第 168 页。

②《论语・公冶长》，《十三经注疏》下册，中华书局，1980 年，第 2474 页。

③《论语・述而》，《十三经注疏》下册，中华书局，1980 年，第 2483 页。

④《艺概》卷一《文概》，上海古籍出版社，1978 年，第 9 页。

这种变化当然不限于狭义的文章。

中国文学历史显然存在截然有异的两个“传统”：即以士大夫为创作主体的诗文，和主要是面向民众的小说、戏曲。后者兴盛于宋、元以后。对于这两个传统，佛教的影响是大不相同的。“小说和戏曲都是虚构的文学”①，从六朝志怪到明、清长、短篇小说，从南戏、杂剧到明、清传奇，佛教提供了大量题材、故实、“人物”等，极大地开阔了创作构思和表达方式。而佛教对于知识阶层，则如北魏文成帝拓跋濬的诏书所指出：

> 释迦如来功济大千，惠流尘境，等生死者叹其达观，览文义者贵其妙明。②

汤用彤则认为：

> 溯自两晋佛教隆盛以后，士大夫与佛教之关系约有三事：一为玄理之契合，一为文字之因缘，一为死生之恐惧。③

就是说，对于文人士大夫，佛教的影响主要体现在理念和文字两个方面。这与中土重理性、重现实的文化传统有直接关系。典型的表现是晋宋时期大乘般若学与玄学合流而形成“玄学化的佛教”。而唐代以后，给予文人更大影响的则是禅宗。

中国著名史学家范文澜称禅宗是“适合中国士大夫口味的佛教”④。实际上从另一个角度看，禅宗作为彻底“中国化”的佛教，又可以说是中国士大夫的创造。禅宗成熟期的南宗禅以“顿悟”“见性”为宗义核心，这本是佛教的心性说和中国儒、道心性理论相结

---

①〔日〕吉川幸次郎著，钱婉约译：《我的留学记》，光明日报出版社，1999年，第176页。

②《魏书》卷一一四《释老志》，第3035页。

③汤用彤：《隋唐佛教史稿》，中华书局，1982年，第193页。

④范文澜：《中国通史简编(修订本)》第3编第2册，人民出版社，1965年，第601页。

合的产物。它的形成和发展,体现了中土学术思想从以"天人之际"问题为中心向以"性理"为中心的转变。这种转变正适应了时代思想发展的大势。这也是禅宗在佛教诸宗里很快呈一枝独秀之势,并在思想文化诸领域发挥巨大影响的主要原因。唐代诗人继承和发扬了六朝以来儒、释交流的传统,普遍地在生活中"服勤圣人之教,尊礼浮屠之事"①,在观念上则统合儒、释,"会归三教"②。而他们热衷和接受的佛教主要是禅宗。唐诗的成就在很大程度上更得力于禅宗。就其荦荦大者而言,禅宗在以下四个方面使得诗歌传统大为丰富和改观。

首先,禅宗主张"自修自作自性法身""自身自性自度"③,这是一种纯任主观的观念。肯定自性的绝对价值,追求自我本性的实现,体现在诗歌创作中则注重个人心性的抒发,张扬主观精神。高仲武说"诗人所作本诸心"④,严羽说"盛唐诸人惟在兴趣""唐人尚意兴"⑤,等等,都强调唐诗注重心性表现的特征。

一般而言,在中国古代以先验的天命观为核心的传统思想里,心性理论本欠发达。佛、道二教正补救了中土传统思想在这方面的不足。佛教初传,中土人士就强调它"以炼精神而不已,以至无为而得为佛也"⑥的意义。而谢灵运、范泰则已明确:"六经典文,本在济俗为治耳。必求性灵真奥,岂得不以佛经为指南邪?"⑦禅宗肯定众生自性本净,圆满具足;主张自见本性,直了成佛;特别是南宗禅,更绝对地肯定自我主观的能力和价值。体现在诗歌创作中,这是

---

①柳宗元:《送文畅上人登五台遂游河朔序》,《唐柳河东集》卷二五。
②权德舆:《唐故太常卿赠刑部尚书韦公墓志铭并序》,《权载之文集》卷二三。
③郭朋:《坛经校释》,中华书局,1983 年,第 38、44 页。
④《大唐中兴间气集序》,《全唐文》卷四五八,第 4684 页。
⑤郭绍虞:《沧浪诗话校释》,人民文学出版社,1961 年,第 24、137 页。
⑥袁宏:《后汉纪》卷一〇。
⑦何尚之:《答宋文帝赞扬佛教事》,《弘明集》卷一一,《碛砂藏》本。

与饥者歌食，劳者歌事，“经夫妇，成孝敬，厚人伦，美教化，移风俗”①等原则全然不同的观念。唐人正主要是从“穷理尽性”，“正性而顺理”②的角度来接受佛说的。例如姚崇（650—721）是开元贤相，是新进士大夫的代表人物，他活跃在禅宗开始兴盛的时候。他说“佛不在外，求之于心……但发心慈悲，行事利益，使苍生安乐，即是佛身”③。他对“正法”的理解，与禅宗精神正相一致。典型的例子还有柳宗元。他就佛教和韩愈辩论，也是肯定“浮图诚有不可斥者，往往与《易》、《论语》合，诚乐之，其于性情奭然不与孔子异道……且凡为其道者，不爱官，不争能，乐山水而嗜闲安者为多。吾病世之逐逐然唯印组为务以相轧也，则舍是其焉从”④。他显然是从心性角度接受佛教的。而以反佛名垂青史的韩愈替自己结交禅师大颠辩护，也说“大颠颇聪明，识道理……实能外形骸，以理自胜，不为事物侵乱。与之语，虽不尽解，要自胸中无滞碍，以为难得”⑤。这就和柳宗元的看法相接近了。陈寅恪论韩愈，特别指出：

> 新禅宗特提出直指人心见性成佛之旨，一扫僧徒繁琐章句之学，摧陷廓清，发聋振聩，固吾国佛教史上一大事也。退之生值其时，又居其地，睹儒家之积弊，效禅侣之先河，直指华夏之特性，扫除贾、孔之繁文，原道一篇中心旨意实在于此。⑥

这也是肯定韩愈在心性理论上受到禅宗的影响。刘禹锡在为神会弟子乘广所作《袁州萍乡县杨岐山故广禅师碑》里说：“儒以中道御群生，罕言性命，故世衰而浸息；佛以大慈救诸苦，广启因业，故劫

---

①《毛诗序》，《毛诗正义》卷一，《十三经注疏》本，上册，中华书局，1980年，第269页。

②梁肃：《天台法门议》，《全唐文》卷五一七，第5257页。

③《旧唐书》卷九六《姚崇传》，第3032页。

④《送僧浩初序》，《柳先生文集》卷二五。

⑤《昌黎先生集》卷一八。

⑥陈寅恪：《论韩愈》，《金明馆丛稿初编》，上海古籍出版社，1980年，第287页。

浊而益尊。自白马东来,而人知像教;佛衣始传,而人知心法。弘以权实,示其摄修。味真实者,即清净以观空;存相好者,怖威神而迁善。"①也特别突出佛教的"心法"。

体现在诗歌创作中,比如杜甫,其创作是所谓"上薄风骚,下该沈宋,古傍苏李,气夺曹刘,掩颜谢之孤高,杂徐庾之流丽"②,乃是古今体式之集大成者。而吉川幸次郎独具慧眼,指出:

> 杜甫所处的唐代……正是中国史上与外国接触最多的时代。耳闻目睹异民族的生活方式,促进了中国人对新的美的探求之心。而杜甫首次给唐诗注入如此丰富的幻想力,也正是得到了从印度传入的佛教经典的无意识的启示。③

这里没有进一步分析,实际上杜甫得益于佛教的主要是禅宗。他天宝十四载所作《夜听许十一诵诗爱而有作》诗中已明确说"余亦师粲可,心犹缚禅寂"④;晚年在夔州所作《秋日夔府咏怀奉寄郑监李宾客一百韵》诗又说到"身许双峰寺,门求七祖禅"⑤。全面分析他的诗,并不是一味地"沉郁顿挫"的,比如早年的《游龙门凤先寺》:

> 已从招提游,更宿招提境。阴壑生虚籁,月林散清影。天阙象纬逼,云卧衣裳冷。欲觉闻晨钟,令人发深省。⑥

浦起龙分析说:"题曰游寺,实则宿寺诗也。'游'字只首句了之,次

---

①《刘宾客文集》卷四,《四部备要》本。

②元稹:《唐故工部员外郎杜君墓系铭》,冀勤点校:《元稹集》下册,中华书局,1982年,第601页。

③〔日〕吉川幸次郎著,钱婉约译:《中国文学与外国文学》,《我的留学记》,光明日报出版社,1999年,第212页。

④仇兆鳌:《杜工部集详注》卷三。

⑤仇兆鳌:《杜工部集详注》卷一九。

⑥仇兆鳌:《杜工部集详注》卷一。

句便点清‘宿’字。以下皆承次句说。中四，写夜宿所得之景，虚白高寒，尘府已为之一洗。结到‘闻钟’、‘发省’，知一霄清境，为灵明之助者多矣。”①宋人韩元吉则认为：“杜子美《游龙门寺》诗：‘欲觉闻晨钟，令人发深省。’子美平生学道，岂至此而后悟哉！特以示禅宗一观而已。是于吾儒实有之，学者昧而不察也。”②无论是“灵明之助”还是“禅宗一观”，都是肯定诗中所表现的心性涵养境界。特别是避乱到蜀中一段时间，他摆脱了官场困扰和逃难困顿，度过较安逸的生活，身心得到安顿，诗风一变。如下面这首《江亭》：

> 坦腹江亭卧，长吟野望时。水流心不竞，云在意俱迟。寂寂春将晚，欣欣物自私。故林归未得，排闷强裁诗。③

抒写暂避战乱的闲适情怀，“水流”一联更表现出物我一如的超旷境界。理学家张子韶说：

> 陶渊明辞云：“云无心而出岫，鸟倦飞而知还。”杜子美云：“水流心不竞，云在意俱迟。”若渊明与子美相易其语，则识者往往以谓子美不及渊明矣。观其云“云无心”，“鸟倦飞”，则可知其本意；至于“水流”而“心不竞”，“云在”而“意俱迟”，则与物初无间断，气更混沦，难轻议也。④

杜甫反映时事、慷慨咏怀的作品，意义和价值重大。但他又能涵泳心性，体察人情物理，化为美感诗情，以深婉的情致和精巧的艺术表现抒写出心灵的隐微。中唐诗人杨巨源有诗，其中说：

> 叩寂由来在渊思，搜奇本自通禅智。王维证时符水月，杜

①《读杜心解》卷一之一《五古》，中华书局，1961 年，第 2 页。
②《深省斋记》，《南涧甲乙稿》卷一六。
③《杜工部集详注》卷一〇。
④蔡梦弼：《杜工部草堂诗话》卷二，何文焕辑：《历代诗话续编》上册，中华书局，1983 年，第 209 页。

甫狂处遗天地。①

范温又曾指出：

老杜《樱桃》诗云："西蜀樱桃也自红，野人相赠满筠笼。数回细写愁仍破，万颗匀圆讶许同。"此诗如禅家所谓信手拈来，头头是道者，直书目前所见，平易委曲，得人心所同然。但他人艰难，不能发耳。②

杜甫的这类作品正体现了触事而真、当下即是的禅观。这种抒写夷旷超脱、自然闲适之怀的作品，显示了诗人精神和艺术境界的另一个侧面。

李白是道教徒，历来公认他的诗受到道家和道教的巨大而深刻的影响。他俗称"诗仙"，与"诗圣"杜甫、"诗佛"王维鼎足而三，分别代表了盛唐诗坛的不同思想、宗教倾向。但如宋人葛立方说：

李白跌宕不羁，钟情于花酒风月则有矣，而肯自缚于枯禅，则知淡泊之味贤于啖炙远矣。白始学于白眉空，得"大地了镜彻，回旋寄轮风"之旨；中谒太山君，得"冥机发天光，独照谢世氛"之旨；晚见道崖，则此心豁然，更无疑滞矣。所谓"启开七窗牖，托宿掣电形"是也。后又有谈玄之作云："茫茫大梦中，惟我独先觉。腾转风火来，假合作容貌。问语前后际，始知金仙妙。"则所得于佛氏者益远矣。③

葛立方所引述的是《赠僧崖公》诗，其应作于"安史之乱"前李白游历江南时，其中叙述了自己学佛的经历。从中可以知道，李白对佛

①《赠从弟茂卿》，《全唐诗》卷三三三，中华书局，1960年，第3717页。

②《潜溪诗眼》，郭绍虞：《宋诗话辑佚》上册，人民文学出版社，1980年，第314页。

③《韵语阳秋》卷一二，何文焕辑：《历代诗话》下册，中华书局，1981年，第576页。

教也颇下过一番功夫。他也写了不少佛教题材的诗文,如《庐山东林寺夜怀》:

> 我寻清莲宇,独往谢城阙。霜清东林钟,水白虎溪月。天香生虚空,天乐鸣不歇。宴坐寂不动,大千入毫发。湛然冥真心,旷劫断出没。①

像这样的诗,鲜明地反映了他对禅的深刻体会。如不单纯从形迹求,李白那种纯任主观、张扬个性、蔑视权威和传统的大胆狂放的作风,实际也是与禅相契合的。

以上两位著名诗人的例子,可以印证吉川幸次郎先生的说法:“唐诗形象的丰富与佛教所培养起来的幻想力不无关系。”②这种“幻想力”特别体现在心性的张扬和抒发方面,而这也是禅的强有力的方面。

其次,唐代禅宗提供一种与中土士大夫传统上学而优则仕、求举觅官全然不同的人生理想和境界,形成一种独具特色的生活方式。唐代许多诗人习禅、逃禅,更有些人把禅的境界当作人生理想,无论是认真地实践,还是作为一种兴趣或意念,禅大幅度地改变着人们的生活。这也必然反映在诗歌创作之中。

王维生前即被友人称赞为“当代诗匠,又精禅理”③。他在开元末年以殿中侍御使知南选,曾在南阳遇见神会并向其请益,后来并受神会请托写《能禅师碑》。他对南宗禅理解甚深,更是习禅的真挚的实践家。中年后他即亦官亦隐,与世浮沉,用心参禅习佛。《旧唐书》描写他的奉佛生活说:

> 维弟兄俱奉佛,居常蔬食,不茹荤血,晚年长斋,不衣文

①《李太白全集》卷二三。

②〔日〕吉川幸次郎著,钱婉约译:《中国文学论》,《我的留学记》,光明日报出版社,1999年,第178页。

③苑咸:《酬王维》,《全唐诗》卷一二九,第1317页。

彩。得宋之问蓝田别墅,在辋口,辋水周于舍下,别涨竹洲花坞,与道友裴迪浮舟往来,弹琴赋诗,啸咏终日。尝聚其田园所为诗,号《辋川集》。在京师日饭数十名僧,以玄谈为乐。斋中无所有,唯茶铛、药臼、经案、绳床而已。退朝之后,焚香独坐,以禅诵为事。妻亡不再娶,三十年孤居一室,屏绝尘累。①

奉佛习禅体验成为他的诗歌的主要内容。其作品多明禅理,而更多篇章则吟咏性情,模山范水,禅意诗情相交融。如王士禛指出:

严沧浪以禅喻诗,余深契其说,而五言尤为近之。如王、裴辋川绝句,字字入禅。他如"雨中山果落,灯下草虫鸣","明月松间照,清泉石上流",以及太白"却下水精帘,玲珑望秋月",常建"松际露微月,清光犹为君",浩然"樵子暗相失,草虫寒不闻",刘眘虚"时有落花至,远随流水香",妙谛微言,与世尊拈花,迦叶微笑,等无差别。通其解者,可语上乘。②

这里联系李白等人的作品,举例说明了王维诗"字字入禅"的特征。他的五绝被王应麟评论为"却入禅宗","读之身世两忘,万念俱寂"③。宋人黄庭坚对诗与禅均有深刻了解和亲切体验,他有诗说:

丹青王右辖,诗句妙九州。物外常独往,人间无所求。袖手南山雨,辋川桑柘秋。胸中有佳处,泾渭看同流。④

这就指出王维诗句之妙,是因为胸中自有"佳处"。

白居易是把禅"生活化"的典型,但他的情况与王维有所不同。禅宗给他提供了一种理想的人生方式、精神境界和美感理念。这与禅宗自身的发展形态有直接关系。在白居易时代,马祖道一——

①《旧唐书》卷一九〇下《王维传》,第5052—5053页。
②张宗柟纂集:《带经堂诗话》卷三,人民文学出版社,1963年,第83页。
③《诗薮内编》卷六《近体下·绝句》,中华书局,1958年,第115页。
④《摩诘画》,《山谷外集诗注》卷一三。

系"洪州禅"大盛。洪州禅主张"平常心是道"①,"非心非佛"②,把"清净心"和"平常心"等同起来,肯定日常营为、穿衣吃饭、扬眉瞬目皆是道。因为"自性本来具足",所以"道不要修"③,只需做个无为无事的闲人。白居易亲炙马祖一系禅宿。马祖于贞元四年(788)圆寂后,众多弟子弘传其禅法于四方,鹅湖大义、章敬怀晖、兴善惟宽先后北上入京。元和九年(814)冬,白居易授太子左赞善大夫,曾四次到兴善寺向惟宽问道,作《传法堂碑》,胡适说它"正合道一的学说"④。次年,白居易贬江州司马,有《晚春登大云寺南楼赠常禅师》诗,是写给马祖法嗣归宗智常的,中有"求师治此病,唯劝读《楞伽》"⑤之句。他晚年寓居洛阳龙门,与嵩山如满为空门友,如满也是道一高足。南宗禅的"无念""无相"之说本来与老、庄有密切关联,洪州禅更和《庄子》道"无所不在","物物者与物无际"⑥的观念相通;马祖提倡无造作、无是非、无取舍、无断常、无凡无圣的人生态度,也与《庄子》等是非、齐物我的观念相一致。白居易在《病中诗十五首序》里说:"余早栖心释梵,浪迹老、庄,因疾观身,果有所得。"⑦他把老、庄与"释梵"等同看待,是从解决人生"疾患"的角度来对待二者的。

王维是因为仕途困顿、政治上失意而逃禅的;白居易不同,他早年求举,在朝就亲近禅宗。贞元十五年(799)白居易二十八岁,

①《景德传灯录》卷二八《南泉普愿和尚语》,日本禅文化研究所影印东禅寺本。

②赜藏主编:《古尊宿语录》卷一《大鉴下二世》。

③《古尊宿语录》卷一《马祖大寂行状》。

④《白居易时代的禅宗世系》,柳田圣山编:《胡適禅學案》,日本中文出版社,1981年,第94、97页。

⑤朱金城:《白居易集笺校》卷一六,第2册,上海古籍出版社,1988年,第986页。

⑥王先谦:《庄子集解》卷二《应帝王》。

⑦朱金城:《白居易集笺校》卷三五,第4册,上海古籍出版社,1988年,第2386页。

由宣城北归洛阳,曾师事圣善寺凝公;十九年,凝公圆寂,次年,他作《八渐偈》纪念,其序言说:

> 居易常求心要于师,师赐我八言焉,曰观、曰觉、曰定、曰慧、曰明、曰通、曰济、曰舍。由是入于耳,贯于心,达于性,于兹三四年矣。①

可见当时他对禅已有相当深入的体会。他元和二年入翰林院,所作《答崔侍郎钱舍人书问因继以诗》中有"吾有二道友,蔼蔼崔与钱"②的句子,崔群和钱徽都是他习禅的"道友"。他贬浔阳后,对佛禅更加倾心,抒写这一题材的作品更多。在写给友人元稹叙说心迹的长篇书信中说:

> 古人云:"穷则独善其身,达则兼济天下。"仆虽不肖,常师此语。大丈夫所守者道,所待者时。时之来也,为云龙,为风鹏,勃然突然,陈力以出;时之不来也,为雾豹,为冥鸿,寂兮寥兮,奉身而退。进退出处,何往而不自得哉?故仆志在兼济,行在独善。奉而始终之则为道,言而发明之则为诗。③

这里的所谓"道",通于老、庄和禅。禅对于他是人生形态,他认真地践履;更是他创作的主要内容。他自己划分为"讽喻诗"之外的多数作品抒写闲适之情、乐天之趣、高蹈之志,都洋溢着禅意,体现为禅境。如在江州作《睡起晏坐》诗说:

> ……淡寂归一性,处闲遗万虑。了然此时心,无物可譬喻。本是无有乡,亦名不用处。行禅与坐忘,同归无异路。

---

①朱金城:《白居易集笺校》卷三九,第5册,上海古籍出版社,1988年,第2641页。

②朱金城:《白居易集笺校》卷七,第1册,上海古籍出版社,1988年,第389页。

③朱金城:《白居易集笺校》卷四五,第5册,上海古籍出版社,1988年,第2794页。

下有注曰："道书云'无何有之乡'，禅经云'不用处'，二者殊名而同归。"①长庆元年作《新昌新居四十韵书事因寄元郎中张博士》诗说：

> 大抵宗庄叟，私心事竺乾。浮荣水划字，真谛火中莲。梵部经十二，玄书字五千。是非都付梦，语默不妨禅。②

他晚年所作《拜表回闲游》诗说：

> 达磨传心令息念，玄元留语遣同尘。八关净戒斋销日，一曲狂歌醉送春。酒肆法堂方丈室，其间岂是两般身。③

像这样，佛、道一致，禅、教一致，真谛与世法一致，把委顺随缘、乐天安命、优游自在的生活等同于修道实践。这种谦退、柔弱的人生态度，固然是受到打击后的慰安之道，是在复杂的环境中求得容身的手段，而如此自保、自适，力图韬晦，却也不是完全消极的。宋人叶梦得分析说：

> 白乐天与杨虞卿为姻家，而不累于虞卿；与元稹、牛僧孺相厚善，而不党与元稹、僧孺；为裴晋公所爱重，而不因晋公以进；李文饶素不乐，而不为文饶所深害者，处世如是人亦足矣。推其所由得，惟不汲汲于进，而志在于退，是以能安于去就爱憎之际，每裕然有余也。自刑部侍郎以病求分司，时年才五十八，自是盖不复出。中间一为河南尹，期年辄去；再除同州刺史，不拜。雍容无事、顺适其意而满足其欲者，十有六年。方太和、开成、会昌之间，天下变故，所更不一。元稹以废黜死，李文饶以谗嫉死，虽裴晋公犹怀疑畏，而牛僧孺、李宗闵皆不

---

①朱金城：《白居易集笺校》卷七，第1册，上海古籍出版社，1988年，第373页。

②朱金城：《白居易集笺校》卷一九，第3册，上海古籍出版社，1988年，第1270页。

③朱金城：《白居易集笺校》卷三一，第4册，上海古籍出版社，1988年，第2158页。

> 免万里之行。所谓李逢吉、令狐楚、李珏之徒,泛泛非素与游者,其冰炭低昂未尝有虚日。顾乐天得者,岂不多矣。①

这样,对白居易来说,禅主要不是作为信仰,而是体现在人生践履的层面上。也正因此,禅的观念、情绪、感受等等渗透到他的精神深层,化为诗情,表现为放舍身心、超绝万缘的旷达胸怀。他所抒发的心有所守、不慕荣利的高蹈情致,有时又流露出现实压迫下内心矛盾的隐微,如此等等,是不能用灰心灭志的悲观、无所用心的颓废来概括的。白居易的这种人生观和生活方式在同时代和以后的文人中是具有相当的典型意义的。

第三,禅要求默契、体悟,在思维上强调主观能动作用,在认识上采取观照外境的方式。这样表现在诗歌创作中,就不是"为时""为事"而作,也不强调反映现实矛盾和人生实际,而是"反照"自心,心境一如,从而形成一种与中土传统截然不同的抒写心灵世界的艺术方法。

诗、禅相通,早自慧远已有所认识。他为《念佛三昧诗集》作序说:

> 夫称三昧者何?专思寂想之谓也。思专,则志一不分;想寂,则气虚神朗……鉴明,则内照交映而万象生焉,非耳目之所暨而闻见行焉。于是睹夫渊凝虚镜之体,而悟相湛一,清明自然。②

这里强调通过"内照"以形成非闻见所及的"万象",归结到抒写虚寂的心灵境界。而禅宗更以清净自性为认识的归宿。《坛经》上说:

> 此法门中,一切无碍,外于一切境界上念不起为坐,见本

---

①《避暑录话》卷上。

②《念佛三昧诗集序》,《广弘明集》卷三九,《大正藏》本。

> 性不乱为禅。①

南宗禅师大珠慧海说：

> 喻如明鉴，中虽无像，能见一切像。何以故？为明镜无心故。学人若心无所染，妄心不起，我所心灭，自然清净。②

黄檗希运则说：

> 什么心教汝向境上见？设汝见得，只是个照境底心。如人以镜照面，纵然见得眉目分明，原来只是影像，何关汝事！③

这都是说明不同于客观反映的“反照”心源的思维方式。诗僧皎然则在《诗品》里提出“取境”之说，他主张：

> 彼天地、日月，玄化之渊奥，鬼神之微冥，精思一搜，万象不能藏其巧。④
>
> 诗人意立变化，无有依傍，得之者悬解其间。⑤

“悬解”一语出《庄子·养生主》：“适来，夫子时也；适去，夫子顺也。安时而处顺，哀乐不能入也，古者谓是帝之县解。”郭注：“冥情任运，是天之县解也。”⑥这样，所取之境乃心造之境。“性起之法，万象皆真。”⑦这些都是强调诗歌创作反照心灵即不受污染的清净自性的观念。

而依据这种禅观，所反照的当然是清静、空寂的境界。刘禹锡

①郭朋：《坛经校释》，中华书局，1983年，第37页。

②《顿悟入道要门论》，《卍续藏经》第一一一册，新文丰出版公司印本，第841页上、下。

③《黄檗山断际禅师传心法要》，《大正藏》卷四八，第383页中。

④《诗式》卷一《总序》，《丛书集成初编》本。

⑤《诗式》卷五《立意总评》，《丛书集成初编》本。

⑥王先谦：《庄子集解》卷一《养生主》。

⑦《诗式》卷五《复古通变体》，《丛书集成初编》本。

论僧诗曾说：

> 能离欲则方寸地虚，虚而万景入，入必有所泄，乃形乎词。词妙而深者，必依于声律。故自近古而降，释子以诗名闻于世者相踵焉。因定而得境，故翛然以清；由慧而遣词，故粹然以丽。①

苏轼也说过：

> 欲令诗语妙，无厌空且静。静故了群动，空故纳万境。②
> 我心空无物，斯文何足观。君看古井水，万象自往还。③

体现在创作中，王维山水诗是典型的例子。他在《辋川集》《皇甫岳云溪杂题五首》《渭川田家》《山居秋暝》等名作里生动地描摹山水田园风光，表现的是他主观心灵的恬静、和平的境界。他的成功处，不在模山范水、穷形尽相地逼真，而在“离象得神，披情著性”④。正如他画雪中芭蕉，是“神情寄寓于物”⑤的。欧阳修曾说：“造意者难为工。”⑥唐人善于“取境”“造意”，是其诗歌创作独特的成就。

中唐以后，马祖道一的洪州禅讲“平常心是道”，禅落实到人生日用之中，诗境和禅境更融而为一。德山宣鉴法嗣岩头全豁说：

> 若欲得播扬大教去，一个一个从自己胸襟间流将出来，与他盖天盖地去摩。⑦

这样，从胸襟中自然流出的就是禅，就是道。体现为文学创作，则

---

①《秋日过鸿举法师寺院便送归江陵并引》，《刘宾客文集》卷二九。

②《送参寥师》，王文诰辑注：《苏轼诗集》卷一七。

③《书王定国所藏王晋卿画着色山》，王文诰辑注：《苏轼诗集》卷三一。

④陆时雍：《诗镜总论》，《历代诗话续编》下册，第 1412 页。

⑤惠洪：《冷斋夜话》卷四，《笔记小说大观》本。

⑥尤袤：《全唐诗话》卷二，《历代诗话》上册，第 106 页。

⑦《祖堂集》卷七，《基本典籍丛刊》本，禅文化研究所，1994 年。

要求主观心性的直接发露。宋代以后，强调“心性”流露已成为评论诗文的常谈。如释惠洪说：

> 李格非善论文章，尝曰：诸葛亮《出师表》、刘伶《酒德颂》、陶渊明《归去来辞》、李令伯《陈情表》，皆沛然从肺腑中流出。①

陈师道评论杜甫说：

> 孟嘉落帽，前世以为胜绝。杜子美《九日》诗曰：“羞将短发还吹帽，笑倩旁人为正冠。”其文雅旷达，不减昔人。故谓诗非力学可致，正须胸肚中泄尔。②

而严羽在《沧浪诗话》里自诩“以禅喻诗，莫此亲切”③。他主张作诗取法盛唐以上，不满大历以下，反对江西诗派，更特别强调“吟咏性情”④，表达“词理意兴”⑤，主张诗有“别材”“别趣”。这都是与“自胸中流出”的观念相一致的。

一般说来，宋人没有唐人那种踔厉风发的激情，但在抒写内心世界的内容与方式上却有独特之处。如赵翼评苏轼诗说：

> 以文为诗，自昌黎始，至东坡益大放厥词，别开生面，成一代之大观。今试平心读之，大概才思横溢，触处生春，胸中书卷繁富，又足以供其左旋右抽，无不如志。其尤不可及者，天生健笔一枝，爽如哀梨，快如并剪，有必达之隐，无难显之情，此所以继李、杜后为一大家也。⑥

---

①惠洪：《冷斋夜话》卷三，《历代小说大观》本。

②《后山诗话》，《历代诗话》上册，第302页。

③严羽：《答出继叔临安吴景仙书》，郭绍虞：《沧浪诗话校释》，人民文学出版社，1961年，第234页。

④郭绍虞：《沧浪诗话校释·诗辨》，人民文学出版社，1961年，第24页。

⑤郭绍虞：《沧浪诗话校释·诗辨》，人民文学出版社，1961年，第137页。

⑥霍松林等校点：《瓯北诗话》，人民文学出版社，1963年，第57页。

沈德潜则说：

> 苏子瞻胸有洪炉，金、银、铅、锡，皆归熔铸。其笔之超旷，等于天马脱羁，飞仙游戏，穷极变幻，而适如意中所欲出，韩文公后，又开辟一境界也。①

苏诗的抒情豪迈不拘又优游从容，平顺自然又深邃迥永，和李白的逸兴遄飞，杜甫的沉郁顿挫全然不同。他的诗正可以说是从肺腑自然流出的。黄庭坚开创的江西诗派以语言、句律刻意求工著称，但他本人那些杰出的抒情之作“描写了作者对于友谊、亲情的珍视和别离之感、浮沉宦海以及迁谪异地之情。他的感受是非常真实的，为普通人所具有的而且是为大家所接受的”②。陆游的诗则“主要有两方面：一方面是悲愤激昂，要为国家报仇雪耻，恢复丧失的疆土，解放沦陷的人民；一方面是闲适细腻，咀嚼出日常生活的深永的滋味，熨贴出当前景物的曲折的情状”③。宋诗形成这种艺术表现上的特点，接受禅宗影响是个重要因素。

以至后来李贽倡“童心”，“公安三袁”倡“性灵”，王士禛倡“神韵”，王国维倡“境界”，都注重主观心性的表现，与上述观念有一脉相承的关系。

总之，接受了禅宗的思维方式，诗歌创作在观念上和实践中突出主观心性的抒发，开拓出诗歌史上的全新境界。

第四，“不立文字，教外别传”的禅创造出大批语录和偈颂等禅文献，这从一定意义说也是独具特色的禅文学作品。禅宿上堂示法、请益商量等场合的机锋俊语也广泛流传在士大夫间，成为写作的借鉴。这样，禅宗大为丰富了诗歌的语言、表现方法和艺术风格。

---

①《说诗晬语》卷下，《清诗话》下册，中华书局，1963 年，第 544 页。

②程千帆、吴新雷：《两宋文学史》，上海古籍出版社，1991 年，第 211 页。

③钱锺书：《宋诗选注》，人民文学出版社，1958 年，第 190 页。

葛天民给杨万里的诗说：

> 参禅学诗无两法，死蛇解弄活泼泼……赵州禅在口头边，渊明诗写心中妙。①

从理论上说明“诗禅一致”，主要在宋代以后，实际是来自唐人长期实践的总结。当然具体出发点不同，着眼点也不一样。有的是说诗趣通禅趣，有的是指禅法通诗法，有的是以禅理比诗理，有的则以禅品明诗品，等等。而且谈诗禅一致者，有些人对禅仅得皮毛；就是对禅真正有所理解的人，议论的重点和意图也有所不同。但这种普遍地强调诗禅一致的倾向，总表明禅的影响的深入和巨大。除了前面举出的几点之外，诗禅一致在语言和艺术表现方面的影响显得特别突出，以至苏轼说：

> 台阁山林本无异，故应文字不离禅。②

特别重要的是，禅家强调自悟，黄檗希运说：“今学道人不向自心中悟，乃于心外著相取境，皆与道背。”③依据这种见解，写诗也重独创。吴可《学诗诗》说：

> 学诗浑似学参禅，头上安头不足传。跳出少陵窠臼外，丈夫志气本冲天。④

“头上安头”出希运语：“语默动静，一切声色，尽是佛事。何处觅佛？不可更头上安头，嘴上加嘴。”⑤“丈夫”句有安察禅师《十玄

①《寄杨诚斋》，《宋百家诗存·无怀小集》。

②《次韵参寥寄少游》，《苏轼诗集》卷五〇。

③《黄檗山断际禅师传心法要》，《中国佛教思想资料选编》第2卷第4册，中华书局，1983年，第211页。

④魏庆之：《诗人玉屑》卷一，中华书局，1958年，第8页。

⑤《黄檗断际禅师宛陵录》，《中国佛教思想资料选编》第2卷第4册，中华书局，1983年，第223页。

谈》:“万法泯时全体现,三乘分别强安名。丈夫皆有冲天志,莫向如来行处行。”①南宗禅反对拘守经教,要人做顶天立地的“大丈夫儿”。这种精神贯彻到写诗,则重自心的独特解会,要不因循,敢创新,破弃陈规,突破传统,就是对于“诗圣”杜甫也不可模仿,落其窠臼。陆游也说:

> 文章之妙,在有自得处,而诗其尤者也。②

他叙述自己的创作历程,具体说道“中年始少悟,渐若窥宏大”③,表明其经过摆脱依傍唐人和江西派的过程。姜夔则说:

> 文以文而工,不以文而妙。然舍文无妙,圣处要自悟。④

后来的王虚若也说到同样的意思:

> 文章自得方为贵,衣钵相传岂是真。已觉祖师低一着,纷纷法嗣复何人。⑤

正因为借鉴了禅的创造精神,唐诗以后才有宋诗以至元、明、清诗坛各自的成就。

禅对于具体写作方法的影响,首先是语言。禅使用的是一种通俗的、富于理致的语言。胡适论及禅宗语录说:“这些大和尚的人格、思想,在当时都是了不得的。他有胆量把他的革命思想——守旧的人认为危险的思想说出来,做出来,为当时许多人所佩服。他的徒弟们把他所做的记下来。如果用古文记,就记不到那样的亲切,那样的不是说话时的神气。所以不知不觉便替白话文学、白

---

①《景德传灯录》卷二九。

②《颐庵居士集序》,刘应时:《颐庵居士集》卷首。

③《示子遹》,《剑南诗稿》卷七八。

④《白石诗说》,人民文学出版社,1962 年,第 32 页。

⑤《山谷于诗每与东坡相抗门人亲党遂谓过之而今之作者亦以为然余尝戏作四绝》之四,《滹南遗老集》卷四五。

话散文开了一个新天地。”①这种影响同样表现在诗作里。寒山诗突出地体现了这种影响；白居易所代表的浅俗诗风也接受了这种影响。

特别是晚唐“五家”分灯以后，各个派别都在启发学人的言句、手段上用功夫，“不立文字”的禅转而十分讲究文字。禅门中上堂示法，请益商量，斗机锋，说公案，不仅重视语言，更发挥出一套独特的语言表达技巧。宋人又受到理学影响，诗歌创作重理致，以道理为诗，以学问为诗，相应地也就重视语言技术，以文字为诗。这正与禅门重文字的风气相合。诗人有意无意地汲取禅的语言表现技巧，对丰富诗歌艺术起了重要作用。

比如禅的象征、联想、譬喻、暗示等手段被诗人所应用。像苏轼《书焦山纶长老壁》诗：

> 法师住焦山，而实未尝住。我来辄问法，法师了无语。法师非无语，不知所答故。君看头与足，本自安冠履。譬如长鬣人，不以长为苦。一日或人问，每睡安所措。归来被上下，一夜无著处。展转遂达晨，意欲尽镊去。此言虽鄙浅，固自有深趣。持此问法师，法师一笑许。②

这是典型的“借禅以为诙”③之作，趣味盎然地表达了禅的“无念”“无相”、无所执着的道理，也通于庄子的齐物逍遥精神。他的《泗州僧伽塔》诗表达了同样认识：

> 至人无心何厚薄，我自怀私欣所便。耕田欲雨刈欲晴，去得顺风来者怨。若使人人祷辄遂，造物应须日千变。今我身世两悠悠，去无所逐来无恋。④

---

①《传记文学》，《胡适精品集》第15卷，光明日报出版社，1999年，第205页。
②《苏轼诗集》卷一一。
③《闻辩才法师复归上天竺以诗戏问》，《苏轼诗集》卷一六。
④《苏轼诗集》卷六。

这也象征性地表达了对世事纷争的想法：只要内心清净，无所执着，那么对一切患难都无怨无悔，以平常心处之了。

又苏轼、王安石、黄庭坚等宋代诗人都写有禅偈风格的作品，或直接利用禅偈体裁写作。宋代"以文字为诗"的总的表现特征也和借鉴禅偈的表现方法有关系。

涉及具体艺术技巧，禅宗有所谓"参活句""句中有眼"之类具体要求，都与诗歌创作相通。云门文偃法嗣德山缘密说：

> 但参活句，莫参死句。活句下荐得，永劫无滞。一尘一佛国，一叶一释迦，是死句。扬眉瞬目，举指竖拂，是死句。山河大地，更无誵讹，是死句。①

他还总结出著名的"云门三种句"：涵盖乾坤句，截断众流句，随波逐浪句。所谓"活句"，一方面思路要活络，不粘不滞，不即不离；另一方面表达上则多用暗示、联想、比喻、象征、双关、答非所问等手法。这就是后代所谓"绕路说禅"的方法。诗歌创作正大量借鉴了这些做法。

又例如禅语忌浅显直露，必须耐人寻绎，以至简洁到只用一个字，让人参悟其中所要表达的深意。云门宗特别发挥了这方面的技巧，有所谓"云门一字关"之说。禅宿更经常使用转换一字的方法表禅解。如：

> 师（雪峰）共双峰行脚游天台，过石桥，双峰造偈：
>
> 学道修行力未充，莫将此身险中行。自从过得石桥后，即此浮生是再生。
>
> 师和：
>
> 学道修行力未充，须将此身险中行。自从过得石桥后，即

① 苏渊雷校点：《五灯会元》卷一五，下册，中华书局，1984年，第935页。

此浮生不再生。①

这里雪峰把双峰的偈改了两个字，意思大为改观。唐代孟郊、贾岛等人已张扬起推敲文字之风。禅宗的这种风气更助长文坛追求“一字之工”。自晚唐时期流传起的“一字师”故事就是这方面的典型表现。如关于齐己和郑谷的著名故事：

齐己有《早梅》诗，中云“昨夜数枝开”，郑谷为点定曰：“数枝非早，不如一枝佳耳。”人以谷为齐己一字师。②

这类故事出自小说家言，可靠性是可怀疑的；但它们反映的诗坛风气则是真实的。本身就是禅师的齐己有诗说：“千篇著述诚难得，一字知音不易求。”③

南宋牟巘论僧人恩上人则说：

大率不蔬笋，不葛藤，又老辣，又精采，而用字新，用字活，所谓诗中有句，句中有眼，直是透出畦径，能道人所不到处。想当来必从悟入，非区区效苦吟生，钵心陷胃，作为如此诗也。或谓禅家每以诗为外学，上古德多有言句，不知是诗是禅，是习是悟，是外是内耶？④

这里明确指出所谓“诗中有句，句中有眼”具体表现在“用字新，用字活”。这“新”和“活”应包括意义和方法两个方面的要求。“诗眼”即指这“新”和“活”的用字。这里还进一步指出，这种用字方法是“悟入”的。这就和禅悟的道理一致了。

“诗眼”之说被黄庭坚以及后来的“江西诗派”大加发挥，用来表达他们重视词语锻炼的创作主张。他们重视“诗眼”显然与禅的

①《祖堂集》卷七《雪峰和尚》。

②戴鸿森校点：《五代诗话》卷八，人民文学出版社，1989 年，第 329 页。

③《谢人寄新诗集》，《全唐诗》卷八四四，第 9538 页。

④《跋恩上人诗》，《牟氏陵阳集》卷一七，《四库全书》本。

修养有关系。黄庭坚诗云：

> 拾遗句中有眼，彭泽意在无弦。顾我今六十老，付公以二百年。①

他特别称赞杜甫“句中有眼”，同时又表扬陶渊明“意在无弦”的混融无迹。但其后学却更重视前一方面。

释惠洪论诗也说：

> 造语之工，至于荆公、东坡、山谷，尽古今之变。荆公曰：“江月转空为白昼，岭云分暝与黄昏。”又曰：“一水护田将绿绕，两山排闼送青来。”东坡《海棠》诗曰：“只恐夜深花睡去，高烧银烛照红妆。”又曰：“我携此石归，袖中有东海。”山谷曰：“此皆谓之句中眼，学者不知此妙，语韵终不胜。”②

这里特别表扬王安石、苏轼、黄庭坚的“造语之工”，关键又在“句中眼”。宋代诗僧们同样讲究“诗眼”，正和诗坛的追求一致，也体现了禅门的风气。

这样，禅极大地丰富了诗歌的艺术表现方式，特别是语言技巧，在唐诗向宋诗的转变过程中起了决定性的作用。

禅宗的禅是信仰，是修持方法，也是文化、文学。它本身具有丰富的文化内涵，丰厚的文学内容。无论是上述的哪个方面，都给文学创作以巨大影响，禅沾丐文学的成果是难以穷尽的。

原载于(日本)《东洋文化》第83辑，2003年

---

①《赠高子勉》，《豫章黄先生文集》卷一二。

②《冷斋夜话》卷五。

读元结文札记

元结(719—772),字次山,唐代文学家。他诗、文兼擅,尤其是在创造新型的散体“古文”上作出了巨大贡献。关于他在“古文运动”中的地位,早已有人论述过。韩愈把他与陈子昂、苏源明、李白、杜甫并列,称之为唐代的“以其所能鸣”(《送孟东野序》,《韩昌黎全集》卷一九)者。欧阳修说:“次山当开元、天宝时,独作古文,其笔力雄健,意气超拔,不减韩之徒也,可谓特立之士哉!”(《唐元次山铭》,《集古录跋尾》卷七》历史上不少人认为唐之“古文”自元结始。宋董逌说:“余谓唐之古文自结始,至愈而后大成也。”(《广川书跋》)明王文禄说:“唐文不待昌黎变之,元结已变之。”(《文脉》卷二)清章学诚则说:“人谓六朝绮靡,昌黎始回八代之衰。不知五十年前,早有河南元氏为古学于举世不为之日也。呜呼,元亦豪杰也哉!”(《元次山集书后》,《章氏遗书》卷一三)唐代“古文”是否始于元结,元结写古文时是否“举世不为”,这是可以讨论的问题。但这些议论一致肯定元结在“古文运动”中的突出地位和独特贡献,确是很有道理的。不过其地位到底如何,贡献究竟在哪里,则需要进一步探讨和说明。本文即拟就这些问题提出粗浅看法。

元结思想上的一个重要特点,是后人指出的“不师孔氏”(李商隐《容州经略使元结文集后序》,《樊南文集笺注》卷七)。这是他在多数“古文”家主张“尊经”“宗圣”“明道”的潮流中杰特、超群的地方,也是他的创作思想的主要精华所在。

他与当时那些标举发扬先圣经义的人们不同，自称“昧于经术”（《与韦尚书书》。本文引用元结文，据四部备要本《元次山集》和清扬州官版《全唐文》，不另注出书名、卷次）。他的《漫论》说自己生平“著书作论，当为漫流。於戏！九流百氏，有定限耶？吾自分张，独为漫家。规检之徒，则奈我何！”这里所谓“规检之徒”，当然包括儒家章句之士.他自封为九流百氏之外的“漫家”，正表明自己在学术宗旨上的耿介拔俗，不随时流。他在道州刺史任上写《问进士》，提出“识贵精通，学重兼博”，并提问：“三《礼》何篇可删？三《传》何者可废？墨氏非乐，其礼何以？儒家委命，此言当乎？”如此等等，表现出对圣经贤传的大胆怀疑。他一生中与世不合，爱恶之声纷然，对圣人与圣人之道的这种怀疑和批判态度是个主要原因。元结的不少作品，其主旨显然是与儒学经义相背离的。他自名所著为《元子》，正表明了自立一家的意思。章学诚也曾指出“元之面目，出于诸子”（《元次山集书后》，《章氏遗书》卷一三）。《元子》一书今逸，或以为文集中的《五规》《恶圆》《恶曲》《水乐说》《订司乐氏》等即其散存篇章。宋洪迈《容斋随笔》卷一四记录了部分内容：

> 又有《元子》十卷，李纾作序，予家有之。凡一百五篇。其十四篇已见于《文编》。余者大抵澶漫矫亢，而第八卷中所载窨方国二十国事，最为谲诞。其略云：“方国之僵，尽身皆方，其俗恶圆。设有问者曰：汝心圆。则两手破胸露心，曰：此心圆耶？圆国则反之。言国之僵，三口三舌。相乳国之僵，口以下直为一窍。无手国足便于手，无足国肤行如风。”其说颇近《山海经》，固已不韪。至云：“恶国之僵，男长大则杀父，女长大则杀母。忍国之僵，父母见子，如臣见君。无鼻之国，兄弟相逢则相害。触国之僵，子孙长大则杀之。”如此之类，皆悖理害教，于事无补。

这种所谓“悖理害教”的言论，正是以谲怪的构思表现讽世的激愤，对当时统治阶级提倡的以忠孝仁爱为伪装的儒家道德做了有力的抨击。李商隐在给他的文集作序时，曾概括了他的《元谟》的基本观点，其原文是：

> 上古之君，用真而耻圣，故大道清粹，滋于至德，至德蕴沦，而人自纯。其次用圣而耻明，故乘道施教，修教设化，教化和顺，而人从信。其次用明而耻杀，故沿化兴法，因教置令，法令简要，而人顺教，此颓弊以昌之道也。殆乎衰世之君，先严而后杀，乃引法树刑，援令立罚……

这里，他不仅把“用圣”“教化”放在世风颓落的开端，而且对整个专制统治的礼法刑政加以否定，而这礼法刑政正是儒家理论竭力加以辩护和论证的。李商隐称赞他这篇作品，说“嗟嗟此书，可以无书”。对于儒家道德的虚伪，他在《订古五篇》中揭露得更是非常尖刻。其第一篇指出，正是禅让革代之道造成了劫篡废放之恶。这就公然对先圣禅让的传说进行了批判，也指出了后代在禅让的美名下弑君夺国的暴行。刘知几在《史通》里、李白在《远别离》等诗中，都曾对二帝三王禅让之说表示怀疑，元结的这种揭露则更为深刻。元结深知道德伪薄，儒家的许多教条无益于世用，而当时那些“诵周公、孔父之书，说陶唐、虞夏之道”的，都是“冠冕之士，倾当时大利；轩车之士，富当时大农”（《自述三篇・述时》）的追名逐利之徒。他是羞于与这些人为伍的。所以，做人，他不甘于做寻常章句之徒；在思想企向上，则努力在传统统治思想的儒家外另辟蹊径。

元结的意识中，经常表现出对太古醇朴之世的向往。在“安史之乱”以前，他已无意仕途，“习静”于商余山。一方面，这固然是全身远害之道；但更重要的，却是出于对现实的绝望。他讲道德伪薄，礼教颓坏，显然受到老子学说的影响；他希望不为物累，忘情如草木，则又取于庄子。但他的思想却绝不像老庄那样消极柔弱。他曾说过：“吾尝验古人将老死岩谷、远迹时世者，不必其心皆好山林。若非介直方正，与时世不合；必识高行独，与时世不合；不然，则刚褊傲逸，与时世不合。”(《张处士表》)所以，他的超世，正包含着愤世的悲哀；他的避世，正流露出用世的热情。他在《自箴》中描写当时社会：“于时不争，无以显荣；与世不佞，终身自病。君欲求权，须曲须圆；君欲求位，须奸须媚。不能此为，穷贱勿辞。”因此，他有时只好被迫走消极避世的一途了。这是他对老庄思想的继承和改造。

鲁迅曾经指出过：“表面上毁坏礼教者，实则倒是承认礼教，太相信礼教。”(《而已集·魏晋风度及文章与药及酒之关系》)在元结身上，正体现了这个矛盾。他攻击礼教的浮薄，揭穿礼教的虚伪，但他又常常表现出对儒家忠、孝之类伦理观念的崇拜。他在《七泉铭》中说：“凡人心若清惠而必忠孝，守方直，终不惑也。”但是，值得注意的是，第一，他解释这所谓忠、孝、仁、义，主要不是作为等级、伦理观念，而是人与人之间的一种自然和谐的关系；第二，他不讲愚忠愚孝。在《管仲论》中他批评管仲，指出对那种“昏惑不嗣，虐乱天下”的天子可以“进礼兵及王之郊”，“及王之宫”，加以声讨。第三，他在《系谟》中说：“夫王者，其道德在清纯元粹，惠和溶油，不可恩会荡爣，哀伤元休；其风教在仁慈谕劝，礼信道达，不可沿以浇浮，溺之淫末。”他的忠爱理想，主要是对统治者的要求，而不是对被统治者的桎梏。这是他对儒家思想的继承和改造。

这样，元结的思想，突出地表现了一种不受儒家章句教条束缚，勇于创新和开拓的批判、创造精神。这对“古文”的发展是起了重大作用的。

唐代思想意识领域的一个重大特点是经学章句的衰败。这本来是门阀士族势力下降所导致的必然结果。在社会上，一方面，“士有不由文学而进，谈者所耻”(梁肃《侍御史摄御史中丞赠尚书户部侍郎李公墓志铭》，《全唐文》卷五二〇)；另一方面，则“儒教不兴，风俗将替”(《通典》卷一七《选举五》)，儒家经典不受重视。这样，就形成了章句之士与文章之士的对立。唐初，统治阶级出于经世致治的需要，开始革正六朝浮艳文风，是从现实着眼的。当时文章的改革与儒学的提倡没有必然联系。政治家魏征就提出文章应起到惩恶劝善、昭德塞违的作用。史学家刘知几对骈偶藻饰之文进行过全面批判，他是一个具有"异端"色彩，坚持"一家独断"精神的学者。而第一个高举文学革新旗帜的陈子昂更是杂学无统，又喜言王霸大略。当时的文人们大多务为有用之学，不满于"庸儒执文，不识通变"（姚崇《答捕蝗奏》，《全唐文》卷二〇六），比较关心社会实际。这是促成文学发生积极变革的重要条件。到了唐玄宗统治时期，儒学逐渐兴起，这与李唐王朝统治集团地位稳固，更加趋向保守有关，也反映了以儒学来整饬社会纪纲的要求。在文学上，"尊圣""宗经""明道"的观念也抬头了。当时的一些"古文"家们企图以儒学的内容来改变骈文的浮靡、空虚，并利用儒家信而好古的观念作为文体复古的依据。所以，萧颖士、李华、独孤及都提倡文章要表现"孔子之旨""六经之志"。这样，作为"古文运动"宗旨的，实际上有两个指导思想，确定了两个方向：一个是要求摆脱儒学教条的束缚，增强文章的现实性；另一个是力图增加儒学的内容，以提高文章的思想性。这二者在反对骈文的浮艳文风上是一致的，但从创作原则看却是矛盾的。虽然儒学给"古文"带来了一定的积极内容，但从根本上说，使文学作为一种唯心主义哲学体系的附庸，却是一条教条主义的歧路。只有开阔自由的思想和关注现实的精神，才能给文章以生机。萧颖士等人崇儒的倾向较明显，但他们又重视言志、立诚、比兴、讽喻，"激扬雅训，彰宣事实"（萧颖士《江有归舟三章序》，《全唐诗》卷一五四），"褒贬惩劝，区别昏明"（李华《著作郎厅壁记》，《全唐文》卷三一六），所以他们也写过不少富于积极的社会内容与现实意义的作品。而元结，面对文坛上正兴起的尊儒重道的思潮，独抗流俗，"不师孔氏"，力图摆脱儒学教条的束缚，走面向现实的道路。这对"古文运动"的进一步发展，端正它的方向是起了重大的作用的。

后来到了中唐，韩、柳等人继起，“古文运动”形成高潮。但是，是宣扬儒道义理还是面向现实矛盾，始终是“古文”创作中的两个方向。韩、柳是明确标举“文以明道”的，但在他们的理论与实践中，都不同程度地表现出二者的对立（这种对立有时表现为对“道”的不同理解的矛盾，又有时表现为“文”与“道”的矛盾）。而决定他们的创作生命的，还是深刻的现实精神。这就反映了元结的影响。晚唐小品文是当时已趋没落的文坛上的光彩，而皮日休编《皮子文薮》，就是明确地以元结《文编》为榜样的；陆龟蒙后人评论“其诗似陈拾遗，其文似元道州”（林希逸《唐甫里先生文集序》），指明他也继承了元结的传统。

所以，如果说元结有一种“独立之士”的耿介拔俗的品格，那么“不师孔氏”正是其主要特点和优点。这对端正“古文”的发展方向起了关键性的作用。

二

元结的整个思想倾向也决定了他的文学理论的方向。

如果文学要绝对地尊经、明道，那就是教条主义的教化文学。韩、柳讲“文以明道”，一方面要求明儒家圣人之道，“行之乎仁义之途，游之乎《诗》《书》之源”（韩愈《答李翊书》，《韩昌黎全集》卷一六），“延孔子之光，烛于后来”（柳宗元《答贡士元公瑾论仕进书》，《柳河东集》卷三四）；但另一方面，又提出“闳中肆外”“旁推交通”，重视实际，恕于百家。在他们的文学理论中，矛盾的两个方面也是很明显的。而对创作起主要的积极作用的，是这后一方面。在元结的时代，也有这个矛盾。元结明确坚持了以文学进行揭露、批判并进行讽喻的立场。

批判形式主义的浮靡文风，这是当时文坛斗争的大方向。元结的态度是积极坚决的。关于诗歌创作，他在《箧中集序》中说：

风雅不兴，几及千岁，溺于时者，世无人哉！……近世作者，更相沿袭，拘限声病，喜尚形似；且以流易为辞，不知丧于雅正，然哉？彼则指咏时物，会谐丝竹，与歌儿舞女生污惑之声于私室可矣。若令方直之士，大雅君子，听而诵之，则未见其可矣。

在《刘侍御月夜宴会序》中又说：

文章道丧盖久矣！时之作者，烦杂过多，歌儿舞女，且相喜爱，系之风雅，谁道是耶？诸公尝欲变时俗之淫靡，为后生之规范。今夕岂不能道达情性，成一时之美乎！

从批判的方面看，他否定当时创作中拘限声病、喜尚形似的形式主义倾向和溺于歌舞游宴的颓废主义倾向。这是当时许多人共同的看法。从建设的方面看，他一语不及儒家的道德仁义之说，没有尊经、宗圣的观念。他提出“正风俗”，这是文学的社会作用问题；又提出“道达情性”，这是文学的人生内容问题。这些强调的都是通向社会实际。

关于“古文”创作，他也坚持这种观点。《订古五篇》序中说：

天宝癸巳，元子作《订古》。订古前世君臣、父子、兄弟、夫妇、朋友之道。於戏！上古失之，中古乱之，至于近世，有穷极凶恶者矣。或曰：欲如之何？对曰：将如之何？吾且闻之、订之、嗟之、伤之、泣而恨之而已也。

这也是一种“正风俗”观念。而其所“正”的对象，主要在统治阶级及其道德。他所强调的文学的社会作用，重点不在对人民的教化，而在对统治者的讽喻。他写《县令箴》，是明确告诫县令“岂独书绅，可以铭心”的；他写《刺史厅记》，是“与刺史作戒”的；他写《元鲁县墓表》，是要“诫绮纨粱肉之徒”的。所以，他批判、讽喻的目标是明确的。

他在《与韦尚书书》中说：

> 古人所以爱经术之士、重山野之客、采舆童之诵者，盖为其能明古以论今，方正而不讳，悉人之下情。

这就是他的“道达情性”，重点在“下情”，即人民的疾苦和声音。他从青年时期起即不愿为吏，他说自己“足不入公卿之门，身不齿利禄之徒”。他很自负出身草野，对民情多有体察。他把这当作创作的主要内容之一，不仅大力提倡之，还身体力行之。

批判统治阶级，反映民间疾苦，这两方面结合起来，使他的文学思想特别富于现实性和战斗性。他的《文编序》说：

> 天宝十二年，漫叟以进士获荐，名在礼部。会有司考校旧文，作《文编》纳于有司。当时叟方年少，在显名迹，切耻时人谄邪以取进，奸乱以致身，径欲填陷阱于方正之路，推时人于礼让之庭，不能得之。故优游于林壑，怏恨于当世。是以所为之文，可戒可劝，可安可顺……多退让者，多激发者，多嗟恨者，多伤悯者。其意必欲劝之忠孝，诱以仁惠，急于公直，守其节分，如此，非救时劝俗之所须者欤？

这是讲自己的创作经历，同时也表明了文学主张。其中提到忠孝仁惠等等，有其特殊理解，前面已经论及。从这篇自述中可以看出，他的创作决定于对现实的批判态度，体现了批判社会的精神，表现了改造社会的要求。从总的精神看，他是要求文章紧密结合现实的。

元结不把文学视为道学的附庸，而是独立地反映和批判现实的武器；他认为文学不必重复圣经贤传的陈言，而要倾述下民的呼声。这在整个唐代的“古文”理论中是很富于独创性、批判性的见解。后来韩愈的“不平则鸣”等观点，应即受到他的启发。

元结在美学观上复古倾向很突出。唐人往往借“复古”为创新，或在继承中寓新变。但元结却真诚地追求古朴，从中找到了自己的理想。他在《水乐说》中说自己在山中所耽爱者有"南磳之悬水淙淙然"。在《订司乐氏》中他解释说，这是一种"宫商不能合，律吕不能主，变之不可，会之无由"的"全声"，只有"全士"才能欣赏。这实际是老子五色令人目盲、五音令人耳聋的否定艺术美的思想。他的《抔樽铭》称颂以天然岩石为酒樽，说这体现了"共守淳朴"。他甚至在服装上也要实行"皮弁凡裘"的古拙制度。在文学上，则要作出"纯古之声"(《补乐歌》)。所以颜真卿为他写的墓志铭，说他"其心古，其行古，其言古"(《唐故容州都督兼御史中丞本管经略使元君表墓碑铭》,《全唐文》卷三四四)。他的这种观点，主要出于对社会上道德伪薄和文风"浮艳""烦杂"的不满，但却有否定艺术的形式美和文变日新进步的意味。这造成了他文学观点上的一个重大偏颇，从而也影响了他在文学上的成就。

三

元结在人生态度上的一个特点是鄙弃富贵，不愿为吏。这反映了他对社会黑暗腐败的深刻认识与绝望。他早年考进士，与杜甫一样"破胆遭前政，阴谋独秉钧"，受到奸相李林甫压制。以后虽中了进士，他却无意仕途，隐居商余山。但他并非不问世事的高人。在"安史之乱"中，他几次出仕，立军功，树政绩，表明他是一位文武全才。但他又受到第五琦、元载的打击，将兵不得授，作官不至达。可是无论穷通出处，他却很少有患得患失之意，反而表现出对人民的真挚关心与同情。这样的经历和品格，使得他愤世甚深，忧世甚挚，而用世之心又甚为热诚。所以，他的创作也就多有警绝超凡的立意和新鲜深刻的内容。

在一般文学史上，都把元结划归中唐。实际上他跨越"安史之乱"前后，与杜甫相似。他在乱前，创作上已相当成熟。他的《文编》最初编成于天宝十二载，《元子》也成书于战乱之前。现在可以考知为乱前的作品有《二风诗》《系乐府》《订古》《丐论》《说楚赋》《恶圆》《恶曲》《时化》《世化》《自述》等。就这些作品的内容之深刻和尖锐来说，在同时期是很少有人能与他相比拟的。拿杜甫来说，其思想内容最优秀的作品多写于其完成《奉先咏怀》之后的"安史之乱"时期。

元结文章的内容最为杰出之处，在其对社会黑暗和统治阶级罪恶认识之明晰，揭露之深刻。他不是仅触及一些现象，发抒一些愤慨，而是能揭示现象的本质。他的《辩惑》上篇讲到南阳朱公叔治冀州，听百城长吏惧罪逃去，评论说：

> 先王惧人民自相侵害，故官人以理之，加其爵禄，使其富贵，盖为其能理养人民者也。彼乃绝理养之心，以杀夺为务，去而不理，而曰是乎？岂有冠冕轩车，佩符持节，取先王典礼以为盗具，将天下法令而为盗资乎？致使金宝千囊，财货百车，令彼盗类，各为富家。

这是在柳宗元以前，较明确地提出了官为民役的观念，并尖锐指出了官为盗贼的现实。先王典礼为盗具，天下法令为盗资，这对统治阶级劫掠人民的本质揭露得入木三分。他的《时议》三篇，是乾元二年入朝时所作，其中分析形势，指陈弊病，直言极谏，无所规避。例如讲到当朝皇帝的情况：

> 今天子重城深宫，燕私而居；冕旒清晨，缨佩而朝；太官具味，当时而食；太常修乐，和声而听；军国机务，参详而进；万姓疾苦，时或不闻。而厩有良马，宫有美女；舆服礼物，日月以备；休符佳瑞，相继而有。朝廷歌颂盛德大业，四方贡赋尤异品物。公族姻戚，喜符帝恩；谐臣戏官，怡愉天颜。而文武大臣，至于公卿庶官，皆权位爵赏，名实之外，似已过望。

他探讨当时朝廷衰弱的原因，把问题归结到最高统治者皇帝身上。

文章铺扬朝廷的豪华、威严，更揭示了在这种表面下的昏聩、腐败。这是很需要一点胆识的。他的《时化》《世化》作于天宝末年，对当时繁荣局面下掩盖的黑暗腐朽做了有力的揭露，所谓“道德为嗜欲化为险薄，仁义为贪暴化为凶乱，礼乐为耽淫化为侈靡，政教为烦急化为苛酷”等等，指出了世风日下的趋势，揭示了统治阶级倒行逆施的后果，戳穿了仁义道德之说的虚伪和无力。他的《世化》更预言“天地化为斧锧，日月化为豺虎”，表明他已预感到大动乱即将到来。

元结对人民的同情和关心是诚挚而深切的。他的《舂陵行》和《贼退示官吏》二诗，表示自己为官宁待罪以安民，毋邀功而贼民。杜甫读后，称赞它们“两章对秋月，一字偕华星”，并说“今盗贼未息，知民疾苦，得结辈十数公，落落然参错天下为邦伯，万物吐气，天下小安可待矣”（《同元使君舂陵行》，《杜少陵集详注》卷一九）。他自诩能“极帝王理乱之道，系古人规讽之流”（《二风诗论》），与人民有着较密切的联系和较深厚的感情。这种精神必然反映到他的文章中。他有一篇《茅阁记》，从记述一个地方官建茅阁以乘凉，想到“天下之人，正苦大热”，表示对人民处于水深火热之中的关心，与杜甫、白居易从一己寒暖想到天下万民正同。他的《哀丘表》，悲杀伤劳苦，哀生人将尽，指出统治者贪争毒乱使人民惨遭屠戮。他的《刺史厅记》是一篇壁记，写到道州“井邑丘墟，生人几尽”，然后说：

> 试问其故，不觉涕下。前辈刺史，或有贪猥惛弱，不分是非，但以衣服饮食为事。数年之间，苍生蒙以私欲侵夺，兼之公家驱迫，非奸恶强富，殆无存者。问之耆老，前后刺史能恤养贫弱，专守法令，有徐公履道、李公廙而已。遍问诸公，善或不及徐、李二公，恶有不堪说者。

在一个州里做刺史的，有善政的仅二人，不少人竟恶不可说，这一句话道尽了统治的腐败与人民所受荼毒。后来吕温为道州刺史，重写这篇壁记，评论说它“直举胸臆，用为鉴戒，昭昭吏师，长在屋壁。后贪虐放肆以生人为戏者，独不愧于心乎？”(《道州刺史厅壁后记》，《吕衡州集》卷一〇)元结生平后期任职地方所写的几篇谢表，本来是陈情的官文书，但其中念念不忘百姓流亡，官吏侵克，宋洪迈说：“观次山表语，但因谢上，而能极论民穷吏恶，劝天子以精择长吏，有谢表以来，未之见也。”(《容斋随笔》卷一四)这些作品，都体现出一种民胞物与精神，是十分感人的。

元结以讽刺笔法抨击腐败世风，危苦激切，深中时弊。例如《恶圆》，反对“圆以应物，圆以趋时，非圆不预，非圆不为”的圆滑苟且；《恶曲》，揭露人们以“曲”于天下邦国，来谋得钟鼎入门、权位在己的名利地位；《七不如七篇》，则歌颂毒、媚、诈、惑、贪、溺、忍等七种恶德，以反语行讥刺。这些作品，写的虽然是一般的道德问题，但实际上矛头是针对统治者的。刘熙载评论这类作品说：“元次山文，狂狷之言也。其所著《出规》，意存乎有为；《处规》，意存乎有守；至《七不如七篇》，虽若愤世太深，而忧世正复甚挚，是亦足使顽廉懦立，未许以矫枉过正目之。”(《艺概》卷一《文概》)这也指出了这些作品的创作特点与社会意义。

在唐代“古文运动”前期，元结是最注重创作反映现实社会内容的作家。他给以后的“古文”发展，留下了一个好的传统。一个作家也好，一个文学运动也好，真正能取得成就的关键，在于与现实斗争紧密结合，在于与人民群众保持密切的联系。在“古文运动”开创期，陈子昂是积极的政治家，他的创作是面向现实的；萧颖士、李华、独孤及等人取得一定成就，也由于他们在一定程度上是注意用“古文”反映现实的。但他们头脑中“六经之志”“孔子之旨”的教条较多，又受“三教调和”思潮的影响，创作内容受到一定限制。再以后，贾至、柳冕、梁肃等，宗经明道的主旨越来越明确，道德教化的色彩越来越浓重。他们提倡“君子之文”“儒之文”，把背离经旨的文视为“一艺”。这样，他们标榜得很堂皇，旗号很正大，但创作上的实际收获却较小。这就是因为他们与现实斗争，与人民群众相隔离了。元结恰恰处在“古文”向前发展的时期，他用富于积极社会内容和现实意义的创作，纠正着那种空疏明道、力张教化的偏颇，这对“古文运动”的健康发展起着补偏救弊作用。中唐时期韩、柳继起，虽然标举“明道”，实则创作出许多富有现实内容与深刻思想的作品。这也是元结的传统的发展。

四

元结力排骈体，写作散体单行的“古文”成绩突出，这是人所共知的。从“古文”的发展看，陈子昂只是论事、书疏“疏朴近古”，其他文章仍用骈体。萧颖士等人虽大力复古，但并未脱骈俪余习。只有苏源明、元结等人力抗流俗，矜矜独造写“古文”。元结更是“辞章奇古不蹈袭”（高似孙《子略》卷四）。这在“古文”取代骈文的斗争中，是很有贡献的。

但元结的贡献远不止此，他的另外几个方面也是应该注意的。

文章体裁上的开拓与创新。六朝骈文的各种体裁形成了固定的“程式”，元结打破这种“程式”，在形式与内容上都改造了旧体裁，从而实现了文章体制的某种解放。前面提到他的壁记、章奏一类文章，本来都是严格公式化的、夸饰溢美的官文书，但他却用朴素直切的语言表达了现实内容，抒发了自己的感慨。《元鲁县墓表》与一般碑志文的铺叙历官、歌功颂德不同，设为与门人叔盈的对问，就元德秀的品格发出议论：

> 呜呼元大夫！生六十余年而卒，未尝识妇人而视锦绣，不颂之，何以诫荒淫侈靡之徒也哉？未尝求足而言利、苟辞而便色，不颂之，何以诫贪猥佞媚之徒也哉？未尝主十亩之地、十尺之舍、十岁之童，不颂之，何以诫占田千夫、室宇千柱、家童

> 百指之徒也哉？未尝皂布帛而衣，具五味而食，不颂之，何以诫绮纨粱肉之徒也哉？於戏！吾以元大夫德行，遗来世清独君子、方直之士也欤！

这实际是以对比来讽世刺时，与流行碑表写法完全不同。特别是他还致力于多种多样的艺术散文的创造。《漫论》《五规》《化虎论》等都是深刻犀利的杂文；《右溪记》等则是优美生动的山水记；《恶圆》《恶曲》《丐论》等是寓言；《虎蛇颂》《订古》等则是讽刺小品。这些作品，一方面显示了他思想上的不受羁束，另一方面也表现了他艺术形式上的独创性。中唐"古文"的一个重大成就，是多种多样的艺术散文的繁荣。这特别表现在柳宗元的创作中；而柳宗元的杂文、寓言、山水记等，显然受到元结的影响。所以高似孙把二人并列，说"唐代文人唯二公而已"（《子略》卷四）。对于这个方面，后来有人提出批评。如李慈铭说元结"命题结体，时堕小说。后来晚唐五季以古文名者，往往俚率短陋，专务小趣。沿至宋明，遂为山林恶派。追原滥觞，实由次山"（《越缦堂读书记》卷八）。实际上，打破了空疏明道的内容和典雅凝重的格式，正是对散文的一个贡献。

独特的讽刺笔法和刻苦激切的风格。元结的文章善用讽刺，又多用反语、比喻、夸张、象征等手法，往往能做到创意新奇，立意深刻。而他又能以简洁文笔出之，遣词用语，力求省净脱俗，所以文字特别刻苦峭拔，语气非常激切。例如他的《五规》中的《心规》，写自己隐居商余山，以自主口鼻耳目为乐，揭露了世间"目不随人视，耳不随人听，口不随人语，鼻不随人气，其甚也，则须封包裹塞，不尔有灭身亡家之祸，伤污毁辱之患生焉"。这是一种比拟、象征，却说出了专制的威压及其对人的精神的桎梏。《化虎论》，写友人张君英赴官，拟以麕鹿赠友人，联系到兵兴岁久、生人怨痛，最后写到朝廷"化小人为君子，化谄媚为公直"等等的理想，也是以象征和想象讽时刺世的。他的那些铭赞作品，言简意赅，隽永深刻，往往一句话就说出一番大道理,很能发人深省。如《虎蛇颂》,就是通过歌颂王虎、均蛇,尖刻地讥讽世人不如虎蛇之偕顺惠让的。

创意造言,多用生语奇字。这首先是个优点,就是在语言上有创造性;但由于他常常忽视了文从字顺,流于生涩奇险,则又是缺点了。古人对元结的这个方面,评价很不一致。皇甫湜说:“次山有文章,可惋只在碎。然长于指叙,约洁有余态。心语适相应,出句多分外。于诸作者间,拔戟成一队。”(《题浯溪石》,《全唐诗》卷三六九)皇甫湜论文尚奇,所以他对元结用语好奇虽有不满,却主要是表示赞扬。欧阳修论文是主流畅通顺的,所以他说:“余尝患文士不能有所发明以警未悟,而好为新奇以自异,欲以怪而取名,如元结之徒是也。至于樊宗师,遂不胜其弊矣。”(《唐韦维善政论》,《集古录跋尾》卷六)这是指责元结流于险怪。唐古文家尚奇,有其避平庸,求创新的一面,也有求险怪的一面。在韩愈身上,这两方面就同时存在着。但韩愈力图做到“词必己出”和“文从字顺”的统一,所以在语言创新上是成功的。其他人则情形各异。樊宗师走入晦涩难懂的歧路。元结好用怪字、险语,句法因为过于求简而影响了通顺条畅,则是文章的弊病了。元结的这个教训是值得注意的。但他力求新异的努力,对于那种庸腐固陋的文风,无疑是一大冲击。

由以上四个方面可以说明,元结在“古文运动”中作出了重要贡献。他的作品虽然不多,但内容与形式都富于矜创,超凡拔俗,影响深远。他以其理论与实践,进一步开拓了“古文运动”的道路,端正了它的方向。他的功绩和作用,是同时的其他人无可比拟的。他在提倡“古文”上,应算作陈子昂与韩、柳之间的桥梁,是最重要的人物。他的创作经验,有许多方面直到今天仍是有重大意义的。

原载于《社会科学战线》1995年第3期

唐人如何对待辞赋

辞赋，是汉魏六朝文学上的重要文体。但自从汉代著名辞赋作家扬雄论定它“雕虫篆刻”“讽一劝百”以来，历来对之多有微词，许多人甚至把它看作是雕琢浮靡文风的代表。现在文学史上写到辞赋，往往也是几笔带过，简单地把它论定为形式主义的产物。

但是，考察一下直承六朝的唐代文坛，却可以发现一个有趣的现象：一些坚决摒弃辞赋的作家，文学成就并不高；而那些真正改革一代文风，创造文学高峰的人，倒是相当推崇、重视辞赋的。

例如，唐初“四杰”，创作是上承徐（陵）、庾（信）遗风的，写的是流行的骈体文，但王勃说：“自微言既绝，斯文不振，屈宋导浇源于前，枚马张淫风于后，谈人主者，以宫室苑囿为雄；叙名流者，以沉酗骄奢为达。”（《上吏部裴侍郎启》，《初唐四杰集》卷四）杨炯说：“逮秦氏燔书，斯文天丧，汉皇改运，此道不还。贾马蔚兴，已亏于‘雅’‘颂’，曹王杰起，更失于《风》《骚》。僶俛大猷，未忝前载。”（《王勃集序》，《初唐四杰集》卷一一）初唐著名史学家刘知几系统地批判六朝浮靡文风，他特别指责辞赋，并和王勃一样，把问题追溯到屈原，说“世重文藻，词宗丽淫，于是沮诵失路，灵均当轴”（《史通·核才》），他还批评以后的辞赋“喻过其体，词没其义，繁华而失实，流宕而忘返，无裨劝奖，有长奸诈”（《史通·载文》）。而值得深思的是，他自己写的却正是由辞赋发展来的骈体。

可是，标志着唐代诗歌高峰的诗坛双星李、杜，却是十分重视辞赋的。李白是“十五观奇书，作赋凌相如”（《赠张相镐》，《李太白全集》卷一一），曾拟作过《别赋》《恨赋》，对辞赋文学有很好的修养。他少年时受到名作家苏颋称赞，说他“可以相如比肩”（《上安州裴长史书》，《李太白全集》卷二六），他父亲又让他“诵《子虚赋》，私心慕之”（《秋于敬亭送从侄耑游庐山序》，《李太白全集》卷二七），可见他对西汉辞赋大家司马相如的推重。对于屈原，他是给予“屈平词赋悬日月”（《江上吟》，《李太白全集》卷七）的崇高评价的。至于杜甫，他对于前人遗产更是“转益多师”，表示自己要“窃攀屈宋宜方驾”（《戏为六绝句》，《杜工部集》卷一六），并得到“上薄风骚，下该沈宋，古（一本作言）夺苏李，气吞曹刘，掩颜谢之孤高，杂徐庾之流丽，尽得古今之体势，而兼人人之所独专”（《唐故工部员外郎杜君墓系铭并序》，《元氏长庆集》卷五六）的中肯评价，这都说明辞赋给了他创作以有益滋养。

如果看看“古文运动”的发展情形，则提倡“古文”的先驱者们，几乎无例外地贬抑辞赋，但他们自己的创作却往往未脱骈俪体格，或追踪典诰，明而未融，成就不大；而真正“起八代之衰”的韩、柳，反倒十分称赞辞赋。例如古文运动的先驱李华说：“屈平、宋玉哀而伤，靡而不返，六经之道遁矣。论及后世，力足者不能知之，知之者力或不足，则文义浸以微矣。”（《赠礼部尚书清河孝公崔沔集序》，《全唐文》卷三一五）贾至说：“三代文章，炳然可观，洎骚人怨靡，扬马诡丽，班、张、崔、蔡，曹、王、潘、陆，扬波扇飙，大变风雅。”（《工部侍郎李公集序》，《全唐文》卷三六八）柳冕说：“自屈宋以降，为文者本于哀艳，务于恢诞，亡于比兴，失古义矣。虽扬马形似，曹刘骨气，潘陆藻丽，文多用寡，则是一技，君子不为也。”（《与徐给事论文书》，《全唐文》卷五二七）萧颖士、独孤及、梁萧等也都有相似看法。他们责备辞赋“怨靡”“藻丽”“文多用寡”，进而又把罪过推到屈、宋。但韩、柳与他们的见解却完全不同。韩愈和柳宗元对待文学遗产是“旁推交通”，“取精用宏”的。他们都很重视屈原和汉代辞赋。韩愈在《送孟东野序》里称屈原是“善鸣者”之一。他又说：“汉朝人莫不能为文，独司马相如、太史公、刘向、扬雄为之最。”（《答刘正夫书》，《韩昌黎全集》卷一八）柳宗元则说：“退之所敬者，司马迁、扬雄。”（《答韦珩示韩愈相推以文墨事书》，《柳河东集》卷三四）柳宗元自己对屈原更十分崇拜，他在流放南方时途经汨罗江，为文吊屈原，把屈原当作自己的楷模。他写了许多辞赋体文章，宋代的严羽说唐人唯有他最得“骚学”。他还十分推重西汉文章，其中也包括辞赋，他说：“文之近古而尤壮丽，莫若汉之西京……殷、周之前，其文简而野；魏、晋以降，则荡而靡。得其中者汉氏……”（《柳宗直〈西汉文类〉序》，《柳河东集》卷二一）按这种说法，西汉文章显然高于三代，这与李华等人的见解截然不同。

唐人对辞赋体文学的两种见解，反映了对待文学遗产的两种态度，表现出对文学发展规律的不同理解。

由屈原的骚体发展来的辞赋，到汉代得到进一步发展，标志着文学演进的一个重要阶段。一方面，辞赋代替经、传、子、史散文中的著述立论，有对宫室、苑囿、城市、山川的描绘，从而大大丰富了文学形象描写的手段；另一方面，辞赋在形式上讲究对偶、音律、事典、辞藻，发展了文学语言的形式美。这两个方面，都体现了文学的进步，使文学从著述中进一步独立出来。但由于辞赋本身内容多窄小、空虚，形式脱离内容，使它带有严重的形式主义倾向；而由辞赋演化出来的骈文，形式化、公式化严重。发展到六朝和唐初，辞赋日趋衰微，骈文日趋僵化，成了被批判、淘汰的对象。

但如何淘汰它们，怎样认识它们，是摆在唐人面前的课题。从王勃、杨炯到柳冕等人，采取了全面否定的态度；但理论上全面否定，在实践上却没有否定得了。他们立论甚高，立言颇壮，空谈“以经籍为心”，排斥辞赋诡丽文风，却没有力量创造出一种新鲜文体去代替它，甚至在实践上仍走着旧路。而李、杜、韩、柳则不同，他们抓住了汉代辞赋和以后的骈文形式脱离内容的要害，实现了诗风和文风的巨大变革，能够对他们所否定的东西进行分析，划清文学形式的进步与形式主义的界限，挽救辞赋和骈文中合乎艺术规律的东西。他们把辞赋的形象描绘方法，以及对偶、音律、事典、辞藻的应用加以批判地消化，运用于创作之中，成为自己的艺术滋养。李、杜的诗歌和韩、柳的文章都显然受到辞赋以及骈文的影响。至于受到这种影响的具体情形，则是值得另写专文讨论的课题。

说起唐人如何对待辞赋，起码给我们两点启发：窄而言之，对辞赋文学，我们不能简单论定为“形式主义产物”而了之，对古代留下的大量的辞赋作品，有加以深入研究的必要，应当做好批判地继承的工作；广而言之，在研究古典文学现象时，应力避简单化、教条化的做法，要清楚地意识到，任何文学高峰的出现，都是广泛而又充分地学习、借鉴、吸收前人（包括外国人）艺术成就的结果，靠推倒别人、贬低别人是树立不起自己的。

原载于《社会科学辑刊》1981年第3期

唐诗与文化的积淀

诗，无论是“言志”“缘情”还是“体物”，都是“情动于中而形于言”的。用现代术语说，即要用诗的语言来表达心灵的感受。诗人不只生活在一定社会经济环境中，还生活在长期形成的文化传统中。这种传统在很大程度上决定着他们的思想、感情、审美观念等，也决定着诗的内容的表达方式。

从这样的意义上论唐诗的成就，它们是丰富而独特的文化积淀的果实。而从这一角度来探讨唐诗的发展，对它的思想、艺术特征会有更深一层的了解，以至对认识、总结整个中国诗歌发展的历史规律有所启示。下面拟就几个侧面，分析一下唐诗与历史文化积累的关系。

一

总观唐代的思想环境，最突出的特征，一是宏富，二是开阔。形成这样的特征，有政治的、经济的条件为基础，也有传统思想积累的巨大作用。唐诗的发展首先有着这种优越的思想环境，承受着极丰富的思想遗产。

先说宏富一面。汉武帝“罢黜百家，独尊儒术”，形成了以儒家经学为正统的思想、文化统治。但经学的“章句之学”一乱之于东汉谶纬神学，再乱之于魏晋玄学。在此之间，两汉之际佛教传入中国内地，东汉末道教形成。经过南北朝儒学与佛、道二教的发展、斗争与交流，到唐代，在政治统一、经济文化发达的局面之下，三者都取得了丰硕的果实，出现了思想交流、融合的新局面。儒学方面，唐初孔颖达编纂《五经正义》，《易》主王注，《书》主孔传，《左氏》主杜解，虽“论者责其朱紫无别，真赝莫分”（皮锡瑞《经学历史》七《经学统一时代》），却正是南、北学风统一的表现。在此基础上，中唐李翱、韩愈等舍“天人之际”的探讨而专注“心性”之学，开始儒学自汉学向宋学的转变。佛教方面，在六朝译经与义学高度发达的基础上，这个外来宗教进一步中国化，形成了中国佛教各宗派。除了天台宗形成于隋代之外，其他宗派均形成于唐朝。诸宗派各有独特的判教方式，各有典据、传承与理论体系。特别是天台、法相（慈恩）、华严（贤首）各宗，都有丰富的思想建树。净土宗理论色彩淡薄，但对民众影响深远。而后起的禅宗是彻底中国化的士大夫佛教，一时笼盖思想文化领域。道教方面，在六朝神仙道教与金丹道教高度发展的基础上，唐代道教的御用色彩与礼仪规范的完备均超出前代。在外丹术大兴于世的同时，又出现了李筌、司马承祯、吴筠、施肩吾、杜光庭等道教思想家，把儒家正心诚意与佛教止观、禅定理论吸收到道教修炼身心的教理中，提出了以静心、炼气、安神为核心的修炼方法，开启了内丹道教的新方向。

“三教”（这里用习惯说法，儒家不等于宗教）的发达造就了思想界十分活跃、开放的局面，使唐代成为中国历史上思想最为丰富多彩的时期之一。人们常常评论唐代统治者采取“三教调和”政策，实际上，一种思想局面的形成有其更深刻的现实与历史原因，统治者的政策毋宁说是思想发展的结果（当然这种政策也起着一定的推动作用）。

再说开阔一面。唐代的整个学术文化思想贯彻着批判精神，在儒学上则是对传统的“章句”之学的批判。从正面建设看，唐人注重“考古义以断时政，务为有用之学”（赵翼《廿二史札记》卷二〇),例如姚崇明确表示“凡事有违经而合道者,亦有反道而适权者”,要求“识通变”,反对墨守经学教条;柳宗元论文章则一再强调治学要“有益于世”。从负面破坏看,则对汉儒以来以训诂章句为核心的烦琐、教条学风加以抨击与否定。以前曾被视为褒语的“谙熟章句”之类评语,在唐代成了贬词。唐高宗时元行冲著《释疑》一文,就攻击“章句之士,坚持昔言,特嫌知新,欲仍旧贯”。刘知几著《史通》,标举“一家独断”,大胆地“疑古”“惑经”,掀起了怀疑主义思潮。中唐时期啖助、赵匡、陆质的“《春秋》学”,“明章大中,发露公器,其道以生人为主,以尧舜为的”,空言说经,以经驳传,专以己意论断“圣人之意”,张扬不拘注疏、专明大义的弘旷通达的学风。李翱、韩愈的儒学“复古”也体现了同样的创新精神。

这种批判精神同样反映在佛、道二教之中。这里只举在士大夫间影响巨大的佛教禅宗为例。唐代佛教各宗派,大都在中国传统思想土壤上,适应华夏民族的思维模式建立自己的体系,但它们还依傍外来经论。而禅宗从一开始就甩开了翻译经论,而创造表达自宗思想体系的新经典。早期神秀、慧能开法还用传统讲经形式,后来则发展出师徒之间的问答勘辨的形式,体现在文字上则是偈颂与语录。从宗义看,早期弘忍、神秀讲修心、净心,发展为慧能、神会的“即心即佛”“无念”“见性”,再发展为马祖道一的“非心非佛”“平常心是道”。在百余年间,禅思想在剧烈的冲突中急遽发展,形成了波澜壮阔的思想潮流。马祖门下出现了毁弃经论、呵佛骂祖的禅风,是中国思想史上主观自由意志表现得最为突出的思潮。胡应麟指出:“世知诗律盛于开元,而不知禅教之盛,实自南岳(怀让)、青原(行思)兆基。考之二大士,正与李、杜二公并世。嗣是列为五宗,千支万委,莫不由之。韩、柳二公,亦当与大寂(道一)、石头(希迁)同时。大颠即石头高足也。世但知文章盛于元和,而不知尔时江西、湖南二教,周遍寰宇。”(《少室山房笔丛》卷四八)这就暗示出禅宗的发展与文学发展的内在联系。

唐代的诗人就是在这种宏富、开阔的思想局面下，广泛继承儒、佛、道三教思想遗产而从事创作的。

初唐开文坛新风的陈子昂就不尚章句，他“少好三皇、五帝、霸王之经，历观丘坟，旁览代史，原其政理，察其兴亡”（《陈子昂集》卷一〇）。活跃在初、盛唐诗坛上的诗人们，哪一个都不是皓首穷经、墨守教条的腐儒。王维之好佛、李白之问道是有名的。就是以“儒”自许，被后世视为“每饭不忘君”，实现了儒家诗教典范的杜甫，对道与佛也都相当地热衷。他早年曾与李白一起求仙访道，在临终前写的诗中仍感慨“葛洪尸定解，许靖力难任。家事丹砂诀，无成涕作霖”（《杜少陵集》卷二三）。晚年他又曾自述习禅经历说：“身许双峰寺，门求七祖禅。落帆追宿昔，衣褐向真诠。”（《杜少陵集》卷一九）禅与道两个方面对他的思想与创作都有相当大的影响。中唐大诗人白居易的诗论，是儒家强调政治性与功利性的诗教的经典范本，但他与禅宗的关系非常密切，马祖弟子兴善惟宽（在长安）、归宗智常（在江州）、佛光如满（在洛阳）等与他都有密切交谊；其《传法堂碑》被胡适看作是禅宗史的重要资料，内容“甚精确，所记惟宽的‘心要’四项，正合道一的学说”（《胡适文存》第2集卷四）；而陈寅恪先生却又认为“白公则外虽信佛，内实奉道”“乐天之思想乃纯粹苦县之学”（《元白诗笺证稿》）。唐代推动文体复古的人中有许多人是好佛的。李华、独孤及都多写佛教碑志；梁肃对天台义学有精解，有关著述表现出相当高的佛学理论水平；柳宗元对天台、净土、律、禅等各宗都很有研究。“古文运动”中把文体复古与儒学复古相统一的如韩愈、李翱等人，也往往与佛、道有交涉。颜真卿说过：“予不信佛法而好居佛寺，喜与学佛者语。”（《全唐文》卷三三七）这是唐代文人又一种颇具典型性的态度。韩愈即与潮州大颠，李翱则与药山惟俨有交谊。实际上，他们在思想上又均受到了潜移默化的影响。特别是当时禅宗所探讨的心性问题是思想学术界面临的新课题，本身就是儒释调和的产物，韩、李的观点也正处在这一潮流中。袁宏道说:“余尝谓唐、宋以来,孔氏之学脉绝,而其脉遂在马大师诸人;及至近代,宗门之嫡派绝,而其派乃在诸儒。”(《袁宏道集笺校》卷四一)这是从更广阔的视野打破儒、释界限来观察思想史发展得出的看法。晚唐的李商隐年轻时曾在玉阳、王屋学仙,诗中有“嵩阳松雪有心期”等语。后来他又学佛,其妻王氏去世后作文说:“三年以来,丧失家道,平居忽忽不乐。始克意事佛,方愿打钟扫地,为清凉山行者。”(《樊南文集评注》卷七)他在四川时曾对悟达国师知玄执弟子礼。

以上举出一些著名诗人的例子,说明他们广泛继承前代与当时思想积累的情形。这种继承还不限于“三教”,例如对诸子思想的研究自汉魏以后已长期沉寂,中唐人又表现出浓厚的兴趣。韩愈、柳宗元写了一系列研究诸子的文章,表达到了相当高的学术水平。唐诗人精神的博大深邃、开阔自由,与这种思想环境直接关联着。

二

中国的传统诗论讲求“知人论世”,这也正反映了中国文化富历史观念的特征。对作者的时代、身世有一定了解有助于对作品的理解,这可以说是古今中外的通则。但是读莎士比亚的十四行诗或雪莱的《西风颂》却不一定需要太多的历史知识。而如果是读唐诗,没有丰富的历史、文化知识,就不能或不能深入理解作品的意蕴。这就与诗人创作的深厚的历史积累有关。

唐代诗人普遍具有丰富的历史文化素养,在创作意图中包含着强烈的历史感。这除了表现在经常以历史为创作内容(如“咏怀古迹”“怀古”“咏史”诗),经常使用历史事典为表达手段这些一见而知的现象之外,更重要的是在诗人感受的深层,他们的许多具体意念反映出对历史的关切和与历史传统的联系。因此,他们的作品就具有历史所积累起来的丰厚的思想与艺术内涵。

这里举出两个方面的表现。

一是在诗人所创造的一个个意象当中，具有丰富的历史内容，表现出诗人对历史的关心。这种表现不一定是自觉的。正因为是在不自觉中，才显示出诗人创作思维与历史的联系的深刻与紧密程度。

杜甫的名作《望岳》开头是："岱宗夫如何？齐鲁青未了。"这质朴的一问，斩截的一答，写出了泰山雄踞山东大地的形势。这里所用的"岱宗""齐鲁"是古语，但杜甫使用它们，不只是一种修辞手法，更重要的是给诗句加上了厚重的历史意蕴。"岱宗"不只是泰山的别称，它还使我们想到"东巡守，至于岱宗"，是历代封禅之地；"中央之美者，有岱岳"，是众山之尊；更有如"岱山饶灵异，沂水富英奇"那样的诗句所表现的，是充满灵异的镇山。而"齐鲁"本是春秋时两个古国的名称，子曰"齐一变至于鲁，鲁一变至于道"(《论语·雍也》)，是儒家教化流行之地，也是当年孔子弦歌的地方。这样，这两句诗写的泰山，除了地域上的雄伟之外，还让我们意识到这是历代礼乐兴行的场所，是中国古代文化的象征。杜甫带着历史意念写了这两句诗，我们如对有关历史知识没有一定了解，就不能体察诗句的全部内涵。

再一种情况是，诗人使用的意象具有历史积累的感情内容。这也是一种历史的沉积。写到柳树就往往联系着离别，写到杨树往往联系着悲伤，飞蓬暗喻着流落等等，这都是历史形成的意象。李白有著名的小诗《静夜思》："床前明月光，疑是地上霜。举头望明月，低头思故乡。"此诗浑朴明白，典型地表现了李白诗清新、俊逸的一面；但其意境的隽永，却有赖于意象的感情内涵的丰富。在李白之前，用明月、霜露表思乡已形成丰富、优美的传统，从《古诗十九首》"明月皎夜光，促织鸣东壁……白露沾野草，时节忽复易"，及曹丕《燕歌行》"秋风萧瑟天气凉，草木摇落露为霜……明月皎皎照我床”，到张若虚的《春江花月夜》等。李白的明月朗照、夜深不寐的形象不是孤立的存在，它包含着前人创造的意象。只有熟悉这意象的来龙去脉，才能更深地理解诗的含意与李白的独创性。

可以这样说，唐人写诗，创造每一个意象，运用每一个词语，有意无意间往往带有历史积累的丰富内容。这与单纯使用前人事典不同，也与宋人所谓“夺胎换骨”“点铁成金”的变相模拟前人不同。唐人并不是掉弄古典和模仿，他们仍在创造独特的、完美的诗的境界。而由于注重语言与表现的历史意蕴，使诗作的内涵更加丰厚了。读者缺乏历史文化修养，或许仍能读懂他们的诗；但如有了那种素养，就会对诗人的创作意图有更深入的理解，读起来也会如剥取蕉心一样，一层层地发现新的境界。杜甫自负自己的创作风格是“沉郁顿挫”，陈廷焯解释“沉郁”一语是“沉则不浮，郁则不薄”。“诗圣”的境界在唐诗中是具有典型性的。历史意蕴是造成诗境“不浮”“不薄”的重要因素。

因此又可以这样说，唐诗以至一般的中国诗的特征之一，就在于它的浓厚的文化性质。诗人创作不只靠灵感，还有长远而丰厚的历史文化积累作基础。因而诗也不只是灵感的表露，还体现了历史文化传统。从比较诗学的角度来认识中国古典诗歌的文化性质，对总结中国文学的规律是很有意义的。

三

唐代是中国封建文化高度成熟的时期，音乐、美术（绘画、雕塑、工艺美术等）、书法、舞蹈、建筑等各个艺术门类都取得了伟大、辉煌的成就。在这种发达的艺术环境中成长的一代诗人，许多是艺术修养很高、艺术个性得到全面发展的人。唐诗的创作，表现出各艺术门类与诗歌的相互渗透与交流。唐诗又受到各种艺术长期历史积累的滋养。

杜甫的名作《观公孙大娘弟子舞剑器行》记述了诗人早年在郾城欣赏公孙氏舞剑器浑脱的印象，是一篇“感时抚事”的作品。诗写得神采飞扬，从中可以体察诗人对这种外来的新舞蹈的热爱。他在序中写到张旭草书的豪荡感激是受到公孙氏舞蹈的启示，可知他是了解不同艺术门类间的相互作用的。而这篇作品本身以及其雄奇腾踔、移步换形的描写技法，显然与公孙氏的舞艺有关。同样，如杜甫、岑参、高适、薛据等人的登慈恩寺塔诗，如果没有寺塔建筑伟大成就的感染，就不会有这些精美的作品。

这些例子还只涉及问题的表面。艺术发展有其总体规律，各艺术部门在其表现方法与美学追求上有共同或相通处，这就促成它们在发展中的互相借鉴与交流。而唐代许多诗人由于其高度的艺术素养，能够更自觉地加以实践。这里只举绘画与音乐中的乐歌略作说明。唐代的绘画艺术取得了全面的飞跃，二阎（立德、立本）、吴道子等的人物，吴道子、李思训等的山水，薛稷、曹霸、韩干、韩滉等的花鸟禽兽等，都在绘画史上承前启后，开创了新局面。唐代的音乐在继承前代传统的基础上，由于“胡部新声”的融入与民乐、民歌的发达，也取得了重大发展。其结果之一，就是诗、乐分离已经基本定型的中国古典诗到唐代又发展了新形式的乐歌。民间歌曲也流入诗坛，并在这个基础上形成了乐歌的新体——曲子辞。

正是在绘画和音乐这些艺术成果的直接影响下，出现了许多相关题材的优秀作品，拓展了诗歌表现内容。例如杜甫就写了不少以绘画为题材的诗，表现出他的高度鉴赏力和对画艺的理解。这种理解也渗透在他的具体描写中。由于杜甫的开拓之功，后来发展出题画诗专门一体，形成了中国美术中绘画、诗、书法三位一体的表现形式。唐诗人又写了许多以音乐为题材的诗，中国传统的琴曲（李颀《琴歌送别》、韩愈《听颖师弹琴》）和先后传自外国与边疆的如箜篌（李贺《李凭箜篌引》）、琵琶（白居易《琵琶行》）、笛（刘长卿《听笛歌留别郑协律》）、胡笳（岑参《胡笳歌送颜真卿使赴河陇》)、觱篥(刘禹锡《和浙西李大夫霜夜对月听小童吹觱篥歌依本韵》、李贺《申胡子觱篥歌》)等器乐曲,在诗人笔下被优美、传神地描摹出来。这些作品不只流露出诗人对音乐的热爱,而且在其舒展开阖、抑扬顿挫的表现中也可明显看到音乐对诗歌艺术的影响。

在这种形迹上可见到的直接影响之外,绘画与音乐艺术对诗人的创作构思与审美感情发生作用,这些方面应当说是更为深刻的。

典型的例子如王维。他本人是优秀的画家,在绘画方面善用水墨,务求淡雅,把诗意融入画面,开“文人画”一派。而在写诗时,他常常用画家的眼睛来观察,用绘画的技法来描绘,因而把诗写得鲜明如画。苏轼评论说,“味摩诘之诗,诗中有画;观摩诘之画,画中有诗”,这不只指出了他的诗与画的重要艺术特征,而且暗示了两种艺术在他的创作实践中的交融。南齐谢赫总结“画有六法”,除了其二“骨法用笔”纯为绘画运笔技巧外,其他“气韵生动”“应物象形”“随类赋彩”“经营位置”“传移模写”等五条,都可用来评价王维诗。像“大漠孤烟直,长河落日圆”(《使至塞上》),“分野中峰变,阴晴众壑殊”(《终南山》)那种轮廓鲜明的构图;“漠漠水田飞白鹭,阴阴夏木啭黄鹂”(《积雨辋川庄作》),“荆溪白石出,天寒红叶稀”(《山中》)那种色彩明丽的描摹,都是融入了画家的技法的。他善为风景传神,如“江流天地外,山色有无中”(《汉江临眺》),“白云回望合,青霭入看无”(《终南山》),淡远潇洒,给人以水墨晕染的印象。西方古典美学强调语言艺术的诗与视觉艺术的画的不同,而在王维这里却是作诗如作画,作画如作诗,表现出二者的统一。从中也可窥知中国古典艺术的某些特色。

王维诗中得到集中表现的“诗中有画”的创作特点,实际上,在唐诗中有一定普遍性。中国古典诗歌发展到唐代,开始讲“兴象”“取境”“思与境谐”。人们追求创造明晰完整的“境”,把它看得比

"志""情"更重要;而这种"境"就要有景物如画的描摹特征。刘禹锡说:"能离欲则方寸地虚,虚而万景入;入必有所泄,乃形乎词……因定而得境,故翛然以清。"他在这里甚至认为"离欲"才能取"境"。白居易说:"平生闲境思,尽在五言中。"姚合说:"看月空门里,诗家境有余。"雍陶说:"满庭诗境飘红叶。"这都反映对"境"的重视。在唐诗人的创作实践中,意念、感情常常是通过清晰、准确、浑成的如画的境界表现出来的。如孟浩然《过故人庄》中的"绿树村边合,青山郭外斜。开轩面场圃,把酒话桑麻",田园风光的画面在构图、层次上是多么显明。韦应物《滁州西涧》中的"独怜幽草涧边生,上有黄鹂深树鸣。春潮带雨晚来急,野渡无人舟自横",不就像镶在镜框中的一幅小景吗?又如韩愈《游青龙寺赠崔大补阙》,把寺院描写得光怪陆离,犹如密教的一幅曼荼罗画。在中国诗史上,陶渊明的田园诗,谢灵运的山水诗,都占有这一题材的诗的奠基地位;但唐人的田园山水诗在意境浑融与优美上却大大前进了一步,其突出优点即在"如画"的境界上。

如果细致分析,唐代绘画多样的题材、多样的画风,与诗歌在表现与风格上的多样化也有一致之处。例如张彦远《历代名画记》上记载:天宝中,唐玄宗命吴道子、李思训在大同殿画嘉陵江风景,吴一日而毕,李累月而成。吴道子是写意派,重神韵,其创作原则与李白的浪漫诗风显然相通。同一时代培育出共同的浪漫精神,二者相互间的影响是显然的。这是需要仔细研究的课题,此不赘述。

谈到唐诗与音乐的关系,应当注意一个事实,即当时的部分近体诗是合乐可歌的;而近体诗在艺术上可代表唐诗的成就。薛用弱《集异记》中所记"旗亭赌唱"故事,伶官所歌的是王昌龄、高适、王之涣等人的绝句;刘禹锡诗说:"旧人唯有何戡在,更与殷勤唱渭城",这里的"渭城"指王维的《送元二使安西》;元稹有《见人咏韩舍人新律诗因有戏赠》诗,中有"轻新便妓唱"的句子;白居易《江楼夜吟元九律诗成三十韵》说到“暗被歌姬乞,潜闻思妇传”,显然其所作诗是有意给歌姬演唱的。关于唐诗合乐情形,任二北先生在《唐声诗》中有详考,可参阅。由于诗被作为乐歌而创作,不仅特殊的传唱方式会影响到诗的表达(乐歌必然是顺畅明白,唱起来上口,听起来易懂的),而且合乐会对诗的音节、音调形成制约,使诗的表现富于音乐性。古人说:“七言绝句,唐人之作,往往皆妙。”唐代绝句四位大家:王昌龄、李白、李益、杜牧,其诗同具有清新、清俊的风格,都明显受到乐曲的影响。

民乐与民歌对唐代文人诗也有很大影响。我们从崔令钦《教坊记》的记载中可以知道,盛唐时流行的民间乐曲繁多,其中有些曲名即是后来的词牌名;又有些被诗人用来写作民歌,如《清平调》《凉州曲》《渭城曲》等都有诗人配以歌词。刘禹锡曾模仿民歌作《杨柳枝》《浪淘沙》,这在文学史上是有名的。由他开了风气,杨巨源、薛能、段成式等都作过这一类作品。这不只给诗坛增加了一批民歌风的作品,而且影响到其他作品的创作格调。

以上举出两个方面作例子,意在指出唐诗的成就也得自与其他艺术形式的交流,唐诗人的高度艺术素养为他们的创作准备下良好的主观条件。诗歌艺术与其他艺术形式在表现上的沟通与融合,也是中国艺术整体特征之一。

四

诗歌创作与一定的伦理意识紧密关联。伦理意识形成人生与社会价值判断,从而决定着诗人的创作意向。从这个意义上来看唐诗,当时的诗人们一般地说是继承着传统儒家的伦理意识,许多人努力去恢复六朝时期在一定程度被动摇、混乱了的价值观念,用传统伦理指导自己的创作。这在中国古典诗史上也是具有某种典型意义的。

几乎所有唐代的重要诗人都表现出一种深浸到血肉之中的对

国事、对民众的关心，对社会的责任感。唐诗的成就是在批判六朝诗歌嘲风雪、弄花草，背离褒贬讽喻的诗教传统，追求唯美主义、形式主义的倾向中取得的。传统儒家“经世济民”“民胞物与”的观念不只集中地表现在陈子昂、杜甫、元结、白居易这样具有强烈现实性与政治性的诗人身上，就是在李白、李贺、李商隐这样被评价为浪漫主义诗人的身上，也具有相同的倾向。李白自述其抱负是“大雅久不作，吾衰竟谁陈”（《古风五十九首》之一），他的艺术构思多是理想的、幻想的、象征的，但其内容却是着眼于现实的、脚踏实地的。其《梦游天姥吟留别》在一梦之后，仍要醒来面对现实世界，可以看作是他艺术构思逻辑的象征。李贺的诗在题材与意境上更显得奇诡，杜牧形容是“云烟绵联，不足为其态也；水之迢迢，不足为其情也；春之盎盎，不足为其和也；秋之明洁，不足为其格也；风樯阵马，不足为其勇也；瓦棺篆鼎，不足为其古也；时花美女，不足为其色也；荒国陊殿，梗莽丘垄，不足为其恨怨悲愁也；鲸呿鳌掷，牛鬼蛇神，不足为其虚荒诞幻也”，但却仍认为它们是“《骚》之苗裔”，而“《骚》有感怨刺怼，言及君臣理乱，时有以激发人意。乃贺所为，无得有是”（《李贺集序》）。李商隐曾被称为“恋爱诗人”，他的那些《无题》诗总是在写恋情与喻时事上让人疑惑，就因为他确实是关心时事的人。“三李”被看成是唐诗中浪漫主义一派的代表，但是他们的“浪漫主义”，与西方文学史上的那种追求回归自然、倾心神秘幻想的浪漫主义，如英国的华兹华斯、柯勒律治，德国的希勒格尔等是截然不同的，因为李白等人生活在中国的伦理传统之中。

这种对国家、社会的关心，凝聚为一种责任感，就是士大夫“以天下为己任”的观念。在唐代社会经济发展、政治比较开明、科举制度为读书人开辟了进身之阶的条件下，这种观念更容易得到发扬。从而在诗歌创作上，就表现出明显的功利意识。诗人们写诗，往往是想对现实社会起到作用。诗人把写诗当作实践自己人生抱负的手段。典型的表现就是白居易的诗论，他明确主张“文章合为时而著，歌诗合为事而作”，想以诗“补察时政”，“泄导人情”，以至以诗当谏表。这样就很自然，在他自己划分为“讽喻”“感伤”“闲适”“杂律”等各类诗作中，他最重视讽喻诗。再一个典型表现就是刘禹锡以后咏史诗的繁荣。以杜牧、李商隐为代表的晚唐诗人纷纷通过咏史来表明他们对现实的态度，咏史成为主文而谲谏的一种手法。唐诗人往往又要结构一些精心制作的长篇，如杜甫的《自京赴奉先县咏怀五百字》、杜牧的《感怀诗》、李商隐的《行次西郊作一百韵》等，他们一方面借此抒写怀抱，另一方面表达对现实的看法，这正代表唐诗人一种典型心态。

在儒家的伦理观念里，道义重于实利，一己的哀乐悲欢只有与国家、与社会相联系才有意义。杜甫在时代动乱中写了不少像《月夜》那样的思家的诗，但它们被人们称赞，往往是因为它们表现的不是一己的私情，诗人的感受是与国事相关联着的。韩愈写《原性》，发展了董仲舒的“性三品说”，与性三品相联系，情也分出了等级。这是“发乎情止乎礼义”的观念的延伸。这样，诗人的抒情就要在一定的规范之内，感情的表现也就有了某种模式。例如杜甫的《茅屋为秋风所破歌》，表现民众的安危重于个人存亡，就是一种感情的模式。李白《行路难》中的“金樽清酒斗十千”，抒写历尽人生坎坷却并不消沉，仍相信“长风破浪会有时”，这也是一种模式。这些模式常被后人所遵循。

这样，鲁迅当年所批评的“爱与死”的永恒的主题，在唐诗中的地位就有限了。当然，这是就比较特别是与西方古典诗比较而言。就爱情的抒写来说，唐诗人当然写过不少感人肺腑的爱情诗。但正如日本学者松浦友久指出的，在中国古典诗歌中，爱情诗比起友情诗来少得多。唐诗正是如此。而且这种爱情诗在写法上也受到两方面的限制：一是如上所说表达爱情往往与家国、身世相联系；二是写法上多是代言体，即男诗人代妇女抒发恋情。坦率地表露性爱一般是被轻视的；这当然也与封建社会中的妇女地位有关。

还有一种是表现被歪曲了的爱情——艳情，如梁、陈的“宫体”，一般是唐诗人所鄙弃的。死的主题在唐诗中表现也较少（也是就比较而言）。除个别诗人如李贺经常写到死之外，在一般情况下，唐诗人对人生的思索往往表现为叹老嗟卑，而较少涉及生命存亡本身的意义。而叹老嗟卑是个具有社会批判色彩的主题。传统儒家道德讲“舍生取义”，讲“死有重于泰山，有轻于鸿毛”，因此杜甫一再表示只要国泰民安，个人生命就不在顾及之内。这样，个体本身的存在并没有绝对的价值。

唐诗比较集中地体现了中华民族传统伦理，从这个角度分析其思想价值，对其成就与局限也会有新认识。

谈唐诗中体现的文化积淀，还有另一些重要方面，如审美传统、民族特色、形式追求等等，这里限于篇幅，不再论及。

从以上简单分析的四个方面可以看出：唐诗是唐诗人的创造，但这又是在长期文化积淀的基础上的创造。因此，唐诗具有浓重的民族传统文化色彩，在一定意义上可称之为“文化的诗”。唐诗发展的这个特征，决定了它的一系列独特的艺术特色，如意蕴的多层次、表达上富象征性、抒情上的类型化（这不完全是贬语）等等。这在一定意义上也是中国诗的特色。文化传统是促成唐诗发展伟大成就的重要条件之一，当然也带来了它的某些弱点与局限。

汉语古典诗译为外语和外文诗译成汉语总不能令人满意，除了形式上难以对应地移译外，中国人读外文诗的汉译往往觉得淡而寡味，这是因为习惯于中国古典诗的浓厚文化色彩的读者在汉译外文诗中看不到中国诗那种丰富的意趣；而中国诗译成外文，即使外加许多词语作解释，也传达不出原诗的全部内涵。这一事实也从侧面表明了中国诗的特色。

目前人们重视中国现代诗的民族化，要提高诗歌创作的艺术水平，这个诗与文化传统的关系问题是很值得探讨的。

原载于《天津社会科学》1991 年第 1 期

柳、刘和韩愈关于“天人之际”问题的争论

一

柳宗元、刘禹锡和韩愈作为思想家，同是中唐时期“儒学复古”思潮的代表人物。他们又都自觉地利用文学来为达到这一目的服务，成为标志一代文学成就的大作家。他们是朋友，在思想战线上和文坛上又是亲密战友。但他们的思想和人生践履又有很多分歧之处，有些分歧还是涉及到世界观和政治立场的根本原则的。这样他们又成了真正的“诤友”，在他们之间就不同题目不断地进行辩论。这种辩论推动了当时思想领域的进展，对他们自身的思想发展也有着重大作用。这其中，有关“天人之际”的论辩无疑是十分重要的争论之一。在这场争论中，柳、刘和韩站在对立的立场上，而柳与刘之间也存在一定分歧。这两方三人的辩难，把有关问题的理论辨析推向少见的精密和深入的程度。

概括地说来，争论问题的核心是“天人合一”还是“天人相分”。在中国古代思想传统中，“天人合一”思想占有牢固的统治地位，主张“天人相分”的思想对比之下是相当微弱的。韩愈是“天人合一”论的宣扬者，而柳、刘则是荀子之后少数坚定、系统地论证“天人相分”的思想家。虽然这样的争论不会有谁给他们做出胜负的结论，

但实际上，由于柳、刘继承了荀子以来自然哲学唯物主义传统的理论遗产，充分利用了当时自然科学和社会斗争所提供的实践经验，他们的“天人相分”思想也就创造了古代自然哲学唯物主义发展上的一个高峰；又由于到这个时期我国思想史的内部发展已超越“天人之际”的探讨而提出了新的课题，所以柳、刘的理论在当时没有人能做出有力的反击；后代表示不满或非议的人虽然不少，但理论上认真的、有说服力的攻驳可以说没有。在宋代新兴起的理学中，“天人合一”思想已完全表现为另外的形式了。这就不能不承认柳、刘在这方面的理论贡献。

“天人之际”作为先秦以来思想史的主要的、中心的课题，包含着当时人对于宇宙、社会、人生诸问题的判断和解释。人类只能在具体历史条件下的实践基础上形成对外物的认识，原始人类对“天”的认识，对“天”与人的关系的认识，必然受制于当时的实践和由此实践决定的认识水平。当时人们对以“天”为代表的自然界基本还不能控制和利用，因而视之为外在的神秘力量。把这种神秘力量加以升华，形象化为神话，就是如屈原《天问》里集中反映的关于“天”的神话；抽象化为哲学（也是原始宗教）的概念，“天”就被当作有意志、能主宰的人格神。进入阶级社会，这“天”又被赋予了阶级的、道德的属性。因此，春秋、战国时期“百家争鸣”中的“显学”儒、墨两大家，认为“天”有意志、能主宰、具有道德属性就是其共同的看法。道家主张“自然”①之天，学术界对道家的“道”的性质在认识上存在着根本分歧，但其所谓“自然”不同于现代科学所说的自然界是很明显的。“自然”体现着神秘的必然性，因此道家又宣扬“命定”论。这样就形成了虽是“百家争鸣”，而“天人合一”基本是

① 道家讲“自然”，后来的佛教也讲“自然”，各自的含义应做具体的探究。古代思想家所说“自然”的内涵（即使是唯物主义或具有唯物主义倾向的思想家）并不同于现代科学所指的客观的、物质的自然界。当然不同派别和个人的具体观点又不相同，这应当做专门的研究。

“百家”的共同主张，并占有思想领域统治地位的局面。“天人合一”思想更被统治阶级用作理论辩护，向着更精致、更系统的方向发展。其发展的逻辑层次是，由朦胧的“天命”意识发展为替阶级统治辩护的“天命”观，认为“天”作为有意志、能主宰的人格神，它在支配着宇宙、人类社会和人生，因此有“天道”“天志”“天意”之说；在此基础上，认为“天”的道德属性及其活动规律与人世相一致，因此，“天”与“人”合其德，“人”则以德配“天”；再进一步，发展为“天人感应”或“天人交感”论，认为“天”有能力对“人”行赏罚，“人”则能以其行为感动“天”使之改变意志。这就是基于“天人合一”观念的唯心的、先验的“天道”观，它是建立在古代社会相对不发达的自然科学和社会发展的水平上，是适应当时形势的需要的。由于历代统治阶级的推崇和支持，特别是经过董仲舒等汉儒的论证，这种“天人合一”的“天道”观在思想界长久地占据着统治地位。最能表现“天”与“人”这种相合一关系的就是封建社会的权威——皇帝：他是“天”的代表，又是“人”的统治者，所以在他的尊号上往往首先是“敬天法道”字样。

就中唐时期的政治形势说，“天人之际”的问题更不单是抽象的理论问题，同时也是现实政治问题。柳宗元、刘禹锡是当时的一次流产的政治改革“永贞革新”的主要领导者，韩愈则是这一斗争的反对派①。批判建立在“天人合一”思想基础上的精致的“天命”论及一切表现粗俗的有神论，是出于革新政治斗争的实际需要，在这一斗争中也不断发展了自然哲学唯物主义理论。柳、刘等人志在“辅时及物”，行在“利安元元”，要实现政治上的革新，就不能迷

①关于“永贞革新”及其在思想史上的意义和韩愈与柳、刘对这一斗争的不同立场，参阅黄云眉：《韩愈柳宗元文学评价》，山东人民出版社，1957 年；侯外庐主编：《中国思想通史》第 4 卷(上)，人民出版社，1959 年，第 319—326、352—397 页；孙昌武：《柳宗元传论》，人民文学出版社，1982 年，第 118—136 页。

信任何现成的权威教条包括为现存秩序辩护的“天命”论，而要立足于自身力量的基础之上。柳宗元在贞元末年曾任监察御史里行，朝廷的祭祀是他分内职务，他其时写了《蜡说》(《柳河东集》卷一六)，其中明确提出对神明的崇拜“非于神也，盖于人也”的“神道设教”观点，表示坚决反对“诞漫之说胜，而名实之事丧”的现实弊端。即一方面否定对一切“诞漫惝恍、冥冥焉不可执取”者的迷信，另一方面则注重“名实之事”，即以名责实，取实事求是的态度。后来“永贞革新”失败，他被流放到永州，又有意识地总结经验教训，更清醒地认识到人的、现实的因素对于斗争成败的决定作用。他清楚地看到大量“自古直道，鲜不颠危；祸之重轻，则系盛衰”(《祭穆质给事文》，《柳河东集》卷四〇)的事实；明确意识到“善与恶，夭与寿，贵与贱，(与天)异道而出者也”(《哭张后余辞》，《柳河东集》卷四〇)的道理，从而得出“苍苍之无信，漠漠之无神”的结论(《祭吕衡州温文》，《柳河东集》卷四〇)。而相对照之下，在当时，“天命”论正是反对派的思想武器。反对并最后扼杀革新的李纯(后来的唐宪宗)被拥立为太子的时候，曾被宣扬为“天意所归”(韩愈《顺宗实录》卷三)；革新派所依靠的顺宗李诵被迫退位，又被说成是“上畏于天命……天工人代，不可以久违”(《顺宗命皇太子即位诏》，《唐大诏令集》卷三〇)；韩愈反对革新派，在诗文里也一再说到“天位未许庸夫干”(《永贞行》，《韩昌黎集》卷三)之类的话。这都表明了反对“天命”论的现实政治意义。柳、刘和唐代不少文人一样，也曾到佛教中去求取精神安慰，但值得注意的是，佛教的宗教唯心主义教义并没有阻碍他们有关“天人之际”问题的理论探讨，在某些具体观点上，佛教思想还为他们的理论探索提供了借鉴或滋养。

柳、刘和韩愈关于“天人之际”问题的思想对立在诗文中有众多表现。特别是柳宗元，自贞元末年即他登上政坛时起就写了不少涉及这一问题的文章，到永州后还写了著名的《天对》《非国语》等集中批判“天命”观和“天人感应”论的作品。而到元和八年

(813)前后，终于发展为在柳、刘和韩愈之间正面的理论论战。

二

关于“天人之际”问题之争发生的元和八年(813)前后①，是柳宗元居永州的后期，也是他的思想完全成熟的时期。柳宗元在被贬永州后，曾集中精力广读百家书和研究理论问题。他在给友人的信里说：“仆近求得经、史、诸子数百卷，常候战悸稍定，时即伏读，颇见圣人用心、贤士君子立志之分。”(《与李翰林建书》，《柳河东集》卷三〇)刘禹锡当时贬朗州司马，情况和柳相似。他和柳宗元频繁通信，交换诗文，广泛地讨论各种问题。韩愈元和七年二月任国子博士，次年三月擢比部郎中、史馆修撰，其时有和柳论史官的通信，是有关史学的一次重要争论。韩愈也是位关心国计民生，具有改革意识的人，但他在政治上比较保守、持重，有“尊君抑民”倾向②，在思想、学术上坚持正统的儒家立场，相信“天命”观。这在他的许多诗文里都有清楚、充分的表述。争论由他发其端。他给柳宗元写了一篇关于“天”的文章，其文已逸，显然是批评柳宗元坚持“天人相分”的反“天命”的一贯主张的。柳则作《天说》加以反驳。韩的观点在这篇《天说》里被完整地转述：

> 韩愈谓柳子曰：“若知天之说乎？吾为子言天之说。今夫人有疾痛、倦辱、饥寒甚者，因仰而呼天曰：‘残民者昌，佑民者殃。’又仰而呼天曰：‘何为使至此极戾也。’若是者，举不能知

① 柳宗元作《天说》的年代已不可确考，这里只根据人事关系和思想发展的逻辑大致做出推测。参阅罗联添：《柳宗元事迹系年资料汇编》，台湾“国立”编译馆中华丛书编译委员会，1981年，第139—140页。

② 参阅萧公权：《中国政治思想史》上册，联经事业出版公司，1982年，第434—436页；又侯外庐指出“韩愈在豪族地主和庶族地主间的依违态度”决定了他的思想与政治立场，参阅前引《中国思想通史》。

天。夫果蓏、饮食既坏，虫生之；人之血气败逆壅底，为痈疡、疣赘、瘘痔，亦虫生之；木朽而蝎中，草腐而萤飞，是岂不以坏而后出耶？物坏，虫由之生；元气、阴阳之坏，人由之生。虫之生而物益坏，食啮之，攻穴之，虫之祸物也滋甚。其有能去之者，有功于物者也；繁而息之者，物之仇也。人之坏，元气、阴阳也亦滋甚。垦原田，伐山林，凿泉以井饮，窾墓以送死，而又穴为偃溲，筑为墙垣、城郭、台榭、观游，疏为川渎、沟洫、陂池，燧木以燔，革金以镕，陶甄琢磨，悴然使天地万物不得其情，倖倖冲冲，攻残败挠而未尝息。其为祸元气、阴阳也，不甚于虫之所为乎？吾意有能残斯人使日薄岁削，祸元气、阴阳者滋少，是则有功于天地者也；蕃而息之者，天地之仇也。今夫人举不能知天，故为是呼且怨也。吾意天闻其呼且怨，则有功者受赏必大矣，其祸焉者受罚亦大矣。子以吾言为何如？”

韩愈在这里表达的见解，显然如柳宗元所说存在“有激而为”的成分，即明显表现了对“天道”不公的不满。而自古以来“怨天”观念中已包含着对“天命”的绝对性的怀疑。但他的基本前提是肯定“天”是有意志，可以行赏罚的。他没有从不满和怀疑向否定迈出决定性的一步。这就和柳宗元的立场产生了根本对立。因此柳宗元提出了完全不同的观点：

柳子曰：“子诚有激而为是耶？则信辩且美矣。吾能终其说。彼上而玄者，世谓之天；下而黄者，世谓之地；浑然而中处者，世谓之元气；寒而暑者，世谓之阴阳。是虽大，无异果蓏、痈痔、草木也。假而有能去其攻穴者，是物也，其能有报乎？繁而息之者，其能有怒乎？天地，大果蓏也；元气，大痈痔也；阴阳，大草木也。其乌能赏功而罚祸乎？功者自功，祸者自祸，欲望其赏罚者大谬；呼而怨，欲望其哀且仁者，愈大谬矣。子而信子之仁义以游其内，生而死尔，乌置存亡得丧于果蓏、痈痔、草木耶？”

这里对韩愈的批判涉及三个层次。第一，“天”是什么？是有意志、能主宰的人格神，还是客观的物质存在？韩愈的看法显然是把“天”当作支配人世的人格神看待的。他的诗文里也贯彻着这样的观点。他宣扬存在“天公”“天神”；它有意志，叫作“天心”“天旨”“天意”“天命”；万物由它创造，叫作“天作”；事物在它的支配下运动，叫作“天运”；人的才能、智慧是“天授”的；国家兴亡盛衰“存乎天”；谁如果违背“天”的意志就要遭受“天殃”“天罚”（以上说法俱见他的诗文，篇目不具引），等等。而柳宗元则明确地肯定“天”是物质的存在，天、地、元气、阴阳和果蓏、痈痔、草木一样，是千差万别的物质存在的具体形式，只是它们特别“大”而已。他在前此所作对答屈原《天问》的《天对》里，曾直指“天”为元气。屈原问：

明明暗暗，惟时何为？阴阳三合，何本何化？

意思是说，昼夜交替，这是为了什么？阴、阳与天三者的结合，哪个是本源，哪个是化生的①？柳宗元回答说：

曶黑晳眇，往来屯屯，庬昧革化，惟元气存，而何为焉！……合焉者三，一以统同。吁炎吹冷，交错而功。

这是明确的元气一元论的观点。“合焉者三”句前柳宗元自注：“《谷梁》：‘独阴不生，独阳不生，独天不生，三合然后生。’王逸以为天、地、人，非也。”他认为，昼夜交替，永不停息，万物在混沌状态中发展变化，可以统一为一个东西，就是“元气”。是这元气的运动，

①唐时《楚辞》通行的古注是汉王逸注，但从《天对》中柳宗元的对答看，他对《天问》中的问题并不是完全按王注来理解的。例如“阴阳三合”，王逸解释为“天、地、人三合成德”（《楚辞章句》卷三），而柳宗元则认为指阴、阳、天三者。这些地方也显示了他的思想的开阔和学识的渊博。解释柳宗元的文章当然要根据他自己的理解。

发挥着造物的功效。针对历史上占统治地位的把“天”看作有意志、能主宰的人格神的观点，柳宗元就这样明确地肯定物质之天。古代对于天地开辟有许多神话传说，它们后来往往被用来作为宣扬“天命”观的论据，柳宗元则在当时科学发展的水平上，做出“合理”的解释。例如在古代传说中，天有九重，这实际是把“天”看成是有限的，从而给对“天”的唯心主义的认识留下了空隙。屈原问：

圜则九重，孰营度之？惟兹何功，孰初作之？

就是说，这有九重的天，是谁营造起来的？这样伟大的功绩，谁能创造出来？柳宗元回答说：

无营以成，沓阳而九。转輠浑沦，蒙以圜号。冥凝玄厘，无功无作。

他不同意天有九重的说法，认为只是阳气重沓而极盛，流转运动，凝聚而成为天，因此也不存在什么谁来创造的问题。近代天文学认为广大的恒星际空间存在有“星际弥漫物质”，由气体和尘埃所组成，柳宗元的看法里包含着类似的猜测。屈原又问到“斡维焉系？天极焉加？八柱何当？东南何亏？九天之际，安放安属？隅隈多有，谁知其数？”等，是说悬挂天的绳子如何系上去的？擎天的八根柱子安放在什么地方？九天的边界安置在哪里？天的角落弯曲到底有多少？柳宗元一再用“元气”说来答复，并对“元气”的存在状态加以形容：“无极之极，漭弥非垠”“无青无黄，无赤无黑，无中无旁，乌际乎天则”。元气一元论是我国古代朴素唯物主义主要的，也是具有科学内容的表现形式。它在世界观上和一切“天命”论、有神论划出了一条严格的界限。但在《天说》里，柳宗元的看法又有所变化，他把“天”视为和“元气”一样的“物”。他一连用了几个“谓”字，即表示“天”“地”等等不过是人加给具体事物的称呼。后来刘禹锡作《天论》，解答“天”本无形，不能和有形的万物等同的疑问说：“若所谓‘无形’者，非空乎？空者，形之希微者也，为体也不妨乎物，而为用也恒资乎有，必依于物而后形焉。……古所谓‘无形’，盖无常形耳。”（《天论中》，《刘宾客文集》卷五）这就对“天”的“空”与物质的“有”的关系做出了辩证的解释。柳宗元特别欣赏他的这种观点，在给他的信中说“独所谓‘无形’为‘无常形者’甚善”（《答刘禹锡〈天论〉书》）。这样，他们在对于“天”作为物质存在的认识上已相当深刻了。

第二，对“天”所应采取的态度，要不要“怨天”？韩愈和柳宗元一样，都是反对“怨天“的，但理由截然不同。韩愈从一个错误的判断出发——“物坏，虫由之生”，然后进行类比，引申出“元气、阴阳之坏，人由之生”，又基于有意志、能主宰之“天”的观点，推导出“天”与人相对立，从而认为人的一切改造自然、利用自然的活动，都是破坏“天”的安排，违反“天”的意志的，因而得出“有能残斯人使日薄岁削”则祸元气、阴阳者滋少，就有功于天的结论。如前所说，这里表露出一定的激愤情绪①。但韩愈的说法中暴露出的问题很多。从前提看，不是物坏虫生，而是虫（细菌也可看作是一种“虫”）生物坏。而他从这个前提推导出元气、阴阳坏则人生更是错误的：人类是自然界长期发展的产物，自然是人类的生存环境，二者不是对立的关系。“天”作为物质存在，没有什么感情上的好恶；而人类作为有意识、有思想的生物，在利用自然和改造自然的过程中，也在自觉、不自觉地协调和自然的关系。即以古代而论，当时还没有今天的“自然保护”观念（当时也还没有形成这一观念的必要和条件），但人们不但砍树，也在种树，这就是在保护自然，使之更加完善。韩愈由“天”、人对立的观点，再引申出“天”高不可怨的结论，表现了人在自然力和社会不平等面前的无可奈何的悲哀。

① 柳宗元在《哭张后余辞》中说“激者曰：天之杀恒在善人而佑不肖”，就是指韩愈的这种看法。这种看法批判、激愤的色彩是很显然的。有人说韩愈主张“残民”，是不符合实际的。这种看法被柳宗元所引用，但他却得出了全然不同的结论。

这也显示了他思想性格懦弱的方面，是他政治保守态度的认识根源。而柳宗元同样不主张“怨天”，却不是因为“天意”不可违，“天”高不可怨，而是认为“天”本无知无识，不必怨。他在悼念友人吕温的《祭吕衡州温文》中先发感慨说：

> 聪明正直，行为君子，天则必速其死；道德仁义，志存生人，天则必夭其身。

这也是指出了“天之杀恒在善人而佑不肖”的社会现实，但他得出了和韩愈完全不同的结论：“吾固知苍苍之无信，漠漠之无神”。他是对“天”有意志、能主宰的有神论主张从根本上加以摒弃的。在《天说》中，他提出事物是“功者自功，祸者自祸”，即看到了事物变化的基本根据在自身的内因。所以，他认为欲“天”行赏罚是大谬。他的这一看法，把人类社会的苦难归结到自身，内涵的意味就是要想消除这些苦难则必须从改造社会着手。这也是他积极从事政治革新的依据。

第三，要不要“知天”即知“天命”？韩愈是主张“知天”的，这是“天命”论的传统看法。在殷墟卜辞里，“天”亦被称为“帝”“上帝”，已被明确看作是有意志的人格神。《尚书·盘庚》说“予迓续乃命于天”，即认为殷人的统治得自上天；《周书·召诰》上说“我不敢知曰：‘有殷受天命，惟有历年。’我不敢知曰：‘不其延，惟不敬厥德，及早坠厥命。”’是说殷人不敬天命，不修其德，因而灭亡了，周人承受了天命统治国家。孔子“畏天命”（《论语·季氏》）；孟子说：“莫之为而为者，天也；莫之致而至者，命也。”（《孟子·万章章句上》）春秋战国时期，天下无道，礼乐征伐自诸侯出，维护周王朝统治的“天命”也出现了裂痕，因而有“天道远，人道迩”（《左传·昭公十八年》），“天道无常”等观念的出现。但“天命”的权威并没有根本动摇。在诸子学说中，墨子的宗教性较强烈，讲“天志”，讲“明鬼”，是明确地主张“天命”的。道家讲“天法道”，主张“自然”“无为”之

"天",否定"天"的神学品格,但并不反对"命"。庄子提出要"尽其所受于天"(《庄子·应帝王》);其后学更说"知其不可奈何而安之若命,德之至也"(《庄子·人间世》)。汉代的董仲舒把儒学神学化,更大力宣扬"天命"论和"天人感应"说。尽管自战国以来的思想史上就有"赞天"和"勘天"之争,但在汉儒建立起来的经学统治之下,视"天"为有意志、能主宰的"天命"观念占据思想、学术的主导地位,也就要求人们在"知天"的前提下驯服于"天命"。韩愈的观点就是如此。在古代只有荀子等少数人明于"天人之分",因而"不求知天"(《荀子·天论》),发展了自然哲学的唯物论观点。而摆脱了"天命"论的束缚,才能从根本上确立"人"的主动地位。柳宗元在新的时代条件下进一步发展了荀子的思想。他坚信人的道义力量和人类自身完善的能力,"信子之仁义以游其内,生而死尔","不求知天",表现出唯物主义者的大无畏精神。

柳、刘对于"天人相分"思想的发展有着当时科学发展的成就作为基础。自六朝到唐代,特别是天文学和医学取得了突出进展。在对天体的认识方面,经过南朝宋何承天、祖冲之,北齐张子信,隋刘焯,唐僧一行等人的努力,在对日月运动、交食、五星运行等进行了更加精密的观察后,得出了更准确的数值。在天文、历法中,"岁差"的发现与运用,"定朔""定气"方法的使用,以及具有三辰、四游两种重环的浑天仪的制造等,都是天体科学发展的结果。而开元年间进行的大地测量,使人类第一次测出了子午线的长度,也是对人类生存的地球的认识上的一大进步。天文学的这些重大进展是对意志之"天"的直接、有力的批判。柳宗元写作《天对》,就直接利用了当时天文学的成果,也表明他的天文学的修养。隋代的巢元方(《巢氏诸病源候论》),唐代的孙思邈(《千金方》)、王焘(《外台秘要》)、苏敬(《唐新修本草》)等都是成就杰出的大医药学家。他们总结了医药发展的成果,在病因、病理、临床治疗和药理、方济以及医风、医德等方面的理论与实践上都达到了新的高度。医药学的进步本身同样是对“天命”的挑战。唐代士大夫间研究医药学成为一时风气。柳宗元到永州后体弱多病，他也曾研习过医术，种植药材；在柳州他还搜集过药方。刘禹锡也同样热心于医术①。医药学是靠人力来延续人的生命，它的成就也同样是对任何“天命”观念的实际批判。柳宗元有一篇《愈膏肓疾赋》（《柳河东集》卷二），主旨是以疗疾喻治国，其理论基础就是“非关天命，在我人力”。这是表明医学知识水平和唯物主义观念、进步的政治主张三者之间的联系的典型例子。

前面已说到柳、刘发展“天人相分”论的社会实践的基础，即无论是历史经验还是柳、刘的个人实践，都在证明“天命”之不可恃。而这一思想的积极、进步的意义也是十分明显的。例如在柳宗元的著名著作《贞符》《天对》《非国语》里，在彻底否定“天命”对人事的干预的同时，提出了“受命不于天，于其人；休符不于祥，于其仁”（《贞符》，《柳河东集》卷一），“天邈以蒙，人么以离。胡克合厥道，而诘彼尤违”（这是对答“天命反侧，何罚何佑？”的话，意思是上天高远，无知无识，人是那样渺小，和它绝不相干，为什么硬把二者的规律捏合在一起来探究其赏罚关系呢？）等观点。在这种自然哲学的唯物主义思想的基础上，才能形成柳宗元《封建论》所表述的进步的历史发展观念和他的“以生人为主”（《唐故给事中皇太子侍读陆文通先生墓表》，《柳河东集》卷九）的政治主张，以及志在“辅时及物”的积极的人生观。刘禹锡的情形也大致相似。在柳、刘身上，充分显示了“天人相分”思想的历史进步意义。

①《重修政和证类本草》卷二二“蜣螂”条引《唐刘禹锡纂柳州救三死方》，其中说到“长乐贾方伯教用蜣螂心，一夕而百苦皆已”（《四部丛刊初编》本），贾方伯即柳宗元《送贾山人南游序》中的贾山人，可知刘是通过他得到柳搜集的药方。这是他们共同研究医药学的成果。

三

柳宗元作成《天说》，立即得到了友人刘禹锡的响应。他读过后，认为它“非所以尽‘天人之际’，故余作《天论》，以极其辩云”（《天论上》，《刘宾客文集》卷五），即认为柳的看法尚不完善，因而要加以补充。从这个情况也可见“天人之际”问题之如何受到重视。但后来柳宗元看了三篇《天论》，却说“凡子之论，乃吾《天说》传疏耳，无异道焉”，并表示奇怪：“谆谆佐吾言，而曰有以异，不识何以为异也。”（《答刘禹锡〈天论〉书》，《柳河东集》卷三一）这表明两个人对于对方观点在理解上是存在着分歧的。实际上，从基本理论主张看，柳、刘二人都是坚持“天人相分”的自然哲学唯物论而反对唯心主义“天命”观的，所以柳宗元的“传疏”说法不无道理。但刘禹锡对于柳宗元的文章确实有重要的发挥和补充，特别是对“天”、人关系的具体看法有所不同，因此作为韩、柳争论的延伸的柳、刘之间的讨论，对于探讨问题的深入还是具有重大意义的。刘对柳的理论的补充主要有两个方面。

一是他突出强调了“人”作为社会存在的能动作用。刘禹锡归纳“世之言天者”为两派，一派是相信“天命”的“阴骘之说”，一派是反对“天命”的“自然之说”。他显然对“自然之说”是有所保留的。他认为：

> 大凡入形器者，皆有能有不能。天，有形之大者也；人，动物之尤者也。天之能，人固不能也；人之能，天亦有所不能也。故余曰：天与人交相胜耳。（《天论上》）

他具体论证说：“天之道在生植，其用在强弱；人之道在法制，其用在是非。”因此自然规律起作用的地方，如季节变化、水火灾害、生老病死等等，是非人力所可操纵的，这是“天之能”；而利用自然，改造自然，建立法制，实践道德，这是“人之能”。他强调社会人在改造自然和完善自身过程中的能动性，因此他认为不只是“天”能胜人，还有“人能胜乎天者，法也”。这样“天”与人交相胜，还相用。他的这个观点强调了人的主观能动作用，特别是突出了人运用有组织的力量来利用自然和改造自然从而在一定程度上掌握自身命运的能力，这是富于辩证内容的思想，也是古代人改造自然成就的理论概括。应看到，机械的、绝对的“自然之说”在理论上确实有忽视人主观作用的弱点。时间稍后的佛教学者宗密为树立佛教信仰曾批判所谓“外道”的各种世界观，他批判“自然”观时针对道家说：“彼立教云：一切自然而生，自然而得，不因修习。若如此者则自然神仙，而承习彼教之徒，何必烧炼还丹，采种灵药，吐纳津气，服食参苓等耶？”又针对儒家说：“自然太平，何必立君臣、设风政而治之耶？自然仁义，何必诗、书、礼、乐教习耶？”（《圆觉经大疏释义钞》卷九）他是为强调佛教修证说这些话的，但指出“自然之说”会导向消极无为，结果又堕入对“命运”的顺从。所以刘禹锡的补充是有理论价值的。不过从柳宗元的立场看，这种“交相胜”的观点和他的说法并没有本质的不同，但却易于导致“判天与人为四（天、生植；人、法制）”的二元论，所以他问刘禹锡说：

> 子之所以为异者，岂不以赞天之能生植也欤？夫天之能生植久矣，不待赞而显。且子之以天之生植也，为天耶？为人耶？抑自生而植乎？若以为为人，则吾愈不识也……彼不我谋，而我何为务胜之耶？

因而他进一步明确自己的观点说：

> 生植与灾荒，皆天也；法制与悖乱，皆人也，二之而已。其事各行不相预，而凶丰、理乱出焉。（《答刘禹锡〈天论书〉》）

这样，他纠正了刘禹锡观点中忽视“天”、人性质不同而容易导致二元论的偏颇，坚持了彻底的“天人相分”的立场。

二是说明了“阴骘之说”形成和流传的原因。刘禹锡是从两方面分析的。《天论上》中他讨论了社会原因，即由于社会不公，人们只好用“天命”来解释，这又分为三种情况。一种是“法大行，则是为公是，非为公非……福兮可以善取，祸兮可以恶召，奚预乎天耶”？这时人们就不会相信“天命”。他说这种情况下的“天”的意义只在“告虔报本，肆类授时之礼”而已，这就是“神道设教”的观念。如后面将要指出的，柳宗元也有这种观念。第二种情况是“法小弛”，社会上赏罚不当，贤不肖易位，“福或可以诈取，而祸或可以苟免，人道驳，故天命之说亦驳焉”，在此情况下，人们之间就会有关于“天命”不同看法的争论。第三种情况是“法大弛”，是非完全颠倒，道义不行，“人之能胜天之具尽丧”，这时“天命”说就会大行于世，“抗乎言天者斯数穷矣”。这就揭露了对“天命”迷信的社会原因。在《天论中》，他又举例申述自己的论点，用水中行舟作譬喻。他说，在平静的水流里行舟，疾徐存乎人，人可以掌握自己的命运，“舟中之人未尝有言天者，何哉？理明故也”；而在大江大海之中，“疾徐不可得而知也，次舍不可得而必也”，人们掌握不了自己的命运，“舟中之人未尝有言人者，何哉？理昧故也”。他用水与舟这二物的关系，说明“物之合并必有数存乎其间焉”，即事物之间存在着一定的规律；而“数存，然后势形乎其间焉”，即由这种规律造成事物发展的形势；如果“当其数，乘其势”，就会得到一定的结果。在人们“不晓”即昧于这个规律的时候，才会归结到“天命”。这就指出了人对于客观事物规律的把握和认识决定了对“天命”的看法。这也就指出了“天命”论认识上的根源。所以刘禹锡对“天命”论产生的原因的探讨是相当全面的。不过他还不能把社会因素和认识上的依据梳理清楚。柳宗元看到了这一点，反过来说他的这种看法容易使人误以为“乱为天理，理为人理”，结果又有可能陷入二元论。柳宗元认为“若操舟之言人与天者，愚民恒说耳；幽、厉之云为上帝者，无所归怨之辞尔，皆不足喻乎道”，即把“言天”之说归为“愚人”之谈。因此他认为刘禹锡的看法是“羡言侈论以益其枝叶”。实际上，刘禹锡的补充是有特殊的理论意义的。

这样，刘禹锡对柳宗元的文章做了重要的发展和补充，而经过柳宗元的再说明，又补救了刘禹锡观点中容易造成二元论理解的漏洞，从而使人们对“天人相分”的认识更加明晰、深刻了。

四

近代启蒙主义思想家章太炎曾指出：“昔无神之说，发于公孟（《墨子·公孟》篇：‘公孟子曰：无鬼神。’是此说所起，非始晋代阮瞻。阮瞻但言无鬼，而公孟兼言无神，则识高于阮矣）；排天之论，起于刘、柳（王仲任已有是说，然所排者惟苍苍之天而已，至刘、柳乃直拔天神为无）。”（《太炎文录初编》卷四）这就敏锐地揭示了刘、柳在有关思想史上“天人之际”问题争论中的特殊地位。就是说，“排天”之说即“天人相分”思想作为古代朴素唯物主义的基本观点，是王充（更可上溯到荀子）以来就曾提出过的，而到刘、柳则加以发展并使之更加彻底和系统化了。荀子是明确主张“天人相分”的，但他笔下的圣人仍然没有摆脱“天命”的色彩；王充主张“自然”之天，却又相信妖异和灾变。而柳、刘却坚持了彻底的“元气”一元论，不仅不承认有意志、能主宰的“天”，并更进一步，对一切灾异、妖祥、符瑞等只要是超验的、有神的迷信一概加以否定。他们更揭示了对于“天命”及其一切相关迷信的根源。例如刘禹锡把自古以来流传下来的被朝廷和民众所认可、施行的祭祀仅当作“告虔报本、肆类授时之礼”（《天论上》），而柳宗元则认为其是“以愚蚩蚩者”（《断刑论下》，《柳河东集》卷三）的“神道设教”或干脆将其当作“愚民恒说”。这样，他们在对“自然”之天、物质之天的认识上更加明晰，说明更加确切，并在理论上较前人有重大的发展。而且从方法论的角度看，他们也表现出巨大的进展。在他们以前的“天人相分”论者如荀子、王充等在做出论证时主要是用直观的或类比的方法，例如荀子为证明“治乱非天”，就以日月、星辰、瑞历“桀、禹所同”为依据（见《荀子·天论》）；王充为证明“天之自然”就以“天无口目”为依据（见《论衡》卷一八《自然》）。这种直观或类比的论证，在逻辑上并不能得出绝对的、理由充分的结论。而柳、刘则更多地利用了当时自然科学的新发展和社会历史实践的新经验来证明自己的论点，这在内容和逻辑上都更有说服力。而他们又是在对“天命”论的论战中来确立和发展自己的理论的，从而显示了他们的理论思想的针对性和现实性的优点。

柳、刘的“天人相分”思想作为对唯心主义“天命”观的总清算，在思想史上更具有持久意义。在刘、柳时代，“天人合一”论在思想界是占主导、统治地位的，是为统治阶级所维护的思想体系。柳、刘在这一方面的建树表现出大胆的反潮流的精神，也体现了理论上的勇气。他们的批判锋芒在许多时候是触及到当代的统治权威和现行体制的。到后来，思想史的形势转变了，但历代统治阶级仍然利用“天命”观作为思想武器。也正因此，刘、柳的“天人相分”的思想理论也就难以得到后来占主流地位的思想家的理解，以至遭到激烈的反对。宋代的苏轼十分赞赏柳宗元的文章和为人，但他说：“柳子之学，大率以礼乐为虚器，以天、人为不相知云云，虽多，皆此类尔，此所谓小人无忌惮者。”（《与江惇礼秀才书五首》之二，《东坡续集》卷五）他以尖刻的批评表明了对“以礼乐为虚器，以天、人为不相知”的主张的反感，但他对柳宗元思想的这种概括却又是相当精确的。黄震说柳宗元的《天对》“不可晓”（《黄氏日钞》卷六〇）；朱熹则说：“至唐柳宗元，始欲质以义理，为之条对，然亦学未闻道，而夸多炫巧之意，犹有杂乎其间。以是读之，常使人不能无遗恨。”（《楚辞集注》卷三）清何焯说：“柳子则直以天为无心矣。则古圣人曰‘天位’、曰‘天禄’、曰‘天职’者，岂其诬欤？……言之似正，而实昧其本，于韩之廋词，亦有所不察也。”（《义门读书记·

河东集》）从思想史的实际发展看，在后来，那种粗糙形式的对“天命”的迷信仍然一直有着相当大的市场，柳宗元等人的“天人相分”思想也一直保持着鲜活的生命力。后代有不少思想家从他们那里汲取思想养料，继续对各种形式的“天命”观进行批判。直接的表现如杨万里的《〈天问〉、〈天对〉解》、王廷相的《答〈天问〉》九十五首、王夫之的《楚辞通释》等，都借鉴了《天对》的观点。这都表明了柳宗元等人所发展的“天人相分”思想的理论价值。

从另一方面看，中唐时期正是思想史上的转折时期，思想史探讨的核心正在由“天人之际”问题转移到“性”“理”问题上来。刘、柳所做的工作主要是对“天人之际”的争论加以总结。他们彻底地驳倒了一切对于“天命”的迷信，从而人们才能抛开这一外在的、神秘的人格神的干扰去探讨体现宇宙真理的“义理”“心性”，并确立起对于人的自身的自信，把实现这宇宙的绝对理想的希望寄托到人的自身。宋儒建立起以探讨“性”“理”为中心的新儒学，这当然是理论上更加精致的唯心主义思想体系，但又确实是思想史上的重大转折与进步。这一转折与进步的中心，即在于肯定普通人超凡作圣是可以实现的，其实现的根据即在每个平凡人的“心性”之中。这样，人们就把目光从茫茫的苍天转向了自身。对自身“心性”这一发现的伟大意义是不可估量的。宋代建立起的新儒学（理学、道学）造成了各种各样的“弊端”，对它的评价也是各种各样，但这一进步意义是应当肯定的。而作出这一贡献，正是有刘、柳的彻底的“天人相分”思想在为此扫清着道路。

而从更广阔的思想史的发展角度看，由于坚持了“天人相分”，把“天”视为物质之天，从而可能明确区分出“天”与人世遵循着截然不同的发展规律，在政治观、历史观等诸方面也就有可能相应地提出新的思想观点。例如就刘、柳的情况说，他们已认识到自然界有其“数”，社会发展有其“势”，这“数”与“势”都具有客观性质。他们要求人们顺应这“数”与“势”并利用其规律。理论上的运用如柳宗元的《封建论》，他在其中明确以“生人之意”所决定的“势”来与体现“天命”的“圣人之意”相对立，宣扬进步的历史发展观念和维护国家统一和安定的主张。在政治上如前已指出，刘、柳参与并领导的“永贞革新”以及他们的积极进步的政治活动，就是以“天人相分”的思想为其基础的。可以说，反对一切形式的“天命”观，给了当时的革新活动以思想支持和动力。

由刘、柳和韩愈关于“天人之际”问题的论争，以及刘、柳在发展“天人相分”理论上的贡献，可以清楚地看到“天人相分”思想在中国思想史上的地位及其重大价值与意义。实际上，从一定意义上说，中国思想史是在对各种形式的“天人合一”的批判中取得进步的。因为从根本上说，是自然哲学唯物主义的“天人相分”思想为处理人与自然的关系确立了正确的出发点。这也应当是人类思想发展的共同规律，东、西方概莫能外。

原载于《学术论丛》1996年第3期

韩愈:历史转折期中的文化伟人

文学研究里有“说不尽的莎士比亚”的说法,是说莎士比亚成就巨大,是永远说不完的。韩愈同样也是说不尽的。他在历史上的贡献十分巨大,影响也十分深远,可以从不同方面来研究他,认识他,说明他。以下仅从文化史的角度,谈几点粗浅看法,供参考。关于这一课题,陈寅恪的《论韩愈》是经典著作。那篇文章的主旨就意在“证明昌黎在唐代文化史上之特殊地位”。本文只可看作是陈文的一种粗略“义疏”而已。

唐中期是中国历史上封建制度发展的转折时期,因而也是社会政治、经济、思想、文化诸领域发生重大转变的时期。韩愈身处这一时期复杂的思想、文化斗争的漩涡中,在诸多方面代表了时代的先进潮流,起着引导和开拓作用,从而在文化史上确立了不朽地位。

一、韩愈是唐代出身庶族的先进人物的代表

谈到中唐时期的社会思想斗争,有一个时期颇有人认定韩愈是当时贵族阶层的代表人物,政治倾向是保守甚至反动的。这种看法目前已少有人赞同了。时下的风气是研究历史人物不谈或少谈阶级和阶级斗争。实际上,阶级社会存在阶级,具体阶级里又存在着不同的阶层、集团,它们之间有斗争,而每个具体人都处在这

种斗争之中,命运在很大程度上被这种斗争所左右,这些都是客观历史事实。而且越是重要的历史人物,其活动关乎这种斗争也更为紧密。问题是不能把这种斗争简单化,作出简单的评判,或把这种斗争看作是决定历史人物活动的唯一因素,以至认为阶级斗争即可涵盖历史人物活动的全部。所以探讨韩愈,还是要从分析他所处时代的阶级状况和社会背景入手,只是这种分析不能是教条的、简单化的,是要实事求是的、细致深入的。

唐代作为中国封建社会从前期向后期的过渡阶段,在政治体制上表现为由六朝的门阀士族专政向宋代庶族地主阶级专政的过渡。唐王朝的政权是皇族亲贵、士族、庶族、大商人、僧侣、地主等阶层的品级联合统治。这是它与前面的六朝,后面的宋、明不同的。当时构成统治阶级的各个阶层在联合中进行复杂、激烈的斗争:在斗争中争夺各自的经济、政治等方面的利益。这是唐代社会状况的决定因素。这种独特的社会结构,在很大程度上决定着唐代社会特别是其思想、文化的发展。而总的看来,庶族士大夫阶层在唐代是新进、进步的社会势力。唐代文人大体出现在这一阶层。

谈到唐代文学繁荣的社会背景,一般会讲到经济发达、政治开明、施行科举制、庶族地位上升、思想学术环境相对自由等等,认为这些给文人的创作活动提供了良好条件。这些无疑都是事实;但这只是历史状况的一面,如果具体考察,唐代统治阶级各阶层间的斗争形势是十分复杂的,有时更显得突出的尖锐。特别是唐前期,旧的门阀士族势力仍十分强大,庶族受到压抑,要通过艰巨的斗争来争取地位。例如唐初的情况:太宗在位期间任用宰相二十三人,基本是由北周、杨隋勋贵(如长孙无忌、杨师道、杜如晦、杜淹、侯君集、李靖等)、南朝贵族(如岑文本、刘洎、褚遂良、许敬宗等)、山东氏族(如崔仁师、张行成、高季辅、温彦博、戴胄等)这三部分人构成的,像马周、张亮、李勣等出身"寒微"的只算是个别的。唐太宗号称善于用人,是搞"五湖四海"的,但他更重视的显然是调节不同地区的新、旧贵族的关系。他所任用的那些出身“微贱”的人，很快也成了新权贵。科举制被看作是唐代庶族的出身捷径，但从唐前期朝官的构成看，直到开元年间，朝廷每年“入流”的官员是一千几百人到两千人，而科举（主要科目进士、明经两科）每年取士不过二百人上下。就是说，当时科举这条出路还是十分狭小的。又从朝廷官员任用情况看，按唐时叙官制度，五、六品之间（中书省中书舍人、门下省给事中正五品，尚书六部郎中从五品，御史中丞正五品）是个重要界线。五品以上是所谓“常参官”，六品以下则只朝朔望（不包括拾遗、补阙等谏官）。五、六品之上、之下在任免程序、待遇（赋役、门荫等）以至服色、荣典等等方面都不相同。如做一简单统计就会发现，唐朝初年朝廷所任用的五品以上的官员，绝大部分是士族出身。庶族逐渐争得地位，是经过了武后、玄宗时期长期的斗争和过渡的。了解这样的背景，我们就会对例如“四杰”那样位在令、尉之类刚刚“入流”的小官，或像陈子昂那样没有名分的偏远地区的文人“出身”会是多么困难，有更深刻的认识。中唐时期的情况当然已发生很大变化，以“政能文才”跻身统治集团上层的文人多起来了，但对具体人来说，遭遇仍多有艰阻。这一时期的朝官明显可以看出三种不同的出身类型，即具有品级特权的士族权贵，出身低微、明于吏治的行政官员和依靠“政能文才”进身的文学之士。当时总的形势是国是日非，矛盾丛生，不同出身的具体人物处在朝廷内部不同集团的斗争（如刘晏、杨炎和元载、卢杞的斗争，陆贽和窦参的斗争，李绛和皇甫镈等人的斗争，以及后来的“牛李党争”等）、朝廷和藩镇的斗争的漩涡之中。这种斗争随着唐王朝内、外矛盾的日趋深化，衰败形势日益显露而更加复杂和激烈。当时像韩愈那样出身于庶族，没有品级特权可依恃的人，只有在这种激烈斗争的夹缝里寻求出路，争取地位。

这里无暇详叙韩愈的生平事迹，只提出韩愈生平的几件事实加以讨论。

先看他的家庭背景。韩愈的父亲仲卿,做过县令,终秘书郎,这是从六品的官职。韩愈就养于其兄韩会,韩会官至起居舍人,也是从六品。秘书郎是掌管经籍图书的,起居舍人是掌起居注的,都不算是显要的官职。韩会后来以坐元载党贬官,而从他的经历、文章看,应是属于文人官僚类型的人物。在少年时期,韩愈即逢韩会遭贬,随之南迁,后韩会死在南方,寡嫂带领他扶柩北归,并抚养于寡嫂。这样的家庭变故对他必然有很大的影响。又卞孝萱先生有一篇文章《韩愈生母之谜》①,主要是从韩愈本人的文章和同时人的记载加以考证,猜测韩愈的生母可能是改嫁了,或其乳母即生母。这当然是还须继续论证的事。但如此情属实,在唐代嫡、庶关系十分严格的家庭环境中,这样的出身对韩愈性格的形成自然关系非小。

韩愈"四举于礼部乃一得,三选于吏部卒无成",在科举中历尽坎坷,后来只好先后入董晋、张建封幕府。这曾被认为是他依托强藩,表明他政治态度保守的行为。学术界讨论中唐藩镇问题,一般多把情况简单化了,往往把藩镇一概论定为分裂、割据势力。涉及到文人与藩镇的关系,也多以这样的认识为出发点。年轻史学家张国刚曾对中唐藩镇进行具体分析,把它们分为几种类型,如河北叛逆型、东南自保型、中原护卫朝廷型等等。实际上,中唐的藩镇并不全是搞分裂、割据的。而文人被藩镇征辟入幕,情况就更为复杂,不能全部都看成是赞成分裂或依附叛逆。在唐代朝廷统治集团各阶层争夺权势斗争十分激烈的情势下,对于许多文人来说,进入藩镇当然主要是为寻求出路,而藩镇则给庶族文人提供了发展的另外一种机会。特别地,应注意分析具体藩镇的历史作用。本来,唐王朝所确立的中央集权之下的品级联合统治体制,虽对于门阀士族有所限制,但却不能解决各统治阶层之间的根本矛盾。某

---

①卞孝萱:《韩愈生母之谜》,《周口师范高等专科学校学报》1997年第1期。

些藩镇疏离朝廷，在其势力范围内庶族得到了多方面的发展，一些庶族文人既要在朝廷中争地位（可以引为教训的是，柳宗元、刘禹锡等“八司马”在朝廷中的斗争失败了），也要到藩镇那里求出路。这样，藩镇就给庶族文人的活动提供了空间。后来宋王朝建立，门阀士族终于彻底没落了，宋王朝的政权是不分品级的地主阶级政权。唐代藩镇在推动这一演变中是起了一定作用的。如果认识到这样的大背景，就会了解韩愈入幕的更深一层的理由，并会给他这一行动以更积极的评价。

再看韩愈晚年的状况。他被裴度举荐，参与平淮西，以功授刑部侍郎；后来谏佛骨，被贬潮州，转袁州，被召入朝，授兵部侍郎。这看似是得到荣迁，晚年的仕途好像相当顺利了；但实情并非如此。如果了解唐时叙官的具体情况就会知道，当时“六官之属，随时升降”，即吏、礼、户、兵、刑、工六部职务的重要性在不同时期是大不相同的。大体说来，唐前期吏部、礼部这些掌管朝廷和地方人事的职务是被看重的；开、天以后，朝廷财政问题更为紧要，户口、赋税问题更紧迫，出任户部的多是朝廷重臣。中唐时由于藩镇坐大，朝廷统兵权力大受限制，兵部就显得不那么重要了，刑部也是一样。所以，当时官场上有“有意嫌兵部，无心取考功”（考功属吏部，当时的势力也缩小了）的打油诗。韩愈本来在征淮西中立了大功，却被任命到刑部，以及后来派到兵部，就都有“投闲置散”的意味。了解这个状况，对认识晚年韩愈的生活、思想状况和文学创作都是有意义的。

以上所谈是关系韩愈生平的几点，意在说明深入地了解他所处时代的具体环境，进而认识他的具体处境，对他会得出更真切、公平的认识。而要做到这一点，就必须对韩愈活动的历史背景即当时社会各个方面的具体状况有细致深入的了解。

韩愈是一个无所依恃的，只能靠“政能文才”进身的庶族文人，这就从根本上决定了他的为人处世的思想倾向和政治态度。也只有“设身处地”地理解他的处境,才能准确地把握他的作品的内容,并给以客观的评价。也可以举些例子。

在韩、柳古文里,书、序一体文字是成就较高的一类。韩愈有一批上各地镇帅求援引的信,常是被给以否定评价的,认为它们是所求匪人,表现出急躁冒进情绪。但如了解上述中唐藩镇的具体状况,再分析韩愈的具体文章,就会得出另外的结论。如他的《与凤翔邢(君牙)尚书书》说:“布衣之士身居穷约,不借势于王公大人则无以成其志;王公大人功业显著,不借誉于布衣之士则无以广其名。是故布衣之士虽甚贱而不谄,王公大人虽甚贵而不骄,其事势相需,其先后相资也。”他给襄阳节度使于頔的信里也说过类似的话,而于頔是以贪佞著称的藩帅。这些话表面看来像是在公然提倡谄媚权要,但如仔细分析就会看到,他把“布衣之士”和“王公大人”相并列,说后者同样需要前者,实际是在为“布衣之士”争取活动场地,体现了“布衣之士”对于自身价值的自觉。同样,如他在《潮州刺史谢上表》中表示自己的志愿,说是要“铺张对天之闳休,扬厉无前之伟业,编之乎《诗》、《书》之册而无愧,措之乎天地之间而无亏,虽使古人复生,臣亦未肯多让”。他建议“封禅”,请求朝廷原宥,更语多佞媚,所以也一向受人讥评。但在他的表面求救的语言背后,更表现出一个获罪文人对于自身能力和作用的坚强自信。他是在从侧面宣说自己的屈抑,抒写有志难伸的悲慨。

再看他的另外一些作品,如《送孟东野序》。这篇作品所提出的“不平则鸣”观念,被认为上承司马迁“圣贤发愤”说,下开欧阳修“文穷后工”论,在文学批评史上有重要建树。但也有人提出其中“鸣其不幸”和“鸣国家之盛”在观念上相矛盾,逻辑上缴绕不清。而如客观地分析就会发现,姑不论他主张“鸣”的是什么,文中所提出的“善鸣者”,从古代的皋陶、夔、“五子”、伊尹、周公、孔子等圣人开始,以下是庄周、屈原、臧孙臣、孟轲、荀卿等诸子百家,直到汉代的司马迁、司马相如、扬雄等,而到唐代他举出的则是陈子昂、苏源明、元结、李白、杜甫、李观，以至当代的孟郊、李翱、张籍，这些都是没有身份地位的普通文人。这表明，在他的观念里，代表唐代的“能鸣者”，可与古代那些圣贤、巨子相等列的，就是这样一批落魄文人。由此可见他是如何估价这些庶族文人的地位和作用的。再联系他在《柳子厚墓志铭》里为友人久斥不迁鸣不平的那一段话：“然子厚斥不久，穷不极，虽有出于人，其文学辞章，必不能自力以致必传于后如今无疑也。虽使子厚得所愿，为将相于一时，以彼易此，孰得孰失，必有能辨之者。”在这里，他显然也是认为“文学辞章”的意义远比“为将相”更为重大。从这样的言论中可以看出，韩愈宣扬的是庶族文人的观念和利益。他用自己的文章对这一阶层的社会地位和历史作用加以肯定，客观上反映这一阶层的政治要求，当然也表现了自身作为这一阶层代表人物的强烈自信。这在唐代的社会斗争中是具有重要的积极意义的。如上所述，正是在这种持续的斗争中，盘踞封建政权几百年的门阀士族势力被削弱下去；到宋代，由藩镇割据造成的分裂局面复归于统一，建立起不分品级的地主阶级政权，唐代文人包括韩愈个人的努力是起了作用的。

二、韩愈对于促成时代思想、学术的演变和转折起了重大作用

唐代是中国历史上思想、学术承前启后的过渡时期。儒家经学是封建时代的御用学术，自汉武帝“独尊儒术”，历代被作为整个思想、文化的核心和指针。一般说来，唐代儒学的成绩前不如汉、晋，后不如宋、明。但正是在这一时期，以“天人之际”为中心内容的“汉学”开始向以“性理”问题为中心内容的“宋学”演变。作为演变的成果，则是宋代“新儒学”即理学的建立。评论理学的成就和价值是十分复杂的课题，这里无暇讨论。关系韩愈的是，他对于促

成这一演变起了重大作用,他的“儒学复古”实际是在“复古”的旗号下开拓着思想、学术的新方向。他的特殊的卓绝不凡之处,在于他勇于反抗朝野间佛、道盛行的强大潮流,倡导传统儒家经世济民的精神,力图解决时代面临的社会问题和思想矛盾,从而端正了文化、学术发展的方向;而在这个过程之中,他又批判地吸取了所反对的佛、道二教的某些有价值的内容,对传统学术采取了融通、“独断”的方法,从而为宋人建立“新儒学”即“理学”做了理论上和方法上的准备。他的文学活动则正与其思想、学术领域的斗争相呼应,因此就凸显出更为重大的意义,也取得了更大的成绩。

探讨这方面的问题,会突出感到“正史”的不足。鲁迅曾说这些史书只是“为帝王将相作家谱”。这种说法虽有愤激意味,但也说明了一个重要事实,就是传统的史书很少有对于时代思想状况的记录,更谈不到完整和详尽了。这也涉及到有关佛、道二教发展状况的记录。韩愈的大功绩在辟佛、道,认识韩愈,对这方面的情况更需要有所了解。

唐代的思想文化继承的是六朝时期的传统。近年来,对六朝文学的研究得到更多人的重视,也纠正了前阶段研究对之过多否定的偏颇。但在某些人的看法里,却又让人感到有“矫往过正”之嫌。例如,应当肯定魏晋以来所谓“文学自觉”观念更加明确了,作家进行创作时的美学追求加强了,从而这一时期的创作在艺术表现方面也取得了相当的成绩。而且更应当承认,没有这样的基础,就不会有唐代文学的全面繁荣。所以论及韩、柳“古文”,有人指出,他们能够“起八代之衰”,是以吸取六朝精髓为基础的。但是,六朝时期思想文化上的衰颓趋势严重地影响文人也是应当肯定的。特别是经学衰敝,佛、道横流,造成严重的伦理(君臣、家族等方面)危机和学术分裂,表现在文人身上,则是更激烈的情与理的冲突,人们普遍地耽于人生享受,沉溺于宗教幻想和唯美追求,造成相当普遍的人格分裂、意志颓唐,心性发展失去了依恃。反映在创作中，则大为削弱了经国济世的责任感和对于民生的热烈关注。而后一方面正是《诗》《骚》以来文人创作的优良传统。唐室初建，适应国家统一要求，统治者致力于思想、学术的统一，有《五经正义》《五经定本》《经典释文》等的编定。但唐代又继承了南北各朝"三教齐立"方针，促成佛、道发展臻于极盛。新的时代条件固然激发起文人们积极用世的精神，但宗教意识所造成的学术分裂、伦理危机却没能从根本上改变。"安史之乱"以后，在国是日非、矛盾丛生的环境下，朝廷上下更掀起宗教迷信的狂潮。这当然又和佛、道二教自身发展状况有关：新兴起的佛教禅宗在士大夫间，净土法门在广大民众中，都争得更多的信众；道教本来得到唐王朝崇重，上清派道士与统治者更密切地结合，加上外丹术兴盛，使其势力大为扩展。以至在中唐时期，士大夫绝大部分都与佛、道有交涉，不少人亲自奉行或张扬不遗余力。如佛教，像梁肃、柳宗元、刘禹锡这样的带领一代风气的大作家都曾极力推崇；如道教，像颜真卿、李德裕这样的杰出政治家，韦应物、顾况等优秀作家都对之倾心；又如李商隐等人则是佛、道兼崇的。评价这些人，当然不能以这方面的言行来论定其优劣，也不能简单地认为佛、道给予作家的仅仅是消极影响。但中唐时期思想、学术被佛、道所困扰，造成的消极影响十分显著则是很明显的。从这样的角度来分析和评价韩愈辟佛、道的行动，就会认识他特立独行，勇于抵抗潮流的勇气，看到他这方面言行的历史作用和重大意义。

但是，如果韩愈仅仅是致力于恢复传统儒学的固有内容，重提古人陈旧的话题，他就只是单纯的"复古"派，当时这样做也不可能和强大的佛、道相抗衡。因为佛教也好，道教也好，在唐代得以扩展势力，还因为它们适应了时代要求，发展出具有一定思想和人生价值的内容。这特别表现在对于人的"心性"的探讨方面。禅宗讲"明命见性"，是所谓"心的佛教"不必说了；净土法门提倡"他力信仰"，其救济观念里也体现出对平常人"心性"的信心；上清派道士们则提倡“安心”“坐忘”“断缘”之法,也特别注重个人心性的养炼。这些在思想史上都是有巨大价值的新观念,表现出对于传统儒家所忽略的个人“心性”的重视,显示了思想、文化发展的大方向。韩愈是坚定地反对佛、道的。他的辟佛、道在政治上和理论上的功绩应当大书特书。而他成功的关键之一,又在于他能够吸取佛、道所取得的有价值的内容和方法并融入到自己的理论体系之中,从而锻造出反对佛、道的更锐利的武器。这主要表现在他吸收了佛、道所发展的新的“心性”观念。而从历史发展总的脉络看,佛教输入,道教兴起,造成了中国古代思想文化的巨大转变:“三教”经过长期的斗争、交流而终于相融合,“宋学”就是这融合的果实。韩愈则正是为宋人开拓了先河。

可以具体分析韩愈与禅宗的关系。陈寅恪早已指出“禅学于退之之影响亦大”,说他“睹儒家之积弊,效禅侣之先河,直指华夏之特性,扫除贾、孔之繁文”①。这就十分精辟地说明了反佛的韩愈与禅宗的复杂关系。他反对佛教,而当时佛教最兴盛的宗派就是禅宗。体现他思想纲领的《原道》开头就说:“博爱之谓仁,行而宜之之谓义,由是而之焉之谓道,足乎己无待于外之谓德。仁与义为定名,道与德为虚位。”这段作为论述基本依据的话,曾受到宋儒不少严厉批评,甚至说他“开口即错”。从用语看,如“博爱”见于《孝经》,但使用更多的是佛家,经典如《大无量寿经》,中土信徒著作如郗超的《奉法要》。“博爱”显然不是儒家“立于礼”的等级之爱,这个词包含着宗教救济内容是很显然的。下面“足乎己无待于外之谓德”,这显然又和禅宗主张的圆满具足的“清净自性”相通了。这样的“德”也就失去了儒家所要求的“进德修业”的传统内容。而把“德”作为“虚位”来解释,更和子孔、孟议论大相径庭。仔细分析韩愈的这段话,可以看出他所受禅宗的影响,同时也可以知道这种影

①陈寅恪:《论韩愈》,《历史研究》1954 年第 2 期。

响对推动他发展儒学的作用和意义。朱熹曾说过:“及唐中宗时有六祖禅学,专就身上作工夫,直要求心见性。士大夫才有向里者,无不归他去。韩公当初若早有向里底工夫,亦早落在中去了。”①这是从批判的立场对唐代思想意识领域形势的说明,其中对韩愈是表示回护的。所谓“专就身上作工夫”,所谓“向里”,就是专注“心性”。实际上韩愈并没能逃脱当时士大夫的一般命运,同样也“归他去”了。如他的《原性》一文,开头即说:“性也者,与生俱生也;情也者,接于物而生也。”接着他分“性”为上、中、下三品,而其内容则为仁、礼、信、义、智;情也是上、中、下三品,而内容则有喜、怒、哀、惧、爱、恶、欲。这在基本思路上是遵循董仲舒“性三品”说的。但把“性”看作是与生俱来的,把情看作是后天熏习而得的,则和佛家”性净而为惑情所染”的观念相通了。也正是基于这样的观念,才有李翱的“复性”说。这样,韩愈所“原”之“性”,正是儒、释融合的产物。韩愈这篇文章用了他所习用的论证方法:发端凌空而起,做出判断,先占地步;然后以“一家独断”的方式来加以说明和发挥。这是发扬了刘知几等人的“一家独断”的“疑古”“惑经”精神,同时也是借鉴了义学沙门给佛典作义疏时使用的“会通”方法。六朝以来佛家给佛典作注疏,本来采用的是儒家注疏形式,但不重文字训诂,疏通大意,出现了《义疏》《玄义》《玄疏》《游义》《搜玄记》《探玄记》之类名目,从这些名字就可以看出其以意说经,专主会通的倾向。中唐时期以啖助、赵匡、陆质为代表的所谓“新《春秋》学派”,也提倡疏旷通脱的学风,专以己意解释圣人之意,正是受到佛家的影响。韩愈对儒家义理的发挥,也使用了同样的方法。这样,标榜反佛的韩愈无论是著述内容还是表达方式,都对佛教多有吸取。他的这种做法也启示了后来的宋儒。宋儒是吸取了佛、道二教的有价值的内容和方法,剥夺了二者的理论武器,终于树立起

①朱熹:《朱子语类》。

“新儒学”的权威。以韩愈为代表的中唐时期的一批儒学家对他们是有开拓之功的。

在唐代,与韩愈相同或类似的思想、学术趋向不同程度上表现在其他许多人身上,但都没有像他理论那样明确,主张那样坚定,斗争那样坚决,收效又是那样巨大。可以说到了韩愈,才彻底解决了六朝以来遗留下来的思想混乱、学术分裂的问题,为开辟文化、学术发展的新方向指明了道路,也启示了解决问题的新方法。韩愈无愧于“道济天下之溺”的赞誉,道理就在这里。

三、韩愈提出了关于文、道关系的新观念,大大提高了“文学辞章”的地位

这一点也是和唐代庶族文人地位的提高相关联的。在中唐时期,经过韩愈和他的朋友柳宗元等人的努力,在处理文、道关系的理论和实践方面都取得了重大成绩。由于他们把“文学辞章”的地位提到前所未有的高度,对以后的文学发展也起了多方面的、十分巨大的作用。

众所周知,武则天统治时代是庶族势力大为扩展的时期,但一代名臣狄仁杰对武则天说的一段话是耐人寻味的。他说:“陛下若求文章资历,则今之宰臣李峤、苏味道亦足为文吏矣。岂非文士龌龊,思得奇才用之以成天下之务乎?”①这是对“文士”的一种轻视的看法。如前所说,唐代在朝廷中逐渐发展势力的庶族阶层,主要是两种人:“文章之士”和行政官员。唐史学家汪篯有文章专门论述了玄宗朝吏治与文学之争(《唐玄宗时期吏治与文学之争——玄宗朝政治史发微之二》)。“文章之士”在朝廷中、社会上地位的变化,关系到具体文人的命运,也直接或间接地关系到文学的发展。例

①《旧唐书》卷八九《狄仁杰传》。

如前面提到，中唐时期许多文人离开朝廷而“入幕”，就和“文章之士”在政治上受到排挤有关。陈寅恪先生论“牛李党争”，引述李德裕“不于私家置《文选》，盖恶其祖尚浮华，不根艺实”①一段话，确也反映了当时贵族官僚对“文章之士”的态度。轻贱文章与“文章之士”二者在观念上相关联，也是有历史传统的。以司马迁之宏才，当年被以“俳优处之”；曹植则说“辞赋小道，固未足以揄扬大义，彰示来世也”②。在六朝门阀士族专政下，门第和作为贵族家学的经学当然更被看重，文章才艺被视为“小道”是必然的。后来宋代理学兴起，注重“性理”的涵养，主张“道胜言文”，“文”被看作是“道”所派生的；以至有人主张“因文害道”，出现了“一为文人则不足道矣”之说。这对文人的估价显然是低下的。历史上相比较而言，唐代可以说是文章和文人最受器重的时代。这是庶族文人争取地位，扩大势力的结果。韩愈本质上是庶族文人，他从理论上，也以自己的实践争取和肯定了文人的崇高地位。

当然唐人所谓“文章”“文学”还不是现在所说的纯“文学”，现代意义的文学观念在当时还没有最终建立起来，一般的文章和文学作品还没有分得很清楚。但唐时的所谓“文章”中包含文学创作则是肯定的；文人掌握写作技艺，其中包含文学技巧也是可以肯定的。就是说，在当时的“文章”“文人”观念中，自觉的文学意识已经相当浓厚了。

自唐初，庶族文人王绩、“四杰”、陈子昂等人都自负文才，依靠文章进身。以后更有不少人大力宣扬文章的作用。如独孤及说：“缙绅之徒，用文章为耕耘，登高不能赋者，童子大笑。”③梁肃说：“士有不由文章而进，谈者所耻。”④这都反映了一时的观念和风气。

①《旧唐书》卷一八《武宗纪上》。

②曹植：《与杨德祖书》，李善：《文选注》卷四二。

③独孤及：《唐故朝议大夫高平郡别驾权公神道碑铭》，《毗陵集》卷八。

④梁肃：《侍御史摄御史中丞赠尚书户部侍郎李公墓志铭》，《文苑英华》卷九四四。

这两位都是"古文运动"的先驱人物。可是在韩愈以前,还没有人从文、道关系角度把“文”的作用和意义阐发得像他那么明确、系统。正是由于韩愈在这方面的努力,才把文学的地位提到了前所未见的新高度;当然也把对“文人”作用的估价大为提高了。有关文、道关系问题,本是文学思想史上集中讨论的课题,前人已提出过许多相当有价值的观点。如刘勰的《文心雕龙》,是对于到他那个时代的文学创作的相当系统的总结,在文、道关系上也已明确提出了“明道”主张。但他主要是从“尊经”“宗圣”的角度来阐述这一问题的。这也是从《诗序》直到唐代如柳冕等人的基本思路,即要求“文”充实以“道”(儒道)的内容,起到阐扬“道”的作用,达到明教化、经夫妇、正人伦的效果。这样,“文”还只是被动的形式,也还没有在更高层次上肯定它独立的价值和地位。

韩愈关于文、道关系,文章本质的最为明确、精彩的表述是“思修其辞以明其道”,简括地说就是“文以明道”。当然他还另有一系列相关论述,对问题加以更细致的阐述。这一主张,从思想内容看,是把“文”当作实践“儒学复古”的重要手段。但提倡儒学的人历史上所在多有,如果只强调这一点,韩愈的态度也还并不显得更为特别——当然他提倡“儒学复古”确有其特殊的背景和特别的意义。更值得注意的是他对于“明道”的“文”的看法。简单地说,他的有关观点具有特殊意义的地方在于,一方面,他特别重视“文”的作用。他曾明确表示过“愈之志在古道,又甚好其言辞”(《与陈生书》)。就是他的“文以明道”提法本身,也已把“文”与“道”放在了并列的地位。朱熹正是看到了这一点,才批评他“裂道与文以为二物”(《读唐志》)。他自述治学,曾志得意满地说起“沈浸酰郁,含英咀华,作为文章,其书满家”(《进学解》)等等,也充分流露出其酷爱文章的心理。由于认为“道”假“文”而明,从而也就肯定“文”在复兴儒道事业中起着决定性的作用。值得注意的是,在他以前的六朝文人虽已有人十分注重“文”，但那是“事出于沉思，义归乎翰藻”①之“文”，“宫征靡曼”“情灵摇荡”②之“文”。韩愈主张的“明道”之“文”则要求“直百世以俟圣人而不惑，质诸鬼神而不疑”(《与冯宿论文书》)，“诛奸谀之既死，发潜德之幽光”(《答崔立之书》)，这就给“文”赋予了前所未知的崇高使命，在社会作用上把它提升到一个全新的层次。这样，“文以明道”这个看似简单的观念，就对历史上长期争论不休的大问题给出了新答案，也给文坛的发展指明了新方向。而如果说有关这一方面韩愈讨论的还是一般文章范畴的事，那么另一方面，他对文章表现方面的论述则又特别强调艺术技巧的作用，这就更多涉及艺术散文技巧的范畴了。例如他要求“志深而喻切，因事而陈辞”(《答胡生书》)，“正声谐《韶》《濩》，劲气沮金石”(《上襄阳于相公书》)，”铿锵发金石，幽眇感鬼神”(《荆潭唱和诗序》)，“唯陈言之务去”(《答李翊书》)，“辞不足不可以为成文”(《答尉迟生书》)，又提倡“感激怨怼奇怪之辞”(《上宰相书》)等等，都对文章的语言、声韵、表现技巧、审美效果等方面提出了具体要求，这些都多方面地涉及到文学创作规律。而他本人的创作更为散文写作做出了典范。同时代人批评他，如时人说他“以文为戏”③，柳宗元说他“猖狂恣睢”④，以文为“徘”，“怪于文”⑤等等，实际也都指出了他的文章除了“致用”之外，还具有审美意义即文学特色。这样，韩愈对“古文”的提倡，在为“儒学复古”提供有力的工具的同时，更突出强调“文”的审美作用和意义。这样就使得文学散文的创作在实践上和观念上都更为自觉，从而也提高了它的地位。依韩愈的观念，文章绝不是“小道”，散文写作同样也是兴功济

①萧统:《文选序》。

②萧绎:《金楼子·立言》。

③裴度:《寄李翱书》,《文苑英华》卷六八〇。

④柳宗元:《答韦珩示韩愈相推以文墨事书》,《柳河东集》卷三四。

⑤柳宗元:《读韩愈所著毛颖传后题》,《柳河东集》卷二一〇。

世的大事业。可以说从韩愈开始,“文”的更崇高的地位被牢牢确立起来了。此后“专业”文人大量出现,他们在众多的文学领域中活跃,韩愈的倡导之功是应当肯定的。

特别还应当肯定韩愈对于发展散文语言的贡献。中国古代散文文体既不同于西方的 prose,更不同于 essay。至于用现代文学理论的形象性、典型性等标准来要求它,更显得枘凿不合。中国文学史上区分一般文章和文学散文,非常重要的标志在语言运用,即其语言中所体现的审美意识的高度。韩愈的《原道》《原毁》等不仅被看作是哲学或政论文章,还被认为是优秀散文,不是根据内容,而因为它们的艺术技巧,其中重要方面是语言技巧。韩愈作为“八大家”之首,其散文创作在唐、宋诸家中被认为是最杰出的,其成就的一个主要方面也在运用语言。只要看看有多少他所构造的词语仍然作为活跃的成分存在于现代汉语之中,就可以了解这一点。如他的《进学解》《送穷文》两篇文字,所构造词语如“爬罗剔抉,刮垢磨光”“贪多务得,细大不捐”“补苴罅漏,张皇幽眇”“跋前踬后,动辄得咎”“面目可憎,语言无味”“怪怪奇奇”“蝇营狗苟”“小黠大痴”“垂头丧气”等等,另有“业精于勤而荒于嬉,行成于思而毁于随”“焚膏油以继晷,恒兀兀以穷年”“记事者必提其要,纂言者必钩其玄”“障百川而东之,挽狂澜于既倒”之类语句,不仅鲜明、精赅、顺适,在用字、结构、声韵、对偶等方面更精心安排,给人以强烈的美感。他在语言修饰方面显然下了大功夫,从中可以清楚地看到他的艺术追求。他显然不满足于语言只起到交际和表达的实用效果,更期望通过精心修饰收到艺术效果。所以韩愈的散文成为语言艺术的典范,在这方面显示了他的散文的重大成就和优长。

总之,就文学成就而论,韩愈的“文体复古”“文以明道”,对于文体、文风、文学语言革新的贡献,不但在文学历史上造成了巨大、深远的影响,对整个文化发展的意义更非只一端,其所起的重大作用是应充分估计的。

韩愈的成就和贡献有待发掘的方面很多，有待研究的课题也很多。以上仅简略说到三个方面，试指出他在历史转折期中对于文化发展所起的巨大作用。或有不当之处，请批评。

原载于《周口师范高等专科学校学报》2000 年第 1 期

关于王琰《冥祥记》的补充意见

曹道衡先生的大作《论王琰和他的〈冥祥记〉》(《文学遗产》1992年第1期)从新的角度全面考察了《冥祥记》及其作者,资料丰富,见解精到,给人以多方面的启发。一般研究六朝小说,总是着眼在"志怪""志人"两大类作品,对鲁迅先生所说的"释氏辅教之书"则有意无意间加以忽略或贬抑。曹先生的大作,不只阐发了《冥祥记》这一部作品的意义与价值,而且有助于说明六朝小说发展史的一些普遍性的问题。

曹先生的论文中提到拙作《佛教与中国文学》中介绍过日本逸存的三种观音应验故事集(宋傅亮《光世音应验记》、宋张演《续光世音应验记》和齐陆杲《系观世音应验记》),并以未见其书为憾。笔者有幸得到日本学者牧田谛亮、小南一郎二位教授之助,获得三书抄卷的影印件;又征得原珍藏寺庙——京都青莲院的同意,允予在中国刊布。经笔者初步校点,书稿于1988年交中华书局,闻早已发排,只因某些困难至今未得面世。笔者曾作一小文《关于日本所存〈观世音应验记〉》,发表于《学林漫录》第13集,关心此三书的读者请参阅。涉及到曹先生的论题,三书提供了一些重要材料,现提出几点,庶可作为曹先生大作的补充。

一、关于王琰生平及《冥祥记》成书年代

陆杲书"彭子乔"条最后写道：

义安太义（守）①太原王琰，果（杲）有旧，作《冥祥记》，道其族兄琏识子乔及道荣，闻二人说，皆同如此。

而该书序明确记载了写作年代，谓"今以齐中兴元年，敬撰……"。齐和帝中兴元年为公元501年，其时《冥祥记》已成书。现存《冥祥记》逸文所述事实中可确考的最后年代为"齐王氏"条的永明三年（485），则一般可推定书成于485—501年之间。曹文中提到《法苑珠林》卷九五所引《冥祥记》慧进事中有"前齐永明中"字样，这当然可依曹文判断《冥祥记》"至少有一部分文字作于梁代"；但也有另外的可能，即"前齐"二字为后人引述时所加，或引文是从其他书窜入的②。

这里提到王琰齐末为义安（南齐雍州义安郡，在今湖北襄阳市西）太守，与陆杲是好朋友。陆杲在《梁书》卷二六、《南史》卷四八均有传，出自望族吴郡陆氏，曾为扬州大中正；与同为吴郡巨姓张氏有姻亲关系（张演即出于张氏）。了解这些，有助于我们确定王琰的社会地位。还可以补充的是，王僧虔有《为王琰乞郡启》：

太子舍人王琰（阙十五字）牒：在职三载，家贫，仰希江、郢所统小郡，谨牒。七月廿四日（阙），僧虔启。

王僧虔由宋入齐，卒于永明三年，此启当为齐初作，时王琰为太子

① 括号中为笔者所校改。原抄件颇有讹误，据推测为不娴汉语的日本僧人所抄。本文以下谈到抄件文字，亦有同样情况不另注明。

② 今存《冥祥记》逸文多有混入后人作品，以至有人据以推断王琰是唐时人（如庄司格一《冥祥记について》，《东洋学》第22辑）。这是需认真考辨的课题。

舍人。又《隋书·经籍志·史部·古史类》著录"宋春秋二十卷梁吴兴令王琰撰",此王琰应即为《冥祥记》作者。他入梁为吴兴令,又是一位史家。这可以补充说明史家与修史观念、六朝时期小说创作的关系。

二、关于《冥祥记》故事的传继关系

曹先生的大作在这方面已有精彩的说明。这里利用三部《应验记》补充一些具体材料。

三种《应验记》当然全是记载观音灵验故事的,傅书七条,张书十条,陆书六十九条,计八十六条。鲁迅先生辑本《冥祥记》计一百三十一条,其中观音故事三十五条(其中"竺长舒"事重复),即超过全部条目四分之一。通过比较可以发现,其中有五条同傅书,一条同张书,十七条同陆书,即共二十二条与三种《应验记》相同。

具体分析"相同"情况又有不同。《冥祥记》与傅书相同的五条系照原文抄录的(有个别文字的颠倒,说明上有改动等不计);而且在今存逸文"竺法义"条中也说到自竺长舒至法义六事并宋尚书令傅亮所撰。今逸存五条,一条已逸失。就是说,王琰差不多抄了傅书全部。同于张书的"徐义"一条,王琰有删节。比较复杂的是《冥祥记》与陆书的关系。二书所录故事情节、文字大体相同(有几条如"邢怀明""沙门道同""韩徽"等王书内容有较多扩充),具体的描写、修饰处则多有差异。如果据前引"彭子乔"条的说明,陆杲记载得自王琰族兄王琏,王琰写《冥祥记》也当是同一来源,那么就是两人得到同样的传说,分别写成了故事。但是这又很难解释两部书的绝大部分故事为什么那么一致。这里举一组例子,即鲁迅辑本《冥祥记》出现的第一条与陆书相同的"张崇"事。《冥祥记》(辑自

《法苑珠林》卷六五）：

晋张崇，京兆杜陵人也。少奉法。晋太元中，苻坚既败，长安百姓有千余家，南走归晋。为镇戍所拘，谓为游寇。杀其男丁，虏其子女。崇与同等五人，手脚杻械，衔身掘坑，埋筑至腰。各相去二十步。明日将驰马射之，以为娱乐。崇虑望穷尽，唯洁心专念观世音。夜中，械忽自破，上得离身，因是便走，遂得免脱。崇既脚痛，同寻路，经一寺，乃复称观世音名，至心礼拜。以一石置前，发誓愿，言今欲过江东，诉乱晋帝，理此冤魂，救其妻息。若心愿获果，此石当分为二。崇礼拜已，石即破焉。崇遂至京师，发白虎樽，具列冤状。帝乃悉加宥。已为人所略卖者，皆为编户。智生道人，目所亲见。

陆杲《系观世音应验记》：

张崇，京兆杜[陵]人也，本信佛法。晋太元中，苻竖（坚）败，时关中人千余家归晋。中路为方镇所录，尽杀，虏女。崇与五伴并械手脚，埋地没腕，相去各廿出（步）。明日欲走马射之。崇无复计，唯归念观世音。中夜，械忽自故（破），身得出土，因此便走，遂以得免。崇深痛诸存亡，遭此无道，乃唤观世音，又礼十方佛。以一大石置前致即曰："我今欲过江，谁（诣）晋帝，理此怨魂及其妻自（息）。若心即获果，此石当故（破）为二片。"旋一通石即成两。崇遂至江东，发白虎樽，具列冤状。孝武即敕：凡归晋人被略卖者，皆得为民。智生道人自所亲见。

两段记载大体相同是显而易见的。特别是最后一句"智生道人"亲见的说明，很难说是二人同样听到一个人讲说的巧合。再考虑到不是一、两条，而是几乎所有条目均大体记述一致（《冥祥记》有较多增饰的几条也是多加了情节），就不能不设想二书相互间是抄袭的。而从成书年代看，可能是陆书抄了王书。这里只能作出推测，得出结论尚须细致比勘、研究。但无论如何，以上材料总给二书的形成与校勘提供了不少可供研究的材料。

这里还应指出显然可见的一点是，陆杲等人也好，王琰也好，他们写的虽是今天可归类为"小说"的作品，但当时却是作为供传信的事实来记述的。那时自觉的艺术创作观念还很淡薄，所以抄袭也没有问题。这也可以解释为什么《冥祥记》具有曹先生指出的那么丰富的史料价值。而另一方面，这些书在写法上是把幻想(按性质说是宗教幻想，实际也可看作是一种艺术想象)安排在事实的框架中。这是当时小说创作的一种构思方式，在以后的中国小说发展历史上留下了深远影响，这也是值得另作研究的课题。

三、关于《冥祥记》与佛教唱导的关系

对这一点，曹先生作出了一个富有想象力而又精彩的推测，三部《应验记》恰恰为证明这一推测提供了可靠材料。

傅、张二书条目少，没有分类。陆书在编排上是分了类的。主体部分是按《法华经・普门品》诵观音则"避七难"[水、火、风(罗刹)、刀杖、恶鬼、枷锁、怨贼]、"满二求"("求男得男，求女得女")来安排的(后面一部分则是说明《请观音经》的)。例如前三条故事是避火灾的，最后写："右三条，《普门品》云：'设入大火，火不能烧。'"接下的六条是避水害的，最后写："右六条，《普门品》云：'大水所剽(漂)。'"以下情况相同。这表明，在编者的观念中，这些故事可看作是对经文的通俗解说的实例。如曹先生所指出，佛教的唱导正要有"生动的情节和细致的描写"。这还可以使人联想到后来的"俗讲"也是以通俗故事来解说经文的。那么当时佛教的(唱)导师运用这些故事是可以想象的。这些故事被收入佛教著作如智𫖮

《观音义疏》、法琳《辨正论》、道世《法苑珠林》等书也可证明这一点。从另一方面看,《冥祥记》这种写法和编排方法对后来的俗讲和佛教讲唱文学会产生怎样的深远影响,也是值得研究的问题。

正由于这类观音故事的写作与宗教宣传有密切关系,所以在写法上也形成一些特征,如情节大体由遭难、呼救、应验三部分组成,最后往往指出故事传承来源以为征信依据。这种结构方式也影响到后来的小说创作。

原载于《文学遗产》1992 年第 5 期

附　录

当代日本研究中国古典文学管窥

“明治维新”以前，日本对中国古典文学的研究，包括在旧“汉学”之中。当时的“汉学”是研究有关中国文献的综合性学问，其中有经学、史学、文学等多方面内容。它以“朱子学”为核心，带有浓厚的封建性，但在介绍、传播、研究中国文化上确实作出了一定贡献。“明治维新”以后，旧“汉学”被新兴的现代社会科学——哲学、史学、文学等方面的研究所代替，对中国古典文学的研究成为一个独立的部门。尽管在第二次世界大战结束以前，日本军国主义极力按旧“汉学”的规模建立帝国主义性质极为浓厚的“东洋学”，为推行其侵略政策做文化工具，但许多学者仍从事着严肃、客观的中国古典文学研究。如青木正儿教授，其研究范围包括中国小说、戏曲、舞乐、美术等许多方面，所著《支那近世戏曲史》《清代文学评论史》等都是有关学科的奠基性著作；又如铃木虎雄教授，其《支那诗论史》是关于中国诗论的第一本专著；长泽规矩也先生一生致力于中国古籍的整理研究，孙楷第先生等早年到日本发掘古小说文献，曾得力于他的帮助不少。这些都是我国学术界所熟知的。第二次世界大战以后，日本民主运动蓬勃兴起；中华人民共和国成立以来，中日友好的呼声越来越高；而在日本学术界，马列主义的传播又有着比较深厚的基础。这些条件，推动日本对中国古典文学的研究作出了新的更大的成绩。

从总的情况看，日本研究中国古典文学人力雄厚，基础坚实，资料工作细致充分，研究工作比较广阔和深入。在资料整理、文献发掘、作家作品分析、文学规律探讨以及比较文学研究等许多方面，成绩是巨大的。在某些方面，甚至超过了国内的水平。

目前日本研究中国古典文学，以京都大学的人文科学研究所和它的文学部中国语学中国文学研究室、东京大学的东洋文化研究所为两大中心，它们是研究机构，又是培养人材的基地。其他许多大学也设有研究中国古典文学的专业和课程。半官方的日本东方学会、日本中国学会、东洋文库也联系了一批中国古典文学学者，并以促进这方面的研究为主要任务之一。目前日本有许多主要或专门发表有关中国古典文学论著的刊物和学报，重要的如日本中国学会的《日本中国学会报》、东洋文库的《东洋学报》、京都大学人文科学研究所的《东方学报（京都）》、京都大学文学部中国语学中国文学研究室的《中国文学报》、东京大学东洋文化研究所的《东洋文化研究所纪要》《东洋文化》等等。关于日本整个研究成果的著录，有日本东方学会编印的《日本东方学著书论文目录》，自一九五五年每年出版一册，收录前两年研究成果，其中包括文学部分；又有京都大学人文科学研究所附属东洋学文献中心编的《东洋学研究文献类目》，自一九六三年出版，收录各国有关论文和专著目录，其中包括日本研究中国古典文学的成果，附有索引。其他许多刊物也往往刊载近期有关论著索引，很便查考。

现就三个方面，介绍一下自己所见到的日本研究工作近况。

第一，文献学方面，包括版本、校勘、翻译以及作为研究工具书的索引、目录等资料的编纂等等。这是日本研究中国古典文学用力较多、规模较大、工作缜密、成果突出，很值得我们介绍的一个方面。

先从版本、目录学谈起。古代中国流入日本的图书，有一个专名词——“汉籍”。据考证，汉籍至迟在六世纪中叶以前已与佛像经论一起传入日本。从推古天皇十五年(607)圣德太子派小野妹子使隋,到宇多天皇宽平六年(894)菅原道真上奏,结束派遣遣唐使的历史,二十次遣隋、遣唐使都以搜求中国典籍、摄取大陆文化为主要任务之一。中国史书上曾明确记载遣唐使“所得锡赉,尽市文籍”(《旧唐书》卷一九九上《日本传》)。如张鹭在则天朝有文名,“新罗、日本东夷诸蕃,尤重其文,每遣使入朝,必重出金贝以购其文”(《旧唐书》卷一四九《张荐传》);《万叶集》歌人山上忆良在《沉痾自哀文》中就曾提到他的《游仙窟》。据《文德实录》记载,《元白诗笔》在承和五年(838)已传入日本,其时是白居易逝世前八年。九世纪后期,藤原佐进撰集《日本国见在书目录》,著录从《易》《尚书》《诗经》直到别集、总集共四十类,1 599 部,16 790 卷,其中绝大部分是汉籍。这部书不仅反映了当时日本所流传汉籍的情况,而且编写在《隋书·经籍志》和《唐书·经籍志》之间,在目录学上有重要价值。宋朝立国后,严禁“九经”以外文籍出口,但大量汉籍仍源源不断流入日本。如大型类书《太平御览》,当时国内印数本来不多,但据《妙槐记》记载,在日本的数量竟达几十部之多。此外,目前日本除了保留大量传入的汉籍(包括朝鲜刻本和古抄本),还有大量翻印的汉籍即所谓“和刻本”。据长泽规矩也统计,到足利幕府统治的室町时期的末期(十六世纪中叶以前),日本刊行汉籍已达经部 15 部 20 版 21 种,史部 5 部 7 版 8 种,子部 12 部 12 版 13 种,集部 40 部 54 版 55 种。这些和刻本大都是根据较早的舶来刻本和抄本翻印的,因而具有很高的文献学价值。

日本所传汉籍多有我国已失传的逸书。十八世纪末叶,林述斋辑印《佚存丛书》6 帙 60 册,其中收录了唐许敬宗奉敕编撰的《文馆词林》残卷四卷。这部书在我国北宋时已经散逸。当时修《文苑英华》,收罗至博,而此书不见采录。后来在日本续有发现,现已得数十卷,成为轰动学术界的大事。清末驻日公使黎庶昌刊印《古逸丛书》计 26 种。除《文馆词林》外,还有《太平寰宇记》和宋刻《荀子》《老子》等。其随员杨守敬勤于搜求典籍，多有发现，著有《日本访书志》16 卷。此后到抗战以前，中、日两国学者陆续发掘大量逸书，成绩斐然。孙楷第、王古鲁、谭正璧诸先生都亲访彼土，求得逸存小说多种，从而改变了中国小说史的面貌。但在旧中国，这种依靠私人探访逸书的工作，成就总是有局限的。日本目前到底存有多少汉籍，有多少是在中国没有发现的逸书，有多少我们没见的刻本和抄本，还有待于进行专门的研究。

原来留传日本的汉籍多存于一些藩主、巨商、学者手中。明治二十九年(1896)，当时日本的帝国议会颁布了建立现国会图书馆前身帝国图书馆的立法，此后，公私藏书陆续集中于各地图书馆，这也就使调查、整理汉籍成为可能，并陆续编出了各馆所藏汉籍目录。其中比较重要的：国立国会图书馆有《帝国图书馆和汉图书书名目录》10 册(1899—1944)、《国立国会图书馆藏书目录(和汉书之部)》(年刊，1958—)。国会图书馆现有 33 个分馆，收存汉籍较多的主要有："内阁文库"，收有德川氏藏书《红叶山文库》、林罗山以下林家传收昌平坂学问所藏书、丰后佐藩毛利氏、木村氏蒹葭堂、近江西大路藩主市桥氏等人的藏书，印有《内阁文库汉籍分类目录》(1956)；"东洋文库"是个专门图书馆兼研究机构，它以收藏大量有关我国蒙、藏、满、朝文的"东洋文献"而闻名，存有曾在北洋政府任顾问的英人莫里逊在中国二十年间盗取的大量珍贵文献，其中有十几种语文的关于中国的著作和杂志。东洋文库编有《东洋文库汉籍丛书分类目录》(1945)；静嘉堂文库从明治中叶开始集书，重要的有明治四十年购入的我国藏书家陆心源的皕宋楼、守先阁和十万卷楼藏书 50 000 册，有《静嘉堂文库汉籍分类目录》正、续篇(1930)；宫内厅书陵部建于明治十三年，将永世珍存的贵重图书自内阁文库提出入藏，有《图书寮汉籍善本目录》(1931)和《图书寮典籍解题·汉籍篇》(1960)。日本各大学，各都、府、道、县图书馆也收藏许多珍贵汉籍。京都大学作为中国文学的传统研究中心，其所属图书馆、人文科学研究所与有关中国问题的研究室都有大量藏书，而以人文科学研究所所藏有关中国文献最为丰富，其中包括购自陶湘的27 000余册，尤以存有不少唐钞本闻名，编有《京都大学人文科学研究所汉籍分类目录附书名人名通检》2册（1963—1965）。东京大学东洋文化研究所是以20世纪初曾长期在我国活动的大木干一的藏书（以明钞本为多）为基础建立起来的，后来长沢规矩也赠送《双红堂文库》3 000余种书，主要是中国古代小说戏曲资料，1967年外务省又移交了1929年盗去的徐则恂东海藏书楼藏书40 000册。其他如神奈川县金泽文库等，都保存了一定数量的汉籍典籍。而反映日本整个汉籍藏书情况的则有东洋学文献中心编印的《日本的汉籍搜集——汉籍目录集成》（1961）和《汉籍丛书所在目录》（1966）。这些目录给我们了解日本现存汉籍的状况提供了方便。

日本近年出版了许多有关中国研究的一般的或专题的目录，对于研究中国古典文学有一定参考价值。例如近代中国研究委员会编的《中国关系图书目录》（1959—1970）、中国思想宗教史研究会编的《中国思想、宗教、文化关系论文目录》（1977）、坂田祥伸编的《秦汉思想研究文献目录》（1978）、早苗良雄编的《汉代文献研究目录》、船津富彦编的《唐代小说文献目录》、山本幸夫编的《日本现存明人文集目录》（1978）、敦煌文献研究委员会编的《斯坦因敦煌文献及已介绍出土汉文文献内容分类目录初稿（非佛教之部古文书类）》第一、二分册（1964—1967）等等。《日本现存明人文集目录》所著录，比北京图书馆所编同类目录丰富得多。

日本现存古代汉籍有很高的校勘学的价值。流传到日本的某书的古写本、印本或据以翻印的和刻本，可能与我国所传出于不同的系统。相当于中国晚唐时期编写的《日本国见在书目录》已著录汉籍一千几百种，则日本所传古写本和和刻本必定多有出于唐写本的。近年来，著名的书志学者长泽规矩也编辑出版了几部大型汉籍和刻本总集，其中有《和刻本汉籍文集》70种全20册别册1册，《和刻本汉籍诗集》全60种10册，以及《和刻本汉籍随笔集》和《明清俗语辞书集成》等，收罗宏富，印制精美，也为我们研究、使用这些书提供了方便。

日本学者利用日本现存的古籍刻印本、抄本、和刻本，在校勘学上作出了一些突出成绩。这里仅举出平冈武夫和今井清对于《白氏长庆集》的校订为例。早在平安王朝(794—1192)，白居易的诗文在日本朝野已十分流行，因此流传在日本的版本和写本也特别多。平冈武夫等校订《白氏长庆集》，以阳明文库藏日本元和四年(1618)那波道圆活字本为底本，除了用宋绍兴本(1955年文学古籍刊行社影印本)、万历三十四年(1606)马调元校刊本、康熙四十二年(1702)汪立名校《白香山诗长庆集二十卷后集十七卷别集一卷补遗二卷》本、乾隆五十二年(1787)卢文弨《白氏长庆集校正》本以及其他总集、别集、史传、地志等考校之外，还使用了大东急纪念文库藏宽喜二年(1230)写本即"金泽本"残卷、京都大学藏震泽王德修依宋刻手校马调元本、两个朝鲜刻本和十个古写本。"金泽本"据判断与现传宋绍兴本不属于一个系统。而王校本更是日本学者的一个新发现。平冈武夫在《东方学报(京都)》第45册上著文对该书做了介绍，以大量例证，说明该本在文字上的优越性。平冈武夫等经多年工作，利用极其广博的资料，到1973年完成了一部《白氏文定》，其成绩较我国已有校本都大大前进了一步。又如现在正在进行的京都大学荒井健领导的研究小组对李商隐诗的集释，也在校勘上花了一定功夫。有些古籍版本虽早已有人著录，但在国内一直没有引起人的重视，如静嘉堂文库的《李太白文集》(1958年京都大学人文科学研究所影印)和《柳河东集》三十三卷本残卷即是。

日本为研究中国古典文学编制了大量索引等工具书，有篇名、人名、语汇、传记、引书等各种类型的索引。国内1931—1940年燕京大学编制印引得41种，引得特刊22种。1943—1951年北京中法汉学研究所编印通检丛刊8种。这些书多数除在较大图书馆有收藏外，现已很难见到。这方面的工具书，国内这些年虽有人在做，但零零散散，远不敷研究工作的需要。在日本，对这个工作却投入了很多人力物力，出了许多书。就以唐代文学来说，1954—1964年京都大学人文科学研究所出版了平冈武夫等编制的《唐代研究指南》12种附1种，其中如《唐代传记索引》《登科记考、唐尚书省郎官石柱题名考、唐御史台精舍题名考索引》等，都是切合实用的、重要的研究工具书。斯波六郎又编纂了《唐代研究指南》特集4种。现在，唐代的一些重要别集的索引已比较齐全。日本还着重编制许多语汇索引，例如竹治贞夫的《楚辞索引》，堀江中道的《陶渊明诗文总合索引》，斯波六郎的《文选索引》，青山宏的《花间集索引》，以及《红楼梦》《水浒传》等小说的语汇索引等等。对于他们来说，这首先是为了阅读、理解、翻译中国作品中的词语，同时对于研究诗文语汇形成史，对于校勘考订作品，对于探讨作品的思想性和艺术性都有很大用处。又如像中津宾涉的《艺文类聚引书索引》给研究古逸书工作提供了重要线索。再如京都大学人文科学研究所出版的《辽金元人传记索引》，为研究这段复杂时期的历史提供了工具。日本许多著名学者都参与索引的编制工作。例如已故广岛大学教授斯波六郎，研究六朝文学达30余年，晚年领导一个17人的班子工作9年，于1959年完成《文选索引》两巨册。全书分两部分，一是一字索引，凡用此字之辞句均可检得；二是用例的整理，凡二例以上的连语用例，逐一举出。这样，编制索引，就不是机械的文字检录、分检卡片的工作，还要校订文字，断句选词，涉及到对作品精湛、深入的研究。所以，编写索引这种基础的资料工作做好了，也是研究工作的重大业绩。

日本近年来对中国古典文学的翻译出版，数量很大，精益求精。这也反映了日本人民和日本学术界对中国传统文化的敬重和对中国人民的友好感情。一方面，对一些古典名著，不断出版新的译本。其中筑摩书房1977年开始出版吉川幸次郎的《杜甫诗注》，笔者仅见到第一卷，可谓解说详尽、考证精密，堪称杜诗注解方面集大成之作。像《三国演义》《水浒传》《西游记》《红楼梦》这类名著，更出版了各种新的译本和改写本，参与翻译的有吉川幸次郎、清水茂、小川环树、松枝茂夫、清水忍这样的著名学者。另一方面，各大书店纷纷出版大部头的中国古典文学总集。例如较早的有50年代岩波书店出版的吉川幸次郎等主编的《中国诗人选集》36卷；到60年代，集英社出版了宇野精一等主编的《全释汉文大系》33卷，全文翻译了自《论语》《孟子》到《文选》《山海经》《列仙传》等唐以前著作；青木正儿等主编的《汉诗大系》24卷，收录《诗经》《楚辞》直到王渔洋等中国古典诗歌作品集。50年代，平凡社曾出版《中国古典文学全集》33卷，最近扩大为《中国古典文学大系》60卷重新出版，网罗宏富，印制精美。出版这些总集，往往集中一批有成就的学者，译文严谨，注解以及所附插图、地图、年表、索引、评介性的概说或前言都有一定质量，足资我们参考。

日本对中国古典文学研究工作取得多方面成绩，与基础性的资料工作做得比较扎实有关。他们的许多专家，在这方面都有很好的素养，多数论著在版本考订、文字校勘、资料使用方面都经得起推敲，没有架空浮说或空泛演绎的弊病。他们培养青年学者，也注意打好文献学方面的基础。当然，为考据而考据，陷在古文献的圈子里，日本的一些著作也不免存在这种倾向。但这是一个观点方法问题，毛病不出在重视文献本身。无论做什么研究，总是把文献掌握得越全面、越准确越好。所以，日本学者这方面的好经验、好学风我们应该学习，他们这方面的成果我们也应该借鉴。

第二个方面是对于中国古典作家、作品的研究，这里包括对于文学史的规律的认识和分析，直到具体作品思想性、艺术性的分析。日本每年都发表有关中国古典文学的大量专著和论文，论题涉及面极广。笔者读到的只是一部分，只能分几个方面列举一些书目，做些肤浅的介绍。

首先值得注意的，是日本学者陆续写出一批有关某个作品或作家的大部头的总结性研究著作。日本实行的学位制度，鼓励一些青年研究工作者潜心于某一方面的研究，不断探索、发掘，取得成果。日本政府文部省和外务省出于各自的需要，每年拨款资助中国古典文学的研究和出版，一些学术团体也给研究者以物质支持，从而保证了研究工作的经济条件。这样，一些大部头的研究专著就得以写作、出版。例如德岛大学教育学部教授竹治贞夫，1978年发表了一部正文944页的专著《楚辞研究》。他认为《楚辞》作为一部优秀的古代典籍，其性质与现代一般作品不同，是古代人类文化诸要素的结晶，因而应从各个不同角度进行研究。但屈赋作为文学作品，又是屈原作为一个具有独特个性的诗人的创造。基于这样的认识，该书作者首先在《叙说》中探讨了《楚辞》的文学样式以及其创始者屈原的社会环境、世系、经历，然后分别论述了《楚辞》的文献、编集、版本、注解、研究情况，《楚辞》作品的叙述形式以及各篇作品的构思和主题。作者联系战国时期的特定社会环境及屈氏一族的情况，分析了屈原的作品，同时在《楚辞》的文献学和诗律学方面又下了很大的功夫。又如岛根大学文理学部教授入谷仙介多年来集中力量研究王维，在发表了一系列关于王维生平、创作的专题论文的基础上，于1976年出版《王维研究》一书，正文797页。该书基本以王维生平事迹为序，除序文外，概括为“幼少年时代”“王维的乐府”“济州”“放浪时代”“右拾遗”“凉州与开元末年”“宫庭之人”“王维的不遇感”“送别”“周围的人们”“王维与佛教”“自然”“辋川”“晚年的王维”等14个专题展开论述，吸取了我国清代赵殿成、今人陈贻焮和日本已故神户大学教授小林市太郎等人的研究成果，对王维生平事迹、交游做了详细考证，并结合王维的经历对其思想发展做了阐述，对一些代表作品也进行了分析。这类著作，最近出版的还可以举出增田清秀的《乐府史研究》、都留春雄的《陶渊明》、前野直彬的《韩愈生平》、荒井健的《杜牧》、小川环树的《陆游》等等。而且关于一些大家，往往出了大部头专著多种。

日本学者在研究中国文学作品的思想内容方面，深入到民俗学、社会学、历史学、宗教学等等领域，做出新的开掘。日本的“汉学”本来就有文学与经学、史学密切结合的传统。在当代日本学术界，马列主义广泛传播，许多中国文学研究者都自觉或不自觉地受到影响。所以，许多著作能从社会经济原因解释文学现象，运用阶级分析方法。可以举几个例子。横滨市立大学波多野太郎教授多年从事中国小说戏曲的研究，近年集印研究成果为《中国文学史研究——小说戏曲论考》一巨册，他在序言中指出，一部古典作品是产生它的社会和在其中生息的人的产物，因而那种无视时代历史性，不惜歪曲历史真实去进行抽象的理论演绎必然是错误的。他对关汉卿的戏曲和《西厢记》《白蛇传》《孟姜女》的研究，都能紧密联系社会历史实际，对作品主题的形成和演变做出细密的分析。特别是《游仙窟新考》，更是一篇见解新颖的力作。《游仙窟》在我国久逸，在日本现存有真福寺本、阳明文库本、成篑堂本、醍醐寺本等多种抄本，日本学者进行过深入研究。波多野太郎的论文提出了一个全新的见解，他认为《游仙窟》的内容并非民间故事和神话，而是一篇表现不容于社会而漫游边地的青年人的悲欢的艺术创作。波多也氏为了论证自己的见解，考证了作者张鷟的生平，并用了历史地理与现代考古材料，证明主人公“奉使河源”所至的积石山，就是唐时河州即今甘肃临夏西北的唐述山，而所游之仙窟，即为1953年文化部派人调查过的永靖县炳灵寺，也即是杜甫《秦州杂诗》“藏书闻禹穴”的藏经处。文章作者推断此处其时地当东西交通要冲，附寄于佛寺的有妓女，张鷟即曾亲历其境。又书中崔氏女说到“蜀生狡猾，屡侵边境”，论文作者运用文字学材料，证明“生”为“主”之讹，而“蜀”与“烛”为一音之转，烛主指唐史记载的吐蕃烛龙莽布支，其侵犯边境则指其攻陷瓜州事。此外，他对作品所用词语也做了细致的研究。《游仙窟新考》以细密的考证支持了深刻的内容分析，在方法论上表现出很大的长处。在《诗经》研究方面，如谷口养介的论文《豳风〈七月〉的社会》(《东洋史研究》第37卷第4号)，用社会历史学的观点来解释作品，对“豳”的所在地和《七月》一诗所反映的社会结构进行了考证和分析，指出该诗的主题是反映由于劳动产品的积累而形成了对部落酋长的纳贡制的现实情景。在六朝文学方面，如藤间生夫的《寒门诗人与势族》(《熊本商大经济学部十周年纪念文集》)，中田浩一的《阮籍对政治的关心》(《集刊东洋学》第43期)等，都能联系社会变革、统治阶级内部斗争来分析文学现象。这里特别应当提出日本关于中国古典文学与佛教的关系的研究。魏、晋以来，佛教思想在文人中广泛传播。在儒、佛调和思想影响下，不仅谢灵运、王维、白居易这样的人与佛教有很深的关系，就是杜甫、柳宗元、苏轼等也接受了相当一部分佛教思想，甚至反佛的韩愈也受到禅宗思想的影响。古代的许多文人，把研习佛典作为学习内容；而接受其影响，必然在其作品中反映出来。但中国佛教义理烦琐，宗派林立，又有长期演变发展的历史。目前对这方面的专门研究本来就不够，而绝大多数古典文学研究工作者接触到佛教与文学发生交涉的问题，就或者简单否定，一带而过，或者说几句外行话了事。而日本有研究佛教史的相当大的专业队伍，有大谷大学、龙谷大学等佛教大学，有一些对佛教与文学的关系很有研究的学者。例如1978年出版的平野显照的专著《唐代文学与佛教研究》就探讨了唐代佛教与李白、白居易、李商隐、讲唱文学、唐人小说的关系，其中多有新的资料和立意。又如小林正美的《颜延之的儒佛一致论》(《中国古典研究》第23期)，分析了六朝文人中的一个典型倾向。西胁常记的《中唐的思想——权德舆及其周围》(《中国思想史研究》第2期)，分析了权德舆等中唐士大夫如何受到以吴筠为代表的道教思想和洪州禅的影响，进而探索立足于经学的新的人生观。权德舆是贞元、元和年间政界与文坛的活跃人物，与当时许多著名文人有交谊，揭示他的思想对中唐文学的研究是很有意义的。其他，如文学中反映的妇女问题、伦理问题，也为许多研究者所重视。

在艺术性的研究方面，日本学者也有许多新的成就。关于六朝文学，在日本曾出现两部专著，一部是御茶之水女子大学教授纲佑次于1960年发表的《中国中世文学研究——以南齐永明时代为中心》，正文561页；一本是小尾郊一教授于1962年发表的《中国文学中表现的自然与自然观——以中世文学为中心》，笔者所见到的是1972年第3次印刷本。纲佑次教授的著作，对南齐永明时代文学的社会背景，其赞助者齐高帝萧道成、齐武帝萧赜、王俭等，及以惠文太子、随郡王萧子隆、竟陵王萧子良等为中心的作者群，做了较详细的介绍；然后对于永明文学的作品、创作特点与谢灵运、鲍照两派的创作相比较进行了分析，从而对永明文学重新作了评价，肯定了它在文学发展史上的意义和在诗歌发展中的贡献。小尾郊一的著作以魏晋南北朝时代为中心，研讨当时文学怎样描写自然，为什么描写自然，从而探明在当时人头脑中的自然美的观念。全书除序章外，分三章，分别研究魏晋、南朝、北朝文学中表现的自然与自然观，材料丰富，论证细密，揭示了许多人们先前所忽略的文学现象，展现出六朝文学表现自然美的全新的面貌。例如作为重点的第二章南朝文学部分，就运用《初学记》《北堂书钞》《艺文类聚》《文选》李善注、《太平寰宇记》《太平御览》等类书和著作中的材料，钩稽出当时山水小品文、山水游记、山川记、地方志等各种有关描写自然的文体的发展，从而揭示那一时代人们欣赏自然美的新观念，这就重新论定了这种文学作品在文学史发展上的作用和意义。总的看来，日本学者对于艺术表现方法和表现形式等方面比较注意，研究得也比较细致。最近发表的如黑岩嘉纳对《诗经》民谣性质的研究（《茨城大学教育学部纪要》连载），上里贤一对于陶潜作品虚构性的研究(《琉球大学法文学部纪要》第22号),黑川洋一对于唐诗情景一致的表现方法的研究[《研究集录(大阪市立大学教育学部)》第26号]等等,都很有新意,从中可以看出日本学者的研究方向和方法。

日本学者对于作品语言的研究比较细密。除了有与我们同样的对于作品、人物语言特点的分析研究之外,还有一个很值得重视的方面,就是对于文学作品中的用语形成史的研究。举一个例子。在早稻田大学《中国古典研究》第24号上刊载了松浦友久的《猿声、娥眉、断肠考——诗语及其形象》一文,它从历史发展上考查这三个分别从听觉、视觉、触觉方面表达感情的词的形成及其作用。这种研究,看似琐碎,实际是有意义的。如作者运用大量材料,证明"断肠"一词最初出现于曹植诗,因而推断两出"断肠"一语的《胡笳十八拍》非蔡琰本人所能作。他又用归纳方法,计算"断肠"一词在李白诗中出现31例,李商隐17例,杜甫11例,岑参9例,杜牧8例,而韩愈、张籍、李贺诗中未见,王维、韦应物诗中各有1例。其中岑参诗仅390首,出现频率最高。从而说明这个词表现的是如肢体摧伤产生遽痛那种强烈感情,为边塞诗人所喜用。作者还指出"断肠"这类诗语,在日本文学中没有,从而又分析了不同民族艺术感觉和审美观点的不同。像这类研究,不下大量的资料检索工夫是不行的。又如广岛大学铃木修次教授的新著《中国文学与日本文学》(1978)中有专章《"风流"考》,也是运用大量文献资料,从七个方面概括出"风流"一语的演变,指出了中、日两国人意识中"风流"概念的不同。钟嵘《诗品》有"风流未沫",徐陵《玉台新咏序》有"婉约风流",司空图《诗品》有"不著一字,尽得风流"。"风流"一语作为文学批评的重要概念,有些人在疏解时往往引用片段材料,以意为之。铃木氏的方法,他所提出的观点和资料,都是我们应当借鉴的。

日本学者很注意对文学现象、文学作品产生及发展的历史的研究。近年来这方面的成果也不少;特别是在小说、戏曲方面。上述波多野太郎教授的《中国文学史研究——小说戏曲论考》中的很大一部分内容,就是探讨《白蛇传》《孟姜女》等作品故事主题的演变的。内田道夫的《中国小说研究》(1977)则以唐传奇为中心,从史的角度勾勒出小说发展过程。著名史学家宫崎市定的《虚构中的史实》(1973)论及《水浒传》与产生它的历史现实的关系,对于研究艺术概括的方法很有帮助。另外如内山知也的《仙传的展开——从〈列仙传〉到〈神仙传〉》(《大东文化大学纪要》第13号)、大塚秀高的《张羽煮海说话渊源再考——从传奇到话本》(《东方学》第56号)、成行正夫的《孙悟空与白猿传说》(《艺文研究》第34号)等等,也都是这方面有新意的论著。

在文学批评史的研究方面,日本学者较早的成果是筑波大学小西甚一教授3卷本的著作《〈文镜秘府论〉考》。由于《文镜秘府论》侧重于诗文的纯形式格律方面,过去很少有人乐于研究。小西氏的著作校订了原文,并做出论述,是很有意义的。有趣的是,《文镜秘府论》一书被中、日两国各自纳入自己的文学批评史,这个现象本身就是两国人民自古以来友好交往的象征。最近文学批评史方面的又一个成果是高木正一详注的钟嵘《诗品》(1978)。早在1962年,高木氏就组织了《诗品》研究班,在广泛吸取已有研究成果的基础上,陆续做出成绩发表。这部《诗品》详注,就是在这些集体研究的基础上总结出来的。全书分为题解、注释、论文《钟嵘的文学观》三部分。其特点,一是考校文字精密,对已有成果多所发明;二是注解详明,对于文学批评中的重要概念探源溯流,条分缕析;三是最后附有以文学评论用语为中心包括书名、作者等等的索引,可供研究之助。其他单篇文字还有一些,就不赘述了。

以上只是举了一些例子。有些著作笔者虽然读过,读得并不仔细;有些只根据书评资料转述。可能有许多重要的研究成果被遗漏了,更会有些不准确或错误的地方。但从这个简略、粗疏的叙述中，可以看出日本学者为研究中国古典作家、作品，阐发文学规律做出的努力。他们的视野比较开阔，运用资料比较细密，对艺术形式方面比较重视，都可以补我们的不足。这些著作产生在与我们不同的社会制度和不同的思想意识形态之下，难免有些认识是我们不能接受的，可以分析和讨论。另外，日本学者的相当一部分论著着重于罗列材料，理论分析比较薄弱，我们可以借鉴其材料方面，做出新的论证。这样，也就会通过两国学术界的交流和学习，共同把研究水平提高一步。

第三个方面，是中日两国文学的比较研究。这是古典文学研究中新兴的一个部门，已做出了一些值得注意的成果。

目前，各门社会科学的比较学派在欧、美、日本兴盛一时。在古典文学研究领域中，比较文学也成为一个重要部门。十九世纪初兴起于法国的比较文学，是文学史的一个分野，侧重于对一国文学和他国文学做实证的、文献学的比较研究，探索作者、作品之间在创作动机、主题、典型、文学样式等方面的相同点和不同点，寻求其影响和源流。第二次世界大战以后，在美国，比较文学出现了新学派。这个学派不把比较文学作为文学“史”的一部分，力图摆脱烦琐考据的方法，而以文学的全部事实为研究对象。比较的内容及于文学的一般原理和方法，文学样式和文体，作品的主题、典型和承传，作品的思想感情，创作成就及其影响，作品源流，各国间文学传播的媒介等许多方面。日本研究者对比较文学的认识还很不一致，有的人理解得范围广一些；有的人则坚持文献学的实证方法；也有人提出要建立日本独特的比较文学学派。目前，外国比较文学的著作我们接触不多，做出评价还为时尚早。仅从笔者的肤浅的认识判断，比较方法无疑是科学研究的重要方法，特别是从比较中可以更清楚地发现民族独创性和文学上的相互影响。

中国文学对日本文学的发展有着深刻的、巨大的影响。日本学者们把研究中国文学对日本文学的影响作为比较文学的一大课题。1930年，水野平次发表《白乐天与日本文学》，是为日本出现的作为现代社会科学的比较文学的先驱。此后，陆续发表了大田青丘的《日本歌学与中国诗学》、丸山キヨ子的《源氏物语与白氏文集》、田所义行的《从儒家思想看〈古事记〉研究》等比较文学著作。到了1962年，大阪市立大学教授小岛宪之发表了后来获学士院奖的《上代日本文学与中国文学》一书，显示了比较文学的实绩。小岛的著作副标题是《以出典论为中心的比较文学的考察》，按他的理论，比较文学不能以主观臆断办法来对比、推测两国文学思想内容的关联和承传，也不能与民俗学、神话传说学相混淆，只能以对一国作品一个一个语句在另一国作品中的出典为探求的出发点，从这许许多多出典中考察一国所受到另一国的影响及其交流关系，从而更能显示出该国文学的独创性。他的著作就实践了这种理论。他以极客观、极精密的考证，考查日本四世纪到九世纪的所谓"上代文学"包括《古事记》《日本国纪》《风土记》等散文到诗歌、民谣等所用语句在中国文献中的出典。为了准确判断这些出典，他对中国古籍在日本的流传、影响等问题也进行了深入的探讨。

小岛教授的著作代表了日本比较文学一个学派的观点和方法。最近笔者读到几部著作，感到比较文学的研究范围有更加开阔的趋势，提出了一些新的见解、新的课题。

例如前已提及的铃木修次教授的《中国文学与日本文学》一书，就把中、日两民族在审美观、文学观上的不同进行了有趣的对比。作者通过《文学观的不同》《"风雅"与"讽刺"》《日本文学的超政治性》《日本的抒情与中国的抒情》《"风骨"与"哀愁"》《日本人的艺术意识》《幻晕嗜好》《"风流"考》《"无常"考》《经世与游戏》等十个题目的分析指出，中国的正统古典文学，主要是由士大夫阶层即官僚知识分子创造的，而日本的文学，则是由居于政治斗争之外的宫廷女官、僧侣、隐遁者和市民创造的；中国的文学观重视政治意义、伦理思想、经世作用，而日本则倾向于幻想、虚玄和游戏；中国的艺术风格强调风骨，要求明朗、刚健，而日本则强调表现心情，喜好幻晕。他举了一些例子，如杜甫《茅屋为秋风所破歌》，在中国本来是表示一种关心人民的现实精神的，而同样的境遇在日本著名的江户诗人芭蕉那里却成了一种风流行为；又如日本人自古喜爱白居易，欣赏的是他的闲适诗、感伤诗，而不是讽喻诗；《游仙窟》在中国是荒唐不经之言，早已失传，在日本却被视为珍贵的艺术品保存、流传着。作者在比较研究中得出的一些结论，例如说日本文学是超政治的，认为造成日本文学的"幻晕"特征是由于借用汉字为书写工具等等，可能值得商榷。但他的比较，确实突出了我国在长期封建专制主义制度下形成的传统文艺观的某些特征，对于今天研究和分析我国文艺传统，正确认识文艺与政治的辩证关系是有意义的。

立命馆大学白川静教授也用比较文学的方法研究中国古代文学，写出了《中国的神话》《中国的古代文学》(一)(二)等著作。作者经过多年努力，从甲骨、金文和古代文献中发掘出中国神话的原始形态，批判了国外某些汉学家关于"中国无神话"的谬说。按照传统观点，一个民族的神话，都要形成有系列的故事群。在日本，是采取了以天孙系神话为中心，包括出云系、筑紫日向系按时间联结、纵向进展的故事群；在欧洲，则采取空间横向结合的组织形式；而中国神话形成时期，还没有形成统一的民族与文化，因而神话也没有包括在多元的统一形态之中，而是在原始的状态中孤立地传播。后来，它则淹没于经典与历史之中，抛掉了神话表象的世界。他在分析屈原《天问》时指出，这部作品包括有天地形成、人类初生、洪水故事、神灵怪异、三代故事、英雄传说，是在楚国祭祀歌的基础上创造出来的。但屈原却以"问"的形式改变了神话的意味，而去探求巫祝者的"道"。作者研究《诗经》《楚辞》，也把它们与日本古代歌谣相比，对其创作基础、构思、表现方法做了民俗学方面的考察。白川静的著作表现出比较文学的另一种风格。

铃木修次曾引用“不识庐山真面目，只缘身在此山中”的诗句，来形象地说明比较文学的意义。我们分析日本学者这些关于比较文学的不同风格的著作，对于研究自己的文学遗产，无疑会得到启发。

以上，分三个方面，仅就自己所知，介绍了日本研究中国古典文学的动态。除此之外，日本有些史学著作，如政治史、经济史、文化史、思想史、宗教史、风俗史等等，对我们研究文学也有一定的参考价值。例如矢野主税的专著《门阀社会成立史》，论述从东汉到魏晋时期门阀贵族的形成、实态、官僚制度、处世哲学等方面，并有专门章节对曹氏集团做了考察。村上嘉实的专著《六朝思想史研究》，论述了汉朝人意识中的“格”是官僚支配阶级的政治哲学，而六朝的“逸”，则是非礼教、非政治的，反映了人性的自我觉醒。作者对佛、道、方内、方外等问题也做了分析。那波利贞的《唐代社会文化史研究》是其多年的研究成果，共包括六篇论文。第一篇《唐代开元天宝之际为世风转变时期考》，从政治、社会、世风等各方面，考察了当时社会风气的变化。其他几篇文章分别论述了唐代庶民教育、“梁户”、俗讲与变文、社邑、佛教信仰等。日本关于中国历史研究的大量的这类著作，对文学研究是有参考价值的。

当我们了解了日本学者所做的工作之后，自然会被他们那种对中国文化遗产的尊重与热爱之情，被许多人穷毕生精力阐扬中国古典文学的热忱所感动。

中日邦交建立，中国粉碎了“四人帮”，开拓了中日文化交流的坦途。1979 年春，笔者在北京听到京都大学清水茂教授讲演，他在讲话的最后，热情地回顾了中日两国古典文学研究交流的历史，他指出(仅记大意)：旧中国封建时代的学者都注意到文化交流的重要，能够利用日本的研究成果，今天我们没有理由停留在互相孤立隔绝的状态。他对中日两国学者携手并进的呼吁，使在场的许多人为之深受感动。当前，中日两国人民世世代代友好的新纪元正在开始,中日两国古典文学研究互相交流、学习、借鉴,就是这一友好关系的表征之一。中国的古典文学工作者应当为增进这种友谊,从而也为发展两国文化做出实际的努力。

附注:近承京都大学清水茂教授函示:1979年日本新刊石川梅次郎监修,吉田诚夫、高野由纪夫、樱田芳树编集《中国文学研究文献要览》(1945—1977),并惠寄影印样张,得知该书按时代、作家编集,收录有关图书单行本、杂志论文和资料的目录。这是全面反映日本近30余年来研究成果的最新著作。

原载于《社会科学战线》1980年第4期

日本学者研究六朝文学的新收获

一九八〇年，笔者曾不揣浅陋，作文介绍当代日本研究中国古典文学的一些情况①。文章写得相当粗疏浅薄，还有一些错漏之处，但却引起了大家的兴趣。特别是其中谈到日本学者研究六朝文学的成绩，国内几位关心这个问题的同志曾专函询及。因为一般地说，六朝文学正是国内学术界研究得不够，且认识与评价也多有分歧的领域。最近，笔者又读到一些材料，并有机会向日本研究六朝文学的专家请教，现归纳所得，介绍近年来日本研究六朝文学的一些新的进展。笔者不想（也没有能力）全面评介日本的六朝文学研究，文章中谈到的内容也可能是片面的，评价更不一定允当，只希望给关心这一问题的人提供点线索，在学术交流上作一些抛砖引玉的工作。

日本学术界相当重视中国的六朝文学，所用的功力多，所得的成果也多。早在二十世纪初，近代日本著名的中国学者、现代中国学奠基人之一的狩野直喜，即曾在京都大学讲授上古至六朝文学史，他的讲义在当时以崭新的内容奠定了当代日本研究六朝文学的基础。这部讲义一九七〇年重新出版②，直到今天仍受到日本学术界的重视。日本前一辈的中国文学研究者，如我国学术界所熟

①孙昌武：《当代日本研究中国古典文学管窥》，《社会科学战线》1980 年第 4 期；《新华文摘》1981 年 1 月号转载。

②《中国文学史——从上古到六朝》。

知的铃木虎雄、青木正儿诸人，都很注重六朝文学的研究。到五十年代，已故的当代日本中国学权威吉川幸次郎先生主持京都大学中国古典文学教席，更把六朝文学作为教学与研究重点之一。他先后发表了《〈世说新语〉的文章》《六朝助字小记》《论阮籍〈咏怀〉诗》《陶渊明传》等研究六朝文学的颇见矜创的著作，对于推动与提高日本对六朝文学的研究，起到了一定的作用。在此同时，与吉川先生一起在京大受业于铃木虎雄的斯波六郎专攻《文选》学，他执教于广岛大学，那里事实上成为日本《文选》学的研究中心。其所主编的《文选索引》，已在前面言及的拙文中介绍过，国内一些大图书馆亦有收藏。他的《文选》版本研究、《文选集注》（抄本）所载《蜀都赋》校勘记，以及专著《中国文学中的孤独感》等，都是有创见的劳作。吉川先生的门生一海知义与高桥和巳，也从事六朝文学研究，并有所创获。京大作为日本研究中国学中心，也是六朝文学研究的基地。近二十年来，日本对六朝文学的翻译、介绍、研究更形繁荣。如《文选》《玉台新咏》《古诗源》等总集，都出版了新的全译本，还编选、译注了一些水平较高的选本如《古乐府》（小尾郊一、冈村贞雄译注，东海大学出版会，一九八〇年）、《古诗选》（入谷仙介译注，朝日新闻社，一九六六年）、《汉魏六朝唐宋散文选》（伊藤正文、一海知义编译，平凡社，一九七〇年）等。曹植、陶渊明等人的作品都出版了新译本。《世说新语》《搜神记》等也出版了新的全译本。研究著作方面，笔者前述拙文中介绍过的小尾郊一和网祐次的著作，都有断代史的规模，亦多有创见。此后又有铃木修次的《汉魏诗研究》（大修馆书店，一九六七年）、松本幸男的《阮籍生平及其咏怀诗》（附《咏怀诗》译注和索引，木耳社，一九七七年）、冈村繁的《陶渊明——世俗与超俗》（日本广播出版协会，一九七四年）、小尾郊一的《谢灵运传论》（小尾博士退官纪念事业会，一九七四年）等专书出版。曾主持东京大学中国古典文学讲座的前野直彬教授所著《中国文学史》与《中国小说史考》等也包含对六朝文学研究的成果。至于单篇论文,散见于各种学术刊物、大学学报,每年都有不少。从以上概述情况,可见日本研究六朝文学情况的一斑。而近年来专攻六朝文学并取得较重要成果的,则主要有京都大学的兴膳宏和小南一郎等人。下面,简略地介绍一下他们的研究成果。

兴膳宏是吉川先生的弟子,六十年代曾短期在北京大学进修过。这些年他主要研究六朝文学,先后译注了《文心雕龙》《诗品》,出版了《潘岳·陆机》一书,还发表了许多论文。六十年代初,他在京大《中国文学报》上发表《嵇康的飞翔》一文,通过对嵇康诗中飞鸟形象的分析,揭示了诗人创作的思想、艺术的一个侧面,文章很有新意,引起了学术界的重视。以后他又发表了《谢朓诗中的抒情》(《东方学》第三十九辑,一九七〇年)、《艳诗的形成与沈约》(《日本中国学会报》第二十四集,一九七二年)等文章,着重在对六朝文学艺术成就及其发展规律的剖析。近年,他又与出身于京大,现执教于东北大学的青年学者川合康三共同译注《隋书·经籍志》,分七次连载于《中国文学报》,显示了对于中国古文献的研究功力。

兴膳的主要贡献,在文学批评史方面。他除了重点研究《文心雕龙》《诗品》之外,还写过论述挚虞、沈约、颜之推等人文学观点的专论多篇。他的研究不但视野广阔,而且善于把对文学批评与文学理论问题的探讨和以一定文学观念为基础的创作实践有机地结合起来,并且又努力发掘文学理论家或批评家对于推动文学观念发展的具体贡献。这样,他在六朝文学批评的研究中就提出了不少新见解。一九六八年,他发表《〈文心雕龙〉与〈诗品〉的文学观的对立》(《吉川博士退休纪念论文集》)一文,提出《文心雕龙》与《诗品》作为六朝文学批评史上的总结性著作,不仅批评的对象和方法不同,而且在文学观上也是对立的。文章围绕着这两部著作中对于“奇”的观念的论述展开分析,认为在刘勰宗经的文学论里,“奇”

是与“正”，即作为为文学绝对规范的经书的正统性相对立的。刘勰虽然不是完全否定“奇”(例如在对《楚辞》的分析中)，但却认为它是阻碍文学发展，必须给以纠弹的敝风。刘勰的这种观点得到沈约的赞同。而钟嵘，作为“爱奇”的理论家，不仅反对和贬抑沈约，而且实际是以旺盛的斗志不指名地批判了刘勰。他的这篇作品反映了对六朝文学批评总形势的一种新见解。这也涉及到对诸如沈约、颜之推等人的文学观点的评价。他在《论〈宋书·谢灵运传论〉》(《东方学》第五十九辑，一九七〇年)一文中，分析了沈约的《诗》《骚》渊源说，主情主义倾向，划分历史阶段的方法论以及声调谐和原理在文学思想史上的意义。他的《颜之推的文学观》(《加贺博士退官纪念——中国文史哲学论集》，一九七九年)一文，分析了《颜氏家训》中表现的文学观点。他指出，从形式上看，《颜氏家训》不是像《文心雕龙》那样系统的文学理论著作，但二者在文学观念上有不少相似之处：它们都力图对文学做出综合的、概括的认识，都表现出对儒家传统文学观的尊重，都主张古代文学精神与当代表现技法相融合等等。因而，应把颜之推看作是六朝文学批评的最后一位代表人物而给予充分重视。他认为学术界以前对颜之推的评价是不足的。兴膳宏关于《文心雕龙》的近作有《〈文心雕龙〉的自然观——其源流试探》(《立命馆文学》第四三〇——四三二号，一九八一年)，文章通过探索刘勰的自然观，进一步分析了他的创作论。兴膳认为谢灵运、宗炳等刘宋时代的文人从自然中体认出“道”，在感应自然景物过程中力求在可接触的形象中把握它，这在文学上是个划时代的现象。《文心雕龙》中的《原道》和《物色》两篇正受到了这种观念的影响。他发展了王元化在《文心雕龙创作论》中提出的“心物交融”说，认为刘勰所谓“随物宛转”是指观察阶段的“心”的活动，“与心徘徊”则是形象形成阶段的表现。从这种观念出发，他肯定谢灵运在自然描写中把哲学更深化了，进而又指出一般认为刘勰批评宋初文咏“形似”文风的那一段话在理解上是错误的。据闻王元化正准备译介兴膳宏的文章，兴膳也很推崇王元化的著作。我们期待早日读到兴膳著作的中译文。两国学者学术成果的这种交流，一定会把研究水平提高一步。此外，兴膳宏《〈诗品〉与书画论》(《日本中国学会报》第三十一集，一九七九年)系统地提出了六朝书论、画论的材料，说明《诗品》在观点、方法、用语诸方面所受的影响。这个问题是国内早有人注意到的，但整理为系统的材料，这篇文章还是有意义的。

小南一郎也是吉川先生的高足，是引人注目的年轻一辈的学者。他曾出任日本驻华使馆文化专员，为国内学术界所熟悉。他的主要贡献在小说史方面，重要文章有《西王母与七夕传说》[《东方学报(京都)》第四十六册，一九七四年]、《〈神仙传〉复原》(《入矢教授、小川教授退休纪念论文集》，一九七四年)、《〈西京杂记〉的传承者》(《日本中国学会报》第二十四集，一九七二年)，而尤以最近发表的《〈汉武帝内传〉的形成》[《东方学报(京都)》第四十八册，一九七五年；第五十三册，一九八一年]功力深厚，见解独到，值得重视。他的这些文章从题目看，似着力在文献考辨方面。它们也确有材料丰富、论证翔实的长处；但它们的价值却超出了文献学的范围。小南一郎通过研究这些古小说的版本、创作构思、形成过程等等，提出了不少有关中国小说发展规律的新鲜看法，对我国古小说研究做出了可贵的开拓。

小南一郎所注意的，是《汉武帝内传》《西京杂记》《神仙传》等志怪小说。我国学术界对古小说的研究本来就很不够，而《汉武帝内传》等传统上被归为史部杂著的作品，艺术表现方法粗略，研究的人更少。而小南一郎把它们作为粗具规模的长篇小说来研究。他认为这类作品在与现实生活相对立的形式中构筑起非现实的世界，这正是长篇小说的特征。他说，后来的如《西汉演义》那样的历史小说，正是从这类作品发展而来的。《〈西京杂记〉的传承者》一文首先揭示了托名葛洪、吴均、萧贲等人所作《西京杂记》在内容表达上具有罗列和玄学两个特色，认为这是说话人对听众演说故事的典型口吻，因而推断它们最初产生于宫中艺人之手。这些艺人在东汉末年的动乱中流落民间。他又据作品中反映的道教思想，推测它可能最后写定于葛氏道①的后裔。在具体分析小说形成过程时他又指出：这篇作品已不是如正史那样离开个人爱憎对历史作鸟瞰式的实录，而是通过个人的眼光对历史所进行的艺术概括。在历史发展的长河中产生许多细节，传说者们按自己的观点加以取舍选择，在虚构的因果关系中重新加以组合、创作，因而说这不是历史，而是长篇小说。联系作品的思想内容，作者认为，其中表现的对已逝去的过去的向往，对百万巨富的憧憬以及对游乐与死的关心，都不是士大夫阶层的产物。这表明当时一种具有非士大夫阶层性格的文化人已经产生了。作者还把这类作品与日本古代军纪物语相比较②，认为它们是相类似的艺术成果。

长篇论文《〈汉武帝内传〉的形成》以其独特的研究角度和研究方法得到人们的重视。作者利用民俗学、宗教学的材料，对小说的作者、内容以及形成的社会条件、历史意义等问题进行了缜密的考察和论证。全文分八节：（一）祖灵的归还；（二）作为亡灵的神女；（三）巫觋们的幻想；（四）灵媒的技法与社会；（五）《五岳真形图》与六甲灵飞等十二事；（六）“会”与“厨”——与众神聚餐；（七）灵宝派与上清派③——《内传》的位置；（八）《汉武帝内传》的形成。作者认为，按照文艺起源于巫祝的观点，任何文艺形式的成熟都有一个与

① 三国吴人葛玄（164—244），著名道士。师事庐江左元放，把道经和炼丹秘术传给郑隐，郑隐传给他的从孙葛洪。葛洪（283—363），自号抱朴子，将道教教理进一步系统化，并把神仙方术与儒家伦理纲常结合起来。道教这一派俗称“葛氏道”。

② “军纪物语”是日本镰仓、室町时期的一种战争历史小说，代表作有《保元物语》《平治物语》《平家物语》《太平记》等。

③ 灵宝派与上清派是晋代以后道教发展中形成的两个教派。灵宝派是贵族化的金丹教派，上清派是保留原始神仙信仰的比较接近民众的教派。

巫祝绝裂的过程,《汉武帝内传》就是在这样一个发展时期的产物。在南北朝时期,道教通过清整运动已紧密与世俗君主权力结合起来,抛弃了原来带有的民间色彩,这就形成了灵宝派;而当时一些对此不满的人们坚持古代民间信仰,这就是上清派。而《汉武帝内传》正是以民间信仰为核心,强调神仙的存在高于世俗的权威,所以,这是上清派后期的作品。作者推测,在《内传》形成过程中,原来应有一个作为核心的故事,后来以这个故事为主干,附会以种种材料。而这个过程,是与精神发展史的一定时期相联系的。作者使用资料非常丰富,特别是发掘了《道藏》中的大量材料。例如引用古代民间关于七夕的传说;《真诰》与《周氏冥通记》关于降神的记载;道教中的"会"与"厨"的习俗;《道迹经》《太上智慧经》等关于仙药的记录,等等,在揭示六朝人宗教与精神生活的生动丰富的画面的同时,确定了《内传》所使用的素材及其演变和艺术概括过程。其材料的翔实缜密,论证的确切可靠,给人以深刻印象。作者在中国古小说史的研究上,也提出了不少新课题。

此外,林田慎之助在一九七九年集录他多年研究中古文学批评史所写的二十二篇文章,成一专著——《中国中世文学评论史》。这是近年来日本唯一的一部系统的中国文学批评史专著。按照林田的看法,关于文学批评的史的著作,不应是罗列材料,仅限于作家、作品的评论、欣赏,应当在整个社会及其思潮的背景上,把批评家的评论与创作实践有机结合起来进行研究;在范围上,不应只限于文学评论著作,还应注意各种诗文集编辑中反映的文学思想。他的这种努力,是较以前的日本研究者前进了一步的。

日本学术界对六朝文学给予特殊的重视,与他们的文学观念与审美观念有关。笔者曾与一些日本学者探讨过这个问题,发现在他们的意识中,没有宋代以后长期统治中国文坛,并在现在仍不无影响的"八代之衰"的观念,他们对于六朝人对艺术美的追求表现出强烈的兴趣。这样,他们特别在六朝文学的艺术成就方面用力开掘,从文学的独特的发展规律的角度对六朝文学提出一些新见解。从我国学术界的情况看,自鲁迅先生对魏晋文学进行了精湛研究以来,六朝文学的研究也有许多新成绩。近年来,对六朝文学思想的探讨更是成绩斐然,一概地贬抑、否定六朝文学的传统偏见正在改变。从这个意义上看,了解、借鉴日本学者的研究成果,是一种很有意义的事情。

附注:日本东北大学副教授川合康三先生为写作本文提供资料,给予帮助,谨此致谢。

原载于《学林漫录》第8集,中华书局,1983年

京大人文研和它的中国学研究

京大人文研，全称京都大学人文科学研究所，是饮誉世界的人文社会科学研究机构，也是日本最重要的中国学研究中心。笔者1989年度有幸被聘任为该所外国人研究员。这是该所1980年创设的职务，它不同于客员教授，而是正式雇员，身份等同于所员。因此我得以参与包括研究所决策的许多工作，对这一机构有了比较全面的了解。笔者深切感到，不仅它的丰硕的研究成果值得我们借鉴，它的工作方式、研究方法等也有许多可取之处。

一、京大人文研概况

人文研，如果从创立东方文化学院京都研究所的1929年算起，已有六十多年的历史。创始时的东方文化学院有分设于东京和京都的两个研究所，是日本外务省所辖研究机构。京都研究所后来改名为东方文化研究所，研究中心是所谓“支那学”。1939年，在原京都帝国大学(现在的京都大学)又创立了一个人文科学研究所，被称为“旧人文”。在第二次世界大战期间，京都还有一个半官方的德意志文化研究所，战后改组为西洋文化研究所。到1949年，这三个研究所合并，组建为今天的隶属于京都大学的人文科学研究所。大体与原来的三个研究所相对应，分设三个部：日本部、东方部和西洋部，另附设一个东洋学文献中心。由于有着这样的历史渊源，这个研究所的工作与影响就与一般的大学研究所不同，而带有国家规模的色彩。

这个业绩宏富，被世界学术界所瞩目的研究所，人员相当精干。在笔者任职的1989年度，正式职员只有77人。其中教授17人，助教授14人，助手20人，图书馆工作人员12人，事务人员14人。这里的图书馆工作人员多是文献学专家，所以专业人员占全部成员的比例很高。人文研对于研究人员的遴选非常严格。出现缺员时在全国范围内“公募”，由教授会议对报名者审议，用无记名投票方式表决(学术权威人士的推荐也很重要)，然后呈报到大学当局加以聘任。这样，多年来人文研集中了一批学有根柢、成就卓著的学者。即以对中国学术的研究情况为例，20世纪日本最优秀的专家如狩野直喜、内藤湖南、羽田亨、青木正儿、塚本善隆、吉川幸次郎、贝塚茂树、桑原武夫、小川环树等都在这里工作过。对于日本社会科学学者来说，迈进人文研的大门是一种荣耀。正因为这个研究所集中了一代代出色的人才，才能创造出那样重大的成就。

研究所在文献的搜集、整理、编目方面做了许多具有重要学术价值的工作。它所附属的东洋学文献中心，是日本大学中最为完备的中国典籍图书馆。自从旧东方文化研究所时期起，它即在日本国内和中国搜集汉文文献。其藏书不在求善、孤、珍本，而注重在学术研究中有利用价值的明清精印本。其中各种丛书和明清集部书尤为完备。另外还收藏有殷商甲骨3000余件，全部敦煌、吐鲁番文书的微缩胶卷以及大量中国美术、考古、民俗资料与地图等。这里的藏书、资料是公开的，可以在馆阅览和复制(但复制价颇高，一页50日元，相当2元人民币)。所员利用文献非常方便，经登记即可随意取用；只是严格规定不准携出所外，并要放在自己研究室的显眼处，以备借用人不在时别人可以查阅。所员在一定限额内亦可免费复印资料(超额计价从工资中扣除)。笔者得到了这种条件，感到对提高研究效率非常有益。1965年根据日本政府的规划，这个文献中心成为全日本五大社会科学文献中心之一，分担中国图书资料的收藏，更提高了这个中心的地位。每天都有日本和外国学者在这里查阅资料。

人文研每年刊行多种定期出版物、论著和研究报告。作为《京都大学人文科学研究所纪要》出版的有两种，即《东方学报（京都）》和《人文学报》，均为年刊；另有欧文的年刊《ZINBUN》。还有大量研究论著、资料和调查报告（到1989年已出版到第35号）出版。研究所编印了几种重要的目录书。一是中文图书目录。1943年出版了《东方文化研究所汉籍分类目录》，1963年、1965年增补、修订为《京都大学人文科学研究所汉籍分类目录》，1979年、1980年又以排架目录形式重印。各目录均附书名人名通检。这个目录不是简单的藏书目录。由于经多年对著录各书的作者、年代、版本等文献学方面的研究，加以收藏图书十分完备，它可看作是一种精确的文献学术目录，对研究工作很有价值。二是《东方学文献类目》，现为年刊（1963年前名《东洋史研究文献类目》，初刊时二年刊），著录隔年前一年在日、中、韩以及各国学术杂志上发表的论文、单行本著作、书评，并附作者索引。早期所集资料限于馆藏，战后扩大到不限馆藏的各国全部有关文献，从而成了世界范围内完备的东方学情报汇集，具有高度权威性。此外，1953年刊有《蒙古研究文献目录（1900—1950）》（岩村忍、藤枝晃编）；1959年刊有《京都大学人文科学研究所藏甲骨文字》图版上、下册，1960年出版了文字册，1968年出版了索引。其他资料、索引已出版数十种。以上资料均限定印数，非卖品，公开交流，在我国各大图书馆中不难得到（限近年）。

二、人文研的"共同研究"

自20世纪初日本首都迁至东京，旧都京都就逐渐转变成一个文化城市。为了保护古都风貌，京都没有大的工业设施，商业的发展也很有限，但它却不仅以其独具的文化特色成了旅游胜地，而且成了西日本乃至全国的一大文化中心。这里的京都大学（战前的京都帝国大学）也树立起笃实而又自由的学风，提倡为追求真理自由探讨的风气，培养起一批批卓越的学者，创造出大量的研究业绩。一个值得注意的对比是，日本政府的高层官僚多是东京大学出身的，而得到诺贝尔奖的日本人则绝大多数是京都大学的毕业生。

这种开放自由的学风，也体现在京大人文研的研究工作中。人文研的研究选题是由所员个人提出，在教授会上形式地加以通过。日本政府或其他机构仅能够通过提供研究经费的有无与多少加以干预，并不能加以限定。

东方文化学院京都研究所创建伊始，研究工作即以个人为主，由个人选定题目，一般限定三年完成。1935年，吉川幸次郎组织了一个班子校订《尚书正义》，这是后来驰名世界的"共同研究"的发轫。以后此种形式逐渐形成为研究所的工作制度，即所员每个人除自己确定个人研究课题之外，还有义务参加一项共同研究。共同研究的形式是研究班。按惯例每一位教授都主持一个研究班（有的由助教授主持），任班长，为课题负责人，研究班是公开的，所内的人可跨学科、跨部参加，所外各大学、研究机构的人以至一般市民均可参加。研究班有助手负责日常事务，起初是专属的，后来分属各部。一个研究课题进行三五年或更长的时间。一般每周集体活动一次。

中国学术的研究班主要有两种形式，一种是原典会读，一种是研究心得(专题论文)的发表和讨论。原典会读也是人文研独特的研究形式。根据研究课题,在一段时间中确定一部中国典籍进行共同阅读讨论。事前决定一个中心发言人,由他就所选典籍的某一段落进行充分准备,对这一段原文从文字校勘、标点断句、注释、出典以至疏通文义等方面提出看法,然后共同研讨。这种工作做得极其细致。为了校订出正确的原文,要搜罗各种版本加以比勘;对文中的典故不只要释义,还要找到最初的出典。一般来说半天的时间只能读几百字的一段(视难易情况而定)。比如笔者参加的吉川忠夫教授的道教研究班,会读《真诰》,上半年一个学期只读了一卷而已。会读的记录经过专人整理就成了一部著作。当年,以吉川幸次郎为首的经学文学研究班校定出版的《尚书正义定本》八册(1939—1943)就是这样形成的。又如最近出版的《新发现中国科学史资料研究、译注篇》(山田庆儿编,1985 年)、《禅文化·资料篇》(柳田圣山编,1988 年)以及陆续在《东方学报(京都)》上发表的《李义山七律集释稿》(李义山七律注释班)等也是这种会读的成果。研究心得的发表与原典会读结合、交替进行,形成参加者就研究课题的某一问题的专题论文。虽无硬性规定,但按惯例每个人每年都有发表的义务。这些论文往往经过修订、整理而结集出版。有些可由商业出版社出版,另一些则由所内出版。这些书印制极精,例非卖品,又限定印数,偶有流入书肆者则价格奇昂。笔者曾在旧书店看到一本 1983 年出版的《中国中世纪宗教与文化》论集,索价十万日元(即四千多元人民币)。

1989 年 4 月开始的年度共同研究题目如下(其中有些已延续多年,只有个别项目是新开始的,括号中的人名是班长名,敬称略):

日本部:《“满洲国”研究》(山本有造)、《近代日本的亚洲观》(古屋哲夫)、《贝原益轩及其时代》(横山俊夫)、《明治维新时期研究》(佐佐木克)、《文学中所见》(飞鸟井雅道)。

东方部:《中国科学史文献研究》(山田庆儿)、《4—8世纪中亚和西北印》(桑山正进)、《中国近世的法制与社会》(梅原郁)、《六朝道教研究》(吉川忠夫)、《中国中世文物》(砺波护)、《(中国)文人生活》(荒井健)、《汉代出土文字资料研究》(永田英正)、《本世纪二十年代的中国》(狭间直树)、《中国古代礼制研究》(小南一郎)。

西洋部:《论民族志记述方法》(谷泰)、《知识与秩序——其在近代的再编制》(阪上孝)……

研究班的共同研究极其认真,讨论十分热烈,往往规定时间已到仍争论不已。这种形式不只集中了集体智慧,而且培养了青年学者,是值得我们借鉴的。

人文研的研究工作注意实地考察。例如据抗战期间对我国云冈石窟的实测调查,战后出版了《云冈石窟》十六册(1951—1956),得到了学士院奖。对日本以及欧洲(英、意、西班牙等国)、非洲也进行过许多考察,并发表了一批调查报告。这是需要另作专门介绍的。

另外所员还有个人研究项目,限于篇幅,这里只举出1988—1989年度东方部的课题供参考:《中国音韵史研究》(尾崎雄二郎)、《殷周文物考古学研究》(林巳奈夫)、《中国诗学》(荒井健)、《宋代官僚制度》(梅原郁)、《六朝隋唐精神史》(吉川忠夫)、《隋唐社会史研究》(砺波护)、《六朝道教思想研究》(麦谷邦夫)、《古代中国故事传承研究》(小南一郎)、《中国美术的造型与意义》(曾布川宽)、《东北作家的文学》(林田裕子)、《明清学术史研究》(井上进)、《明末清初士大夫思想研究》(三浦秀一)、《汉唐间的天文学与文化》(新井晋司)、《佛教逻辑学(因明)史研究》(船山徹)、《中国中世的政治与社会》(过正博)。

三、人文研的中国学研究

从以上所介绍研究班的与个人的研究课题可以看出，人文研对中国的研究在整个工作中占很大比重。人文研1989年的20个研究班中，东方部占9个，日本部的《“满洲国”研究》实际也是关于中国的；《近代日本的亚洲观》也与中国有密切关系。1988—1989年的个人选题东方部有26个，日本部与西方部合计是23个，而东方部的研究对象主要是中国。

以研究中国为工作重心是人文研历史上形成的传统。当初外务省建立东方文化学院，正当战前日中矛盾日趋激化时期，设立这个以“支那学”为重心的研究机构，显然包含着为对华侵略服务的目的。旧东洋文化研究所为对华侵略战争进行过“战时特别研究”，有《对支(华)思想工作研究》之类的“科研”课题。但即使在当时条件下，仍有一批勤奋而忠于学术的学者认真进行关于中国的学术研究，并取得了相当大的成绩。

人文研传统上重视中国古代学术研究，又特别注重文献校勘、整理等基础工作。由于研究者有长期安定的条件，在经济上又有保证，可以数十年坚持一项工作，取得的成绩往往就很可观了。战后随着社会形势的变化，现当代的课题增加了比重。其中某些研究者在中日关系发展上起到一定推动作用。

在中国文学研究方面，人文研历史上取得了杰出成就。如吉川幸次郎、入矢义高、田中谦二的《元曲选释》四集(1951、1952、1976、1977)吉川幸次郎的杜甫研究，平冈武夫对《白氏文集》的校订(《白氏文集》三册，1971—1973)等都是世界学术界公认的成果。平冈武夫、市原亨吉、今井清编的《唐代研究指南》十二卷(1955—1965)、斯波六郎续编特集四卷(1957—1959)，是唐代文史研究的重要工具书。可惜现在人文研中没有专设“中国文学”部门，但“艺术史”部门的荒井健教授是中晚唐文学专家，他所主持的李义山七律注释班正在进行工作，已发表一批成果，并编辑、出版了《李义山文索引》。他曾主持“江南文人研究”研究班，之后又扩展研究范围组成“文人生活”研究班，从物质生活、精神生活等方面探讨某一时期、某一地域文人的特征。“文化交流史”部门的小南一郎教授是中国古代文学专家，是后起的卓有成就的学者，他对《楚辞》、古小说的研究成绩突出。他研究古代文学，广泛联系考古学、宗教学、民俗学、神话学、古文字学等领域，并在严格的传统学术方法基础上借鉴结构主义、比较史学的方法，为研究工作开拓了新局面（他的《中国的神话传说与古小说》已由笔者译成中文，中华书局即出）。

人文研的许多研究仍延续旧“汉学”传统，以广泛的中国学术为对象，所以有关史学、哲学、宗教、艺术、古代科技的研究都与文学有密切关联，直接或间接地有助于中国文学研究。特别是由于许多课题长期为中国学术界所忽略，因此对我们更有了解和借鉴的价值。

在中国历史研究方面，前所长贝塚茂树的业绩是举世闻名的。1984 年他因为这些成绩被授予文化勋章。六十年代岩村忍主持《元典章》的会读，后来出版了《校定本元典章刑部》二册（1964、1972）和岩村忍著《蒙古社会经济史研究》（1968）。宫崎市定主持的《雍正朱批谕旨》的解读持续进行了二十多年，研究领域涉及清代社会经济、官僚机构、社会风俗等诸多方面，出版有小野和子编《明清时代的政治与社会》（1983）等。目前主持“中国社会”部门的砺波护教授正主持“中国中世文物”研究班，主要以研究秦汉到五代时期的出土文物为对象。

在考古学方面，薮内清、水野清一、日比野丈夫、长广敏雄做了许多工作。近年来林巳奈夫主持的研究班成果十分显著，对于自新石器时代到秦汉时期的出土文物、文献进行了广泛研究，出版有

《汉代文物》(1976)、《战国时代出土文物研究》(1985)等论著。1989年3月林巳奈夫已退休,目前由永田英正主持“汉代出土文字资料”研究班。

中国宗教史研究一直是人文研成就卓著的部门,该部门先后集中了以塚本善隆、牧田谛亮、柳田圣山为代表的一批优秀佛学家,特别是对于六朝佛教史与禅宗史研究取得了重要成果,出版有《〈肇论〉研究》(塚本善隆,1955)、《慧远研究》二册(木村英一,1960、1962)、《魏书释老志研究》(塚本善隆,1961)、《弘明集研究》三卷(牧田谛亮,1973—1975)、《疑经研究》(牧田谛亮,1976)、《中国中世的宗教与社会》(福永光司,1982)、《禅文化·资料篇》(柳田圣山,1988)等。近年来,其研究重点又转向道教,目前主持“中国思想”部门的吉川忠夫、“宗教史”部门的麦谷邦夫都在进行道教研究并有论著发表。

中国科技史是人文研研究工作的又一个突出方面,曾经有《中国中世科学技术史研究》(薮内消,1963)等一系列著作发表。近年主持这方面研究的是“科学史”部门山田庆儿。他先后主持过“中国古代科学”“中国科学史文献”研究班,出版过《新发现中国科学史资料研究·译注篇》(1985)等。

此外在中国政治史、思想史、艺术史、敦煌学、历史地理学以及近现代中国研究等方面,人文研都取得了一定成绩。

最后还应指出,京大人文研与我国学术界有着良好的关系,对于促进两国间的学术交流十分重视并作出了很大贡献。我们衷心祝愿这个研究所事业兴旺,取得更大的成绩。

原载于《古典文学知识》1991年第3期

从此难登比睿山

京都比睿山上住着几位我交往甚密的先生。每次到日本,总有机会上山拜访。久住那里的入矢先生即是我素来尊敬,视之在师友之间的一位。这几年,在日本,在中国国内,不断地听到先生身体欠安的消息。听说他做了手术,出院,又做手术,而且就是在病中,仍然勤奋不辍,研究班仍在继续……忧心之余,心中更增长了无尽的钦敬之意。这种钦敬心本来是从见到先生的那一天起就埋藏在心头的。到今年,长久以来令人担忧的结果终于成了现实。如能再上比睿山,该是多了一份惆怅和寂寞了。哲人往矣,言者何益!但后来人终有不能已于言者……

笔者直接向先生请益的机会并不算多,但交往的时间不可谓不长,关系不可谓不密切,受益更不可谓不大。第一次见到先生,大概是在1985年秋。当时我任职于神户大学,应花园大学之约前去讲演。题目是关于佛教对唐代文学的影响,是一次面向学生的、内容十分浅显的报告,但却有多位学界前辈在座:平野宗净先生、常盘义伸先生诸位,还有入矢义高先生。看到他们几位在座,那样认真地倾听我的浅薄的讲演,当时内心顿感惶恐;但体会到各位先生谦虚的美德,心中又油然升起敬佩之意。

那时候,入矢先生的大名我早已耳闻,并已读过先生论寒山的大作。对寒山和寒山诗的认识与评价,历来众说纷纭。先生的精密考订与细致分析直到如今仍近为不易之论,无论是观点还是方法，都解难发覆，给人以诸多启发。我个人从中更是受益良多。所以这次一见面，就有一种神交已久之感，特别是先生带着那样和蔼亲切的面容。讲演之后，几位先生又移席禅文化研究所座谈。

那是二十五年前，在佛学研究上我甚至还称不上一个初入门的“学徒”，所以很希望听听各位先生的批评意见。但各位却一致地给予我过高的赞誉。我想这应是日本人待客宽厚、客气的一般态度，但也清楚地感受到各位的殷殷鼓励之意：因为当时中国改革开放不久，佛学研究正在起步，所以对我这样的虽然幼稚但总算认真的态度表示优容和谅解吧。结果那次座谈中谈得最多的是我自己：各位先生对中国佛教、中国佛教研究的现状表现出极大的兴趣和极诚挚的关心。记得各位曾问及当时中国寺院如何管理、僧人剃度出家的手续等等，也问及大学里的佛教研究和教学状况。这些，都让我深切体会到包括入矢先生在内的日本学者对中国、对中国佛教学术的关心，当然也感受到对我个人的好意。

不久以后，神户大学的伊藤正文教授陪同我到京都去拜会柳田圣山先生。柳田先生在大德寺设席款待。席间，意外地得到入矢先生托衣川贤次先生赐下新著《馬祖の語録》，让我再一次感受到前辈的殷切关心和厚爱之意。

再以后，冬天的十二月八日（这是入矢先生赠书上记明的），又是伊藤正文先生陪我应邀到入矢先生比睿山府上拜访。出租车司机上山时已打电话询问过路径，所以车到门口，先生已在等候。那又是一个下午海阔天空的畅谈。记得最清楚的是两件事：一是谈中国古俗语研究，先生拿出数十年研究积累的资料让我看，特别又就中国出版的一部王梵志诗校注本进行讨论。鉴于当时中国学者掌握材料有所限制，先生在原书上密密麻麻地加了许多批注，有的页面几乎写满了全部空白处。这让我对先生工作之细密认真感到十分惊诧，先生对中国学术的关心更使人感动。仔细阅读了先生的几篇批注，真像是上了研究态度、研究方法的一课。后来我曾经和当时主政中华书局的傅璇琮先生谈到这件事，傅先生曾表示希望入矢先生对王梵志的研究成果在中华书局出版，但现在只能留下无尽的遗憾了。再一点是先生对我个人研究状况的关心，问我他的著作中有哪一部我手头没有，并找出大作《庞居士语录》即席题赠。先生还介绍了在他府上每周进行的俗语言研究会的进展情形。告辞的时候，先生一直将我送到汽车站。我当时说，比睿山上清阒寂寥，隔山远眺有延历寺等胜迹，下面琵琶湖风光尽收眼底，真是神仙住的地方。先生爽朗地笑了起来。

以后我有机会又到比睿山府上拜访过先生一次；几次到日本，在各种学会上断断续续地见过多次面。每见一面，先生都是关切有加。特别是后来中华书局出版了我所点校的古逸《观世音应验记(三种)》，入矢先生的研究班把该书作为古汉语的资料进行研读，我的校点本有幸被作为参考资料。在对我的工作加以肯定并鼓励的同时，提出了大量的批评、商榷意见。仅对傅亮《光世音应验记》所录七条，由衣川贤次教授加以归纳，细至标点、字形的考订、辨析等处，意见就有数十条之多。这其中所表现的，无论是严肃、认真的态度，还是对中国学术的关切，都再一次让我感动有加。

我经常表白，这些年来，自己的研究工作得到日本学者的帮助和支持很多。这其中，除了提供研究条件、图书资料等等有形的帮助之外，更重要的是得到许多精神上的帮助和鼓励，态度和方法上的汲取和借鉴。如入矢先生，他对中国学术的矢志不渝的热爱，他讫至终老，全身心地投入中国学术研究的热忱，他的严肃认真的学风和文风，如此等等，都使我受益良多，是一种无形的帮助和激励。个人以为，就入矢先生而言，除了他的诸多具有不朽价值的著作之外，他治学的严肃勤奋，他热心助人、汲引后学的态度，也将作为精神财富永存于学术史而沾丐后学。

十一年前，我曾和许多学界同人一起作文庆祝入矢先生喜寿，由禅文化研究所出版了纪念文集。当时大家对已逾古稀之年的入矢先生身心健旺无限喜悦，并期待着先生能够更长久地担任带领学术研究的重任。今天，我们写文章来祈祷先生的冥福了，怎能不令人唏嘘不已！

“神仙住的”比睿山上永远失去了入矢先生的踪影，该是多了几分寂寞吧！

原载于《入矢义高追悼文集》，日本汲古书院，2000年

痛悼与希冀

去年十月，在马鞍山召开李白学术研讨会，松浦先生本来是准备参加的。后来因为医生劝阻，他没能与会，朋友们都十分担心。但今年正月，突然收到岩波书店转送先生新著《漢詩——美の在りか》一书，看后记，写于2001年10月20日。喜悦之外，顿感释然：也许真的出现奇迹，先生可能复康有望了。同时又为先生如此努力工作，顽强地与疾病抗争的精神所感动。此后不断地打听消息，总听说先生一切如常，仍在上课，但却总是抑制不住内心的忧虑。如今终于得到噩耗：哲人往矣，存者奈何！

本人与松浦先生结交近二十年。二十年间，鱼雁往还，迄未间断，中间还有松浦先生来南开和本人去早稻田相聚的时期。先生对于我，真可以说是“托身有三益（友直，友谅，友多闻）”之交。但如今有生之年是不能回报了，真是痛何如之！

在当代日本学者中，著作翻译成中文出版的，松浦先生有六种，大概是数量最多的一位。这一事实本身就是先生研究水准的证明；另一方面，先生也十分注意自己的著作在中国的传布和反响。他曾对笔者说，研究中国学问，被中国学界所接受，对中国学界有助益，是非常重要的。在这一点上，充分显示了松浦先生对中国、对中国学人的友好、关爱之情。中国学者不仅对先生中国学术研究的成就和贡献深怀感激，也为他对中国学者的友好之情所感动。

学术无国界，作为当代学者的工作也是超越国界的。松浦先生留下的业绩是国际学界的共同财富,他的人品、道德、文章同样是整个学界的典范。

平常说,一个人取得成就靠天才加勤奋。松浦先生可以说正是这一论断的证明。他的勤奋真是超常的。他生前工作繁忙,担负繁重的教务,但始终笔耕不辍,留下著作等身。他的研究领域十分广泛。多年从事李白研究的成绩超越群伦,在中国诗歌语言和格律研究方面更有开拓性的建树,研究课题又扩展到中、日比较诗学和日本的汉诗等等,还主持编纂了《唐詩解釋辭典》《漢詩の事典》等大型工具书。这大量工作是在繁忙的教学工作之暇进行的。五年前本人在早稻田,有时候和松浦先生一起出去,发现他走路有些气喘,嘱咐他注意身体。他一边在笑谈"身体是革命的本钱",另一方面却不顾健康状况潜心于计划中的大量工作。在后来给笔者的信里,他经常报告工作进展、著作出版的信息;而当时他已经重病缠身了。如此的勤奋,这样地为工作而献身,让人感叹,更是留给后人的宝贵的精神遗产。

松浦先生著作很多,而且每一种都新见迭出,阅读时给人以如入宝山、目不暇接之感。关于先生学术上的成绩,后学者当进行深入研究,不是在这里可以简单说明的。只想指出一点,即先生研究的课题和内容极富创意。学术研究的根本不外乎两个方面:一是对材料、事实等等有所发现,扩大了知识、认识领域;再是对已有的材料、事实等等有所发明,即作出新的解释和评价。这也正是学术研究魅力之所在。众多学人终生追求这一目标,但不是每个人都能达到预期的目的。而松浦先生在其所研究的各个领域,都取得了重大的突破。例如李白研究,他出版专著三种,还有诗选的日译、论文多篇。无论是所谓"宏观"(例如关于李白"客寓"的处境和观念对于形成其诗歌创作思想、艺术特征的阐发,关于李白诗歌艺术中"心象"的探讨等),还是所谓"微观"(包括生平事迹的考证以及具体作品内容、艺术方法的分析等)方面,他这些著作解疑发覆,推动相关研究取得重要进展，从而成为当代世界上公认的李白研究的大家。特别值得提及的是，他多年来常常利用假期来中国考察与李白游踪相关的史迹，亲自体验诗人创作的具体环境，推进对有关史实的考订。在这方面中国研究者是没有人能够企及的（这当然有经济力量的原因，但也有能否付得起辛苦的问题）。在另一个诗歌艺术领域，主要是中国古典诗歌格律和语言的研究方面，松浦先生的开拓之功同样是人所共知的。例如关于古典诗歌体裁和格律，本是中国诗论经常讨论的题目，但以往主要集中在古、律、绝各体的特征和功能方面，松浦先生特别揭示出节奏与诗型演变的关系，开拓了中国诗史研究的一个重要方面。再如先生早年写《“猿聲”考》《“斷腸”考》等文章，发展了有关“诗语”研究的新方法和新观念。后来进一步扩展，探讨诗歌里时间观念的表现等等规律性的问题。吉川幸次郎先生曾说过：“重视非虚构素材和特别重视语言表现技巧可以说是中国文学的两大特长。”（《一つの中國文學史》）松浦先生的诗语研究确实抓住了中国文学研究的一个重要关键，并作出了巨大成绩。

松浦先生的学术业绩这里不能一一缕述。还想补充一点，就是先生对中国学术、对中国学人的友好情谊终生不渝，为中、日学术交流尽心竭力，许多中国学人得到过先生的关照和恩惠，这是让人永志不忘的。发扬先生的风范，继承先生的遗志，应当把这一传统继承下来。

杜诗曰：“访旧半为鬼，惊呼热中肠。”笔者年事渐高，眼看着一些朋友迁居他界，许多都是十分优秀的人，真是无限感伤。而如松浦先生，一生从事自己热爱的事业，身后留下了不朽的业绩，栽培的后学已经成长起来，大概九泉之下不会有遗憾了。

愿逝者安息！愿他的业绩永存，并有后学者继承下去！

原载于《中国诗文论丛》第21集《松浦友久教授追悼纪念》，日本早稻田大学，2002年

师从虞愚先生学因明

人生的遭遇往往决定于机缘。我和虞愚先生相识并师从他学习因明,纯属偶然的机缘。但这件事却对我影响至大,虽然我有幸亲接虞先生音尘只有短短的数年间。

那是 1983 年,我刚刚平反回到南开大学不久,从哲学系同事崔清田先生那里知道社科院哲学所正举办佛学讲习班。我的专业是隋唐文学,研习所及,涉猎佛典多年,但苦无门径。比如佛书讲业报轮回,但是又讲我、法两空,既然“人我”已空,轮回的主体在哪里?业报又落实到何处?这些常识性的问题真让我百思不得其解。坐在图书馆里读藏经,读得晕头涨脑,往往如堕五里雾中。有进修的机会,我当然要争取参加。我和崔先生为参加学习也真经过不少艰辛。学习班讲课在星期六,早晨八点半开始。外地的学员大都住在北京。而我们两个人得起大早赶六点的火车,到北京站是八点,一溜小跑赶到哲学所上课。那时候谈不到乘出租车,火车也很挤,弄不好要一直站到北京。当时学习班安排讲课计划的有吕澂、黄心川、巫伯慧等诸位先生。我们去上课正赶上虞先生。开始虞先生讲的是他广博精深学问中最拿手的一门——因明,课本是印度大乘佛教瑜伽行派大论师商羯罗主的《因明入正理论》。对于我们这些初入门的学徒来说,基本概念都要从头学起,是够艰深的了。但听虞先生一上午深入浅出、生动活泼的讲课,许多问题让我真感到顿开茅塞,学术上的启迪之外,更有某种艺术享受之感。

虞愚这个名字我是知道的。二十世纪五十年代人民文学出版社出过一批学术讨论文集,有一本是关于杜甫的,其中有虞先生的大作。我1956年进大学,练习写作的第一篇学年论文就是杜甫的《奉先咏怀》,那本文集我也就读过。我只知道虞先生是厦大中文系教授,到哲学所听课,才知道他的更为精深的学术在佛学方面。他三十年代发表《因明学发凡》,那是他的第一篇学术论文;然后出版《因明学》一书,是继太虚、吕澂后写出的重要因明专著。他不但是近代最早系统地研究因明并取得成就的中国学者之一,而且更力图沟通印度因明、西洋逻辑、中国名学,总结其共通规律,阐发其各自特点和贡献。经过几十年不间断的努力,他成为中国现代因明无可争议的权威。但因明只是他佛学研究的一个领域。他十九岁入南京支那内学院,师从近代佛学大师欧阳竞无、吕澂,学法相唯识之学;后来入厦门大学,太虚法师为厦大教师讲《法相唯识学概论》,他为记录,并在杂志上发表。他有关这方面的论著,得到国内外学界的好评。后来他到日本讲学,主要讲的也是这方面的研究成果。日本学者一向自以为是执佛教学术研究的牛耳的,而许多这方面的专家对虞先生的研究成果却都是钦佩异常,并译介发表。

我们听课的当年,虞先生七十四岁,身形清癯,但精神之健旺超出常人。他讲课真的是"口若悬河",没有讲稿,侃侃而谈。讲完《因明入正理论》,又讲《百法明门论》,原典文字全凭诵出,旁征博引的中外资料,也是全凭记忆。比如他所介绍的俄国开创所谓"列宁格勒学派"的佛学大师舍尔巴茨基的学说,使我受益匪浅。后来我在学校图书馆里找到了其书早期的日译本,在日本又得到了新的日译本。他把艰深玄妙的佛家名相解释得通俗易懂。他有时写出梵文原典的文字,详析其本义;有时提出英语的译法,用现代概念来加以说明。一般一上午的课讲三个小时,滔滔不绝,不喝一口水，却毫无倦容。后来对他了解更多了，知道那时正是“文化大革命”过后，他的精神十分振奋的时候。1984 年端午节他赋诗有句曰：“老逢四化歌同健，九畹滋兰起众芳。”可见他当时的高昂情绪。本校的崔先生是搞逻辑的，早得请益之幸。从他那里知道虞先生来讲课，和我们一样的辛劳。他住在宣外菜市口以西法源寺旁边，早晨要换几次车才到北京站前的哲学所。七十四岁的老人挤公共汽车，有一次手表都挤丢了。但他每次上课，都显得兴致勃勃。应是在多年佛教学术零落之后，感到所学又有所用，激发起他的“用世”之志。他是急切地希望把心得传之后学的。后来哲学所给他安排了公车。

得到这样的学习机会，我当然要格外地用心。当时听课的人有几十位，总有一些不“入门”的，听讲什么“宗、因、喻”“一分过”“全分过”“自比量”“他比量”，有人作昏昏欲睡之态，也有人特意“客气”地坐到后排。我不敢怠慢，尽可能坐到前排，仔细地记笔记，几乎是有言必录。后来虞先生看了我的记录，赞赏有加，有意让我整理出来出版；可惜没有找到机会。彼此熟悉了，虞先生知道我们下午还要赶回天津，就邀我们到他家吃午饭。崔先生去过；我去的次数更多些。回想起来，主要不是想叨扰一顿饭（当时北京饭馆很少，吃饭问题也真不小），而是希望得到更多请益的机会。这也算是一点私心，竟没考虑老先生的疲劳。实际上，每次去也真是不负所望。

虞先生前半生颠沛流离，晚年生活更颇为困顿。1955 年他被错打成“胡风分子”，由此连累子女受到残酷迫害。“文化大革命”时期饱受批斗不必说了。1976 年与他相濡以沫的夫人林逸君女士过世。他们是年轻时在厦门恋爱结婚，两人历尽艰辛，伉俪情深。夫人死后，虞先生和女儿、外孙生活在一起。当年奉调来京进中国佛学院，主要是为了替斯里兰卡班达拉奈克夫人倡议的《世界佛教大词典》写有关中国的条目，所以住在法源寺西侧的房子里。房子是古旧的庙产改建的，已破落不堪，四面透风。他一家住北房两间半。屋子里除了简单的床铺、桌凳之外，真可说是别无长物。屋里没有下水道，厕所在院子里。外面的半间房有个小煤炉。我去的时候是中午，他女儿上班，虞先生亲自“下厨”准备饭菜。只可惜我平昔“不近庖厨”，当不了帮手。虞先生当时的生活境况可见一斑。

在虞先生家里，当然首先是请教佛学方面的问题。从因明到唯识、禅，从杨文会、欧阳竞无到当前的佛学院，议题颇广。他告诉我，唯识学是佛教教理发展的高峰，从这里入门当然困难，但可收高屋建瓴之效，对于研究其他教理问题会游刃有余；他还一再指明，唯识学是以分析名相始，以排遣名相终，所以要牢牢把握名相分析这一关，并嘱咐我认真研读熊十力的《佛家名相通释》。如果说我对佛教学术略窥门径的话，关键在得到虞先生如此指点迷津。这种耳提面命之言，解决了我许多年不能解决的疑惑，使我真正体会到“与君一席话，胜读十年书”的真义。

和虞先生接触渐多，我发现他是现世不可多得的性情中人、古道热肠的人，也是真正的文章才子。我是学文学的，又主攻唐代文学，知道虞先生曾在大学教《楚辞》，教杜甫，自然会议论到文学。由此我才知道虞先生不但论诗多有精解，而且言能顾行，写诗颇得老杜神髓。现有《北山楼诗稿》传世可证。他曾拿出陈衍《石遗室诗话续编》的一段指给我看。他当年在厦大一年级读书时，曾拜访到那里的陈衍。陈做过清朝的学部主事，清亡后持南北各大学教席，是清末民初旧体诗大家，影响巨大的“同光体”后劲。陈 1856 年出生，虞先生见他时应年近八十。但这位文坛泰斗式的人物，对虞先生的才气十分垂青，曾将虞先生诗多首录入《诗话》，又作诗称扬说：“总角工书世已称，更殷少年缀文能。断章正好望吾子，青眼高歌老杜陵。”从中可见对少辈的赞许之情，亦可见此老自负之高。虞先生写七律奉答曰：

新诗见赠情深厚，期许言辞不在多。才可经纶守丘壑，老逢危乱走关河。早为南北东西某，一付悲欢离合歌。拟共拂衣江海去，秋山迢递渺烟波。

这里第五句用《檀弓》孔子所说“今丘也，东西南北之人也”典，暗把陈衍比作孔子，又十分切合他当时流落各地的处境，和下一句“悲欢离合”对得又十分工整，陈读后十分兴奋，写入诗话，并评论说“第五句用《檀弓》语，极见浑成”。虞先生给我读到这一段，回忆往事，犹现稚气的扬扬之态。其时我正治韩、柳。陈衍《石遗室论文》《诗话》评骘诗文多精到语，少年虞先生得此高评，可见成绩不俗。虞先生论诗，主大、深、新、雅。他引《虞书》上所谓“歌咏言”，强调诗不同于散文，讲究“律所以定声音也”。他的诗作特工于律、绝，如《新居牖下有古松一株，所谓雀舌种者》：

相对忘年牖下松，挐空直干欲成龙。苍鳞自合混茫气，翠鬣谁窥独块踪。划梦绳床供一瞑，搏魂宵雨暗千峰。羁栖与我宽愁思，掀尽涛声答暮钟。

这是一首咏物诗，感情之沉郁，格调之高古，都已难见于今之人。再看一首咏人的，是他书赠友人聂绀弩的：

豁目晴宵接隼飞，网罗冲绝道能肥。已成铅椠千秋业，依旧乾坤一布衣。毁室夜鸮终自灭，掠空海燕辨谁非。新诗中有经天泪，狂侠温文并世稀。

这首诗深情抒写对聂先生的赞叹，真能传达出友人的风神。其中“乾坤一布衣”用老杜成句，用得浑融无迹，恰恰切合聂老的身份。而诗中表现的对友人人格、诗品的深刻理解，应来自二人“同气”之感。他曾给我写一条幅：

五洲宾客簇长城，揽胜攀梯壮此行。已放晴天增詄荡，终昂赢骨对峥嵘。天连碧海关山险，风定黄河日月明。俯视千峰蓬块耳，高吟气欲盖幽并。

登万里长城昌武学兄高评癸亥春北山虞愚写旧作

这首诗格律的谨严工整显示了作者的高超技巧，而那种壮阔的情思更表明了老人的豪兴和热忱。

虞先生的才气还表现在书法艺术成就上。他告诉我，自己早年习书，曾遍临《三希堂》，在上海读书时更曾遍寻当时的书法大家，一一登门求教。然后由临帖转而临汉、魏碑，碑、帖毕精。他大学毕业后，曾得到国民党元老于右任的荐举，任职于当时南京政府的监察院，做院长办公室主任。被于右任委以文案，可知他辞章、书法的水准。他的书法作品兼有碑的刚健和帖的婀娜，加之又有高度的文学素养，字里行间更显现出特有的生动气韵。他曾集虞集的句子为联："骏马秋风冀北，杏花春雨江南。"这成为他艺术上的追求，曾屡书之不已。在一次中日书艺交流会上，他写下条幅：

苏和仲山高月小
范希文心旷神怡

这个条幅文、笔俱佳，惊动四座。他又曾把它书写赐我。这可算是他的代表作，笔法极其娟秀优美，而含健举的气势；结构显得疏朗，笔不连而意连，神态十分紧凑，和前面提的获赠那幅《万里长城》，应是我传家之宝了。虞先生从年轻直到古稀，书艺名声日重。早年其书法已多次展出并得大奖，新中国成立后更屡屡在国内外展览。现在江南各地的名山胜水，多有他的墨迹，为名胜古迹增辉，也给后人留下了瑰宝。

1984年我初次到日本任教，行前为准备礼品踌躇，虞先生慨然应允书写墨宝赠送友人。当时不知客气地抱了一大捆玉板宣登门。虞先生展纸涵墨，写下多幅，也让我目睹了名家作书的气象。大幅的宣纸，并不打格或折叠，把纸展放在破旧的八仙桌上，他让我在对面配合他的书写速度往后拉，他则秉笔直书，一气呵成。他说，拉纸也有技术，当年欧阳竟无写字，他拉纸，十分合意，颇得称赞。因为我大体可以揣测他书写的内容,拉起来速度基本合适,所以也颇得赞扬,至今想起来还感到得意。当时是初与日本人交往,不知道他们送“见面礼”的习俗,以为越珍贵越好。实际上在日本初次相见送点东西,只是一种礼貌,纯属形式,没有送贵重东西的。虞先生的墨宝当然是准备送给知名学者的。有的人非常器重,如中国古典文学专家伊藤正文先生,他把虞先生的条幅郑重地高悬在客房正中。但也有的人不以为意,以为是平常的小礼物。例如我去拜访一位中国学的名人,送上墨宝,他顺手放在书架上;几个月之后,再去访问,那卷珍贵的条幅仍然放在那里,真让我有明珠暗投之感。

1985 年冬,虞先生陪同当时的哲学所所长辛冠洁先生率《哲学研究》代表团到日本访问。他本来并不隶属于《哲学研究》编辑部,让他做副团长显然是借重其声望。当时我在神户大学工作,得到他的来信,约定时间前往相会。地址是京都、大阪之间高槻市的居民区,是和曾在南开留过学的户琦哲彦君一起去的。乘出租车找了很长时间,终于找到了。是一所民宅,接待方面安排借住在那里。虞先生十分兴奋地向我们介绍他到各处讲演受到热烈欢迎的盛况。据说在名家齐集的宴会上,女士们轮流前来献花、敬酒,是他从来没有“享受”过的待遇。这是他第二次赴日本。上一次是在这一年夏天,去参评中日少年书法比赛。历尽困顿之后,在异邦得到这样的荣誉,让他感慨不已。

1989 年我再度出国做研究工作,回国后从崔先生处听说虞老已病逝在故乡厦门,一刹时心里感到十分凄然。后来到厦门参加一个学术会议,从南普陀寺的僧人处得知,老人弥留时是孑然一身,只有当寺僧人陪侍。在这次出国前,我因为要查阅法源寺中国佛学院的资料,请虞先生帮忙。早晨赶到虞先生家,他还没有吃早饭。算起来他当年已近八旬了。他自己用颤抖的手到火炉上热点牛奶,吃点干粮,我心里突然感到莫名的伤感。还是那所破房子,虞先生仍然穿着破旧的毛衣和棉背心。就是在那一次,他给我讲了他和陈石遗相交的往事。当初的少年才子如今是这样的生活。这也是我师从虞先生五年受教的最后一面。有一个古语——“恩师”,现在在中国基本不用了,在日本仍是个习惯用语。我要十分真诚地说,对于我,虞先生是真正的恩师。我研习佛学三十几年,自从见到虞先生,才算略窥门径;而且是陆续得到他的指点,才一直坚持做下来,并取得了点滴成果。

因为虞先生在港台、海外广有影响,1982 年中新社发专访新闻稿,中有“生活安适”“共享天伦之乐”等语。而 1987 年《光明日报》内刊上刊载林华的通讯,题目是《著名因明学家、书法家、诗人虞愚教授长年陋室过冬寒、接宾客,吁请有关领导关注》,“编者按”中说:“本报记者曾随同前往虞愚教授住处,实地考察。的确,虞老近年身体不如以往,住在陋室之中,冬天室温不足 10 摄氏度……”直到病逝,情况也没有改变。而令人感动的是,虞先生几十年对这样的生活条件却安之若素,心境坦然,每天紧张地从事学术工作和艺术创作……

回想我所认识的虞愚先生,以为他无疑是学术大师、艺术大师型的一代奇才。他的学养、才能、智力,他的人格、品行、性情,都是超出群伦的。但客观地说,尽管他在艰苦的条件下做出了惊人的努力,但在生命这最后的几十年,由于种种原因所限,却没有取得本应取得的更光辉的成就。这是更让人痛感凄凉的。

虞愚,1909 年生于厦门,1989 年卒于厦门;号北山,字德元;学者、诗人、书法家;中国社会科学院哲学所研究员,文学所兼职研究员,国务院古籍整理出版规划小组成员,中国佛教学会理事,兼职众多,一一不俱。早年有著作《因明学》《中国名学》《印度逻辑》等广行于世,近年同仁、弟子、后人和国外知交自二百万字遗著中精选,编成三卷本《虞愚文集》,已由甘肃人民出版社出版。同社亦出版纪念文集一种,记录了国内外亲朋、弟子对他的崇敬和怀念。

原载于《学林漫录》第 15 集,中华书局,2000 年

患难知交　良师益友

与人民文学出版社的因缘伴随着我度过了大半生。如果没有这份因缘，或许我的生活和工作会是全然不同的另一种境况。

二十世纪五十年代初，亡姊孙昌雯自军队退役，转业到刚刚成立的人民文学出版社工作。当时我在北京一中读书，经常到出版社“玩儿”。出版社老一辈领导者冯雪峰、巴人等先生我都见过，更得到如孙绳武、戴鸿森、杜维沫等诸位先生的亲切指点、帮助。这种经历大为增强了我对文学的兴趣，对此后我树立从事文学研究的志愿起了很大作用。

真正和出版社发生“业务”联系，已经是“文化大革命”结束以后。当时亡姊孙昌雯已过世，我在东北一个小城接受“改造”。“文化大革命”开始的时候，红卫兵抄家，把我节衣缩食买下来的书装上抬筐抄走了。多亏“革命行动”并不彻底，竟让少数线装书“漏网”，其中就有我十分珍爱的《四部丛刊》本《注释音辩唐柳先生集》。自己从大学读书时起就特嗜韩、柳，当时又没有别的书可读，这部《柳河东集》和另一些“焚书”残余就成为我朝夕相伴的慰藉。在那种恐怖环境里大胆地和我“偷着”结成婚姻的妻子高淑珍很能理解我，全力操持家务，在我饱受批斗后，支持我专心读柳宗元之类“封资修”。到“文化大革命”后期，“群众专政”松动，我就更有了读书机会。也是“阴差阳错”，开始“批林批孔”，号召“批儒评法”，“读《封建论》”，我的关于柳宗元的知识竟得到“利用”。当时各地工农兵大批判组编写出不少注解柳宗元诗文的书。我“学习”之后，对这些“战果”竟大胆“腹诽”起来：这些书的文字注释有“革命知识分子”把关，大体不会太错，但史实的解释、文意的解说就有许多使我不敢苟同的地方，于是自己暗地里陆陆续续地把一些看法记录下来。当时不敢想有一天会拿出来出版，也没有“藏之名山”的宏愿。因为自己十年的境遇就像处在下滑的陡坡上，处境真是“每况愈下”，已经被“踏上千万只脚”，显然是“万劫难复”了。当时是什么力量让自己有“写作”的欲望和行动，直到今天也很难弄明白。总之，到“文化大革命”结束，我写下几大本读柳宗元的笔记，其中包括作品系年、注释和分析等等。

“文化大革命”结束，我的“问题”并没有结束。因为我不是在“文化大革命”中受迫害的，是五七年的历史问题。我多年是一直没有资格发表文章的。记得六十年代初，我曾愚蠢而执拗地写文章，向报刊投寄稿件，只有一篇讨论司空图《诗品》的，曾在《文史哲》上发表。后来才知道，杂志社曾向我所在单位征求意见，“组织”上不同意发表，只是由于不知哪一位编辑大胆坚持，文章才侥幸面世。我写的其他东西当然只能变成废纸了。六十年代初经济状况紧张，纸张奇缺，稿纸难以买到。亡母当时住在北京，京畿之地情况好些，排队买稿纸一次可买十张、二十张。她买了给我寄到东北。她知道我做的是无效的努力。每当稿子被退回来，失望之余，我常常猜想母亲的心情，总会感受到她盯着我的凄凉目光。

这样，当“拨乱反正”，开始肃清“文化大革命”影响的时候，我并没有一展身手的奢望。我只是把对“评法”和“读《封建论》”运动中的那些作品的意见略加总结，写成一个材料，寄给与我曾有因缘的人民文学出版社，想提供点参考。万万没有想到，不久后竟收到带着“人民文学出版社”大红印章的热情回信，在肯定了我的意见后，建议我写成文章。要知道，当时我还只是东北一个小城里的默默无闻的师范学校教员，又有“反党反社会主义”的“历史问题”没有解决，而人民文学出版社是个具有权威性的国家大出版社。接到这样的信，让我受到的激励和鼓舞，真是难以言传的。

回想起来，当时自己的水平真是有限得很，又没有多少资料可以利用，研究过程中的困难不待赘言，写出来的成果必然是错漏百出。记得收到退回来的第一批大约两万字“试稿”，编辑的红笔勾画斑驳满纸，几乎我的每条引文都有错误。如果现在这样的文章到我的手里，必定会被毫不犹豫地“枪毙”掉。但是编辑肯定了我的文章的“大方向”，鼓励我写下去。后来我知道，负责编辑这本书的先是许可先生，后来是陈新先生。正是在他们的悉心帮助、指教下，三十万字的《柳宗元传论》书稿终于完成。写作过程中，当时还年轻的弥松颐先生不避烦劳，多次替我购买、邮寄资料，同样让我永志不忘。

许可、陈新两位先生给我的许多指教，使我一生受益。例如当时正“拨乱反正”，“革命大批判”文风还相当盛行。我的文章里也常常幼稚地胡乱批驳。许、陈二位一再指点我，重要的是树立、论证自己的观点，不要一味盛气凌人地去批驳别人。这让我深刻警醒。我至今已写了几百万字，没有指名道姓地批驳过任何人，从不敢贬人以扬己。我也告诉我的学生，做人、为文要虚怀若谷，有容乃大，多去发现、汲取他人的长处。再例如我的原稿里不仅引文有许多错误，书写中也有不少疏忽、笔误，校勘、考订更有许多不严密的地方。许、陈二位都一一加以订正。我从中学习治学的态度：细密认真，一字一句都不敢苟且。这也是我自己并教育我的学生一直努力坚持的。这里举出的只是我受益深刻的点滴。

后来书出版的时候，病危中的茅盾先生在病床上题写了书名；书出版后在国内外引起反响。日本研究中国文学的权威刊物、京都大学的《中国文学报》发表了万余字的长篇书评，认为这部书反映了“文化大革命”后古典文学研究的实绩和动向。认真地说，《柳宗元传论》一书的完成过程，也是我进行研究和写作的学习过程；

这部书里包含着许可、陈新、杜维沫等许多编辑的劳绩。没有他们的帮助，不可能有这部书；而我从中所受到的教益更是无穷的。正是这部书的出版，使我在古典文学研究中顺利起步，二十年来做出了力所能及的努力。

这些年来我在国内外从事教学和研究，经常和出版社打交道。我深刻感受到，世界上没有任何国家的出版商像中国的编辑这样辛辛苦苦、任劳任怨地“为他人作嫁衣裳”，不但为著作的内容、观点把关，还要替作者提供、核对材料，甚至改正文法错误和错别字。这样的工作几家大出版社如人民文学出版社、中华书局等做得尤其精到。我还发现，在当前环境下，有些出版社追求经济效益，已不太或根本不重视编辑质量了。而还是这些大出版社，一直保持着优良传统和良好作风，成为出版界的中流砥柱。

从出版《柳宗元传论》到如今，只是转瞬之间，我已经垂垂老矣。当年指教过我的编辑们有些已经退休，有些即使见面，也是相对慨叹“与老无期约，到来如等闲”了。而每当我想到、见到这些先生们，内心里总是充满感怀和敬意。多年来，我和同道们、学生们不断地从人民文学出版社得到许多好书。我们都知道，这些书是许多编辑的丝丝白发、满面皱纹换来的。

几年前，在一次学术会议上，陈建根先生知道我在从事道教与唐代文学课题的研究，他立即表示要和社里商量，纳入选题。这些年，我从来不愿和熟识的编辑谈出书的事。因为我知道自己的书不会有“经济效益”，怕给朋友出难题。但在陈先生诚恳地约邀之下，我认真地完成了这部书稿。我很高兴地知道，这次担任编辑的有与我同龄的陈建根、刘文忠先生，也有年轻一代的管士光先生。他们仍坚持当年的传统和作风，认真、细致地帮助我写成了这部书。不知道这部书面世后会得到什么样的评价，但我内心里清楚的一点是，如果它有些许价值，其中同样包含着以上各位的劳动成果。

就这样，由于特殊的原因，我的学术生涯开始得较晚。而自己从事学术研究这二十年，始终视人民文学出版社为患难知交、良师益友。当这个出版社度过它五十年的生日的时候，作为它的一个忠实的作者和读者，衷心祝愿它“健康长寿”，在新世纪创造出新的辉煌；也祝愿在职的、退休的新、老各位编辑朋友健康幸福，为我国出版事业作出新的贡献。

原载于《我与人民文学出版社——人民文学出版社建社五十周年纪念文集（1951—2001）》，人民文学出版社，2001年

发扬传统　开创新机

一

现在人们做研究选题报告、申报科研项目等等，必有一个项目是填报该课题研究现状。大部分填报的人在填写已有研究状况时，主要篇幅都是指出前人的不足，说明自己的创新和拟突破之处。做一项研究，当然要解决前人没有解决的问题。但对待前人已做出的成绩，却大体可以有两种态度：像前面那种写法，是主要从不足、缺陷方面着眼的，是一种否定的思路；还有另一种写法，就是主要看前人在这一课题上已取得的成果、成绩，规划自己如何进一步做研究工作，即如何在继承前人的基础上有所建树。这是一种首先肯定前人成绩的思路。这个当前十分平凡的现象，实际在深层次上反映了一个学风问题，即尽管到如今那种风行一时的粗暴的“大批判”做法已经被人唾弃，但忽视、不尊重传统，多从否定角度看待前人已有成绩的偏向，仍然普遍存在。大家应当记得流传遐迩、耳熟能详的列宁的一段教导：“马克思主义这一革命无产阶级的思想体系赢得了世界历史性的意义，是因为它并没有抛弃资产阶级时代最宝贵的成就，相反地却吸收和改造了两千多年来人类思想和文化发展中的一切有价值的东西。”①可是即使在今天，那种粗暴地对待传统的观念和作风已经被批判和否定，轻视、漠视前人成果的倾向仍然在自觉或不自觉地表现出来。特别是在某些年轻学人和学生中间，学术根基本来不够牢固，对传统的了解往往不足，又容易眼高手低，在这样的基础上立志“创新”和“突破”，想法值得称赞和鼓励，但难免流于空疏、谫陋。有些人并不缺乏才情，有些人更是相当的努力，但治学路数有偏差，可能就难以达到理想的效果。

这样，在当前的古典文学研究中，如何更虚心、认真地学习前人的成果和经验，更全面、充分地继承前人的治学传统，就成为开拓进取、推陈出新的重要课题。特别是与我们更为接近的20世纪的成果，那些学术大师的成就和经验，本来具有总结几千年学术积累的意义，就更值得重视和学习、借鉴。

20世纪中华大地动乱频仍，内忧外患连年。除了最后的二十年，几乎少有平静的时候。但就是在这中华民族进行艰苦卓绝的奋斗、民族觉醒和奋起的时代，正是这动荡、变革的环境，极大地刺激了中国人的精神世界，文化事业不断地展现新机，学术研究各个领域包括古典文学领域取得了辉煌成绩。特别自进入20世纪伊始，中国迅速地融入世界文化潮流，西方现代社会科学的种种观念和方法，包括马克思主义的理论和方法输入中国，更不断地给学术研究带来新的生机。因而20世纪的中国学术又显示出承前启后的特色。特别在前期，出现了一批学术大师级的人物，如梁启超、王国维、胡适、鲁迅、陈寅恪、钱锺书等人，他们大都体现出学术转折期的特征，即一方面是中国传统学术特别是清代发达的朴学的继承者，另一方面又是现代新的社会科学的开创者。他们既对于

①列宁:《论无产阶级文化·决议草案》,《列宁选集》第4卷，人民出版社，1960年，第362页。

传统学养有素，对外来的新的学术又十分稔熟；他们十分尊重并善于继承和发扬前人的优良传统，又勇于探求、创新，积极吸纳和利用新的观念和方法。这就使得他们的研究呈现出既深厚扎实，又自由开阔的面貌。他们给中国学术历史带来了革命性的变革，又在众多领域里建树了巨大业绩。在今天看来，他们探讨具体问题所得出的某些结论可能是值得商榷的，但他们的总的研究成绩，包括他们开拓的研究领域，解决问题的思路和方法等等，则毫无疑义仍然是学术研究的典范，是今人难以超越的标尺。如果说学术研究欲求达到新的高度要站在巨人的肩膀上，那么20世纪的前辈巨人们则已给我们准备下这个阶梯。特别是对于新进的研究者和学习者，利用这个阶梯可以说是治学事半而功倍的捷径。

这里不可能详细讨论个别学人的成就及如何继承之类具体问题，只想概括地说明个人对于20世纪学术传统的几点肤浅认识，供大家参考。

二

20世纪初期成长起来的学者大都是在“旧学”传统中孕育出来的。他们中许多人青少年时期接受过系统、严格的“旧学”教育，十分熟悉清人的治学方法和学术传统，受过有关文献、考据、目录、版本、辑佚、校勘、文字、音韵、训诂、注释等等传统学术的严格训练，娴熟地掌握了有关知识和技能。他们治学的门径不同，有的从小学入手，有的从校勘学入手，有的从目录学入手，凡此种种，但几乎都对“国学”打下了牢固根基。他们讲治学方法，也谆谆教导人们要从基础做起。例如章太炎讲治国学，提出四项，即：辨真伪，通小学，明地理，知古今人情之变。他是典型的学术过渡期的人，提出的方法显然已超出乾嘉学派的范围，但仍把辨真伪、通小学作为首要的两项。胡适讲治学方法，提出“勤、谨、和、缓”的良好习惯。他解释所谓“勤”指不偷懒，他引用傅斯年的口号：“上穷碧落下黄泉，动手动脚找东西。”“谨”是不苟且，不潦草，不拆滥污，即他提倡的“小心求证”的“小心”两个字。“和”就是虚心，不武断。“缓”是不要轻易下结论，要注意找新材料①。这四个方面，都关系到研究的基本功夫和基本态度。1928 年蔡元培委托傅斯年办中央研究院历史语言研究所，历史学分五个组：文籍考订，史料征集，考古，人类及民物，比较艺术；另有语言学四个组。在《史语所集刊》第一集里，刊载了傅斯年的《历史语言研究所工作之旨趣》一文，说明研究工作的三个标准，即：第一，凡能直接研究材料，便进步；凡间接地研究前人所研究或前人所创造之系统，而不繁丰细密地参照所包含的事实，便退步；第二，凡一种学问能扩张他研究的材料便进步，不能的便退步；第三，凡一种学问能扩充他做研究时的工具的，则进步，不能的，则退步②。这则突出地强调了材料的发现及方法的创新两方面。史语所当年在大陆时研究人员不多，活动时间不长，但成就有目共睹，与确立这种研究目标和方针有直接关系。

“凡为文辞，宜略识字。”③做文章如此，研究更是如此，就是必须有文字、音韵、训诂等基础知识。又研究作家、作品必须使用正确的文本，这就应当掌握必要的目录、版本、校勘等知识。仅举一个例子。闻一多的名文《诗新台鸿字说》，考订出“鸿”字的含义，从而确定了千古莫明的诗的主题。又如余嘉锡作《释伧楚》，考订魏晋南北朝时期使用“伧”“楚”“楚子”或混用“伧楚”是南朝士大夫鄙夷江淮以北人的称呼，从而揭示了当时历史上“内外之分，门户之见”④的现象。胡适曾说考证出一个古字的意义不下于发现一颗恒

①参见《治学方法三讲》，《胡适精品集》第 15 册，光明日报出版社，1998 年，第 22—24 页。

②参见《傅斯年选集》，天津人民出版社，1996 年，第 176—179 页。

③韩愈：《科斗书后记》，《韩昌黎集》卷一三。

④《余嘉锡论学杂著》上册，中华书局，1963 年，第 227—234 页。

星。陈寅恪则说依照今日训诂学之标准，凡解释一字即是做一部文化史。如果不是把这些话断章取义，应当说是很有道理的。再举一个版本方面的例子。朱金城先生倾其大半生精力笺校《白居易集》，1988 年上海古籍出版社出版的《白居易集笺校》六厚册乃是白居易研究的总结性成果，其卷一有诗题原作《月夜登阁避暑》，但诗里并无涉“月”“夜”的描写。当初何焯已经发现有问题，作校记说：“诗中无月，必夏夜之误，并夜字亦疑误。”朱校在《笺校》中也特别著录了这一校语①。后来朱金城先生查阅日本国会图书馆藏《文集抄》，在上卷里发现了题目《月灯阁避暑》异文，而月登阁是唐长安佛寺名，在其他资料里也有记载。这样，终于校订了诗题，而这一诗题又关系到唐代文人与佛教关系的风俗等等。朱金城先生把这件事写在《双白簃唐诗卮谈》一文里②，可以参看。

前些年，关于研究方法的宏观、微观问题进行过热烈争论。应当说前辈学者的工作已经给我们指出了正确途径。研究选题可大可小，内容可以重理论也可以重资料，但治学的基础一定要牢固，前面所说的文字、文献、考据等等基础知识和基本功是必须具备的。但当前的情况是，对于相当一部分年轻学者和学生来说，不少人往往不屑于，实际是没有能力做那些既烦琐费力又难出“成果”的校勘、考证之类工作。当然这也和有些政策的导向有关。在当前科研项目审批、成果评价等等之中，文献整理、校勘、注释等等受到轻视，甚至被排斥在外。这类认识上和导向上的偏差，将会贻患无穷。实际上，真正学术上见功夫，又能在学术积累上作出贡献的，不可能是大而化之的草率、急就之作，必定是在基础上经得起推敲的。

值得深思的是，前一代学术大师们大都在学术的基本工作上

①朱金城：《白居易集笺校》第 1 册，上海古籍出版社，1988 年，第 19 页。
②朱金城：《双白簃唐诗卮谈》，《文学遗产》1995 年第 4 期。

做出过努力并取得成绩。这实际也为他们更广泛、深入的研究工作打下了基础。例如鲁迅在写作关于魏晋文学的经典名文《魏晋风度与文章及药与酒之关系》等之前,曾校订《嵇康集》达十余遍之多,并手抄三遍。他写了具有开拓意义的《中国小说史略》,又辑录了资料书《小说旧闻钞》《古小说钩沉》《唐宋传奇集》。人们同样熟知王国维 1912 年完成《宋元戏曲史》,而在这前几年他发表了《优语录》《录鬼簿校注》《曲录》《戏曲考源》《唐宋大曲考》等一系列有关资料、考证著作。胡适从 19 世纪 20 年代起整理、校订《神会语录》,工作持续到 60 年代他逝世前;他后半生更倾精力校订《水经注》。他明确表示是想用自己的工作指示研究方法。实际上,众多学界前辈大都在基本资料如传记、年谱、校勘、注释、资料汇编等方面认真地做过工作,而这方面的成就则有力地奠定了他们的学术地位。如陈寅恪(《元白诗笺证稿》)、朱自清(《李贺年谱》)、闻一多(《楚辞校补》《杜少陵年谱会笺》)、范文澜(《文心雕龙注》)、夏承焘(《唐宋词人年谱》)、郭绍虞(《宋诗话辑佚》《中国古典文学批评专著选集》)、邓广铭(《辛稼轩年谱》等)、孙楷第(《元曲家考略》)、游国恩(《楚辞注疏长编》)、姜亮夫(《陆平原年谱》《屈原赋校注》)、唐圭璋(《全宋词》《宋词纪事》)、钱仲联(《清诗纪事初编》)等人,名字不胜枚举,有关著作都成为学术上的传世经典。

三

再一个方面是,20 世纪的古典文学研究十分注重新资料的发现和应用,并积极而主动地采用新的观念和新的方法,不断开拓研究的新领域、新境界,从而在继承传统的基础上,使研究工作与国际学术接轨。在这方面体现的前辈学人的胸襟、见识、态度也是值得我们认真领会的。

在观念方面,自 20 世纪伊始,随着中国人向西方寻求救国方略的努力，西方现代社会科学的观念、理论、方法急速地输入中国，冲击着、滋养着中国的学术界。特别是当时先进的人们把文学研究当作思想文化革新或革命的一条具体战线，对外来思潮的介绍、容纳、消化、利用更表现出特殊的积极性。王国维在变法时期所写的《奏定经学科大学文学科大学章程书后》里已经指出："异日发扬光大我国之学术者，必兼通世界学术之人，而不在一孔之陋儒。"鲁迅在世纪初作《摩罗诗力说》介绍外国文学，也明确指出："国民精神之发扬，与世界识见之广博有所属。"①"五四"运动的先行者如李大钊、胡适、陈独秀、鲁迅等大都十分熟稔西方学术，有些人更有在国外生活和研究的经验，对于有关领域具有丰厚知识。

陈寅恪在《王静安先生遗书序》里分析王国维的学术成就"转移一时之风气，而示来者以规则"，指出三点，"一曰取地下之实物与纸上之遗文互相释证……二曰取异族之故书与吾国之旧籍互相补正……三曰取外来之观念，与固有之材料互相参证"。就第三点他举出"凡属于文学批评及小说戏曲之作，如《红楼梦评论》及《宋元戏曲考》、《唐宋大曲考》等是也"②。众所周知，20 世纪初小说、戏曲研究的广泛开展与急速进步，与外国文学观念的输入有直接关系。正由于新的文学观念的形成，极大地推动了戏曲、小说类作品的整理、校订和有关资料的发掘、考证等等。也正是在"文学革命"的潮流中，胡适、俞平伯、周汝昌等人对曹雪芹和《红楼梦》的考证、研究取得重大成果，使本来是贬义的"红学"成为一门真正具有独立学科意义的学问。整个小说、戏曲的研究也正得力于这种观念和方法的转变。

涉及文学观念革新的另一个研究领域是"白话文学"和民间文学。这些在以前本是难登大雅之堂的。"五四"以后，随着白话文

①《鲁迅全集》第 1 卷，人民文学出版社，1981 年，第 65 页。
②《金明馆丛稿二编》，上海古籍出版社，1980 年，第 219 页。

的提倡，“白话文学”得到普遍重视。胡适在《文学改良刍议》里已明确指出：“今日之文学，其足以与世界‘第一流’文学比较而无愧色者，独有白话小说（我佛山人、南亭亭长、洪都百练生三人而已）一项。”①后来他作《白话文学史》说：“中国文学史若去掉了白话文学的进化史，就不成中国文学史了……国语文学的进化，在中国近代文学史上，是最重要的中心部分。换句话说，这一千多年中国文学史是古文文学的末路史，是白话文学的发达史。”②这样的说法当然有些偏颇，但作为进步的文学发展观念的表现，白话文学对于推动文学研究是起了重大积极作用的。与之相关的还有民间文学研究。“五四”以后，民间文学研究一时形成热潮。北京大学成立歌谣研究会（前身是歌谣征集处），出版《歌谣》周刊，后来有《国学门周刊》，也以民间文学为主要内容之一。一批优秀的学者如顾颉刚、董作宾、茅盾、鲁迅、周作人、刘半农、闻一多、郑振铎、赵景深、钟敬文等都在这一领域付出了巨大努力。

20 世纪古典文学研究的成果，同样取决于新的研究方法的使用。不言而喻，马克思主义的观点和方法就是从外国输入，并受到热烈欢迎和广泛运用的。同样在 20 世纪初，西方新兴起的多种新的社会科学理论和研究方法，诸如进化论、实验主义、比较学派、精神分析学派、结构主义等等大量输入中国，现代西方美学、社会学、文化人类学、民族学、神话学、宗教学等也被引入并尝试应用于古典文学研究。王国维就是在汲取了叔本华和康德等人的哲学和美学思想的基础上，阐发了他的“意境”说，并推进了小说、戏曲研究。郭沫若在 1921 年所作的《〈西厢记〉艺术上的批判与其作者的性格》一文中已经说道：“精神分析派学者以性欲生活之缺陷为一切文艺之起源，或许有过当之处；然如我国文学中的不可多得的作品

①《胡适精品集》第 1 册，光明日报出版社，1998 年，第 9 页。

②胡适：《白话文学史·引子》，上海古籍出版社，1999 年，第 3 页。

如《楚辞》，如《胡笳十八拍》，如《织锦回文诗》，如王实甫的这部《西厢记》，我看都可以用此说明。”而闻一多对于上古神话和《诗经》《楚辞》的研究，一方面利用甲骨文、金文资料，寻找训诂的源头，同时也使用了精神分析和民俗学、宗教学等学科的方法。所以朱自清评论闻一多的研究工作说：“他不但研究着文学人类学，还研究佛罗依德心理分析学来照明原始社会生活这个对象。”①至于陈寅恪、钱锺书的研究，更是从不同角度，以多种方式广泛采用了比较学派的方法并取得了丰硕成果。陈寅恪论比较学派曾说：“即以今日中国文学系之中外文学比较一类之课程言，亦只能就白乐天等在中国及日本之文学上，或佛教故事在印度及中国文学上之影响及演变等问题，互相比较研究，方符合比较研究之真谛。盖此种比较研究方法，必须具有历史演变及系统异同之观念。否则古今中外，人天龙鬼，无一不可取以相与比较。荷马可比屈原，孔子可比歌德，穿凿附会，怪诞百出，莫可究诘，更无所谓研究之可言矣。”②这里反映的见识，直到今天仍是有教育意义的。正是积极接受了外来的新鲜滋养，才赋予古老的中国学术以新生机，不断开创出新生面。

王国维 1925 年在清华研究院讲演《最近二三十年中中国新发现之学问》，指出古来新学问起，大都由于新发现。他所提出的三十年新发现的材料并学者研究成果有：（一）殷墟甲骨文字；（二）敦煌塞上及西域各地之简牍；（三）敦煌千佛洞之六朝唐人所书卷轴；（四）内阁大库之书籍档案；（五）中国境内之古外族遗文。这些是当时发现的新资料。前辈学人大都对这方面表现出极大的热忱，每有重要新资料发现必引起学术界的轰动。例如包括王国维、胡

①《闻一多先生怎样走着中国文学的道路——〈闻一多全集〉序》，《朱自清全集》第 3 册，江苏教育出版社，1996 年，第 325 页。

②《与刘叔雅论国文试题书》，《金明馆丛稿二编》，上海古籍出版社，1980 年，第 223—224 页。

适、陈寅恪、向达、孙楷第、王重民、赵景深等众多第一流学者研究“敦煌文学”，大幅度地改写了文学史，为这一领域的进一步研究打下了坚实基础。当然，从今天看来，新材料除了前面王国维提出的五项之外，还有很多。由于学术研究领域的扩大和内容的深入，各学科交叉研究亦成为趋势，从而更扩大了“新材料”的范围。特别是建国以后考古发现成就卓著，即使是在“文化大革命”动乱时期，考古发掘也没有中断。大量遗址、墓葬、遗物、简牍、帛书、碑刻、图籍等等被发掘或发现，并在文史研究中得到广泛运用。即以唐代文学研究而论，唐陵（包括帝陵）的发掘，大量墓志出土，提供了解决许多长期悬而未决问题的重要资料。例如20世纪40年代岑仲勉在《续贞石证史》里摹录靳能撰《唐故文安郡文安县尉太原王府君墓志铭并序》，80年代周勋初在《千唐志斋藏志》里发现高适亲姊墓志，分别为研究王之涣和高适生平提供了重要资料，就是典型例子。陆续发现的大量战国、秦、汉帛书及竹简等，具有多方面的学术价值，对于文学研究也有重大意义。1987年包山楚墓发现楚简278枚，墓主官左尹，葬于楚怀王十三年（前316），楚简里记录有关卜筮祭祀者二十六事，汤炳正就曾据以解释《离骚》里有关卜筮的构思。

前辈学者勇于开拓和进取，虚心接受和尝试运用新观念、新方法、新材料的热忱和态度，是值得我们认真领会和学习的。

四

再有一点，对于我们同样具有启发和教育意义，即前辈学者树立了良好的治学风范和学术规范。近来有关学术规范的议论成为热门话题，但多数意见集中在所谓“不正之风”和写作格式等具体方法上。实际上自“五四”运动以来，一整套科学研究的操作方法逐渐被接受和应用。所谓治学风范和学术规范不限于一般的写作格式等形式，更重要的是治学目的、态度、作风等内在修养方面。如胡适所谓“勤、谨、和、缓”即是。胡适本人是广有争议、屡受批判的人，但他无论是任国民政府要职还是流亡海外，学术研究未忘须臾。他一生始终不渝地致力于三个研究项目：小说《红楼梦》、禅宗语录、《水经注》校订，一直持续到生命最后。对他为人的许多方面可以非议、抨击，但他这种对学术持之以恒的精神却不能不令人衷心赞佩。又如抗战时期大后方的学者所处环境十分艰难，很多人衣食无着，但如闻一多、朱自清等人正是在那种条件下创造了不朽的研究业绩。那一代学者真正地实践了韩愈所谓“无望其速成，无诱于势利”①的精神。他们研究一个课题，不计功利，孜孜矻矻，所得到的成果经得起时间的考验。

20世纪前半，革命在激烈进行，思想战线的斗争尖锐而复杂，但相对远离政治的那些学术研究领域却基本保持着独立研究、自由讨论的良好风气。学者的政治倾向各不相同，但在学术上却能够相互尊重。例如“五四”以后，鲁迅和胡适的关系渐渐疏远以至走向敌对，但胡适直到1928年在《白话文学史·自序》里提到鲁迅的《中国小说史》，仍赞扬说：“这是一部开山的创作，搜集甚勤，取材甚精，断制也甚严谨。”②而鲁迅本人倒曾反省该书上卷“论断太少”。刘师培属于乾嘉学派后学，晚年帮助袁世凯搞帝制，政治上不足取，但鲁迅论魏晋文学，却高度评价他的《中古文学史讲义》。比较一下他和鲁迅的研究方法，可以发现是有显著不同的。在20世纪二三十年代的北京（当时称北平），学术巨头云集，正是学者们的那种良好的学术风范有力地促进了学术的繁荣，使得那个政治上的动乱期成为学术的丰收期。

正因为有着良好的学术气氛，保证了学术上各种方法、各种派

①《答李翊书》，《韩昌黎集》卷一六。

②胡适：《白话文学史·自序》，上海古籍出版社，1999年，第5页。

别的自由竞争。大家知道，学术中的马克思主义派别正是在那样的环境中发展和兴盛的。当时马克思主义受到政治上的压抑，但在学术领域却在不断扩大影响，用其来指导研究的更不乏其人。同样，乾嘉学派的余绪、甲寅派、古史辨派以及吸纳、借鉴西方新学理的各种研究，基本得到自由发展的机会，各自有所成就。

回顾20世纪的古典文学研究，其成果、经验、教训都是十分丰富的。一批学术大师的成就更是令人景仰和赞叹。造成他们成就的有些条件，例如他们某些人的家学渊源和青少年时期传统学术的教养，他们优越的社会地位和生活、研究条件，他们丰富的阅历包括海外求学的经历等等，是今人难以企及的。但可以套用王国维所谓“一代有一代之文学”①的论断，也可以说一代有一代之学术。“江山代有才人出”。今天的学术研究也有前人所没有的优越条件，如资料的丰富和开放，信息交流的便利与畅通，以及研究手段的进步等等。充分地利用这些有利条件，在继承和发扬前人成果和经验的基础上，持之以恒地努力，必定会不断开创学术新机，取得更丰硕的成果。

原载于《天津社会科学》2002年第5期

①王国维:《宋元戏曲考序》。

他的人格堪称学界典范

年纪老大了，经常听到亲朋好友去世的消息。前些年每得到这类信息，难免有“访旧半为鬼，惊呼热中肠”的伤感；近年来，这类信息越来越多，心里也有些“麻木”了，只能无可奈何地沉思默悼。可是昨晚，突然得知傅璇琮先生去世，震惊之余，内心更是五味杂陈、无限痛惜，有不能已于言者。

我和傅先生交往有三十多年。一九七九年，我在好友帮助下，调进南开大学，回到教学、研究队伍，不久就结识了傅先生。这是所谓“改革开放”初期，他也刚刚“改正”，和我有类似的经历，自然有“同病相怜”之感。当时学术研究在多年沉寂之后，刚刚“复兴”；后起之秀还没有培养出来，队伍不大。京津两地相邻，开会、学生论文答辩、工作出差等等，来往频繁，接膝倾谈，交换著作，交谊渐深。后来他得到“器重”，职位渐高，职责也渐重，我去北京，顺便到中华书局看看他，不便多有打扰。近年来他身体不如从前，出来活动少了。五年前，我的《佛教文化史》出版，开新书发布会，本来没有邀请他，但他听说，赶来参加，并发了言。据主办方说，是他主动要求发言。会上，按他的习惯，说了许多溢美赞扬的好话。再一次，也是几年前，他的故乡浙江萧山请他帮忙组织一个孟浩然的会，他安排我们夫妇参加，说是可以顺便到那里看看。就这样，三十多年的交谊，平平淡淡。但在我内心里，是视他为平生难得的少数“知己”之一的。他只年长我四岁，可我又视这种交谊在师友之间。我早年"运交华盖",多经坎坷,命运终于改变,重新走上学术研究的道路。自己常常庆幸,生平多亏遇到一些好人,给我帮助,给我机遇。傅先生是给我帮助最多、最大的人之一。

傅先生的学术成就,有留下的大量著作在,不烦在这里评说。回想这三十多年中的交往,深感他人品的优秀,在当代学人中堪称典范,是更值得珍重的。

他心胸宽厚,乐于助人,"平生不解藏人善",切切实实地帮助有志从事学术研究的人,特别是年轻人。这一点只要看看这些年他给年轻学者著作写的那些序就可以知道。他对这些著作认真研读,其中只要有一点学术成绩必定细心摘出,表扬称赞不遗余力。就这些年古典文学研究领域说,新成长起来,做出成绩的学者大都得到过他的帮助、鼓励。就如我这个年纪的人,和他算是同辈分,他也是支持、激励有加。二十世纪八十年代,和他刚刚结交的那些年,我对历史上佛教与文学的关系有兴趣,写了些还很肤浅的文字。他不仅一再对我本人说,给予肯定,还在很多场合加以介绍,指出这个领域研究的价值、意义。如今很多人已经聚集起来从事这方面的研究,并取得相当的成绩,是和他大力鼓吹、推动分不开的。这几十年来古典文学研究各领域取得的成绩,大都包含他的努力在内。

他待人亲切,善于团结人,得人信任,有凝聚力,从而能够集合老、中、青,在官、在学的各色人等共同从事一些学术项目,开展学术活动,取得成就,推进学术事业的发展。在这些年远不够理想的学术环境下,开展大规模的,乃至全国性的学术活动可说是困难重重。傅先生能够组织大量这类活动,当然和他(只是后来)担任领导职务有关系。但这类事能够促成,仅仅靠领导地位远远不够,更重要的是靠组织者的人品、学养和威望。例如做《唐才子传校笺》这样的工作,几乎吸收了全国唐代文学研究者参加,做出了一个有关唐代文人研究的总结性的成绩。作为主编的傅先生付出的辛劳不知凡几，而他能够联系、组织这一大群人共同工作更非易事。他的领导职位只是提供了组织工作的方便，而让人实心实意地追随他工作，还是靠大家对他心悦诚服的敬重、信任。事实上，并不是每个身在高位的领导者都能够团结起一个集体来从事学术研究工作的。

我身经反右到“文化大革命”这二十多年，“体验”过那个年代作为“另类”生活的艰难，从事学术研究更是难上加难。古典文学本来被认定是“封资修”，你又是“另类”，还想坚持搞下去，图谋何在？但有些人不避艰危，知其不可而为之，在重压之下仍认定一个目标不放松。傅先生当年就是在这样的环境下自觉地进行学术训练，打下了坚实的基础。待环境转变，杰出的学术成果倾泻而出。而可贵的是，他后来担任了领导职务，而且是实实在在的“领导”工作，却仍坚持进行学术研究，不断做出骄人的成绩。这显示作为“学人”的一种境界，也是他倍受人们，特别是年轻人尊敬、钦佩的原因之一。

人们常说，治学首先要做人。在这一点上，傅先生是个典范。这些年学术严重“官僚化”，颇有学者主动、被动地去谋取一官半职；学术严重“商业化”，又颇有学者想方设法谋取经济利益。学风窳败让人痛心。特别是一些不合理的制度助长学术腐败趋势，实际是逼迫人随着潮流流宕忘反。内心保持强固的定力，坚持操守和理想不变，傅先生无疑是堪称典范的一位。

傅先生离开了，我觉得作为一位学人，他在当今学界是不可替代的。读韩愈的《贞曜先生墓志铭》，开头一段云：“唐元和九年，岁在甲午，八月己亥，贞曜先生孟氏卒，无子，其配郑氏以告。愈走位哭，且召张籍会哭。明日，使以钱如东都供葬事，诸尝与往来者，咸来哭吊……愈哭曰：‘呜呼！吾尚忍铭吾友也夫！’”诗人孟郊死后落寞，留下寡妻，只有韩愈、张籍等友人哭吊，韩愈写得极其痛切。傅先生有幸，事业有成，安然远去。有消息说，将在八宝山开追悼会,会是冠盖云集吧。后来孟郊将葬,友人张籍说,“先生揭德振华,于古有光”,因此私谥为“贞曜”。孟郊是杰出诗人,友人没有表扬他的诗,而特别赞扬他的为人;称赞为“贞曜”,这是孟郊留下的最为珍贵的遗产。我作为和傅先生交往三十多年的友人,悲悼之余,希望对于死者,不是纪念之后则“亲戚或余悲,他人亦已歌”,除了认真地学习、继承他留下的学术遗产,还要让更多的人认识他的人品和精神。鄙以为在当今,在这方面加以表彰、发扬是更为重要的。

原载于《傅璇琮先生纪念集》,中华书局,2017年

2004年版后记

本书辑录的是笔者二十年来在国外、港、澳、台发表的讲演和文章。其中多数没有在大陆刊布过；有些当初发表的还是日文（现已由笔者回译为中文）。如今有机会结集起来，除了希望贡献给有兴趣的读者以求教之外，对于自己，是多年求学的纪念；对于家人、亲友、师生，则是一种生平的汇报。因为是在海外和港、澳、台游学的成果，名之为《游学集录》。笔者在韩国发表的文字，由于没有留下中文底稿，又不通韩文，不能回译，仅存录一篇，是在一个学术会议上的讲演，以作纪念。

本书编目以发表年代为序。其中的观点、材料一仍原貌，不作改动（原来发表时引文、排印等技术性错误则径予更正）。这样可以保留个人研习的轨迹，也可以使读者通过一个普通学者二十年来先后所写文字，看到中国学术界的变化，给学术史留下点滴资料。就像新闻报道里所说上海一位老妇人多年的家用账目，可以作为经济史的资料一样。

本书第一、二两篇是笔者二十世纪八十年代在日本工作时的讲演。第一篇《佛教与唐代文学》是我1985年10月在京都花园大学的学术报告，后来在日本禅文化研究所的《禅文化》杂志发表。译者衣川贤次作有一篇《附记》，其中除了对本人的溢美之词，更涉及当时我国学术界情况，略谓："这篇讲演论佛教对中国文学的影响，反省历来见解上的偏颇，从持平地认识佛教影响的事实出发，避免了以前片面强调否定意义的弊端，而开始揭示其积极的价值。讲演涉及到文人生活、文学理论、诗歌和小说创作等广泛领域。受到讲演形式的限制，又是以花园大学学生为主要对象，只能是尽少引用资料的概论。读者如有意了解详细研究成果，有讲演者的论文……中国解放之后绵绵延续、又不得不经常中断的佛教研究，如今在学术水平上已得以复苏并结出新的果实，这篇讲演可看作是一个标志。讲演以后，移席禅文化研究所，与花园大学入矢义高教授、常盘义伸教授，大谷大学平野显照教授等就中国文学和佛教研究的现状坦率地交换了意见……”第二篇《佛教对唐代文学的影响》是我1986年5月在日本国际东方学会上的讲演稿。这个会议分两部分：一部分在东京举行，是与会者发言；另一部分移到京都，由两个人作特别讲演。两个人中一位当然是会议主持国的日本学者，另一人则是“外国学者”。笔者荣幸地被遴选为讲演人之一。我的讲演出乎意外地颇得好评，讲演稿并在日本东方学会刊物《东方学》上发表。但是今天看起来，这些文章是过于浅陋了。如今回顾这些情况，或许有敝帚自珍的意味，但主要是想表明自己深感这二十年来我国学术研究，特别是文章多所涉及的宗教课题研究的进展之速、之大。而这也让我深深意识到，后之视今亦犹今之视昔，应该不用再过多少年，后来人再来看本书里的文字，同样会感到浅薄可笑吧！但这也正是前面说的它们作为资料的意义，而这种结果也是笔者所衷心期望的。

因此，仍乐于结集此书，并敬请读者指正。

又本书收录各篇原为单篇报告或文章，体例不一，也难免重复，希读者鉴谅。

孙昌武

2004年2月15日

新版后记

本论集原编南开大学出版社于二〇〇四年出版。此次中华书局出版，从本人文集全盘考虑，在原编删减三篇文字的同时，又增添了十三篇相关文章。谨此说明。

孙昌武

二〇二〇年五月